Zum Buch:

Hinter der jungen Ranghild liegt ein traumatisches Geschehen. Bei einem Massaker kommt ihre Familie ums Leben, sie selbst entkommt. Nach tagelangem Umherirren findet sie schließlich Zuflucht bei einer Heilerin, die abseits in den Wäldern lebt. Dort lernt sie von der Alten den richtigen Umgang mit Kräutern, sowie das Behandeln von Wunden und Krankheiten. Im Helfen und Heilen findet das Mädchen ihre neue Berufung und einen Weg für die Zukunft. Doch das Glück scheint nicht von Dauer. Einige Leute neiden Ranghild und ihrer Lehrerin den Erfolg und das Wissen, welches sie haben. Wird sich das Schicksal der jungen Frau wiederholen?

Auf dem abgelegenen Hof einer Abdeckerei fristet der Waisenjunge Elias ein hartes und trostloses Dasein. Kaum ein Tag vergeht, ohne dass sein Herr, der sadistische Wasenmeister Utz Herrlinger, ihn demütigt und quält. Und dann sind da noch die ständig wiederkehrenden Albträume, die ihn nachts heimsuchen. Haben sie mit seiner im Dunkel liegenden Vergangenheit zu tun? Für Elias ist klar: er muss seinem Herrn, bei dem er in Lohn und Brot steht, entkommen. Doch das ist leichter gesagt als getan. Und so wartet er schon seit Längerem auf die passende Gelegenheit zur Flucht.

Zum Autor:

Peter Orontes kam in Venezuela zur Welt. Er wuchs als Sohn eines Ungarn und einer Ostpreußin am Bodensee auf, studierte Kommunikationsdesign und arbeitete als Art Director für verschiedene Medien- und Werbeagenturen. Seit Jahren ist er als freier Autor tätig und lebt mit seiner Familie in der Nähe von Augsburg.

PETER ORONTES

DIE SIEGEL DES TODES

ROMAN

HarperCollins

1. Auflage 2022
© 2022 by Peter Orontes
Originalausgabe
© 2022 by HarperCollins in der
Verlagsgruppe HarperCollins Deutschland GmbH, Hamburg
Umschlaggestaltung von wilhelm typo grafisch
Umschlagabbildung von Slava Gerj, Muntakim Tamim,
CoffeeTime / Shutterstock
Gesetzt aus der Stempel Garamond
von GGP Media GmbH, Pößneck
Druck und Bindung von CPI books GmbH, Leck
Printed in Germany
ISBN 978-3-365-00075-5
www.harpercollins.de

Personenverzeichnis

Hauptpersonen der Handlung

RANGHILD – wird zur Waise, als eines Nachts der elterliche Hof von Mordbrennern überfallen wird

ELIAS – ein Junge, der durch ein traumatisches Erlebnis sein Gedächtnis verloren hat

Weitere handelnde Personen und solche, die im historischen Kontext genannt werden (bei den mit einem * versehenen Namen handelt es sich um historische Persönlichkeiten)

... im Prolog

ALBRECHT I.* – Graf von Habsburg und Herzog von Österreich und Steiermark. Seit 1289 als Albrecht I. römisch-deutscher König. Ermordet am 1. Mai 1308

JOHANN VON SCHWABEN* – Herzog von Österreich und Steyer Initiator des Mordes an Albrecht I., dessen Neffe er war

WALTER (IV.) VON ESCHENBACH* – Freiherr. Mitverschwörer Johanns. Beteiligter am Königsmord

RUDOLF VON BALM* – Freiherr. Mitverschwörer Johanns. Beteiligter am Königsmord

RUDOLF VON WART* – Freiherr. Mitverschwörer Johanns. Beteiligter am Königsmord

KONRAD VON TEGERFELDEN* – Ritter. Mitverschwörer Johanns. Beteiligter am Königsmord

… im Schwarzwald

ANSELM (Bruder Anselm) – Mönch aus dem Kloster Alpirsbach

FLORI und *GISO* – Wegelagerer. Spießgesellen von Heinrich, die dieser auf Elias ansetzt

GUMPP, WALDEMAR VON – Vogt (Untervogt) des Klosters zu Alpirsbach

HEINRICH – das »Narbengesicht«. Hat es auf Elias und sein Medaillon abgesehen. Bedient sich eine Zeit lang Gisos und Floris, die sich an seine Ferse heften

HERRLINGER, MARTIN – Vetter von Utz Herrlinger. Von Beruf Abdecker; betreibt eine Wasenmeisterei in der Nähe von Freiburg

HERRLINGER, UTZ – Vetter von Martin Herrlinger. Von Beruf Abdecker. Von den Städten Schiltach und Wolfach beauftragter Wasenmeister und Brotherr Elias'

HOLZER-BRÜDER: JACOB, KUNZ UND PAUL HOLZER – Betreiber einer Köhlerei in den tiefen Wäldern bei Baiersbronn. Zwingen Ranghild als Magd in ihren Dienst

ISIDOR – beim Wasenmeister Utz Herrlinger angestellter Knecht

KRÄUTERGRET – alte Kräuterfrau in der Nähe von Alpirsbach. Herstellerin diverser Kräuterarzneien und Heilerin. Ranghild wird ihre Gehilfin.

PETER – ein Waldbauer

SEBASTIAN (Bruder Sebastian) – Mönch, Cellerar des Kloster Alpirsbach

SACHS, ÄGIDIUS – Apotheker aus Rottweil

außerdem viel anderes Volk

… in und um Ingolstadt, Nördlingen und Augsburg

JÖRGELIN, JÖRG – ehemaliger Scholar. Prinzipal einer Gauklertruppe und seit vielen Jahren als Fahrender unterwegs. Zu seiner Truppe zählen:

HANS JÖRGELIN, sein Neffe

LUNA, Köchin der Truppe

RETO und *ISA*, ein Zwergenehepaar, sowie *BRANCO*, ihr Sohn

PAUL der Trommler

RUFUS, genannt »Der Riese«

BETTLIN und *SIEBERT* sowie ihre Tochter *BRIDA*

BODO der Feuerschlucker

KASIMIR, ein Tierdompteur

außerdem Amtsleute, Büttel und viel anderes Volk

... in und um Salerno

*ABELLA** – Magistra Medicinae. Ärztin und Dozentin an der Schola in Salerno

AMBROSIANO (Signor Ambrosiano) – Beauftragter des Salernoer Rates. Mitglied des Gremiums für die Leprosenschau

*ANJOU, ROBERT VON**, *genannt »Robert der Weise«*, König von Neapel

*D'AQUINO, MARIA** – uneheliche Tochter König Roberts von Neapel und Geliebte Giovanni Boccaccios

BERNARDO (Pater Bernardo) – Benediktinerpater und Mitglied des Gremiums für die Leprosenschau

*BOCCACCIO, GIOVANNI** – berühmter italienischer Dichter

BOSCO, URSULINA DEL – eine Freundin Ranghilds und ehemalige Studentin an der Schola

CHALID IBN ISHAQ AL-MUSTANSIR – Maghrebiner, Kaufherr aus Tunis und Freund Boccaccios

IL ROSSO (der Rote Corrado) – Bandit und Anführer einer Räuberbande um Salerno

LEONIDAS – Magister. Arzt und ehemaliger Dozent an der Schola

MAGGIORE, BASILIO – Hauptmann der königlichen Garde

MECHTHILD – Dienstmagd Abellas und Ranghilds

PIERO – Siechenmeister. Vorsteher des Siechenhauses und Mitglied des Gremiums für die Leprosenschau

ROCCA, GIROLAMO DE LA – Ehemann Ursulina del Boscos

SCOTTO, UMBERTO – Bedellus (Hausmeister) an der Schola

SILVATICUS, MAGISTER* – Dozent an der Schola

diverse Studenten an der Schola

verschiedene an Lepra erkrankte Personen

außerdem Amtspersonen, Soldaten (Büttel) und viel anderes Volk

... in und um Regensburg

ALBRECHT II.* (1298–1358) – Herzog von Österreich, Herzog von Steiermark, Herzog von Kärnten und Herr der österreichischen Vorlande

ABENSBERG, ULRICH VON* – vom Bischof zu Regensburg eingesetzter Pfleger der Burg Donaustauf. Vollzugsbeamter Kaiser Ludwigs IV.

AUER ZU BRENNBERG, FRIEDRICH* – ehemaliger Bürgermeister zu Regensburg und Günstling Kaiser Ludwigs IV.

DÜRNSTETTER, KONRAD* – Hansgraf

ELMAU, HANS VON – Hauptmann einer bewaffneten Söldnerschar im Dienste Friedrich Auer zu Brennbergs

ESCHER, EBERHARD VON – Fernhandelskaufmann und dem Kaufmannspatriziat angehörendes Mitglied des inneren Rates der Stadt Regensburg

FRUMOLT, KONRAD* – reicher Patrizier, der es mit den Auern hält, Parteigänger Kaiser Ludwigs IV.

GANGKOFER, BODO – führt als Vertreter Eberhard von Eschers in dessen Haus die Geschäfte

HILTPRAND, LEUTWIN* – Stadtkämmerer

IBERG, HEINRICH VON – gehört zur Familie der Dienstmannen, die im Dienst derer zu Eschenbach-Schnabelburg* standen

LAABER, HADAMAR VON* – Bürgermeister der Stadt Regensburg

MIKUSCH, MILAN und *JARO* – Bergleute. Gehören zum Kreis der Verschwörer, die den Tunnel unter der Stadtmauer graben

NIKOLAUS VON YBBS* – Fürstbischof zu Regensburg

OTTINGER, OTTHEINRICH – Herbergswirt

OTTINGER, KRESZENZ – Ehefrau von Ottheinrich

OTTO VON WOLFSKEEL* – Fürstbischof zu Würzburg

PERTSCHACHER, ALBIN – Kaufmann aus Wien

PRÖLLER, HANS – Hauptmann. Besoldeter Stadtsoldat, dem der Wachdienst der Toranlage St. Jakob obliegt

SCHINDERTONI – Abdecker aus Regensburg

SITTAUER, PETER* – Wachtmeister der Donauwacht

VOGELMANN, PURKARDT – Archivar der Hanse

ZANDT, ALBRECHT* – Schultheiß

außerdem diverse Ratsherren, Stadtsoldaten und Büttel, Bürger, Wegelagerer, Amtsleute und viel anderes Volk

Prolog

So mich der Himmel nicht hört, ruf ich die Hölle zur Hilfe!

Über das hohlwangige Gesicht des Mannes mit dem stechenden Blick und dem mächtigen Schnurrbart huschte ein zynisches Lächeln. Oft genug hatte Johann von Schwaben, Herzog von Österreich und Steyer, in den vergangenen Wochen Gott und die Heiligen auf Knien liegend angefleht, dass ihm Recht widerfahren möge. Umsonst. Der Himmel hatte ihn nicht erhört. Jetzt stand er ganz vorn am Bug der Fähre, die gleich beim Steg anlegen würde, dachte über den Satz des römischen Dichters Vergil nach, auf den er kürzlich in einer Klosterbibliothek gestoßen war, und musterte gedankenverloren das sanft ansteigende Gelände jenseits des Ufers: ein lieblicher Anblick.

Ein Tag, wie geschaffen zum Sterben, spann er seine zynischen Gedanken weiter.

Ein laues Lüftchen strich über das beim Fluss gelegene Kornfeld; sanft wogte das Meer grüner Halme, das sich fast bis zum Ufer der Reuss erstreckte, hin und her. Monate würden vergehen, bis die Ähren kornschwer und golden auf dem Feld standen und die Schnitter die Sichel schwangen.

Im heiteren Licht des Nachmittags glitzerte das silberne Band des Flusslaufs, Auen und Wiesen strahlten in frischen, wonnigen Farben, nicht ein einziges Wölkchen trübte den makellos blauen Himmel.

Dabei hatte sich der Frühling recht schwergetan in diesem Jahr. Noch bis vor wenigen Tagen hatte er mit dem Winter erbittert die Klingen gekreuzt: Kälte und Schnee, Sturm und Regen hatten einfach nicht weichen wollen. Heute nun sah es ganz danach aus, als hätte er sich endlich durchgesetzt. Die nächsten Wochen, blieb zu hoffen, würde ein sonniger Maien das Zepter schwingen, der das Land wärmte und die Menschen aufatmen ließ.

Ob auch er aufatmen würde, wenn das, was getan werden musste, endlich vollbracht war? Ein Anflug von Verzagtheit verschattete die Miene des Herzogs.

Ja, zum Teufel! Zur Hölle mit dem Zweifel!, maßregelte er sich gleich darauf. Der Schatten auf seinem Gesicht verschwand und wich einem grimmig entschlossenen Zug.

Träge klatschten die Wellen der Reuss gegen die Planken der Fähre, die soeben angelegt hatte, um ihre Fahrgäste zu entlassen. Gleich würde sie wieder zum anderen Ufer übersetzen, um neue aufzunehmen. Die, die gerade von Bord gingen – neben dem Herzog fünf weitere Männer in glänzenden Rüstungen –, vermittelten einen noblen Eindruck. Die Pferde, die sie am Zügel mit sich führten, wirkten nicht weniger edel: ein Schimmel, vier Rappen und ein Falbe. Vor allem der Falbe stach unter den Tieren hervor. Ein Prachtexemplar von Hengst, feurig, mit anmutig schlankem Körperbau und samtig sandfarbenem Fell. Er gehörte dem ältesten der Männer, die gerade an Land gingen: einem Mittfünfziger, dessen Körperhaltung und Kleidung ihn schon auf den ersten Blick als den Vornehmsten unter ihnen auswies. Was nicht verwunderte, handelte es sich doch um keinen Geringeren als Albrecht I., Spross des Hauses Habsburg und König des Heiligen Römischen Reiches. Bei Hof hinter vorgehaltener Hand auch respektlos »Einauge« oder »Monoculus« genannt, weil Ärzte ihm vor Jahren das rechte Auge entfernen mussten. Johann von Schwaben, sein Neffe – er führte den Trupp an –, sowie die Freiherren Walter von Eschenbach, Rudolf von Balm, Rudolf von Wart und Ritter Konrad von Tegerfelden hatten ihn in die Mitte genommen. Seine Majestät wirkte an diesem Nachmittag recht aufgeräumt und fröhlich und gab sich außerordentlich leutselig. Offenbar freute er sich darauf, bald seine Gemahlin zu begrüßen. Von den Gedanken, die in diesem Augenblick durch die Köpfe seiner Begleiter jagten, ahnte er nichts.

Soeben war Herzog Johann, den Schimmel am Zügel, an die Seite des Fährmanns getreten, um den Preis für die Über- fahrt zu entrichten. Der König und die anderen schwangen sich in den Sattel, ritten die sanft ansteigende Uferböschung hinauf und nahmen gleich darauf den schmalen Pfad, der mit- ten durch das Kornfeld führte. Bald erreichten sie eine Straße, der sie nordwestlich in Richtung Brugg folgten. Albrecht schien weiter in vergnügter Stimmung, er lachte und scherzte in einem fort. Die ihn begleitende Entourage hatte sichtlich Mühe, seiner guten Laune etwas abzugewinnen. Krampfhaft, fast steinern wirkte das Lächeln, das die Männer in ihre Mie- nen zwangen. Zwingen mussten. Denn lächelten sie nicht, könnte er schnell Verdacht schöpfen. Noch ahnte er nichts. Und so sollte es auch bleiben. Nur dann würde es gelingen, den zweiten und schwierigsten Teil ihres Vorhabens in die Tat umzusetzen, was schnell und überraschend zu geschehen hatte. Den ersten hatten sie bereits erfolgreich hinter sich ge- bracht: Unter dem Vorwand, die Fähre nicht über Gebühr belasten zu wollen, war es ihnen gelungen, den König noch vor der Überfahrt über die Reuss vom Rest der Reisege- sellschaft zu trennen, die am jenseitigen Ufer wartete. Also nickten sie devot, lachten pflichtschuldigst über die witzigen Bemerkungen, die Seine Majestät machte, und versuchten ihrerseits Witze zu reißen, obwohl ihnen nicht danach war. Noch mussten sie den Mittfünfziger bei Laune halten. Auch wenn es ihnen verdammt schwerfiel. Aber das, was sie mit ihm vorhatten, musste durchgezogen werden. Es gab kein Zurück mehr. Er hatte es verdient …

Sie näherten sich einer Wegbiegung, wo sie auf Johann treffen würden, der seitlich des Wegs im Gebüsch lauerte. Unbemerkt von den anderen hatte er eine Abkürzung gewählt, um rechtzeitig an Ort und Stelle zu sein, noch bevor seine Mitverschwörer mit dem Einäugigen dort anlangten. Kaum dass die fünf das Kornfeld hinter sich gelassen und die Straße nach Brugg eingeschlagen hatten, hatte er die Unterredung mit dem Fährmann beendet und sich in halsbrecherischer Eile auf den Weg gemacht. Allerdings nicht ohne zuvor dem Schiffer eine prall gefüllte Geldkatze überreicht zu haben. Als Lohn dafür, dass er den Rest der Eskorte, die am gegenüberliegenden Ufer der Reuss auf die Fähre wartete, noch eine Weile hinhielt.

Bisher hatte der Weg die fünf Reiter weitgehend durch freies Gelände geführt. Nach wie vor ritten sie gemächlich im Schritt.

»Wo bleibt er nur? Er müsste doch längst wieder bei uns sein«, wandte sich Albrecht stirnrunzelnd an Walter von Eschenbach und Rudolf von Balm, der eine ritt rechts, der andere links von ihm. Rudolf von Wart und Konrad von Tegerfelden folgten dicht hinter ihnen.

»Herzog Johann? Er … Er wird sicher bald kommen, Eure Majestät«, antwortete von Balm mit vor Anspannung heiserer Stimme.

»Vielleicht wurde er aufgehalten? Von einer Waldfee?«, witzelte von Wart; er ritt unmittelbar hinter dem König und bildete zusammen mit dem Tegerfeldener die Nachhut. Sollte der Einäugige wider Erwarten Verdacht schöpfen und fliehen wollen, würden sie es zu verhindern wissen.

Von Balm rollte die Augen, er fand den Witz reichlich bemüht. Auch die anderen schienen peinlich berührt.

»Er … Er wollte noch den Preis verhandeln, Eure Majestät. Es … Es seien schließlich zwei Fahrten, da müsse ihm der Fährmann schon entgegenkommen«, meldete sich schließlich von Eschenbach zu Wort.

Der König ließ ein dröhnendes Lachen hören, in das die anderen beflissen miteinstimmten.

»Er ist und bleibt eben ein Pfennigfuchser, mein heißblütiger Neffe. Er wird es einmal weit bringen«, meinte er und gluckste vergnügt. Der Vorfall gestern Abend auf der heimatlichen Burg, als ihn der Neffe vor den Augen einer ganzen Festgesellschaft brüskiert hatte, schien vergessen.

Der Weg beschrieb eine scharfe Kehre. Ab jetzt verengte er sich, bedingt durch dichtes Buschwerk und Gestrüpp, das weit in die Straße hineinwucherte. Etwa acht Pferdelängen trennten sie noch von der Stelle, an der die Entscheidung fallen würde.

Ein Rascheln im Gebüsch. Ein Eichelhäher stob ärgerlich krächzend in die Luft, ein Fuchs querte erschrocken den Weg. Unwillkürlich richtete sich der Einäugige im Sattel auf und hob die Brauen. Er sah nach rechts zu den Büschen hin, von wo das Geräusch gekommen war. Seine Begleiter zuckten zusammen, hielten den Atem an und warfen sich verstohlene Blicke zu, in denen gleichermaßen Entschlossenheit und Furcht lagen.

Ob er etwas bemerkt hatte?

Ein Zitronenfalter taumelte heran, ließ sich auf dem rechten Handrücken des Einäugigen nieder und flatterte davon. Monoculus lächelte versonnen und ließ sich wieder in seine bequeme Haltung zurückfallen.

Die Männer atmeten auf.

Noch sechs Pferdelängen bis zur Entscheidung.

Noch vier … noch zwei …

Ein schriller Pfiff!

Jäh fiel Walter von Eschenbach, der zur Linken des Königs ritt, diesem in den Zaum und riss daran. Der Falbe, erschrocken ob dieser unsanften Behandlung, wieherte empört, stieg leicht mit der Vorhand hoch, blieb jedoch sofort stehen. Auch sein Reiter hatte sich heftig erschrocken, fast wäre er aus dem Sattel gekippt. Er sah seinen Begleiter erbost an: ein übler Scherz?

Äste knackten, Laub raschelte, Johann von Schwaben, Herzog von Österreich und Steyer, brach aus dem Unterholz. Der Rest ging rasend schnell.

»Es ist genug, Oheim. Hier der Lohn für das geschehene Unrecht!«, rief er laut, sprang auf den König zu und stieß ihm von unten das Schwert in den Hals.

Das Signal für Eschenbach. Er ließ den Zügel des Falben fahren, riss sein Schwert aus der Scheide, holte aus und spaltete dem König den Schädel bis zur Nasenwurzel.

Rudolf von Balm führte den nächsten Hieb. Er ließ seinen Rappen einige Schritte nach vorne tänzeln, richtete sich im Sattel auf, neigte sich zum König und schlug ihm die Klinge mitten ins Antlitz.

Rudolf von Wart und Konrad von Tegerfelden, die die Nachhut bildeten, hatten ihre Pferde bereits zu Beginn der Attacke quer zum Weg gestellt. Als sie sahen, wie Albrecht blutüberströmt aus dem Sattel kippte, erstarrten sie.

»Tegerfelden! Wart! Verdammt, erfüllt eure Pflicht! Denkt an euren Schwur!«, schrie Johann ihnen wütend zu.

Von Wart sprang aus dem Sattel, eilte zu dem Sterbenden und rammte ihm die Klinge in den Leib.

Der Tegerfeldener hingegen stand immer noch wie betäubt.

»Verflucht, Tegerfelden, was ist mit dir?«, brüllte der Herzog und stampfte zornig mit dem Fuß auf.

»Ich … Ich kann nicht«, murmelte Konrad von Tegerfelden, seine Lippen bebten. Voller Entsetzen starrte er auf den
in seinem Blut liegenden König. Dann gab er dem Pferd die
Sporen und sprengte kopflos davon.

Verblüffung aufseiten der Verschwörer.

»Verräter! Erbärmlicher Feigling! Eidbrüchiger Hurensohn!«, schallte es hinter ihm her. Johann fluchte und stieß
voller Wut sein blutbesudeltes Schwert in den Boden.

Doch so schnell, wie sein Zorn gekommen war, verrauchte
er auch wieder.

»Sei's drum. Zumindest wir haben Auftrag und Schwur
erfüllt«, murmelte er schließlich. Obwohl er erst achtzehn
Lenze zählte, wirkte er mit einem Mal um Jahre gealtert. Sein
Gesicht war aschfahl und mit Blutspritzern übersät, kalter
Schweiß rann ihm die Stirn hinunter.

Er schwang sich auf seinen Schimmel, der mittlerweile aus
dem Gebüsch getreten war, und wandte sich an seine Mitverschworenen.

»Die anderen werden bald hier sein. Lasst uns verschwinden, Männer. Auf zur Frohburg!«

Ohne den Leichnam des Mannes, der ihn um sein Erbe
betrogen hatte, eines weiteren Blickes zu würdigen, preschte
er hastig davon. Die anderen folgten ihm.

ERSTES BUCH

DER WÄLDER DUNKLE SEELE

1323 bis 1326

Kapitel 1

An allen Gliedern zitternd und noch das Grauen vor Augen, das sie soeben durchlebt hatte, starrte Ranghild aus ihrem Versteck auf den rötlich zuckenden Schein. Sein Rand zerfloss in der Schwärze der Nacht. Die am Waldrand gelegene Bauernkate, die bis jetzt ihr Zuhause gewesen war, stand lichterloh in Flammen. Die Männer mussten sie angezündet haben. Der aufsteigende Qualm vermischte sich mit dem dichten Nebel, der vom Waldboden aufstieg, und ließ Ranghild das Brandgeschehen als diffusen Glutfleck wahrnehmen. Panische Angst beflügelte ihre Fantasie zusätzlich: Die zwischen den Stämmen gespenstisch wabernden Nebelschwaden glühten, auf das Mädchen wirkten sie wie betrunkene, dem Schlund der Hölle entstiegene Dämonen.

Mit beiden Händen presste Ranghild den Saum ihrer Cotte fest gegen Mund und Nase, um das Schluchzen zu unterdrücken, das ihren Körper schüttelte und das sie zu verraten drohte. Sie würden sicherlich nach ihr suchen.

Wie die Vollstrecker des Jüngsten Gerichts waren sie über das Anwesen, in dem sie mit ihrer Familie wohnte, hergefallen. Mitten in der Nacht waren sie gekommen, Pechfackeln in den Händen, tödliche Entschlossenheit in den Augen. Unter Johlen und Grölen hatten sie ihr Werk mit teuflischer Lust und apokalyptischer Gründlichkeit verrichtet. Hatten den

Vater zu Boden gestreckt, ihm ein zusammengeknülltes Tuch in den Mund geschoben und ihn gefesselt. Hatten die Mutter vom Lager gezerrt und sich über sie hergemacht. Ihren Qualen und ihren gellenden Schreien vermochte der Vater nichts entgegenzusetzen als ein verzweifeltes Zerren an seinen Fesseln und ein ohnmächtiges gutturales Stöhnen, das dumpf und kaum vernehmbar hinter dem Knebel hervordrang. Als sie mit Mutter fertig waren, hatte einer von ihnen, ein baumlanger Kerl mit feuerrotem Haar und einer Fratze wie der Teufel, sein Messer gezückt und es ihr in den Leib gestoßen.

Paralysiert vor Furcht und Entsetzen hatte Ranghild, die sich im Rauchfang über dem Herd versteckt hatte, alles mit ansehen müssen, bevor es ihr endlich gelungen war zu fliehen. Die Männer, ganz auf ihr furchtbares Tun konzentriert, hatten sie erst wahrgenommen, als sie dabei war, durch die offen stehende Tür zu entwischen. Einer von ihnen hatte noch versucht, nach ihr zu greifen, aber sie hatte es geschafft, zwischen seinen Händen einfach hindurchzuschlüpfen und in den Wald zu rennen. Hier hatte sie in einer Erdkuhle unter dem freigelegten Wurzelstock einer vom Sturm gefällten Eiche Zuflucht gefunden.

Vorsichtig spähte Ranghild über den Rand der Kuhle. Mit verquollenen Augen im rußgeschwärzten Gesicht und einem nie gekannten Gefühl der Verlassenheit tief in ihrem Innern starrte sie auf das diffuse Leuchten, das von dem unvorstellbaren Grauen zeugte, das über die kleine Familie hereingebrochen war. Was war mit Vater geschehen? Wo er jetzt wohl sein mochte? Was war aus den kleinen Holzfigürchen geworden, die er geschnitzt hatte und die sie so sehr mochte? Ein Ritter mit Pferd, Schafe, ein Schäfer mit seiner Schäferin … Fast schämte sich Ranghild dieses Gedankens, der ob seiner platten Schlichtheit so gar nicht zu dem entsetzlichen Geschehen dieser Nacht passen wollte.

Da – was war das? Vor dem Hintergrund des durch die brennende Kate verursachten Lichtscheins bewegte sich ein unruhiges, gelblich rötliches Zucken auf sie zu. Eine Fackel. Gleich darauf nahm sie den Mann wahr, der sie trug: Es war der, der Mutter das Messer in den Leib gerammt hatte, sie erkannte ihn an seiner hünenhaften Statur sowie dem schwarzen Hut und dem feuerroten Haar, das darunter hervorquoll. Langsam kam er näher. Die anfängliche Panik Ranghilds drohte zurückzukehren. Hastig zog sie den Kopf ein und verkroch sich ganz tief hinter das Geflecht aus Wurzelwerk, Ranken und Spinnweben, das wie ein Vorhang in das Erdloch hinabhing. Das Schlagen ihres Herzens dröhnte ihr im Ohr, und unwillkürlich fragte sie sich, ob der verfluchte Mordbrenner, der sich näherte, es hören konnte …

Unmittelbar vor der Kuhle unter dem entblößten Wurzelstock, in dem sie, zusammengerollt wie ein Igel, kauerte, blieb der Hüne stehen. So nah, dass sie mit ausgestrecktem Arm seine Stiefelspitzen hätte berühren können: Im Schein der Fackel, der bis auf den Waldboden drang, waren sie deutlich zu erkennen. Noch fester presste Ranghild den Saum ihrer Cotte gegen Mund und Nase, versuchte den Atem anzuhalten, sich noch tiefer hinter das Gewirr aus Wurzelwerk und Erde zu drücken. Häufte sich panisch eine Handvoll Erde auf den Kopf, nicht dass ihr helles, weizenblondes Haar sie noch verriet.

»Verdammt! Wo steckst du, du Mistkröte?!«, hörte sie den Dreckskerl in die Nacht schreien.

Diese Stimme! Dieser Ton! Ein überlautes, hässliches Krächzen, das klang, als vibrierte eine zweite, dunklere Stimme im Hintergrund mit. Nie zuvor hatte Ranghild eine solch hässliche und zugleich mächtige Stimme vernommen. Die Stimme des Teufels? Ein eisiger Schauer jagte über ihren Rücken. Diese Stimme würde sie ihr Lebtag nicht vergessen.

»Warte, du verdammtes Luder«, ertönte die grässliche Stimme aufs Neue. »Solltest du mir je über den Weg laufen, dann gnade dir Gott. Und sei sicher, eines Tages wirst du mir über den Weg laufen.«

Ein ledernes Knarzen. Die Stiefel bewegten sich aus Ranghilds Blickfeld, wobei sie etwas Erde lostraten, die in die Kuhle rieselte. Der Schurke entfernte sich.

Eine Weile noch wartete sie, dann kroch sie unter dem Wurzelvorhang hervor und spähte erneut über den Rand des Erdlochs. Der rötliche Schein war schwächer geworden, die Nahrung, die die hölzerne Kate dem Feuer bot, ging offensichtlich zur Neige. Bald würde nur noch ein Haufen verkohlter Reste und aufsteigender Rauch davon zeugen, dass an dieser Stelle einst die Kate stand, in der der Bauer Hans Schwab und seine Familie gewohnt hatten.

Die Vorstellung, dass sie die einzige Überlebende war, schlug mit der Wucht eines vom Blitz gefällten Baums in Ranghilds Gedanken. Ohne ihn zurückhalten zu können, brach ein lang anhaltender Schrei aus ihrer Kehle, dem erneut ein nicht enden wollendes Schluchzen folgte. Diesmal unterdrückte sie es nicht ...

Es endete, noch bevor der Morgen graute und die Stimmen des Waldes erwachten. Als die ersten Sonnenstahlen durch die Wipfel brachen und der Nebel allmählich wich, machte sich Ranghild, noch völlig betäubt von den Ereignissen der Nacht und ohne ein klares Ziel vor Augen, auf den Weg.

Auf die Reise nach Nirgendwo.

Kapitel 2

Mittlerer Schwarzwald, Tal der Kinzig, Gegend um Wolfach
Juli Anno Domini 1325

Meist jagten sie ihn zwischen Mitternacht und Morgengrauen.

Dann drang höhnisches Gelächter an sein Ohr, das von den Felswänden des Hohlwegs widerhallte, den zu queren er im Begriff stand, während Horden gesichtsloser Schattenwesen, schwarz wie die Nacht und umwabert von blutroten Dunstschleiern, auf ihn zustürmten. Er versuchte zu fliehen, doch ihnen entkommen zu wollen, war, als wollte er vor einer Meute hungriger Wölfe davonrennen. Er lief und lief und lief, ohne auch nur eine einzige Handbreit Boden zu gewinnen. Verzweifelt trat er auf der Stelle, spürte, wie das Treten immer mühsamer und schwerer wurde. Merkte, wie die Schatten unaufhaltsam näher kamen, während das höhnische Lachen immer lauter in seinen Ohren gellte und jemand verzweifelt einen Namen rief. *Seinen* Namen: »Elias!« Gleich würde er, vor Anstrengung keuchend, innehalten, und, von den bleischweren Füßen aufsteigend, würde sich das Grauen wie ein lähmendes Gift in seinem Körper ausbreiten. Hatten ihn die Schatten erst einmal eingeholt, würden sie sich auf ihn werfen, ihm das Gesicht zu Boden und die Luft aus den Lungen pressen, würden ihre knöchernen, krallenbewehrten Hände um seinen Hals legen und ihm den Stachel der Angst in den Rücken rammen.

Angst, der er nie würde entrinnen können. Denn sie war unsterblich.

Unsterblich wie die Nacht.

Und unsterblich wie das Böse.

»Neiiiin!«

Mit einem Schreckenslaut fuhr der Junge hoch, kalter Schweiß perlte auf seiner Stirn. Irritiert sah er sich um. Diesmal waren die Schattenwesen am helllichten Tag gekommen. Er benötigte einige Atemzüge, um zu erfassen, wo er war, und um die Umgebung wahrzunehmen, die ihm auf hässliche Weise vertraut vorkam. Wie fast jeden Tag um diese Zeit saß er neben dem Abdecker und Wasenmeister Utz Herrlinger auf dem Kutschbock, in den Ohren das Ächzen und Knarzen des Karrens und das schürfende Geräusch der beiden Räder. Ruckelnd holperten sie über den steinigen Weg, der zu der abgelegenen Wasenmeisterei des Utz Herrlinger führte.

»Na, mal wieder schlecht geträumt, kleiner Bastard?«, spottete der Wasenmeister höhnisch. Utz sprach ihn immer mit »Bastard« an, manchmal mit »kleiner Bastard«, manchmal mit »verdammter Bastard«, aber nie mit seinem Vornamen Elias. Der Junge hatte sich längst daran gewöhnt.

»Ich will, dass du heute noch das Gestänge reparierst, an dem die Häute getrocknet werden. Du weißt schon, welches ich meine. Nicht das neben der Scheune, sondern das kleinere, hinten auf dem Grundstück bei den Gruben. Ein Balken ist morsch, er muss endlich ersetzt werden. Sonst bricht uns irgendwann die ganze verdammte Konstruktion zusammen. Hast du verstanden?«

Elias antwortete nicht. Noch war sein Innerstes aufgewühlt. Er war froh, dass ihn das Rütteln der Räder und das Knarren und Quietschen des Karrens aus einem jener wirren

Albträume gerissen hatte, die ihn regelmäßig heimsuchten und ihn völlig verstörten. Die Augen stur geradeaus gerichtet, saß er da und versuchte sich zu sammeln, in der Hoffnung, dass sich sein rasendes Herz endlich beruhigte. Seit der Schinder ihn damals zu sich genommen hatte und er ihm zur Hand gehen musste, peinigten ihn diese verdammten Träume. Elias hatte nicht die geringste Ahnung, was es mit ihnen auf sich hatte. Wie sollte er auch, wenn er nicht einmal wusste, wer er war. Wie alt er war. Woher er kam. Wie sein kompletter Name lautete. Seinen Vornamen hatte er sich auch nur merken können, weil diese verdammten, immer wiederkehrenden Träume ihn regelrecht in sein Gehirn gebrannt hatten. Ansonsten reichten seine Erinnerungen gerade bis zu dem Tag zurück, als er mitten im Wald, halb betäubt und aus einer Wunde an der Stirn blutend, zu dem Schinder auf den Karren gestiegen war. Das war vor zwei Jahren gewesen. Das Leben davor hatte sich gänzlich aus seinem Kopf verabschiedet, so, als hätte es dieses Leben nie gegeben.

Das Einzige, das er aus seiner tief im Dunkel der Wälder liegenden Vergangenheit gerettet zu haben schien, war ein aufklappbares Medaillon, gefertigt aus Kupferblech, das er an einem Lederband um den Hals trug und das von einer seltsamen Gravur geziert wurde: einem gekrönten Totenschädel und einem in Latein gehaltenen Spruch: »*VIVAT IUSTITIA. PRETIUM MORTIS ET ESTO.*« Vor Monaten war er einem Mönch über den Weg gelaufen, den er nach der Bedeutung der Inschrift gefragt hatte. »*ES LEBE DIE GERECHTIGKEIT. UND SEI DER TOD DER PREIS DAFÜR*«, laute der Spruch übersetzt, hatte der ihm beschieden. Doch weder mit dem Spruch noch mit dem zusammengerollten Pergamentstreifen, den das Medaillon enthielt, wusste Elias etwas anzufangen. Und schon gar nicht mit der Skizze auf dem Pergament. Da er fast immer ein hochgeschlossenes

Hemd am Leibe trug, blieb den meisten, denen er begegnete, die Existenz des Medaillons verborgen. Und dafür, dass Utz Herrlinger, bei dem er in Lohn und Brot stand, sich dafür interessiert hätte, wirkte es zu wertlos.

Was das Rätsel seiner Herkunft noch vergrößerte, war die Tatsache, dass er lesen und schreiben konnte. Und das sehr gut. Ein Umstand, der ihm eigentlich die Achtung des Utz Herrlinger hätte einbringen müssen, der von den beiden nicht weit voneinander entfernten Städten Schiltach und Wolfach als Wasenmeister eingesetzt worden war. Allein, das Gegenteil war der Fall. Utz neidete ihm sowohl diese Fähigkeiten, die er selbst nur sehr unvollkommen beherrschte, als auch den wachen Geist, den der Junge besaß.

Elias starrte auf seine rechte Hand, mit der er sich noch immer krampfhaft am Sitzbrett des Kutschbocks festhielt. Auf das Feuermal, das sich großflächig und sternenförmig auf dem Handrücken ausbreitete. Die Knöchel waren weiß vor Anstrengung, noch hallte der Albtraum in ihm nach. Immer wenn die Schatten ihn überfielen, krampften nicht nur die Hände, sondern sein ganzer Körper sich zusammen.

»Hörst du schlecht, ich hatte dich etwas gefragt, verdammter Bastard. Antworte gefälligst!«, fuhr Utz den Jungen an und stieß ihm seinen Ellenbogen in die Seite.

Elias, der noch immer geistesabwesend auf seinen rechten Handrücken starrte, zuckte schmerzhaft zusammen.

»Verzeiht, Wasenmeister, ich … ich …«, stotterte er.

»Was ›ich‹, ›ich?!‹«, äffte Herrlinger ihn nach.

»Ich habe Eure Frage nicht gehört. Würdet Ihr …«

»Oh, sieh an, er hat meine Frage nicht gehört! Der junge Herr beliebt manchmal wegzuhören. Er kann zwar lesen und schreiben, aber zuhören kann er nicht, hä?« Herrlinger ballte die Rechte und schlug mit den Fingerknöcheln gegen Elias' Schläfe.

Erneut zuckte der Junge zusammen, es tat verdammt weh, wenn der Alte ihn mit den Knöcheln traktierte. Doch er verkniff sich den Schmerzenslaut, der über seine Lippen wollte. Auch wenn er in Augenblicken wie diesen den Schinder in die tiefsten Abgründe der Hölle wünschte, er hatte gelernt, ruhig zu bleiben. Eines Tages, hatte er sich geschworen, würde er ihm alles heimzahlen. Vielleicht hätte er es jetzt schon zu tun vermocht; immerhin war er groß und kräftig gebaut. Doch ihm fehlte nicht nur die Courage, sich dem Wasenmeister zu widersetzen, sondern auch jegliche Möglichkeit, woanders unterzukommen. Auch wenn er nichts mehr hasste als das Schuften auf der Wasenmeisterei, auf der es nach Fäkalien, Fäulnis und Tod stank – ihm blieb nichts anderes übrig, als gute Miene zum bösen Spiel zu machen. Immerhin hatte der Alte ihn damals aufgelesen, seine Wunden versorgt und ihm angeboten, sich bei ihm gegen Kost und Logis zu verdingen. Doch schon nach einem Monat hatte er beschlossen wegzulaufen. Das Häuten, Ausschlachten und Zerteilen stinkender Kadaver, das Schaben von Fellen und Entfleischen von Knochen, das Sieden von Fett, die scharfen Dämpfe, die von den Gruben aufstiegen, in denen die Kadaver verbrannt wurden, das Vergraben der blutigen Reste – all das würde nie seine Sache sein, hatte er an jenem Tag beschlossen.

Aber er hatte die Rechnung ohne den Wirt gemacht. Der Schinder hatte ihn erwischt, noch bevor es ihm gelungen war, das Anwesen zu verlassen. An das, was folgte, erinnerte er sich mit Grausen.

»Ist das der Dank dafür, dass ich dich in Lohn und Brot nahm?«, hatte Herrlinger gebrüllt und ihn halb totgeschlagen. Hatte ihn gefesselt, ihn mit einem frischen Hundekadaver zusammengebunden und ihn in eine viereckige Grube geworfen, zu den Überresten anderer Kadaver. Werde er die nächsten Stunden überleben, werde er sich wohl an die

Arbeit gewöhnt haben, die ihn künftig erwarte, hatte der Wasenmeister gemeint und war lachend davongegangen.

Aber das, was ihm in jener Nacht widerfuhr, war noch nicht das Schlimmste gewesen. Zwei Tage später hatte der Schinder ihn aus dem Schlaf gerissen und war mit ihm in die Scheune gegangen, wo der Wagen stand. Dort hatte er ihm befohlen, sich vor eines der Räder zu stellen, das Gesicht dem Wagen zugewandt, und seine Hände daran festgebunden. Was folgte, war schlimmer als alles, was er bis dahin erlebt hatte. Nachdem Herrlinger keuchend mit ihm zu Ende gekommen war, hatte er ihn losgebunden und war in sein Haus zurückgegangen, während Elias heftig schluchzend neben dem Rad zusammengebrochen war. Diesmal war es nicht so sehr der Körper, der schmerzte, sondern die vor Scham gepeinigte Seele. Und das Empfinden, das etwas in ihm für alle Zeiten zerbrochen war.

Auch wenn Elias seitdem nie wieder einen Fluchtversuch gewagt hatte: Darüber nachgedacht hatte er sehr wohl. Doch mittlerweile war ihm klar, dass er nicht einfach ziellos davonlaufen konnte. Die Ketten der Abhängigkeit zu sprengen, die Herrlinger ihm angelegt hatte, bedurfte einer sorgfältigen Vorbereitung, und vor allem: Er brauchte ein klares Ziel vor Augen. Dass ihm dies irgendwann gelingen würde, davon war er fest überzeugt. Und auch, dass er eines Tages das Geheimnis seiner Identität lüften würde.

Bis jetzt hatte sie der Weg durch einen breiten Waldgürtel geführt. Zu ihrer Linken, ein gutes Stück weit entfernt, kletterten die dicht an dicht stehenden Bäume einen steilen, mit Felsgestein durchsetzten Hang hinauf, der etwa eine halbe Meile weiter nördlich in eine schroffe Felsbarriere überging. Sie wuchs fast senkrecht in die Höhe und schob sich bedrohlich nah an den Weg heran. Rechts stürzte der Hang jäh in den

Abgrund. Sah man hinunter, öffneten sich dem Blick weite, bewaldete Täler, die sich im Osten bis zum Horizont erstreckten. Ein schwarzgrünes Meer aus Wipfeln und Kronen wogte im aufkommenden Nachmittagswind sanft hin und her.

»Brrr, langsamer, Rosa, alte Schindmähre.«

Herrlinger betätigte kurz den Bremshebel und zog die Zügel an, um das Pferd zu einer langsameren Gangart zu veranlassen. Obwohl es dessen nicht bedurft hätte. Rosa, wie Herrlinger seine Stute nannte, hatte den Weg schon tausendfach zurückgelegt und wusste, dass sie ab jetzt besonders vorsichtig einen Huf vor den anderen setzen musste. Auf den nächsten Meilen, hinunter ins Tal, würde die Strecke abschüssiger und gefährlicher werden, zudem galt es, einige scharfe Kehren zu passieren. So manches Fuhrwerk war hier schon verunglückt. In den Kehren verengte sich der Weg. Gab ein Fuhrmann nicht acht, geschah es schnell, dass sein Karren, insbesondere wenn er schwer beladen war, an den unbefestigten, brüchigen Rand des Weges geriet, Übergewicht bekam und in Richtung Abgrund kippte. Dann war es um Pferd und Wagen und in der Regel auch um den Fuhrmann geschehen. Es sei denn, es gelang ihm, rechtzeitig abzuspringen.

Heute hatte Utz Herrlinger nicht schwer geladen: Gerade mal zwei Hunde- und ein Fohlenkadaver bedeckten die Ladefläche seines Karrens. Die beiden Hunde, streunende Straßenköter, waren von einem Schiltacher Stadtknecht erschlagen worden, als sie sich auf dessen Hündin stürzen wollten. Das Fohlen, es war kurz nach der Geburt verendet, hatte er auf einer Weide abgeholt.

»Brrr«, ermahnte Herrlinger die Stute ein weiteres Mal. Rosa schnaubte. Sie waren an der gefährlichsten Stelle der Strecke angekommen. Zur Linken ragte eine Felsnase aus dem Massiv, die den ohnehin schon schmalen Weg weiter verengte, rechts gähnte der bewaldete Abgrund.

»Langsam, meine Beste, langsam und schön vorsichtig«, redete Utz auf sein Pferd ein. Er erhob sich vom Kutschbock und warf einen prüfenden Blick nach rechts und links. Es galt, die Stute mittels der langen Leine geschickt an der Felsnase vorbeizumanövrieren.

»Gottverdammich! Verfluchte Strecke! Heiliger Christophorus, behüte mich und mein Fuhrwerk«, murmelte er dabei und schlug ein Kreuzzeichen. Immer wenn er diese Stelle passierte, fluchte und betete er in einem. Anscheinend half es auch diesmal. Nicht mal eine Handbreit passte zwischen den Karren und den Fels zu seiner Linken, während das rechte der beiden mannshohen Räder haarscharf an der brüchigen Wegkante entlangschürfte. Trotzdem kamen sie auch jetzt wieder heil durch die Passage.

»Danke, Alter«, murmelte Utz erleichtert und setzte sich wieder. Auch das ein Satz, den Elias immer dann hörte, wenn sie an dieser Stelle den Weg sicher passiert hatten. Offenbar mochte ihn der Schutzpatron der Fuhrleute gut leiden, bis jetzt hatte es ihm der heilige Christophorus immer nachgesehen, wenn er ihn respektlos »Alter« genannt hatte.

Sie bogen vom Hauptweg ab. Von hier aus war es nicht mehr weit bis zur Wasenmeisterei, die, von Hügeln und Wald umgeben, in einem weiten grasigen Tal lag. Noch bevor das Anwesen in Sichtweite kam, konnte man es riechen. Ein eigenartiger Gestank lag in der Luft: das Odeur der Verwesung. Kein Wunder, dass die Wasenmeistereien aus den Städten hinaus aufs Land verbannt waren und die Abdecker möglichst weit von den Mauern entfernt ihrem infernalisch stinkenden Handwerk nachgehen mussten. Keine Stadt konnte es sich leisten, Berge verwesenden Aases, die die Luft verpesteten und Legionen von Schmeißfliegen sowie Horden von Ratten anzogen, innerhalb ihrer Mauern zu haben. Schließlich hatte man auch so schon genug damit zu tun, des stinkenden Unrats in der Stadt Herr zu werden. Brachten doch die Miasmen, die von allerhand Exkrementen sowie von faulendem Fleisch und verwesenden Kadavern ausgingen, nichts als Krankheit und Tod, sogar die Pest war darauf zurückzuführen. Der Schindacker Utz Herrlingers lag allerdings schon sehr weit jenseits der Mauern, fast eine Stunde brauchte man, um dorthin zu gelangen. Aber das war Utz nur recht. Hatte er doch allen Grund, nicht nur die Auswirkungen seines Handwerks vor anderen zu verbergen …

Sie hatten das Anwesen erreicht, an dessen nördlichem Rand ein Bach floss, der einen kleinen Teich speiste. Das Grundstück war sehr weitläufig, und das musste es auch sein. Das Handwerk eines Schinders benötigte Platz. Viel Platz.

Einen beträchtlichen Teil nahm der Teil des Schindackers ein, auf dem man Kadaver, die nicht für die weitere Verarbeitung gebraucht wurden, nach vorherigem Abhäuten vergrub. Eine große Scheune bot Raum für zwei Pferde- und einen Handkarren, die Herrlinger sein Eigen nannte, sowie für die Werkzeuge, die benötigt wurden. In zwei weiteren Gebäuden, sie waren aus Holz errichtet, fand Platz, was aus den Kadavern produziert wurde. Hier lagerten die rohen Häute, die von den Gerbern gekauft wurden, sowie Unschlitt, das Herrlinger durch Sieden von Fettstücken in einem großen Kupferkessel gewann und das in kleine Fässer und andere Behälter abgefüllt wurde, wo es härten konnte. Herrlinger verkaufte es an Lichterzieher und Seifensieder. Sehnige Teile hingen zum Trocknen über Balken, die auf Böcken ruhten. Als Leimleder an Leimsieder verkauft, brachten die harten Fettstücke ebenfalls guten Gewinn. Ebenso Klauen, Horn und Rosshaar, das, in Kisten sortiert, gelagert wurde.

Zwei Ställe – einer für das Pferd, in dem anderen hielt Herrlinger zwei Schweine – sowie ein Heuschober vervollständigten die Anzahl der Betriebsgebäude, die noch von zwei Wohngebäuden ergänzt wurden. Ein aus Stein gebautes, in ihm wohnte der Wasenmeister, und ein kleines, das eher einer Hütte ähnelte und ausschließlich aus Holz errichtet war. Was sich beide Gebäude teilten, war ein sorgfältig mit Schindeln gedecktes Dach. Und den aus Steinen gemauerten Backofen, der im Hof stand.

Herrlinger lenkte das Pferd an den Gebäuden vorbei zu einer der vier Gruben, die auf dem hinteren Teil des Grundstücks ausgehoben worden waren. Sie nahmen Kadaver auf und waren jeweils von einer hüfthohen Mauer umgeben. Im Gegensatz zu den drei anderen, die ungefähr zur Hälfte gefüllt waren, war sie leer und der Boden mit einer dicken Ascheschicht bedeckt.

»Brrr!« Das Pferd blieb stehen. Herrlinger und der Junge stiegen vom Kutschbock. Einige Hühner stoben gackernd zur Seite.

Der Wasenmeister sah sich um und fluchte. Sein Gesicht war puterrot angelaufen. Was, wie der Junge wusste, nicht von ungefähr kam. Schon als der Karren auf das Anwesen eingebogen war, hatte er bemerkt, wie der Ausdruck in seiner Miene immer finsterer wurde.

»Isidor? Verdammt, wo steckst du? Was ist mit der Hölle? Die müsste doch brennen«, brüllte Herrlinger.

Die »Hölle« war die Grube, vor der sie gerade standen. In ihr wurden Kadaverreste, die nicht verwertet werden konnten, verbrannt. Isidor, ein Knecht, der, wie Elias, bei Herrlinger in Lohn und Brot stand, war dafür verantwortlich, dass sie stets brannte. Im Gegensatz zu Elias hielt er es schon seit mehr als zehn Jahren im Dienst des Wasenmeisters aus. Wenngleich nicht gerade mit umfassenden Geistesgaben ausgestattet, verfügte Isidor über einen anderen Vorzug: Er glich einer Eiche; groß und überaus kräftig gebaut, konnte er ordentlich zupacken. Allerdings besaß er, zumindest aus

Sicht des Wasenmeisters, wie Elias wusste, einen gravierenden Fehler: Er trank mehr Most, als er vertragen konnte. In dem Verschlag, in dem er hauste, hatte er ein Loch in den Lehmboden gestemmt, in dem er stets zwei Krüge vorrätig hielt. Mit einer Falltür abgedeckt, bildete es einen idealen Aufbewahrungsplatz, an dem sich das Getränk schön kühl halten ließ. Hin und wieder hatte auch Elias davon genossen. In den Augen des Jüngeren bildete die Schwäche Isidors nicht unbedingt einen Makel. Zählte der Knecht doch zu der Kategorie von Menschen, die im nüchternen Zustand mürrisch und gelegentlich auch recht raubauzig sein konnten. Tat der Alkohol seine Wirkung, konnte er allerdings sehr umgänglich und der hilfsbereiteste Mensch auf Erden sein.

»Isidor!«, brüllte Herrlinger erneut. »Du verfluchter Hurensohn, komm, verdammt noch mal, her, oder sollen dir Papst und Kaiser höchstpersönlich eine Einladung schicken?!«

»Komm ja schon«, ertönte eine mürrische Stimme. Sie kam aus Richtung des Heustadels.

Widerwillig und schlecht gelaunt schlurfte Isidor heran, Strohreste an dem schmierigen Wams und der zerlöcherten Hose. Auch sein verwirbelter brauner Haarschopf war voller Stroh. Offenbar hatte er sich im Heuschober ein Nickerchen gegönnt. Seine unter buschigen Brauen tief in den Höhlen liegenden schwarzen Augen blickten missmutig. An seiner Miene war abzulesen, dass er an diesem Tag nicht einen einzigen Schluck Most getrunken hatte.

»Was habe ich dir aufgetragen, bevor ich heute morgen weggefahren bin?«, bellte Herrlinger den Mann an.

»Was ist denn los? Ich hab doch alles gemacht!«

»Was hast du gemacht?«

»Na, ich hab die Sehnen zum Trocknen aufgehängt, Unschlitt gekocht und abgefüllt und die Fässer fein säuberlich ins Lager gestellt. Das Rosshaar hab ich in Schweife gebunden und gebürstet. Hab jeden einzelnen Schweif sorgfältig in die Kiste gelegt. Hab den Schweinestall ausgemistet, den Schweinen zu fressen gegeben und die Asche aus dem Backofen geholt.«

»Und warum, zum Teufel, brennt die Hölle nicht? Hatte ich dir nicht aufgetragen, den verfluchten Schweinekadaver zu verbrennen, den wir gestern abgeholt haben?«

Isidor kratzte sich den Kopf.

»Ich … Ich dachte, dem Schwein könnte man noch die Haut abziehen. Hans Böckler, der Gerber, hat doch neulich gefragt, ob wir ihm eine Schweinshaut liefern könnten.«

»Bist du des Teufels? Du hast wohl Scheiße im Hirn! Hast du dir die Haut mal angesehen, die Vorderläufe, den Schwanz, von dem die Spitze abgefallen ist? Voller Gangrän war die arme Sau, sie ist am Antoniusfeuer verreckt. Da gibt's nichts mehr zu verwerten. Der Kadaver muss verbrannt werden, verdammt! Warum kannst du nicht einfach das tun, was man dich heißt?«

Isidor schwieg betreten. Er tat Elias leid. Den Kopf ein-, die Schultern hochgezogen, stand er vor Herrlinger, trotz der geduckten Haltung noch um einen halben Kopf größer als der Wasenmeister. Das Antoniusfeuer war eine gefürchtete Krankheit, die nicht nur Tiere, sondern auch Menschen befiel. Wen das Leiden ereilte, der machte schon im Diesseits sämtliche Qualen der Hölle durch, bis der Tod ihn erlöste und ins Jenseits holte.

»Und jetzt mach endlich voran. Hol den verfluchten Kadaver aus der Grube! Ich will das Feuer brennen sehen, und zwar schnell! – Und du hilf ihm! Aber zuerst schirre Rosa ab und lass sie grasen. Den Karren kannst du vorerst stehen lassen.« Die letzte Aufforderung hatte Elias gegolten.

»Aber Wasenmeister, sagtet Ihr nicht, ich soll das Gestänge …«

Mit einem Knöchelhieb seiner Rechten unterbrach Herrlinger den Jungen.

»Du sollst machen, was ich sage, und nicht lange fragen, verflucht noch mal. Das Gestänge kannst du danach noch reparieren.«

Er versetzte Elias einen weiteren Knöchelhieb und trat mit dem Schuh nach Isidor. »Los jetzt, an die Arbeit! Und haltet keine Maulaffen feil.«

Noch während er seine Anweisungen gab, trat die alte Erwina aus dem Wohnhaus und watschelte auf die Gruppe zu.

Sie führte Utz den Haushalt. Elias wusste, dass sie die Frau eines Scharfrichters gewesen war und damit demselben Stand angehörte wie Utz. Vor über zehn Jahren war sie zu ihm gekommen, nachdem ihr Mann gestorben war und sie kein Dach mehr über dem Kopf gehabt hatte. Erwina war stumm, man hatte ihr einst die Zunge herausgeschnitten. Utz hatte sich ihrer erbarmt und sie als Haushälterin zu sich genommen. Gestenreich bedeutete sie Utz, dass das Vesper auf dem Tisch stehe und er doch bitte kommen möge.

Zornig brummend ging der Wasenmeister ins Haus.

Kapitel 3

Mittlerer Schwarzwald, Tal der Kinzig, Gegend um Wolfach
August Anno Domini 1325

Noch dämmerte es. Doch am östlichen Horizont kündete ein leuchtend rotes Band davon, das ein herrlich sonniger Tag bevorstand.

Elias hatte sein Morgenmahl beendet. Es wurde stets im Haus des Wasenmeisters eingenommen. Immer schweigend und erst nachdem Herrlinger das Tischgebet gesprochen und sich bekreuzigt hatte. *Gott, segne unser täglich Brot. Und schütze uns vor aller Not. Amen.* Zu viert saßen sie um den Tisch herum, Herrlinger an der Stirnseite, Erwina, Isidor und Elias an einer der Längsseiten. Für Elias und Isidor bestand das Mahl aus einer Schale Hirsebrei, Meister und Haushälterin speisten opulent mit Schinken oder Wurst, Schwarzbrot und Gesälz, das Erwina aus den Früchten, die im Garten oder an den Bäumen wuchsen, eingekocht hatte. Ein üppiges Frühstück, bei dessen Anblick Elias Morgen für Morgen das Wasser im Mund zusammenlief, und ein Hinweis darauf, zu welchem Wohlstand es der Wasenmeister im Laufe der Jahre gebracht hatte.

Herrlinger erhob sich zum Zeichen, dass auch die anderen aufzustehen hatten.

»Du wirst nachher die beiden Ziegen häuten«, wandte er sich an Elias. »Du weißt schon, die, die wir gestern auf dem Hof vom Peter, dem Waldbauern, abgeholt haben. Die Häute lieferst du ihm noch heute Abend, er will sie selbst gerben. Du wirst den Leiterwagen nehmen. Er gibt dir als Bezahlung ein Fass Most und eine Speckseite mit. Verstanden?«

»Ja, Wasenmeister«, murmelte Elias.

»Ob du mich verstanden hast, habe ich dich gefragt?«

»Ja, Wasenmeister«, sagte Elias, deutlich lauter und mit einer Spur Verdruss in der Stimme.

Was ihm vonseiten Herrlingers eine Kopfnuss und eine entsprechende Bemerkung einbrachte.

»Nicht aufmüpfig werden, Bastard, sonst setzt es Hiebe.«

Mit einem spektakulären letzten Aufglühen hatte sich die Sonne am Horizont verabschiedet, fast schlagartig war die Dämmerung hereingebrochen. Ein bleicher Vollmond war dabei, sich seinen Platz am Himmel zu erobern, noch allerdings wirkte er fragil und durchsichtig. Soeben war Elias mit dem Enthäuten der Ziegen fertig geworden. Er hatte die blutige Unterseite im Bach gereinigt, ein Sackleinen daraufgelegt und sie zusammengerollt. Jetzt lagen beide Rollen auf einem Leiterwagen, bereit, an den Waldbauern ausgeliefert zu werden.

In den Gürtel eine Rohhautlampe eingehängt, in der eine Unschlittkerze brannte, zog Elias los. Am Rand des Tals angekommen, dort, wo der sanfte Anstieg zum Wald begann, hielt er kurz inne und sah sich um. Obwohl es noch nicht richtig dunkel war, brannte im Haus des Wasenmeisters bereits Licht. Eine Talglampe sandte einen milchig gelben Schimmer durch die pergamentenen Fenster der Wohnstube in die graublaue Dämmerung hinaus. Es hatte Herrlinger eine Stange Geld gekostet, die Fenster mit nahezu winddichten pergamentbespannten Rahmen auszustatten, wie sie nicht einmal jedes Ratsmitglied Schiltachs oder Wolfachs sein Eigen nannte. Auch wenn die meisten von ihnen in Häusern wohnten, gegen die das des Utz Herrlinger wie ein Stall daherkam. Doch obwohl er einem jener Berufe nachging, die man als »unehrbar« ansah, war er nicht arm. Im Gegenteil. Er verdiente mit seinem Gewerbe gutes Geld, sogar so viel, dass er sich zweimal im Monat im Gasthaus *Zum Wilden Bären* in Schiltach – es galt als das beste der Stadt – ein Essen nebst zwei ordentlich gefüllten Krügen Bier leisten konnte.

Elias erinnerte sich, wie ihn der Wasenmeister einmal in einem Anflug von Großmütigkeit – er war damals noch keine zwei Wochen bei ihm gewesen – in den *Bären* mitgenommen hatte.

»Nicht hier! Dieser Eingang ist für uns gesperrt«, hatte er Elias angefahren, als er das Gasthaus durch den Eingang betreten wollte, der zum Marktplatz hin lag. Er ging mit ihm zur Rückseite des Hauses, zu einer neben dem Abtritt gelegenen Hintertür.

»Siehst du, hier ist unser Platz.« Herrlinger trat in einen winzigen Bretterverschlag, in dem ein Tisch und zwei Stühle standen. An einem Nagel an der Wand, direkt neben dem Tisch, hingen zwei irdene Krüge sowie zwei hölzerne Teller an langen kleingliedrigen Ketten. Das Kabuff war ausschließlich für Herrlinger reserviert.

Er ließ sich auf einem der beiden Stühle nieder.

»Setz dich!«, wies er den Jungen an und deutete auf den anderen.

»Warum hier und nicht im Schankraum?«, hatte Elias gefragt.

»Da dürfen nur die Bürger speisen, die einem angesehenen Handwerk oder einer anderen ehrbaren Beschäftigung nachgehen. Unsereiner hat da nichts zu suchen. Wir sind gehrende Leute, wir gelten als unehrbar, hast du das vergessen?«

»Aber ist denn unser Handwerk nicht ebenso ehrbar, Wasenmeister? Die feinen Leute müssten dankbar sein, dass es uns gibt, wer würde denn sonst den Dreck wegmachen?«

Worauf Utz Elias nur wortlos angesehen und grimmig den Kopf geschüttelt hatte. »Die feinen Pinkel? Dieses verfluchte Pack glaubt, dass eine gottgewollte Ordnung es so wolle«, hatte er gemurmelt.

Johanna, ein etwa achtzehnjähriges Mädchen, das die Gäste bediente, trat an den Tisch, allerdings mit gebührendem Abstand. Herrlinger musterte sie mit unverhohlen lüsternem Blick. Die unreine Haut und ein fehlender Schneidezahn konnten über die körperlichen Vorzüge und die damit verbundenen Qualitäten, die sie in den Augen der meisten Männer besaß, nicht hinwegtäuschen. Zumal sie das, was sie hatte, selbstbewusst und kokett zur Schau trug.

»Ein Schmalzbrot und einen halben Humpen für den Bastard hier, für mich den besten Braten, den du hast, gewürztes, geschmortes Kraut und einen halben Laib Brot, aber von dem frischen weißen, wie du es den Ratsherren auftischst, mein Täubchen. Und natürlich einen vollen Humpen.«

»Ich bin nicht dein Täubchen, Wasenmeister. Und hör auf, mich anzustarren.«

»Warum nur muss ich immer an Äpfel denken, wenn ich dich sehe?«, feixte Herrlinger. »Äpfel sind mein Lieblingsobst, musst du wissen. Am liebsten pflück ich sie mir, wenn sie frisch und knackig sind.«

»Dann such dir einen Obstgarten, der zu dir passt, stinkender Bock. Zu meinem ist dir der Zutritt verwehrt.«

Johanna warf den Kopf in den Nacken, drehte sich um und ging erhobenen Hauptes und mit betont schwingenden Hüften davon.

Elias hatte damals noch lange über den Makel nachgedacht, der den unehrlichen Berufen anhaftete. Gedanken, die ihm auch jetzt wieder durch den Kopf gingen. Nicht nur Abdecker und Schinder zählten zu den Verfemten. Auch

Scharfrichter, Büttel, Kesselflicker, Müller, Totengräber und Türmer sowie fahrendes Volk und Gaukler gehörten zu ihnen. Und dass Angehörige dieser Handwerke im Wirtshaus nicht zusammen mit ehrbaren Leuten an einem Tisch sitzen durften, war noch nicht einmal das Schlimmste. Sie waren noch ganz anderen Einschränkungen unterworfen, die ihnen die »gottgewollte Ordnung« auferlegte. Beispielsweise durften sie keinen Grund und Boden besitzen. Auch das Grundstück, auf dem die Wasenmeisterei lag, gehörte nicht Utz Herrlinger, sondern der Stadt, ebenso wie sämtliche Gebäude darauf. Allerdings – und bei diesem Gedanken huschte ein wissendes Lächeln über Elias' Gesicht – auch wenn Utz keinen Zugang zu den Zünften oder städtischen Ämtern besaß, auch wenn er niemals Richter, Urteilender oder Zeuge sein konnte, keinen eigenen Grund und Boden besitzen und keine Waffen tragen durfte und eine Frau nur hätte heiraten können, wenn sie gleichen Standes gewesen wäre wie er, kurz: Auch wenn man ihn mied wie der Teufel das Weihwasser, es gab etwas, was Utz Herrlinger heimlich wichtige Türen öffnete, und das war sein Geld. Und vor dem Geld, auch das wusste Elias inzwischen, war jeder gleich. Besser gesagt: Es machte alle gleich. Ob frei oder unfrei, ob ehrenhaften oder unehrenhaften Standes, ob Ratsherr oder Bettler, Pfaffe oder Burgherr, Papst oder König – die Gier nach Geld einte die Menschen mehr als alles andere. Utz Herrlinger bildete da keine Ausnahme. Und dass er sein Geld nicht nur mit der Wasenmeisterei verdiente, glaubte Elias an verschiedenen Beobachtungen festmachen zu können, die er in den vergangenen Monaten gemacht hatte. Zum einen war ihm aufgefallen, dass Herrlinger schon mehrfach, kurz bevor der Morgen graute, das Anwesen mit Pferd und Wagen verlassen hatte, um erst am nächsten Tag vor Einbruch der Dämmerung heimzukehren. Und das, ohne etwas geladen zu haben. Aufgebrochen war er immer mit zwei Spaten, einer Hacke, einer Axt sowie einer Säge und einem großen Weidenkorb.

Als Elias mit Isidor darüber sprechen wollte, hatte der nur mit der Schulter gezuckt. Es ginge sie beide wohl nichts an, was der Wasenmeister an den beiden Tagen treibe, hatte er gemeint. Er genieße jedenfalls die Abwesenheit des Alten, da müsse man wenigstens nicht seine Launen fürchten. Womit er völlig recht hatte. Aber Elias konnte sich nicht des Eindrucks erwehren, dass Isidor mehr wusste, als er zugeben wollte.

Eine weitere mysteriöse Beobachtung hatte er an einem jener Sonntage gemacht, an denen er schon in aller Frühe durch die Wälder streifte.

Elias liebte es, um diese Stunde im Wald zu sein, wenn Nebelschleppen über den feuchten Boden schleiften und, als zöge das Licht der aufgehenden Sonne sie an, nach oben schwebten, um sich hoch über den Wipfeln zu verflüchtigen.

Plötzlich waren Stimmen durch den Dunst gedrungen. Hastig sprang Elias hinter ein Felsstück, das aus dem Waldboden ragte, und spähte in ihre Richtung. Keine fünfzig Fuß von ihm entfernt schritten zwei Männer den Pfad entlang. Einer von ihnen führte einen Fuchs mit rötlich schimmerndem Fell neben sich her, der andere war unverkennbar der Wasenmeister.

Sie blieben stehen. Elias hielt den Atem an. Obwohl die Schwaden mal mehr, mal weniger durchsichtig über den Waldboden hinwegwaberten, sah er sofort, dass der Rappe von edlem Geblüt und sein Besitzer alles andere als von gewöhnlichem Stand war; seine Kleidung war die eines vornehmen Städters. Was besonders ins Auge fiel, war der leuchtend gelbe Federbusch, den er am Hut trug. Sein Gesicht war hinter einem Tuch verborgen und ließ nur die Augen frei. Was sie miteinander besprachen, vermochte Elias nicht zu hören, dem an- und abschwellenden Murmeln nach führten sie eine lebhafte Unterhaltung. Das Treffen endete jedenfalls damit, dass der Fremde dem Wasenmeister etwas übergab, was einem prall gefüllten Beutel ähnelte …

Elias wandte sich um und schritt, den Leiterwagen mit den Ziegenhäuten hinter sich herziehend, weiter. Bald umfing ihn die Dunkelheit des Waldes, dicht belaubte Kronen schlossen sich über ihm zu einem fast undurchdringlichen Dach. Die Lampe an seinem Gürtel und der Mondschein, der sich hie und da durch das Gewirr der Äste Bahn brach und bizarre Lichtflecken auf den Weg malte, leuchteten ihm.

Keine halbe Stunde später trat er aus dem Walddunkel auf eine ausgedehnte grasbewachsene Lichtung. Er hatte den Hof von Peter erreicht. Peter war ein Bauer, den der Wald ernährte. Denn statt Getreide erntete er Holz, das er schlug und an die Floßgemeinschaften und Holzkaufleute verkaufte, die es auf der Kinzig, dann weiter auf dem Rhein bis hin nach Straßburg und Kehl und sogar bis Holland flößten. Schon auf dem Weg hierher war Elias an einer Riesbahn vorbeigekommen, einer rutschbahnartigen, aus Holz gefertigten Rinne, auf denen die geschlagenen Stämme ins Tal donnerten.

»Ah, meine Häute«, brummte Peter, der Elias auf dessen Klopfen hin geöffnet hatte. »Warte hier!«, knurrte er und verschwand kurz aus dem Blickfeld des Jungen.

Elias blickte durch die geöffnete Haustür in eine von mehreren Talgkerzen spärlich erleuchtete Stube, in der die fünf Kinder und die Ehefrau Peters an einem roh zugehauenen Tisch saßen und aus dampfenden Holzschüsseln löffelten. Einige Hühner spazierten gackernd über den festgetretenen Lehmboden, der voller Kot und Dreck war.

Elias' Augen hefteten sich auf den leeren Platz am Tisch, an dem bis gerade eben noch der Bauer gesessen hatte. Auf den großen hölzernen Teller, auf dem ein dickes Stück Schinken nebst einer großen Scheibe dunklen Brotes lag. Daneben ein irdener Krug. Elias schätzte, dass er mit Most gefüllt war. Der Schinken dampfte, er war wohl frisch gegart worden, ein himmlischer Duft drang aus der Stube. Tief sog Elias ihn ein, während ihm das Wasser im Mund zusammenlief. Von solcherlei Köstlichkeiten konnte er nur träumen. Hin und wieder, wenn Utz Herrlinger einen seiner guten Tage hatte, was äußerst selten vorkam, fielen mal ein kleines Stück Schinken oder Braten, den Erwina gesurt oder gebraten hatte, für ihn und Isidor ab. Doch was dies anging, wusste sich Elias inzwischen zu helfen. Manchmal ging er an den Sonntagen, an denen er frei hatte, in den Wald und stellte Vögeln und Kleingetier nach. Die Fallen dazu baute er sich selbst. Wenn er etwas fing, schlachtete er es an Ort und Stelle, um es auszunehmen und an einem Feuer zu braten. Es waren diese seltenen Augenblicke in seinem jungen Leben, die ihm für kurze Zeit ein Gefühl der Freiheit vermittelten. Das aber war so flüchtig wie ein Schmetterling im Wald, der sich für die Dauer eines Lidschlags auf einer Brombeerblüte niederließ, ihren Nektar genoss, sich taumelnd erhob und, einem verirrten Sonnenstrahl folgend, der den Weg durch die Baumwipfel gefunden hatte, wieder entschwand.

Der Bauer erschien. »Komm mit!«, sagte er zu Elias.

Da stand eines der Kinder, ein etwa vierjähriger Blondschopf, plötzlich vom Tisch auf und lief auf die geöffnete Haustür zu.

»Vater, wer ist der Junge? Kann er mit uns spielen?«, krähte er.

Elias lächelte ihm zu.

»Geh zurück zum Tisch, Meinrad, und iss deinen Hirsebrei. Der Junge ist nicht zum Spielen gekommen«, merkte sein Vater streng an.

»Aber Vater, ich möchte ihm gern meinen Kreisel zeigen und …«

»Ich sagte doch, der Junge wird nicht mit dir spielen, hast du nicht gehört?«

Hatte Meinrad offenbar nicht. Die Ermahnung seines Vaters ignorierend, lief er einfach weiter. Anscheinend verstand er Elias' Lächeln als Aufforderung, ihn am Ärmel zu packen und ihn weiter in die Stube zu ziehen. Völlig überrascht von der Reaktion des Jungen ließ Elias ihn gewähren.

»Zum Teufel mit dir! Bist du des Wahnsinns? Wie kannst du es wagen, dich anfassen zu lassen?«, brüllte Peter ihn auf einmal an. Er riss seinen Sohn mit der Linken in die Stube zurück, während seine Rechte Elias vor die Brust stieß, dass er nach hinten taumelte.

Elias war zu Tode erschrocken. Erst jetzt bemerkte er, dass er soeben eine große Dummheit begangen hatte. Ein Anrüchtiger, ein Verfemter, einer, der dem Wasenmeister als Knecht zur Hand ging, hatte sich nicht anfassen zu lassen, noch hatte er jemanden anzufassen, der gemäß der gottgewollten Ordnung über ihm stand.

»Ver…verzeiht, aber … Ich … Der Kleine … Ich wollte nicht …«, stotterte er hilflos.

»Schon gut«, brummte Peter, der sich sofort wieder im Griff hatte. »Du wirst das nie wieder machen. Vergessen wir's. Und jetzt komm. Nimm den Karren mit!«

Er ging voraus zu einem Schuppen, Elias folgte ihm mit dem Handkarren.

»Hier, nimm die!« Der Bauer hieß ihn eine Speckseite, die im Schuppen an einem Haken hing, auf seinen Handkarren wuchten. Er selbst schleppte ein kleines Fass herbei, das er auf die Ladefläche stellte. »Der Most«, knurrte er.

»Für dich«, sagte Peter und legte einen großen, roten Apfel auf das Fass, den er aus einer Kiste im Schuppen genommen hatte. »Als Wegzehrung. Das vorhin … Das war nicht so gemeint. Ich meine … Du kannst ja nichts dafür, dass du … Aber merke es dir für die Zukunft. Dann ersparst du dir 'ne Menge Ärger. Klar?«

Elias nickte und bedankte sich. Der Apfel würde ihm den Heimweg versüßen.

Der Leiterwagen quietschte, als er sich wieder auf den Rückweg machte. Was wahrscheinlich an dem Fass Most und der Speckseite lag, die zusammen deutlich schwerer wogen als die beiden Ziegenhäute, die er abgeliefert hatte.

Etwa eine halbe Meile war er gegangen, den Apfel hatte er schon verzehrt, als ihn ein eigenartiges Geräusch innehalten ließ. Elias blieb stehen und hielt den Atem an, das monotone Quietschen des Handkarrens verstummte augenblicklich. Er kannte den Wald und wusste seine Zeichen zu deuten. Schließlich führte der Weg zum Anwesen des Wasenmeisters durch ausgedehntes Waldgebiet, hinzu kam, dass er jede freie Minute in den Wäldern verbrachte. Er verfügte über ein scharfes Gehör und hatte gelernt, die natürlichen Laute, die der Forst hervorbrachte, von jenen zu unterscheiden, die nicht natürlichen Ursprungs waren.

Was er soeben wahrgenommen hatte, gehörte eindeutig zur zweiten Kategorie.

Furchtsam sah er sich um. Lauschte in den Wald hinein. Inzwischen war er auf einer Schneise angekommen, die schon vor Längerem in den Wald geschlagen worden war. Der Weg zurück zum Anwesen des Wasenmeisters führte mitten hindurch und war übersät mit Spänen, Splittern und Totgehölz sowie aus dem Boden ragenden Baumstümpfen, zwischen denen sich niedriges Strauchwerk sowie Gräser und Farne behaupteten. Der Ort war ihm vertraut, er war schon oft hier gewesen. Allerdings immer am Tag. Jetzt, nachts, sah alles anders aus. Das silbrige Licht des Vollmonds ergoss sich in den Kahlschlag, der Himmel war klar, die nächtliche Bläue um ihn herum atmete Ruhe und Frieden.

Oder etwa doch nicht?

Erneut drang das Geräusch an sein Ohr. Stimmen? Ein verhaltenes Rufen, ein leises Lachen? Er vermochte es nicht zu sagen; ihm schien, als ob die Dunkelheit nicht nur das Licht, sondern auch den Schall schluckte. Eine Gänsehaut breitete sich auf seinem Rücken aus, während sein Herz wild zu galoppieren begann. Die eigenartigen Laute schienen vom rechten Rand des Kahlschlags gekommen zu sein, dort, wo die Schneise endete und in den Wald überging, der wie eine tiefschwarze Mauer dastand. Eine Mauer aus Bäumen, schoss es Elias durch den Kopf. Er spähte hinüber. Versuchte mit seinen Augen die Mauer zu durchdringen. Doch die dunkle Wand hielt seinem Blick stand, als wehre sie sich, ihr Geheimnis preiszugeben.

Da! Ein Schatten war unvermittelt aus der Wand gehuscht und blieb, umflort vom Silberlicht des Mondes, bewegungslos stehen.

Unfähig, sich zu bewegen, verharrte Elias und starrte zu ihm hinüber. Plötzlich, wie von einem Dämon hingehaucht, stand noch ein zweiter Schatten vor der Baummauer.

In die Schatten kam Leben. Langsam zuerst, dann immer schneller bewegten sie sich durch das Unterholz auf Elias zu: in dunklen Kutten steckende Gestalten, die Kapuzen tief in die Stirn gezogen, Wesen ohne Antlitz wie aus seinen Träumen. Hatten sie die Grenze zur Wirklichkeit überschritten? Jetzt hörte er auch ihre Stimmen. Höhnisches Lachen. Rufe.

Panische Angst befiel ihn. Er wirbelte herum und rannte um sein Leben. Doch im Gegensatz zu seinen Träumen trat er diesmal nicht auf der Stelle. Im Nu hatte er die Grenze der Schneise erreicht, tauchte in das Walddunkel ein und lief wie von Furien gehetzt auf dem schmalen Pfad weiter. Aber dann wurde ihm die Lampe zum Verhängnis, die an seinem Gürtel baumelte und gegen seinen Schenkel schlug. Sie geriet ihm zwischen die Beine, ließ ihn stolpern und auf den Waldboden aufschlagen.

»Herr im Himmel, all ihr Heiligen helft mir!«, stieß er inbrünstig hervor. Zwar rappelte er sich wieder auf und lief weiter, doch der Sturz hatte ihn wertvolle Zeit gekostet.

Schritte, die in schneller Folge dumpf auf den weichen Waldboden schlugen, sowie ein rhythmisches Keuchen in seinem Rücken verrieten ihm, dass einer der beiden Schatten die Verfolgung aufgenommen hatte und ihm nah auf den Fersen war. Die Frage war, wie nah. Elias wagte nicht, sich umzusehen. Dann knallte etwas mit Wucht gegen seine Beine, sein Verfolger hatte einen Knüppel nach ihm geworfen, er wankte, stolperte, dann stürzte er der Länge nach erneut zu Boden. Im Nu war der Schatten über ihm, stieß ihm das Knie in den Rücken und presste mit beiden Händen seine Schultern zu Boden.

»Warum so eilig, Bursche?«, keuchte er. Der Zungenschlag war der eines Mannes aus dem Freiburgischen. Elias kannte den Dialekt; Herrlinger erhielt hin und wieder Besuch von Leuten, die aus jener Gegend stammten. Plötzlich begriff er: Das war keine der übermächtigen dämonenhaften Schattengestalten aus seinen Träumen, das war ein ganz gewöhnlicher Wegelagerer. Trotz seiner misslichen Lage spürte er eine gewisse Erleichterung.

»Lass mich los, was willst du von mir? Ich besitze nichts. Außerdem bin ich anrüchig, ich bin Gehilfe des Wasenmeisters. Du verunreinigst dich, wenn du mich berührst.«

»Tatsächlich?« In der Stimme des Mannes schwang Spott mit. »Sorge dich nicht um mich. Ich war einst Gehilfe eines Scharfrichters. Du siehst, Gott hat uns aus dem gleichen Holz geschnitzt. Und ob du etwas besitzt oder nicht, das werden wir gleich feststellen. Du wirst jetzt aufstehen. Wir gehen zurück zu deinem Karren! Du gehst voraus!«

Er lockerte seinen Griff und erhob sich. Elias stand auf. Der Mann packte ihn am Arm und ging mit ihm zurück zur Lichtung. Der andere stand neben dem Karren und erwartete sie bereits.

»Ein Fässchen Most und eine Speckseite. Die hat uns der Himmel geschickt, Balduin. Lass uns den Wanst vollschlagen und von hier verschwinden«, wandte er sich lachend an seinen Komplizen, der Elias am Schlafittchen hatte. Hätte es für den Jungen noch einer zusätzlichen Bestätigung bedurft, dass er es mit zwei ganz gewöhnlichen Halunken zu tun hatte, dann war es diese Bemerkung. Wesen aus der Schattenwelt lachten nicht, noch erfreuten sie sich an irdischen Genüssen wie Speck und Most.

»Sieh an, sieh an. Aber vielleicht hat uns der Himmel ja noch etwas anderes geschickt. Ich würde sagen, wir sehen mal nach, bevor wir uns den Wanst vollschlagen, was meinst du?«, schlug Balduin seinem Spießgesellen vor.

»Einen Versuch wär's wert«, meinte der lachend.

»Zieh dein Hemd aus!«, befahl Balduin Elias und nahm die Hand von ihm.

»Weshalb sollte ich?«

»Weil ich sehe, dass du was darunter trägst. Zeig es uns.«

Elias sah an sich hinunter und erschrak. Tatsächlich zeichnete sich auf dem Hemd, das er eng am Leib trug, klar und deutlich eine Kontur ab.

Sein Medaillon. Das er hütete wie einen Schatz. Das Einzige, das ihn mit seiner tief im Dunkeln liegenden Vergangenheit verband. Ein Gegenstand, der ihm so innig vertraut und zugleich so unendlich fremd war. Und der dennoch mit ihm verwachsen schien.

Sein Medaillon in den Händen dieses erbärmlichen Packs? Niemals. Aber hatte er denn die geringste Chance gegen sie?

Elias spürte, wie seine Augen feucht wurden und zu brennen anfingen. Der Gedanke, sein geliebtes Medaillon zu verlieren, schnürte ihm die Brust zu, er zitterte, seine Gedanken rasten. Aus den Augenwinkeln sah er sich gehetzt um. Balduin, der ihn gejagt hatte, stand dicht neben ihm. Der andere, dessen Namen er nicht kannte, stand etwa fünf Schritte von ihm entfernt neben dem Karren, den er mitsamt dem Most und dem Schinken ohnehin abschreiben konnte.

»Wird's bald? Oder sollen wir hier noch bis Sonnenaufgang stehen?«, fuhr Balduin ihn an.

Panisch musterte Elias die Umgebung in der Hoffnung, irgendetwas zu finden, womit er sich wehren könnte. Und wurde fündig. Zu seinen Füßen, gerade mal einen Schritt weit entfernt, entdeckte er neben einem dichten Brennnesselbusch einen Ameisenhaufen. Tränen der Verzweiflung ließen ihn das, was er da vor sich sah, zwar nur verschwommen wahrnehmen, dafür rückte die Idee, die Angst und Wut soeben in seiner Vorstellung erschaffen hatten, um so schärfer in sein Bewusstsein.

Kaum dass sie in seinem Kopf aufgeschienen war, ließ er sich blitzschnell in die Hocke fallen, griff mit der linken Hand in den Ameisenhaufen, während er mit der Rechten, ungeachtet des höllischen Schmerzes, ein dickes Büschel Brennnesseln ausriss. Dann schnellte er hoch, fuhr dem neben ihm stehenden Balduin mit beiden Händen unter die Kapuze und rieb ihm mit aller Kraft die Ameisenerde und die Brennnesseln ins Gesicht.

Balduin brüllte auf vor Schmerz. Er hielt sich mit beiden Händen den Kopf und brach in die Knie. Elias wirbelte sofort wieder herum und rannte, das Überraschungsmoment nutzend und ohne einen Blick auf den Komplizen Balduins zu werfen, auf den Wald zu. Die Lampe hatte er noch auf der Lichtung von sich geworfen, damit ihr Schein ihn nicht verriet.

Der Mond leuchtete ihm, während er mit weiten Sprüngen in den Wald hineinhetzte. Haken schlagend stürzte er kreuz und quer zwischen den Bäumen hindurch. Schrammte an Stämmen entlang, während Äste sein Gesicht peitschten und ihm die Arme ritzten, die er hochgerissen hatte, um seine Augen zu schützen. Brach durchs Unterholz, riss sich die Beine blutig, schlitzte sich an einer spitzen Wurzel eine Wade auf und unterdrückte den Schmerzensschrei, der ihm über die Lippen wollte. Stolperte, wankte, torkelte von Stamm zu Stamm immer weiter, immer tiefer in das bergende Dunkel des Waldes hinein. Die rechte Seite stach ihm höllisch, die Lunge schmerzte; obwohl die Nacht kühl war, schwitzte er.

Nach Luft ringend ließ er sich neben dem Stamm einer riesigen Weißtanne nieder. Das bisschen Mondlicht, das den Waldboden erreichte, verlieh der Rinde, gegen die er lehnte, einen silbrigen Glanz. Wie ein gehetztes Wild blickte er um sich und versuchte seinen keuchenden Atem unter Kontrolle zu bekommen. In der Richtung, aus der er gekommen war, ließ ein schwacher Schimmer ahnen, wo die mondbeschienene Schneise lag, der Ausgangspunkt seiner Flucht. Jetzt erst machte sich der Schmerz in der rechten Hand intensiv bemerkbar; die Brennnesseln hatten sie anschwellen lassen, sie tat höllisch weh. Wie auch sein ganzer malträtierter Körper.

Und doch krümmte ein grimmiges Lächeln seine Mundwinkel. Seltsamerweise tat der Schmerz gut, eine Erfahrung, die er später noch öfter in seinem Leben machen sollte: dass der Euphorie des Sieges nicht selten der Schmerz anhaftete, wie auch immer beides geartet sein mochte. Darüber hinaus hatte er zum ersten Mal in seinem jungen Leben begriffen, dass im Falle eines Angriffs bloße Körperkraft allein nicht über Sieg oder Niederlage entschied. Sondern auch die Fähigkeit, dem Gegner mit den Mitteln des Verstandes zu begegnen. War es letztlich nicht eine List gewesen, mittels derer er sich gegenüber seinem Angreifer behaupten konnte?

Und dann war da noch etwas. Etwas, was für die Dauer einiger Herzschläge eine dunkle Seite in seiner Seele aufscheinen ließ, die ihm bisher verborgen geblieben war und die ihn irritierte. Etwas, was ihn einerseits auf angenehme Weise erschauern ließ, vor dem ihm aber andererseits graute: das Gefühl der Befriedigung, das man verspürte, wenn man jemandem Schmerz zufügte, der einem schaden wollte. Er erinnerte sich an die Schreie Balduins, als er ihm die Brennnesseln und die Handvoll Erde ins Gesicht gerieben hatte. Und unwillkürlich fragte er sich, worin der Unterschied zu den Schreien bestand, die ihn in seinen Träumen verfolgten. Noch konnte er nicht wissen, wie sehr die Erfahrung dieser Nacht sein künftiges Leben prägen sollte und wie zwiespältig er damit umgehen würde.

Elias spürte, wie sein Atem ruhiger wurde und die innere Spannung ihn allmählich losließ. Was nicht hieß, dass er sich nicht der Schwierigkeiten bewusst gewesen wäre, die ihn erwarteten, wenn er ohne den Karren bei seinem Brotherrn auftauchte. Dass der verdammte Schinder ihn für den Verlust verantwortlich machen würde, war sonnenklar.

Der Gedanke daran verwandelte den Triumph, den er soeben noch verspürt hatte, in grelle Angst. Er versuchte, nicht an den Schinder zu denken.

Erneut blickte er angestrengt in Richtung des schwachen Scheins, der weit entfernt zwischen den Bäumen schimmerte. Fragte sich, was die beiden Schnapphähne mit dem Karren und der Ladung vorhaben mochten. »Lass uns den Wanst vollschlagen und von hier verschwinden«, hatte der Spießgeselle Balduins vorgeschlagen. Ob sie gerade mit Fressen und Saufen beschäftigt waren?

Elias sah an dem Stamm empor, an dem er lehnte. Eine riesige Weißtanne. Viel höher als ihre Schwestern. Das Astwerk begann unmittelbar über seinem Kopf und setzte sich bis in die schwindelnden Höhen des Wipfels fort, der weit über die der anderen Bäume emporragte. Da kam ihm ein Gedanke. Er schwang sich ins Geäst und kletterte, sich vorsichtig Ast um Ast vorantastend, die Tanne hoch. Weißtannen, so wusste er, waren die höchsten Bäume in diesen weiten, dunklen Wäldern. Ihre Nadeln, die aus der Ferne nicht grün, sondern schwarz wirkten, hatten vor vielen Jahrhunderten der Gegend ihren Namen gegeben. *Silva nigra*, schwarzer Wald, hatten die Römer, die vor über tausend Jahren hierhergekommen waren, das Universum aus Bäumen genannt, das sich vor ihnen aufgetan hatte. Das hatte Elias von jenem Mönch erfahren, dem er einmal zufällig begegnet und mit dem er ein Stück Weges zusammmen gegangen war.

Der Aufstieg inmitten des dichten Astwerks war leichter zu bewältigen, als er zunächst angenommen hatte. Er ignorierte die Schmerzen, die ihm die Flucht in den Wald beschert hatte, und hatte bald die Höhe erreicht, die für die meisten anderen Bäume das Ende des Wachstums markierten, es wurde heller. Doch noch war die Krone ein gutes Stück entfernt, er kletterte weiter. Als er sie erklommen hatte, verschlug es ihm den Atem. Der Blick, der sich ihm von hier oben bot, war überwältigend. Unter ihm erstreckte sich das dunkle Meer der Wipfel und Kronen, glänzend, als habe der Mond sie mit seinem silbernen Atem angehaucht. Bis zum Horizont Wellen bewaldeter Höhen, mal steil aufsteigend, mal sanft abfallend, liebliche Täler, schroffe Schluchten.

Hoch über ihm ein Meer aus Sternen, funkelnd vor einem schwarzblauen Firmament, das poliertem, matt glänzendem Stahl glich. Der prachtvolle Anblick hätte ihn fast vergessen lassen, was der Grund seines Ausflugs in die Spitze des hoch aufstrebenden Baumes war – bis ihn ein Blick in östlicher Richtung wieder daran erinnerte.

Dort lag die Schneise. Gut einsehbar dank dem Mond, dessen Licht sich weiter gekräftigt hatte. Die Luft war glasklar. Elias kniff die Augen zusammen und versuchte seinen Blick an den unterschiedlichen Konturen zu schärfen, die dort aus dem Boden wuchsen. Tatsächlich dauerte es nicht lange, bis sich aus ihnen die Silhouette des Karrens schälte. Von den beiden Gaunern war nichts zu sehen.

Wohin waren sie verschwunden? Hatten sie den Karren einfach stehen lassen und waren weitergezogen, nachdem sie sich an Speck und Most gütlich getan hatten? Wenn ja, könnte er dann nicht vielleicht …?

Nein! Auf keinen Fall! Mochte Utz Herrlinger ihn ob des Verlustes von Karren und Ladung auch noch so sehr in die Mangel nehmen – es ein weiteres Mal mit dem Gelichter zu tun zu bekommen, verspürte er nicht die geringste Lust. Allein, was sollte er jetzt tun? Etwa hier oben im Astwerk ausharren, bis die Sonne aufging? Darauf warten, dass Herrlinger sich auf die Suche nach ihm machte? Elias seufzte still in sich hinein und spürte mit einem Mal, wie das beklemmende Gefühl von vorhin in seine Brust zurückkehrte.

Nach einigem Überlegen entschloss er sich, bis zum Morgengrauen abzuwarten und dann, sobald der Tag erwachte, sich durch den Wald nach Hause durchzuschlagen. Er unterzog die Baumkrone, in die er sich hinaufgeschwungen hatte, einer genauen Prüfung. Die kräftige dreigeteilte Astgabel, in der er, mit dem Rücken an den Stamm gelehnt, saß, würde halten, kein Zweifel. Dennoch beschloss er, sich zusätzlich zu sichern. Er zog den Strick, der die Hose hielt, aus dem Hosenbund, schlang das eine Ende um Schulter und rechten Arm und machte das andere an einem weiteren kräftigen Ast fest, der aus dem Stamm ragte.

Elias blickte nach unten. Selbst wenn jemand unmittelbar an dem Baum vorbeiginge, würde ihn in das dunkle, dichte Gewirr der Äste und Zweige vor neugierigen Blicken verbergen.

Zufrieden schloss er die Augen und versuchte zu schlafen.

Kapitel 4

»Ich fasse es nicht, ich fasse es einfach nicht!«, brüllte Herrlinger und schlug abermals zu.

Elias schrie auf. Diesmal hatte der Schinder seine rechte Schulter getroffen. Viermal hatte er bis jetzt zugeschlagen. Jeder Hieb, den ihm der Alte mit der biegsamen Gerte verpasste, ließ die Haut aufplatzen und hinterließ blutige Striemen.

Zusammengekauert, das Gesicht mit den Armen geschützt, hockte Elias mit angezogenen Knien wimmernd vor der Schuppentür. Vor weniger als einer halben Stunde war er zerschunden von den Strapazen der vergangenen Nacht auf der Wasenmeisterei aufgetaucht. Die Gerte in der Rechten, hatte Herrlinger ihn schon erwartet, um Rechenschaft von ihm zu fordern. Kaum dass er mit seinem Bericht zu Ende gekommen war, hatte ihn der erste Hieb getroffen …

»Ich … Ich sagte doch schon, ich … Ich konnte nichts dafür, Wasenmeister. Ich konnte wirklich nichts dafür«, wimmerte er zum wiederholten Mal. »Sie waren auf einmal da und …«

Ein scharfes Fauchen, als die Gerte durch die Luft schnitt. Ein fünfter Hieb. Ein erneuter Aufschrei. Auf dem linken Arm des Jungen bildete sich eine blutige Spur.

»›Ich konnte nichts dafür. Ich konnte nichts dafür. Sie waren auf einmal da‹«, ahmte Herrlinger ihn nach. »Und du hast keinen anderen Ausweg gesehen, als wie ein Hasenfuß davonzurennen? Und meinen Most und meinen Schinken mitsamt dem Handkarren diesem Pack zu überlassen? Dass ich nicht lache! Ein kräftiger Bursche gegen zwei alternde Strolche. Du hättest dich wehren können.«

»Was ihr sagt, stimmt nicht, Wasenmeister«, begehrte Elias trotzig auf, während Tränen der Wut und des Schmerzes über sein Gesicht rannen. »Sie waren zwar älter, aber sie waren zu zweit, und sie waren kräftig, und außerdem habe ich mich sehr wohl …«

Fffft! Ein sechstes Mal fauchte die Gerte durch die Luft. Der Hieb traf Elias' Handrücken.

»Wie war das? Was ich sage, stimmt nicht? Du bezichtigst mich der Lüge, du elender, undankbarer Lump?« Herrlingers Stimme überschlug sich vor Wut. Ein siebter und ein achter Hieb folgten.

Elias richtete sich aus seiner kauernden Stellung auf, warf sich bäuchlings auf den Boden, Herrlinger vor die Füße, und umklammerte seine Stiefel.

»Bitte, bitte, Herr, nicht mehr schlagen. Es tut mir leid, lasst mich alles wiedergutmachen. Bitte!«, wimmerte er.

Herrlinger ließ die Hand mit der Gerte, die er zu einem weiteren Schlag erhoben hatte, sinken. Er sah auf ihn hinunter wie ein Fürst auf einen zum Tod Verurteilten, der um Gnade winselt.

Es war nicht das erste Mal, dass Elias vor Utz Herrlinger im Dreck lag. Der Junge wusste, wie sehr sein Herr es genoss, ihn solcherart gedemütigt vor sich zu sehen. Bestärkte es ihn doch in der Annahme, er wäre mehr als ein versiffter Niemand, der einem unehrlichen Handwerk nachging und mit dem gottgewollten und unabwaschbaren Makel des Verfemten behaftet war. Elias hatte ihn längst durchschaut und wusste, dass Utz Herrlinger in Augenblicken wie diesen seine Macht weidlich auskostete. Und waren nicht Macht, Ansehen und Geld die wichtigsten Pfeiler eines für ihn erstrebenswerten Lebens? Geld besaß Herrlinger zwar mehr als genug, aber

Macht und Ansehen waren ihm versagt geblieben. Dennoch, auch das meinte Elias an gelegentlichen Äußerungen des Wasenmeisters ablesen zu können, träumte er davon, eines nicht mehr fernen Tages die gottgewollte Ordnung zu durchbrechen. Denn letztlich waren auch Macht und Ansehen für ihn nur eine Ware. Und Waren, davon war der Wasenmeister überzeugt, konnte man kaufen.

»Du sagst also, du willst alles wiedergutmachen?«, knurrte Herrlinger. »Nun, du sollst die Gelegenheit dazu erhalten. Demnächst. Und jetzt steh auf. Erwina wird sich um deine Wunden kümmern. Später wirst du mit Isidor nach dem Karren sehen. Vielleicht steht er ja noch da, wo du ihn im Stich gelassen hast.«

Nachmittags, um die neunte Tagesstunde, brachen sie auf. Isidor hatte vorsorglich einen dicken Knüppel mitgenommen. Zuvor hatte Erwina Elias' Wunden behandelt. Herrlinger hatte ihr eine von ihm selbst zubereitete Tinktur gegeben, mit der er sowohl Pferde als auch Menschen kurierte. Auf offene Wunden geträufelt, verhinderte sie, dass sie sich weiter entzündeten, und beschleunigte die Heilung. Auch einen schmerzstillenden Kräutertrunk hatte Erwina ihm auf Anweisung Herrlingers verabreicht.

Als Schinder kannte dieser sich nicht nur mit den eigentlichen Belangen seiner Tätigkeit aus; wie viele seiner Berufsgenossen verstand er sich auch auf die erfolgreiche Behandlung von Wunden und Knochenbrüchen. Aufgrund ihrer täglichen Praxis und der dadurch erworbenen anatomischen Kenntnisse hatten Angehörige seines Handwerks ein nicht zu unterschätzendes Wissen um das Wesen äußerlicher Verletzungen sowie deren Behandlung erlangt. Manchmal gingen Kranke lieber zu ihnen anstatt zu den Badern und Wundärzten, die geradezu neidisch auf die Fähigkeiten ihrer

»Konkurrenten« blickten. Kamen Kranke zu einem Schinder, um sich behandeln zu lassen, galt die Regel, dass der Makel der Unehrlichkeit nicht auf dessen Kunden übersprang.

Oft ging Elias seinem Brotherrn bei der Wundbehandlung und dem Richten von Knochenbrüchen zur Hand und erwies sich als gelehriger und wissbegieriger Schüler. Es waren Sternstunden in seinem tristen Dasein, Augenblicke, in denen der Hass, den er gegenüber dem Schinder empfand, vorübergehend in den Hintergrund trat.

Auch die Salbe, die der Wasenmeister hergestellt und die Erwina auf Elias' Wunden geschmiert hatte, zeigte vom Können Herrlingers. Sie hatte bald ihre schmerzstillende Wirkung entfaltet, und obwohl Elias anfangs noch gehörig humpelte, kamen sie immer besser voran.

Während sie gingen, redeten sie lange kein Wort miteinander. Erst als sie sich der Schneise näherten, brach Isidor das Schweigen.

»War nich in Ordnung, wie der Alte dich behandelt hat, war nich in Ordnung. Hast mir echt leidgetan«, meinte er und klopfte Elias auf die Schulter. Isidor hatte, bevor sie aufgebrochen waren, einen halben Krug Most geleert, was seine Empathie erklärte.

»Eines Tages werde ich es dem Sausack heimzahlen, glaub mir«, versicherte Elias ihm zähneknirschend. Tatsächlich wuchs mit jedem Mal, wenn der Wasenmeister ihm gegenüber ausrastete, der Hass auf ihn. Die Erinnerungen daran sammelten sich in ihm an, wie Exkremente in einer Kloake. Er schämte sich ihrer, sie demütigten ihn, er kam sich schmutzig und wertlos vor, sooft er an sie dachte. Sie einfach aus seinem Kopf zu verbannen, vermochte er nicht.

Der Karren stand tatsächlich noch da. Von der Speckseite fehlte jede Spur, im Gegensatz zu dem Fässchen. Es stand auf der Ladefläche, doch im Spundloch fehlte der Stöpsel. Isidor hob es an und schüttelte es. Ein leises Plätschern ließ ihn in erwartungsvoller Vorfreude kichern.

»Ein paar Schlucke dürften noch drin sein«, meinte der Knecht augenzwinkernd. »Wollen wir?«

»Ich nicht.« Elias schüttelte den Kopf.

Isidor hob das Fässchen an, legte den Kopf in den Nacken, setzte seine Lippen an das Spundloch – und spuckte die »paar Schlucke«, noch bevor sie seine Kehle erreicht hatten, mit einem Laut des Abscheus wieder aus.

»Pfui Teufel! Der Gehörnte soll dich holen, verdammtes Mistviech!«, fluchte er der riesigen Spinne hinterher, die er fast verschluckt hätte und die in offensichtlicher Panik ins Unterholz floh.

Unwillkürlich entfuhr Elias ein Lacher – der ihm gleich darauf im Halse stecken blieb. In einer Entfernung von etwa fünfzig Fuß hatten seine scharfen Augen etwas wahrgenommen, was ihm einen Schauer über den Rücken jagte.

Hinter den Überresten eines toten Baumstamms lugten die Füße eines Mannes hervor.

»Da, sieh! Verdammt!«, flüsterte er und packte Isidor am Ärmel.

»Was ist?«

»Sieh doch, da vorne. Hinter dem Stamm.«

»Verflucht, du hast recht. Jetzt seh ich's auch. Einer von denen?«

Elias schüttelte den Kopf. »Glaub ich nicht.«

»Lass uns nachsehen.«

Isidor umfasste seinen Knüppel derart fest, dass die Knöchel weiß hervortraten; gemeinsam stapften sie durchs Unterholz und standen gleich darauf vor dem Leichnam eines alten Mannes. Anscheinend ein Bettler, denn Kleidung konnte man das, was seinen ausgemergelten Körper bedeckte, nicht nennen, Lumpen war der geeignetere Ausdruck. An den Füßen trug er etwas, was einmal Schuhe gewesen sein mochten: abgewetzte Sohlen, die Ränder mit Löchern versehen und mit Schnüren durchzogen, die um die dürren Knöchel gewickelt und verknotet waren. Ein Hut, ebenfalls durchlöchert, die Krempe schmierig und halb abgerissen, lag neben dem völlig kahlen Kopf. Das wettergegerbte Gesicht war mit braunen Flecken übersät, ein entbehrungsreiches Leben hatte ungezählte Furchen hineingepflügt. Den zahnlosen Mund weit aufgerissen – lediglich ein Schneidezahn saß noch im Kiefer –, starrte er mit glanzlosen Augen unter weißen buschigen Brauen ins Leere.

»Arme Sau«, entfuhr es Isidor.

Elias ging in die Hocke und sah sich den Toten näher an. Er konnte nichts erkennen, was auf einen gewaltsamen Tod hingedeutet hätte. Um sicherzugehen, dass kein Leben mehr in ihm war, legte er seine Finger an den Hals des Mannes und nahm seinen Arm, der sich problemlos hin- und herbewegen ließ.

»Es hat ihn erwischt, kein Zweifel. Aber er ist noch warm, außerdem lassen sich seine Glieder bewegen, ich glaube, der Mann ist noch keine zwei Stunden tot.«

Isidor sah ihn bewundernd an. Im Gegensatz zu Elias hatte Herrlinger ihn nie hinzugezogen, wenn Leute zu ihm kamen, um sich kurieren zu lassen. Elias hingegen hatte jede Gelegenheit genutzt, um von dem Wissen, über das der Wasenmeister verfügte, zu profitieren.

»Haben die ihn auf dem Gewissen, was meinst du?«, fragte Isidor. Den Knüppel fest in der Rechten, sah er sich misstrauisch um.

»Du meinst die beiden Dreckshunde, die es auf mich abgesehen hatten? Nein, die sind nicht an seinem Tod schuld. Bis jetzt kann ich keine Wunden an ihm erkennen. Aber lass uns ihn umdrehen.«

»Auch hier keine frische Wunde«, konstatierte er nach einer erneuten Inaugenscheinnahme. »Wahrscheinlich das Alter.«

»Vielleicht hatte er ein Freischlein?«, mutmaßte Isidor.

Elias zuckte mit der Schulter. »Du meinst, ihn hat der Schlag getroffen? In seinem Alter gibt's viele Möglichkeiten, Gevatter Tod auf die Schippe zu springen. Schau ihn dir doch an. Klapperdürr. Vielleicht hatte er einfach die Dörrsucht oder er litt an Ettich, weil ihn die Säfte verließen, was weiß ich.«

Im Laufe der Zeit hatte Elias vom Wasenmeister auch den einen oder anderen Ausdruck aufgeschnappt, mit denen die unterschiedlichsten Krankheiten belegt wurden.

»Wir müssen dem Alten sagen, dass wir ihn gefunden haben. Der wird den Leichenfund beim Rat anzeigen. Das Land hier ist dem Schiltacher Stadtfrieden unterworfen.«

Über die Miene Isidors huschte eine dunkle Wolke.

»Wird er nicht«, orakelte er murmelnd. »Stattdessen wird er …« Er unterbrach sich. Schlug sich erschrocken auf den Mund, als wäre ihm soeben etwas entschlüpft, was er besser für sich behalten hätte.

»Wieso nicht? Was wird er stattdessen, was wolltest du sagen?«

»Nichts. Gar nichts. Ich meinte … Ich wollte … Ach, lass mich in Ruhe, verdammt!«

Aber Elias' Misstrauen war geweckt. Wieder eine dieser Gelegenheiten, die ahnen ließen, dass Isidor etwas wusste, von dem er glaubte, dass es besser verborgen blieb?

»Was ist? Sag schon! Was soll die Geheimniskrämerei? Ich merke schon seit Langem, dass du Dinge weißt, die du besser nicht wissen solltest. Oder nicht wissen wolltest. Stimmt's?«

»Ich sagte, mach's Maul zu.«

Ohne dass er hätte sagen können, weshalb, stieg eine Vermutung in Elias auf.

»Hängt es mit dem Fremden zusammen, dem mit dem gelben Federbusch am Hut?«

Isidor sah ihn entsetzt an und packte ihn am Ärmel.

»Was weißt du von ihm?«

»Nichts! Deswegen frag ich dich ja. Ich hab ihn nur einmal zufällig gesehen, als er sich mit dem Alten im Wald traf. An einem der Sonntage, an denen ich frei hatte. Die beiden unterhielten sich, und dann gab ihm der Fremde einen Beutel. Sah aus wie 'ne Geldkatze.«

Isidor schwieg und nagte aufgeregt an seiner Unterlippe. So, als ob zwei Seelen in seiner Brust einen Kampf ausfochten.

»Der Alte macht mit ihm Geschäfte, richtig?«, bohrte Elias nach. »Was sind das für Geschäfte? Und was hat das alles mit dem toten Bettler zu tun? Warum, glaubst du, wird er den Leichenfund nicht dem Rat melden?«

Da packte ihn Isidor mit beiden Händen am Hemdkragen. Eine der Seelen in seiner Brust hatte sich durchgesetzt.

»Das willst du nicht wissen, das willst du wirklich nicht wissen«, zischte er.

»Aber du weißt es, stimmt's?«

»Ja, aber glaub mir, besser wär, ich wüsste es nicht. Kommt der Alte dahinter, dass ich's weiß, ist mein Leben keinen Pfifferling mehr wert. Ich rate dir, vergiss den Fremden, vergiss, was du wissen willst, vergiss das Gespräch, das wir gerade führen. Du willst wissen, warum? Ganz einfach: Ich mag dich. Und ich will nicht, dass dieser Fremde oder der Alte oder wer auch immer dir eines Tages ein Messer zwischen die Rippen jagt. Und deswegen werden wir dem Alten nichts über den Bettler sagen. Wir haben ihn einfach nicht gesehen. Soll er hinter dem Baumstumpf verrotten, er spürt ohnehin nichts mehr. Haben wir uns klar verstanden?«

Erschrocken sah Elias den Kumpel an. Dann nickte er. Verstanden allerdings hatte er nichts. Gar nichts.

Kapitel 5

Nordschwarzwald, Gegend um Alpirsbach
Zwei Jahre zuvor
Juni Anno Domini 1323

Es war die siebte Nacht ihrer Odyssee durch die Wälder.

Am späten Abend hatten erste Vorboten ein Unwetter angekündigt und Ranghild von der Stelle, an der sie geglaubt hatte, Schlaf finden zu können, vertrieben. Und so beschloss sie, nach einem geeigneteren Unterschlupf Ausschau zu halten und dabei laut ein Vaterunser zu beten. Sie kannte die Vorzeichen solcher Unwetter zur Genüge, schließlich war sie in den Wäldern zu Hause. Den ganzen Tag über war es unerträglich heiß und schwül gewesen. Dann hatte ein unschuldig wirkendes Lüftchen zu wehen begonnen, dessen Unschuld sich jedoch – wie Ranghild wusste – als trügerisch erweisen würde. Schnell war ein handfester Sturm daraus geworden. Böen fegten über die Wipfel, pflügten durch das Blättermeer und ließen Äste knacken und Zweige brechen. Dicke Wolkenbänke waren heraufgezogen und hatten die Bläue des Nachthimmels im Nu in undurchdringliches Schwarz verwandelt. Schon die ersten Regentropfen, die gleich darauf prall und schwer auf das Blätterdach schlugen, ließen ahnen, welche Gewalt den Regenfluten innewohnte, die bald herniederprasseln sollten. Was dann folgte, vermittelte ihr den Eindruck, als zürnte der Himmel ihr persönlich.

Vielleicht weil sie all das, was ihr einst lieb und teuer gewesen war, von einer Stunde zur anderen im Stich gelassen hatte? Aber was hätte sie denn anderes tun sollen?

Ein grelles Leuchten, gefolgt von einem ohrenbetäubenden Knall, eröffnete das Inferno.

»Vater unser, der du bist im Himmel … All ihr Heiligen, helft mir … Ihr Geister des Waldes, ich rufe euch an!«

Als wäre krachend ein Damm geborsten, stürzten die Fluten vom Himmel. Blitz und Donner folgten in Intervallen von nur wenigen Wimpernschlägen aufeinander. Mit dem Sturm und den Fluten war die Kälte gekommen. Der Stoßgebete waren viele geworden, und noch immer war Ranghild schluchzend auf der Suche nach einem geeigneten Unterschlupf. Längst schon hatte der Regen durch das dichte Laubdach zu schlagen begonnen, Wasser triefte von den Ästen und Zweigen, ganze Bäche liefen an den Stämmen entlang. Panisch bewegte sie sich durchs Unterholz, zwängte sich durch das Gewirr aus Sträuchern, Büschen, Gras und Farnen, rutschte über bemooste Steine und stolperte über Wurzeln, die sich wie erstarrte Schlangen über den Waldboden wanden.

»Heilige Mutter Gottes … Bitte für uns Sünder …«

Sie schrie auf, taumelte. Ein heftiger Schmerz durchzuckte sie. Etwas Spitzes hatte sich in ihre Wade gebohrt, sie fühlte, wie das Blut warm an ihrem Bein entlangrieselte.

Da bemerkte sie zwischen den Stämmen einen flackernden Schein. Zwar wurde er immer wieder vom grellen Aufscheinen der Blitze geschluckt, leuchtete aber in den dunklen Momenten dazwischen unverdrossen weiter. Dem Schimmer folgend, gelangte sie auf einen ausgetretenen Pfad, der zu einer Lichtung führte, auf der eine geräumige Hütte stand. In einem Windfang vor dem Hütteneingang, geschützt vor Regen und Wind, flackerte das Feuer einer Pechpfanne. Sie kämpfte sich durch das Wüten der Elemente, die hier auf der

Lichtung mit ungehemmter Wucht tobten, und schlug schluchzend und schreiend gegen die Bohlentür.

»Bitte öffnet! Macht auf, bitte macht auf!«, schluchzte sie. Nichts rührte sich.

»Ich bitte um Obdach!«, schrie sie und trommelte wild gegen die Tür. »Um der Barmherzigkeit Christi und der heiligen Mutter Gottes willen, gewährt mir Obdach. Nur eine Nacht.«

Es dünkte sie eine halbe Ewigkeit, bis endlich ein dumpfer Ruf an ihr Ohr drang.

»Wartet!«

Als ihr schließlich geöffnet wurde, hatte sie das Empfinden, als wäre eine weitere Ewigkeit vergangen. Eine betagte Frau stand vor ihr. Ein heftiger Windstoß fuhr heran, brachte die Alte kurz zum Taumeln und drohte ihr die Tür aus der Hand zu reißen. Ihren Anblick würde sie nie vergessen. Hoch aufgerichtet, einen flackernden Kienspan in der Rechten, stand sie im Türrahmen, bekleidet nur mit einem Hemd aus grobem Leinen, das bis zum Boden reichte. Trotz des gewellten schlohweißen Haares, das ihr weit über die Schultern bis auf die Hüften fiel, wirkte sie auf den ersten Blick auf seltsame Weise alterslos.

Ranghild brachte kein Wort heraus, bebend vor Kälte und fortwährend schluchzend starrte sie die alte Frau an, die sie ihrerseits mit wachen Augen musterte. Tränen und Blut rannen ihr übers Gesicht, das sie sich an unzähligen Ästen und Zweigen aufgerissen hatte. Klatschnass und schwer fiel das Haar auf ihre Schulter. Von ihrer Kleidung troff Wasser in kleinen Bächen und bildete zu ihren Füßen eine stetig größer werdende Pfütze. Sie musste einen furchtbaren Anblick bieten.

»Schnell, tritt ein, Mädchen!«, forderte die Alte sie auf; sie hatte sichtlich Mühe, sich gegen die Gewalt des Windes zu stemmen, um die Tür wieder zu schließen. Erst später sollte

Ranghild von ihr erfahren, dass sich in jener Nacht nicht nur der Schrecken vor dem Unwetter in ihrem Blick spiegelte. Es sei noch etwas anderes gewesen, was sie in ihren Augen las, hatte die alte Frau zu ihr gesagt. Eine seltsame Starre, die sie zunächst davon abgehalten hätte zu fragen, wer sie sei und woher sie komme. Ein Ausdruck, der auf ein kurz zuvor erlebtes furchtbares Grauen habe schließen lassen. Ohne lange zu zögern, bereitete sie dem Mädchen in einer warmen Ecke neben dem Herd ein Lager. Nach einem Trank, den sie ihr noch spät in der Nacht gereicht hatte, war Ranghild weggedämmert. Stunden später aber war das Fieber über sie gekommen. Die ganze Nacht hindurch bis in den späten Morgen hinein hatte sie geglüht. Unruhig hatte sie sich auf dem Lager hin und her gewälzt, das die Alte für sie bereitet hatte, hatte im Traum vor sich hin fantasiert und sich fast die Seele aus dem Leib gehustet. Die Kälte, die Nässe, die Furcht – es war alles zu viel gewesen. Geschweige denn das, was sich unausgesprochen hinter ihrem Blick verbarg. Kurz vor Tagesanbruch hatte sie einen weiteren Kräutertrank gereicht bekommen, der sie erneut wegdämmern ließ.

»Es geht dir besser, wie ich sehe.«

Ranghild öffnete blinzelnd die Augen. Die alte Frau stand an ihrem Lager. Durch ein Fenster strömte helles Tageslicht, Sonnenstrahlen wärmten die Bettstatt, auf der sie lag.

»Wie … wie lange …?«, fragte Ranghild flüsternd.

»Eine Nacht und mehr als die Hälfte eines Tages, mein Kind«, entgegnete die Alte. Sie fühlte Ranghilds Puls und legte den rechten Handrücken auf ihre Stirn.

»Aber das Fieber ist gewichen. Gott und den Heiligen sei Dank.«

Ranghild lächelte. »Und Euch, werte Dame«, sagte sie schwach.

Die Alte schmunzelte. »›Werte Dame‹? Ich bin keine werte Dame. Ich bin Gret, einfach nur Gret. Kräutergret nennen mich die, die bei mir Rat und Heilung suchen. Magst du mir deinen Namen sagen?«

»Ich heiße Ranghild.«

»Was hat dich hierher in die Wälder verschlagen, Ranghild?«

»Ich … ich …« Ranghild unterbrach sich, sie zögerte, ihre Brust wogte erregt auf und ab. Sanft legte die Alte ihre Hand auf die Stirn des Mädchens.

»Du musst es mir nicht sagen, Kind, wenn du es nicht möchtest«, sagte sie leise. »Es gibt Dinge, von denen wir wollen, dass sie in den Tiefen unserer Seele verschlossen bleiben. Erinnerungen zum Beispiel. Schlechte und gute gleichermaßen. Schlechte wie in einem dunklen Kerker, gute wie in einer kostbaren Truhe. Manchmal für kurze Zeit, manchmal für immer. Manchmal auch kommt jemand, der den Schlüssel und die Macht besitzt, unser Innerstes aufzuschließen und sie herauszulassen. Und manchmal schickt uns das Schicksal ein Ereignis, das die Tür des Kerkers oder das Schloss der Truhe aufbricht.«

Ranghild sah sie nachdenklich an. »Ihr seid eine weise Frau, Gret. Es ist schön, Euch zuzuhören«, sagte sie leise und fuhr fort: »Meine Erinnerungen sind wie schwarze Vögel, gefangen in einem Käfig. Ich wünschte, jemand käme, um ihn aufzuschließen, und die Vögel würden einfach wegfliegen. Doch das wird niemals der Fall sein. Die schwarzen Vögel werden immer da sein.«

Gret streichelte ihre gefalteten Hände, die auf der Decke ruhten.

»Sag das nicht, Kindchen. Noch krächzen die Vögel und hacken mit den Schnäbeln nach dir. Aber du bist noch sehr jung. Der Tag wird kommen, an dem du ihr Krächzen nicht mehr hören und das Hacken ihrer Schnäbel nicht mehr spüren wirst. Vielleicht werden die Vögel nie wegfliegen. Aber sie werden dir nicht immerfort wehtun.«

Ranghild sah sie dankbar an. Sie spürte: Dies waren Worte, die sie ihr ganzes Leben hindurch begleiten würden.

»Weißt du denn, was du künftig tun wirst? Wohin willst du gehen?«, fragte Gret.

Ranghild schwieg. Diese Frage hatte sie sich bereits in jener Nacht vor über einer Woche, in der sie Hals über Kopf geflohen war, gestellt. Bis jetzt hatte sie keine Antwort darauf gefunden.

Gret nickte. Sie drang nicht weiter in sie, was das Mädchen erleichtert zur Kenntnis nahm.

»Jetzt werde erst mal gesund, danach sehen wir weiter«, schlug sie vor. »Du kannst so lange bleiben, wie du möchtest.«

»Ich danke Euch, Gret. Ihr seid überaus gut zu mir«, erwiderte Ranghild. Die Starre in ihrem Blick war einem warmen Leuchten gewichen.

Die Alte erhob sich. »Ich werde nach Lisa sehen – meine Ziege, sie muss gemolken werden.« Sie lächelte, als sie den fragenden Blick des Mädchens bemerkte.

»Lasst mich das machen, Gret.«

»Du kannst melken?«

»Ja, ich habe früher des Öfteren beim Melken geholfen. Auf dem Hof mein…« Ranghild schlug erschrocken die Hand vor den Mund.

Gret hakte nicht weiter nach.

»Kannst du denn schon aufstehen?«, fragte sie stattdessen.

»Ich denke doch.«

Ranghild schlug die Decke zurück, schwang die Beine vom Lager und sprang auf. Dann aber schwankte sie und ließ sich wieder auf die Bettstatt zurückfallen, was ihr sichtlich peinlich war.

»Es geht doch noch nicht so gut«, merkte sie kleinlaut an.

»Dir ist noch schwindlig«, stellte Gret fest. »Ich werde dir noch mal eine Mixtur zubereiten, dann ruhst du noch ein Weilchen und stehst auf.«

Der Trank wirkte Wunder. Schon wenige Vaterunser später erhob sich Ranghild vom Lager und zog sich die sauberen Sachen an, die Gret für sie bereitgelegt hatte. Sie passten nicht ganz, aber es störte sie nicht.

»Magst du dich ein bisschen bei mir umsehen?«, fragte Gret.

Ranghild nickte eifrig.

»Dann komm!«

Sie traten aus der Tür ins Freie und gingen hinter die Hütte. Tief sog Ranghild die würzige Waldluft in ihre Lungen. Von einem wolkenlosen Himmel lachte die Sonne. Zwei entwurzelte Tannen am Rand der Lichtung sowie ein paar größere Äste und Zweige, die der Sturm heruntergeschlagen hatte, erinnerten noch an das Unwetter, das vor zwei Tagen über die Wälder getobt war.

Ein Meckern ließ Ranghild aufmerken. Etwa zwanzig Schritte entfernt bemerkte sie einen kleinen Bretterverschlag, davor eine weiß-braun gescheckte Ziege, die an einen Pflock angeleint war.

»Das ist Lisa«, erklärte Gret und lächelte.

Sie gingen weiter und betraten einen sorgfältig gepflegten, mit Pfosten eingefriedeten Garten, der gleich hinter der Wohnhütte lag. Die Mitte markierte ein gemauerter Brunnen.

»Mein Kräutergarten«, erklärte Gret. »Hier ziehe ich Kräuter und Heilpflanzen. Auch solche, die nicht in unserer Gegend wachsen. – Oh, da hat der Sturm doch tatsächlich einen Ast in mein Krokusbeet geworfen. Meine Neuerwerbung.« Sie ging zu einem Beet, das gelb blühte, und entfernte den Ast, den sie über die hüfthohe Palisade warf.

Ranghild sah sie fragend an.

»*Crocus satinus*«, erklärte Gret. »Die Pflanze stammt ursprünglich aus dem fernen Süden. Sie stärkt Herz und Leber und vermag den Seelenschmerz zu vertreiben.«

Ranghild musterte die vielen Beete mit den unterschiedlichen Gewächsen.

»So viele Pflanzen und Kräuter! Und alle heilen?«

Gret schmunzelte. »Eigentlich gibt es nur eine Krankheit, der nicht mit den Gewächsen, die uns die Natur zur Verfügung gestellt hat, beizukommen ist.«

»Und welche ist das?«

»Der Tod, mein Kind. *Contra vim mortis non est medicamen in hortis* – gegen den Tod ist kein Kraut gewachsen. Ein Sprichwort, das aus dem Süden stammt, aus Salerno.«

»Ihr sprecht Latein?«, wollte Ranghild wissen.

Gret nickte.

»Ist das nicht ungewöhnlich für eine Frau?«

»Ungewöhnlich vielleicht. Aber nicht unmöglich. Ich habe es mir einst angeeignet, als ich noch das Habit einer Nonne trug und als Kopistin im Scriptorium in einem Franziskanerinnenkloster tätig war.«

»Ihr trugt den Schleier?«

»Ja, aber dränge mich nicht, dir zu sagen, wie es dazu kam, dass ich meinem Gelübde entsagte. Auch ich habe meine Geheimnisse.« Sie lächelte.

Ranghild schüttelte den Kopf. »Euch drängen? Das würde ich nicht wagen.«

»Und jetzt zeige ich dir mein Labor.«

»Ihr habt … ein Labor? Wie die Apotheker und gelehrten Ärzte?«

Gret lächelte. »Nun, das vielleicht nicht gerade. Aber etwas mehr als nur eine einfache Kräuterküche ist es schon. Komm!«

Die Hütte, in die Gret Ranghild führte, war deutlich größer als die, die sie bewohnte, und stabiler gebaut. Die Wände bestanden aus besonders starken Bohlen, die Fugen waren mit Pech abgedichtet. Durch zwei große offen stehende Fenster, deren Läden geöffnet waren, fiel Sonnenlicht.

Jetzt verstand Ranghild auch, weshalb die kräuterkundige Frau den Begriff »Labor« verwendete. An den Wänden hingen Regale mit Flaschen, Tiegeln sowie Gefäße unterschiedlichster Art aus Ton, Holz und Glas, sorgfältig beschriftet und offensichtlich in einer bestimmten Reihenfolge angeordnet. Auf Truhen unter den Regalen standen oder lagen seltsam anmutende Apparaturen aus Glas und Metall. An einem Brett hingen verschiedenste Instrumente und Werkzeuge wie Ahlen, seltsam geformte Schneidewerkzeuge, Pinzetten und andere Greifinstrumente. Die Mitte des Raums dominierte ein wuchtiger Tisch, auf dem sich eine Waage, Gewichte sowie ein Mörser samt Stößel befanden. An mehreren Schnüren unter der Decke war eine große Anzahl unterschiedlichster Kräuter zum Trocknen aufgehängt.

»Und hier«, Gret öffnete eine Tür, die der, durch sie getreten waren, gegenüberlag und die ebenfalls ins Freie führte, »befindet sich die Sudküche.«

Die Sudküche war ein überdachter, nach einer Seite hin offener Verschlag mit einer gemauerten Feuerstelle in der Mitte. Darüber erhob sich ein eisernes Dreibein, an dessen Kette ein mächtiger Kupferkessel hing. An der hinteren Wand erblickte Ranghild einen hohen Stapel sogfältig aufgeschichteten Scheitholzes, daneben, in zwei großen Kisten, Holzkohle sowie Werg und Zunder zum Feuermachen.

Sie gingen wieder ins Labor zurück. Fasziniert folgte Ranghild den Ausführungen der alten Frau, die ihr die Apparaturen und den Gebrauch der Werkzeuge und verschiedenen Behälter erklärte.

Ranghilds Staunen und ihre Neugier kannten keine Grenzen. Geduldig und mit sichtlichem Vergnügen beantwortete die Alte die vielen Fragen, mit denen das Mädchen sie bestürmte.

»Am besten, du siehst mir in den nächsten Tagen bei der Arbeit zu«, schlug sie vor.

Ranghild nickte, ihre Augen leuchteten.

»Gerne. Aber jetzt lasst mich die Ziege melken.«

Die Tage vergingen und wurden zu Wochen. Ohne dass beide ein Wort darüber verloren, war das Mädchen innerhalb kürzester Zeit in die Rolle der Helferin hineingewachsen.

Eines Morgens, Ranghild war gerade damit beschäftigt, ein schmackhaftes Morgenmahl aus Ziegenmilch, Haferkleie und eingelegten Früchten zuzubereiten, legte Gret ihr die Hand auf die Schulter und bat sie, sich zu ihr auf die Bank vor der Hütte zu setzen.

»Gefällt es dir bei mir, Ranghild?«, fragte sie das Mädchen.

»Aber ja, Gret, das wisst Ihr.«

»Ich möchte dich gerne weiter schulen, Ranghild. Ich bin alt, und meine Zeit wird bald kommen. Ich wünsche, dass du meine Nachfolge antrittst. Bisher hast du mir vorwiegend zugesehen und mich bei den einfachen Arbeiten unterstützt. Beim Reinemachen, im Garten, beim Kochen, beim Sortieren und Schneiden der Kräuter und dergleichen. Aber in dir steckt viel mehr. Du bist außerordentlich begabt. Lass mich dich von nun an in der Kunst des Heilens und der Kräuterkunde unterrichten. Ich möchte, dass du lernst, selbstständig Tinkturen, Pulver und Salben zuzubereiten. Ich will dir beibringen, wie man Krankheiten beurteilt und heilt. Welche Arznei bei welchem Leiden hilft und vieles mehr.«

»Das … Das wollt Ihr wirklich tun? Ihr wollt mich in der Kräuterkunde unterweisen? Ich soll eine Heilerin werden?«

Gret schmunzelte. »Ich sehe schon, die Vorstellung gefällt dir.«

Ranghild schwebte wie auf Wolken. »Es ist … Es ist mein sehnlichster Wunsch. Ich wagte nicht, Euch darum zu bitten.«

»Dann lass uns doch gleich morgen damit beginnen. Wir werden zusammen eine Dialtea zubereiten, eine Eibischsalbe, mit der man Wunden erfolgreich behandelt.«

Ranghild war Feuer und Flamme. »Dann ist morgen der erste Tag des Unterrichts?«

Gret schmunzelte. »Morgen ist der erste Tag des Unterrichts«, bestätigte sie.

Dann aber wich die Begeisterung bei Ranghild mit einem Schlag. »Ich hoffe, ihr werdet mit mir zufrieden sein«, sagte sie leise.

»Warum sollte ich das nicht?«

»Ich … Ich weiß nicht …«, meinte Ranghild.

Sie legte den Arm um das Mädchen. »Hab mehr Vertrauen in dich selbst. Was du erlebt hast, ist vorbei. Ich sagte es schon, du bist noch jung. Noch steht der Käfig mit den schwarzen Vögeln nah vor dir. Heb das Haupt, sieh über den Käfig hinweg in die Ferne. Dort liegt die Zukunft. Nimm dein Leben wieder in die Hand, mein Kind, es wird gelingen, glaube mir.«

Mit feuchten Augen und einem scheuen Lächeln sah Ranghild die Alte an. »Ich danke Euch. Ich werde es versuchen. Versprochen!«

Kapitel 6

Am nächsten Tag werkelten sie schon in aller Frühe im Labor.

»Ich werde die Zutaten für die Dialtea herrichten und dir dann sagen, wie du alles zubereiten sollst«, verkündete Gret und ging zu einem der Regale an der Wand, auf denen hölzerne, irdene und gläserne Gefäße in verschiedenen Größen ruhten. Sie enthielten unterschiedlichste Samen, Pulver, Kügelchen, getrocknete Kräuter und Blätter, zerstoßene Rinde, ja sogar Material, das wertvoll glänzte.

Viele der Behälter waren beschriftet, vor allem die, bei denen man von außen nicht erkennen konnte, was sich im Innern verbarg.

»Wie wäre es, wenn Ihr mir sagt, was wir benötigen, und ich suche es heraus?«, fragte Ranghild, die darauf brannte, Gret zur Hand zu gehen.

»Dazu müsstest du wissen, was sich in den Gefäßen befindet, mein Kind, und …«

»Ich weiß, was ihr sagen wollt. Man muss das lesen können, was auf den Behältern steht. Aber das kann ich. Ich kann lesen und schreiben«, sagte Ranghild nicht ohne Stolz.

Gret musterte sie überrascht.

»Du kannst lesen und schreiben? Das hast du mir noch gar nicht gesagt.«

»Ich … Ich weiß«, antwortete sie verlegen.

»Kind, warum sagst du mir das erst jetzt? Wo hast du …«

Sie verstummte, als sie den abweisenden, fast ängstlichen Ausdruck in der Miene des Mädchens bemerkte.

»Verzeih, du musst es mir nicht verraten.« Gret lächelte. »Ich sage dir nun, was wir benötigen und was zu tun ist …«

Ranghild widmete sich mit wahrem Feuereifer den ihr aufgetragenen Arbeiten. Das Ergebnis ihrer Bemühungen im Labor und in der Sudküche war eine Paste, die sie in zwei Töpfe abfüllte: ihre erste Eibischsalbe. Die Zeit war wie im Flug vergangen, während sie mit Gret plauderte und im Verlauf der Unterhaltung das eine und andere erfuhr, was sie bisher nicht wusste. Unter anderem, dass es zwei Mönche im nahen Kloster Alpirsbach gab, mit denen Gret zusammenarbeitete. Mit Bruder Theobald, dem Herbarius, der für den Kräutergarten zuständig war, sowie mit Bruder Zacharias, dem Infirmarius, er war für die Krankenstation und die Klosterapotheke verantwortlich. Der neue Cellerar, Bruder Sebastian, zuständig für alle wirtschaftlichen Belange des Klosters und nach Abt und Prior das einflussreichste Mitglied des Konvents, stehe ihr allerdings äußerst kritisch gegenüber, verriet ihr Gret. Er hasse sie regelrecht. Wann immer möglich, nutze er Möglichkeiten, ihr Können vor dem gesamten Konvent zu diskreditieren. Gret glaubte auch zu wissen, warum: Er vertrete die Meinung seines Freundes, eines arroganten Apothekers aus Rottweil, der nichts von Kräuterfrauen hielt. Während vieler seiner Kollegen die Unterstützung heilkundiger Frauen schätzten, sehe er in Gret eine unliebsame Konkurrenz …

»Aber dieser Apotheker müsste Eure Arbeit doch schätzen. Bruder Zacharias und Bruder Theobald tun dies doch auch«, warf Ranghild ein.

Gret lachte bitter auf.

»Im Gegenteil: Er versucht Zweifel an meinen Heilerfolgen zu säen. Vielleicht seien diese ja ganz anderen Kräften zuzuschreiben. Er behauptet, dass die dunklen Wälder und einsamen Hütten der Kräuterfrauen ein ideales Versteck für allerlei dämonisches Gelichter und Brutstätten für teuflisches Gebräu seien.«

Ranghild schüttelte ungläubig den Kopf. »Das denkt er wirklich?«

Gret nickte. »Leider. Und der Cellerar gibt ihm recht.«

Ranghild ahnte nicht, dass ihr dieser Umstand sehr bald eine weitere bittere Wende in ihrem jungen Leben bescheren würde.

Kapitel 7

Nordschwarzwald, Kloster Alpirsbach
Ein Jahr später
September Anno Domini 1324

Die Zeit war dahingeschmolzen wie Schnee in der Sonne. Erneut zog der Herbst herauf. Fünfzehn Monate waren seit jener Gewitternacht im Juni, als Ranghild an die Tür der alten Frau geklopft hatte, vergangen. Mittlerweile hatte sie nicht nur viel über die Wirkung von Kräutern und die Herstellung von Arzneien gelernt, sondern auch über das Heilen von Krankheiten. Ihr schier unstillbarer Wissensdurst erfreute Gret. Einmal in der Woche, am Montag, empfing sie Kranke und Gebrechliche, um ihnen Hilfe angedeihen zu lassen, und schon bald ging ihr Ranghild auch dabei geschickt zur Hand. Manchmal kamen bis zu fünf Personen auf einmal. In den allermeisten Fällen waren es Frauen aus der näheren Umgebung, hin und wieder, wenn auch selten, Männer. Für die meisten bedeutete es, einen Fußmarsch von mindestens zwei und einer halben Stunde in Kauf zu nehmen, um das tief in den Wäldern gelegene Anwesen der Kräutergret zu erreichen.

Es war an einem dieser Montage, frühmorgens, als ein junger Bursche zu Gret kam, um eine Wunde behandeln zu lassen, die er sich bei Holzfällerarbeiten im Wald zugezogen hatte. Kaum dass er Ranghilds ansichtig wurde, musterte er sie auf eine Weise, die sie gleichermaßen abstieß wie erschreckte. Als sie in Gegenwart Grets seine linke Hand berührte, um die

Wunde zu behandeln, umfasste er mit der gesunden Rechten urplötzlich ihren Hinterkopf, zog ihr Haupt auf sein Gesicht und presste seine Lippen auf die ihren. Völlig überrascht ließ sie es für einige Wimpernschläge geschehen, dann aber entwand sie sich seinem Griff und verpasste ihm eine schallende Ohrfeige. Gret, ebenso überrascht wie Ranghild, griff sich einen Besenstiel und drosch mit kräftigen Schlägen auf den Mann ein, wobei sie bewusst auf die verwundete Hand zielte. Der sprang, vor Schmerz schreiend, auf und stürzte laut fluchend aus der Hütte.

»Wage es nicht, hier noch einmal aufzutauchen, du Bastard!«, schrie ihm die Alte hinterher. Ranghild hatte sie noch nie so aufgebracht erlebt.

Als sie am Spätnachmittag desselben Tages wie gewohnt zusammen auf der Bank vor der Hütte saßen, kam Gret noch einmal auf die Angelegenheit zu sprechen.

»Der Zwischenfall heute Morgen, er hat dich erschreckt, habe ich recht?«, fragte sie.

Ranghild nickte. »Ja, und er hat mich wütend gemacht. Ich konnte nicht anders, als dem Schwein eine Ohrfeige zu verpassen.«

»Du hast dich in den fünfzehn Monaten, in denen du bei mir bist, sehr verändert, Ranghild«, sagte sie ernst.

Ranghild musterte sie erstaunt. »Es war doch nicht falsch, den Burschen zu ohrfeigen, Gret, schließlich …«

»Nein, natürlich nicht, es war das einzig Richtige«, unterbrach sie die Alte. »Was ich sagen wollte – du bist nicht mehr das Mädchen, das in jener Nacht vor fast eineinhalb Jahren verschreckt und verzweifelt an meine Tür klopfte. Du wirst bald vierzehn und bist inzwischen zu einer jungen Frau gereift. Zu einer außergewöhnlich anmutigen Frau. Mit sämtlichen Reizen, die dich in den Augen der Männer begehrenswert machen. Aber sei dir bewusst, dass die Schönheit einer

Frau auch ein Fluch für sie sein kann.« Gret legte mütterlich den Arm um sie.

»Wie meint Ihr das?«

»Nun, als du den Burschen verarzten wolltest, hast du dich weit über ihn gebeugt. Dabei hast du ihm einen tiefen Einblick in den Ausschnitt deines Hemdes gewährt. Das war unvorsichtig.«

Verlegene Röte überzog das Gesicht des Mädchens. Erst neulich hatte sie beim Waschen in einem mit Wasser gefüllten Zuber ihr Abbild betrachtet. Sie erinnerte sich nicht, jemals zuvor auf einer spiegelglatten Oberfläche so bewusst und intensiv ihr Aussehen wahrgenommen zu haben. Das von weizenblondem Haar umrahmte Gesicht, den kleinen üppigen Mund, die mandelförmigen Augen, das leuchtende Blau ihrer Pupillen, die schmale Nase, das kecke Kinn und die kleinen, festen Brüste. Vertieft in den eigenen Anblick, hatte sie für einen Moment glücklich gelächelt. Bin ich nicht schön?, schoss es ihr durch den Kopf. Dann aber hatte sie sich erschrocken von ihrem Spiegelbild abgewandt und den Zuber voller Ärger umgestoßen. Denn machte, wer so dachte, sich nicht der Sünde der Hoffart schuldig? Und nun die Bemerkung Grets …

»Ihr habt recht, Gret, ich werde künftig vorsichtiger sein müssen«, bemerkte sie zerknirscht. In Wirklichkeit aber war sie wütend. Wütend über ihre Gedankenlosigkeit, wütend über ihr Aussehen, wütend, dass eine Frau stets in der Gefahr stand, den Begehrlichkeiten und Übergriffen der Männer ausgesetzt zu sein. Doch mit der Wut wuchs auch ihre Entschlossenheit. Sie würde sich auch künftig nach Kräften wehren, sollte ein Mann beabsichtigen, sich ihrer gegen ihren Willen zu bemächtigen. Andererseits – was konnte eine Frau schon gegen einen Mann ausrichten, der gierig wie ein Raubtier über sie herfiel? Die Nacht, als genau das mit ihrer Mutter geschehen war, fiel ihr ein. Die Nacht, als die Mordbrenner gekommen waren …

Offensichtlich spiegelte sich die Erinnerung an das entsetzliche Erlebnis in ihrem Gesicht.

»Komm, Kind, lass uns die Salbe zubereiten, die wir morgen benötigen. Die Arbeit vermag schlimme Gedanken zu verscheuchen«, sagte Gret leise.

Wortlos nickte Ranghild und folgte der alten Frau in die Sudküche.

Seit Kurzem war es Gret erlaubt, einmal im Monat, jeweils am zweiten Donnerstag, auf dem Gelände des Klosters Alpirsbach, das täglich von vielen Reisenden frequentiert wurde, im Rahmen eines kleinen Marktes an einem extra für sie hergerichteten Stand ihre Arzneien feilzubieten. Ein Privileg, das sie der Fürsprache des Infirmarius, Bruder Zacharias, verdankte. Er hatte sich beim Abt des Klosters, Walter Schenk von Schenkenberg, für sie verwendet und sich damit gegen Bruder Sebastian, den Cellerar, durchgesetzt, dem Grets Stand ein Dorn im Auge war.

Am zweiten Donnerstag im September begleitete Ranghild Gret zum ersten Mal nach Alpirsbach. Noch bevor die Sonne aufging, waren sie aufgebrochen. Vor ihnen lagen mehr als zwei anstrengende Wegstunden. Sowohl Gret als auch das Mädchen trugen Kraxen auf dem Rücken, in denen all das untergebracht war, was sie heute auf dem Markt zu verkaufen hofften: getrocknete Kräuter, sorgfältig abgepackt in Säckchen; Pulver und Salben sowie Elixiere, abgefüllt in gut verschlossenen Tonkrügen und Steingutfläschchen, wo sie kühl blieben.

Die Leute, die in der dem Kloster vorgelagerten Siedlung lebten, in der Regel Grundholde und Handwerker, die im Dienst der Abtei standen, schätzten die Produkte der Kräutergret, die dafür einen Preis verlangte, den auch die Ärmeren unter ihnen bezahlen konnten. Auch Reisende und Gäste, die vorübergehend im Kloster weilten, interessierten sich für Grets Produkte. Insbesondere Bruder Zacharias schätzte ihre monatlichen Besuche. Jedes Mal, wenn sie kam, brachte sie dem Infirmarius Kräuter und Produkte mit, die er benötigte und die er selbst nicht herstellte oder herstellen wollte. Und jedes Mal nahm Gret einen neuen Auftrag in Empfang.

Kurz vor dem Anstieg, der auf die Anhöhe führte, die den höchsten Punkt ihrer Route nach Alpirsbach markierte, wurden sie von zwei Reitern überholt, die auf prächtigen Pferden in hohem Tempo an ihnen vorbeipreschten. Beide, ein Bursche und ein Mädchen in prächtiger Kleidung, jauchzten laut, offenbar ritten sie um die Wette. Ranghild blieb stehen und sah ihnen mit glänzenden Augen nach.

»Die Kinder des Herzogs«, erklärte Gret. »Hin und wieder sind zu Besuch beim Untervogt. Dir gefällt, wie sie reiten?«

Ranghild nickte. »Ich bin selbst gern geritten«, sagte sie, die Wehmut in ihrer Stimme war nicht zu überhören.

Erneut begegnete Ranghild Grets fragendem Blick, und ihr wurde bewusst, was sie der alten Frau schuldete. Es war endlich an der Zeit, ihr das Geheimnis ihrer Herkunft und das, was sie in jener furchtbaren Brandnacht durchlebt hatte, anzuvertrauen. Und noch während sie weiterschritten, begann sie sich zur Überraschung Grets zu öffnen. Gelang es ihr anfangs noch, ihre Gefühle im Zaum zu halten, wurde ihr Bericht zunehmend von heftigem Schluchzen unterbrochen, Tränen liefen über ihre Wangen. Am Ende ihrer Schilderung fiel sie, von einem Weinkrampf geschüttelt, auf die Knie und schlug die Hände vors Gesicht.

Zutiefst erschüttert ließ sich Gret neben ihr nieder.

»Weine, kleine Ranghild, weine«, tröstete die alte Frau sie leise und presste sie an sich. »Erleichtere dich. Lass die dunklen Vögel aus deinem Käfig. Lass sie fortfliegen. Weit, weit fort. Wie ein Gewitter die Luft reinigt, vermag ein Weinkrampf die Seele zu reinigen.«

Gret sollte recht behalten. Als die Tränen versiegten und nur noch der eine oder andere Schluchzer wie leiser, in der Ferne verhallender Donner an das vorübergezogene Gewitter in ihrer Seele erinnerte, fühlte sich Ranghild tatsächlich erleichtert. Sie schritten weiter. Bald darauf sahen sie von einem Berghang aus auf die in das Tal der Kinzig eingebettete Benediktinerabtei und die westlich vorgelagerte Siedlung hinunter, deren Gebäude im Licht der Morgensonne in einem intensiven Ockerton leuchteten. Noch changierten die bewaldeten Hänge zwischen Schwarz- und Hellgrün und wetteiferten mit dem Lichtgrün der Matten und Wiesen. Bald würde der Herbst der Landschaft ein anderes Gewand überstreifen: In allen Farben würde sie scheckig leuchten, wie die Gewänder der Spielleute und Gaukler auf den Jahrmärkten.

Die beiden Flügel des Haupttors der Abtei standen weit offen. Sie traten an das Fenster des daneben befindlichen Torhauses.

»*Deus tecum*, Gret! Willkommen in Alpirsbach!«

Die freundliche Stimme gehörte dem diensttuenden Pförtner, ein kleiner, hagerer Mensch von etwa vierzig Jahren mit flinken braunen Augen, die aus einem bartlosen Gesicht lachten.

»Auch Euch einen angenehmen Tag, Bruder Blasius«, erwiderte Gret. Bruder Blasius versah seinen Dienst im Torhaus mit gewissenhaftem Pflichtbewusstsein. Akribisch kontrollierte er, wer das Klosterareal betrat und wer es verließ. Sein Gruß kam von Herzen. Der Alten entging nicht, dass der Blick des Pförtners neugierig auf ihrer Begleiterin ruhte.

»Das ist Ranghild, meine Gehilfin«, stellte sie das Mädchen vor.

Der Mönch hob die Brauen. »Ihr habt eine Gehilfin?«

»Ja. In meinem Alter muss man zusehen, dass man die Arbeit und die tägliche Last mit jemand Jüngerem teilt.«

»Wohl wahr«, der Mönch nickte Ranghild freundlich zu. »Ach, bevor ich's vergesse, ich soll Euch vom Untervogt ausrichten, Ihr mögt, nachdem Ihr Euren Stand hergerichtet habt, bei ihm vorbeischauen, er will Euch sprechen.«

»Waldemar von Gumpp?«, fragte Gret verblüfft nach.

»Ja. Er hat sich verletzt und bedarf Eurer Hilfe. Auch seiner Gattin geht es nicht gut. Ein Medicus ist zurzeit nicht greifbar. Bruder Otto, einer von den Laienbrüdern, er ist unser Bader, ist derzeit selbst erkrankt. Und unser Infirmarius, Bruder Zacharias, befindet sich zusammen mit dem Abt und dem Herbarius auf einer Reise. Außerdem dürfte er als Mitglied des Konvents ohnehin keine Wunden behandeln.«

Gret nickte. »Ich werde nach ihm sehen. Hättet Ihr die Güte, jemanden zu bitten, in der Zwischenzeit meinen Stand zu beaufsichtigen?«

»Kann das nicht Eure junge Gehilfin machen?«

»Nein, sie muss mir bei der Behandlung zur Hand gehen.«

Der Mönch nickte. »Gut, ich werde den Novizenmeister bitten, mir zwei zuverlässige Novizen zur Verfügung zu stellen. Sie werden sich darum kümmern.«

»In Ordnung, dann werden wir jetzt den Stand bestücken, zwischenzeitlich schickt Ihr nach den Novizen. Ich nehme an, dass uns jemand zum Vogt begleitet?«

Der Pförtner nickte. »Bruder Gerald, mein Vertreter, führt Euch zu ihm. Aber lasst Euch Zeit, es eilt nicht, der Vogt meinte, wenn Ihr um die vierte Stunde bei ihm wärt, wäre das in Ordnung.«

Sie traten durch den Torbogen und gelangten auf einen weiträumigen Hof, auf dem die Betriebsamkeit eines ganz normalen Klostertages herrschte. Lediglich im dem Konvent vorbehaltenen, weltabgewandten Trakt herrschte jene Ruhe und kontemplative Gelassenheit, die man von den dem Lobpreis des Herrn verpflichteten Mönchen erwartete. Aus den im Westen gelegenen Werkstätten der Siedlung drangen Geräusche, die von emsiger handwerklicher Tätigkeit kündeten. Laienbrüder – Konverse genannt – und weltliche Handwerker gingen ihrer Tätigkeit als Schreiner, Drechsler, Fassmacher, Schmied oder Polsterer und anderen Beschäftigungen nach. In der Fleischhauerei, der Käserei und in der Bäckerei innerhalb der Klostermauern sorgte man für die leiblichen Bedürfnisse nicht nur der Angehörigen des Konvents, sondern auch für die der Gäste und manchmal auch der Pilger und Reisenden, die kamen und gingen und im Gästehaus versorgt wurden, sowie der Kranken und Bedürftigen. Über dem Gebäude, in dem die verschiedenen Küchen untergebracht waren – schließlich wurde für unterschiedlichste Gruppen von Personen gekocht –, stieg Rauch aus den Kaminen. Fuhrwerke, Karren, Reiter, darunter Bewaffnete im Dienst der Vogtei und verschiedenes Fußvolk, bevölkerten das Areal.

Ein älterer Mönch querte ihren Weg und sprach sie an.

»Schön, Euch zu sehen, Gret. Ich werde später mit einem unserer Gäste bei Euch am Stand vorbeischauen«, sagte er. Auch er konnte seine Neugier nicht verbergen, wie sein Blick auf Ranghild verriet.

»Das freut mich, Bruder Werner. Das ist übrigens Ranghild, meine Gehilfin.«

Der Mönch nickte den Frauen freundlich zu und ging weiter.

»Das war Bruder Werner, der Hospitarius«, sagte Gret. »Er ist zuständig für die Unterbringung und das Wohl der Gäste.«

Sie näherten sich einem mächtigen Turm, der durch ein

trutziges Mauerwerk auffiel und einen besonders wehrhaften Eindruck vermittelte. Hier residierte Waldemar von Gumpp, der Vogt, wie Gret Ranghild erklärte.

»Dieser Herr von Gumpp ist der Vogt? Sagtet Ihr nicht gestern, dass der Herzog der Vogt sei?«, wollte Ranghild wissen.

»Das stimmt auch. Aber da Waldemar von Gumpp der Vertreter des Herzogs ist, wird auch er als Vogt bezeichnet. Eigentlich ist er der Untervogt.«

»Ich dachte immer, der Abt leitet das Kloster?«

»Der Abt ist das geistliche Haupt. Auch trägt er die Verantwortung für das leibliche Wohl der Mitglieder des Konvents und der Bediensteten des Klosters sowie für den wirtschaftlichen Erfolg zusammen mit anderen aus dem Konvent, die spezielle Aufgaben wahrnehmen. Für weltliche Dinge und Angelegenheiten des weltlichen Rechts ist er nicht zuständig. Die sind dem Vogt übertragen, der auch die Interessen des Landes- und Territorialherrn wahrnimmt. Darüber hinaus ist er für den Schutz des Klosters verantwortlich, der, wenn notwendig, auch mittels des Einsatzes von Waffen zu leisten ist. Der Vogt wiederum kann als seinen Vertreter direkt vor Ort einen Untervogt bestimmen.«

Ranghild nickte. »Jetzt verstehe ich.«

Sie waren beim Markt angekommen. Etwa ein Dutzend Stände reihten sich eng aneinander. Grets Stand lag etwas abseits der anderen, an denen die Bauern aus der Umgebung und ein Töpfer ihre Waren feilboten. Obwohl der Markt gerade erst eröffnet worden war, herrschte bereits reger Andrang. Auch an Grets Stand warteten schon einige Kundinnen.

»Geduldet euch, ihr Frauen, es dauert heute, bis ich euch bedienen kann. Wenn ihr bitte später wiederkommen wollt. Ich mache euch dafür einen besonders guten Preis«, forderte Gret sie auf. Noch bevor sie die Ware aus den beiden

Kraxen auf dem Tisch ausgebreitet hatten, sahen sie, wie Bruder Gerald, der Vertreter des Pförtners, sich durch die stetig anwachsende Anzahl der Marktbesucher seinen Weg bahnte. In seiner Begleitung zwei junge Burschen, offenbar Novizen, die den Stand während Grets Abwesenheit im Auge behalten sollten.

»*Deus tecum*, Gret«, grüßte Bruder Gerald die Alte. »Seid Ihr so weit? Ich soll Euch zum Untervogt bringen.«

»Jetzt schon? Nicht erst zur vierten Stunde?«

»Herr von Gumpp meinte, es käme ihm sehr gelegen, wenn Ihr Euch jetzt schon Zeit für ihn und sein Weib nehmen würdet.«

»Gut. Aber ein wenig müsst Ihr Euch schon noch gedulden«, sagte Gret und entnahm der Kraxe, die sie zu Füßen des Tischs abgestellt hatte, eine schwarze Ledertasche. Ranghild wusste, dass sie verschiedene Instrumente und Verbandsmaterial barg. Da sie gehört hatten, dass der Vogt sich verletzt hatte, ergab es Sinn, dass Gret die Tasche mitnahm.

Die Alte reichte Ranghild mehrere dickwandige Glasbehälter, eine kleine Waage und ein sehr kleines Fläschchen, die sie ebenfalls der Kraxe entnahm.

»Lass uns etwas Dialtea, Zugpflastersalbe und Apostelsalbe mitnehmen. Nimm einen Spatel und fülle jeweils fünf Portionen in die Gläser ab. In das kleine Fläschchen gibst du etwa drei Unzen davon.« Gret wies auf einen kleinen Tonbehälter, der mit grüner Farbe bestrichen war und einen dicklichen Saft enthielt: ein Konzentrat aus Bilsenkraut, Schierling und Tollkirsche, das, entsprechend mit Wasser verdünnt, eine wirksame Arznei gegen Schmerzen darstellte.

Mit flinken Fingern bereitete Ranghild die Abfüllungen vor, dann folgten sie Bruder Gerald zum Wohnturm des Untervogtes.

Kapitel 8

Der Wohnturm – auch »Untere Burg« genannt – war ein mächtiger Bau, errichtet aus schwerem Mauerwerk, auf dem ein aus zwei Stockwerken bestehender Fachwerkaufsatz mit einem imposanten Walmdach ruhte. Der Zugang saß gut zwölf Fuß hoch über dem Boden in der Mauer und war über eine steile Holztreppe zu erreichen, die wie eine Zugbrücke eingezogen werden konnte. Umgeben war der Turm ringsum von einem Wassergraben.

Schummriges Licht herrschte im Innern des Baus, während sie die Treppe zum oberen Stockwerk emporstiegen. Kaum oben angekommen, empfing sie ein Bediensteter des Untervogtes und bat sie, in einem Vorraum zu warten.

»Herr von Gumpp ist bereit, Euch gnädigst zu empfangen«, näselte der Diener, als er wieder erschien.

»Dann werde ich wohl nicht mehr gebraucht«, meinte Bruder Gerald; offensichtlich froh, sich schnell wieder verabschieden zu können.

Der Diener geleitete die beiden Frauen durch einen prunkvoll eingerichteten Raum, der wohl als Empfangs- und Festsaal genutzt wurde und daran erinnerte, dass hier der Vertreter des Herzogs residierte. Schlanke Säulen aus poliertem Holz, mit herrlich geschnitzten Kapitellen versehen, stützten die getäfelte Decke. An einer der Wände hing ein Teppich von gigantischem Ausmaß, der seine exotische Herkunft nicht verleugnen konnte: Fantasievolle Fabelwesen wie Drachen und Einhörner bevölkerten die riesige Fläche und teilten sich diese mit surreal aussehenden Vögeln und anderem fremdartigen Getier; gerahmt wurde das Ganze von wucherndem Rankenwerk aus Blüten und Blättern sowie diversen geometrischen Mustern, deren Farben in den warmen Strahlen der Vormittagssonne, die durch die bleiverglasten Fenster fiel, zu glühen schienen. An den Wänden standen mehrere kostbare Truhen, die Mitte des Raums dominierte ein mächtiger Tisch, dessen makellos glänzende Platte mit wertvollen Intarsien geschmückt war. Um ihn herum reihten sich mehrere Stühle mit verzierten Lehnen, deren kunstvolles Schnitzwerk die Fortsetzung der Motive auf den Kapitellen der Säulen darstellten, die die Decken stützten.

Ob der Pracht, die sie so noch nirgends wahrgenommen hatte, war Ranghild unvermittelt stehen geblieben.

»Ranghild?«

Die mahnende Stimme der Kräutergret riss sie aus ihrem Staunen.

»Oh, verzeiht, ich komme.«

Der Diener führte die beiden in einen Gang und klopfte an eine Zimmertür.

Ein barscher Ruf ertönte, der Diener öffnete die Tür und ließ die beiden Frauen in einen Raum treten, der in seiner Nüchternheit an ein Kontor erinnerte. An einer Wand, neben einem Schreibpult, erblickte Ranghild ein mächtiges Regal voller Bücher, auf zwei Tischen davor stapelten sich Stöße von Pergamenten. An der Wand gegenüber dem Regal stand eine Gautsche, ein niedriges, gepolstertes Ruhebett, dessen Liegefläche mit schwerem Leder überzogen war und auf dem eine reich bestickte Decke lag.

In einer Ecke vor einem bleiverglasten Fenster, an einem wuchtigen Schreibtisch, saß derjenige, auf dessen Veranlassung die beiden Frauen hier waren: eine hohe, massige Gestalt, die sich bei ihrem Eintreten, auf eine Krücke gestützt, erhob –

der Untervogt. Er trug eine grüne Schecke über einem schwarzen Hemd, das am Halsausschnitt mit einer grünen Borte gefasst war. Ein Gürtel aus schwarzem Leder mit einer goldenen Schnalle umfasste die Taille. Die Beinlinge von beiger Farbe glänzten seidig. Um seinen linken Oberschenkel trug er einen dicken, an einigen Stellen blutdurchtränkten Verband, was unter dem eng anliegenden Beinling deutlich zu erkennen war.

»Die Kräuterfrau und ihre Gehilfin, Herr von Gumpp«, näselte der Bedienstete und entfernte sich mit einer devoten Verbeugung.

Auch Gret und Ranghild verbeugten sich.

»Gott zum Gruß, Herr von Gumpp«, grüßte Gret.

Waldemar von Gumpp nickte kaum merklich. Der von Friedrich II., Herzog von Teck und Vogt von Alpirsbach, bestellte Untervogt war ein stattlicher Mann. Doch in seiner Erscheinung lag etwas, was Ranghild erschreckte. Haar und Bart von schwarzer Farbe, die tief liegenden stechenden Augen unter dichten, struppigen Brauen verborgen, die schmalen Lippen mürrisch verzogen, strahlte er etwas Wildes, Unbeherrschtes aus. Wie ein Wolf, dachte Ranghild.

»Ihr versteht Euch aufs Heilen und aufs Kräuterpanschen, hat man mir gesagt«, richtete der Untervogt das Wort an Gret. Für das eigenartige Grollen in seiner Stimme konnte er nichts, Gret vermutete, dass es an seinem Kehlkopf lag, doch es verstärkte den wolfsähnlichen Eindruck, den seine Erscheinung bei Ranghild hervorrief.

»Nein, Herr von Gumpp!«

»Wie? Was sagtet Ihr?« Der Untervogt legte die Hand an die Ohrmuschel, als hätte er sich gerade verhört.

»Ihr fragtet soeben, ob ich mich aufs Heilen und aufs Kräuterpanschen verstehe, und ich sagte: Nein!«

»Nein?!«, donnerte der Untervogt, ein empörter Blitz schoss aus seinen Augen. »Und da wagt Ihr es, vor mich zu treten? Man hat mir versichert, Ihr versteht Euch aufs Heilen, deswegen habe ich Euch kommen lassen!«

»Ich verstehe mich durchaus auf die Heilkunst. Und das seit mehr als dreißig Jahren. Worauf ich mich nicht verstehe, ist das Kräuterpanschen. Ich pansche nicht, Herr Vogt. Ich stelle wirksame Kräutermedizinen her. Das ist ein Unterschied.«

Für die Dauer eines Atemzugs schwieg der Untervogt sichtlich verblüfft.

»Verdammt, Ihr habt Mut, Weib, das muss man Euch lassen«, knurrte er schließlich. »Was ist mit ihr?«, der Untervogt deutete mit dem Kopf auf Ranghild.

»Sie ist sehr geschickt und geht mir zur Hand. Ich brauche sie an meiner Seite«, sagte Gret in bestimmtem Ton.

»Na gut, dann wollen wir sehen, ob Eure Kunst auch wirklich taugt. Ihr werdet zuerst mich behandeln, dann mein Eheweib.«

Von Gumpp humpelte, auf die Krücke gestützt, mit schmerzverzerrtem Gesicht auf die Gautsche zu, ließ sich ächzend darauf nieder und streckte die Beine auf dem Lager aus.

»Das Bein, das rechte. Seht es Euch an, aber vorsichtig.« Er schlüpfte aus dem Beinling. Zum Vorschein kam ein verschmutzter, blutdurchtränkter Verband.

Gret bückte sich und wickelte ihn vorsichtig ab. Gleich darauf kam eine tiefe, walnussgroße, an den Rändern ausgefranste Wunde, die bereits eitrigen Schleim absonderte, zum Vorschein. Die Umgebung hatte sich stark gerötet.

»Habt Ihr Schmerzen?«, fragte Gret.

»Welche Frage! Natürlich habe ich Schmerzen. Aber das Schlimmste ist die Hitze, die ich im Bein verspüre.«

»Kein Wunder. Die Wunde hat sich entzündet. Lasst nach heißem Wasser und frischen Tüchern schicken. Wir müssen die Wunde zuerst reinigen, bevor ich sie behandeln kann«, wies Gret ihn an.

»Auf dem Schreibtisch steht ein Glöckchen. Eure Gehilfin soll sie nehmen, in den Flur gehen und damit klingeln. Mein Diener wird die Mägde anweisen, das Gewünschte zu bringen.«

Ranghild sah Gret unsicher an.

»Tu, wie du geheißen wurdest, mein Kind«, sagte sie nur. Während sie die Tasche öffnete und ihre Instrumente zurechtlegte, fragte sie den Untervogt, wie und wann es zu der Verletzung gekommen war.

»Vor zwei Tagen auf der Jagd. Ich erlitt dummerweise einen Sturz. Dabei bohrte sich ein spitzer Ast in meinen Schenkel. Warum, zum Teufel, wollt Ihr das eigentlich wissen?«

»Ich muss wissen, unter welchen Bedingungen Ihr Euch die Wunde zugezogen habt. Die Umgebung könnte sich auch darauf auswirken, wie sich die Wunde entwickelt und was ich Euch verabreichen muss.«

»Ach, und wer sagt das?«

»Meine Erfahrung, Herr von Gumpp. Die dürfte ja auch der Grund sein, weshalb Ihr mich habt holen lassen.«

Es klopfte an der Tür. Zwei Mägde traten ein, die eine trug einen Stapel Leinentücher, die andere eine irdene Schüssel mit heißem Wasser. Schüchtern stellten sie beides auf einem der Tische ab, auf denen noch Platz war, und verließen den Raum so lautlos, wie sie gekommen waren.

Gret nickte Ranghild zu. »Bring mir die Schüssel, mein Kind, und zwei frische Tücher.«

Vorsichtig bearbeitete Gret die Wundränder mit einem scharfen Spatel, um Schmutz und Eiter zu entfernen. Behutsam schabte sie an der verletzten Stelle und wischte das, was sie entfernte, an einem Tuch ab. Von Gumpp biss die Zähne zusammen.

»Ihr sagtet, Ihr hättet Euch die Wunde vor zwei Tagen zugezogen?«, wandte sie sich an ihn. »Wo habt Ihr sie behandeln lassen, und wer hat den Verband angelegt?«

»Ein Apotheker aus Rottweil, Ägidius Sachs, hat sich ihrer angenommen. Von den Angehörigen des Konvents darf sich ja keiner um offene Wunden kümmern, selbst der Infirmarius nicht, wie Ihr ja wohl wisst. Sachs ist oft im Kloster, er pflegt engen Kontakt zu unserem Cellerar, Bruder Sebastian. Sachs ist auch Wundarzt. Er hat sowohl das Bader- als auch das Apothekerhandwerk erlernt. Leider ist er gegenwärtig nicht greifbar, das ist der Grund, weshalb ich Euch konsultieren ließ. Er verabreichte mir eine Salbe und gab mir ein Fläschchen Öl, von dem ich täglich zweimal etwas einnehme. Um die Wundheilung zu beschleunigen.«

Gret nickte.

Ranghild war der Unterhaltung zwischen ihr und dem Untervogt aufmerksam gefolgt. Die Fragen, die die alte Heilerin stellte, um weitere Informationen über die Verletzung zu gewinnen, etwa wo und wie der Mann sie sich zugezogen hatte, die Art und Weise, wie sie mit ihm umging, und der souveräne Stil, den sie dabei an den Tag legte – all das beeindruckte sie zutiefst. So wie sie wollte sie einst werden.

Aus der Bemerkung des Untervogtes, Angehörige des Konvents dürften sich nicht um offene Wunden kümmern, vermeinte Ranghild Ärger herausgehört zu haben. In der Tat – das wusste sie von Gret – war es Mönchen und anderen Klerikern schon seit mehr als hundertsechzig Jahren nicht mehr erlaubt, chirurgische Tätigkeiten auszuüben, wozu auch die Behandlung äußerer Wunden zählte. Hatte doch Papst Alexander III. auf dem Konzil von Tours im Jahr 1163 ein entsprechendes Edikt erlassen. *»Ecclesia abhorret a sanguine«* – »Die Kirche schreckt vor Blut zurück«. Noch stringenter war der Erlass der Würzburger Diözesansynode von 1298 gefasst: Er erlaubte es Klerikern nicht einmal, bei einem chirurgischen Eingriff dabei zu sein.

Auch was der Untervogt über den Apotheker aus Rottweil erzählt hatte, war Ranghild nicht neu. Er betrieb seine Apotheke, wie fast alle anderen *apothecarii* im Reich, mit einer Konzession des Landesherrn. Dass er zusätzlich eine Lehre bei einem Badermeister und Wundarzt abgeschlossen hatte, war nicht ungewöhnlich. Zwischen der Profession des Baders und des Wundarztes eine klare Trennung zu vollziehen – im Gegensatz zu den *physici*, den studierten Ärzten, auch *chirurgi* genannt –, war schwierig, die Abgrenzung zu den gelehrten Ärzten hingegen eindeutig. Letztere waren zuständig für innere Krankheiten und hatten ein langes akademisches Studium hinter sich gebracht. Allerdings war es ihnen verwehrt, äußere Krankheiten wie Wunden, Abszesse und andere Leiden zu behandeln, bei denen »geschnitten« werden musste. Dies blieb den Badern und Wundärzten vorbehalten.

»Sagt, Herr von Gumpp, welche Medizinen hat Euch Ägidius Sachs verabreicht? Auch das muss ich wissen, wenn ich Euch erfolgreich behandeln soll.«

»Was die Salbe betrifft, ich weiß es nicht, wohl aber, was das Öl zur schnelleren Wundheilung angeht: Das Fläschchen steht dort auf meinem Schreibtisch. Es ist beschriftet.«

Wieder nickte Gret Ranghild zu. »Magst du vorlesen, was auf dem Fläschchen steht?«, bat sie.

Ranghild nickte und ging zum Schreibtisch. »*Oleum ossium humanorum*«, las sie laut vor.

Gret lachte hart auf. »Das hat er Euch verabreicht?«, wandte sie sich wieder an den Untervogt. »Aus Menschenknochen destilliertes Öl? Und der Apotheker glaubt tatsächlich, dass es Euch nützt?«

Von Gumpps Blick funkelte böse.

»Ihr zweifelt an seinem Können? Seid Ihr bei Trost?«

»Das bin ich sehr wohl, Herr Vogt.« Ranghild glaubte zu bemerken, wie Gret immer sicherer und selbstbewusster dem Mann gegenüber auftrat.

»Aber glaubt mir, Öl aus menschlichen Knochen hat noch niemandem ernsthaft geholfen«, fuhr die Alte fort. »Genauso wenig wie andere aus menschlichen Organen hergestellte Animalia, wie sie in manchen Apotheken für viel Geld verkauft werden. Es sind die Kräuter und, zugegeben, das eine oder andere Mittel, das man aus Tieren zu gewinnen weiß, wie etwa das Gift von Schlangen oder sogar Schafsdung, die zu heilen vermögen. Aber niemals Medizinen, die aus menschlichen Überresten gewonnen werden.«

Gret hatte mittlerweile die Ränder der Oberschenkelwunde sorgfältig gereinigt.

»Würdest du das hier auf die Wunde geben?«, bat sie Ranghild und reichte ihr einen Tiegel mit Salbe und einen Holzspatel.

Vorsichtig und mit viel Fingerspitzengefühl tat Ranghild wie geheißen.

»Schafsdreck? Ihr behauptet allen Ernstes, Schafsdreck sei eine Medizin? Wollt Ihr mich verhöhnen?«, brauste der Untervogt auf.

»Keineswegs. Im rechten Verhältnis mit anderen Zutaten vermischt, ergibt Schafsdung eine wirksame Medizin gegen Wundbrand.«

Mit einer Mischung aus Ekel und Misstrauen blickte Waldemar von Gumpp auf die Salbe, die Ranghild auftrug.

»Ihr … Ihr wollt doch nicht etwa sagen, dass Eure Gehilfin gerade Schafsscheiße auf meine Wunde schmiert?«, polterte er erbost.

Gret blieb ruhig, ein amüsiertes Lächeln auf den Lippen.

»Ich kann Euch beruhigen, Herr Vogt. Die Salbe, die ich Euch gerade aufgetragen habe, enthält verschiedene Zutaten, unter anderem einen Bitterextrakt, Wein und einige Kräuter.«

Ranghild, die das Geplänkel zwischen Gret und dem Untervogt zunehmend erheiterte, hatte Mühe, ihre Schadenfreude zu verbergen. Umso mehr, als sie wusste, dass die Salbe, die sie gerade auf die Wunde auftrug, tatsächlich Schafsdung enthielt.

»Und welche Zutaten sind das?«, wollte von Gumpp wissen.

»Das, verehrter Vogt, ist und bleibt mein Geheimnis. Ich werde den Teufel tun und Euch verraten, wie ich meine Medizinen mische. Ich verbinde jetzt Eure Wunde. Morgen schon werdet Ihr merken, wie die Entzündung zurückgeht und die Hitze in Eurem Bein nachlässt. Hier habe ich noch ein Schmerzmittel für Euch.« Gret reichte Waldemar das mitgebrachte Fläschchen. »Nehmt davon dreimal am Tag zehn Tropfen, und Ihr werdet sehen, dass der Schmerz allmählich weicht. Wichtig ist ferner, dass Ihr einmal am Tag den Verband wechselt und den Salbenauftrag erneuert. Von der Salbe lasse ich Euch ein Töpfchen zurück. Und jetzt versucht, ob Ihr aufzustehen vermögt.«

»Es wird schon gehen«, knurrte er. Er erhob sich und wankte kurz, hatte sich aber dank dem Krückstock gleich wieder gefangen. »Na also, sagte ich's doch. Und jetzt lasst uns nach meiner Frau sehen. Sie befindet sich in ihrer Kemenate. Folgt mir.«

Sie erklommen eine weitere Treppe mit nur wenigen Stiegen, die fürchterlich knarrten. Waldemar von Gumpp ging einen dunklen Gang entlang, der vor einer Tür endete. Dreimal klopfte der Untervogt gegen das Holz und betrat, gefolgt von Gret und Ranghild, die Kemenate. Auch das Frauengemach gehörte zu den wenigen Räumen auf der Burg, deren Fenster mit Butzenglasscheiben versehen waren.

»Margaretha, die Heilerin und ihre Gehilfin sind da«, stellte er seiner Gattin die beiden Frauen vor. Anders als bisher klang seine Stimme auf einmal leise und liebevoll. Er trat an die Bettstatt heran und streichelte der darauf ruhenden Frau sanft die Stirn.

Ranghild erschrak regelrecht beim Anblick, der sich ihr bot. Gret hingegen nahm ihren Zustand mit der Gemessenheit der routinierten Heilerin, die sich äußerlich nichts anmerken ließ, zur Kenntnis.

Margaretha von Gumpp war eine Frau von krankhafter Korpulenz. Umgeben von einer Unzahl Kissen und Decken und mit einem langen weißen Hemd bekleidet, das ihr bis zu den Knöcheln reichte, ruhte sie auf einem gewaltigen Bett, das auf zwei Seiten von einem dichten Vorhang aus schwerer Seide umgeben war. Am Fußende und auf der rechten Seite war er zurückgezogen worden. Das Gesicht, das früher einmal sehr schön gewesen sein mochte, war von langem grauen Haar umgeben. Wie dahingegossen breitete es sich auf dem weißen Leinen aus. Müde, wässerige Augen blickten aus einem feisten, blassen Antlitz und ruhten mit einer Mischung aus Hoffnung und Misstrauen auf der Kräutergret. Dass die Frau unter unglaublichen Qualen litt, war auf den ersten Blick erkennbar.

Lächelnd beugte sich Gret über die Ehefrau des Untervogts; sanft legte sie die Hand auf ihre Stirn.

»Vertraut mir, edle Frau, ich will versuchen, Euch zu helfen. Würdet Ihr mir verraten, wo es Euch schmerzt?«, fragte sie freundlich.

Kaum wahrnehmbar hob die Frau den Zeigefinger ihrer Rechten und wies nach unten. »Es sind … Es sind … die Knie«, sagte sie mit matter Stimme; Gret hatte Mühe, sie zu verstehen.

»Darf ich einmal sehen?«, fragte sie sanft und schob vorsichtig das Hemd nach oben.

Die Beine der Frau muteten wie ein Paar monströser Walzen an. Dort, wo man die Kniegelenke vermuten konnte – ihre natürlichen Wölbungen waren in der ungeheuren Fettmasse verloren gegangen –, zeugte dunkle Röte von einer heftigen Entzündung.

Behutsam versuchte sie eines der Knie zu ertasten. Sofort stöhnte die Frau laut auf und verdrehte die Augen.

»Ich weiß, ich weiß«, beruhigte Gret sie, »Ihr müsst unglaubliche Schmerzen haben. Aber vielleicht kann ich Euch ein wenig helfen. Herr von Gumpp«, wandte sie sich an den Untervogt, »ich brauche frischen Kohl, saubere Leinentücher, eine flache Steinplatte und einen großen Fäustling, ebenfalls aus Stein. Außerdem: eine Hanfschnur, ein scharfes Messer und einige Streifen dünnen Stoffes.«

Der Untervogt sah sie erstaunt an. Dann jedoch eilte er, ohne weiter zu fragen, hinaus und kehrte kurz darauf wieder mit zwei Mägden zurück, die das Verlangte auf dem runden Tisch, der neben dem Bett der Gräfin stand, ablegten. Sie blieben stehen, um auf weitere Anweisungen zu warten. Offenbar hatte der Untervogt sie entsprechend instruiert.

»Hilfst du mir, Ranghild?«, bat Gret das Mädchen und machte sich mit ihr ans Werk. Zunächst schnitten sie den mittleren harten Strunk aus den Kohlköpfen heraus. Anschließend breiteten sie die Blätter auf der Steinplatte aus, und Ranghild klopfte sie mit dem Fäustling platt. Die Blattrippen brachen auf; Saft trat aus. Geschickt schichtete Gret zusammen mit ihrer Gehilfin die feuchten, grünen Blätter schindelartig auf die beiden Knie der kranken Frau und umwickelte sie mit einem großen Leintuch. Daraufhin zerschnitt Ranghild eines der dünnen Tücher und schlang die schmalen Streifen darum. Mit der Hanfschnur, die sie fest um das Ganze zurrte, fixierte sie vorsichtig den Kohlwickel.

»Das Prozedere mit den Kohlwickeln sollte bis zur Komplet zweimal wiederholt werden«, wandte sie sich an den

Untervogt. »Von da an die Nacht hindurch zwei weitere Male bis zum Morgen. Danach, den ganzen morgigen Tag über, macht Quarkwickel. Sobald ich wieder an meinem Stand bin, lasse ich Euch noch ein zusätzliches Fläschchen des Schmerzmittels zukommen, das ihr bereits bekommen habt. Gebt Eurem Weib davon, wenn Bedarf ist, aber nur die verdünnte Menge, so wie verordnet.« Mit sanfter Stimme wandte sie sich an die Frau: »Ich denke, morgen schon wird es Euch besser gehen. Lebt wohl, ich wünsche Euch baldige Genesung.«

Ein dankbares Lächeln glitt über die Miene Margarethas, zum Sprechen war sie zu schwach.

»Ihr liebt Eure Gattin sehr, nicht wahr?«, wandte sich Gret an den Untervogt, nachdem sie die Kemenate verlassen hatten und sich wieder auf dem Weg nach unten machten.

Waldemar maß sie mit einem ärgerlichen Blitzen seiner Augen.

»Eine unziemliche Frage, Weib, was fällt Euch ein? Ihr kommt hierher und …«

Gret unterbrach ihn, indem sie ihm in einer fast mütterlich anmutenden Geste die Hand auf den Arm legte.

»Lasst das Poltern, Vogt«, bat sie ihn freundlich. »Warum glauben Männer immer, sich eine Blöße zu geben, wenn man ihre Schwachstelle erkennt? Ihr liebt Eure Frau, ich erkannte es daran, wie Ihr sie ansaht und wie Ihr mit ihr gesprochen habt. Die Liebe zu ihr ist einer Eurer edlen Züge, wenngleich ich fürchte, dass es deren nicht sehr viele gibt. Aber Ihr tut gut daran, ihr Eure Zuneigung zu zeigen, Ihr werdet sie nicht mehr allzu lange an Eurer Seite haben. Sie ist schwer krank, und das liegt nicht an der Entzündung in ihren Knien. Glaubt mir, ich habe einen Blick dafür.«

Über dem Gespräch waren sie wieder vor der Tür zum Kontor angekommen. Die Klinke in der Hand, war Waldemar von Gumpp gerade im Begriff gewesen, sie zu öffnen, doch bei den letzten Worten Grets war er unvermittelt stehen geblieben.

Das Finstere in seiner Miene war einem Ausdruck tiefer Trauer gewichen. Eine Hand auf der Klinke, mit der anderen auf die Krücke gestützt, wirkte er auf einmal wie ein Greis.

»Ich ... Ich danke Euch für Eure Offenheit, Gret«, sagte er leise. Aus seiner Stimme war jegliches Grollen gewichen, sie klang gebrochen. »Ich ... hatte es befürchtet. Was meint Ihr, wie lange noch?«

»Das vermag nur Gott zu sagen. Vielleicht vier, vielleicht fünf Wochen?«

Waldemar drückte die Klinke, öffnete die Tür einen Spalt weit und verharrte zögernd. Helles Sonnenlicht drang aus dem Türspalt, ein warmes Leuchten huschte über sein Gesicht.

»Es ist so, wie es ist«, murmelte er. »Habt nochmals vielen Dank. Euer Honorar könnt Ihr Euch am Torhaus abholen. Und nun lebt wohl. Hinaus findet Ihr wohl allein.«

Er trat ins Kontor. Hinter ihm fiel die Tür mit leisem Klacken ins Schloss.

Kapitel 9

Mittlerer Schwarzwald, Tal der Kinzig, Gegend um Wolfach
August Anno Domini 1325

Heute war einer jener Tage Ende August, die, noch den warmen Duft des Spätsommers verströmend, bereits das Nahen des Herbstes ahnen ließen. Ein Samstag.

Isidor hatte Herrlinger gebeten, ihm drei Tage freizugeben, er wolle unbedingt nach seiner Schwester sehen, die im Armenspital zu Freiburg darauf warte, dass der Herr sie zu sich hole. Isidor hing sehr an seiner Schwester, die er einmal im Jahr besuchte. Zwar waren seit dem letzten Besuch gerade mal erst acht Monate vergangen, doch diesmal hatte Isidor Angst, sie nicht lebend wiederzusehen, wenn er noch länger wartete. Widerstrebend und erst nachdem Isidor ihm versichert hatte, dafür auf einen Wochenlohn verzichten zu wollen, hatte Herrlinger seinem Wunsch entsprochen. Doch mittlerweile war auch der vierte Tag vergangen, seit Isidor sich nach Freiburg aufgemacht hatte, und er war noch immer nicht zurückgekehrt.

Soeben war die Sonne untergegangen, die Dämmerung nahte mit raschen Schritten. Elias hatte sich nach vollbrachtem Tagwerk dazu entschlossen, in dem an die Scheune angrenzenden Verschlag, wo Herrlinger Scheitholz lagerte, eine Eichhörnchenfalle zu bauen. Er gedachte sie am kommenden Sonntag auszuprobieren, wenn er seiner Lieblingsbeschäftigung nachging: durch die Wälder zu streifen. Hingebungsvoll schnitzte er an einem der Holzstäbe herum, die das Gitter bilden würden, als er plötzlich durch die Ritzen des Verschlags einen Reiter herannahen sah. Der lenkte sein Pferd, einen Fuchs mit rötlich schimmerndem Fell, in Richtung des Stalls, saß ab und machte ihn an einem Pflock fest.

Elias erschrak, als er ihn erkannte – es war der Fremde mit dem gelben Federbusch am Hut. Der, den er vor längerer Zeit zusammen mit dem Wasenmeister im Wald gesehen hatte.

Parallel dazu bemerkte er, wie Utz Herrlinger mit einem brennenden Kienspan aus dem Wohnhaus trat und ohne Hast auf den Reiter zuschritt. Offenbar hatte er ihn erwartet. Um diese Zeit? Schnell löschte Elias das Talglicht und wartete.

Die Männer wechselten einige Worte, dann bedeutete Herrlinger dem Fremden, ihm zu folgen, und schritt direkt auf die Scheune zu. Elias hielt den Atem an und versteckte sich hinter einem Stapel Scheitholz.

Herrlinger öffnete die knarrende Tür zu dem dunklen Schuppen, ließ den Fremden eintreten und schloss sie wieder. Elias hörte die beiden murmeln und beschloss, seine Position zu wechseln, um besser hören zu können. Er verließ den Platz hinter dem Scheitholzstapel und huschte lautlos zur Bretterwand, die die Scheune vom Verschlag trennte. Durch ein Astloch in einem der Bretter sah er, dass Herrlinger den Kienspan in eine Öse in die Bretterwand gesteckt hatte. Er stand mit dem Fremden neben dem Pferdekarren.

»Ihr schuldet mir noch Geld für meinen letzten Einsatz, Herr«, hörte Elias ihn sagen.

»Es ist nicht nötig, dass Ihr mich daran erinnert. Bis jetzt habt Ihr das Euch zustehende Geld immer erhalten. Und Ihr seid immer verdammt gut bezahlt worden«, versetzte der Fremde mit tiefer Stimme. Sie hatte einen arroganten Beiklang.

Dann griff er unter seinen Mantel und zog einen verschnürten prallen Beutel hervor, den er Herrlinger reichte.

»Sechzig Heller. Ihr könnt nachzählen.«

»Nur sechzig Heller? Verdammt, wir hatten achtzig abgemacht, zum Teufel! Und da behauptet Ihr, Ihr würdet mich gut bezahlen?«, begehrte Herrlinger laut fluchend auf.

Die Stimme des Fremden wurde schneidend. »Ihr müsst besser zuhören! Ich sprach von dem Geld, das Euch zusteht. Für die letzte Lieferung stehen Euch sechzig Heller oder dreißig Pfennige zu. Kein Heller mehr. Die achtzig waren für den Fall gedacht, dass Ihr ordentlich geliefert hättet. Habt Ihr aber nicht.«

Im Licht der Blendlaterne sah Elias, wie Herrlinger nah an den Mann herantrat und ihm wütend das Kinn entgegenreckte. »Habe ich sehr wohl, Ihr verdammter Pfennigfuchser. Ihr wollt mich doch nur über den Löffel balbieren. Ich …«

»Halt, kein Wort weiter, sonst …«, zischte der Fremde. Er hielt auf einmal ein Messer in der Rechten, dessen Spitze auf den Hals seines Gegenübers zielte. »Tritt zurück und komm mir nicht zu nah, du verdammter Hurensohn. Was glaubst du eigentlich, wer du bist?«

Herrlinger zuckte wie unter einem Peitschenhieb zurück. Der aufmüpfige Ausdruck in seiner Miene wich hündischer Ergebenheit.

»Verzeiht, Herr, es war nicht so gemeint.«

Der Fremde schwieg kurz, bevor er antwortete.

»Das will ich hoffen«, sagte er schließlich finster, aber mit ruhiger Stimme. »Vergiss nicht, es gibt noch andere, die gerne ins Geschäft einsteigen würden. Deine Konkurrenten warten schon an der nächsten Ecke. Also verprell uns nicht.«

»Aber ja doch, Herr. Ich mein ja nur … die letzte Lieferung … Habt die Güte und sagt mir, warum Ihr damit nicht zufrieden wart.«

»Die Güte will ich Euch gern gewähren«, versetzte der Fremde, der wieder in die höflichere Anrede gewechselt war, spöttisch. »Die Lunge, die Ihr uns geliefert habt, war bereits brandig und voller Würmer. Eine der vier Lebern ebenso. Die Gallenflüssigkeit in den Fläschchen war verunreinigt und auch die beiden Hirnschalen. Das Knochenpulver war viel zu grob. Bemüht Euch künftig um bessere Ware, sonst …« Er ließ den Satz offen und fuhr fort: »Und jetzt zählt das Geld, die sechzig Heller. Nicht dass Ihr noch einmal auf die Idee kommt, Ihr wärt betrogen worden.«

»Aber ich bitte euch, Herr, dazu besteht kein Grund, ich glaube euch.« Herrlinger wollte den Beutel hastig in seinen Gürtel stecken, doch der Fremde hinderte ihn daran.

»Ich sagte, zählt nach, und zwar laut. Hier vor mir, wird's bald!«, knurrte der Mann drohend.

Eingeschüchtert durch seinen Ton ging Herrlinger in die Hocke und leerte den Beutel auf dem harten Lehmboden aus, um die Münzen besser zählen zu können. Klirrend fielen sie heraus.

Er hatte bereits sechzig abgezählt, als er stockte und zu seinem Geschäftspartner aufsah.

»Zweiundsechzig?«, fragte er irritiert.

»Ihr habt richtig gezählt. Es sind zweiundsechzig Heller. Ihr seht, Sorgfalt ist angebracht, sich vergewissern lautet die Devise, wenn's ums Geschäft geht. Das gilt für den Empfang von Münzen ebenso wie für das Liefern von Waren. Ansonsten kann einen schnell der Teufel holen, wenn Ihr versteht, was ich meine?«

»Aber natürlich, Herr.« Herrlinger tat das Geld bis auf die zwei überschüssigen Münzen wieder in den Beutel und richtete sich auf. »Hier, die beiden überzähligen Heller.« Er streckte seinem Geschäftspartner die Hand mit dem Geld entgegen.

Der schüttelte den Kopf. »Behaltet sie. Ihr habt sie zwar nicht verdient, ich sagte es ja bereits, aber nehmt sie als Zeichen meines guten Willens, und gebt künftig besser acht, was Ihr liefert.«

»Das werde ich, Herr, das werde ich. Ihr könnt Euch darauf verlassen«, beeilte sich Herrlinger, der außerordentlich erleichtert wirkte, zu sagen. »Ich habe meine Lektion gelernt«, fügte er mit einer devoten Verbeugung hinzu.

»Nun, das freut mich. Dann kommen wir zur heutigen Bestellung. Ich habe notiert, was wir benötigen.« Er zog eine Pergamentrolle aus seinem Mantel, entrollte sie und las laut vor.

»Fünf Lebern, vier Fläschchen Galle, vier Nieren, drei Herzen, eine Milz, fünfzig gegerbte Hautstreifen, jeweils drei Finger breit, sowie vier Pfund Knochenpulver und vier Pfund Fleischpulver, ohne Knochen verbrannt und fein zu Pulver zerstoßen …«, der Fremde sah auf, »aber diesmal fein gemahlen, so fein es geht, habt Ihr verstanden?«

Herrlinger nickte. Elias, der die beiden Männer durch das Astloch genau im Blick hatte, sah, wie das Gesicht des Wasenmeisters im Schein der Blendlaterne zufrieden glänzte. Offenbar hatte er ein gutes Geschäft zu erwarten. Allerdings fragte Elias sich, was es mit den Organen auf sich hatte. Von welchen Tieren sie stammen sollten, darauf war der Fremde mit keinem Wort eingegangen. Aber wahrscheinlich verstand sich das von selbst.

»Was die Liste nicht enthält«, der Fremde rollte das Pergament wieder zusammen und gab es Herrlinger, »diesmal benötigen wir eine – sagen wir – Sonderlieferung. Ein Pfund Fett.«

»Wenn's weiter nichts ist, Herr, auch das kann ich liefern«, beeilte sich Herrlinger zu versichern.

Der Fremde strich nachdenklich über das Tuch, das sein Gesicht verbarg.

»Nun, so einfach dürfte es nicht sein – es gibt da vielleicht ein Problem. Es handelt sich um … junges Fett«, er betonte die Worte, als ob ihnen eine tiefere Bedeutung innewohnte, »es darf nicht älter als einen Tag sein. Ihr wisst, was ich meine. Glaubt Ihr, das wäre möglich?«

Elias sah, wie der Schinder erstarrte.

»Oh, nur einen Tag? Ja, ich verstehe, was Ihr meint. Da müsste ich … Da müsste ich … in der Tat überlegen.« Herrlingers Stimme bebte leicht.

»Tut das, vielleicht werdet Ihr ja eine Lösung finden«, meinte der Fremde leichthin. »Es soll Euer Schaden nicht sein. Wir bezahlen Euch gut dafür. Ich kann Euch jetzt schon fünf Schillinge, also tausendzweihundert Heller versprechen.«

Der Wasenmeister war perplex. Elias sah, wie er mit offenem Mund dastand, zu keiner Regung, geschweige denn zu einer Erwiderung fähig.

Auch Elias mochte nicht recht glauben, was er da gerade gehört hatte. Fünf Schillinge oder tausendzweihundert Heller für gerade mal ein Pfund Fett, nicht älter als einen Tag? Ein Pfund Butter bekam man für sechs Heller, einen Mantel für zweiunddreißig. Allein bei der Vorstellung, was man dafür alles kaufen konnte, schwindelte ihm. Auf der Wasenmeisterei wurde jede Woche Fett aus gefallenem Fleisch gekocht. »Gefallenes Fleisch« wurden gemeinhin fast alle Kadaver von verendeten Tieren genannt. Auch Fett aus dem Fleisch von gleich nach der Geburt verendeten Tieren, Fett, das somit nicht älter als einen Tag war.

Weshalb also hatte der Fremde von einem Problem gesprochen? Und was gab es da für den Wasenmeister lange zu überlegen? Dann begriff er. Wahrscheinlich musste es von einem bestimmten Tier stammen. Vielleicht von einem besonders seltenen? Elias erinnerte sich, wie vor knapp einem Jahr – da war er gerade mal wenige Tage beim Schinder gewesen – ein Gauklerzug in Schiltach einige Vorstellungen gegeben hatte. Die Truppe hatte ein exotisch aussehendes Äffchen aus Indien dabeigehabt, das verendet war und vom Schinder abgeholt werden musste …

»Ich … Ich danke Euch. Das ist ein äußerst großzügiges Angebot. Ich werde mich Eures Vertrauens würdig erweisen.« Herrlinger hatte seine Sprachlosigkeit ob des Florentiner Guldens anscheinend überwunden.

Der Fremde legte seine Handschuhe an, offenbar betrachtete er das Treffen als beendet.

»Was glaubt Ihr, wann Ihr liefern könnt?«

»Was das junge Fett angeht, bitte ich Euch, mir Zeit zu lassen. Ein geeignetes Objekt zu finden, bedarf … sorgfältiger Nachforschungen … wie Ihr Euch denken könnt.«

Der Fremde nickte. »Und die restliche Ware?«

»Nun, ich denke, bis in zwei Wochen. Es gibt zuvor noch einiges in meinem Labor zu richten. Es hat dort einen kleinen Brand gegeben.«

»Euer Labor? Oh! Ihr bezeichnet eure geheime Werkstatt mittlerweile als Labor? Gebt Acht, dass ihr Euch nicht zum Alchimisten wandelt. Oder gar zum Apotheker. Ihr wollt doch nicht etwa in Konkurrenz zu mir und meinesgleichen treten?« Beißender Spott lag in der Antwort des Mannes.

»Bewahre! Nein, Herr, natürlich nicht. Wer bin ich denn schon, dass ich auch nur wagen könnte, so zu denken?« Der Wasenmeister zerfloss vor Demut.

»Nun, dann bin ich beruhigt. Lebt wohl.«

»Erlaubt noch eine Frage, Herr. Der Ort, an den ich liefern soll …«

»Ist derselbe wie bisher. Es gibt keine Veranlassung, ihn zu ändern.«

»Natürlich, Herr. Lebt wohl. Ich schulde Euch großen Dank.« Herrlinger öffnete die Tür und entließ den Mann in die einsetzende Dämmerung.

Kapitel 10

Noch ganz aufgewühlt von dem Gespräch, dessen Zeuge er geworden war, wälzte sich Elias auf seinem Lager hin und her. Was er gehört hatte, wollte ihm einfach nicht aus dem Kopf, tausend Fragen umbrausten seinen Verstand.

Betrieb Herrlinger tatsächlich eine geheime Werkstatt? Offensichtlich! Aber wo? Und zu welchem Zweck?

Was den Fremden anging, glaubte Elias dessen Stand und Profession erraten zu haben: Er war Apotheker. Wie sonst sollte die ironische Frage zu verstehen gewesen sein, die er an den Wasenmeister gerichtet hatte: ob er sich zum Apotheker wandeln und in Konkurrenz zu ihm und seinesgleichen treten wolle. Überhaupt hatte er während der Unterhaltung immer wieder von »mir« und »wir«, also von ihm und seinesgleichen gesprochen. Wen genau, außer sich selbst, meinte er damit?

Der tote Bettler, den er und Isidor erst kürzlich auf der Schneise im Wald gefunden hatten, fiel ihm auf einmal wieder ein. Die Art und Weise, wie Isidor auf den Leichenfund reagiert hatte. Seine Bemerkung, Herrlinger werde den Fund nicht dem Rat melden, stattdessen werde er …

Er hatte den Satz nicht vollendet. Sie hatten seitdem auch nie wieder darüber gesprochen. Was hatte er sagen wollen? Vielleicht, dass Herrlinger den Leichnam …

Herzen … Nieren … Lungen … Knochenpulver … in Streifen geschnittene Häute … Fett, nicht älter als einen Tag und …

Als habe ihn eine Wespe gestochen, schoss Elias von seinem Lager hoch. Warum, zum Henker, begriff er erst jetzt? Es ging Herrlinger und dem Fremden gar nicht um tierische Organe! Sondern um menschliche. Um Organe, die der Schinder Verstorbenen aus dem Leib schnitt, um sie zu präparieren und speziellen Behandlungen zu unterziehen und sie dann an diesen verdammten Fremden zu verhökern. Deswegen also hätte er den toten Bettler gar nicht erst dem Rat gemeldet; er hätte seinen Leichnam klammheimlich mitgenommen, ohne Schwierigkeiten befürchten oder Rechenschaft ablegen zu müssen. Umherziehende Bettler waren nirgendwo gemeldet, niemand vermisste sie, sie kamen und gingen, tauchten kurz auf und entschwanden wieder im Nebel des Vergessens.

Herrlinger hätte ihn verwertet wie ein Stück Vieh. Wahrscheinlich in seiner »geheimen Werkstatt«. Und Isidor hatte es gewusst!

Aber woher? Sollte der Alte ihn tatsächlich in seine geheimen Geschäfte eingeweiht haben? Kaum vorstellbar! Sobald Isidor aus Freiburg zurück wäre, würde Elias ihn zur Rede stellen. Diesmal käme er um eine Antwort nicht herum, das schwor er sich.

Und noch eine weitere Frage schlich sich in seine Überlegungen. Wo bekam der Schinder das »Material« her, das er für seine abscheulichen Geschäfte benötigte? Um sich gleich selbst die Antwort zu geben. An den Tagen, an denen Herrlinger mit Pferd und Karren loszog, um erst am darauffolgenden Abend wieder heimzukehren, hatte er nie etwas geladen. Außer einigen Werkzeugen, zu denen auch ein Spaten zählte. Der Schluss, den Elias daraus zog, war eindeutig und erschreckte ihn zutiefst: Utz Herrlinger verging sich an den Leichnamen frisch Verstorbener, die er, wie und wo auch immer, aus den Gräbern holte. Leichen, die er irgendwo zerlegte, um sie dann gemäß den Bestellvorgaben seines geheimnisvollen Auftraggebers zu präparieren. Aber wo? In seinem »Labor«? …

Elias erhob sich von seinem Lager und ging zu dem kleinen Fenster, das einzige in seiner winzigen Kammer. Er stieß den Laden auf und sah in die Nacht hinaus. Stille lag über dem Schindanger. Und der bläuliche Schimmer der Nacht, gespeist vom Heer der Sterne und dem Licht des Mondes.

Elias atmete ein paarmal tief ein und aus, um der Beklemmung Herr zu werden, die sich wie ein eiserner Ring um seine Brust gelegt hatte. Er spürte, wie einer dieser Augenblicke wiederzukehren drohte, die er genauso fürchtete wie die Albträume, die ihn regelmäßig heimsuchten. Augenblicke, in denen ihn die Vorstellung übermannte, nicht der zu sein, der er zu sein glaubte, und ihn das verrückte Empfinden überfiel, er träte aus sich heraus, um einer ihm fremden Person Einlass in sein Innerstes zu gewähren. In solchen Momenten wünschte er sich nur eines: tot zu sein. Vielleicht hing es damit zusammen, dass er einen Teil seines Ichs an die Vergangenheit verloren hatte? Vielleicht auch hatte die heilige Gertrud von Nivelles, die den Lebensfaden spann, bereits ein Stück von seinem Faden abgeschnitten und würde bald den Rest kappen? Der Mönch, mit dem er seinerzeit ein Stück Weges gegangen war, hatte ihm von ihr erzählt. Oder war es etwas anderes, das dieses Gefühl in ihm wachrief? War es möglich, dass die schmerzhaften Kerben, die das Leben schon in jungen Jahren in einen hineinschlug, den Wunsch zu sterben übermächtig werden ließ?

Er wusste es nicht. Er schloss den Laden und warf sich aufs Lager in der Hoffnung, endlich in einen möglichst traumlosen Schlaf zu fallen. Aus dem er sich wünschte, nicht mehr aufzuwachen, es wäre das Beste.

Kapitel 11

Gegen seinen Willen erwachte er doch.

Elias gähnte. Er fühlte sich wie zerschlagen. Noch halb vom Schlaf umfangen, zog er sich an und torkelte über den Hof zum Pferdestall, um, wie immer um diese Zeit, sein Tagwerk zu beginnen und Rosa zu versorgen. Es galt Hafer in den Trog zu schütten, zu misten, altes Stroh auszuräumen und frisches aufzulegen, das er mit der Schubkarre aus dem Heuschober holen würde.

Elias schob das knarzende Tor zur Scheune auf. Aus dem blassen Schein, den das Dämmerlicht des frühen Morgens in das dunkle Innere warf, schälten sich aufeinandergeschichtete Strohballen sowie mehrere Haufen Heu, in einem von ihnen steckten zwei hölzerne Gabeln. Vor einem Verschlag an der rechten Seitenwand stand die Schubkarre, daneben ein Hackklotz, in den eine Axt gerammt war. Wie immer benötigten seine Augen etwas Zeit, um sich an das schummrige Dunkel zu gewöhnen. Da fiel sein Blick auf einen dunklen Fleck zu seinen Füßen. Elias runzelte die Stirn und ging in die Hocke, um ihn sich anzusehen. Eine Lache, sie glänzte matt. Er tauchte den Finger hinein und führte ihn an die Zungenspitze.

Blut!

Schlagartig fing Elias' Herz wie wild zu klopfen an. Die Sinne zum Zerreißen gespannt, richtete er sich auf und sah auf den in fahles Licht getauchten Hof hinaus. Schattenlose, vor sich hin dämmernde graue Stille. Kein Laut zu hören, niemand zu sehen. Das gesamte Areal lag wie ausgestorben.

Ausgestorben! Mit einem Mal gewann der Begriff für ihn eine völlig neue Bedeutung. Langsam wandte er sich um, sein Bick suchte das Scheuneninnere nach irgendwelchen Hinweisen auf etwas ab, von dem er intuitiv wusste, dass es stattgefunden haben musste. Etwas Furchtbares. Dann sah er es. Im hinteren Bereich der Scheune, dort, wo das ohnehin schwache Licht nur noch als gedämpfter Schimmer drang, gewahrte er neben der Leiter, die auf den Heuboden führte, einen massigen dunklen Körper, der von einem Balken hing. Zögernd zuerst, dann mit immer schnelleren Schritten bewegte er sich darauf zu. Der Schrei, der aus seiner Kehle wollte, als er sah, wer da hing, blieb ihm im Halse stecken. Isidor! Wie es aussah, hatte er sich selbst entleibt.

Wasser schoss in Elias' Augen. Auch wenn der Knecht des Öfteren mürrisch und schlecht gelaunt war, auch wenn sie nie viele Worte miteinander gewechselt hatten: Hinter seinem kantigen Äußeren verbarg sich ein herzensguter Mensch, der Einzige, der ihm wohlgesonnen war.

Er brach in die Knie. Der Schock löste sich und wich einem Weinkrampf.

»Isidor! Isidor! Nein, nein, nein!«, schrie er. Seinem Schmerz Raum gebend, trommelte er mit beiden Fäusten verzweifelt auf die Tenne. Dann schnellte er empor und rannte schreiend und schluchzend auf den Hof hinaus.

Eine Tür ging quietschend. Notdürftig das Hemd übergestreift, die Beinlinge schlampig am Bruchengürtel angenestelt, trat Utz Herrlinger aus seinem Haus. In der linken Hand hielt er eine Rohhautlampe, die rechte war mit einem blutdurchtränkten Leinenverband umwickelt, offenbar hatte er sich verletzt.

Elias stürzte auf ihn zu.

»Er ist tot, Wasenmeister, er ist tot, er ist tot!«, schrie er.

Ohne auch nur ein Wort an ihn zu richten, stapfte Herrlinger in Richtung Scheune. Elias folgte ihm schluchzend. Bei dem Leichnam angekommen, hielt der Schinder die Lampe hoch. Elias lief es kalt über den Rücken. Jetzt erst, im schaukelnden Licht der Lampe, nahm er das ganze Ausmaß des Grauens wahr. Mit der Zunge, die ihm blau angelaufen aus dem halb geöffneten Mund hing, die Augen weit aufgerissen, bot Isidor einen schrecklichen Anblick. Elias bemerkte, dass der Leiterwagen nur ein Stück weit weg von der Stelle stand, an der der Leichnam hing. Und den breiten Holzklotz, der auf der Ladefläche lag.

»Elende Sauerei«, wandte sich Herrlinger brummend an den Jungen. »Da lasse ich diesen Ochsen in meiner Gutmütigkeit seine Schwester besuchen, dann kehrt er zurück und entleibt sich selbst. Was sagt man dazu?«

Noch immer schluchzend, zuckte Elias mit der Schulter. Obwohl vom Schmerz übermannt, registrierte er das seltsame Verhalten, das der Wasenmeister an den Tag legte, sehr wohl. Anstatt unbeherrscht und wütend herumzuschreien, wie es seine Art gewesen wäre, brachte er seinen Unmut nur verhalten zum Ausdruck und wirkte alles andere als überrascht.

»Siehst du den Leiterwagen?«, wandte sich Herrlinger erneut an den Jungen. Elias nickte.

»Er muss auf den Klotz gestiegen sein, den er zuvor auf den Karren gestellt hat. Dann hat er den Strick am Balken befestigt, hat sich die Schlinge um den Hals gelegt und den Leiterwagen mit den Füßen weggestoßen. Kapiert?«

Elias wischte sich mit dem Ärmel über das tränennasse Gesicht und nickte wieder. Ob es wirklich so gewesen war?

»Geh und hol Erwina. Sie soll sich die Schweinerei ebenfalls ansehen«, befahl Herrlinger dem Jungen, der sofort losrannte.

Als Erwina den Leichnam sah, stieß sie einen unartikulierten Schrei aus, schlug die Hände zusammen und fing an, in einem fort zu wimmern.

»Sieh ihn dir genau an, Erwina«, knurrte Herrlinger. »Der Schultheiß wird herkommen. Er wird wissen wollen, was du gesehen hast, er wird dir Fragen stellen, die du ihm mit Nein oder Ja beantworten musst, wie du es gewohnt bist: Ein Nicken und die rechte Hand heben bedeutet Ja, ein Kopfschütteln und die linke Hand heben bedeutet Nein. Verstanden?«

Erwina nickte wimmernd.

Herrlinger wandte sich an Elias. »Das Gleiche gilt für dich. Du wirst dem Schultheißen erzählen, wie du ihn gefunden hast. Jede Einzelheit. Es muss ihm klar werden, dass er sich selbst entleibt hat! Kapiert?«

Elias nickte. ›Es muss ihm klar werden, dass er sich selbst entleibt hat‹. Was wollte der Alte damit sagen? Er starrte auf den Leichnam, der, so wie er am Balken hing, Ähnlichkeit mit einem Viehkadaver aufwies. Der Tod macht keinen Unterschied, dachte er bedrückt. Und wieder fiel ihm ein Spruch ein, den der Mönch, dem er begegnet war, zitiert hatte. *Denn es gehet dem Menschen wie dem Vieh. Wie dies stürbet, so stürbet auch das, und alle haben einerlei Odem. Es fahret alles an einen Ort.* In der Heiligen Schrift würde dies stehen, hatte der Mönch gesagt.

»Hol Rosa und spann an, wir fahren in die Stadt zum Schultheiß«, befahl Herrlinger dem Jungen.

Als Elias die Scheune verließ, um zum Stall hinüberzugehen, bemerkte er eine Ungereimtheit. An der Scheunenwand, fast völlig verdeckt von einem Haufen Heu, stand die fahrbare Seilwinde, mit der sie die schweren Kadaver auf die Balkengerüste hievten, um sie zu enthäuten. Nur ein Teil des Gestänges lugte hervor. Was, zum Teufel, hatte die Winde hier zu suchen? Elias schob das Heu beiseite. Der obere Teil der Winde und die Handkurbel kamen zum Vorschein. Die Kurbel war blutverschmiert.

In Elias' Kopf rumorte es. Trotz seiner Jugend besaß er einen außerordentlich wachen Verstand.

Die Winde ... Die Blutlache auf der Tenne ... Isidors Kopfwunde ... Der verletzte Arm des Schinders ... Sein blutdurchtränkter Verband ... Die Anweisungen, die er ihm und Erwina erteilt hatte, wenn der Schultheiß käme ... Und, nicht zu vergessen, sein seltsames Verhalten: Gleich nachdem er aus dem Haus getreten war, war er schnurstracks in Richtung Scheune gegangen. Mit einer Lampe. Als habe er schon gewusst, was ihn in der Scheune erwartete und dass er dort Licht benötigen würde ...

Nein, Isidor hatte nicht selbst Hand an sich gelegt, da war sich Elias sicher. Der Schinder hatte ihn auf dem Gewissen. Er hatte alles so arrangiert, dass es aussah, als ob der Knecht sich selbst entleibt hätte. Zuvor musste es zwischen ihnen zu einem Kampf gekommen sein, es war Blut geflossen, Isidor hatte sich mit Sicherheit verzweifelt gewehrt. Irgendwie war es Herrlinger gelungen, ihn zu überwältigen, er hatte einen Strick um seinen Hals geschlungen, den schweren Körper mittels der Seilwinde zum Balken hochgehievt und sich der Leiter, die auf den Heuboden führte, bedient, um ihn daran zu befestigen. Anschließend hatte er den Handkarren mit dem Klotz in Stellung gebracht. So und nicht anders musste es gewesen sein.

Die Frage war: warum? Ob der Schultheiß das Ganze durchschauen würde? Wenn nicht, sollte er, Elias, ihm einen Hinweis geben? Gott bewahre, nein! Man würde ihm nicht glauben. Und er konnte sich ausmalen, was der Wasenmeister mit ihm machen würde, sollte er es wagen, seinen Verdacht dem Schultheiß gegenüber auch nur anzudeuten.

Tatsächlich erwies sich seine Skepsis als berechtigt. Stunden nachdem der Schinder ihn vom Ableben Isidors in Kenntnis gesetzt hatte, war er mit zweien seiner Büttel erschienen, um, wie das Gesetz es forderte, sich der Umstände zu vergewissern. Unfähig und offenbar auch gar nicht darauf erpicht, den wahren Sachverhalt zu ermitteln, war er bald wieder abgezogen. Nicht einmal der Kopfverletzung, die Isidor aufwies, hatte er Bedeutung beigemessen. Er hatte Elias und Erwina Fragen gestellt, die sie ihm beantwortet hatten – natürlich im Sinne des Schinders –, hatte die Leiche und den Ort der Tat oberflächlich in Augenschein genommen und seine Untersuchung mit der lapidaren Feststellung beendet: »Der Mann hat sich selbst entleibt, möge Gott seiner Seele gnädig sein.« Ohne die geringste Konsequenz für seine Tat befürchten zu müssen, war der Schinder davongekommen. Elias' Hass auf ihn war an diesem Tag ins Unermessliche gewachsen. Zugleich wurde ihm erneut bewusst, wie sehr er Herrlinger ausgeliefert war.

Weshalb aber hatte der Schinder Isidor umgebracht? Elias erinnerte sich an die Bemerkung des Knechts und an sein seltsames Verhalten an dem Tag, als sie auf den toten Bettler gestoßen und auf den Fremden zu sprechen gekommen waren. »Kommt der Alte dahinter, dass ich es weiß, ist mein Leben keinen Pfifferling mehr wert«, hatte er gesagt. Ohne Zweifel: Isidor war das Opfer seines Wissens geworden!

Ein kalter Schauer jagte über Elias' Rücken, als ihm das bewusst wurde.

Kapitel 12

Nordschwarzwald, Tal der Murg, Gegend um Baiersbronn
August Anno Domini 1325

Ranghild fror.

Sie zog den wollenen Umhang, der um ihre Schultern lag, enger und schlang die Arme um ihren Oberkörper. Es war kühl; viel zu kühl für einen Abend im späten Erntemonat.

Leises Rauschen drang an ihr Ohr: Eine kühle Brise hatte sich erhoben und ließ das Wipfelmeer, auf das sie blickte, sanft erschauern. Bald würden erste Nebelschwaden aus dem Talgrund steigen und das matte Schwarzgrün, das sich zum Horizont hin stufenweise in ein blasses Blau wandelte, unter einer Decke aus wogendem Weiß verschwinden lassen. Nur die höchsten Wipfel würden daraus emporragen wie dunkle, klippenbewehrte Inseln in einem endlos weißen Ozean. Nicht mehr lange, dann nahte die Stunde, in der das Tageslicht der samtenen Schwere wich, die die Dämmerung auf die Wälder legte.

Ranghild erhob sich von dem steinernen Sockel, auf dem sie saß. Wie viele Sonntagabende mochte sie hier oben wohl schon verbracht haben? Hier auf der kahlen Kuppe, inmitten der Reste verfallener Mauern, die – vor Jahrhunderten errichtet – stumme Zeugen eines Volkes waren, das längst dem Dunkel der Vergangenheit anheimgefallen war? Nur Ruinen waren von ihm geblieben, als letztes, trotziges Aufbegehren gegen das Vergessen. Und auch sie würden eines Tages nicht mehr sein.

Ranghilds Blick heftete sich auf einen bewaldeten Höhenrücken am Horizont, inmitten dessen sich ein einzelner, auffallend hoher und schön anzusehender Baum erhob, der irgendwie nah und doch so unerreichbar fern wirkte, weil er sich im blauen Dunst fast verlor.

Sie mochte diesen Blick in die Ferne, der, sooft sie ihn genoss, Zuversicht und Hoffnung in ihr nährte. Erinnerte er sie doch daran, dass die Welt mehr war als nur der triste, rußige Flecken Erde unten im Wald, auf dem sie wie eine Gefangene ihr Dasein fristete. Der Baum am Horizont gab ihr Halt. Und Halt benötigte ihre geschundene Seele mehr denn je.

»Heda, Schlampe, wo, zum Teufel, steckst du?«

Die Stimme, die sie aus ihrem Grübeln riss, gehörte Jacob, dem jüngsten der drei Holzer-Brüder, die unten in der Waldsenke eine Köhlerei betrieben. Seit neun Monaten verdingte sie sich bei ihnen als Magd. Was wollte dieser ungehobelte Rüpel hier oben? Sie hatten doch ausgemacht, dass die frühen Sonntagabendstunden auf der Hügelkuppe ihr gehören sollten. Ihr allein. Da sah sie ihn auch schon die in den Hang gegrabenen Stufen zur Ruine hochsteigen.

»Willst du nicht endlich herunterkommen?«, fuhr er sie an, als er das Plateau erreicht hatte.

»Wieso denn jetzt schon?«

»Verdammmich! Was heißt: ›Wieso denn jetzt schon?‹ Wenn ich sage, du sollst kommen, dann hast du zu kommen, Miststück! Kunz und Paul warten. Wir müssen, solange es hell ist, nach dem mittleren Meiler sehen, er stößt zu kräftig; nicht dass er uns noch in die Luft fliegt. Vorher wollen wir zu Abend essen. Also beeil dich gefälligst!«

Wortlos folgte Ranghild ihm nach unten. Die Kohlstatt der Holzer-Brüder lag inmitten einer von einem Bach durchflossenen Waldsenke auf einer weitläufig abgeholzten Schneise. Etwa das Viertel einer Wegstunde brauchte es, um den steilen

bewaldeten Hang hinaufzusteigen und das Plateau zu erklimmen, auf dem sich die kärglichen Reste einer römischen Befestigungsanlage erhoben. Hinunter, wie jetzt, ging es etwas
schneller. Über der Senke lag, wie fast immer, weißlich-blauer
Rauch, der mal dicht, mal weniger dicht den Meilern entstieg.

»Wurde aber auch Zeit«, empfing Kunz, der zweitälteste
der Brüder, das Mädchen knurrend. Er stand gebückt vor
dem größten der drei Erdmeiler und war dabei, im unteren
Bereich des Meilers zusätzliche Zuglöcher einzustechen, mit
denen der Schwelbrand im Innern reguliert werden konnte.

Ranghild verzichtete auf eine Entgegnung. Seit die Brüder
sie hierher verschleppt hatten, hatte sie schon mehrmals versucht, sich ihnen gegenüber zu behaupten, aber immer den
Kürzeren gezogen. Des Öfteren hatte sie sich im Verlauf der
Auseinandersetzungen auch Schläge eingefangen. Das letzte
Mal besonders harte. Überhaupt hatte sie den Eindruck, dass,
je länger sie den Brüdern als Magd zur Hand ging, die umso
grober mit ihr umsprangen.

Sie betrat die geräumige aus Bohlen errichtete Hütte, die
für die drei Brüder durchaus einen gewissen Luxus darstellte;
die meisten ihrer Berufsgenossen, die in den Wäldern ihr
rußiges Handwerk betrieben, hausten in ärmlichen Hütten,
die aus Gras, Brettern und Laub errichtet waren. Ebenerdig
lag ein einziger großer Raum mit einem gestampften Lehmboden, der auch über eine gemauerte Feuerstelle und einen
Rauchabzug verfügte. Hier wurde gekocht und gegessen, hier
saßen die Brüder beim Brettspiel, hier spann Ranghild Wolle,
vorausgesetzt, die Zeit ließ es zu. Eine steile Leiter führte un-
ters Dach auf eine Art schmale Galerie, von der vier durch
Bretter voneinander getrennte Schlafstätten abgingen. Zwar
besaßen die Holzer-Brüder gemeinsam ein kleines Haus in
Baiersbronn, doch das hatten sie an einige Tagelöhner vermietet. Fast das ganze Jahr über wohnten sie im Wald. Vom

Frühjahr bis spät in den Herbst hinein verschwelte in den Standmeilern, auch Erdmeiler genannt, Holz zu wertvoller Kohle; ein Vorgang, der ständiger Aufmerksamkeit bedurfte. Sowohl tags- als auch nachtsüber. Darüber hinaus galt es mehrere kleine Grubenmeiler zu beaufsichtigen, in denen Äste und Wurzelholz vor sich hin schwelten. Die Monate im Spätherbst und Winter, in denen keine Meiler brannten, nutzten die Brüder, um Holz zu schlagen, das sie weiterverkauften oder zur Bevorratung brauchten.

In regelmäßigen Abständen kam auch der eine oder andere Tagelöhner auf die Kohlstätte, um mitzuhelfen. Insbesondere wenn abzusehen war, dass die zu erledigenden Arbeiten sich derart häuften, dass Gefahr bestand, den Meilern nicht mehr die nötige Aufmerksamkeit zukommen zu lassen, die sie benötigten. Dann schlugen die Köhler die Hillebille, ein hölzernes Schlagbrett, dessen durchdringender Klang meilenweit zu hören war. Eine Aufforderung an die Tagelöhner, die in den Wäldern hausten und sich mal mit diesem, mal mit jenem ihren kargen Unterhalt verdienten, sich auf der Kohlstatt einzufinden und sich zur Verfügung zu stellen. Meist blieben sie nicht länger als einen Tag und zogen, nachdem sie ihren Lohn erhalten hatten, wieder ab.

»Was fällt dir ein, dich den halben Tag da oben rumzutreiben, während wir uns hier unten abbuckeln?«, fuhr Paul, der älteste der Brüder, Ranghild schlecht gelaunt an. Er saß auf einem Holzklotz neben der Tür und war damit beschäftigt, einen neuen Stiel in das Auge einer Axt einzupassen.

»Wie hätte ich denn wissen sollen, dass ihr früher essen wollt, wir essen normalerweise später, noch ist es hell. Und dass der Meiler Schwierigkeiten macht, konnte ich nicht riechen«, entgegnete sie mürrisch.

»Nicht frech werden, Göre.«

Scheißkerl, erbärmlicher, dachte Ranghild, obwohl Paul

derjenige unter den dreien war, mit dem sie noch am besten zurechtkam. Sie ging zur Herdstelle unter dem Rauchfang und legte Reisig und einige Holzscheite auf die Glut. An einem eisernen Dreibein hing ein Kupferkessel, zur Hälfte mit Wasser gefüllt und mit einem Holzdeckel abgedeckt, damit es sauber blieb. Ranghild holte aus einer Truhe ein großes Stück Speck, schnitt es in kleine Stücke und gab es zusammen mit Lauch, Zwiebeln, dicken Bohnen und Kohlstückchen in den Kessel. Gedankenverloren sah sie auf die Flammen hinunter. Zuerst bläulich, dann rot und gelb züngelnd, leckten sie am Reisig, um schließlich gierig über die Holzscheite herzufallen.

Eine Hand legte sich schwer auf ihre rechte Schulter. Ranghild wandte den Kopf. Kunz stand vor ihr.

»Was stehst du hier nutzlos rum? Das hier kocht ja wohl von alleine.« Kunz' Stimme klang seltsam belegt, wie des Öfteren in den letzten Wochen, wenn er mit ihr sprach. »Du wirst mir jetzt helfen, die Kohle in die Säcke zu füllen. Die aus dem Meiler, den wir vorgestern gelöscht haben. Morgen früh kommt Hans Sattler mit seinem Fuhrwerk vorbei und holt die bestellte Lieferung für die Schmiede in Loßburg ab«, befahl er ihr, während seine Hand langsam von der Schulter hinunter zu ihrer Brust glitt …

»Lass das!«, fauchte Ranghild und entwand sich ihm.

Was Kunz mit einem dreckigen Lacher quittierte.

»Weshalb so kratzbürstig? Sag bloß, es gefällt dir nicht.«

Er versuchte erneut, sie anzufassen, geriet jedoch ins Taumeln. Paul war von hinten an die beiden herangetreten; er hatte die Szene mitbekommen und seinem Bruder einen harten Stoß ins Kreuz verpasst.

»Lass die Finger von ihr, verdammt«, knurrte er. »Sie ist unsere Dienstmagd, nicht mehr. Hast du das vergessen? Rührst du sie noch einmal an, schlag ich dir die Zähne ein, kapiert?«

»Is ja schon gut. War nur ein kleiner Spaß«, erwiderte Kunz mürrisch.

Ranghild hatte sich zitternd in eine Ecke des Raums geflüchtet. Unwillkürlich erinnerte sie sich an den Tag vor knapp einem Jahr, an dem die Holzer-Brüder sie in ihren Dienst gezwungen hatten.

Sie hatte keine andere Wahl gehabt …

Kapitel 13

Eines Nachmittags im September war Ranghild gerade damit beschäftigt, die Ziege zu melken, als ein ungewöhnlicher Klang sie plötzlich aufhorchen ließ. Sie lauschte. Da – wieder dieser Klang. Besser gesagt: das Geräusch eines hellen scharfen Tons, der in rhythmischen Intervallen durch den Wald und auf die Lichtung hallte. Ranghild war seit mehr als einem Jahr bei der Kräutergret, doch dieses Geräusch hatte sie bisher noch nie vernommen.

Ohne dass sie hätte sagen können, warum, lief ein Schauer über ihren Rücken.

Tactac – tac – tac, tactac – tac – tac, tactac – tac – tac klang es immer wieder durch die Luft. Obwohl deutlich vernehmbar, schien das durchaus melodische, wenn auch hart klingende Geräusch aus weiter Ferne zu kommen.

Auch Gret, die sich gerade in der Wohnhütte aufhielt, hatte das Tönen vernommen und trat konzentriert lauschend ins Freie.

Tactac – tac – tac, tactac – tac – tac, tactac – tac – tac hallte der Klang rhythmisch über die Lichtung.

Auf einmal schienen die Töne sich zu vermehren; mal mehr, mal weniger entfernt hallte und schallte es ringsum aus dem Wald, wenngleich die Klangfärbung unterschiedlich ausfiel.

Völlig außer Atem kam Ranghild bei der Hütte an.

»Dieses Tönen – was bedeutet es, Gret?«

»Zweimal kurz, zweimal lang; es droht Gefahr, man schlägt Alarm.«

»Gefahr? Ahnte ich's doch. Wer schlägt Alarm?«

»Das Kloster. Sie schlagen die große Hillebille. Die Köhler und Holzschläger in den Wäldern geben den Alarm weiter, indem sie ihrerseits die Hillebille schlagen.«

»Hillebille? Was ist eine Hillebille?« Ranghild hörte den Ausdruck zum ersten Mal.

»Ein hölzernes Schlagbrett, mit dem man hier in unseren Wäldern Botschaften verkündet. Man schlägt mit einem Klöppel oder einem Holzhammer auf ein frei schwingendes Buchenbrett. Die Anzahl der Schläge und die Intervalle dazwischen sagen aus, um welche Botschaft es sich handelt. Die Mönche im Kloster schlagen die Hillebille, wenn der Tod eines Angehörigen des Konvents verkündet wird oder auch wenn Gefahr droht, wie jetzt.«

»Und das hört man an der Art, wie diese … Hillebille geschlagen wird?«

»Ja. Die Töne sprechen. Wenn die Hillebille, wie jetzt, zweimal kurz und zweimal lang geschlagen wird, bedeutet dies, dass in den Wäldern eine akute Gefahr lauert. Andere Tonfolgen und Intervalle können auf einen Brand hindeuten oder ein anderes Unglück. Manchmal fordern die Töne die Leute auf, zum Kloster zu kommen, um zu helfen oder sich dort in Sicherheit zu bringen. Oder auch um Weiteres zu erfahren. Wenn erforderlich, schlagen auch schon mal die Köhler mit der Hillebille Alarm, zum Beispiel, wenn ein Meiler in die Luft zu fliegen droht oder die Gefahr besteht, dass er abbrennt. Die Hillebillen der Köhler klingen aber heller als die des Klosters.«

»Was könnte es diesmal bedeuten? Das Tönen will gar nicht mehr enden.«

»Das vermag ich nicht zu sagen, Kind, es kann vieles sein. Vor Jahren gab es hier in der Gegend einen Mörder, der dem Kerker in Rottweil entkam. Er wurde bei uns in den Wäldern gesichtet, und es wurde Alarm gegeben. Einige Köhler taten sich daraufhin zusammen und spürten ihn auf. Zurzeit macht gerade ein umherstreifender Bär die Gegend unsicher. Vielleicht sind auch landesschädliche Leute unterwegs. Manchmal rottet sich Gelichter zusammen: Leute, die nichts mehr zu verlieren haben und raubend und mordend durch die Gegend ziehen.«

Ranghild war totenblass geworden, sie zitterte am ganzen Leib.

»Gott im Himmel, ihr Heiligen, nicht schon wieder«, murmelte sie.

»Keine Angst, Kind. Es muss nicht bedeuten, dass uns Gefahr droht. Eine reine Vorsichtsmaßnahme des Klosters. Ich denke, dass eine bewaffnete Schar des Untervogtes bereits unterwegs ist, um nach dem Rechten zu sehen und gegebenenfalls seine Pflicht zu tun. Auf meiner Lichtung ruhte bisher der Friede des Herrn. Und das wird weiterhin der Fall sein.«

Gret konnte nicht ahnen, dass sich ihre Aussage schon am Tag darauf ins Gegenteil verwandeln und ein grausamer Vorfall dem Frieden auf der Lichtung ein jähes Ende bereiten sollte.

Alles fing damit an, dass Ranghild gegen Mittag den Kupferkessel auf dem Sudplatz reinigen wollte. Gerade stand sie im Begriff, Wasser vom Brunnen zu holen, da sah sie, wie etwa dreihundert Schritt entfernt eine in Kutte und Kapuze gehüllte Gestalt am Rand der Lichtung entlanghuschte und gleich darauf wieder in den Wald eintauchte.

Ein Mönch? Ranghild hielt den Atem an und starrte zum Waldrand hinüber.

Plötzlich tauchte die Gestalt erneut auf und blieb neben einer großen Eiche stehen. Tatsächlich, ein Mönch. Die flache Linke zum Schutz gegen die Sonne an die Stirn gelegt, spähte er über die Lichtung. In der Rechten hielt er einen Gegenstand, der metallisch blitzte. Ranghild hatte scharfe Augen und brauchte nicht lange zu raten, um was es sich dabei handelte: das Blatt einer Axt.

Seit sie ihr Zuhause fluchtartig verlassen musste, hatte Ranghild einen sechsten Sinn für Gefahr entwickelt. Sie ließ den Wassereimer fallen und rannte hinüber zur Wohnhütte, in der Gret sich gerade ausruhte. In den letzten Tagen hatte sich ihrer eine gewisse Mattigkeit bemächtigt, Ranghild hatte sie gebeten, etwas kürzer zu treten, und vorgeschlagen, vorübergehend nur noch die allerwichtigsten Arbeiten zu erledigen, den Rest wolle sie übernehmen. Gret hatte zugestimmt.

»Gret! Gret!«

Die Alte fuhr erschrocken vom Lager hoch. »Was gibt's?«

»Ein … ein Mönch. Drüben am Waldrand. Ich glaube, er führt nichts Gutes im Schilde!«, rief das Mädchen atemlos.

Gret schlug die Felldecke zurück, erhob sich und ging zum Fenster.

»Ein Mönch? Wo?«

Ranghild trat an ihre Seite. »Er tauchte dort drüben bei der Eiche auf«, sie zeigte in nordöstliche Richtung, »verschwand dann kurz, trat wieder aus dem Wald und spähte zu uns herüber. Dann war er auf einmal wieder weg. Er trägt eine Axt.«

»Eine Axt? Bist du sicher?«

»Ja, glaubt mir, ich habe scharfe Augen.«

Sie starrten noch eine Weile zum Waldrand hinüber, doch der Mönch blieb verschwunden.

»Der Alarm, der gestern gegeben wurde: Was meint Ihr, Gret, könnte es sein, dass seinetwegen die Hillebille geschlagen wurde?«

Die Alte sah sie nachdenkloch an. »Vielleicht. Allerdings …«, sie zögerte kurz, »wenn ich es mir richtig überlege – ich glaube es nicht.«

»Was sollen wir tun? Ich habe Angst, Gret.«

Die alte Frau legte ihre Hand auf den Arm des Mädchens.

»Keine Sorge, Kind. Warum sollte ausgerechnet ein Mönch uns etwas anhaben wollen? Ich kannte einen Mönch, leider ist er inzwischen verstorben, der in den Wäldern nach speziellem Wurzelholz suchte, um Figuren daraus zu schnitzen. Er war auch mit einer Axt unterwegs. Du siehst, manchmal sind die Dinge nicht so, wie sie scheinen. Also hab keine Angst.«

Manchmal sind die Dinge nicht so, wie sie scheinen. Es war dieser Satz, der Ranghild für den Rest des Tages beruhigte und sie mit neu gewonnener Zuversicht ihrer Arbeit nachgehen ließ.

Die Sonne hatte sich über dem Waldrand verabschiedet; mit der voranschreitenden Dämmerung schienen die Bäume zunehmend zu einer dichten, dunklen Mauer zusammenzuwachsen. Die Mönchsgestalt, die noch Stunden zuvor für Unruhe gesorgt hatte, war nicht mehr aufgetaucht.

Ranghild saß, wie fast jeden Tag um diese Zeit, mit Gret auf der Bank neben der Hütte. Sie schätzte diese Stunde, in der die Schatten, die über die Lichtung krochen, immer länger wurden und der Tag sich mit einem schwachen Lichtstreif über den schwarzen Wipfeln verabschiedete.

»Es ist an der Zeit, darüber nachzudenken, was mit dir geschehen soll, wenn ich eines Tages nicht mehr bin, Ranghild.«

Das Mädchen, das den Kopf an die Schulter der alten Frau gelehnt hielt, schrak hoch.

»Aber Gret, daran dürft ihr nicht einmal denken.«

Die Alte lächelte.

»O doch, Kind, daran muss und will ich sehr wohl denken. Seit einigen Tagen merke ich, wie ich zunehmend matter und kraftloser werde. Der Appetit ist mir ebenfalls abhandengekommen. Mein Herz stolpert, mir ist des Öfteren schwindlig.«

»Aber Gret, das sind lediglich Zeichen, dass Ihr überlastet seid. Ihr werdet Euch wieder erholen. Ich kann Euch gern weitere Arbeiten abnehmen, Ihr müsst mich nur anleiten.«

Gret schüttelte vehement den Kopf.

»Nein, Kind, das Unvermeidliche lässt sich nicht aufhalten. Jedem Leben setzt der Tod irgendwann ein Ende. Und doch lässt er sich überlisten.«

»Das verstehe ich nicht. Wie?«

»Indem man über ihn hinaus plant. Ziele für die setzt, die zurückbleiben. So kann man, obwohl man selbst nicht mehr ist, in die Zukunft hineinwirken.«

»Ah, und Ihr habt ein solches Ziel für mich im Auge?«

Die Alte lächelte.

»Ich habe dein Talent schon am ersten Tag erkannt. Du musst Heilerin werden. Ich will, dass du meine Nachfolge antrittst. Ich werde mit dem Infirmarius, Bruder Zacharias, und Bruder Theobald, dem Herbarius, reden. Zusammen mit Bruder Adalbert, dem *rector puerorum*, der die Klosterschule leitet, sollen sie dich unterrichten. Du wirst von ihnen lernen, auch Latein. Denn merke, mein Kind, die Liebe und das Wissen sind die stärksten Mächte in unserem Leben.«

»Ich … Ich soll … Eure Nachfolge antreten?«

»Ja, aber vielleicht kommt die Zeit, da du mehr sein wirst als nur meine Nachfol…« Ein Hustenanfall kappte den Satz. Er wollte schier kein Ende nehmen, Gret schnappte nach Luft und keuchte. Ranghild sprang auf und klopfte ihr auf den Rücken. Als der Anfall vorüber war, zitterte die alte Frau vor Anstrengung und Ranghild vor Sorge nicht weniger.

»Da steckt mehr als nur eine Erkältung dahinter«, merkte das Mädchen an.

Die Alte nickte. »Gut erkannt, mein Kind. Es ist das Herz.«

»Ich werde Euch einen Aufguss zubereiten, Gret. Vielleicht solltet ihr Euch jetzt hinlegen. Ich geh in den Garten und hole Basilienkraut und Rosmarin, und Ihr hängt schon mal den Kessel mit Wasser über das Feuer.«

Gret nickte müde. »Tu das, mein Kind. Ich mach derweil Feuer im Herd.«

Obwohl sich die Dämmerung der Grenze zur Nacht näherte, waren die Gewächse im Garten noch sehr gut voneinander zu unterscheiden.

Ranghild ging die Beete entlang …

»Halt, bleibt stehen! Dreht Euch nicht um!«, raunte eine Stimme in ihrem Rücken. Ein Arm umfasste sie, eine Hand presste sich auf ihren Mund, gleichzeitig drückte etwas Kaltes gegen ihren Nacken.

Zu Tode erschrocken erstarrte das Mädchen.

»Wir gehen jetzt zusammen in die Hütte zu der Alten«, zischte die Stimme ihr ins Ohr. »Und wagt es nicht, auch nur daran zu denken, eine Dummheit zu begehen. Los jetzt!«

Der Mann nahm die Hand von ihrem Mund, packte sie bei der Schulter und dirigierte sie vor sich her bis zum Eingang zur Wohnhütte.

»Und jetzt öffnet.«

Ranghild zögerte.

»Ich sagte: Öffnet! Wird's bald?!«

»Sagt mir zuerst, was Ihr wollt. Hier gibt es nichts zu holen.«

»Öffnet endlich. Ich sage es nicht noch einmal.« Die Stimme des Mannes zitterte auf einmal, während sich der Druck in ihrem Nacken verstärkte. Ranghild fühlte, wie ein scharfer Gegenstand ihre Haut ritzte. Die Axt fiel ihr ein.

»Macht endlich auf«, beschwor sie die Stimme. »Ich will Euch nicht weiter wehtun. Glaubt mir, das was ich gerade tue, will ich eigentlich gar nicht tun. Im Gegenteil, es widerstrebt mir. Also bitte. Um Himmels willen tut, was ich sage, Mädchen, und Euch wird nichts geschehen.«

Der Mann wirkte zu allem entschlossen, klang andererseits aber auch gehetzt und irgendwie verzweifelt.

Ranghild stieß die Tür auf und trat, gefolgt von dem Fremden, in den vom matten Schein zweier Talgleuchten erhellten Raum. Am Herd stand Gret mit dem Rücken zur Tür und legte Holz nach. Über dem Feuer stieg Dampf aus einem kleinen Kessel.

»Das Wasser kocht gleich, Kind. Du kannst dann …«

Schlagartig verstummte die Alte, sie hatte sich umgewandt. Der Anblick, der sich ihr bot, ließ sie entsetzt die Hand vor den Mund schlagen.

Dann aber wandelte sich das Entsetzen in Verblüffung.

»Bruder Anselm – Ihr? Um Himmels willen, was ist geschehen? Und was, zum Teufel, tut Ihr da? Lasst sie gefälligst los!«

Offenbar war es die Autorität der alten Frau und der Klang ihrer Stimme, die alles andere als ängstlich wirkte, die den Mönch veranlassten, Ranghild freizugeben.

Sofort lief das Mädchen an die Seite Grets.

Jetzt erst sah sie, wer sie überfallen hatte.

Ein Mönch im mittleren Alter. Die Kapuze zurückgeschlagen, bot er einen fürchterlichen Anblick. Gesicht und Haarkranz sowie der tonsurierte Schädel waren weitflächig von dunklem verkrustetem Blut bedeckt. Zwei dünne, hellrote Rinnsale liefen aus einer offenbar frisch aufgebrochenen Stirnwunde über dem linken Auge die Wange und den Hals hinunter und weiter über die vor Dreck starrende Kutte, um schließlich auf den Lehmboden zu tropfen, wo sie einen dunklen Fleck bildeten. Leicht vornübergebeugt dastehend, die Linke zur Faust geballt, in der Rechten die Axt, erweckte er den Eindruck, jeden Augenblick zuschlagen zu wollen.

»Lasst die Axt fallen, dann erzählt, was geschehen ist«, forderte die Alte ihn barsch auf. Noch nie hatte Ranghild sie in diesem Ton reden gehört.

»Den Teufel werde ich tun, Gret. Ihr glaubt mir ohnehin nicht. Niemand wird mir glauben. Ich will nur eines: Gebt mir Geld, ich muss fliehen, weit weg von hier. Und verarztet mich. Bitte!«

»Eure Wunde versorgen kann ich sehr wohl. Geld allerdings vermag ich Euch keines zu geben.«

Der Mönch lachte hart auf. Bitterkeit klang darin an. Er trat er einen Schritt auf die beiden Frauen zu und hob die Axt noch ein Stück höher.

»Hört, Gret, ich habe Euch immer geschätzt. Ich flehe Euch an, helft mir. Ich weiß, dass Ihr Geld habt. Vom Verkauf eurer Arzneien. Ich werde es Euch wieder zurückzahlen und noch etwas drauflegen. Sobald ich in Sicherheit und bei meiner Familie bin, werde ich Euch einen Boten schicken. Willigt Ihr nicht ein, muss ich Euch zwingen.« Drohend trat er einen weiteren Schritt näher, Ranghild zuckte unwillkürlich zurück.

»Ihr wollt zu Eurer Familie nach Österreich? Zu den von Steins? Ich denke, Eure Familie ist Eurer überdrüssig?«, wollte Gret von ihm wissen.

Ranghild wunderte sich; mit den Familienverhältnissen des Benediktiners schien sie gut vertraut zu sein.

Bruder Anselm schwieg und biss sich auf die Lippen. In seinem Blick stand pure Verzweiflung, ein gefährliches Flackern loderte in seinen Augen. Ranghild fürchtete, dass er die Kontrolle über sich verlieren und die Lage eskalieren könnte. So wie der Mann vor ihnen stand, blieb Gret fast nichts anderes übrig, als auf seine Forderung einzugehen.

Da machte Gret ihrerseits einen Schritt auf ihn zu und streckte ihm gelassen die rechte Hand entgegen.

»Ich schlage vor, Bruder Anselm, Ihr gebt mir jetzt die Axt, dann setzt Ihr Euch dort aufs Lager, und wir verarzten Euch erst einmal«, sagte sie begütigend in leisem Ton.

»Währenddessen erzählt Ihr mir, was geschehen ist. Anschließend reden wir darüber, wie ich Euch helfen kann.«

Zögernd sank die Hand mit der Axt herunter.

Gret nahm ihm sacht das Werkzeug ab und reichte es Ranghild, die es unverzüglich neben dem Herd auf einen Stapel Brennholz legte.

»Und nun kommt, setzt Euch aufs Lager. Lasst nach Euren Verletzungen sehen.«

Im Nu hatte Ranghild Instrumente sowie Salben und Verbandsmaterial bereitgelegt. Und während sich die beiden Frauen sachkundig um die Wunden des Mönchs kümmerten, erzählte er leise seine Geschichte.

Vor zwei Tagen sei er zufällig Zeuge eines Gesprächs zwischen dem Cellerar, Bruder Sebastian, und Ägidius Sachs, dem Apotheker aus Rottweil, geworden. Wie immer sei Sachs auffällig wie ein Pfau gekleidet gewesen. Diesmal habe er einen leuchtend gelben Federbusch am Hut getragen. Die beiden hätten sich in einer stillen Ecke nahe der Klostermauer über seltsame Dinge unterhalten. Er habe gar nicht glauben wollen, was da an sein Ohr gedrungen sei. Über menschliche Organe, die man Toten entnehme, um daraus Medizinen herzustellen, die an Apotheken verkauft würden, sei es gegangen. Schließlich seien die aus menschlichen Überresten gewonnenen Arzneistoffe, die zu den sogenannten Animalia gehörten, wirkungsvoller als die aus Tieren gewonnenen, habe der Apotheker behauptet. Und da die Nachfrage ständig wachse, sei zu überlegen, ob man die Situation nicht für ein neues, gutes Geschäft nutzen solle. Den Gewinn könne man sich teilen.

Der Mönch hielt erschöpft inne und bat um eine Pause. Die Schmerzen machten ihm sichtlich zu schaffen.

Gret indessen war zutiefst entsetzt.

»Welch furchtbarer Aberglaube«, kommentierte sie seinen Bericht. Ihre zusammengepressten Lippen und die steile

Falte über der Nasenwurzel verrieten den Abscheu, den sie empfand. Auch Ranghild war fassungslos. Dass die Leiber mitten aus dem Leben gerissener Menschen gelegentlich zur Herstellung von Arzneien verwendet wurden, weil in ihnen angeblich noch viel Lebenskraft steckte, war ihr bekannt; Gret hatte ihr einmal davon erzählt. Wozu beispielsweise die Körper Hingerichteter oder im Kampf Gefallener gehörten. Auch vor den durch ein Unglück ums Leben Gekommenen sowie vor Föten und Totgeburten machte der Aberglaube nicht Halt. Aber daraus in großem Stil Geschäfte zu machen?

»Wenn Ihr könnt, berichtet weiter«, bat Gret den Mönch.

Bruder Anselm nickte. Der Cellerar sei ganz begierig gewesen, Näheres zu erfahren. Ägidius Sachs habe in diesem Zusammenhang bemerkt, dass man eine abgelegene Örtlichkeit mit viel Platz benötige, um die »speziellen Arzneien« sicher lagern zu können. Man dürfe nicht die Gefahr eingehen, dass sie von jemand Unbefugtem entdeckt würden. Da sehe er durchaus Möglichkeiten, habe Bruder Sebastian, der Cellerar, erwidert. Das Kloster sei im Besitz einer alten Grangie, eines Getreidespeichers, der seit Langem nicht mehr genutzt werde und in einem abgelegenen Tal einige Meilen vom Kloster entfernt liege. Obwohl in die Jahre gekommen, sei das Gebäude noch gut in Schuss. Da ihm die Wirtschaftsgüter unterstellt seien, sei es für ihn ein Leichtes, einen Teil des Baus zweckentsprechend herrichten zu lassen. Vorher müsse man sich aber um den Untervogt kümmern, denn der …

»Aaahhh! …«, der Mönch stöhnte laut auf; Ranghild hatte soeben damit begonnen, den Stich zu versorgen, den er in den rechten Oberarm erhalten hatte.

»Es ist gleich vorbei. Es schmerzt, aber seid froh, dass es nur eine Fleischwunde ist. Atmet tief ein und aus, dann fahrt fort«, forderte Gret ihn auf.

Der Mönch tat wie geheißen und berichtete weiter.

»Der Cellerar schlug dem Apotheker vor, sich am nächsten Tag mit ihm zusammen die Örtlichkeit anzusehen, dort könne man weitere Einzelheiten besprechen. Allerdings müsse man sich sehr früh, noch vor der Prim, dort treffen.«

»Und da die Angelegenheit Euch keine Ruhe ließ, habt Ihr den beiden gestern beim alten Getreidespeicher aufgelauert, um sie zu belauschen, und eine ordentliche Abreibung kassiert«, vermutete Gret.

Der Mönch sah erstaunt auf. »Woher wisst Ihr das?«

»Es ist nicht schwer zu erraten. Man sieht schließlich, wie Euer Abenteuer ausging. Offensichtlich seid Ihr erwischt worden. Wer hat Euch denn so zugerichtet, der Apotheker oder der Cellerar?«

»Die beiden waren nicht allein. Der Cellerar hatte einen Konversen, einen Laienbruder, dabei, ich kenne ihn nicht, er muss neu im Kloster sein. Auch der Apotheker hatte jemanden mitgebracht. Beide waren wohl eingeweiht in die Pläne ihrer Herren, wie ich dem Gespräch entnahm, das ich mithören konnte.«

»Es ist Euch tatsächlich gelungen, sie ein zweites Mal zu belauschen?«

»Ja, allerdings ging es nicht besonders gut aus für mich – aaahhh!«, der Mönch stöhnte erneut auf, »verdammt, seid nicht so grob!«

Ranghild war gerade dabei, die ausgefransten Wundränder der Stirnwunde mit einer Schere zu beschneiden, damit Gret sie mit einer Silbernadel, an der ein aus Schafsdarm gefertigter Faden befestigt war, verschließen konnte.

»Es muss sein, stellt Euch nicht so an. Das bisschen Schmerz müsst Ihr aushalten, wenn Eure Wunde heilen soll«, fuhr Gret den Mann an. »Erzählt weiter.«

Der Mönch biss die Zähne zusammen, während er fortfuhr zu berichten.

»Ich war schon sehr früh dort und hatte mich hinter einem Schlehenstrauch versteckt, der unmittelbar an der rechten Mauerseite emporgewachsen war. Zuerst kam der Cellerar zusammen mit dem Laienbruder, beide auf Maultieren. Dann Ägidius Sachs in Begleitung eines stämmigen Kerls zu Pferd. Sie machten die Tiere an Pflöcken vor der Scheune fest. Die beiden Begleiter bezogen vor dem Tor Position – sie sollten wohl achtgeben –, der Apotheker und der Cellerar verschwanden in der Scheune. Ich entschloss mich, auf der Rückseite des Gebäudes aufs Dach zu klettern, in der Hoffnung, sie belauschen zu können; der Dachvorsprung ist weit heruntergezogen, man kann ihn mit den Händen erreichen. Ich habe mich daran emporgezogen. Auf dem Dach gibt es eine Luke, die nur mit ein paar Brettern abgedeckt ist …«

»Woher wusstet Ihr das alles?«

»Ich hatte früher gelegentlich auf der Grangie zu tun.«

Gret nickte. »Erzählt weiter. Ihr habt, nehme ich an, die Luke geöffnet und seid eingestiegen.«

»Ja. Ich hatte allerdings die Gefahr unterschätzt. Der Dachboden ist löchrig, einige Bretter sind morsch. Ich ließ mich auf einem Querbalken nieder, der mir sicher erschien. Der Apotheker und der Cellerar befanden sich unmittelbar unter mir. Anfangs ging alles gut. Ich konnte einiges in Erfahrung bringen. Bei dem Geschäft mit diesen seltsamen Medizinen geht es, wie mir scheint, um eine ziemlich große Sache. Man könne einen Verteilerring aufziehen, um im gesamten Süden des Reichs Apotheken mit den aus menschlichen Organen hergestellten Arzneien zu beliefern, behauptete der Apotheker, er habe bereits eine ganze Reihe von Schindern, Totengräbern und den einen oder anderen Scharfrichter und Apotheker für die Idee gewinnen können … aahh …« Der Mönch stöhnte erneut auf, der Schmerzen wegen musste er eine Pause einlegen, er wirkte erschöpft.

»Ihr sagtet vorhin, er habe sich auch über den Untervogt ausgelassen?«

»Ja. Den müsse man unbedingt loswerden, der wolle nämlich die seit Langem ungenutzte Grangie wieder in Betrieb nehmen. Es gäbe noch andere Gründe, ihn endlich zum Teufel zu jagen und durch jemanden zu ersetzen, der die Verwaltung verantwortungsvoller wahrnehmen könne. Dieses Wort, dieses ›verantwortungsvoller‹ hat er besonders betont. Mir war klar, was er damit meinte: ›verantwortungsvoller‹ im Hinblick auf den Vorteil des Cellerars. Man werde den Untervogt beim Herzog von Teck, dem die Vogtei über das Kloster obliege, anschwärzen, einen Plan dazu habe er schon vorbereitet, behauptete er.«

»Dieser intrigante Schweinehund«, entfuhr es Gret. »Hat er denn gesagt, wer das sein soll?« Ranghild sah sie erstaunt an, derart empört und in Rage hatte sie die alte Frau noch nie erlebt.

»Ein Schweinehund! Ihr sagt es. Und ja, er wisse auch schon, wer der Nachfolger sein müsse. Sein Vetter, der einen hervorragenden Ruf beim Königshof besitze. Der Herzog von Teck käme nicht umhin, diesen Umstand entsprechend zu würdigen, behauptete er.«

»Der Vetter des Cellerars unterhält eine Verbindung zu Ludwig IV.?«

»Zumindest behauptete er dies. Er habe sich angeblich vor zwei Jahren in der Schlacht bei Mühldorf in besonderer Weise hervorgetan. Angeblich habe er dem König das Leben gerettet. Wie dem auch sei, während die beiden noch darüber redeten, brach plötzlich der Balken, auf dem ich kauerte, und ich stürzte nach unten, mitten hinein in einen alten vermoderten Heuhaufen, den beiden direkt vor die Füße.«

»Ach, und es gelang Euch dennoch zu fliehen?«

»Das Überraschungsmoment war auf meiner Seite. Nur

wenig später kamen die beiden Begleiter, die vor dem Scheunentor Stellung bezogen hatten, angerannt. ›Macht ihn nieder, er darf nicht entkommen!‹, schrie der Cellerar. Auch der Apotheker schrie und fluchte. Der, der mit ihm gekommen war, versetzte mir einen Dolchstich in den Oberarm, der andere, der Konverse, wollte mir einen Knüppel über den Schädel ziehen. Ich duckte mich weg, er streifte nur meine Schulter. Plötzlich stand der Apotheker vor mir und verpasste mir einen Faustschlag gegen den Kopf. Er brachte mir die Stirnwunde bei, wahrscheinlich trug er einen kantigen Ring am Finger. Es tat jedenfalls höllisch weh. Ich fühlte, wie Blut über mein Gesicht rieselte. Der Schlag und die Schmerzen beraubten mich fast meiner Sinne, ich geriet ins Taumeln. Da sah ich vier, fünf Schritte entfernt eine Axt in einem Hackklotz stecken. Ich riss sie an mich. Unversehens war der Laienbruder wieder da und hob den Knüppel. Da schlug ich mit der Axt zu. Blind, ohne zu sehen wohin. Dann … Dann spritzte Blut … o Gott …«, die Stimme des Mönchs brach, er wurde von einem heftigen Schluchzen geschüttelt.

Gret verstand. »Ihr habt ihn getötet?«, fragte sie leise.

Der Mönch nickte und fuhr weinend fort: »Ich glaube, ja. Dabei wollte ich es nicht, wirklich nicht, glaubt mir. Aber ich hatte furchtbare Angst. Sie hätten mich getötet, hätte ich mich nicht gewehrt. Ich wollte nur noch weg. Ich rannte zu einem der beiden angepflockten Pferde, kappte den Strick, mit dem es angebunden war, mit der Axt und schwang mich auf seinen Rücken. Ihr müsst wissen, ich stand in jungen Jahren im Waffendienst meiner Familie und bin immer noch ein außerordentlich guter Reiter. Dann bin ich mit dem Pferd auf und davon. Mir war klar, dass ich nur in den Wäldern Unterschlupf finden würde. Ich kenne eine Höhle unter einem Felsen. Dort verbrachte ich die Stunden nach meiner Flucht, bis es dunkel wurde. Dann ritt ich weiter. Mein Plan war, Euch aufzusuchen und um Hilfe zu bitten, und … Nun ja, den Rest kennt Ihr.«

»Ihr bittet um Hilfe, indem Ihr Euch des Mädchens, das bei mir wohnt, bemächtigt und uns droht?«

Der Mönch schwieg zerknirscht.

»Ihr – Ihr habt recht, das war nicht sehr anständig von mir«, gab er schließlich zu. »Aber ich war … verzweifelt, Ich … wusste nicht«, der Mönch unterbrach sich und wandte sich an Ranghild: »Bitte verzeiht mir«, sagte er leise.

Ranghild ging nicht darauf ein. »Das Schlagen der Hillebille heute morgen, das galt Euch?«

Er nickte. »Als ich den Ton vernahm, war mir klar, dass man auf der Suche nach mir ist. Ein Grund mehr, Euch um Hilfe zu bitten und dann schleunigst zu verschwinden.«

»Was ist eigentlich mit dem Pferd? Ich nehme an, Ihr habt es versteckt?«

»Ja. Im Wald am Fuß eines Hangs, nicht weit von hier. Ich habe es an einer geschützten, nicht leicht einsehbaren Stelle festgemacht, dort kann es fressen, und Wasser gibt es auch; ein kleines Rinnsal fließt den Hang hinunter.«

»Ich glaube, ich kenne die Stelle«, nickte Gret. »Hoffen wir, dass es sich nicht durch Schnauben oder Wiehern verrät, sollte jemand in der Nähe vorbeigehen.«

In den Augen des Mönchs glomm Hoffnung auf. »Das klingt so, als ob Ihr gewillt seid, mir zu helfen?«

»Sagen wir so: Was Ihr mir über den Cellerar und diesen Apotheker erzählt habt, entspricht dem Bild, das ich mir von beiden gemacht habe. Ich nehme Euch Eure Geschichte ab. Auch, dass Ihr in Notwehr gehandelt habt. Was allerdings weder den Abt noch den Untervogt noch jemand anderes interessieren dürfte. Für die seid Ihr ein Mörder, zudem noch einer, der einen Angehörigen des Klosters auf dem Gewissen hat. Sie werden Euch jagen, Ihr müsst schnellstmöglich aus der Gegend verschwinden. Was die Hilfe angeht: Ich kann Euch einen geringen Geldbetrag geben, mehr nicht. Wir werden Euch ein Lager in meinem Labor herrichten. Eine Nacht könnt ihr bleiben, morgen vor Sonnenaufgang müsst Ihr verschwunden sein.«

Der Mönch sah sie dankbar an. »Möge Gott es Euch vergelten, Gret. Ich verspreche Euch: Morgen, noch vor Sonnenaufgang, bin ich weg.«

Kapitel 14

Der Mönch hatte Wort gehalten. Als die Sonne über den Wipfeln erschien, fanden die beiden Frauen das Lager im Labor verlassen vor und atmeten auf.

»Hier, seht, das hat er zurückgelassen.« Ranghild wies auf einen Strauß frischer Blumen, der auf der ordentlich zusammengelegten Felldecke lag, die dem Mönch als Nachtlager gedient hatte. Er bestand aus mehreren Stängeln der Roten Waldnelke, an denen rotviolett leuchtende Blüten saßen, auf denen noch der Tau perlte. Der Mönch hatte die Stängel mit Grashalmen geschickt zusammengebunden und etwas Farnkraut dazwischen gegeben.

»Ein letzter Gruß, mit der er uns seine Dankbarkeit zeigen wollte«, meinte Ranghild und lächelte.

Nachdenklich musterte Gret den Strauß und runzelte die Stirn.

»Hm – er geht in den Wald, pflückt den Strauß, kehrt zurück, um ihn hier abzulegen, und verschwindet dann«, murmelte sie.

Ranghild sah sie überrascht an.

»Ja, eine schöne Geste, findet Ihr denn nicht auch?«

»Schon, aber …« Gret unterbrach sich abrupt, verließ das Labor und lief, barfuß wie sie war und den Blick zu Boden gerichtet, durch das taubenetzte Gras einige Schritte über die Lichtung.

Irritiert über ihr Verhalten, folgte ihr Ranghild.

»Hab ich mir's doch gedacht«, sagte die Alte ärgerlich. »Hier, siehst du diese Spuren?« Ranghild sah nach unten.

Tatsächlich waren im hohen, feuchten Gras deutlich Spuren zu sehen. Hufspuren! Als dunkle Linie zog sich eine Fährte durch das Gras in nördlicher Richtung bis hin zu dem die Lichtung umgebenden Waldrand und in einer zweiten Linie nach Osten, wo sie ebenfalls beim Wald endete.

»Er ist in den Wald gegangen, hat die Blumen gepflückt und sein Pferd geholt und kam dann zurück, um den Strauß zu hinterlassen. Dann hat er sich in östlicher Richtung davongemacht. Das mit dem Strauß mag ja gut gemeint gewesen sein. Dass er dabei verräterische Spuren hinterlassen würde, hat er nicht bedacht.«

Jetzt erst verstand Ranghild.

»Ihr meint …«, entsetzt schlug sie die Hand vor den Mund.

Gret nickte. »Genau das meine ich. Nach dem Mönch wird weiterhin gesucht. Gnade uns Gott, wenn sie auf diese Fährte stoßen. Sie werden …«

Schlagartig verstummte sie und starrte zum Waldrand. Als hätten die ausgesprochenen Worte sie herbeigerufen, brachen auf einmal mehrere Gestalten hinter den Bäumen hervor. Vier Männer mit schwarzen Gesichtern und Knüppeln in den Händen, unmittelbar gefolgt von fünf Reitern. Vier von ihnen waren als Waffenknechte des Untervogts zu erkennen, der fünfte trug ein Mönchshabit.

Gret fasste sich unwillkürlich an die Brust und geriet kurz ins Wanken.

»Gott steh uns bei!«, murmelte sie.

Dann packte sie Ranghild beim Arm und zog sie ohne jedes weitere Wort mit sich fort in die Wohnhütte. Das Mädchen fest an sich gedrückt, blickte sie durch die Fensteröffnung.

»Sie kommen näher.«

»Wer sind die Männer, Gret?«

»Waffenknechte des Vogtes. Und ein Mitglied des Konvents, wie ich vermute.«

»Und die Männer mit den geschwärzten Gesichtern?«

»Köhler, die in den Wäldern ihrem Handwerk nachgehen. Ich nehme an, sie wurden vom Kloster verpflichtet, sich an der Suche nach dem Flüchtigen zu beteiligen. Wie schon damals, als man den entflohenen Mörder suchte und die Hillebille sie rief.«

»Ich leg den Riegel vor«, rief Ranghild.

»Nein, lass es, es würde nichts nützen. Sie würden höchstens die Tür einschlagen.«

»Aber was sollen wir tun? Ihr sagtet doch selbst, sie werden uns vorwerfen, einem Mörder geholfen zu haben.«

»Wir werden sagen, dass wir nicht wussten, dass er jemanden umgebracht hat. Christliche Nächstenliebe gebot uns, ihm zu helfen, ohne lange zu fragen, wie er sich seine Verletzungen zugezogen hat. Lass, wenn irgend möglich, mich antworten. Es wird schon alles …«

Lärm vor der Hütte. Schläge gegen die Tür, die gleich darauf aufgerissen wurde. Zwei der vier Waffenknechte stürmten herein. Einer der beiden, ein untersetzter, beleibter Mann, vermutlich der Befehlshaber, baute sich mit gezogenem Schwert vor Gret auf. Die andern zwei Bewaffneten sowie die Männer mit den geschwärzten Gesichtern schienen sich draußen umzusehen, wie Ranghild nach einem hastigen Blick zum Fenster hinaus registrierte. Der Mönch war nicht zu sehen.

»Wo ist er?«, blaffte der Bewaffnete, der sich vor Gret aufgebaut hatte, die alte Frau an.

»Wer?«

»Stellt Euch nicht unwissend, Weib. Ihr wisst, wen ich meine. Also, wo hat sich dieser Hurensohn versteckt?«

»Ihr sucht den, dessen Verletzungen meine Gehilfin und ich gestern Abend behandeln mussten?«

»Ah, Ihr gebt also zu, dass der Mörder bei Euch ist?«

»Ein Mörder? Bruder Anselm soll ein Mörder sein? Bei

Gott, das wussten wir nicht«, stellte sich Gret entsetzt. »Er ist längst fort. Gleich nachdem wir ihn behandelt hatten, brach er wieder auf, wir wissen nicht, wohin.«

Ein Schatten verdunkelte den Eingang. Ein Mönch trat über die Schwelle. Hochgewachsen und hager, mit einem Gesicht, das an einen Geier erinnerte. Ranghild bemerkte, wie Gret kurz zusammenzuckte, als sie ihn sah.

»Ihr macht mit einem Mörder gemeinsame Sache, indem Ihr ihm eure zweifelhaften Heilkünste angedeihen lasst, Gret?«, ging der Mönch sie hämisch an.

Gret musterte ihn mit kaltem Blick.

»Dass Ihr mein Handeln missverständlich auslegt, wundert mich nicht, Herr Cellerar. Ihr behauptet, dass der Mönch, den wir gestern verarztet haben, ein Mörder sei? Selbst wenn es stimmt, was Ihr sagt, konnten wir es nicht ahnen. Wir sehen es als unsere Christenpflicht an, Kranken und Verwundeten zu helfen, ohne lang und breit Fragen zu stellen, das solltet Ihr als Benediktiner wissen. Wir haben seine Wunden behandelt und ihn kurz darauf in Frieden entlassen.«

»Belehrt mich nicht über die Pflichten eines Christen. Ihr habt einem Mörder geholfen, das wird Konsequenzen haben«, entgegnete der Mönch.

Der Befehlshaber der Waffenknechte meldete sich zu Wort.

»Wenn Ihr erlaubt, Herr Cellerar: Die Pferdespuren da draußen sind nicht älter als zwei Stunden. Der Mörder dürfte erst heute morgen wieder aufgebrochen sein.«

»Ah, interessant. Nun, was sagt Ihr dazu, Gret? Bleibt Ihr immer noch dabei, ihn noch gestern, gleich nach der Behandlung ›in Frieden entlassen‹ zu haben?«

Gret sagte nichts.

»Ihr schweigt also. Ich nehme an, aus gutem Grund. Ihr werdet uns zum Untervogt begleiten, er soll entscheiden, wie weiter mit Euch verfahren wird. Ihm obliegt es, in Sachen des weltlichen Rechts, Entscheidungen zu fällen. Aber seid sicher«, der Cellerar trat dicht an sie heran, »ich werde dafür sorgen, dass seine Entscheidung so ausfällt, dass Ihr niemandem mehr schaden könnt. Das alles hier«, er machte eine umfassende Geste mit der Rechten, »wird aufhören.«

Jetzt erst rührte sich Gret wieder.

»O ja, ich verstehe, Ihr wollt Eurem Freund, dem Apotheker Ägidius Sachs, endlich die unliebsame Konkurrenz vom Halse schaffen, die er in mir sieht. Was hat er Euch versprochen, wenn Euch das gelingt? Ein gutes Geschäft? Oder Unterstützung Eures Plans Euren Vetter betreffend?«

Der Cellerar erstarrte. Das Wetterleuchten in seiner Miene sprach Bände. Er beugte sich tief zu ihr hinunter, bis sein Mund fast ihr Ohr berührte.

»Du verdammte alte Hexe«, zischte er leise. »Ich kann mir vorstellen, was dieser unselige Bruder Anselm behauptet hat. Du wirst keine Gelegenheit haben, es jemandem zu erzählen.«

Unterdessen war der dritte der Waffenknechte in die Hütte getreten, zusammen mit zwei Männern, deren Gesichter rußverschmiert waren.

»Die Köhler haben etwas gefunden, Herr Cellerar«, sagte er und hielt dem Mönch einen in ein schwarzes Tuch gewickelten Gegenstand hin. »Es dürfte die Axt sein. Der Mörder hat sie in sein Skapulier gewickelt und hinter dem Ziegenstall versteckt.«

»Ich will sie mir ansehen. Wickle sie aus und leg sie auf den Tisch«, befahl der Mönch.

Der Mann tat wie geheißen. Es war tatsächlich die Axt. Eingetrocknetes Blut haftete an der Schneide und verlieh ihr ein stumpfes Aussehen. Nur dort, wo das blanke Metall zutage trat, glänzte sie im Licht der durch die Fensteröffnung einfallenden Sonnenstrahlen.

Genugtuung glomm in den Augen des Mönchs.

»Nun, was meint Ihr, Gret? Bedarf es eines weiteren Beweises, dass Ihr dem Mörder Obdach gewährt und anschließend zur Flucht verholfen habt? Ich denke, die Faktenlage wird auch der Untervogt nicht ignorieren können. Auch wenn Ihr bei ihm einen Stein im Brett habt, weil Ihr ihn angeblich erfolgreich behandelt habt. Was Euch nur mithilfe des Teufels gelingen konnte.«

Erneut schwieg die alte Frau. Eine deutliche Veränderung war mit ihr vor sich gegangen. Sie war totenblass geworden, wirkte matt und kraftlos und dem Zusammenbruch nahe. Die ganzen Monate hindurch, die Ranghild bis jetzt bei ihr verbracht hatte, hatte Gret auf sie den Eindruck eines jener unbeugsamen, allen Stürmen trotzenden starken Bäume des Waldes gemacht, doch die Ereignisse dieses Morgens schienen den Baum gefällt zu haben. Panik stieg in Ranghild auf. Bereits als der Cellerar über die Schwelle trat, hatte sie sich in die hinterste Ecke der Hütte verkrochen und sich so klein wie möglich gemacht.

»Ihr schweigt noch immer?« Die Häme in den Worten des Mönchs war nicht zu überhören.

»Rudmar«, wandte er sich an den Befehlshaber der Waffenknechte, »nehmt sie in Gewahrsam, sie kommt mit. Bis der Untervogt von seiner Reise zurück ist, sperren wir sie in den Turm. Er soll dann entscheiden, was mit ihr geschehen soll.«

»In ihrem Zustand wird sie zu Fuß nicht weit kommen, Herr Cellerar. Ich schlage vor, sie bei Othmar mitreiten zu lassen, er verfügt über das stärkste Pferd.«

»Macht, wie Ihr denkt. Und seht zu, dass …«

Das dumpfe Geräusch eines zu Boden schlagenden Körpers unterbrach den Mönch. Gret! Ohne einen Laut von sich zu geben, war sie zusammengebrochen.

Der Cellerar und seine Begleiter standen wie vom Donner gerührt.

Die Männer beiseitestoßend, stürzte Ranghild zu ihr und ließ sich neben ihr auf die Knie fallen.

»Gret! Gret!«, schrie sie, schüttelte die alte Frau und klopfte ihr kräftig auf beide Wangen. Fühlte ihren Puls und legte, als sie nichts spürte, Zeige- und Mittelfinger an ihren Hals. Dann sah sie ihre Augen, die weit aufgerissen ins Leere starrten und jeglichen Glanz verloren hatten.

»Nein!«, schrie sie laut auf. Hemmungslos weinend warf sie sich auf sie, hielt ihren Kopf in beiden Händen, küsste ihr die Stirn, streichelte ihr schlohweißes Haar, wobei ihr Oberkörper immer wieder auf und nieder wogte.

Bis einer der Waffenknechte sie von hinten bei den Armen packte und sie grob von der Leiche der alten Frau wegzerrte. Er schleifte sie durch die Hütte und warf sie aufs Lager, wo sie heftig schluchzend liegen blieb.

»Und jetzt?«, fragte der Befehlshaber der Bewaffneten den Cellerar ratlos.

»Nun, offensichtlich wollte uns der Teufel Arbeit ersparen und hat die Kräuterhexe zu sich geholt«, knurrte der Mönch. Seine Miene drückte höchste Zufriedenheit aus.

»Dafür gibt es genügend Zeugen«, ergänzte er und blickte in die Runde.

»Was soll mit der Leiche geschehen?«

»Wir werden sie begraben. Hier!«

»Hier?«

»Natürlich hier. Um sicherzugehen, werde ich mir vom Abt nachträglich die Genehmigung dazu holen.«

»Was machen wir mit dem Mädchen?«

»Ach so, das Mädchen …« Er überlegte.

»Wir nehmen sie mit. Sie war die Gehilfin der Alten, sie war bereit, den Mörder zu decken, ergo steckt auch sie mit dem Teufel im Bunde. Sie wandert in den Turm. Was weiter mit ihr geschieht, wird der Vogt entscheiden.«

Ranghild, die, verzweifelt auf ihrem Lager kauernd, der Unterhaltung gefolgt war, wurde schlagartig bewusst, was sie erwartete, wenn es ihr nicht rechtzeitig gelang, sich dem Zugriff des Cellerars zu entziehen. Offenbar ging er davon aus, dass auch sie wusste, was sie nicht wissen durfte, und somit eine Gefahr für ihn darstellte. Er würde sie zum Schweigen bringen wollen, das war so sicher wie das Amen in der Kirche. Bei dem Gedanken, dass ihr nichts anderes übrig blieb, als die Entscheidung zu fällen, die sie vor über einem Jahr schon einmal fällen musste, in jener Nacht, als die Mordbrenner gekommen waren, schoss ihr das Wasser in die Augen, doch es half nichts, es gab keine andere Möglichkeit.

Ihre Gedanken rasten, während ihr tränenfeuchter Blick zum Fenster glitt. Draußen standen die Pferde der Waffenknechte und grasten friedlich. Die Männer in der Hütte waren lautstark damit beschäftigt, zu erörtern, welchen Weg der Flüchtige eingeschlagen haben könnte. Alle Sinne angespannt und darauf bedacht, bloß kein verdächtiges Geräusch zu verursachen, richtete sich Ranghild langsam auf – dann sprang sie mit einem federnden Satz vom Lager und flitzte zwischen den völlig verdutzten Männern hindurch zur Tür und hinaus ins Freie.

Im Laufen registrierte sie, welches der Pferde am günstigsten stand. Ein Falbe. Sie nahm Anlauf und sprang auf seinen Rücken. Das Pferd wieherte überrascht, tänzelte erschrocken, stieg kurz hoch, dann aber, als es die Fersen seiner Reiterin verspürte, machte es einen Satz nach vorne und galoppierte in Richtung Süden auf den Waldrand zu.

Gleich darauf hatte der Wald Pferd und Reiterin geschluckt. Eine ganze Weile noch galoppierte Ranghild den schmalen Pfad entlang, dann hielt sie an und saß ab. Sie klopfte dem Falben anerkennend den Hals und schlug ihm sanft auf die Kruppe. »Geh, mein Braver, geh zurück«, murmelte sie.

Langsam zuerst, dann schneller werdend, trabte das Pferd auf dem Pfad, den sie gekommen waren, zurück. Sie sah ihm nach, bis es zwischen den Bäumen verschwand. Bald würde das Tier die Lichtung erreicht haben, die für Ranghild mehr als ein Jahr lang zur Heimat geworden war. Sie mochte nicht daran denken, was jetzt, nachdem Gret verstorben war, aus dem kleinen Anwesen werden würde.

Ranghild orientierte sich am Sonnenstand und entschloss sich, zunächst ein Stück nach Westen, dann wieder nach Norden zu gehen. Damit würde sie eventuelle Verfolger, die annehmen mussten, dass sie die Flucht nach Süden fortsetzte, täuschen.

Drei gute Stunden mochte sie unterwegs gewesen sein, als sie nicht mehr weiterkonnte. Völlig ermattet ließ sie sich neben einem abgestorbenen Baumstumpf auf den bemoosten Waldboden fallen. Die Anspannung der Flucht und die ständige Furcht davor, jederzeit Verfolgern in die Hände fallen zu können, hatten Trauer und Verzweiflung in ihr vorübergehend in den Hintergrund gedrängt.

Doch jetzt, während sie zur Ruhe kam, brachen sie sich umso stärker Bahn. Ihr ganzer Körper bebte, während sie mit ihrem Schicksal haderte und den Tränen und der Trauer freien Lauf ließ. Mit einem Mal kehrte auch jenes Gefühl der Verlassenheit wieder, das sie vor mehr als einem Jahr während ihrer Odyssee durch die Wälder verspürte, bevor sich die alte Gret ihrer erbarmt hatte.

Dann forderten die Strapazen der vergangenen Stunden ihren Tribut und ließen sie erschöpft einschlafen.

»Heda, du!«

Ranghild schrak hoch. Jemand hatte sie grob bei der Schulter gepackt und wachgerüttelt. Sie riss die Augen auf und blickte fassungslos in ein lachendes, rußgeschwärztes Gesicht, in dem eine Reihe makellos weißer Zähne blitzte. Einer der Köhler, die Stunden zuvor auf das Anwesen der alten Gret vorgedrungen waren, war neben ihr in die Hocke gegangen.

»Sieh an, unser entflohenes Vögelchen«, sagte er amüsiert. »Nach Norden ist es geflogen. Ob es wohl zu uns wollte, was meinst du, Jacob?«

»Könnte ich mir durchaus vorstellen, Paul. Die hat uns der Himmel geschickt, jetzt, da Else tot ist. Uns hätte nichts Besseres widerfahren können«, ertönte eine Stimme in ihrem Rücken.

Entsetzt fuhr Ranghild herum. Das andere Schwarzgesicht, mit dem sie es in den frühen Morgenstunden zu tun bekommen hatte, stand hoch aufgerichtet hinter ihr.

»Was … Was wollt Ihr?«, flüsterte sie. »Bitte … Bitte liefert mich nicht an das Kloster aus. Lasst mich gehen, ich flehe Euch an.«

»Hm, sie bittet uns, sie nicht auszuliefern. Was meinst du, Bruder, sollen wir ihr diesen Wunsch erfüllen oder nicht?«, fragte der mit dem Namen Paul spöttisch.

»Ich würde sagen, das entscheidet unser Vögelchen. Wenn sie uns zur Hand geht, wäre ich durchaus bereit, mit mir reden zu lassen. Dann kommt sie jetzt mit uns, und niemand wird erfahren, dass wir sie gefunden haben und dass sie auf unserer Kohlstatt untergekommen ist.«

Ranghild war der Unterhaltung der beiden mit wachsender Bestürzung gefolgt. Auch wenn sie ihre Lage noch nicht voll und ganz erfasst hatte, begriff sie doch, dass der Vorschlag der beiden Männer die einzige Möglichkeit bot, der drohenden Auslieferung an den Klostervogt und somit den Klauen des Cellerars zu entgehen.

»Ich … Ich tue alles, was Ihr von mir verlangt. Nur liefert mich nicht aus, Ihr Herren.«

Beide lachten dröhnend auf.

»Hast du das gehört, Paul? ›Ihr Herren‹ sagt sie. Sie redet uns mit ›Herren‹ an«, prustete Jacob und schlug sich vergnügt auf die Schenkel.

»Anstand hat sie, das muss man ihr lassen«, höhnte Paul. »Wenn wir das Kunz erzählen, lacht er sich einen Ast.«

So plötzlich, wie sie begonnen hatten, sich über sie lustig zu machen, hörten sie auch wieder damit auf.

»Hör zu, Mädchen, wir belassen es beim ›Du‹, das ist einfacher«, knurrte Jacob. »Wir sind Männer, aber keine Herren. In den Augen der meisten Leute sind wir finstere Gesellen, mit denen man nichts zu tun haben will. Unser Handwerk ist schmutzig, Ruß und Rauch begleiten uns bis zum Ende unserer Tage, das ist nun mal unser Los. Else, die Magd, die wir hatten, ist vor vier Wochen von einem Baum erschlagen worden. Ab jetzt wirst du uns den Haushalt führen mit allem, was dazugehört. Ich hoffe, du verstehst es, schmackhafte Speisen zuzubereiten. Köhler, solltest du wissen, sind immer hungrig. Außerdem wirst du uns überall dort zur Hand gehen, wo wir dich brauchen. Was du sonst wissen musst, werden wir dich lehren. Deine Arbeit wird nicht leicht sein. Doch solltest du nur einmal versuchen wegzulaufen«, die Stimme Jacobs bekam einen drohenden Beiklang, »wird es dir schlecht bekommen. Wir finden dich, sei sicher. Dann wanderst du in den Klosterkerker, verstanden?«

»Ich sagte schon, ich tue, was man von mir verlangt«, bekräftigte Ranghild hastig.

Jacob erhob sich.

»Gut, dann komm. Wir haben noch ein ziemliches Stück Weg vor uns.«

Sie brachen auf. Unterwegs erfuhr Ranghild weitere Einzelheiten, auch, mit wem sie es zu tun hatte. Die Brüder Jacob, Kunz und Paul Holzer betrieben ihre Köhlerei bereits seit zwanzig Jahren. Und je weiter Ranghild mit ihnen in die

Tiefen des Waldes vorrückte, desto dunkler und unheimlicher kam ihr die Umgebung vor, die künftig ihr Leben bestimmen würde.

Am späten Nachmittag – noch bewegten sie sich auf einem schmalen Pfad durch dichten Wald – verrieten Brandgeruch und bläulich-weißer Rauch, der zwischen den Bäumen waberte, dass sie sich der Kohlstatt näherten. Sie lag in einer breiten Senke inmitten einer großen Schneise, die man in den Wald geschlagen hatte. Beidseits der Senke, die von einem Bach durchschnitten wurde, wuchsen die Hänge steil in die Höhe, dass es fast den Anschein hatte, als befände man sich in einer Schlucht.

Der Wald lichtete sich, die Meilerstätte kam in Sicht. Ranghild erblickte zwei stehende Rundmeiler, die sich über dem schwarzen, rußgesättigten Waldboden erhoben: kegelförmige Ungetüme, deren oberer Teil, Kopf genannt, stumpf abgerundet war und denen aus einer darin befindlichen Öffnung der bläulich weiße Rauch entstieg, den sie schon auf dem Weg hierher wahrgenommen hatte. Ein dritter Meiler war bereits gelöscht und geöffnet worden. Die ausgezogene Kohle war zum Auskühlen großflächig ausgebreitet worden. Offenbar war der Kühlvorgang bereits abgeschlossen, von der Kohle stieg kein Rauch mehr auf. Mehrere Holzstapel, bestehend aus etwa zwei Ellen langen dicken Scheiten, sowie eine ganze Anzahl Säcke, prall gefüllt mit Holzkohle, reihten sich auf dem Platz aneinander. Daneben Stapel zusammengelegter Rupfensäcke, die ihrerseits darauf warteten, befüllt zu werden.

Aus einer geräumigen Hütte am Rand der Schneise – man war fast geneigt, sie ein kleines Haus zu nennen – trat ein Mann und ging ihnen entgegen. Kunz, der dritte der Brüder, wie Ranghild vermutete.

»Na endlich, wurde auch Zeit, Kreuzdonnerwetter noch mal! Noch eine Nacht, und ich wäre neben den verdammten

Meilern eingeschlafen«, empfing er seine Brüder mürrisch, nicht ohne einen neugierigen Blick auf Ranghild zu werfen.

»Was heißt ›wurde auch Zeit‹?«, äffte Paul ihn nach. »Du weißt, wenn die Hillebille des Klosters ruft, haben wir uns dort einzufinden und entsprechend Order entgegenzunehmen.«

»Was war denn los?«

»Ein Angehöriger des Konvents hat einen Laienbruder erschlagen und ist dann geflohen. Wir mussten bei der Suche mithelfen. So was dauert.«

»Und?«

Paul erklärte in kurzen Zügen, was sich ereignet hatte, und kam dann auf Ranghild zu sprechen.

»Sie hat sich bereit erklärt, Elses Stelle einzunehmen. Du siehst, unser kleiner Ausflug hat sich gelohnt.«, frotzelte er.

Kunz musterte das Mädchen mit ausgiebigem Blick von oben bis unten auf eine Weise, wie Ranghild es nie zuvor erlebt hatte. Am liebsten wäre sie im Boden versunken, verlegen schlang sie die Arme um ihren Oberkörper.

Paul, der die Situation sehr wohl zu deuten wusste, trat hart an seinen Bruder heran, packte ihn beim Arm und zog ihn beiseite.

»Hör zu, verdammt«, knurrte er leise, aber doch so, dass Ranghild es hören konnte. »Damit eines klar ist: Sie ist unsere Dienstmagd. Nur unsere Dienstmagd, verstanden? Gnade dir Gott, wenn du sie auch nur einmal anrührst!«

Mit einem heftigen Ruck befreite sich Kunz aus dem Griff seines Bruders.

»Is ja schon gut, is ja schon gut. Reg dich ab, Bruderherz.«

Nur kurz nachdem sie auf der Kohlstatt eingetroffen war, war Ranghild bereits damit beschäftigt, Kunz dabei zu helfen, Holzkohle in Säcke zu füllen. Sehr schnell war sie in die neue

Rolle gestoßen worden, die ihr das Schicksal zugedacht hatte. Bald würde der Tag zu Ende gehen.

Während einer kurzen Verschnaufpause wanderte ihr Blick den Hang zu ihrer Linken hinauf. Dort ruhten auf einem Plateau die Mauerreste einer uralten Befestigungsanlage, die im Licht der untergehenden Sonne rot glühten. Noch wusste sie nicht, dass sie dort oben inmitten des verwitterten, vom Zahn der Zeit zernagten Gemäuers hin und wieder zumindest vorübergehend ein wenig Frieden und Ruhe finden würde. Stunden, in denen sie ihre Gedanken wandern lassen und wenigstens zeitweise das Gefühl einer gewissen Freiheit genießen konnte.

Denn fortan sollte der schwarze, staubige, von Rauch und Ruß erfüllte Alltag einer Köhlermagd ihr Leben bestimmen.

Kapitel 15

Freiburg im Breisgau, Gegend um Rottweil
September Anno Domini 1326

»Mach dich fertig! Wir brechen nach Freiburg auf. Mein Vetter benötigt Hilfe. Du wirst mir zur Hand gehen.«

Im Haus des Wasenmeisters war man soeben mit dem Frühstück fertig geworden. Herrlinger hatte sich vom Tisch erhoben und damit, wie gewohnt, das Zeichen zum Aufstehen gegeben.

»Und ich, soll ich auch mit?«

Frieder hatte die Frage gestellt. Herrlingers Knecht, den er wenige Tage nach dem Tod Isidors eingestellt hatte. Seit über einem Jahr schon saß Frieder mit am Tisch. Ein schweigsamer, finster wirkender Geselle, von stämmigem Körperbau und ausgestattet mit Bärenkräften, aber mit noch weniger Grips gesegnet als sein Vorgänger. Und im Gegensatz zu ihm kalt wie ein Fisch.

»Du willst mit? Bist du blöde? Wer soll denn dann hier die ganze Arbeit machen?«, fuhr Herrlinger ihn an.

Elias indessen glaubte sich verhört zu haben. Nach Freiburg wollte ihn der Alte mitnehmen? In die Stadt, in der, wie man hörte, zum Lob des Herrn gerade eine der erhabensten Kirchen der Christenheit im Entstehen begriffen war? Die Stadt, die für ihn der Inbegriff der Freiheit war? Wie oft schon hatte er sich gewünscht, eine der großen Städte besuchen zu können. Und jetzt sollte sein Wunsch Wirklichkeit werden? Überwältigt von dem Ansinnen Herrlingers saß Elias am Tisch und schwieg vor Überraschung.

»Wird's bald?«, bellte Herrlinger ihn an. »Ich sagte, mach dich fertig. In einer halben Stunde hast du angespannt.«

»Ja, Wasenmeister, ich beeil mich ja schon.«

Zwei Tage würde die Reise dauern. Noch vor Sonnenaufgang waren sie aufgebrochen. Am späten Nachmittag erreichten sie ihr Zwischenziel: die Herberge, in der Herrlinger zu nächtigen gedachte, eine billige Absteige kurz vor Elzach. Da sie an einer wichtigen Straße lag, war sie gut besucht, wenn auch manche der Gäste einen dubiosen Eindruck auf Elias machten, zwielichtiges Gesindel, das zum Teil draußen laut schwatzend an Tischen saß oder herumflanierte und vor dem man besser auf der Hut war. Der Alte passt gut hierher, dachte Elias in einem Anflug von Ironie.

Da ihn hier niemand kannte, traute sich der Wasenmeister trotz seines Standes die Schänke durch den Haupteingang zu betreten. Der Raum war groß, aber niedrig und bot reichlich Platz. Die kleinen Fensteröffnungen, die in die dick gemauerten Wände eingelassen waren, ließen nur wenig Licht herein, in einigen Mauernischen leuchteten deshalb Talgkerzen. Die unverputzten Wände wie auch die auf mächtigen Balken ruhende Holzdecke waren mit den Jahren schwarz geworden, was das Düstere der Schankstube zusätzlich betonte. Ein stechender Geruch nach Rauch, saurem Bier und diversen Körperausdünstungen erfüllte den Raum.

Dennoch war die Stube brechend voll, nur an zwei Tischen waren noch Plätze frei. Lautes Schwatzen schwirrte durch die abgestandene Luft, hin und wieder brandete Gelächter auf; Flüche und obszöne Witze machten die Runde.

Hinter einem aus Brettern gezimmerten Tresen stand der Wirt, ein kleiner, ungeschlacht wirkender Glatzkopf mit einem feisten, mit Bartstoppeln übersäten Gesicht, aus dem eine blaurote Nase ragte, die an eine Pflaume erinnerte. Er hatte einen speckigen Lederschurz um seinen mächtigen Bauch gebunden und hielt einen Krug an das Spundloch des Fasses, das auf dem Tresen stand. Ein goldgelber Strahl schoss in den Krug, weitere standen auf dem Tresen und warteten darauf, gefüllt zu werden.

Sie traten an die Theke.

»Ihr wollt nächtigen?«, knurrte der Wirt.

»Eine Nacht. Für mich eine Extrakammer, die beste, die Ihr habt – für ihn«, Herrlinger deutete mit dem Kopf zu Elias, »ein Lager im Stall oder im Schuppen.«

Der Wirt schüttelte den Kopf. »Im Stall wird bei mir nicht geschlafen, sondern im Schlafsaal. Den hab ich vom Stall abgegrenzt. Und was die beste Kammer angeht, wie Ihr das nennt, es ist meine eigene, ich müsste sie Euch vermieten.«

»Was kostet sie?«

»Das Vierfache des Schlafsaals.«

»Ach, und was kostet eine Nächtigung im Schlafsaal?«

Der Wirt maß ihn lauernd.

»Vier Rappenpfennige.«

Herrlinger holte die Geldkatze aus seinem Wams, öffnete sie und zählte dem Wirt siebzehn Rappenpfennige auf die Theke.

»Die beste Kammer, wie gesagt. Fünfzehn für mich, er«, wieder nickte Herrlinger in Richtung Elias, »schläft um die Hälfte. Die Stellplätze für Pferd und Wagen und das Futter für mein Pferd sind ebenfalls inbegriffen.«

Der Wirt sah ihn mit großen Augen an.

»Zu Euren Diensten, Herr«, murmelte er und gab gleich darauf einen kräftigen Fluch von sich. Über der Unterhaltung mit dem neuen Gast hatte er vergessen, den Krug im Auge zu behalten, der gerade schäumend überlief. Er stellte ihn beiseite, schloss das Spundloch mit einem Stopfen und steckte das Geld in seine Schürze.

»Wollt Ihr einen Humpen Most? Ich habe auch Bier, schön kühl.«

»Habt Ihr auch was zu essen?«

»Ja, im Gegensatz zu den meisten anderen Herbergen in der Gegend«, prahlte der Wirt stolz. »Bei mir bekommt Ihr sogar Gesottenes.«

»Gut. Zeigt mir meine Kammer, dann will ich essen und Euer Bier probieren.«

Der Wirt wischte sich die Hände an der speckigen Schürze ab.

»Wenn Ihr mitkommen wollt? Die Kammer befindet sich im ersten Stock.«

Herrlinger nickte. »Du wartest hier!«, befahl er dem Jungen.

Mit wachen Augen beobachtete Elias seine Umgebung. Nach wie vor ging es laut her. Immer wieder verließen Gäste den Raum, und neue kamen herein.

Jetzt erst bemerkte er die beiden Schankmägde, die in der Stube bedienten. Eine junge, noch keine zwanzig, und eine ältere, sie mochte Mitte vierzig sein. Obwohl die junge sich einiges an Obszönitäten und Unverschämtheiten gefallen lassen musste, ging sie selbstbewusst mit den Männern um. Die vulgären Kommentare schienen ihr gleichgültig zu sein, Grabschversuche allerdings wehrte sie entschieden ab, indem sie den Betreffenden auf die Finger schlug, was ihnen schadenfrohes Gelächter und ihr anerkennende Blicke einbrachte. Die ältere der beiden Mägde dagegen wirkte in sich gekehrt und machte einen eher mürrischen Eindruck.

Unweit des Tresens saßen zwei Männer nebeneinander an einem Tisch und unterhielten sich. Einzelne Wortfetzen drangen auch an Elias' Ohr, das meiste allerdings ging im allgemeinen Stimmengewirr unter. Er beachtete sie nicht weiter. Bis einer der Männer – er verfügte über eine dunkle Stimme und bestimmte das Gespräch – einen Satz fallenließ, der gleich dem Bolzen einer Armbrust in seinen Gehörgang traf und ihn augenblicklich aufhorchen ließ.

»…linger … Wasenmeister … sein Vetter … bringt den Jungen mit … hat es ihm …« Der Rest wurde wieder vom Lärm geschluckt.

Elias spitzte die Ohren. Er versuchte näher an den Tisch heranzutreten, vermied aber, die Männer anzusehen, um keinen Verdacht zu erregen.

»… wollte er wissen, wo er den Jungen … vor allem sein Medaillon …« – tosendes Gelächter schallte durch den Raum und kappte auch diesen Satz. Elias schwitzte vor Aufregung. Der Junge? Das Medaillon?

» … Namen vergessen … Medaillon … 'nem Totenkopf … 'ne Krone … komischer Spruch …«

Elias drohte schwindlig zu werden. Kein Zweifel, die dubiosen Typen sprachen von ihm. Und von seinem Medaillon. Wie kamen sie dazu? Wer waren sie? Unwillkürlich fuhr seine Hand zur Brust und tastete nach dem Stück Kupfer. Es war noch da. Natürlich, weshalb auch nicht. Er atmete auf. Aber er musste mehr wissen. *Sieh zu, dass du näher an sie rankommst …*

Am Nachbartisch erhoben sich zwei Gäste, offensichtlich Fuhrleute. Die Gelegenheit für Elias! Er wartete, bis sich die beiden entfernt hatten, und nahm rasch ihren Platz ein, und zwar dergestalt, dass er den beiden ins Gespräch Vertieften den Rücken zukehrte. Auf diese Weise würde er bequem ihre Unterhaltung mitverfolgen können.

»Bier oder Most?«

Erschrocken sah er auf. Verdammt, auch das noch. Die junge Schankmagd war an seinen Tisch getreten, um ihn nach seinen Wünschen zu fragen. Wo er doch nicht einen einzigen Heller in der Tasche hatte. Ein linkisches Lächeln spielte um seinen Mund. Sie lächelte zurück.

»Ver…verzeiht … Aber ich … Ich habe kein …«, verlegen zuckte er mit der Schulter.

Die Schankmagd zwinkerte ihm zu und beugte sich zu ihm hinunter. Dabei berührte ihr Gesicht seinen dunkelblonden Lockenschopf, was ein eigenartiges Kribbeln in seinem Bauch auslöste.

»Wie wär's mit einen Krug vom Besten um Gotteslohn?«, flüsterte sie ihm ins Ohr. »Ich bringe ihn dir, du gefällst mir. Bist nicht tumb wie die anderen hier.« Dann war sie auch schon weg. Elias sandte ein Stoßgebet zum Himmel und lauschte dem, was der Mann in seinem Rücken sagte.

»… hatte Heinrich der Hinrichtung zweier Wegelagerer beigewohnt. Unter den Gaffern war auch ein Benediktiner. Auf dem Balken, an dem die beiden Schurken baumelten, stand ein Spruch in Latein. Heinrich kannte den Spruch und …«

Mehr bekam Elias nicht mit. Ein lärmender Haufen neu angekommener Gäste ging gerade an seinem Tisch vorbei und blieb zu seinem Verdruss auch noch stehen. Es dauerte, bis er sich wieder verzogen hatte und er weiter dem Gespräch der Männer lauschen konnte. Leider ging ihm der Zusammenhang verloren, er hatte einen wichtigen Teil der Unterhaltung verpasst.

»Aber was hatte Richard damit zu tun? Das mit dem Medaillon konnte er doch nicht wissen«, fragte der mit der helleren Stimme gerade.

»Unsinn, natürlich nicht, du Esel, du stellst vielleicht blöde Fragen. Er wusste es von Isidor, der arbeitet nämlich bei Utz Herrlinger. Als Isidor letztes Jahr seine Schwester besuchte, haben sich die beiden getroffen, sie kennen sich von früher. Da hat Isidor es Richard erzählt.«

»Verstehe. Und Richard hat es später dir erzählt. Wie bist du an ihn rangekommen?«

Der andere seufzte. »Mein Gott, hab ich dir doch gesagt, du musst mir, verdammt noch mal, zuhören. Ich bin mit ihm eingesessen. Im Turm zu Breisach. Wegen 'ner kleinen Rauferei haben sie uns damals eingebuchtet. Als er wieder draußen war, hat er 'ne Anstellung bei Martin Herrlinger gefunden. Und weil Heinrich von dem Mönch wusste, dass der Junge mit dem Medaillon bei einem Schinder in der Nähe von Rottweil arbeitet, hat er mich auf Herrlinger angesetzt. Die Schinderfamilien haben gute Verbindungen untereinander, sie kennen sich. Und deshalb sollte ich über ihn in Erfahrung bringen, ob … – ah, sieh an, da kommt endlich unser Bier.«

Die ältere der beiden Schankmägde stellte zwei Humpen vor die Männer hin.

»Macht drei Heller für jeden«, sagte sie mürrisch.

»Drei Heller? Eineinhalb Rappenpfennige? Ihr seid ganz schön teuer!«, maulte der mit der helleren Stimme.

»Ihr könnt ja auch mit Wasser vorliebnehmen, wenn's euch nicht passt. Draußen am Brunnen, wo die Pferde saufen.«

»Mistzicke«, brummte der mit der dunklen Stimme.

Elias hörte, wie Münzen auf den Tisch kullerten, von der Brunnenalternative zeigten sich die Männer alles andere als überzeugt. Der Anblick der Krüge, an denen weißer Schaum herunterlief, brachte die beiden anscheinend auf andere Gedanken, sie wechselten das Thema.

In Elias' Kopf schwirrten Fragen wie ein Schwarm wild gewordener Hornissen herum. Wer wollte eigentlich was von ihm? Wer war Heinrich? Was hatte Isidor mit ihm zu schaffen gehabt? Was hatte Heinrich von ihm wissen wollen? Etwas, was mit ihm, Elias, und mit seinem Medaillon in Verbindung stand? Offensichtlich! Aber weshalb? Und was hatte es mit dem Galgenbalken auf sich? Heinrich habe einer

Hinrichtung beigewohnt und auf dem Galgenbalken einen Spruch in Latein gelesen. Unter den anwesenden Gaffern sei auch ein Benediktiner gewesen, ein Mönch, mit dem er sich über den Spruch unterhalten habe – und dann?

Der Mönch, mit dem er vor über einem Jahr ein Stück Weges gegangen war, fiel Elias auf einmal wieder ein. Elias hatte ihm das Medaillon gezeigt, weil er wissen wollte, was der in Latein gehaltene Spruch bedeutete. Als gelehrter Benediktiner war es für den Mönch ein Leichtes gewesen, ihn zu übersetzen. Und ja, Elias fiel ein, dass er seinerzeit auch mit Isidor darüber gesprochen hatte.

Aber war der Mönch derselbe, den dieser Heinrich vor ein paar Wochen getroffen hatte? Offensichtlich. Aber was war denn an ihm und dem Medaillon so außergewöhnlich, dass sich Leute, die ihm völlig unbekannt waren, dafür interessierten?

Noch während er überlegte, sah er Herrlinger und den Wirt wieder auftauchen. Er erhob sich vom Tisch und ging betont gleichmütig zurück zum Tresen, wobei er bewusst vermied, die Männer anzusehen.

»Du stehst immer noch hier rum? Hättest du nicht nach Pferd und Wagen sehen können, anstatt hier rumzufaulenzen?«, bellte Herrlinger ihn an und verpasste ihm eine Kopfnuss. Elias bemerkte, wie die junge Schankmagd herübersah, und wäre am liebsten im Boden versunken. Scham ob der erneut erlittenen Demütigung brandete in ihm hoch. Aber auch unbändiger Hass auf Herrlinger.

»Ich sehe schon nach ihnen«, sagte er leise und verzog sich nach draußen.

Bereits als sie angekommen waren, hatte im Hof der Herberge starker Betrieb geherrscht, weshalb Herrlinger sich entschloss, einen Platz zu wählen, der etwas abseits lag. Mit dem Rücken gegen das Wagenrad gelehnt, saß Elias gesenkten

Hauptes, die verschränkten Arme auf die angezogenen Knie gestützt, im Gras, kaute auf einem Halm herum und versuchte nachzudenken. Rosa rupfte geduldig Blätter von einem Brombeerstrauch.

Wer waren die beiden Männer, deren Unterhaltung er vorhin belauscht hatte? Wie kam es, dass sie sich ausgerechnet heute, jetzt und hier, in dieser verdammten Herberge aufhielten? An einen Zufall mochte er nicht glauben.

Plötzlich verdunkelte ein Schatten die Stelle, an der er saß. Erschrocken sah er auf. Einen Humpen in der Rechten, stand die junge Schankmagd vor ihm und lächelte schelmisch auf ihn herab.

»Ich sagte doch: einen Krug vom Besten um Gotteslohn. Magst du denn kein Bier?«

Verlegen sprang Elias auf. Obwohl sie nicht gerade klein war, überragte er sie um mehr als Haupteslänge.

»Ähm … ich … ich …«, er fühlte, wie ihm die Hitze ins Gesicht schoss, und ärgerte sich; er musste knallrote Wangen haben.

»Es schmeckt ausgezeichnet, und es kühlt wunderbar«, meinte die Magd heiter, ihre Augen blitzten keck. Jetzt erst nahm Elias wahr, wie melodisch ihre Stimme klang und wie hübsch sie war.

»Komm!« Sie packte seinen Arm und zog ihn mit sich fort. Elias, völlig benommen, folgte ihr zu einem Schuppen, in dem Stroh und frische Mahd lagerten. Knarzend öffnete sie die Brettertür und zog ihn hinein. Hinter ihnen fiel die Tür leise gegen den Holzrahmen klackend wieder zu.

»Ich heiße Anna«, flüstere sie, »und du?«

»E…Elias.« Warum, zum Henker, klang seine Stimme bloß so spröde?

Anna setzte den Humpen an ihre Lippen und nahm beherzt einen Schluck. Dann drückte sie ihn ihm in die Hand.

»Und jetzt du, Elias.«

Er nahm ebenfalls einen tiefen Schluck. Das Bier schmeckte ausgezeichnet, die Kühle belebte.

Anna nahm ihm sacht den Humpen aus der Hand, stellte ihn auf einen Bretterstapel neben der Tür und streifte ihre Haube ab. Solcherart von den Fesseln befreit, ergoss sich die schwarze Lockenpracht, die sich darunter verbarg, ungebändigt über Schultern und Rücken. Dann ließ sich Anna rückwärts in einen Haufen frisch gemähten Grases fallen, streckte die Arme von sich und sah ihn mit halb geöffnetem Mund verlangend an.

Fasziniert und fassungslos zugleich blickte Elias auf sie hinunter. In dem vom würzigen Duft nach Stroh und Mahd erfüllten Stadel herrschte schummriges Dunkel, nur durch die Fugen und Ritzen zwischen den Brettern fiel gleißendes Sonnenlicht und erzeugte leuchtende Staubsäulen.

Heftig atmend vor Erregung sank Elias neben ihr auf die Knie.

Zärtlich nahm sie seinen Kopf in ihre Hände, zog ihn zu sich hinunter und presste ihre Lippen auf die seinen. Unwillkürlich schloss er die Augen, sich nie gekannten Wonnen überlassend, die wie eine Woge über ihm zusammenschlugen.

Dann aber erschrak er. Er fühlte, wie sie etwas forderte, was er ihr nie würde geben können. Die Erinnerung an die Nacht, in der ihn der Wasenmeister ans Rad gebunden hatte, schoss ihm in den Sinn. Hart stieß er das Mädchen von sich und sprang auf.

»N…nein, nein!«, stammelte er. »Ich … Ich will nicht. Ich kann nicht, ich …«

Gleichermaßen verblüfft wie erschrocken richtete sich Anna auf und sah ihn mit großen Augen an.

»Aber Elias … Was …?«

»Ich sagte es doch. Ich will es nicht!«

»Aber ...«

»Ich will es nicht, verdammt! Versteh endlich! Ich kann es nicht«, schrie er mit tränenfeuchten Augen. Dann riss er die Tür auf und rannte davon.

Kapitel 16

Um Mitternacht verspürte Elias das dringende Verlangen, den Schlafsaal zu verlassen und sich am Brunnen hinter dem Haus zu erfrischen. Seine Schlafstätte war stickig und schwül, nur mit einem Gatter vom Stall abgeteilt, in dem, getrennt voneinander, drei Kühe, vier Ziegen und zwei Schweine untergebracht waren. Vieh und Mensch gaben Dünste ab, die einem erquicklichen Schlaf nicht gerade zuträglich waren. Hinzu kamen die Geräusche: das Furzen und Schnarchen, das Schnauben und Muhen, das Grunzen und Meckern. Lieber würde er den Rest der Nacht auf dem Wagen verbringen, der immer noch an derselben Stelle stand, als im Mief zu ersticken. Der Gestank, dem er tagtäglich auf dem Schindacker ausgesetzt war, reichte ihm; in seiner Kammer hielt er das Fenster, das nach Norden ging, stets geöffnet; so konnte der Wind, wenn er günstig stand, für frische Luft beim Schlafen sorgen.

Leise, um die Schlafenden, die teilweise nackt auf Strohsäcken ruhten, nicht zu wecken, erhob sich Elias von seinem Lager, nahm sein Wams, das er zu einer Nackenrolle geformt hatte, und stahl sich zwischen den Leibern hindurch aus dem Schlafsaal.

Frische Nachtluft und angenehme Kühle empfingen ihn. Außer dem beruhigenden Zirpen der Grillen war nichts zu hören. Beim Brunnen angekommen, bemerkte er einen unruhig flackernden rötlichen Schein, dessen Ausläufer bis zu ihm drangen. In etwa siebzig Fuß Entfernung, vor einem Birkenhain, brannte neben einem aus Holzbohlen und Brettern errichteten heimlichen Gemach eine Pechpfanne, die notdurftgeplagten Gästen den richtigen Weg wies.

Elias legte sein Wams ins Gras und zog sein Hemd aus. Ließ den Eimer, der an einer Winde am Strick hing, in den Brunnen hinunter und zog ihn hoch. Wasser schwappte über den Eimerrand. Er ergriff ihn und schüttete sich fast den gesamten Inhalt prustend über den Kopf. Stellte dann den Eimer am Brunnenrand ab und schöpfte mit beiden Händen das verbliebene Wasser heraus, um zu trinken.

Bis ihn das schleifende Geräusch durch das Gras schleichender Schritte zusammenzucken ließ und er zwei Männer auf sich zukommen sah. Instinktiv wusste er, dass es sich um die handeln musste, deren Gespräch er mitbekommen hatte. Hatten auch sie im Schlafsaal genächtigt und sich damit abgewechselt, ihn im Auge zu behalten?

Etwas in ihm mahnte zur Vorsicht.

»Na, junger Freund, durstig? Wir haben wohl zu viel salzigen Stockfisch gegessen?«, spottete einer der beiden im Näherkommen. Elias erkannte ihn sofort wieder: Es war der mit der dunklen Stimme. Der andere der beiden, deutlich kleiner und von stämmiger Statur, grinste.

Die Männer traten nah an ihn heran. Im Schein der Pechpfanne, die schwach herüberleuchtete, warfen ihre kantigen Gesichtszüge harte Schatten. Beide starrten auf seine Brust. Siedend heiß wurde Elias bewusst, dass er ja das Hemd ausgezogen hatte: Auf seiner Brust glänzte schwach und rötlich das Kupfermedaillon.

War es das? Wollten sie an sein Medaillon?

»Wer seid ihr? Was wollt ihr?« Der Panik zum Trotz, die in ihm hochsteigen wollte, bemühte er sich um eine feste Stimme.

»Wer wir sind?«, ergriff der mit der dunklen Stimme das Wort. »Nun, was mich angeht, würde ich sagen, kenne ich jemanden, der ein guter Bekannter von dir sein dürfte. Stimmt's, Flori?«

»Stimmt, Giso«, meinte Flori und grinste noch breiter.

»Isidor hat mir einiges von dir erzählt«, sagte Giso an Elias gewandt. Elias wusste, dass das nicht stimmte. Nicht Giso hatte mit Isidor gesprochen, sondern ein gewisser Richard. Und dieser Richard hatte Giso mitgeteilt, was er von Isidor über ihn, Elias, in Erfahrung gebracht hatte.

»Isidor? Ich kenne keinen Isidor«, behauptete er leichthin.

»Hast du das gehört, Flori? Er kennt keinen Isidor, wie bedauerlich«, spottete Giso. »Wo wir doch genau wissen, dass er ihn kennt. Ist nicht Utz Herrlinger heute angekommen, der die Wasenmeisterei in der Nähe von Schiltach betreibt? Der mit dem großen Kropf und dem Riesenschnauzer? Das ist doch Utz, es kann gar kein anderer sein. Und du bist mit ihm gekommen, das hat uns der Wirt erzählt. Außerdem haben wir gesehen, wie du sein Pferd gestriegelt und seine Stiefel eingefettet hast. Also musst du Elias sein. Du arbeitest bei Utz Herrlinger wie Isidor auch. Utz soll seinem Vetter Martin zur Hand gehen, und du sollst ihm dabei helfen, deswegen seid ihr hier.«

Fieberhaft überlegte Elias. Was dieser Giso sagte, stimmte. Er hatte tatsächlich Rosa versorgt und auf Geheiß des Alten hin ein zweites Paar Stiefel, die dieser mitgenommen hatte, eingefettet. Kurz nachdem die Sonne untergegangen war, war das gewesen. Und sie hatten ihn dabei beobachtet. Ihren Worten entnahm er, dass sie ihn nicht im Schankraum gesehen hatten. Sie wussten also nicht, dass er sie belauscht hatte. Ebenso wenig schienen sie zu wissen, dass Isidor seit mehr als einem Jahr tot war.

»Selbst wenn du recht hättest, ich wüsste nicht, was es euch angeht.«

»Das sehen wir anders, nicht wahr, Flori?«, entgegnete Giso hämisch.

»Sehen wir ganz anders«, bestätigte Flori. Elias registrierte, wie die beiden langsam näher kamen.

»Du wirst jetzt mit uns kommen«, befahl Giso. »Es gibt jemanden, der sich sehr für dich interessiert – und für das, was du da um den Hals hängen hast.«

Also doch!

»Und wenn ich nicht will?«

»Für diesen Fall gibt es etwas, was das Nichtwollen ziemlich schnell in ein Wollen wandeln kann.«

Plötzlich hatte Giso ein Messer in der Hand; die blanke Klinge glänzte matt.

Elias' Blick hetzte zwischen den beiden hin und her. Angespannt musterte er aus dem Augenwinkel heraus seine Umgebung. Sein Hemd lag am Boden, desgleichen sein zusammengerolltes Wams. Vor ihm der hüfthoch gemauerte Brunnen mit der Seilwinde, an der der Holzeimer befestigt war, den er auf dem Brunnenrand abgestellt hatte. Weiter vorne, etwa siebzig Fuß entfernt, die brennende Pechpfanne neben dem heimlichen Gemach, unmittelbar dahinter die kleine, aus Birken bestehende Baumgruppe.

»Schon gut, lass dein Messer stecken, du hast mich überzeugt. Aber vorher lass mich noch einen Schluck trinken, der Stockfisch war verdammt salzig.«

Er tat so, als wollte er mit der hohlen Hand Wasser aus dem Eimer schöpfen – dann aber ergriff er ihn unvermittelt, wirbelte damit herum und schleuderte ihn Giso gegen die Stirn.

Giso ließ das Messer fallen und brach mit einem dumpfen Schmerzenslaut in die Knie. Elias griff sich Hemd und Wams, die er neben dem Brunnen abgelegt hatte, und spurtete in Richtung heimliches Gemach auf den Birkenhain zu. Wenn er hinter den Bäumen scharf nach rechts abbog, würde er zu dem kleinen Schuppen gelangen, in den Anna ihn heute entführt hatte, der Schuppen, in dem die Sense hing.

Doch er hatte nicht mit Flori gerechnet, der über unglaublich schnelle Beine verfügte und ihm stetig näher kam. Auf Höhe des Abtritts hatte er ihn eingeholt. Mit einem wütend hervorgestoßenen »Warte, du verdammter Bastard!« warf er sich von hinten auf Elias. Beide stürzten zu Boden und wälzten sich im Gras. Flori, ein bulliger Kerl und unglaublich wendig, gelang es, Elias in Bauchlage zu drehen und sich auf seinen Rücken zu wuchten. Er schloss seine Hände um dessen Hals und drückte zu. Elias röchelte, krallte panisch die Hände ins Gras und ertastete mit der Rechten einen Stein. Er packte ihn und schlug ihn mit aller Kraft nach hinten gegen Floris Kopf. Vernahm einen unterdrückten Schrei und fühlte, wie der Druck um seinen Hals wich und Flori zur Seite wegkippte. Elias sprang auf. Er glaubte schon, sich seines Verfolgers entledigt zu haben, als es diesem gelang, ihn bei seinem rechten Stiefel zu packen und ihn erneut zu Fall zu bringen. »Verfluchter Hund«, keuchte Flori, worauf Elias ihm mit dem Stiefelabsatz des anderen Fußes gegen die Hand trat.

Flori heulte auf und ließ ihn fahren. Elias kam auf die Beine und lief stolpernd weiter.

Auf einmal bemerkte er die Pechpfanne, nur wenige Schritte entfernt. Wie üblich verfügte sie über eine lange Griffstange. Er hielt mitten im Lauf abrupt inne, ließ Hemd und Wams fallen, packte die Stange mit beiden Händen, wirbelte mitsamt der Pfanne herum und schleuderte sie seinem Verfolger scheppernd vor die Füße.

Brennendes Pech spritzte, Flori stürzte, stieß einen wütenden Schrei aus und fluchte erbärmlich. Hastig klaubte Elias seine Sachen aus dem Gras und rannte weiter. Gleich darauf tauchte er in den nur wenige Schritte entfernten Birkenhain ein, der ihn vor den Blicken seines Verfolgers verbarg, und bog in Richtung des Heuschuppens ab. Hinter sich hörte er die aufgeregten Rufe mehrere Personen. Der Lärm musste sie geweckt haben.

Er stieß die Tür zum Schuppen auf, torkelte blind ins Dunkel hinein und tastete nach der Sense. Sie hing noch da, wo er sie zuvor gesehen hatte. Er ergriff sie und postierte sich neben der Schuppentür. Versuchte sein Keuchen zu unterdrücken und lauschte in die Nacht hinaus. Flori und Giso würden nicht so schnell von ihm ablassen, davon war er überzeugt. Doch das aufgeregte Rufen hatte sich gelegt, nur das Zirpen der Grillen war zu hören. Eine Weile noch harrte er neben der Schuppentür aus, dann übermannte ihn die Erschöpfung. Er ließ sich ins Heu fallen und war gleich darauf eingeschlafen.

Als er am nächsten Morgen in der Schenke erschien, um auf den Wasenmeister zu warten, sah er den Wirt mit einigen Männern am Tisch sitzen. Er machte gerade seinem Ärger über die »verdammten Bastarde, die heute Nacht meine Pechpfanne demoliert haben«, Luft. Leider sei es ihnen gelungen, sich unerkannt aus dem Staub zu machen, wenn er sie erwische, könnten sie was erleben, meinte er. Woraus Elias schloss, dass weder Giso noch Flori ernsthaft Schaden genommen hatten. Er fühlte ein Gefühl in sich aufsteigen, das er schon einmal verspürt hatte. In jener Nacht, als es ihm gelungen war, den beiden Wegelagerern zu entkommen, die ihm auf der Schneise aufgelauert hatten. Er lächelte vor sich hin. Oh ja, er verstand sich zu wehren, wenn es darauf ankam. Und das durchaus erfolgreich.

Eine Kopfnuss beendete abrupt seinen gedanklichen Höhenflug.

»Was stehst du hier blöd herum?«, hörte er Herrlinger sagen. In Gedanken vertieft, hatte er ihn gar nicht bemerkt. Die Euphorie, die er soeben noch verspürt hatte, wich, und das

Gefühl drückender Enge, die er in Gegenwart des Wasenmeisters verspürte, kehrte in seine Brust zurück.

»Geh anspannen und warte draußen auf mich, bis ich mit
dem Frühmahl fertig bin«, befahl Herrlinger.

Er hatte noch nicht ausgesprochen, als Anna, die junge
Schankmagd, mit einem gut gefüllten Krug wie zufällig an
ihm vorbeiging und ihn anrempelte; der Inhalt schwappte
über und ergoss sich über sein Wams.

»Oh, wie dumm, verzeiht. Schade um den Most«, sagte sie
süffisant.

»Verdammt, kannst du nicht besser aufpassen!«, schimpfte
Herrlinger und packte sie am Ärmel. Da ließ Anna den Krug
vor seine Füße fallen, dass er in tausend Scherben zerbarst
und der Inhalt nur so spritzte, und versetzte ihm eine schallende Ohrfeige.

»Mich fasst niemand an, außer ich erlaube es ihm ausdrücklich, hast du mich verstanden?!«, fuhr sie ihn mit funkelnden
Augen an.

Herrlinger musterte sie verblüfft und sah konsterniert an
sich hinunter. Von seinen Beinlingen tropfte der Most. Lautes
Gelächter erhob sich an den Tischen.

Der Wirt hinter dem Tresen hob belustigt die Brauen. »Mit
ihr ist nicht gut Kirschen essen. Ihr solltet Euch vor ihr in
Acht nehmen«, meinte er.

Herrlinger, rot vor Wut und Scham, zischte ihm zu: »Ihr
erlaubt dieser Metze, Eure Gäste zu schlagen?«

Da trat der Wirt hinter seinem Tresen hervor. Obwohl
mehr als einen Kopf kleiner als Herrlinger, baute er sich vor
ihm auf und schubste ihn mit seinem vorgewölbten Schmer-
bauch mehrere Schritte zurück.

»Sie ist meine Tochter, verdammt«, zischte er zurück. »Ich
erlaube niemandem, sie ›Metze‹ zu nennen. Habt Ihr verstanden? Ihr verlasst augenblicklich meine Herberge. Zuvor aber

bezahlt Ihr mir den zerbrochenen Krug. Drei Rappenpfennige, wenn ich bitten darf.« Er streckte ihm die offene Hand entgegen.

Herrlinger war außer sich. »Einen verdammten Dreck werde ich!«, brüllte er.

Der Hausherr steckte zwei Finger in den Mund und ließ einen scharfen Pfiff hören. Zwei seiner Knechte, stämmige Kerle, die mit Arbeiten außerhalb des Hauses beschäftigt waren, kamen durch die offen stehende Schanktür gelaufen. Der Wirt sah sie an und nickte in Richtung des Wasenmeisters.

»Er schuldet mir drei Rappenpfennige«, knurrte er.

Die Männer spuckten in die Hände, traten an Herrlinger heran und bauten sich vor ihm auf.

»Drei Rappenpfennige«, sagte der eine sanft und streckte ihm die offene Hand hin. »Für den Wirt«, setzte er scheißfreundlich hinzu.

»Drei Rappenpfennige«, sagte der andere und hielt ebenfalls die Hand auf. »Für uns. Für die Mühe, die wir uns mit Euch machen«, ergänzte er mit honigsüßer Miene.

Brüllendes Gelächter an den Tischen. Anna stand gegen die Theke gelehnt, Schalk in den Augen.

Herrlinger indessen hatte die erlittene Demütigung sämtliches Blut aus den Wangen getrieben. Er zitterte vor Wut. Im Gesicht fahl wie eine gekalkte Wand, zückte er seine Geldkatze und zählte jedem der beiden drei Rappenpfennige in die Hand.

Dann verließ er fluchtartig die Schenke, zögerlich gefolgt von Elias, der sich im himmlischen Paradies wähnte. Er sah noch, wie Anna ihm lächelnd zuwinkte, und winkte zurück.

Draußen empfing ihn ein sonniger Morgen. Sein Herz jubelte.

Kapitel 17

Obwohl noch nicht fertiggestellt – immerhin fehlte der Turmhelm –, grüßte der imposante himmelsstrebende Turm des Münsters Unserer Lieben Frau die Besucher Freiburgs schon von Weitem. Vor dem Hintergrund der bewaldeten Höhen, die die Stadt umgaben, bot er in der Tat einen majestätischen Anblick. Südwestlich erhob sich, wuchtig und Respekt gebietend, der Burgberg mit der Festung der Grafen von Freiburg. Elias' Augen glänzten, als er der Stadt durch den blauen Dunst, der über den Mauern und Zinnen lag, ansichtig wurde. Dabei hatte es anfangs noch danach ausgesehen, als ob er die Aussicht, sich das gewaltige Bauwerk ansehen zu können, begraben müsste.

Die Wasenmeisterei des Vetters von Utz Herrlinger lag, wie nicht anders zu erwarten, weit außerhalb der Mauern Freiburgs.

Nach Prim, etwa um die zweite Stunde des Tages, waren sie von der Herberge aufgebrochen; am Spätnachmittag ratterte der Wagen des Utz Herrlinger an einem einsam gelegenen kahlen Hügel vorbei, auf dem ein dunkles Holzgerüst daran erinnerte, dass hier der Tod das Zepter schwang. Der Galgen der Richtstätte.

»Brrr!«

Herrlinger brachte das Pferd zum Stehen und stieg wortlos ab, um sich in die Büsche zu schlagen. Elias wusste, dass es länger dauern konnte, bis er sich erleichtert hatte, immer wieder hatten sie deswegen anhalten müssen. Während er wartete und mit gemischten Gefühlen den Galgen zu seiner Rechten betrachtete, fiel ihm auf, dass auf dem mächtigen Querbalken, der die rechte und die linke Holzsäule verband, eine Inschrift prangte. Da sie recht verwaschen war, vermochte er sie nur schwer zu entziffern. Offenbar war sie vor langer Zeit mit einem Glüheisen in das schwarze Holz gebrannt worden. Nur mit Mühe gelang es ihm, die ersten drei Buchstaben zu lesen: VIV…

Elias war, als habe ihn ein Blitz getroffen. Unwillkürlich griff er nach seinem Medaillon, das er um den Hals trug, und die beiden Gauner, denen er gestern begegnet war, fielen ihm ein: Giso und Flori. Das Gespräch, das er belauscht hatte, und die nächtliche Auseinandersetzung mit ihnen.

Sein Blick hetzte zu den Büschen, hinter denen Herrlinger verschwunden war – dann sprang er kurzerhand vom Kutschbock und rannte flink wie ein Wiesel zum Galgen hoch. Seine Ahnung hatte ihn nicht getrogen. »*VIVAT IUSTITIA. PRETIUM MORTIS ET ESTO*«, stand auf dem Balken zu lesen, der Spruch, der auch auf seinem Medaillon eingeprägt war. »*ES LEBE DIE GERECHTIGKEIT. UND SEI DER TOD DER PREIS DAFÜR*«, lauteten sie übersetzt, wie ihm der Benediktinermönch seinerzeit verraten hatte. Das hier musste der Galgen sein, den Giso in seiner Unterhaltung mit Flori erwähnt hatte.

Er lief zurück zum Karren und schwang sich auf den Kutschbock. Gerade noch rechtzeitig – Herrlinger trat wieder aus dem Gebüsch. In Elias' Kopf wirbelten die Gedanken durcheinander wie Blätter in einer Sturmböe. Heinrich … Isidor … Flori … Giso … der Galgen … der Spruch … sein Medaillon … seine Herkunft? Und als zentraler Ort des wie auch immer gearteten rätselhaften Geschehens um seine Identität die Gegend um Freiburg?

Elias hatte das dumpfe Gefühl, als würden ihn die nächsten Stunden der Lösung des Rätsels einen entscheidenden Schritt näherbringen.

Die Wasenmeisterei des Martin Herrlinger umfasste ein noch größeres Areal als die seines Vetters. Martin zur Seite standen zwei Knechte, mürrische Gesellen, kurz angebunden, aber nicht ohne, was das Zupacken anging.

Die beiden Verwandten begrüßten sich, als hätten sie sich eine Ewigkeit nicht mehr gesehen. Sie schienen sich gut zu verstehen. Was nicht ungewöhnlich war. Abdecker- beziehungsweise Schinderfamilien hielten, wie auch die Scharfrichtersippen, eng zusammen, selbst wenn sie noch so weit entfernt voneinander lebten. Im Gegensatz zu Utz war Vetter Martin verheiratet und hatte einen neunjährigen Sohn namens Fritz. Britta, das Eheweib Martins, tischte zur Feier des Wiedersehens ordentlich auf. Es gab Fleischbrühe, gesottene Ochsenbrust, gebratenes Geflügel, saures Kraut, Pastinakengemüse und frisches Roggenbrot sowie Most und Bier. Ein Festessen, das verriet, dass auch Martin, wie sein Vetter Utz, über einen gewissen Wohlstand verfügte, auch wenn er wie alle seine Berufsgenossen einem »elenden Stand« angehörte und zu den »Anrüchigen« zählte. Selbst Elias durfte sich an diesem Abend den Bauch vollschlagen, er saß neben Fritz, der sichtlich Gefallen an ihm gefunden hatte und ihm spitzbübisch zulächelte.

Überhaupt gab sich Utz Herrlinger, seit sie hier angekommen waren, bedeutend konzilianter, als er es von ihm gewohnt war. Vielleicht weil er sich seinem Vetter anpassen und einen guten Eindruck vermitteln wollte? War Martin doch, im Gegensatz zu ihm, ein beherrschter, ruhiger Zeitgenosse. Vielleicht aber auch, weil Utz merkte, dass er, Elias, im Haus seines Vetters recht gut ankam? Insbesondere Britta, die noch recht junge Frau Martins, machte aus ihrer Sympathie für ihn kein Hehl, warf sie ihm doch hin und wieder einen warmen Blick und ein kokettes Lächeln zu, was Elias seiner äußeren Erscheinung zuschrieb.

Tatsächlich hatten sich sein Aussehen und seine Statur im Laufe der beiden letzten Jahre stark verändert. Er war in die Höhe geschossen, die Arbeit auf der Wasenmeisterei hatte seine Muskeln gestählt. So richtig aufgefallen war ihm dieser Umstand am Tag ihrer Ankunft bei Martin Herrlinger, als er zum Brunnen ging, um sich frisch zu machen, und er sein Gesicht und seinen Oberkörper auf der spiegelglatten Wasseroberfläche betrachtete. Natürlich war sein lockiger Haarschopf schon immer von dunkelblonder Farbe gewesen, die Brauen dicht und regelmäßig, die Farbe seiner Augen von einem intensiven Grün, das Kinn fest und die Nase schmal und leicht gebogen. Doch was ihm aus dem Wasserspiegel entgegenblickte, war kein kindliches Antlitz mehr; das Gesicht des Jungen, der damals, vor zwei Jahren, verstört zu Utz Herrlinger auf den Wagen gestiegen war, existierte nicht mehr. Seine Züge hatten sich gefestigt, auf seinen kantigen Wangen spross mehr als nur weicher Flaum, dem er hin und wieder mit dem Messer zu Leibe rückte. Ob aus ihm wohl das geworden war, was die Leute einen kräftigen, gut aussehenden jungen Mann nannten? Bei dem Gedanken daran war ein Lächeln über seine Züge gehuscht …

An den folgenden drei Tagen wurde hart gearbeitet. Martin hatte seinen Vetter darum gebeten, beim Bau einer neuen Scheune mitzuhelfen. Außer Utz, seinen beiden Knechten und Elias arbeiteten noch einige Tagelöhner mit, arme Teufel, die sich für geringen Lohn und Essen abbuckelten.

Am Abend des dritten Tages war der ausschließlich aus Holz bestehende Bau fast fertiggestellt.

Auch an diesem Abend saßen die Herrlingers beim Mahl, und auch diesmal tischte Britta wieder ordentlich auf, galt es doch Richtfest zu feiern.

»Du willst tatsächlich morgen schon wieder nach Hause?«, fragte Martin seinen Vetter.

»Ich muss. Auf mich wartet 'ne Menge Arbeit.«

Elias, der sich auf einen Tag in Freiburg gefreut hatte, blickte betrübt vor sich hin. Dass er morgen wieder heimzukehren beabsichtigte, hatte Herrlinger ihm schon am Nachmittag barsch zu verstehen gegeben, als sie allein miteinander gesprochen hatten. Elias hatte ihn gefragt, ob er sich, bevor sie führen, nicht noch ein bisschen in der Stadt umsehen dürfe. Noch vor dem Abendessen hatte Martin Herrlinger ihm nämlich sage und schreibe zehn Heller zugesteckt mit der Bemerkung, er solle sich auf dem Markt in Freiburg »etwas gönnen«. Utz hatte davon nichts mitbekommen, Elias hatte den Eindruck, als habe Martin ihm das Geld bewusst nicht im Beisein des Vetters geben wollen.

»Gönn dir doch noch einen Tag Entspannung, Vetter«, forderte Martin Utz auf. »Die Arbeit läuft dir nicht davon. Lass uns morgen nach Freiburg fahren. Ich lade dich zu einem Besuch in der Badestube ein. In der Vorstadt hinter den Augustinern, zu Freiburg. Da geht einiges ab, sage ich dir. Gut essen und trinken, herrliche Abreibungen, Knetungen und Bademägde mit ... Na ja, du weißt schon«, Martin machte eine obszöne Geste.

»Du gehst in die Badestube? Als Anrüchtiger? Die lassen dich hinein!?«, wollte Utz wissen.

»Ich habe meinen eigenen Verschlag und meine eigene Wanne. Der Bader hat zwei Bademägde für mich abgestellt.«

»Tatsächlich? Wie kommt's?«

»Geld, mein Lieber, Zaster. Außerdem ist mir der Bader zu Dank verpflichtet. Er kam vor Jahren mit einem Abszess zu mir, ich habe ihn geheilt. – Also wie steht's? Kommst du mit?«

Utz zwinkerte ihm verständnisinnig zu. »Du hast mich überzeugt. Ich bin dabei.«

Sie prosteten sich zu.

Britta, Martins Eheweib – sie war gerade damit beschäftigt, einen neuen Krug Würzwein auf den Tisch zu stellen –, warf den beiden Männern einen finsteren Blick zu, verzichtete aber auf einen Kommentar.

Elias tat, als ignorierte er das Ganze. Ihm entging jedoch nicht, dass Fritz, obwohl in ein Spiel mit seinem Holzpferd vertieft, neugierig die Ohren spitzte. Schon am Nachmittag hatte er ihm voller Begeisterung erzählt, dass Vater ihn immer mitnehme, wenn er einen Ausflug nach Freiburg mache. Und während dieser seinem Vergnügen in der Badestube nachgehe, freue er, Fritz, sich darauf, in den Gassen Freiburgs herumzustromern. Nichts Schöneres gebe es für ihn, als zwischen dem Martins- und Christoffelstor die breite Marktgasse hinauf- und hinunterzuschlendern und sich das bunte Treiben auf dem Markt und die Auslagen in den Lauben und Ständen anzusehen.

Nach dem Abendessen hatte Elias es sich hinter der neuen Scheune im Gras bequem gemacht. Die Tage, die er hier, ein gutes Stück vor den Toren Freiburgs, verbracht hatte, zählten zu den angenehmsten seit Langem. Wie gern hätte er bei jemandem wie Martin in Lohn und Brot gestanden statt bei dessen nichtsnutzigem Vetter Utz. Elias' Hass auf seinen Meister war ungebrochen.

»He, Elias!« Fritz kam mit einem Steckenpferd zwischen den Beinen hinter der Scheunenecke angetrabt.

»He, Fritz«, gab Elias zurück.

»Magst du morgen mit nach Freiburg? Vater nimmt uns mit, wenn er mit Utz in die Badestube geht.«

Elias schüttelte bedauernd den Kopf. »Ich fürchte, ich kann nicht«, sagte er.

»Aber warum denn nicht?«

»Utz lässt es nicht zu – glaube ich zumindest.«

»Aber nein, mein Vater hat mit ihm gesprochen. Ich hab's gehört. ›Sei nicht so streng mit ihm. Gönn dem Jungen die Freude‹, hat er gesagt. Und er hat zugestimmt …«

Tatsächlich! Schon früh am Morgen des nächsten Tages geschah, was Elias nicht für möglich gehalten hätte: Während er sich am Brunnen im Hof Gesicht und Oberkörper wusch, trat Utz Herrlinger an ihn heran und eröffnete ihm, dass er nach Freiburg mitfahren und sich mit Fritz zusammen die Stadt ansehen dürfe. Allerdings nicht ohne ihm zu verstehen zu geben, dass er von ihm demnächst ein besonderes Entgegenkommen erwarte, ohne dieses »Entgegenkommen« jedoch näher zu benennen.

»Aber natürlich, Wasenmeister, was immer Ihr wollt«, hatte er ihm im ersten Überschwang und ohne nachzudenken geantwortet. Nicht ahnend, dass Utz ihm schon eine ganze Weile beim Waschen zugesehen und ihn mit verzehrenden Blicken gemustert hatte.

Kapitel 18

Um die dritte Tagesstunde brachen sie auf.

Eine halbe Wegstunde später überholten sie vier Planwagen, die hintereinanderher fuhren und anscheinend ebenfalls nach Freiburg unterwegs waren. Es handelte sich um zwei Maultier- und zwei Pferdegespanne einer Gauklertruppe, wie die mit bunten Tüchern und Mustern verzierten Planen verrieten. Die auf dem Kutschbock sitzenden Personen winkten ihnen fröhlich zu.

Bald kamen die ersten Häuser in Sicht: die Neuburgvorstadt, wie Fritz erklärte. Von jetzt an überschüttete er seinen neuen Freund mit seinem Wissen geradezu. Elias erfuhr, dass dieser Teil Freiburgs außerhalb des inneren Festungsrings lag, der die Altstadt umschloss und ebenfalls von einer starken Ummauerung umgeben war. Je näher sie ihr kamen, desto dichter wurde der Strom an Menschen und Fuhrwerken, der sich auf das Tor zubewegte, das den nördlichsten Zugang zur Stadt bildete: das Mönchstor. Elias war, als hätte er noch nie so viele Menschen zugleich gesehen.

Er blickte nach oben und musterte den Torturm, dessen Dach eine Fahne mit einem aufgemalten Adler zierte. Das Wappentier der Grafen von Freiburg, wie Fritz ihm erklärte. Elias stellte sich vor, wie es aussähe, wenn der Wind wehte; dann würden die ausgebreiteten Flügel des roten Zähringer-Adlers auf der Fahne richtiggehend flattern. Mit dem aufgerissenen Schnabel und den krallenbewehrten Fängen erweckte er einen geradezu wehrhaften Eindruck. Jetzt hing er eher schlaff an der Stange, als ob er schliefe.

Das Tor stand weit offen. Gefolgt von einer Anzahl weiterer Fuhrwerke ratterte der Karren Martins inmitten einer großen Menge zu Fuß in die Stadt strömender Menschen an den mit Speeren bewaffneten Torwächtern vorbei auf eine fast kerzengerade Gasse, auf der lebhafter Betrieb herrschte. Sie wurde von niedrigen Holzhäusern, aber auch von dem einen oder anderen stattlichen Steinhaus gesäumt.

Geschäftiger Lärm hallte die Häuserzeilen entlang. Unterschiedlichste Handwerker wie Küfer, Zimmerer, Maler, Seiler, Schuhmacher, Tucher, Bäcker, Schmiede und andere gingen ihren Beschäftigungen nach. Viele der Werkstätten und kleinen Stallungen lagen zu den Hinterhöfen hin. Die Luft war von Hämmern, Klopfen, Knirschen, Kreischen und Rumpeln erfüllt, aber auch von den unterschiedlichsten Gerüchen, angenehmen wie unangenehmen. Frauen mit Körben eilten die Gasse entlang oder standen beieinander und ratschten, Kinder johlten herum und spielten Fangen, ein vor einem Stall angeleintes Schwein grunzte zum Erbarmen, als ahnte es, dass gleich der Metzger kommen würde, Hunde liefen herum und wühlten mit ihren Schnauzen in Abfällen und Kothaufen – kurz, hier pulsierte das Leben.

Da es Elias' erster Besuch in einer der großen Städte des Reiches war, sog er die auf ihn einstürmenden Eindrücke, begleitet von den ständigen Kommentaren seines Freundes, begierig auf. Gleich würden sie ein weiteres Tor passieren, eine beeindruckende Wehranlage, mit Vortor, Graben und Zugbrücke gut gesichert gegen feindliche Einfälle. Es bildete den Zugang zur eigentlichen, von einem mächtigen Festungsring umgebenen Altstadt.

»Die Hauptmauer um die Altstadt ist zehn Fuß dick und höher als fünf Männer«, erzählte Fritz voller Stolz, während sie weiter auf das Tor zurollten. »Auf der können vier Männer nebeneinanderher gehen. Da gibt's Pechnasen; wenn der Feind kommt, schüttet man heißes Pech runter, und sie verbrennen.«

Elias hatte seinem lebhaften Plappern bis jetzt amüsiert zugehört, wenn auch manchmal nur mit halbem Ohr. Zum einen, weil er seine Schilderungen für maßlos übertrieben hielt, zum anderen, weil es ihm auf die Nerven ging.

»Das ist das Christoffelstor«, quakte Fritz munter weiter, während sie, zwischen zwei Ochsenkarren eingeklemmt, vor der Durchfahrt darauf warteten, dass sich der Stau, der sich gebildet hatte, endlich auflöste. »Warte, bis wir gleich durch sind. Dann wirst du …«

»Durchfahren! – Fahrt weiter, ihr Leute! – Weiter, weiter, nicht so lahmarschig. – Verdammt, Alter, sieh zu, dass du deine Schindmähre in Bewegung setzt!«

Mit ungeduldigen Gesten, denen gelegentlich auch der eine oder andere Fluch folgte, winkten die Torwächter die Karren durch. Unmittelbar nach der Durchfahrt öffnete sich eine breite Gasse, links und rechts gesäumt von stattlichen Häusern, die bis zu drei Stockwerke hoch emporragten. Buntes Treiben und ein Summen wie aus tausend Bienenstöcken empfingen sie. Hier im Zentrum der Stadt, auf der Marktgasse, von den Freiburgern Große Gass genannt, herrschte um diese Zeit Hochbetrieb. Sämtliche der überdachten und nach allen Seiten hin offenen Marktlauben waren geöffnet. An den Bänken und Ständen herrschte ein Geschiebe und Gedränge, dass einem angst und bange werden konnte. Da wurde geplappert, gefeilscht, gekreischt, gelacht und gerufen, geschrien, geflucht und gestritten. Von den Marktschreiern, die ihre Waren anpriesen, versuchte einer den anderen zu übertrumpfen. Bewaffnete Büttel patrouillierten in der Gasse und zwischen den Lauben. Menschen jeglichen Alters, Geschlechts und Standes waren unterwegs. Unterschiedlichste Gerüche schwängerten die Luft.

»Brrr!«

Gerade erst hatten sie das Christoffelstor passiert, als Martin Herrlinger auch schon wieder anhielt.

»Runter mit euch vom Wagen, schnell. Ich kann nicht ewig hier halten.«

Fritz stieß einen Jauchzer aus. »Komm, Elias. Wir sind da.« Die beiden sprangen vom Karren.

»Zur achten Stunde wieder an dieser Stelle. Aber pünktlich. Kein einziges Vaterunser später, klar?«, mahnte Martin seinen Sohn, während er bereits wieder anfuhr und in eine Seitenstraße abbog.

»Klar doch, Vater!«, rief Fritz ihm hinterher. Dann war er auch schon, Elias am Ärmel mit sich ziehend, in der Menge verschwunden.

»Pünktlich zur achten Stunde? Woher weißt du, wann genau die achte Stunde ist?«, wollte Elias wissen, während sie sich durch die Menschenmenge zwängten, die durch die Gasse wogte.

»Am Kirchturm gibt's 'ne Sonnenuhr. Da sind Striche drauf, an denen man die Zeit ablesen kann.«

»Wohin fahren dein Vater und Utz jetzt?«

»Na, ins Badehaus, das weißt du doch. Sie nehmen einen Umweg, hier kommen sie nicht weiter.«

»Schon klar. Ich wollte wissen, wo das ist.«

»Siehst du den Torturm da vorne?« Fritz wies mit dem Finger in südliche Richtung.

Elias nickte.

»Das ist das Martinstor. Da endet die Große Gass. Wenn sie das Tor passiert haben, sind sie in der Vorstadt hinter den Augustinern, wo die Badehäuser sind.«

»Aha. Und wo sind wir hier?« Er sah sich um. Auf einer

großen freien Fläche boten Bauern ihr Vieh feil. Um ihn herum blökte, muhte und brüllte es. Rufe hallten. Es stank nach Dung und Kot.

Fritz lachte und entblößte ein paar Zahnlücken.

»Na, wo wohl? Auf dem Rindermarkt. Du kannst vielleicht fragen.«

Elias musste lachen. »Du hast recht. War 'ne blöde Frage. Und was machen wir jetzt?« Gut, dass er den Neunjährigen an seiner Seite hatte; ohne ihn wäre er sich völlig verloren vorgekommen.

»Wir schauen uns erst mal die Lauben an, was sonst? Lass uns auf der rechten Seite die Gasse hochgehen und links wieder runter. Danach gehen wir zum Kirchplatz. Da gibt's auch Stände. Und Wurstbratereien und Garküchen. An einem gibt's Bratwürste, die schmecken himmlisch und sind nicht teuer.«

»Aber die gibt's doch hier entlang der Gasse auch.«

In der Tat waren Elias, schon gleich nachdem sie das Christoffelstor passiert hatten, nicht nur der allgegenwärtige Gestank nach Abfall und Exkrementen, sondern auch die unterschiedlichsten verführerischen Düfte in die Nase gestiegen.

»Schon, aber hier sind sie teurer, weil hier die meisten Leute sind. Auf'm Kirchplatz ist weniger Betrieb, deswegen sind sie da billiger«, klärte Fritz seinen neuen Freund auf.

Sie schlenderten in Richtung Süden, vorbei an der Niederen Metzgerlaube, vor der sich vor allem Weibsleute eingefunden hatten. Die meisten von bürgerlichem Stand oder Mägde, die für ihre Herrschaft einkauften. Ärmere konnten sich nur selten frische Metzgerwaren vom Markt leisten.

Schon seit sie das Christoffelstor passiert hatten, hatte der mächtige, noch immer nicht fertiggestellte Turm des Münsters Elias' Blick wiederholt auf sich gezogen.

»Ich würd mir gern den Kirchturm ansehen, Fritz. Gehen wir hin?«

»Lass uns erst über den Markt gehen. Den Kirchplatz heben wir uns auf bis zum Schluss. Und die Bratwurst auch.«

Elias schmunzelte. »Verstehe! Das Beste kommt immer zum Schluss.«

Sie bummelten weiter. Die beim Heiliggeist-Spital gelegenen Tuchlaube sowie die Krämerlaube kamen in Sicht. Für die Tuchhändler interessierten sich an diesem Tag nur Frauen höherer Stände, sie verzeichneten wenig Besucher. Vielleicht weil heute, warum auch immer, nur höherwertige Stoffe zur Auswahl standen: Seide, Barchent und Brokat. Hingegen wurden die Tische und Stände der Krämer von Publikum jeglichen Standes und Alters geradezu umlagert. Lederer, Korb- und Bürstenmacher, Töpfer und Holzschnitzer priesen lautstark ihre Waren an: Beutel, Gürtel, Besen, Bürsten, Nähzeug, Messer und anderer wichtiger und unwichtiger Tand. Und Holzspielzeug: kunstvoll geschnitzte Figuren, darunter ein Pferdefuhrwerk mit beweglichen Rädern und mit einem Mann und einer Frau auf dem Kutschbock. Die Kleineren unter den Besuchern der Laube staunten sich die Augen aus dem Kopf. Von anderen Tischen, auf denen unterschiedlich große Behälter und Säckchen mit Gewürzen und Kräutern lagerten, stiegen würzige Düfte auf. Hier hatten die Gewürzkrämer ihren Stand. Wie es aussah, auch die Lieblingskrämerin von Fritz.

»Komm!« Der Junge zog Elias zu einem Tisch, über dem es dampfte und über dem ein intensiver fruchtig-süßer Geruch schwebte. Er entstieg einem Kupferkessel, der über einem kleinen Feuer hing und in dem eine dickflüssige, wunderbar duftende Masse vor sich hin brodelte. Eine beleibte, weißhaarige Alte schöpfte jeweils mit einer Kelle ein wenig davon in bereitstehende runde Tiegel, wo sie schnell abkühlten und zu dünnen Scheiben erstarrten. Stapel bereits erkalteter Scheiben lagen auf einem Tuch ausgebreitet und lockten Käufer an, denen der Sinn nach Süßem stand.

»Was ist das?«, fragte Elias.

»Latwerge aus Früchten, Honig und Kräutern. Schmeckt köstlich.«

»Kostet wie viel?«, wollte Elias wissen.

»Für einen Heller gibt's zwei Scheiben.«

Elias zog zwei Heller aus seiner Tasche und erwarb zwei für sich und zwei für seinen Begleiter.

Das klebrige Zeug schmeckte würzig süß und fruchtig. Immer wieder bissen sie kleine Stückchen davon ab, die sie im Mund zergehen ließen, während sie vorbei am Weinmarkt weiter die Große Gass entlangspazierten. Noch bevor sie sich dem Schultheißengericht näherten – ein Bau mitten auf der Kreuzung Große Gass/Salzstraße –, verriet ein strenger Geruch, dass der Fischmarkt nicht mehr weit sein konnte.

Kein Vaterunser später kam er in Sicht. Auf den vor Nässe glänzenden Brettertischen geschuppte, silbrige Forellen, Barsche und dunkel glänzende Aale. Davor eine breite Reihe Fässer mit Stockfisch und Hering, denen man ansah, dass sie eine lange Reise hinter sich hatten. Auf einem Handkarren eine Kiste voller wuselnder Flusskrebse.

»Igitt! Das soll man essen können?«, fragte Elias angewidert.

»Gebraten und gekocht sollen sie richtig gut schmecken. Aber meins ist es auch nicht«, gestand ihm Fritz und drängte Elias weiterzugehen.

Bald darauf wich der Fischgestank, und der wunderbare Duft frisch gebackenen Brotes und anderer Backwerks schmeichelte ihren Nasen. Sie waren bei der oberen Brotlaube angekommen, vor der bereits eine große Anzahl Wartender anstand. Es hatte den Anschein, als ob es sich heute besonders lohnen würde anzustehen.

»Hm, frische Spitzwecken. Die mit der Knusperkruste

schmecken am besten. Die gibt's nur alle paar Wochen«, behauptete Fritz.

»Dann nehmen wir doch welche. Jeder einen?«

»Klar!«

Sie stellten sich vor dem Verkaufsstand an. Es ging nur langsam vorwärts. Immer mehr Laubenbesucher sammelten sich vor dem Stand. Elias' Hand glitt in sein Wams, um ein paar Münzen hervorzukramen. Um ihn herum toste ein Meer von Stimmen. Schritt um Schritt kam er der Verkaufstheke näher. Während vorne die Schlange der Wartenden langsam kürzer wurde, wuchs sie am Ende immer mehr in die Länge.

»Elias?« Ein scharfes Flüstern.

Elias vollzog eine Vierteldrehung und wandte den Kopf.

»Was gibt's, Fritz?«

Keine Antwort. Elias drehte sich vollends um.

»Fritz?«

Kein Fritz. Der Junge war weg. Vergeblich versuchte Elias ihn in der Masse der Wartenden zu erspähen. Fritz war verschwunden, wie vom Erdboden verschluckt. Anscheinend war er in dem ganzen Gedränge ein gutes Stück weit hinter ihn zurückgefallen. Aber wer hatte dann nach ihm gerufen?

»He, Fritz!«

Wieder keine Antwort. Dafür rief jemand erneut seinen Namen. Lauter diesmal.

»Elias!« Eine Männerstimme. In unmittelbarer Nähe.

Auf einmal spürte er, wie sich ihm die Haare aufstellten. Sämtliche Sinne angespannt, drehte er sich langsam um die eigene Achse, musterte seine Umgebung – und begegnete den höhnischen Blicken Gisos und Floris. Etwa sieben, acht Fuß entfernt standen sie eingekeilt in der Warteschlange.

Eisiger Schrecken durchfuhr ihn. Und er sah, wie Giso jemandem, der seitlich hinter ihm stand, ein Zeichen machte und mit dem Finger auf ihn deutete.

»Heinrich! Das ist er!«, rief er dem Jemand zu.

Heinrich!? Elias' Kopf zuckte herum. Ein Hüne von Mann pflügte, seine Arme wie Schaufeln gebrauchend, rücksichtslos durch die Menschentraube direkt in seine Richtung. Auffällig an ihm war eine riesige hässliche Narbe, die sich quer über sein Gesicht zog.

Empörte Rufe wurden laut.

»He, bist du verrückt, Narbenfratze?« – Verdammt, was soll das? – »Rotzbube!« – »Scheißkerl!« – »Hurensohn!«

Für die Dauer einiger Wimpernschläge stand Elias wie erstarrt. Dann aber bahnte auch er sich mit Händen und Füßen und unter Schieben und Stoßen einen Weg durch die Wartenden, was ihm nebst übelsten Schimpfworten ebenfalls Stöße und Püffe seitens der empörten Menge einbrachte. Es kümmerte ihn nicht. Weg von hier, du musst, verdammt noch mal, weg von hier! Einzig dieser Gedanke war es, der ihn vorantrieb, zurück in die Richtung, aus der sie gekommen waren. Ob mit oder ohne Fritz, war ihm mittlerweile herzlich egal. Plötzlich sah er, wie Giso und Flori sich ihm von der Seite näherten. Auch sie scherten sich einen Dreck um die Menge, die um sie herumwogte und aufgebracht auf ihr rücksichtloses Vorandrängen reagierte. Dann, endlich, hatte Elias das Ende der Warteschlange erreicht. Hatte er geglaubt, jetzt schneller voranzukommen, sah er sich gründlich getäuscht. Sich durch die Menschenmenge, die die Markgasse hinauf- und hinunterwogte, in Richtung Christoffelstor voranzukämpfen, war prinzipiell zwar eine gute Idee, aber ein fruchtloses Unterfangen. Auf Höhe des Fischmarktes angekommen, fühlte er sich plötzlich von hinten beim Wams gepackt.

»Verfluchter Bastard, bleib stehen!«, keuchte eine heisere Stimme in seinem Rücken. Elias riss sich los und fuhr herum. Er blickte in die bärtige Fratze des narbengesichtigen Heinrich. Hinter ihm drängten sich Flori und Giso durch die Menge.

»Einen Dreck werde ich!«, zischte Elias. Er holte aus und schlug seinem Verfolger mit aller Kraft die Faust ins Gesicht. Verblüfft über die wuchtige Gegenwehr blieb Heinrich wie angewurzelt stehen und fasste sich an die Nase, aus der das Blut schoss. Anstatt jedoch umgehend das Weite zu suchen, verharrte Elias, von seiner erfolgreichen Gegenwehr selbst überrascht, auf der Stelle und blickte in ein Augenpaar, in dem sich Tücke und Wut spiegelten. Ein kapitaler Fehler.

Schnell hatte sich um die beiden ein dichter Kreis Sensationshungriger gebildet, die Gefallen an der Prügelei fanden und dies durch Frotzeleien und Gelächter zum Ausdruck brachten.

»Hau ihn!« – »Gib ihm was ihm zwischen die Zähne!« – »Tritt ihm ins Gemächt!« – »Nicht so zimperlich, Junker Schlagdrauf!« – »Zeig's ihm, Narbenfresse!«

Noch während sich Elias verzweifelt umsah, stürzten plötzlich Flori und Giso auf ihn zu, und Elias fühlte sich rechts und links hart am Arm gepackt. Er verfluchte sein Zögern. Indem er seinen vermeintlichen Sieg über das Narbengesicht auskostete, hatte er die beiden völlig aus den Augen verloren.

»Wir nehmen ihm das Medaillon ab, schnell! Den Rest erledigen wir ein andermal. Wir wissen ja jetzt, wie wir an ihn rankommen«, zischte Heinrich, der sich trotz der blutigen Nase wieder gefangen hatte, und packte Elias mit beiden Händen beim Hemdkragen. Elias versuchte sich loszureißen, hilfesuchend hetzte sein Blick hin und her. Doch keiner der johlenden Umstehenden machte auch nur die geringsten Anstalten, ihm beizustehen.

Dann aber bekam er völlig unerwartet doch noch Hilfe. Von einer Seite, von der er sie nie erwartet hätte. Flink wie ein Wiesel tauchte Fritz plötzlich auf, huschte von hinten an Flori heran, sprang hoch und verpasste ihm mit beiden Füßen einen Tritt in die Kniekehle. Flori ließ Elias' Arm fahren und stürzte mit einem wütenden Aufschrei zu Boden. Durch den Angriff völlig überrascht, hatten auch Giso und Heinrich unwillkürlich ihren Griff gelockert. Mit einem Ruck riss Elias sich los.

»Schnell mir nach in die Salzgasse. Die nächste Gasse rechts. Da kenne ich ein Versteck«, wisperte Fritz Elias noch zu, dann flitzte er auch schon davon.

Unter dem Gejohle der Zuschauer setzte Elias ihm hinterher, übersah jedoch das Bein, das ihm einer der Umstehenden stellte, und segelte, vom eigenen Schwung mitgerissen, mit Karacho gegen den Stand eines der Fischhändler.

Ein dumpfes Krachen, Schreie, aufbrandendes Gelächter.

Die auf Böcken lagernden Bretter, die den Warentisch bildeten, flogen auseinander, die Böcke stürzten um, und die ganze Pracht der silbrig glänzenden, schuppenbesetzten Barsche, Karpfen und Forellen flog zusammen mit einem guten Dutzend glitschiger Aalleiber in hohem Bogen durch die Luft, um auf die Marktbesucher herniederzuprasseln, die das Pech hatten, gerade auf dem Fischmarkt anwesend zu sein. Nicht genug des Unglücks, kippte auch noch die Kiste mit den Flusskrebsen vom Handkarren, und eine gelblich braune Flut krabbelnder scherenbewehrter Krebsritter ergoss sich auf die Gasse.

»Verfluchter Hund! Scheißkerl, elender! Wo ist denn die verdammte Stadtwache?! Wenn man die Dreckskerle braucht, sind sie nicht zur Stelle!«, tobte der Fischhändler hinter seinem Stand, bemüht, mehrere Katzen und Hunde zu verjagen, die auf eine solche Gelegenheit offenbar nur gewartet hatten.

»Allmächtiger! Welch ein Unglück! Wir sind ruiniert! Heiliger Petrus, hilf!«, zeterte sein Weib, händeringend den Schutzpatron der Fischer anrufend.

Elias hatte sich im Nu wieder aufgerappelt und das allgemeine Tohuwabohu genutzt, um zu verschwinden. Sein Ziel war die Salzgasse, wo er auf Fritz zu treffen hoffte.

Sich am Rand der Marktgasse entlangbewegend, versuchte Elias sich möglichst unauffällig an den Trauben von Menschen vorbeizuquetschen, die nach wie vor die Gasse entlangflanierten. Es gelang ihm besser als gedacht, die Leute machten ihm höflich Platz. Glaubte er zumindest. Bis er begriff, dass sie allen Grund hatten, ihm aus dem Weg zu gehen – er stank fürchterlich nach Fisch.

Auf einmal vernahm er unwirsches Rufen.

»Auseinander! Macht Platz! Aus dem Weg, verdammt!«

Die barschen Befehle kamen vom Anführer einer Abteilung der Stadtwache, die, mit Hellebarden ausgerüstet, im Laufschritt anrückten. Verwunderte Blicke folgten ihnen. Elias spürte, wie ihm heiß wurde, für ihn war die Ursache nicht schwer auszumachen. Starr geradeaus schauend, als fürchtete er, sich durch Blicke zu verraten, sah er zu, dass er so rasch wie möglich weiterkam. Endlich! Rechter Hand kam eine Abzweigung in Sicht. Das musste die Salzgasse sein. Er bog ab, gleich darauf trat Fritz aus einer Seitengasse und zog ihn in einen schulterbreiten Durchgang zwischen zwei Häusern.

»Um Himmels willen, was ist denn mit dir geschehen? Du stinkst vielleicht«, empfing er ihn und hielt sich die Nase zu.

Elias schilderte kurz, was vorgefallen war, worauf sich sein Freund vor Lachen den Bauch hielt. Auf die Frage Fritz', weshalb er sich mit den drei Männern in die Haare bekommen hatte, schwieg Elias sich aus.

»Eine alte Sache. Angeblich hätte ich Spielschulden bei ihnen«, log er das Blaue vom Himmel herunter und wunderte sich, wie leicht es ihm fiel. »Sie haben mich mal beim Brettspiel bezwungen und behaupten, ich schulde ihnen Geld.

Aber die Würfel waren gezinkt, ich hab's mitbekommen und mich geweigert zu bezahlen.«

»Aha, verstehe, und seitdem haben sie dich am Wickel.«

Elias nickte. »Hör zu, Fritz, ich muss mein stinkendes Gewand loswerden.«

»Tja, wo du recht hast, hast du recht. Die Frage ist, wie?«

Während sie überlegten, sah Elias am anderen Ende des Durchlasses etwas Weißes im Wind schwingen.

Gefolgt von seinem Freund, lief er den Korridor entlang und gelangte auf einen Hinterhof. An zwei Leinen aufgehängt flatterten Wäschestücke: mehrere Bruchen, Beinlinge, Hemden aus grobem Leinen, zwei Wamsgewänder und ein Leinentuch. Auf einem Schemel stand ein kleiner hölzerner mit Wasser gefüllter Zuber.

Elias sah auf Fritz hinunter und grinste.

Fritz grinste zurück.

»Denken wir das Gleiche?«, flüsterte Elias.

»Wir denken das Gleiche«, nickte Fritz.

»Du gibst acht, ich hol mir neue Sachen.«

»In Ordnung, aber beeil dich.«

Vorsichtig spähte Elias um die Mauerecken zur Rechten und zur Linken. Niemand in Sichtweite.

Geduckt spurtete er über die Wiese in Richtung Wäscheleine. Zog hastig sein Gewand aus und warf es ins Gras. Packte den mit Wasser gefüllten Zuber, der dastand, und schüttete ihn sich über den Kopf. Nahm das Leintuch, rubbelte sich damit ab, griff sich je eine Bruche, ein Hemd und ein Paar Beinkleider von der Leine und schlüpfte hinein. Bruche und Beinkleider passten wie angegossen. Lediglich das Hemd war etwas zu kurz. Die nach Fisch stinkenden Kleider zu einer Rolle geformt, rannte er über die Wiese zurück. Nicht zu früh. Eine Frau ging über den Hof, auf beiden Armen einen Stapel Wäsche, den sie, als sie Elias' ansichtig wurde, vor Schreck fallen ließ.

»Hilfe! Ein Dieb! Hilfe!«, schrie sie gellend.

Elias hetzte zum Durchlass. Fritz wartete schon ungeduldig.

»Schnell, nix wie weg von hier! Mir nach!«

Keine halbe Wegstunde später hatten sie sich außerhalb der Stadtmauern in Sicherheit gebracht. Statt der Salzgasse zu folgen, hatte Fritz ihn durch ein Labyrinth von Gassen, Gässchen und Durchlässen, auf denen nur wenig los war, in südöstliche Richtung gelotst. Unbehelligt von den Stadtwächtern passierten sie das Obertor.

»Und jetzt? Was schlägst du vor?«, fragte Elias und blieb stehen, um durchzuatmen.

»Lass uns runter zur Dreisam gehen und ein bisschen ausruhen. Dann sehen wir weiter.«

Das glitzernde Nass des Flusses, das ihre vom Laufen ermatteten Füße umspülte, tat gut. Sie hatten ein beschauliches, nicht einsehbares Plätzchen erwischt; von Schilf und hohem Ufergras umgeben, konnten sie sich einigermaßen geborgen fühlen. Hier wurde Elias auch sein stinkendes Kleiderbündel los, das er im dichten Schilf ablegte. Die Büttel würden weiter nach ihm suchen, davon war auszugehen. Schließlich hatte der Fischkrämer, gegen dessen Stand er geknallt war, einen empfindlichen Verlust erlitten und würde darauf beharren, den Übeltäter zur Rechenschaft zu ziehen. Wozu man seiner erst einmal habhaft werden musste.

Im Gegensatz zu Fritz, der die Geschehnisse des Tages als Abenteuer verbuchte und sich nicht sonderlich Gedanken über irgendwelche Konsequenzen machte, hatte sich Elias' eine bange Unruhe bemächtigt. Was allerdings nicht unbedingt dem wütenden Fischverkäufer geschuldet war; ein anderes Problem beschäftigte ihn ungleich mehr. Wer war dieser Heinrich, der Giso und Flori auf ihn angesetzt hatte? Dem

Gespräch der beiden zufolge, das er gestern in der Herberge mitgehört hatte, hatte ihn der Mann schon länger im Visier. Warum? Nur um des bloßen Medaillons wegen, das er um den Hals trug? Offenbar steckte mehr dahinter. Elias erinnerte sich, wie Heinrich vorhin, als seine beiden Spießgesellen ihn in die Mangel genommen hatten, geradezu hypnotisiert auf seine linke Hand gestarrt hatte. Auf das Feuermal. Mit dem er offensichtlich etwas Bestimmtes verband; warum sonst hätte er ihn auf diese Weise mustern sollen? Wusste das Narbengesicht etwas über seine Vergangenheit und damit über seine Herkunft? Etwas, was ihm, Elias, gefährlich werden könnte? Und überhaupt: War die heutige Begegnung dem Zufall geschuldet, oder beobachteten sie ihn schon länger? Beim Gedanken an Letzteres lief ihm ein eiskalter Schauer über den Rücken …

Fritz riss ihn aus dem Grübeln heraus.

»Du denkst über das Schlamassel von vorhin nach, stimmt's?«

Elias tat, als ob er ihm zustimmte.

»Schon, der Fischkrämer und seine Alte werden mich zum Teufel wünschen. Sie werden den Schaden ersetzt haben wollen; man wird nach mir suchen.«

»Keine Sorge, uns kriegen die nicht! Vielleicht ist es der Stadtwache ja gelungen, die drei Schelme zu fassen, und der Fischkrämer hält sich an denen schadlos.«

»Dein Wort in Gottes Ohr. Was machen wir jetzt? Wir müssen um die achte Stunde am Treffpunkt sein. Dem Sonnenstand nach ist es jetzt kurz nach Mittag.«

»Stimmt. Der Markt schließt bald. Durch das Obertor, durch das wir gerade gekommen sind, in die Stadt zurück: Das können wir vergessen, ist zu gefährlich. Für mich weniger, aber für dich«, entgegnete Fritz.

»Und wenn nur du zum Treffpunkt gehst? Ich warte vor

der Stadt. Beim ... Wie hieß gleich das Tor, durch das wir heute morgen gekommen sind?«

»Mönchstor.«

»Richtig, beim Mönchstor, besser noch davor, außerhalb der Mauer. Du sagst deinem Vater, wir hätten uns getrennt, weil ich ... weil ich ...«

»Weil du dir die Werkstätten in der Neuburgvorstadt ansehen wolltest«, schlug Fritz vor. »Ich hatte keine Lust, und darum haben wir ausgemacht, dass ich beim Treffpunkt in der Großen Gass warte und du beim Mönchstor – wo du doch eh schon in der Neuburgvorstadt bist.«

Der Plan war gut, hatte jedoch zur Folge, dass sie die halbe Stadt umrunden mussten.

»Dann lass uns jetzt aufbrechen«, drängte Fritz. »Wir müssen uns sputen, werden 'ne ganze Weile unterwegs sein. Wir nehmen den Weg durch die Würi Richtung Adelshausen.«

Schweren Herzens brachen sie auf. Elias mit noch schwererem Herzen als Fritz. Bedeutete es doch, dass er seinen sehnlichen Wunsch, das Münster anzuschauen, begraben musste. Auf die guten Bratwürste vom Kirchplatz mussten sie ebenfalls verzichten.

Elias legte seinen Arm um die Schulter Fritzens.

»Bist ein guter Freund. Danke für alles. Ich wünsch mir, ich kann das irgendwann wiedergutmachen.«

Fritz strahlte wie ein Honigkuchenpferd. »Freunde halten eben zusammen. Toll übrigens, wie du dem mit der Narbe in die Fresse gehauen hast. Der hat geblutet wie 'n abgestochenes Schwein.«

»Wie du diesem Giso in die Kniekehle gesprungen bist, war auch nicht ohne«, versetzte Elias. »Eigentlich hast du mich damit gerade noch rechtzeitig herausgehauen.«

Fritz blieb überrascht stehen.

»Welchen Namen hast du gerade genannt?«

»Giso. Der Gauner, dem du in die Kniekehlen gesprungen bist, hieß so. Warum?«

»Ich werd verrückt. Den kenn ich.«

Jetzt war es an Elias, überrascht zu sein.

»Du kennst ihn?«

»Ja, ich hab ihn vorhin nur kurz von der Seite gesehen. Er kam mir bekannt vor, aber ich war mir nicht sicher, drum hab ich bis jetzt nichts gesagt. Aber jetzt, wo du seinen Namen erwähnt hast, bin ich sicher, dass das der Mann ist.«

»Welcher Mann?«

»Der, der vor ein paar Wochen bei uns auf der Wasenmeisterei war. Der mit Richard gesprochen hat, dem Knecht meines Vaters, der vor ein paar Tagen mit dem Karren tödlich verunglückt ist.«

Elias begriff. Allmählich lichtete sich der Nebel. Richard! Richard, der mit Isidor befreundet gewesen war. Richard war der Mann, von dem Giso erfahren hatte, dass Utz anreisen würde, um seinen Vetter Martin beim Bau der neuen Scheune zu unterstützen. Und auch, wann das sein würde. Und dass Utz ihn, Elias, mitbringen würde. Bedachte man all dies, fügte sich eines logisch zum anderen. Mit einem Mal wurde Elias bewusst, dass er in Heinrich einen entschlossenen Gegner hatte, der alles daransetzen würde, seiner habhaft zu werden. Auch wenn das Warum im Dunklen lag. Zweimal war es ihm gelungen, seinen Fängen zu entwischen. Doch das Narbengesicht würde nicht aufgeben, das war gewiss.

Erneut spürte Elias, wie ihn ein kalter Schauer überkam. Unwillkürlich sah er sich um, bemüht, die Panik, die in ihm hochsteigen wollte, zu unterdrücken. Hinter ihm erhob sich die Stadtmauer mit dem Obertor. Was, wenn das teuflische Trio ihm bereits wieder auf den Fersen war? In seiner Fantasie sah er Heinrich und seine Spießgesellen durch das Tor und über die Flussauen auf die Stelle am Dreisamufer zustürmen, an der sie rasteten. Die Schattengestalten aus seinen Träumen? …

»Was ist, Elias, was schaust du denn so?«

Elias schreckte hoch. Diese verdammte Angst. Stand sie ihm etwa ins Gesicht geschrieben? Beherrschte sie sein Leben nun schon tagsüber?

»Es … Es ist nichts. Lass uns aufbrechen. Sonst kommst du doch noch zu spät zum Treffpunkt und kriegst Ärger mit deinem Vater.«

Kapitel 19

Zehn Tage später, kurz nach Sonnenuntergang, rumpelte der Karren des Utz Herrlinger erneut an einer Richtstätte vorbei. Sie lag westlich der Stadt Rottweil, außerhalb der Mauern an der alten Heerstraße. Der Galgen war vierschläfrig, was bedeutete, dass das Holzgerüst – es stand auf einem gemauerten Rundsockel – über vier Querbalken verfügte, die als Viereck zusammengefügt auf hölzernen Pfosten ruhten. Wie gebannt starrte Elias, der neben seinem Brotherrn auf dem Kutschbock saß, auf die düstere schwere Holzkonstruktion, an der so manch armer Sünder mit einem Strick um den Hals seine Seele ausgebaumelt hatte.

Am Nachmittag, um die neunte Stunde herum, waren sie aufgebrochen. Herrlinger hatte ihm befohlen, zwei Spaten, zwei große Körbe, eine Spitzhacke und etwas Werkzeug, darunter eine Axt, auf den Karren zu laden und mit einer schweren Pferdedecke abzudecken. Er hatte ihm nicht gesagt, was er vorhatte, aber bereits als er ihm Weisung erteilte, was er auf den Karren laden solle, war in Elias eine dunkle Ahnung aufgestiegen.

»Scheint dich ja mächtig zu interessieren, der Galgen, was?«, knurrte Herrlinger mit einem schiefen Lächeln. Er streckte seinen Arm aus und streichelte ihm mit dem Handrücken die Wange.

Elias saß wie erstarrt. Was tat der Alte da? Er hatte mit einem Knöchelhieb gerechnet und unwillkürlich den Kopf eingezogen, und jetzt das?

Über eineinhalb Jahre war es her, dass der Wasenmeister ihn das letzte Mal ans Rad gebunden hatte. Und nun auf einmal diese zärtliche Geste? Weshalb? Weil er es diesmal nicht mit roher Gewalt, sondern mit einer anderen Variante versuchen wollte? Ein besonderes Spiel mit ihm spielen wollte?

Elias spürte, wie Abscheu und Zorn in ihm aufstiegen. Aber auch die Angst.

Sie fuhren weiter und sahen gleich darauf rechts des Weges auf einer großen Wiese vier Planwagen stehen, die einen Kreis bildeten. Die Abstände dazwischen waren gegen unerwünschte Blicke mit Bretterverschlägen gesichert. Elias erkannte die mit bunten Tüchern und Mustern verzierten Planen sofort wieder. Die Karren gehörten zu der Gauklertruppe, denen sie auf dem Weg nach Freiburg begegnet waren. Offenbar rastete sie hier. Wahrscheinlich beabsichtigten die Gaukler, auch in Rottweil eine Vorstellung zu geben.

Eine knappe Wegstunde später – die Straße führte mittlerweile durch ein ausgedehntes Waldgebiet – bog Herrlinger unvermittelt auf einen versteckten Seitenpfad ein. Noch fragte sich Elias, wie der Alte mit dem Karren da durchkommen wollte, als der Pfad auch schon auf einem breiten Plateau endete, auf dem sich ein aus Feldsteinen errichtetes Haus erhob. Ein niedriger, lang gestreckter, geduckt wirkender Bau, vielleicht eine ehemalige Zehnt- oder Feldscheune. Herrlinger stieg vom Kutschbock, spannte ab und hieß Elias, das Pferd anzuleinen.

Elias sah zum Himmel; der dunkler werdende Horizont verriet, dass das Wetter bald umschlagen würde.

»Lass uns reingehen, du hast bestimmt Hunger, Junge. Außerdem dürfte es bald regnen«, schlug Herrlinger vor.

Schon wieder dieser fürsorgliche Ton. Und die seltsam belegte Stimme. Elias verzichtete auf eine Antwort, mit jedem Handgriff, den er Herrlinger verrichten sah, wuchsen Abscheu und Hass weiter in ihm. Aber auch diese verdammte lähmende Angst. Er sah jedoch keinen anderen Ausweg, als den Worten seines Gebieters zähneknirschend Folge zu leisten.

Sie betraten das Haus. Es verfügte über zwei ebenerdig gelegene Räume. Im ersten befand sich ein Ruhelager, das aus einem mächtigen Strohsack bestand, über den mehrere Decken und Tücher gebreitet waren; in einer Ecke, nahe dem Fenster, ein Herd. Die Tür zum hinteren Raum war geschlossen, Elias fragte sich, was sich dahinter verbergen mochte.

»Komm!«

Herrlinger hatte mittlerweile eine Pechfackel entzündet, die er in eine in der Mauer befindliche Halterung steckte. Jetzt legte er seinen Arm um ihn und schob ihn sanft in Richtung des Lagers. Zog Stiefel und Wams aus, ließ sich auf den Strohsack nieder und streckte die Füße von sich.

»Nur zu, mein Junge«, sagte er heiser und bedeutete Elias mit einem Klopfen auf den Strohsack, sich neben ihn zu setzen.

Elias starrte ihn nur an. Dann aber merkte er, wie sich etwas in ihm veränderte. Die Angst schmolz und machte kalter Wut und wilder Entschlossenheit Platz. Wie vor ein paar Tagen, als er sich dem Narbengesicht und seinen Komplizen gegenübergesehen hatte.

»Was ist, willst du dich nicht setzen?«, wiederholte Herrlinger seine Aufforderung gereizt.

Elias trat einen Schritt auf ihn zu und sah auf ihn hinunter. Hinter seiner Stirn blitzten scheußliche Erinnerungen auf. Für die Dauer eines Wimpernschlags hetzte sein Blick im Raum umher, blieb kurz an der Pechfackel hängen, die ruhig vor sich hin brannte, und heftete sich wieder auf den Alten.

Ob er ihm ansah, was in ihm vorging?

»Was ist? Ich sagte: Setz dich zu mir! Wirst du wohl endlich gehorchen, Bastard?«, zischte Herrlinger jetzt. Er schwang die Füße vom Lager, beugte sich vor und stützte seine Arme auf den Strohsack.

Elias registrierte jede einzelne seiner Bewegungen. Mit einem Mal merkte er, wie sich eine seltsam kalte Ruhe in ihm ausbreitete. »Nein!«

Herrlinger sah ihn verblüfft an.

»Was hast du gesagt?«, flüsterte er.

»Ich habe Nein gesagt, du dreckiges Schwein!«

Unglaube und Fassungslosigkeit in den Zügen des Alten.

»Du … Du wagst es …«

Mit einem einzigen federnden Satz sprang er hoch. Elias war, als flöge sein massiver Körper geradewegs auf ihn zu, doch er hatte die Reaktion kommen sehen. Mit einem eleganten Satz wich er zur Seite. Herrlinger sprang ins Leere und stolperte, fing sich jedoch augenblicklich wieder, fuhr blind vor Wut herum, wollte sich erneut auf ihn werfen – und schrie gellend auf vor Schmerz. Die Hände vors Gesicht geschlagen, brach er auf die Knie. Elias hatte die Pechfackel aus der Halterung gerissen und sie ihm mitten ins Gesicht gestoßen. Schreiend, die Hände im verbrannten Gesicht, brüllte Herrlinger weiter, als Elias ihm mit dem Stiefel hart in den Rücken trat und ihn gänzlich zu Boden stieß. In einer einzigen fließenden Bewegung steckte er die Fackel in die Halterung zurück, griff sich eine Holzlatte, die er neben dem Lager erspäht hatte, und drosch mit schnellen, harten Schlägen auf seinen Peiniger ein. Wieder und wieder schlug er zu, ließ seinem über Jahre angestauten Hass freien Lauf, bis der Rausch abebbte und die plötzlich in seinen Kopf schießende Vorstellung, er könnte ihn totschlagen, ihn keuchend innehalten und die Holzlatte weit von sich werfen ließ.

Vor Anstrengung zitternd und keuchend blickte er auf den Mann hinunter, der in gekrümmter Haltung blutüberströmt und besinnungslos am Boden lag.

Hastig nahm er zwei der langen Stricke, die aufgerollt an einem Haken unter dem Kienspan hingen, wickelte sie Herrlinger eng um Arme, Oberkörper und Beine und zurrte sie fest. Solcherart zu einem Paket geschnürt, würde er sich nicht einen Fingerbreit bewegen können. Dann prüfte er seinen Puls, indem er Zeige- und Mittelfinger an seinen Hals legte, so, wie er es von ihm einst selbst gelernt hatte. Das Herz des Schinders schlug kräftig und regelmäßig, was nicht verwunderte: Herrlinger war robust, er verfügte über die Natur eines Ochsen. Elias riss eines der Tücher, die auf der Bettstatt lagen, in Streifen, formte daraus ein Knäuel, stopfte ihn Herrlinger in den Mund und fixierte den Knebel mit einem weiteren Streifen, den er ihm um die untere Gesichtshälfte band und im Nacken verknotete.

Dann packte er den Alten bei den Füßen und schleifte ihn ins Freie, wo er ihn hinter dem Haus ablegte. Mittlerweile hatte es heftig zu regnen begonnen. Der Mann würde bald triefen vor Nässe.

Elias sah sich um. Tief hängende dunkle Wolken verstärkten die beginnende Dunkelheit. Der Regen, der in dichten Schnüren fiel, tat sein Übriges. Er beschloss, das Plateau zu erkunden, und ging ins Haus zurück, um die Fackel zu holen. Dabei fiel ihm erneut die Tür in der hinteren Wand ins Auge. Er drückte sie auf – und stand wie vom Donner gerührt.

Ein durchdringender Gestank schlug ihm entgegen. Langsam schritt er den Raum ab. Im flackernden Schein der Pechfackel präsentierten sich ihm unzählige Knochen und Skelettreste, die gespenstisch leuchteten. Sie lagerten auf zwei gegenüberliegenden Regalen, die sich an den Längswänden des Raumes erstreckten. Dazwischen Gläser, Tiegel und irdene Behälter, gefüllt mit Pulvern, Flüssigkeiten und diversen unterschiedlich gefärbten Inhalten. Eine Reihe seltsam anmutender Werkzeuge und Geräte hing aufgereiht an der hinteren

Stirnwand. Zwei schmale längliche Fensteröffnungen waren mit Läden verschlossen.

Die Mitte des Raums beherrschte ein Tisch, bestehend aus einem Sockel und einer steinernen Platte, auf dem ein mit Sackleinen zugedeckter Gegenstand lag. Elias entfernte die Abdeckung. Als er erkannte, was sich darunter verbarg, erstarrte er abermals. Diesmal vor Ekel. Er sah auf den Torso einer männlichen Leiche hinunter, ein Körper ohne Kopf und Extremitäten, bedeckt mit einer dicken Schicht Kalk, um den Verwesungsprozess zu verlangsamen. In dem aufgeschnittenen Brustkorb erblickte er die Reste von Organen und ein Knäuel Maden ...

Er spürte, wie ihm schlecht zu werden drohte. Es war nicht der Anblick des Torsos an sich, den Anblick von Kadavern war er gewohnt. Nur: Hier ging es nicht um einen Tierkadaver, sondern um einen menschlichen Leichnam. Es war die Vorstellung, wie Herrlinger mit menschlichen Leichenteilen umging und was er damit machte, die ihn erschütterte. Wenn es etwas gab, was das Abscheuliche hinter den perfiden Geschäften des Wasenmeisters auf bestürzende Weise illustrierte, dann diese Stätte des Grauens, die Herrlinger sein »Labor« nannte.

Elias hatte genug gesehen. Hastig verließ er den Raum, stürzte ins Freie und sog die feuchte, vom Regen gereinigte Luft tief in seine Lungen. Plötzlich vernahm er gedämpftes, wütendes Knurren. Der Alte. Er musste erwacht sein. Elias ging ums Haus herum, um nach ihm zu schauen. Klitschnass und von Stricken umwickelt, bot er einen grotesken Anblick.

Heftig durch die Nase schnaufend, warf er den Kopf hin und her, die einzige Bewegung, die seine Lage ihm gestattete. Die hinter dem Knebel wütend hervorgestoßenen Laute glichen dem Knurren eines gefangenen Raubtiers, in den blutunterlaufenen Augen brannte tödlicher Hass. Elias kümmerte es nicht. Jahre später erst, in der Rückschau, sollte ihm bewusst werden, dass er das Geschehen dieses Abends in stumpfer, kalter Wut durchlebt hatte. Fast so, als ob der, der da handelte, nicht er selbst gewesen wäre. Und als er mit der Latte auf den Alten eingeprügelt hatte, waren Hass und Frust in ihm sogar regelrecht explodiert.

Elias sah sich um und entdeckte nahe der Hausmauer einen dicken Steinbrocken. Er nahm ihn mit beiden Händen auf, stellte sich breitbeinig über Herrlinger und hob ihn langsam in die Höhe …

Der Wasenmeister erstarrte. Die Augen wollten ihm schier aus den Höhlen treten, sein ganzer Körper fing unkontrolliert zu zittern an. Der hasserfüllte Ausdruck in seinem Blick wich panischer Angst – ein Anblick, der einen wohligen Schauer über den Rücken Elias' jagte und den er sein Lebtag nicht mehr vergessen würde. Er wog den schweren Stein in seiner Rechten, tat, als überlegte er, dann warf er ihn zur Seite.

»Keine Angst, ich werde dich nicht töten. Ich hatte nie vor, es zu tun. Ich schenke dir dein erbärmliches Leben. Mehr noch: Ich werde dafür sorgen, dass man dich bald hier findet. Aber sei gewiss, man wird auch dein verstecktes Labor finden. Bis dahin bin ich über alle Berge. Leb wohl, du Ratte.«

Noch in derselben Nacht kam Elias an der Wiese vorbei, auf der die Gauklertruppe ihr Lager aufgeschlagen hatte. Innerhalb des von den Wagen umschlossenen Kreises flackerte der rötliche Schein eines Lagerfeuers. Stimmengemurmel und der einsame Klang einer Schalmei drangen in die regengeschwängerte Nacht.

Der Gedanke kam plötzlich und mit solcher Wucht, dass er mitten im Schritt innehielt. Hatte er bis jetzt noch keinen blassen Schimmer gehabt, wohin er gehen, geschweige denn, was er tun sollte, gestattete ihm das Schicksal für die Dauer eines Wimpernschlags einen Blick in die Zukunft. In *seine* Zukunft. In der er das helle Leuchten der Freiheit zu sehen vermeinte.

Sein Herz klopfte wild, aber auch voller Erwartung, als er, zögernd zunächst, dann immer zuversichtlicher ausschreitend, quer über die Wiese direkt auf die Wagen zueilte.

Kapitel 20

Nordschwarzwald, Tal der Murg, Gegend um Baiersbronn
September Anno Domini 1327

»Ich sagte: die fertigen Stangen. Du solltest die fertigen Stangen für den Quandel holen, dumme Kuh. Die hier sind noch nicht zugespitzt! Wie soll ich die denn in den Boden rammen können?«

Kunz fluchte und warf Ranghild die vier Holzstäbe, die sie gerade angeschleppt hatte, wütend vor die Füße.

»Dann sag mir, wo sie sind. Ich konnte keine anderen finden«, begehrte Ranghild auf.

»Na da, wo sie immer sind. Mach gefälligst die Augen auf, statt ständig vor dich hin zu träumen.«

»Da sind keine anderen. Geh doch selbst nachsehen.«

Kunz grummelte einen Fluch in seinen Bart. »Komm mit!«, knurrte er.

Gestern hatten die drei Brüder beschlossen, einen weiteren Meiler zu errichten. Kunz sollte heute schon mal den Quandel errichten, der Zündschacht und Kamin eines Meilers war. In ihn wurde die Glut eingebracht, die über die ganze Zeit des Brandes hinweg Holz zu Kohle verschwelen ließ. Paul und Jacob waren schon am frühen Morgen nach Hallwangen aufgebrochen, es galt ein neues Geschäft mit der dortigen Silbermine abzuschließen. Sie würden erst morgen gegen Abend wieder zurück sein.

In den drei Jahren, in denen Ranghild den Holzer-Brüdern

als Magd zur Hand ging, hatte sie viel über das Köhlern gelernt. Schon längst war das Errichten, Abbrennen und Auflassen der Meiler schwarzer, staubiger Alltag für sie geworden. Oft genug hatte sie bei den kräftezehrenden Arbeiten mit anpacken müssen. Wie auch jetzt.

Ranghild folgte Kunz zu einem Platz, auf dem sich mehrere Holzstapel nebeneinanderreihten. Die ersten beiden Stapel enthielten die Scheite, die zum Aufbau des sogenannten ersten und zweiten Gesetzes benötigt wurden. Der dritte – er bestand aus kürzeren Scheiten sowie Krummholz und Ästen – war für das dritte Gesetz vorgesehen. Es musste niedriger als die beiden ersten Gesetze sein, schloss den Meiler ab und verlieh ihm den typisch runden Kopf. Waren die Scheite fertig geschichtet – die jeweils äußeren Hölzer wurden immer schräger gestellt, um den kegelartigen Aufbau zu gewährleisten –, erhielt der Meiler eine Auflage aus Reisig und Grassoden und wurde zum Schluss mit Lösche, einer Mischung aus Sand und Kohlenstaub, bedeckt. Anschließend wurde der Quandel mit trockenem Laub, Holz und anderen leicht brennbaren Materialien befüllt, um schließlich entzündet zu werden.

Kunz ging um die Stapel herum auf die Rückseite, wo gut ein Dutzend Stangen von etwa sechs Ellen Länge auf zwei Holzböcken ruhten – und sah betreten drein.

Ranghild sah ihn spöttisch an.

»Nun? Siehst du welche, die angespitzt sind?«

»Halt dein blödes Maul und hol eine Axt, du Kröte«, brummte er.

Nur wenige Vaterunser später hatte Kunz vier der Stangen zugespitzt und Ranghild angewiesen, einen Stoß Querhölzer zu holen. Gerade als sie zum Platz gehen wollten, auf dem der neue Meiler errichtet werden sollte, hörten sie entfernt ein Maultier schreien.

Mitten im Schritt hielten sie inne.

»Nanu, kommt da wer?«, wunderte sich Kunz. Auch Ranghild hob überrascht die Brauen. Abgelegen, wie die Kohlstatt lag, empfingen die Holzer-Brüder nur selten Besucher. Hin und wieder kamen Holzfuhrwerke oder solche, die die Kohlesäcke abholten, vorbei; Wanderer hingegen verirrten sich eigentlich nie hierher. Ab und an allerdings gab es lichtscheues Gesindel, das Grund hatte, die offiziellen Verkehrswege zu meiden, und es vorzog, sich lieber durch die dichten Wälder zu schlagen.

»Geh mal nachsehen«, befahl Kunz dem Mädchen. Er nickte in Richtung des Waldrands am südlichen Ende der Schneise, wo der Pfad, der auf die Kohlstatt führte, endete. Ranghild verschwand zwischen den Bäumen – um gleich darauf wie von Furien gehetzt wieder aufzutauchen.

Entsetzen spiegelte sich in ihrer Miene.

»Zwei Mönche, wahrscheinlich aus Alpirsbach. Sie sind auf Maultieren unterwegs«, rief sie atemlos. »Was, wenn sie mich erkennen?«

»Zwei Mönche? Verdammt, was wollen die denn hier?« Auch auf Kunz wirkte die Nachricht alles andere als beruhigend. Wenn sie das Mädchen hier entdeckten, konnte das für die Brüder üble Folgen haben. Wer flüchtige Landesschädliche versteckte, und als eine solche war Ranghild aus Sicht des Klosters wohl anzusehen, machte sich eines Vergehens schuldig, das hart bestraft wurde.

»Schnell, verschwinde! Versteck dich oben auf dem Plateau.«

Ranghild rannte die in den steilen Hang gegrabenen Stufen zum Plateau hinauf und schlich zu einer Stelle, an der der Fels steil abfiel und die ihr einen unverstellten Blick in die Senke gewährte. Hinter einem Gebüsch versteckt, sah sie, wie die beiden Mönche, die sie vorhin schon von Weitem hatte kommen sehen, auf die Kohlstatt ritten und von den Maultieren stiegen.

Kunz hob die Hand zum Gruß, die Mönche grüßten mit einem Kopfnicken zurück und gingen auf ihn zu. Eine Unterhaltung entspann sich. Zu gerne hätte Ranghild gewusst, was gesprochen wurde. Einer der beiden Mönche überreichte Kunz etwas, was sie als ein kleines Fässchen zu identifizieren glaubte, und etwas, was aussah wie ein Schreiben oder ein Dokument. Kunz bat sie ins Haus. Nach einer guten Weile traten alle wieder ins Freie. Die beiden Besucher verabschiedeten sich von Kunz, augenscheinlich sehr freundlich, schwangen sich auf ihre Maultiere und machten sich auf den Rückweg.

Kunz steckte zwei Finger in den Mund und ließ einen durchdringenden Pfiff hören. Das Zeichen für Ranghild, wieder nach unten zu kommen.

»Du kannst doch lesen, oder?«, fragte er sie und forderte sie auf, mit ihm ins Haus zu gehen. Er setzte sich mit ihr auf die Bank am Tisch, schob einen Hammer, der dort lag, beiseite und legte ihr ein mit wenigen Zeilen beschriebenes Pergament vor. »Sag mir, was das ist und was da steht«, befahl er. Von den Brüdern konnte nur Jacob lesen, und das eher schlecht als recht.

»Das ist ein Vertrag, versehen mit dem Siegel des Klosters«, antwortete Ranghild, nachdem sie die Zeilen überflogen hatte. »Ihr verpflichtet euch, monatlich zwölf Säcke Kohle zu je einem halben Scheffel an die Abtei zu liefern, und bekommt für jede Lieferung ein Pfund Pfennige sowie jeweils ein Fässchen Roten zu fünf Schoppen aus den Weingütern des Klosters. Jemand von euch muss ihn gegenzeichnen, um ihm Gültigkeit zu verleihen.«

»Dann hat alles seine Richtigkeit, das hat der Mönch auch gesagt. Ein gutes Zusatzgeschäft, das uns die Kuttenscheißer da monatlich bescheren«, freute er sich. »Lass es uns feiern.

Hol zwei Becher. Das erste Fässchen hat er schon geliefert«, fügte er hinzu und wies auf den Tisch.

Ranghild zögerte. Kunz war unberechenbar, wenn er zu viel trank. Und wenn Kunz trank, trank er immer zu viel. Dann wurde er zudringlich. Mehrere Male schon hatte er sie in diesem Zustand bedrängt, ihr an die Brüste oder in den Schritt gegriffen, allerdings hatte Paul immer das Schlimmste verhindert. Beim letzten Mal, als er zudringlich geworden war, hatte sein Bruder ihn regelrecht verprügelt.

Doch heute waren weder Paul noch Jacob zugegen. Sie würden erst morgen Abend zurückkommen.

Ranghild spürte Panik in sich aufsteigen.

»Lass uns mit Feiern warten. Bis morgen Abend, bis deine Brüder wieder zurück sind«, bat sie mit spröder Stimme.

Er schüttelte den Kopf. »Jetzt werden wir feiern. Jetzt sofort. Hol, verdammt noch mal, die Becher!«, befahl er und schlug mit der Hand auf den Tisch.

Ranghild ging zur Herdstelle, um einen Becher zu holen, den sie vor Kunz hinstellte.

»Du hörst wohl schlecht! Ich sagte: Wir feiern, nicht: Ich will feiern. Hol sofort noch einen Becher!« Er packte sie hart beim Handgelenk, sein Griff fühlte sich an wie eine Eisenzwinge.

»Lass mich! Ich … Ich mag keinen Wein. Mir wird schlecht davon.«

Er überlegte kurz, dann ließ er sie los, öffnete das Spundloch in dem Fässchen und stellte den Becher darunter. Trank schnell und in großen Schlucken und stürzte auch noch einen zweiten und dritten Becher gierig hinunter.

»Aaahhh, das tut gut«, grunzte er und ließ einen lauten Rülpser folgen. Schlechter Atem schlug Ranghild entgegen. Voller Ekel wollte sie sich gerade erheben, da packte er sie erneut beim Arm.

»Halt, hiergeblieben! Du bist dran.« Und schon füllte er den Becher zum vierten Mal.

Tränen stürzten in ihre Augen.

»Ich sagte doch, ich will nicht!«

»Trink den Wein, verdammt noch mal, sonst schütte ich ihn dir mit Gewalt hinunter«, zischte er.

Mit zitternden Händen führte Ranghild den Becher an die Lippen und nippte.

»Ich sagte trinken, nicht nippen! Sieh her, ich zeige dir, wie man trinkt.« Er riss ihr den fast vollen Becher wieder aus der Hand, stürzte den Inhalt hinunter und ließ ihn wieder volllaufen. Sprang auf, packte sie bei den Haaren und bog ihren Kopf zurück. Presste ihr den Becher an den Mund.

»Mach deinen Mund auf und trink endlich, du Metze!«,

Sie glaubte zu ersticken, als der Wein in großen Schlucken ihre Kehle hinunterglitt. Dann konnte sie nicht mehr, sie musste würgen und husten.

Sie mit einer Hand am Kinn packend, beugte er sich plötzlich über sie und presste seinen Mund auf ihre Lippen, während er versuchte, ihr mit der anderen Hand die Cotte vom Leib zu reißen. Verzweifelt versuchte Ranghild sich zu wehren, den Kopf wegzudrehen, ihn von sich zu stoßen. Vergeblich.

Da fiel ihr Blick auf den Tisch. Auf den Hammer. Den Mund auf ihre Lippen gepresst, folgte Kunz ihrem Blick und erkannte augenblicklich die Gefahr, doch sie war schneller.

So fest sie vermochte, schlug sie zu. Sein Griff erschlaffte, ein kurzes, schmerzhaftes Aufstöhnen, dann torkelte er zurück. Ranghild schnellte von der Bank hoch und rannte nach draußen.

»Verfluchte Metze, ich bring dich um«, tönte es heiser über die Kohlstatt.

Ranghild sah sich gehetzt um. Kunz setzte ihr mit weiten Sprüngen hinterher. Der Schlag mit dem Hammer hatte ihn nur kurzfristig außer Gefecht gesetzt. In Panik rannte sie an einem der Meiler vorbei, stolperte über ein herumliegendes Holzscheit und stürzte längs zu Boden.

Schon war der Köhler über ihr. »Warte, Dreckstück, jetzt bist du fällig«, knurrte er. Mit einer schnellen Drehung gelang es ihr, sich zur Seite zu wälzen, hochzuspringen und sich seinem Griff zu entziehen. Da sah sie die an den Meiler gelehnte Leiter vor sich. Panisch kletterte sie hinauf, ließ sich auf allen vieren auf der breiten Kuppe nieder und kroch, die Quandelöffnung umrundend, auf die andere Seite.

Dann aber erkannte sie, dass sie in ihrer Angst etwas völlig Unsinniges getan hatte. Kunz hatte ebenfalls die Kuppe erklommen. Einen tückischen Ausdruck im blutverschmierten Gesicht, hatte auch er sich auf alle viere niedergelassen. Einander nicht aus den Augen lassend, bewegten sie sich kreisförmig um die Quandelöffnung, aus der weißlicher Qualm aufstieg. Das Stück Grassoden, das darauf lag, hatte sich verschoben, die Öffnung lag völlig frei.

»Komm, mein Kätzchen, ste…stell dich ni…nich so an«, lallte Kunz. Der Wein hatte seine Wirkung zu entfalten begonnen. Seine Bewegungen wirkten unkoordiniert, in seinen Augen stand ein glasiger Blick. Obwohl auf Hände und Füße gestützt, schwankte er wie ein Halm im Wind.

Jetzt oder nie!, schoss es Ranghild durch den Kopf. Ein kurzes Zögern, als der Gedanke in ihr aufblitzte, doch sie sah keine andere Möglichkeit. Es würde ein letzter, verzweifelter Versuch sein, das, was ihr drohte, zu verhindern. Federnd sprang sie auf. Zwei Sprünge reichten ihr, um in seinen Rücken zu gelangen und sich auf ihn zu werfen, sodass er flach auf dem Bauch zu liegen kam. Auf ihm kniend schlug sie ihm mit der Faust mehrfach gegen die rechte Schläfe. Dann packte sie ihn beim Haarschopf und drückte seinen Kopf in die Quandelöffnung. Kunz, von dem Angriff völlig überrumpelt und halb betäubt, brüllte auf und schlug blind mit den Armen um sich, doch Alkohol und der Rauch, den er einatmete, beraubten ihn nicht nur seiner Sinne, sondern auch der Fähigkeit, sich zu wehren. Ranghild hörte, wie er röchelnd und würgend nach Luft rang. Spürte, während sie weiter mit der Kraft der Verzweiflung seinen Kopf in die Öffnung gepresst hielt, wie sein ganzer Körper sich aufbäumte und zu beben begann. Erst als das Beben erstarb und sein Körper erschlaffte, ließ sie ihn los.

Nach Luft ringend und am ganzen Leib zitternd, erhob sie sich und sah auf ihn hinab. Der Kopf hing mit dem Gesicht nach unten über der Öffnung, aus der nach wie vor durchsichtiger Rauch quoll, der Rest des Körpers lag schlaff auf dem Meiler: ein bizarrer Anblick.

Entsetzen ergriff sie. Ein Weinkrampf bemächtigte sich ihrer. Sie hatte einen Menschen getötet. Wie von Sinnen von dem Gedanken, was ihr widerfahren würde, gelänge es ihr nicht, sich gegen ihn zu wehren, hatte sie seine momentane Schwäche ausgenutzt.

Dann aber löste sich der Weinkrampf. Kurz überlegte sie, dann stand ihr Entschluss fest. Jacob und Paul würden erst morgen Abend zurück sein. Bis dahin wäre genügend Zeit, auf Nimmerwiedersehen zu verschwinden. Das Risiko, jemandem aus dem Kloster zu begegnen, musste sie eingehen.

Ohne an den Toten auch nur einen einzigen weiteren Blick zu verschwenden, stieg sie vom Meiler und rannte ins Haus.

Als sie wieder ins Freie trat, trug sie ein Bündel auf dem Rücken; an einem Achselriemen baumelten eine Ledertasche und eine Kürbisflasche mit Wasser. Zügigen Schrittes durchquerte sie die Senke in Richtung Waldrand. Bevor sie in das Halbdunkel des Waldes eintauchte, um den Pfad in Richtung

Süden zu nehmen, blieb sie noch einmal stehen und warf einen gedankenverhangenen Blick zurück auf das, was drei Jahre lang ihr Gefängnis gewesen war.

Drei ganze Jahre!

Dann machte sie sich entschlossen auf den Weg.

Kapitel 21

Am späten Abend – es war eine helle, klare Mondnacht – erreichte sie ihr erstes Etappenziel. Hinter der großen Eiche am Rand der Lichtung bezog sie Position und inspizierte das Anwesen der alten Gret. Besser gesagt das, was davon übrig war. Wo einst die Wohnhütte und das Labor gestanden hatten, zeugten verkohlte Balkenreste, die wie Teile eines schwarzen Skeletts in den mondhellen Himmel ragten, davon, dass der Cellerar des Klosters Alpirsbach seine Drohung wahr gemacht hatte.

Mit bebendem Herzen querte Ranghild die einsame Lichtung. Im schwindenden Licht des Tages erblickte sie einen länglichen Hügel, auf dem ein grob zusammengenageltes Kreuz schief in der Erde steckte. Das Grab der alten Gret. Es lag unmittelbar neben dem einstmals mit viel Liebe gepflegten Kräutergarten. Jetzt wucherte Unkraut darin, die einzelnen Beete waren nicht mehr als solche zu erkennen, und die Umfriedung war zusammengefallen und zerstört. Unwillkürlich fiel Ranghild mit gefalteten Händen neben dem Grab auf die Knie und ließ ihren Tränen freien Lauf. Ein Schluchzen erschütterte ihren Körper.

Nach einer Weile erhob sie sich wieder und sah sich um. Ein heller Mond leuchtete ihr, während sie auf der Suche nach der einen oder anderen Erinnerung langsam über den ihr so vertrauten Grund schritt; sie wusste, dass es das letzte Mal sein würde. In den Trümmern der Laborhütte, unter einem zusammengebrochenen Regal, fand sie etwa ein Dutzend kleine mit Wachs verschlossene Fläschchen und tönerne Behälter mit Arzneien, die sie zusammen mit Gret, wenige Tage bevor der Cellerar erschienen war, hergestellt hatte. Vieles davon würde schon verdorben sein. Trotzdem befreite sie sie sorgsam von Asche und Erde, wischte die Fläschchen mit einem Tuch sauber und verstaute sie in ihrer Ledertasche. Ihr Blick suchte den Bretterverschlag, in dem Gret die Werkzeuge und Gerätschaften für die Gartenarbeit untergebracht hatte, und fand ihn. Der Schuppen hatte als Einziger die Zerstörungswut des Cellerars einigermaßen unbeschadet überstanden. Mächtige Spinnenweben vor dem Eingang, die im Licht des Mondes silbern glitzerten, zeugten davon, dass ihn schon länger niemand mehr betreten hatte. Sie wischte das dichte, leicht klebrige Gespinst mit dem Arm beiseite und tastete sich vorsichtig ins finstere Innere vor.

Wartete ein wenig, bis sich ihre Augen an das Dunkel gewöhnt hatten und sie die Konturen der ihr vertrauten Gegenstände ausmachen konnte.

Sie waren noch alle an ihrem Platz. Auch die alte Holztruhe, in der Gret Säckchen mit Saatgut und diverse andere Kleinigkeiten aufbewahrt hatte. Ranghild öffnete sie und ertastete mit sicheren Fingern eine Rohhautlampe und eine Unschlittkerze sowie die zum Feuermachen notwendigen Utensilien und entzündete ein Licht. In seinem Schein entdeckte sie auch den dicken Stapel zusammengelegter Säcke, aus denen sie sich ein Lager bereitete. Sie löschte die Lampe und war gleich darauf vor Erschöpfung eingeschlafen.

Der nächste Tag zog herauf. Geweckt von den frühen Stimmen des Waldes erwachte sie. Der perlende Gesang eines nahen Rotkehlchens drang an ihr Ohr und mischte sich in das entfernte Rufen eines Kuckucks. Ranghild erhob sich von ihrem Lager und trat vor den Verschlag. Morgendlicher Friede lag über der Lichtung. Silberperlen gleich hing der Tau im Gras. Sie musterte den gegenüberliegenden Waldrand. Rötliches Leuchten über den Wipfeln verhieß einen sonnigen Tag.

Ranghild ging zum Brunnen – auch er war noch intakt –, wo sie sich frisch machte und in großen Schlucken ihren Durst stillte. Auch die Kürbisflasche füllte sie bis zum Rand mit frischem Wasser. Anschließend sammelte sie auf der taubenetzten Wiese eine Handvoll Sauerampfer und aß ihn. Nahe dem Verschlag, in dem sie die Nacht verbracht hatte, rupfte sie Brombeeren von einem Strauch, die sie mit großem Appetit vertilgte.

Dann schulterte sie ihr Bündel, hängte sich Ledertasche und Wasserbehälter über die Achsel und schritt zügig auf den Waldrand zu.

Sie würde in südlicher Richtung weiterwandern. Zuerst ein gutes Stück durch die Wälder, um dann auf die stärker befahrene Straße in Richtung Freiburg zu wechseln. Irgendwo im Süden des Reiches hielt das Schicksal ein neues Leben für sie bereit, eines, das zu leben lohnte, davon war sie überzeugt. Noch ahnte sie nicht, wie schnell sich ihre Ahnung bestätigen sollte.

Kapitel 22

Ranghild wischte sich mit dem Ärmel über die schweiß-
nasse Stirn und blickte zum Himmel. Sie hatte bereits eine
stramme Wegstrecke hinter sich gebracht, immerhin stand
die Sonne im Zenit. Schon vor Stunden war sie auf die große
Handelsstraße gestoßen, die entlang des Kinzig- und Elztales
durch unterschiedliches Gelände nach Freiburg führte. Mal
durch die Wälder, mal über Felder und Wiesen oder auch
an bewaldeten Steil- und Felshängen vorbei. Nach kurzem
Überlegen war sie zu der Überzeugung gelangt, dass es besser
wäre, der Route, die die Hauptstraße nahm, auf Seitenpfaden
zu folgen, die parallel zu ihr verliefen. Auch wenn es bedeutete, dass die Wegstrecke dadurch länger und beschwerlicher
wurde, weil sie sich stellenweise durch dichten Wald schlagen
und Umwege in Kauf nehmen musste. Doch da die Hauptstraße streckenweise stark befahren war, würde sie auf diese
Weise das Risiko verringern, jemandem zu begegnen, der für
sie zur Gefahr werden konnte.

Wie so oft führte die Straße auch jetzt wieder durch dicht
bewaldetes Gebiet. Und auch diesmal hatte sie einen Pfad gewählt, der in einiger Entfernung zu ihr verlief. Sie beschloss,
eine kurze Rast einzulegen; ihr knurrender Magen erinnerte
sie nachdrücklich daran, dass sie seit Stunden nichts gegessen
hatte. Vielleicht würde ein Pilzgericht Abhilfe schaffen, vorausgesetzt, es gab hier Pilze. Sie drang in den Wald ein und
hatte innerhalb kürzester Zeit ihre Schürze mit Steinpilzen,
Pfefferlingen und Röhrlingen gefüllt. Schnell war ein geeig-

netes Plätzchen im Unterholz gefunden, das sie grob von Laub und Kleingehölz befreite. Dank Schlageisen, Feuerstein und Zunderschwamm, die sie aus der Ledertasche holte, knisterte bald ein kleines Feuer auf dem Waldboden. Aus grünen, frisch geschnittenen Haselruten baute sie sich eine Konstruktion, die einem Rost ähnelte, auf der sie die Pilze briet. Sie schmeckten köstlich.

Plötzlich merkte sie auf. Das Geräusch trabender Hufe drang an ihr Ohr. Ihr Blick glitt zwischen den Stämmen hindurch zur Straße und erfasste einen Reiter, der auf einem Schimmel vorbeitrabte. Auffällig an ihm war seine teure Kleidung: ein Tappert mit Pelzbesatz, als Kopfbedeckung trug er eine kostbare perlenbesetzte Gugel von grüner Farbe, die er kunstvoll zu einem Turban gewickelt hatte. Gleich darauf war er ihren Blicken entschwunden, das Klopfen der Hufe entfernte sich.

Ranghild beschloss weiterzuziehen. Diesmal traute sie sich durchaus, die Straße zu benutzen, außer dem Reiter war ihr seit geraumer Zeit niemand mehr begegnet.

Sie war noch nicht weit gekommen, als sie entferntes Rufen und Geschrei wahrnahm. Es kam von hinter der Biegung, die die Straße ein Stück weiter vorne beschrieb.

Plötzlich sah sie den Schimmel des Reiters, der kurz zuvor die Straße entlanggetrabt war, um die Biegung preschen. Das Tier rollte die Augen und wieherte panisch. Erschrocken sprang Ranghild zur Seite und suchte Schutz hinter den Bäumen am Waldrand. Dann galoppierte das Pferd auch schon an ihr vorbei den Weg zurück, den es mit seinem Reiter gekommen war. Ein Blutspur zeichnete den Weg, weil aus einer großen Wunde am Hals des Tieres in rhythmischen Stößen Blut floss.

Die Bäume und Hecken am Waldrand als Deckung nutzend, lief Ranghild dem Straßenverlauf folgend bis zu der Stelle, an der er in einem scharfen Bogen nach rechts abknickte.

Was sie sah, ließ sie entsetzt die Hand vor den Mund schlagen. In einer Entfernung von etwa hundertfünfzig Fuß lag der Reiter reglos am Boden. Drei maskierte Männer knieten neben ihm. Ihre Waffen lagen am Boden: ein Spieß, eine Hellebarde, sogar eine Armbrust. Gerade hatten sie dem Opfer Gürtel und Schwert abgenommen sowie Oberbekleidung und Schuhe ausgezogen.

»Sieh an, ein Tappert mit Pelzbesatz. Der allein dürfte schon einiges bringen«, meinte einer der Männer.

»Auch Schuhe und Gugel sind vom Feinsten. Erstklassige Ware«, meinte ein anderer und wedelte mit der grünen Kopfbedeckung.

»Na, was haben wir denn da? Ziemlich schwer, das Ding. Was meint ihr, ob da Steine drin sind?«, hörte Ranghild den dritten der Männer sagen, der einen prall gefüllten Beutel vom Gürtel des Opfers gezogen hatte.

Schallendes Gelächter.

»Vielleicht solltest du mal nachsehen, Lorenz? Nicht dass es wirklich nur Steine sind.«

»Veit hat recht, Lorenz. Das dumme Gesicht vom Bärenwirt möchte ich sehen, wenn wir nachher unser Bier mit Kieseln bezahlen«, feixte der dritte der Männer.

Erneutes Gelächter.

»Wenn du darauf bestehst, Ossi«, meinte Lorenz kichernd und öffnete den Beutel.

»Ich werd verrückt. Lauter Florentiner Gulden!«, jubelte Lorenz und hielt den geöffneten Beutel seinen Spießgenossen unter die Nase.

»Verdammt, da ist uns ja ein besonders prächtiger Vogel zugeflogen«, lachte Veit.

»Und ein recht exotischer dazu. Woher er wohl kommen mag?«, fragte Lorenz.

Der, der Ossi genannt wurde, sah sich skeptisch um.

»Ich vermute, dass er zur Entourage dieser neapolitanischen Handelskarawane gehört, die gerade in der Gegend unterwegs sein soll.«

»Du meinst, er ist vorausgeritten?«, fragte Lorenz.

Ossi zuckte mit der Schulter. »Könnte doch sein, oder?«

»Dann lasst uns lieber abziehen, Leute. Nicht dass wir der noch begegnen«, mahnte Veit.

Die Männer nahmen ihre Waffen auf und erhoben sich.

»Was machen wir mit ihm? Sollten wir ihm nicht den Rest geben?«, fragte Ossi.

Abschätzend sahen Lorenz und Veit auf das Opfer hinunter, das noch immer regungslos am Bode lag. Der Mann war verwundet. Sein Kopf lag auf der Seite, Ranghild sah, wie aus einer klaffenden Wunde an der Stirn Blut in den Straßenstaub sickerte. Allem Anschein nach hatte es auch seinen rechten Arm erwischt, der in einem unnatürlichen Winkel vom Oberkörper abstand.

Der, der Lorenz genannt wurde, trat dem reglos Daliegenden mit der Stiefelspitze in die Seite. Er rührte sich nicht.

»Ich denke, den Rest haben wir ihm schon gegeben. Um ihn brauchen wir uns nicht mehr zu kümmern. Lasst uns verschwinden.«

Die Wegelagerer wandten sich um, liefen ein Stück die Straße entlang und schlugen sich dann in den Wald.

Fieberhaft überlegte Ranghild. Ob der Reiter noch lebte? Keiner der drei Strauchdiebe hatte es für nötig befunden, seinen Zustand genauer in Augenschein zu nehmen.

Sollte sie es wagen?

Sie verließ ihr Versteck hinter den Bäumen und spurtete zu dem Verletzten. Legte Zeige- und Mittelfinger an seinen Hals und erkannte augenblicklich, dass er nicht nur lebte, sondern offenbar eine reale Chance besaß zu überleben: Sein Pulsschlag war fest und regelmäßig. Hastig inspizierte sie seine Verletzungen. Die Kopfwunde war nicht tief, blutete aber stark: offenbar eine Platzwunde. Der Arm war ausgekugelt – man würde ihn einrenken müssen –, die Stichwunde im Unterschenkel blutete ebenfalls, schien aber nicht gefährlich zu sein; ihrer ersten Einschätzung zufolge handelte es sich nur um eine Fleischwunde.

Ranghild entschied, den Mann vorerst in den nahen Wald zu schleifen, was ihr nur unter Aufbietung sämtlicher Kräfte gelang. Geschützt vor den zudringlichen Blicken Vorbeiziehender, bereitete sie ihm ein Lager aus Laub und Flattergras, das hier in rauen Mengen wuchs. Dann machte sie sich an die Versorgung der Wunden, wobei ihr der Inhalt zweier Fläschchen, die sie auf dem zerstörten Areal der Kräutergret gefunden hatte, sowie das Verbandsmaterial, das sie in ihrer Ledertasche mit sich führte, wertvolle Dienste leisteten. Vorsichtig säuberte sie die Stirnwunde mit Wasser aus ihrer Kürbisflasche und bandagierte den Kopf des Verwundeten. Anschließend nahm sie sich der Unterschenkelwunde an. Gerade war sie mit dem Bandagieren des Beins fertig geworden, als der Mann auch schon Zeichen des Erwachens zeigte und unvermittelt vom Lager hochfuhr.

»*Accidenti a chi sei? Quello che è successo?*«, stieß er hervor, als er Ranghild erblickte, die neben ihm kniete. Gleichzeitig fuhr seine Hand zum Gürtel, um nach seinem Schwert zu greifen. Als er feststellte, dass es fehlte, wollte er sich ruckartig erheben, sank aber laut aufstöhnend und mit schmerzverzerrtem Gesicht wieder aufs Lager zurück.

Ranghild legte behutsam ihre Hand auf seinen Arm.

»Ihr sprecht eine Sprache, derer ich nicht mächtig bin, Herr. Aber vielleicht könnt ihr ja mich verstehen?«

Der Mann sah sie misstrauisch an, als prüfte er, ob er ihr trauen könnte, dann nickte er matt.

»Ich spreche deine Sprache. Wer bist du, Mädchen? Was

ist mit diesem Pack, das mich überfallen hat?« Er sprach klar und fast ohne jeden Akzent.

»Ihr erinnert Euch an das, was geschehen ist? Den Heiligen sei Dank, das ist ein gutes Zeichen«, entgegnete Ranghild und fuhr fort: »Man nennt mich Ranghild. Ich kam, kurz nachdem sie Euch überfallen hatten, des Weges. Ich bekam mit, wie die Männer sich an Euren Sachen vergriffen, und wartete ab, was weiter geschehen würde. Nachdem sie abgezogen waren, musste ich zusehen, Euch so schnell wie möglich von der Straße wegzubringen, um Eure Wunden versorgen zu können.«

Jetzt erst bemerkte der Mann den verbundenen Unterschenkel, gleichzeitig griff er sich an das bandagierte Haupt.

»Du hast meine Wunden versorgt?« Bei einem weiteren Versuch, sich aufzurichten, verzog er erneut das Gesicht vor Schmerz, was dem ausgekugelten Arm geschuldet war.

»Ja. Ich sollte auch Euren Arm wieder einrenken, Herr. Wollt Ihr es zulassen?«, schlug Ranghild vor.

»Du versorgst meine Wunden, du willst meinen Arm einrenken – bist du eine Badersfrau?«

»Nein, aber meine Lehrmeisterin, eine Kräuterfrau und Heilerin, hat mir einiges beigebracht, was die Kunst des Heilens angeht«, entgegnete Ranghild selbstbewusst.

Der Mann überlegte kurz.

»Gut!«, nickte er. »Ich will es versuchen. Was bleibt mir auch anderes übrig? Bringen wir's hinter uns, fang an!«

Ranghild umfasste mit festem Griff den rechten Arm des Mannes, hoffend, dass ihr die Prozedur gelänge. Zwar hatte die Kräutergret sie die notwendigen Handgriffe gelehrt, einmal hatte sie sie sogar erfolgreich angewendet, aber das war schon geraume Zeit her. Entscheidend war, das wusste sie, den Patienten während des schmerzhaften Augenblicks, da die Oberarmkugel in die Pfanne zurückglitt, abzulenken.

»Ihr müsst wissen, als ich Euch so daliegen sah, erinnertet Ihr mich an …«

Ein heftiger Ruck, ein Knacken. Der Mann schrie auf, dann war auch schon alles vorbei.

»Seht Ihr, und schon ist es geschafft«, lächelte Ranghild. Sie war erleichtert, aber auch ein wenig stolz auf sich. »Ihr müsst den Arm allerdings dringend schonen. Am besten wäre es, Ihr würdet ihm einige Tage Ruhe gönnen«, fuhr sie fort.

Der Mann sah sie ungläubig an. Vorsichtig hob und senkte er den Arm und stellte verblüfft fest, dass er ihn mühelos bewegen konnte. Zwar war der Schmerz noch nicht gänzlich vorbei, aber er verspürte deutliche Erleichterung.

»Madonna! Du beherrschst dein Fach! Deine Lehrmeisterin kann stolz auf dich sein.«

»Ich danke Euch, Herr. Ein schöneres Kompliment hättet Ihr mir nicht machen können.«

»Sag … ähm … Wie lautet noch mal dein Name?«

»Ranghild, Herr. Nennt mich einfach Ranghild.«

»Sag, Ranghild, weißt du, was mit meinem Pferd geschehen ist?«

Sie antwortete nicht, doch ihr Schweigen und ihre Blicke sprachen Bände. Ranghild bemerkte, wie die Augen des Mannes feucht wurden.

»Mein Cavallino ist also tot?«, fragte er mit brüchiger Stimme.

»Ich … Ich fürchte, ja, Herr«, sagte sie. »Ich sah nur, wie er panisch den Weg zurückgaloppierte, den Ihr gekommen wart. Er blutete heftig aus einer Halswunde. Das Blut spritzte fast aus ihm heraus. Er dürfte nicht mehr lange gelebt haben.«

Im Blick des Mannes stand tiefste Trauer.

»Sie haben ihm eine Hellebarde in den Hals gestoßen. Er bäumte sich vor Schmerz auf und warf mich ab. Dann war er auch schon auf und davon.«

»Ihr habt ihn gemocht, nicht wahr?«

»Gemocht? Ich habe ihn geliebt!«

Er schwieg. Ranghild wagte nicht, die andächtige Stille zu unterbrechen, in der sich die Trauer des Mannes spiegelte.

»Wer bist du, Ranghild? Woher kommst du?«

Die plötzliche Frage überraschte sie, obwohl sie damit gerechnet hatte, sie gestellt zu bekommen.

Sie zögerte mit der Antwort.

»Das, Herr, geht nur mich etwas an.«

Nachdenklich musterte er sie.

»Ich verstehe«, sagte er nur.

Ranghild fasste sich ein Herz.

»Und Ihr, Herr, wer seid Ihr?«

Zum ersten Mal huschte ein Lächeln über das Gesicht des Mannes.

»Oh, verzeih mir, ich habe mich noch nicht vorgestellt. Mein Name ist Orlando di Lombrosso, Kaufmann aus Neapel und Mitglied einer Abordnung, die die berühmte Magistra Abella Montini aus Salerno begleitet. Wir sind schon seit fast drei Monaten unterwegs. Wir waren in Köln und hoffen, in sechs Wochen wieder zu Hause zu sein.«

»Eine Magistra? Es gibt Frauen, die den Titel eines Magisters tragen?«

Orlando di Lombrosso lächelte.

»O ja. *Magistra medicinae* Abella ist eine der berühmtesten Ärztinnen und Lehrerinnen an der *scuola medica salernitana*, der Medizinschule von Salerno. Das ganze Königreich Neapel ist stolz auf sie.«

»Ärztinnen an einer Medizinschule?«

Auch wenn sie noch nie zuvor von einer solchen Schule gehört hatte, war ihr Interesse geweckt. Was offensichtlich zu einer weiteren Frage führte, die der Neapolitaner unausgesprochen in ihrem Blick zu erkennen glaubte.

»Du fragst dich, wie eine *magistra medicinae* dazu kommt, solch eine Reise zu unternehmen? Nun, Magistra Abella sollte auf ihrer Reise Möglichkeiten erkunden, den Wissensschatz der Schule auch in den Gegenden des Heiligen Römischen Reiches zu verbreiten. Da eine solche Reise mit vielen Gefahren verbunden sein kann, wurde eine Vereinigung neapolitanischer Kaufherren vom Salernoer *collegium hippocraticum* gebeten, eine Eskorte für die Magistra zusammenzustellen, die sie auf ihrer Reise begleiten sollte. Das Collegium hat die Leitung der Schule inne. Wir von der Kaufherrenschaft stimmten gern zu. Francesco Rimini, Ricardo Petrarca und meine Wenigkeit rüsteten einen kleinen Handelszug aus, zu dem auch einige Bewaffnete zählten. Würden wir doch auf dieser Reise auch unsere geschäftlichen Kontakte pflegen und erweitern können. In Köln nahm die Magistra eine Audienz mit dem Erzbischof und Kurfürsten von Köln, Heinrich von Virneburg, und einigen Patriziern wahr. Die Kölner Bürgerschaft ist sehr interessiert an der Gründung einer solchen Schule. Bis jetzt wäre unsere Reise sehr erfolgreich verlaufen – wäre nur dieses Pack nicht gewesen …« Der Neapolitaner hielt kurz inne, Wut und Empörung ließen seine Stimme zittern.

»Ihr seid vorausgeritten, nehme ich an?«, fragte Ranghild.

Der Kaufherr nickte. »Ja, ich beabsichtigte, einen entfernten Verwandten in Freiburg aufzusuchen. Heute nach Sonnenaufgang, die Karawane rastete noch in einer Herberge, brach ich auf, in drei Tagen wollte ich wieder zur Reisegesellschaft stoßen. Wie du siehst, kam ich nicht sehr weit … Nun ja, den Rest kennst du.«

»Das heißt, die Karawane müsste bald hier vorbeikommen, und Ihr könnt mit ihr weiterziehen?«

Lombrosso sah zum Himmel und prüfte den Stand der Sonne.

»Ja. Wir haben jetzt kurz nach Mittag. Es dürfte nicht mehr lange dauern.«

»Sehr gut. Dann seid Ihr bestens aufgehoben. Ihr solltet nur darauf achten, dass Ihr Euch schont. Am besten, Ihr macht es Euch in einem Wagen bequem.«

Der Neapolitaner schenkte ihr ein warmes Lächeln.

»Deine Sorge rührt mich. Hab vielen Dank für deine Hilfe.«

»Ich habe nicht viel getan.«

Di Lombrosso lachte kurz auf. »Stell dein Licht nicht unter den Scheffel, Mädchen. Du hast mich von der Straße hierher in den Wald in Sicherheit gebracht, meine Wunden versorgt und meinen Arm eingerenkt. Magistra Abella hätte es mit den Mitteln, die du zur Verfügung hattest, nicht besser vermocht.«

Ranghild spürte, wie ihr Gesicht sich rötete. Sie lächelte. »Ihr macht mich noch ganz verlegen, Herr.«

Die Sonne war ein gutes Stück weitergewandert. Für kurze Zeit belebte sich der Verkehr auf der Straße: Aus ihrem Versteck heraus hatten sie mehrere Reisende, Frauen wie Männer, zu Fuß die Straße entlangziehen sehen. Auch ein Maultiergespann und ein Reiter zu Pferd waren vorbeigekommen.

Am frühen Nachmittag dann nahmen sie das entfernte Geräusch eilig herangaloppierender Hufe wahr, die sich schnell näherten.

Sie spähten die Straße entlang und sahen drei bewaffnete, mit Helm und Brustharnisch ausgestatte Reiter heranpreschen.

»Die gehören zur Karawane. Endlich!«, rief di Lombrosso erregt. »Schnell, lauf zur Straße und bring sie her!«

Ranghild schnellte hoch und rannte auf die Straße.

Mit beiden Armen wedelnd, lenkte sie die Aufmerksamkeit der Reiter auf sich, die erst knapp vor ihr die Pferde zum Stehen bringen konnten. Staub wirbelte auf. Die Pferde wieherten und schnaubten, die Männer schrien aufgebracht durcheinander.

»*Madonna mia. Cosa vuole questa donna pazza?*« – »*Deve essere davvero pazzo. Li abbiamo quasi buttati giù.*« – »*Attento! Può essere una trappola!*«

»Orlando di Lombrosso! Orlando di Lombrosso!«, rief Ranghild nur und deutete mit der Hand in Richtung des Verstecks.

Die Männer stutzten.

»Du … wer?«, rief einer der drei in gebrochenem Deutsch. Er trug einen schwarzen Vollbart.

»Ranghild! Ich bin Ranghild!«, rief sie und zeigte mit dem Finger zuerst auf sich, dann in Richtung des Waldrandes: »Orlando di Lombrosso! Er liegt dort im Wald. Er ist verletzt.«

»Verletzt?«, hakte der Bärtige nach.

Ranghild nickte. »Ein Überfall! Wegelagerer!«

»*Porca misera!*«, brüllte der Bärtige und wandte sich an seine Begleiter. »*Il Signore è stato attakkato!*«

»*Veloce controlliamolo!*« – »*Al diavolo quella maledetta marmaglia!*«, schrien die anderen beiden. Die Männer sprangen aus dem Sattel, ließen die Pferde einfach stehen und folgten Ranghild, die vorauseilte.

»*Grazie alla Madre di Dio!*«, rief Lombrosso, als er der Männer ansichtig wurde.

Sofort entspann sich eine lebhafte und vor allem laut geführte Unterhaltung, in dessen Verlauf Lombrosso mehrfach in Richtung Ranghilds mit dem Kopf nickte. Die drei Männer sahen immer wieder anerkennend zu ihr herüber.

Dann wandte er sich an Ranghild.

»Sie haben meinen Cavallino gefunden. Knapp eine Meile von hier. Er lag verendet am Rand des Weges. Er muss verblutet sein, wie du es gesagt hast. Als sie seiner ansichtig wurden, beschloss Magistra Abella zusammen mit meinen Geschäftspartnern Francesco Rimini und Ricardo Petrarca Aldo, Chico und Leo sofort loszuschicken, um nach dem Rechten zu sehen.«

»Dann müsste die Karawane doch bald hier sein?«

»So ist es.«

Nur wenig später kam die Reisegesellschaft in Sicht und hielt am Straßenrand. Zwei von je zwei Pferden gezogene Planwagengespanne sowie zwei weitere Reiter – die Kaufherren Francesco Rimini und Ricardo Petrarca, wie Ranghild vermutete –, des Weiteren einige Knechte und Bewaffnete, ebenfalls zu Pferd. Und natürlich Magistra Abella.

Die Magistra war eine schlanke, hochgewachsene Frau, die keinerlei Kopfbedeckung trug, was das natürliche Selbstbewusstsein, das sie an den Tag legte, noch betonte. Das von einigen grauen Strähnen durchzogene glänzend schwarze Haar trug sie zu einer Art Turban gebunden. Nach oben geschwungene dunkle Brauen, mandelförmige dunkelgrüne Augen, volle Lippen und eine markante, leicht gebogene Nase verliehen ihr das Aussehen einer orientalischen Fürstin. Das feste Kinn verriet Willensstärke, die hohe Stirn einen weiten geistigen Horizont.

Ranghild war sofort fasziniert von ihr. Nachdem die Magistra längere Zeit mit Orlando di Lombrosso gesprochen hatte, wandte sie sich an das Mädchen.

»Signore di Lombrosso sagte mir, dass du bei einer Kräuterfrau gelernt hast, wie man Wunden behandelt?«

»Ja, edle Frau.«

»Du hast den Signore perfekt verarztet, Mädchen. Gratulation. Magst du mir die Salbe zeigen, die du aufgetragen hast?«

»Natürlich, Magistra.«

Ranghild griff in den Lederranzen und holte die Fläschchen

hervor, die sie gestern unter dem verkohlten Gebälk auf dem ehemaligen Anwesen der alten Gret geborgen hatte.

»Diese Arzneien habe ich, bevor man mich …«, sie unterbrach sich kurz, »habe ich vor vielen Monaten zubereitet. Sie sind luftdicht verschlossen. Mit Wachs. Einige mögen bereits verdorben sein, andere halten sehr lange. Diese Salbe habe ich vorhin verwendet.«

Die Magistra las das verschmutzte Etikett auf dem Fläschchen und nickte. »Pappelsalbe. Sehr wirksam bei der Wundbehandlung.«

Sie sah sich die anderen Fläschchen an. »Wer hat sie beschriftet? Die Schrift ist sehr schön.«

»Ich, Magistra.«

»Du kannst lesen und schreiben?«

Wieder nickte Ranghild.

»Eines würde ich gern wissen, Ranghild. Der Signore sagte mir, dass er auf seine Frage, woher du kämst, eine eigentümliche Antwort bekommen habe. Du wolltest nicht darüber sprechen.«

Die Magistra hielt inne, um Ranghild die Möglichkeit einzuräumen, sich zu erklären. Sie hatte sehr wohl die Unterbrechung im Redefluss bemerkt und sich ihren Reim darauf gemacht.

Ranghild lief rot an. Dann nickte sie mehrfach nachdrücklich mit dem Kopf, schwieg jedoch beharrlich.

»Ich deute dein Schweigen dahingehend, dass du keine Heimat und keine Zukunft hast. Sehe ich das richtig?«

Auch diesmal nickte Ranghild nur. Ihre Augen wurden feucht, was die Magistra sehr wohl bemerkte.

»Ich mache dir einen Vorschlag. Ich brauche eine geschickte Gehilfin. Eine, die lesen und schreiben kann. Wie du. Möchtest du noch mehr beherrschen als nur dieses? Noch mehr lernen? Möchtest du mit mir nach Salerno kommen?«

Ranghild wusste nicht, wie ihr geschah. Ein Drehschwindel ergriff sie. Sie musste sich gegen den Stamm einer Tanne lehnen, um sich abzustützen.

»Ihr … Ihr wollt mich wirklich … nach Salerno …?«, flüsterte sie völlig aufgelöst und kostete den Namen der fremden Stadt auf ihrer Zunge.

Die Magistra lächelte und legte sanft den Arm um ihre Schulter.

»Aber ja, Mädchen. Sei willkommen in unserer Reisegruppe.«

ZWEITES BUCH

DER FREIHEIT
HELLES
LEUCHTEN

1328 bis 1336

Kapitel 23

Seit vier Tagen lagerten die Gaukler unweit des Donauufers in der Nähe eines kleinen bei Ingolstadt gelegenen Dorfes.

Elias kauerte auf einem der großen glatten Steine, die das Flussufer säumten. Er liebte diesen von Schilf und hohen Gräsern umwucherten Ort inmitten der Flussauen, von dem eine wohltuende Ruhe, aber auch ein magischer Zauber ausging. Gedankenverloren blickte er den Fluten hinterher, die sich gemächlich flussabwärts wälzten und erste Nebel in die beginnende Dämmerung entließen.

Wie immer in letzter Zeit, wenn ihn das Bedürfnis überkam nachzudenken, hatte er auch heute wieder die Einsamkeit abseits der Truppe gesucht, um sich der Vergangenheit zu stellen.

Ein totes Stück Treibholz, weiß wie ein Knochen, glitt an ihm vorüber. Ob es wohl die weite Reise bis zur Flussmündung schaffen würde, dort, wo die Donau sich in das geheimnisvolle Gewässer ergoss, das man das Schwarze Meer nannte? Ob er es vielleicht eines Tages selbst bis dorthin schaffen würde? Ein leises Lächeln stahl sich auf seine Züge, als er daran dachte.

Über zwei Jahre war er nun schon Mitglied der von Jörg Jörgelin geführten Gauklertruppe. Die Freiheit, die er als »Fahrender« genoss, hatte ihm ein Fenster zur Welt aufgestoßen, groß und weit, wie er es sich nie hätte träumen lassen. Jörgelin gastierte mit seinen Gauklern meist in den größeren Städten des Reiches innerhalb eines breiten Streifens nördlich der Alpen und südlich des Mains, hatte aber auch schon in Verona und Padua Halt gemacht. Auch im böhmischen Prag war man schon gewesen. Die Eindrücke, die Elias während dieser Reisen gewonnen hatte, hatten ihn an Körper, Seele und Geist weiter reifen lassen. Zwar hatte sich sein Stand nicht geändert; als jemand, der zum fahrenden Volk gehörte, zählte er weiter zu den Angehörigen jener Berufe, die mit dem Makel der Ehrlosigkeit behaftet waren, doch das war ihm gleichgültig. Er war nach wie vor davon überzeugt, dass ein gut meinendes Schicksal seine Schritte gelenkt hatte, als er in jener regnerischen Nacht vor zwei Jahren in der Nähe von Rottweil auf das Lager Jörg Jörgelins gestoßen war.

Von Anfang an hatte er sich mit »Meister Jörg«, wie dieser von den Angehörigen seiner Truppe respektvoll genannt wurde, gut verstanden. Jörgelin selbst – er stammte von einem verarmten Rittergeschlecht ab – war vor mehr als zwanzig Jahren zum fahrenden Volk gestoßen, nachdem er sein Dasein als umherziehender Scholar aufgegeben hatte. Als Theologiestudent war er einst mit einem seiner Magister in Streit geraten und hatte voller Zorn das Studium geschmissen. Der Hang zum Reisen und Umherziehen war ihm allerdings geblieben, und so hatte er sich eine Zeit lang einem Gauklerzug angeschlossen, bevor er selbst auf den Gedanken kam, einen solchen zu gründen. Ein geringes Erbe, das ihm ein entfernter Verwandter vermacht hatte, hatte den Ausschlag für diese Entscheidung gegeben. Auch wenn es dauerhaft zu wenig zum Leben und zu viel zum Sterben war, hatten die Mittel doch ausgereicht, um sich eine Ausstattung zu beschaffen, von der andere seines Standes nur träumen konnten.

Im Laufe der Jahre hatte er durch Fleiß, Einfallsreichtum

und kluges Wirtschaften eine beachtliche Karriere hingelegt. Nannte er doch drei Planwagen, einen Ochsenkarren, einen dressierten Bären sowie sieben Zugtiere nebst einer Menge Requisiten sein Eigen. Wenn überhaupt, war nur wenigen Fahrenden ein solcher Erfolg beschieden. Jörgelins Vita konnte sich sehen lassen, und das, obwohl er mit der *macula infamiae* behaftet war und den »Unehrlichen« zugerechnet wurde. Der außergewöhnliche Ruf, den er sich mit seinen Darbietungen erworben hatte, eilte ihm überall voraus. Sogar in Frankfurt, bei den Feierlichkeiten anlässlich der Krönung Ludwigs aus Bayern zum römischen König Oktober Anno Domini 1314, war er mit seinen Leuten mit großem Erfolg aufgetreten. Auch wenn deren Zusammensetzung damals eine andere gewesen war. Ein Aufenthalt seiner Schar in den Städten sorgte immer noch für großen Zulauf auf den Jahrmärkten und hob deren Bedeutung. Jörgelin war es gelungen, auch den einen oder anderen Ratsherrn zu beeindrucken. In einigen Städten kassierte er dafür sogar ein vom Rat der Stadt festgesetztes Grundgeld und ergänzte damit die Einnahmen, die die Truppe durch den Bettel erzielten.

Auch manch adliger Burgherr schätzte Jörgelins Dienste, brachte seine Truppe doch Abwechslung in den drögen Burgalltag, vor allem im Winter. Meist gelang es ihm, im Voraus ein hübsches Sümmchen für die Darbietungen auszuhandeln, um nicht nur auf die Einnahmen aus den Jahrmärkten und Dörfern, durch die sie zogen, angewiesen zu sein.

Elias hatte sich schnell in das acht Männer, drei Frauen und zwei Kinder zählende Völkchen eingegliedert und Jörg Jörgelin von seinen Qualitäten überzeugt. Innerhalb von zwei Jahren war aus ihm ein begnadeter Jokulator geworden, ein Jongleur und Bodenakrobat, der sein Metier auf eine Weise beherrschte, die ihm sowohl die Bewunderung des Publikums als auch seiner Gefährten einbrachte. Seit einigen Wochen beschäftigte er sich mit der Kunst des Seilgehens. Sein Ehrgeiz, einer der Besten auf diesem Gebiet zu werden, kannte keine Grenzen und ließ ihn fast jeden Tag verbissen üben.

Alle aus der kleinen Schar mochten ihn, bis auf einen: Hans Jörgelin, der zweiundzwanzigjährige Neffe Jörg Jörgelins, der in Elias einen Rivalen sah, und das umso mehr, als sein Onkel ihn ins Herz geschlossen hatte und davon redete, er, Hans, könne doch mit Elias zusammen die Gruppe führen, sollte das Schicksal eines Tages es so wollen. Die Abneigung Hans' gegen ihn war seitdem stetig gewachsen, was er ihn, wo er nur konnte, spüren ließ. Erst am Morgen hatte Hans seine Wut wieder mit den Fäusten an Elias ausgelassen.

Neben diesem Konflikt waren es weiterhin die Albträume, die Elias zu schaffen machten und die ihn immer noch heimsuchten. Die Schattenwesen, vor denen er vergeblich zu fliehen versuchte, ihr höhnisches Gelächter, die Angst, die zumindest in den Nächten nie enden würde. Und die Erinnerungen an die Zeit bei Utz Herrlinger, dem Schinder. In regelmäßigen Abständen tauchten sie, mal grell aufscheinend, mal düster verhangen, in seinem Kopf auf: Bilder, die er gerne losgeworden wäre, aber diese Gnade war ihm bisher nicht beschieden gewesen. Wachsendes Unbehagen bereitete ihm auch der Umstand, dass er immer noch nicht wusste, wer er war. Wie oft schon hatte er das Medaillon, das er am Hals trug, als wäre es Teil seines Körpers, in die Hand genommen, es hin und her gedreht, auf- und zugeklappt, gegen jede Vernunft hoffend, dass die seltsame Gravur und die Skizze auf dem winzigen Pergament unter seinen scharfen Blicken ihr Geheimnis preisgäben. Umsonst.

»He, Elias, das Essen ist fertig, du sollst zum Lager kommen!«

Die glockenklare Stimme, die ihn aus seinen Gedanken riss, gehörte Brida, Tochter Bettlins und Sieberts, die auch

Teil der Gruppe waren und vor allem bei den Aufführungen mitwirkten.

»Ist gut, Brida, ich komm schon.«

Elias sprang auf und folgte dem Mädchen, das, ein Lied summend, voraussprang.

Sie kamen am Käfigkarren vorbei, in dem Rollo, der Tanzbär, darauf wartete, dass sich jemand seiner annähme. Man hatte ihn ein Stück entfernt vom Lager abgestellt; ein Bretterzaun, der sich schnell auf- und abbauen ließ, schützte ihn vor den neugierigen Blicken eventuell Vorbeikommender. Elias hörte, wie das Tier leise klagend vor sich hin knurrte.

Wie immer standen die drei Planwagen im rechten Winkel zueinander und umschlossen einen kleinen quadratischen, nach einer Seite hin offenen Lagerplatz. Die Zugtiere, vier Pferde – Kaltblüter von kräftiger Statur – sowie ein Ochse und zwei Maultiere, waren mit langen Stricken an den Außenseiten der Wagen angeleint und grasten friedlich vor sich hin.

Sie traten auf den vom Licht eines Lagerfeuers erhellten Platz. Köstlicher Duft stieg in Elias' Nase und ließ ihm das Wasser im Mund zusammenlaufen. Er genoss diese Stunde am frühen Abend, an dem die Truppe, eng ums Feuer sitzend, gemeinsam die Mahlzeit einnahm. Man tauschte sich über die Ereignisse des Tages aus, besprach, was künftig alles anstand, oder plauderte einfach. Manchmal wurde gescherzt und gelacht, manchmal auch erbittert gestritten. Bis Luna, die meistens kochte, die Kelle schwang und mit einem resoluten »Jetzt wird gegessen, verdammt!« dem Lärmen ein Ende setzte.

Heute würde es Elias' Lieblingsspeise geben: einen Eintopf aus Bohnen und Hammelrücken, ein Festessen. Das Fleisch hatte Bodo, der Feuerschlucker, angeschleppt. Er hatte den Hammelrücken von einem Bauern aus dem benachbarten Dorf erhalten, dem er geholfen hatte, eine gebrochene Deichsel zu reparieren.

Überhaupt hatte man zu den Dörflern einen freundlichen Kontakt geknüpft. Man schuldete ihnen Dank. Immerhin hatte Anselm Böckler, der Dorfschulze, der Truppe gestattet, ihr Lager auf dem Grund aufzuschlagen, der zur Allmende des Dorfes gehörte. Als Gegenleistung würde die Truppe einen Auszug aus dem Programm zeigen, das sie in den Städten zur Aufführung brachte.

»Na, wurde aber auch Zeit«, grummelte Luna, als sie Elias' ansichtig wurde. Fast alle saßen bereits am Feuer. Außer Hans, der Neffe Jörg Jörgelins.

»Her mit den Tellern!«, befahl Luna, die neben dem dampfenden Kessel stand. Mehr als ein Dutzend Hände reckten sich ihr entgegen. Luna lud jedem einen ordentlichen Schlag des köstlich duftenden Hammeleintopfs auf den Teller. Ein kollektives »Hm!« drehte die Runde.

»Branco, wo bleibt das Brot?«

Branco, der achtjährige Sohn des Zwergenehepaares Reto und Isa, langte hinter sich und förderte einen Weidenkorb voller in Stücke zerteilter Brotbrocken zutage, den er herumgehen ließ. Branco oblag es, jeden Tag das getrocknete Brot mit der Brotgrammel zu zerteilen und für das Abendessen herzurichten.

»Was ist mit Hans, hat er keine Lust auf Hammeleintopf?«, fragte der kleinwüchsige Reto, der mit vollen Backen kaute. Er arbeitete wie auch sein Weib als Jongleur und Akrobat. Außerdem war Reto einer der vier Spielleute der Truppe und blies die Flöte. Von Reto und Isa hatte auch Elias die Kunst der Jonglage erlernt. Mittlerweile hatte er sie darin überflügelt, was die beiden jedoch nicht mit Eifersucht, sondern mit Wohlwollen zur Kenntnis nahmen.

Als habe er die Frage vernommen, tauchte plötzlich Hans auf und setzte sich, als wäre nichts gewesen, seinem Oheim gegenüber ans Feuer. Außer einer stark geschwollenen blau angelaufenen Nase zeugte nichts mehr von dem Raufhändel zwischen ihm und Elias.

Jörg Jörgelin warf ihm einen grimmigen Blick zu.

»Hans wird heute nicht mit uns speisen. Er wird sein Mahl getrennt von uns einnehmen und auch erst, nachdem er Rollo zu fressen gegeben und ihn versorgt hat«, merkte er scharf an, ohne seinen Neffen direkt anzusprechen. Ein Zeichen der Empörung, wie alle in der Runde wussten. Obwohl ansonsten eine Seele von Mensch, gutmütig und immer besorgt um das Wohlergehen seiner Truppe, verrieten Miene und Ton, dass er zutiefst verärgert war. In Augenblicken wie diesem wirkte er finster und unzugänglich, ein Eindruck, der durch den dichten schwarzen Bart, die buschigen Augenbrauen gleicher Farbe und den tiefen Bass seiner Stimme noch verstärkt wurde.

Hans' Gesicht wechselte augenblicklich die Farbe. Dass sein Oheim ihn vor aller Ohren und Augen derart zusammenstauchen würde, damit hatte er nicht gerechnet. Elias versuchte sich nicht anmerken zu lassen, wie sehr er die Demütigung Hans' genoss, im Inneren jubelte er geradezu.

Doch Hans wollte es offensichtlich darauf ankommen lassen.

Ohne ein Wort streckte er Luna seinen Teller entgegen, während sein flackernder Blick herausfordernd auf Jörg Jörgelin ruhte.

Luna zögerte, abwechselnd musterte sie den Meister und seinen Neffen. Sie fühlte sich augenscheinlich in ihrer Haut alles andere als wohl.

Jörg Jörgelin reichte es jetzt, er sprang auf.

»Bist du schwerhörig? Du wirst heute nicht mit uns zusammen essen, sagte ich. Versorg den Bären, dann hol dir dein Essen. Und nun geh mir aus den Augen!«, brüllte er.

Hans zuckte zusammen, auf diese Weise hatte der Oheim noch nie mit ihm gesprochen. Tränen der Wut traten in seine

Augen, sie glitzerten feucht, das Flackern des Feuers spiegelte sich in ihnen.

Mit einem Satz sprang er hoch, knallte seinen Holzteller auf die Erde und entfernte sich mit wütenden Schritten vom Lager.

Auch die Runde war zusammengezuckt. Man schwieg betreten. Alle wussten um den Grund, der Meister Jörg veranlasst hatte, diese Entscheidung zu treffen. Es war wie schon des Öfteren in letzter Zeit: Hans begehrte ständig auf, mal passte ihm dieses, mal jenes nicht, und er vernachlässigte seine Pflichten, wie sich um Rollo, den Tanzbären, zu kümmern. Eigentlich oblag diese Aufgabe Kasimir, dem Tierdompteur, doch der lag seit über einem Monat im Armenspital in Passau, wo er sich vom Bruch seines Schienbeins erholen sollte.

»Hoffentlich ist Kasimir bald wieder auf dem Damm, Rollo braucht jemanden, der sich zuverlässig um ihn kümmert«, seufzte Isa, die Frau Retos. Offenbar hoffte sie, der Situation das Peinliche zu nehmen.

»Ja, hoffen wir's«, bekräftigte Paul, der Trommler, in seiner einsilbigen Art und biss knackend ein Stück vom harten Brotbrocken ab.

»Ich fürchte, das wird dauern. Sofern er überhaupt wieder auf die Füße kommt«, meinte Meister Jörg. Er hatte sich wieder gefangen, in seiner Stimme schwang tiefe Sorge mit.

Rufus, genannt »Der Riese«, der bis jetzt still vor sich hin gekaut hatte, schreckte bei diesen Worten hoch.

»Ihr meint, er könnte es nicht schaffen, Meister? Aber warum denn nicht, um aller Heiligen willen?«

»Hast du vergessen, was der Bader sagte, der seine Wunde versorgt hat? Heile sie nicht, käme irgendwann das Fieber und dann …« Jörg hob beide Hände zu einer unmissverständlichen Geste.

»Aber er wird doch nicht sterben, oder?«, fragte Brida ängstlich.

»Hoffen wir, dass Gott es gut ausgehen lässt, mein Kind«, versuchte Bettlin ihrer Tochter Mut zu machen und streichelte ihr Haar. Brida mochte Kasimir, als wäre er ihr Bruder. Oft schon hatte er ihr erlaubt, Rollo zu füttern und zu striegeln oder ihn an der Kette herumzuführen. Und das sogar, ohne dass dem Tier der Maulkorb aufgesetzt werden musste.

»Aber wer kümmert sich dann um Rollo? Ich meine, wenn Kasimir nicht gesund wird?«, hakte sie weinerlich nach.

»Wir werden sehen, Brida. Lass uns abwarten, mehr können wir leider nicht tun.«

»Doch, eines können wir tun«, widersprach Jörg Jörgelin. »Die Einnahmen aus der Vorstellung, die wir in Ingolstadt geben werden, als Bezahlung für den von der Stadt bestellten Wundarzt hernehmen. Er soll sehr gut sein.«

»Das heißt, wir verzichten abermals auf unseren Lohn?«, wollte Rufus wissen.

»Das heißt es. Zumindest auf einen Teil«, bekräftigte Jörg.

»Kasimir sollte uns das wert sein. Meint ihr nicht?«, wandte Siebert sich an die Runde.

Die anderen stimmten zu, wenn auch etwas zögerlich. Was nicht verwunderte. Waren die Einnahmen, die die Truppe mit ihren Vorstellungen in letzter Zeit erzielte, doch recht karg gewesen.

»Dann werden wir eben den Gürtel noch mal enger schnallen müssen. Ein Wundarzt kostet schließlich mehr als ein Bader«, stellte Isa fest.

»Wie Siebert gerade sagte, das muss es uns wert sein. Auch wenn das Ganze ein empfindliches Loch in unsere Kasse reißt«, ergänzte Luna.

»Das wird es in der Tat«, stimmte Reto zu. »Dennoch müssen wir zusammenhalten.«

»Ja, wir stehen füreinander ein«, meldete sich Elias zu Wort, »das ist ja gerade, was mir an unserer Truppe gefällt.«

»Ob Hans das auch so sieht?« Bodo hatte die Frage gestellt – deutlich hörbar und nicht ganz unbegründet, war Hans doch der Einzige in der Truppe, der sich schwertat, Gemeinschaftssinn zu zeigen. Schon vor drei Wochen, als es auf einen Teil der Einnahmen zugunsten Kasimirs zu verzichten galt, hatte er nur widerwillig zugestimmt.

»Ihm wird nichts andres übrig bleiben, sonst stellt er sich außerhalb unserer Gemeinschaft«, knurrte Jörg Jörgelin.

Die Runde schwieg. Man gab sich völlig dem Genuss des Hammeleintopfs hin. Lunas Vollmondgesicht glänzte vor Schweiß und Zufriedenheit. Das Schlürfen, Schmatzen und Rülpsen sowie die wiederholten Bitten an sie, die Teller aufs Neue zu füllen, waren das größte Kompliment, das man ihr machen konnte. Dennoch: Die hässliche Szene, die sich zuvor abgespielt hatte, wirkte nach. Die Unbekümmertheit, die sonst um diese Zeit am Lagerfeuer herrschte, wollte sich einfach nicht einstellen.

Meister Jörg erhob sich. Mit einem Wink forderte er Elias auf, ihm zu einer Stelle außerhalb des Lagers zu folgen.

»Ihr habt wieder gestritten, nicht wahr?«, fragte er, nachdem sie sich unter einer Weide in der Nähe des Flussufers niedergelassen hatten.

Elias nickt stumm.

»Was ist geschehen, erzähl es mir!«, forderte Jörg ihn auf.

Elias schilderte den Vorfall.

Jörg Jörgelin senkte den Kopf und starrte finster schweigend vor sich hin.

Er hob das Haupt. »Ich will, dass das aufhört zwischen euch! Ich weiß, es liegt nicht an dir. Dennoch bitte ich dich, in Zukunft mehr auf dich zu achten. Hab dich mehr in der Gewalt.«

»Aber Meister, ich habe mich nur gewehrt. Er ist es, der immer anfängt, und …«

»Ich weiß!«, schnitt er Elias scharf das Wort ab. »Du sollst dich auch wehren, aber nicht über Gebühr. Ich kenne dich, wenn du einmal in Rage geraten bist, kennst du kein Aufhören mehr. Das ist gefährlich und kann böse enden. Nicht nur für deinen Gegner, sondern auch für dich, verstehst du?«

Elias schwieg und sah verlegen nach unten. »Ja, Meister«, sagte er leise.

Meister Jörg hatte recht. Elias war sich seiner Schwäche bewusst: Es war zwar nicht oft der Fall, dass er körperlich angegriffen wurde, aber wenn, mündete der natürliche Reflex, sich zu wehren, in einen unbeherrschten Ausbruch von Wut, verbunden mit einer Art Hochgefühl und dem Verlangen, dem Gegner möglichst große Schmerzen zuzufügen. Zum ersten Mal hatte er dieses Hochgefühl in jener Nacht verspürt, als er Peter, den Waldbauern, mit den Ziegenhäuten beliefert hatte. Als es ihm gelungen war, den beiden Wegelagerern zu entkommen, die ihm auf dem Rückweg auflauerten, indem er einem von ihnen eine Handvoll Brennnesseln und Ameisenerde ins Gesicht gerieben hatte. Er hatte jemanden besiegt, indem er ihm Schmerz zufügte, und sich regelrecht daran ergötzt. Die Erfahrung war einzigartig und das Gefühl der Genugtuung, das sie in ihm ausgelöst hatte, mit nichts zu vergleichen gewesen. Später, als es ihm gelang, seinen Peiniger Utz Herrlinger zu überwältigen, hatte sich das gleiche Empfinden bei ihm eingestellt. Er erinnerte sich daran, wie er schweigend auf ihn eingeschlagen hatte, immer und immer wieder, genährt von einem grenzenlosen Hass und dem Gefühl der Macht, das sich mit jedem Hieb, den er führte, gesteigert hatte. Bis ihm bewusst wurde, dass er ihn töten würde, wenn er weiter auf ihn einschlüge, und innegehalten hatte.

Doch auch wenn ihn in solchen Augenblicken tiefe Befriedigung durchströmte – im hintersten Winkel seines Verstandes wusste er sehr wohl, dass sein Handeln verkehrt war. Dass er sich ändern musste. Dass er sich, wenn er sich derart gehen ließ, nicht von denen unterschied, die ihm Übles wollten.

Er spürte die Hand Meister Jörgs auf seiner Schulter und sah auf.

»Es gibt ein altes lateinisches Sprichwort, Junge. Ich habe es mir einst als junger Scholar gemerkt: ›*Vincit qui se vincit*‹, ›es siegt, wer sich selbst besiegt.‹ Denk in Zukunft daran«, bemerkte Jörg und erhob sich. »Im Übrigen: Ich werde auch mit Hans reden.«

Jörgelin ging zum Lager zurück. Elias sah ihm hinterher. Zum ersten Mal bemerkte er, dass sein Gang schwer und schleppend wirkte. Elias beschloss, noch eine Weile unter der Weide sitzen zu bleiben. Mittlerweile war die Dunkelheit hereingebrochen. Am klaren Nachthimmel blinkten die Sterne, die schmale Sichel des Mondes spendete mageres Licht.

›*Vincit qui se vincit*‹ – es siegt, wer sich selbst besiegt. Würde er das jemals schaffen? Sich selbst besiegen? Er bezweifelte es. Ein tiefer Seufzer entrang sich seiner Brust. Verdammt, warum nur war es so schwer, sich selbst zu besiegen? Zum zweiten Mal an diesem Tag geriet Elias ins Grübeln. Kurz darauf war er eingenickt.

Kapitel 24

Etwas hatte ihn geweckt. Erschrocken sprang er hoch und sah sich um. Ärgerlich registrierte er, dass er unter dem Baum eingeschlafen war, und stieß einen leisen Fluch aus. Wie hatte ihm das passieren können? Und was, zum Teufel, war es, das ihn so unsanft aus dem Schlaf gerissen hatte?

An den Stamm der Weide gelehnt, sämtliche Sinne angespannt, musterte er konzentriert seine Umgebung und lauschte in die nächtliche Stille. Nebelschwaden krochen in niedriger Höhe über den Boden und bedeckten Wiesen und Flussauen wie vom Himmel gefallene Wolken; Sträucher und Bäume ragten auf seltsam verkürzte Weise daraus empor und erweckten den Eindruck, als würden sie schweben.

Ein Rascheln. Nicht weit entfernt. Elias hielt den Atem an. Wieder raschelte es, dann ein verhaltener tiefer Brummton. Elias' Blick schoss zum Flussufer. Zu der lang gezogenen Gebüschreihe, die sich oberhalb der Uferböschung flussaufwärts in Richtung Süden zog. Dort, wo sie endete, grenzte ein Wäldchen an den Fluss. Dahinter lag ein Schafpferch, von dem aus ein gewundener Pfad zum Dorf hinunterführte. Erneutes Rascheln, erneutes Brummen, diesmal ein gutes Stück weiter entfernt. Dann sah er ihn. Ein massiger Schatten, der sich aus dem Dunkel des Gesträuchs löste und zornig brummend und mit weiten Sprüngen die von weißen Schwaden bedeckte Wiese querte. Gleich darauf schluckte ihn die nachtschwarze Mauer des am Fluss gelegenen Wäldchens.

Elias' Herzschlag setzte für den Bruchteil eines Wimpernschlags aus. Rollo! Der Bär war ausgebrochen. Es stand zu vermuten, dass er sich zu den hinter dem Wäldchen gelegenen Schafen aufgemacht hatte. Elias schnellte hoch und lief in Richtung Lager, das die Truppe ungefähr drei Steinwürfe entfernt vom Flussufer aufgeschlagen hatte. Sein Ziel war der Bretterverschlag, hinter dem der Käfigkarren stand. Das schmale Licht, das die Mondsichel hergab, genügte ihm, um ihn schon von Weitem erkennen zu lassen, dass ein Teil des Verschlags auf der Erde lag. Als er völlig außer Atem dort anlangte und über die am Boden liegenden Bretter zu dem Karren stolperte, sah er, dass die vergitterte Tür des Käfigs weit offen stand. Der Strick, der sie normalerweise verschlossen hielt, lag am Boden, offenbar war er durchgebissen worden.

Elias rannte weiter zum nur wenige Schritte entfernten Lagerplatz, wo die Wagen standen. Vorbei an dem zusammenklappbaren Bretterverschlag, der sein Nachtlager bildete, zu dem Wagen, in dem Jörg Jörgelin sowie Siebert und Rufus der Riese nächtigten. Hinter der Plane war das regelmäßige Schnarchen der drei im Tiefschlaf befindlichen Männer zu hören. Elias hob ein Stück Holz vom Boden auf und trommelte damit laut vernehmlich gegen das starke Leinen.

Ein erschreckter Schnarchstoß, ein verschlafenes »Verdammt, was gibt es denn?«.

Kein halbes Vaterunser später streckte Meister Jörg seinen Kopf durch einen Schlitz in der Plane.

»Du, Junge? Bei allen Teufeln, was ist geschehen?«, knurrte er unwirsch.

»Rollo, Meister! Er ist … Er ist …« Elias hielt vor Aufregung schnaufend inne.

»Rollo? Was ist mit Rollo?« Jörgelin war mit einem Schlag hellwach.

»Er ist … ausgebrochen, Meister … ich … Ich habe gesehen, wie er in dem Wäldchen verschwand, das an die Donau grenzt. Wir … Wir müssen ihm hinterher. Hinter dem Wäldchen liegt ein Schafspferch. Er … Er gehört zum Dorf. Das kann nicht gut gehen.«

Ein kräftiger Fluch, wie Elias ihn noch nie zuvor von ihm gehört hatte, schoss über des Meisters Lippen. Elias hörte, wie Jörgelin Rufus und Siebert weckte, gleich darauf öffnete sich die Plane an der Heckseite einen großen Spalt weit, und die drei sprangen heraus.

Gefolgt von den anderen, stürmte Jörgelin die wenigen Schritte zum Käfig, um sich mit eigenen Augen von dem Malheur zu überzeugen. Am Boden lagen die beiden Teile des Stricks und ein Maulkorb.

Er hob eine Hälfte des Stricks auf und besah ihn sich.

»Er hat ihn durchgebissen. Wenn er ordentlich angekettet gewesen wäre, hätte er gar nicht an den Strick herankommen dürfen.«

Jörgelin hatte recht. Der Bär war auch im Käfig immer anzuketten. Das eine Ende der Kette war an einem Eisenring befestigt, der um den Hals des Bären geschmiedet war, das andere an einem der Käfigstäbe; die Kettenlänge war so bemessen, dass er nicht an das Gitter, das die Tür bildete, herankam. Es war wohl versäumt worden, ihn am Käfig anzuketten.

»Er kann was erleben«, zischte Jörgelin leise, aber voller Zorn, und jeder wusste, wen er meinte.

»Nimm den Maulkorb mit«, forderte er Elias auf. Dann stürzte er zurück zu einem der beiden anderen Wagen, den sich Reto und sein Sohn Branco sowie Paul, Hans und Bodo als nächtlichen Schlafplatz teilten.

»Aufstehen, Männer. Sofort! Holt euch lange Stangen und ein paar Stricke. Beeilt euch!«, brüllte er. Der Lärm weckte auch die Frauen, die im dritten Wagen schliefen und ängstlich unter der Plane hervorlugten.

Wenige Vaterunser später bewegten sich die Männer mit Stöcken und Seilen bewaffnet in Richtung des Wäldchens.

Rufus ging voran, Siebert als Letzter, beide mit Fackeln bewaffnet. Jörg Jörgelin hatte einen Stock dabei, an dem ein eiserner Haken befestigt war.

»Hast du eine Erklärung, wie das geschehen konnte?«, herrschte Jörg seinen Neffen an, während sie durch das taunasse Gras liefen.

»Ich … Ich kann es mir nicht erklären, Oheim, wirklich nicht. Ich habe ihn versorgt, ihm zu fressen gegeben, wie Ihr angeordnet habt, dann habe ich ihn noch ein bisschen herumgeführt und ihn wieder in den Käfig gebracht.«

Elias, der hinter den beiden ging, glaubte Verzweiflung aus seinen Worten herauszuhören.

Jörgelin war plötzlich stehen geblieben, Hans, der neben ihm herlief, ebenfalls.

»Soll ich dir sagen, wie es war, du nichtsnutziger Tölpel?«, brüllte er unbeherrscht los. »Du hast vergessen, ihn anzuketten. Hast die Käfigtür mit dem Strick gesichert und dich davongemacht. Das Tier hat den Strick durchgebissen, die Tür ging auf, und schwupp – Rollo ist weg. Jetzt läuft er durch die Gegend und schleift die Kette hinter sich her.«

»Aber nein, Oheim, ich …«

»Still! Ich will nichts mehr hören. Gnade dir Gott, wenn uns der Bär Scherereien bereitet.«

Er stapfte weiter. Schweigend folgten ihm die anderen. Kaum dass sie in das Wäldchen eingedrungen waren, blieb Jörgelin schlagartig stehen und hob die Hand.

Eine unnötige Geste, auch der Rest der Truppe hatte das panische Blöken und das dumpfe Brüllen, das entfernt an ihr Ohr drang, wahrgenommen und war stehen geblieben. Der

Fackelschein, der im Dunkel des Waldes unruhig leuchtete, unterstrich die Bestürzung in den Mienen der Männer auf gespenstische Weise.

»Er ist bereits in den Pferch eingedrungen. Weiter, Männer, schnell, um Himmels willen, beeilt euch!« Jörgelins Stimme klang heiser vor Entsetzen. Allen war klar, was es bedeutete, wenn Fahrende, Gaukler und andere Nichtsesshafte bezichtigt wurden, durch ihr Auftauchen in der Gegend Schaden zu stiften.

Stolpernd, stürzend, fluchend brachen sie durchs Unterholz, hetzten zwischen den Stämmen hindurch und hatten bald das Ende des Wäldchens erreicht. Die dahinter gelegenen Äcker und Wiesen gehörten, wie auch der Platz, auf dem die Truppe lagerte, zur Allmende des Dorfes. Sie hasteten weiter und liefen über ein brach liegendes Feld auf den Schafspferch zu. Seltsamerweise waberte hier der Nebel nur vereinzelt über den Boden und bildete regelrechte Inseln. Je näher sie dem Pferch kamen, desto lauter wurde das panische Lärmen.

Im schmalen Licht des Mondes bot sich ihnen ein Bild des Schreckens: die weißen Leiber der in Todesangst blökenden Tiere, die innerhalb der Umzäunung verzweifelt durcheinanderwogten, mitten unter ihnen der hin- und herspringende dunkle Körper Rollos, der wie ein der Hölle entstiegener Dämon wirkte. Offenbar hatte er Blut geleckt; einem uralten Instinkt folgend, tat er das, was er tun musste. Kasimir, der aus Polen stammende Tierdompteur, hatte ihn einst verletzt im Wald vorgefunden, ihn gesundgepflegt und ihm das Tanzen beigebracht, kurz bevor er die Grenze vom Jungtier- zum Erwachsenenalter überschritten hatte. Als es noch in den Wäldern lebte, hatte das Tier genügend Zeit gehabt, seinen Jagdinstinkt zu entwickeln. Normalerweise wurden Tanzbären bereits im Welpenalter dressiert, um möglichst früh den

Bezug zu ihrer natürlichen Lebensweise zu verlieren, doch das war bei Rollo nicht geschehen.

Die Gruppe stürzte zum Gatter, das den Pferch verschloss.

»Rufus! Öffne das Gatter, schnell!«, schrie Jörgelin in die Nacht.

Rufus schleuderte seine Stange ins Gras, packte das Gatter, hob es mit einem kräftigen Ruck seiner muskelbepackten Arme aus den Angeln und warf es beiseite. Ein Schwall weißer, blökender Leiber schoss durch die Öffnung an ihnen vorbei ins Freie und ergoss sich in die umliegende Allmende. Im Nu war der Pferch leer. Bis auf den Bären, der, als er die Männer in den Pferch stürmen sah, bewegungslos stehen geblieben war, sowie fünf Schafe, darunter zwei Lämmer, die mit durchbissener Kehle blutüberströmt am Boden lagen. Ein sechstes, ein trächtiges Schaf, lag unkontrolliert zitternd ebenfalls am Boden. Blut schoss schwallweise aus einer großen Wunde in der Brust. In der schwarz glänzenden Blutlache, in der das Tier lag, spiegelten sich die Mondsichel und die Fackeln der Männer.

Rollo stand mit halb offenem Maul mitten im Pferch und wiegte seinen Kopf hin und her. Sein zorniges Brüllen war einem gefährlichen Knurren gewichen. Kommt mir nicht zu nahe, schien er sagen zu wollen. Von seinen blutigen Lefzen troff ein Speichelfaden, der schaurig glänzte. Seine Augen blitzen tückisch im Fackelschein. Das war nicht mehr der Rollo, den die Truppe kannte. Ab sofort, das war den Männern klar, war das Tier für den Einsatz bei den Vorführungen verloren.

»Nähert euch ihm, aber vorsichtig!«, befahl Jörgelin. Mit festem Griff umfasste er den Stab mit dem Haken. Es galt, den günstigsten Zeitpunkt abzuwarten, um das gebogene Eisen in den Nasenring des Bären einzuklinken und ihn so zum Gehorsam und zu Boden zu zwingen. Die Nase war das empfindlichste Organ des Bären; war der Haken erst einmal in den Nasenring eingeklinkt, ließ sich das Tier beliebig lenken. Die langen Stangen wie Speere in beiden Händen haltend, gingen die Männer zügig auf das Tier zu und zogen den Kreis um es immer enger. Solcherart von allen Seiten bedrängt, warf Rollo den Kopf in den Nacken, richtete sich auf die Hinterbeine auf und ließ ein markerschütterndes Brüllen hören.

Jörgelin sprang blitzschnell nach vorne, hob den Stab und klinkte den Haken in den Nasenring ein, wobei er darauf achtete, nicht zu heftig daran zu reißen, um den Bären nicht empfindlich zu verletzen.

Abermals brüllte das Tier. Diesmal nicht im Blutrausch, sondern vor Schmerz. Jörgelin zwang ihn mittels des Hakens auf den Boden. Vier der Männer stürzten auf den Bären zu und pressten ihm die Stangen in den Leib, um ihn am Aufrichten zu hindern. Gleichzeitig warfen sich Rufus und Siebert auf Rollo und drückten ihm den Kopf zu Boden. Rasch zog Jörgelin den Haken aus dem Nasenring und ersetzte ihn durch einen Strick, den er mit flinken Fingern daran festknotete.

»Den Maulkorb, schnell!«, rief er Elias zu. Die vier Männer, die ihre Stangen in die Seite des Tieres gepresst hielten, zwei weitere, die ihm den Kopf auf den Boden drückten, dazu der Strick am Nasenring – Rollos Widerstand war gebrochen. Es war nicht schwierig für Elias, auch noch den Maulkorb anzulegen.

»Zurücktreten!«, befahl Jörgelin. Leicht schwankend erhob sich der Bär, das Haupt in ohnmächtigem Zorn hin und her bewegend, nach wie vor das tückische Blitzen in den Augen. Der Maulkorb verwehrte ihm das Brüllen, dafür schnaubte er vor Erregung und knurrte dumpf. Doch die Gefahr, die von ihm ausging, war vorüber.

Heller Fackelschein und aufgebrachte Stimmen ließen Jörgelin und seine Männer herumfahren. Hinter einer Biegung, die der Pfad, der ins Dorf führte, beschrieb, tauchte ein knappes Dutzend mit Fackeln, Gabeln, Äxten und Stöcken bewaffneter Männer auf. Es waren die Dörfler. Offensichtlich alarmiert vom Gebrüll des Bären und dem panischen Blöken der Schafe, die auf den nächtlichen Wiesen herumirrten, hatten sie sich aufgemacht, um nach dem Rechten zu sehen. Schreiend und erregt mit ihren Waffen fuchtelnd, kamen sie näher.

»Gib auf ihn acht und sorge dafür, dass er sich nicht von der Stelle rührt«, wandte sich Jörgelin hastig an Rufus, der Rollo mittels des Stricks in Schach hielt. Das Tier wirkte mittlerweile erschöpft, es stand mit gesenktem Kopf apathisch da, vom Maulkorb troffen Speichelfäden.

Jörgelin ging den Männern entgegen und hob beschwichtigend die Arme. Er beabsichtigte, den Leuten vorzuschlagen, den erlittenen Verlust zu ersetzen. Sie stießen ihn wütend beiseite und stürmten weiter. Als sie in den Pferch eindrangen und das Blutbad sahen, das der Bär angerichtet hatte, drohte aus der aufgebrachten Gruppe ein wütender, unberechenbarer Mob zu werden.

»Verdammte Gauklerbrut! Aufhängen müsste man euch!«, brüllte einer von ihnen. Ausgerechnet der Bauer, von dem Bodo den halben Hammel bekommen hatte, war der Schreihals.

»Schnappt euch die Bande. An den nächsten Baum mit ihnen!«

»Richtig! – »Weg mit dem fahrenden Gesindel!« – »Lumpenpack!« – »Tötet das Bärenvieh!« – »Dieser Satan, macht ihn nieder!«

Bis zu diesem Tag war Elias nicht bewusst gewesen, wie atemberaubend schnell sich Menschen wandeln konnten. Waren das dieselben Leute, mit denen sie noch vor zwei Tagen einträchtig beisammensaßen und denen sie eine kleine

Sondervorstellung gegeben hatten, als Gegenleistung dafür, dass der Truppe gestattet worden war, ihr Lager auf der Allmende des Dorfes aufzuschlagen? Wie schnell die Stimmung doch umschlagen konnte. Heute Freund, morgen Feind.

»Hört, Leute, so hört doch!«, versuchte Jörgelin mit seiner Bassstimme gegen das Geschrei der aufgebrachten Meute anzukämpfen. Vergeblich. Der Mob drängte sich immer enger um ihn, schrie und fuchtelte bedrohlich mit den mitgebrachten Gabeln, Äxten und Stöcken herum.

»Was soll das? Gebt Ruhe, verdammt!«, mischte sich eine kräftige Stimme auf einmal in den Lärm. Sie gehörte Anselm Böckler, dem Dorfschulzen, der, warum auch immer, erst jetzt auftauchte.

Der Lärm verstummte. In Elias keimte Hoffnung auf; würde sich jetzt doch noch alles zum Guten wenden?

»Der verdammte Bär hat unsere Schafe gerissen, Anselm. Hier, sieh dir die Bescherung an!«, rief einer der Männer erbost.

»Ich hatte doch gleich gesagt, es bringt nichts Gutes, dem Pack das Lagern auf unserer Wiese zu erlauben«, murrte ein anderer.

»Halt dein Maul, Albrecht«, fuhr ihn der Schulze barsch an.

Er nahm einem der Männer die Fackel aus der Hand, ging in den Pferch und besah sich die Kadaver der gerissenen Tiere. Dann richtete sich sein Blick auf den Bär und schließlich auf Jörgelin. Ein kalter Blick.

»Ihr werdet uns den Schaden ersetzen. Ihn …«, er nickte zum Bär hin, »töten wir und behalten sein Fell. Und in spätestens zwei Tagen seid ihr verschwunden.«

Empörtes Raunen bei den umstehenden Gauklern, auch in Elias keimte verhaltene Wut auf. Er versuchte sich durch den Mob zu drängeln, um in die Nähe Meister Jörgs zu gelangen.

Der schüttelte den Kopf. »Den Schaden ersetzen wir euch, keine Frage. Auch wenn uns die Bezahlung den letzten Heller kostet. Aber der Bär bleibt unser. Mit ihm verdienen wir unser Geld.«

Elias fand das unsinnig. Was war nur in den Meister gefahren? Er musste doch wissen, dass Rollo in dieser Nacht zu der Lebensweise zurückgekehrt war, die die Natur für ihn vorgesehen hatte. Und dass dieser Umstand unumkehrbar war. Als Tanzbär war er für die Truppe verloren, sie würden ihn freilassen, sobald sie in der Nähe eines der großen Wälder im Osten des Reichs kamen. Oder war der Einwand Jörgelins nur ein letzter verzweifelter Versuch, das Tier zu retten? Eines war sicher: Würde Rollo getötet werden, würde es Kasimir, der eine enge Beziehung zu dem Tier aufgebaut hatte und im Armenspital in Passau auf seine Genesung hoffte, das Herz brechen.

Der Dorfschulze trat einen Schritt näher.

»Ihr wollt mir doch nicht weismachen, dass dieser pelzige Satan weiter für Euch tanzen wird«, zischte er. »Das Tier muss getötet werden, das wisst Ihr genauso gut wie ich. Ich wiederhole es: Das Fell des Bären gehört uns.«

Jörgelin trat seinerseits einen Schritt näher und reckte dem Vogt herausfordernd das Kinn entgegen.

»Und ich sage: Nein!«

»Du wagst es, mir zu widersprechen, du, ein Fahrender?«, der Schulze hatte unversehens die Anrede gewechselt. »Weißt du, was geschieht, wenn ich den Vorfall beim Ingolstädter Rat anzeige? Nehmt euch vor der Truppe des Jörg Jörgelin in Acht, wird man sagen. Er gefährdet Gesundheit und Leben der Ingolstädter Bürger. Und das wird sich herumsprechen. Du und deine Truppe, ihr werdet in keiner Stadt mehr Aufnahme finden.«

Bedrückt erkannte Elias, dass sie die Sache verloren geben mussten. Offenbar sah Meister Jörg es genauso: Betreten sah

er zu Boden. Was hätte er auch sagen können? Der Dorf-
schulze bediente den längeren Hebel. Und als ehemaliger
Scholar und Theologiestudent wusste er nur zu gut um das
Paradoxe, das Gegensätzliche seiner Profession. Spielmänner
und -weiber, Gaukler, Possenreißer und andere Fahrende –
Jokulatoren, wie sie auch genannt wurden – gehörten einem
Stand an, der in Wirklichkeit keiner war. Ein Fahrender war
ein Niemand, ein Nichts. Einerseits waren sie hochwillkom-
men mit ihren Darbietungen, die Kurzweil, Vergnügen und
Zerstreuung versprachen, sogar am Hof von Fürsten und
Königen, andererseits verachtete man sie. Unterstellte ihnen
Gottlosigkeit und Müßiggang und dass sie mit dem Teufel
gemeinsame Sache machten, wie Tertullian, der große Kir-
chenlehrer, einst behauptet hatte …

»Nun?«, hakte der Schulze drohend nach.

Jörgelin hob das Haupt.

»Sei's drum, Ihr bekommt den Bären«, sagte er leise.
»Allerdings bitte ich Euch um zwei Dinge. Erstens: Ihr erlaubt uns, noch zwei Tage auf Eurem Grund zu nächtigen.
Zweitens: Töten werden *wir* ihn, nicht Ihr. Das Fell indessen
zieht ihm selbst ab.«

»In Ordnung. Was ist mit der Bezahlung des Schadens?«

»Was verlangt Ihr?«

»Pro Schaf hundertzwanzig Heller, macht bei fünf Schafen
sechshundert Heller.«

»Seid Ihr des Teufels? Das sind zweieinhalb Gulden! Ihr
müsst wahnsinnig sein!«

»Ich sagte, sechshundert Heller, keinen Heller weniger!«

Sechshundert Heller, zweieinhalb Gulden! Elias schlug
entsetzt die Hand vor den Mund, er wusste, dass das ein maßlos überzogener Preis war. Dennoch – Meister Jörg würde
wohl kaum etwas gegen die unverschämte Forderung ausrichten können. Was sich an dem Blick ablesen ließ, den er seinem

Gegenüber zuwarf: Zorn und Ohnmacht spiegelten sich darin. Auch das Mahlen seiner Kiefer verriet, wie erregt er war.

»Verdammte Wegelagerer!«, knurrte er kaum hörbar vor sich hin. Laut sagte er. »Schickt einen Beauftragten morgen früh zu uns ins Lager oder kommt selbst. Ihr bekommt das Geld. Und nun bitte ich Euch um Euer Schwert.«

Der Schulze trat einen Schritt zurück, sein Hand fuhr zum Gürtel.

»Ich soll Euch meine Waffe überlassen? Verdammt, was soll das?«, fuhr er Jörgelin misstrauisch an.

»Ihr wolltet doch das Fell des Bären. Wollt Ihr es ihm etwa bei lebendigem Leib über die Ohren ziehen?«

Jetzt erst hatte der Schulze begriffen. Als Amtsträger besaß er das Privileg, eine Waffe zu tragen, ein Recht, das gelegentlich auch anderen Personen zustand, Leuten unehrlichen Standes jedoch verwehrt blieb.

Er zögerte. Elias dünkte, als ob er mit sich rang, bevor er Jörgelin dann doch das Schwert überreichte.

»Töte ihn so, dass sein Fell möglichst intakt bleibt«, befahl er kalt.

Jörgelin warf ihm einen verächtlichen Blick zu, dann wandte er sich um und trat behutsam an den Bären heran, der ruhig dastand und noch immer völlig apathisch wirkte.

»Streichle ihm den Nacken und lenke ihn ab«, bat er Rufus leise. In Rufus' Augen trat ein feuchter Glanz, er nickte nur. Auch die anderen wussten, was sie erwartete. Sie hatten den Wortwechsel zwischen ihrem Meister und dem Dorfschulzen schweigend mit angehört. Über Elias' Gesicht liefen Tränen.

Jörgelin atmete tief durch. Rufus streichelte Rollo Nacken und Hals und redete beruhigend auf ihn ein. Der Bär hob den Kopf, drehte ihn in Richtung Jörgelins und gab durch den Maulkorb einen dumpf klagenden Laut von sich, als ahnte er, was auf ihn zukam.

»Komm, mein Bester, sieh mich an«, murmelte Rufus und zog den Kopf Rollos sacht in die entgegensetzte Richtung.

Da holte Jörgelin aus und stieß dem Bär das Schwert tief ins Schulterblatt. Tödlich ins Herz getroffen, durchlief ein Zittern den Körper des Tieres, dann kippte es zur Seite weg.

Mit einem finster gemurmelten »Ihr habt ja nun, was Ihr wolltet« trat Jörgelin auf den Dorfschulzen zu und rammte das Schwert unmittelbar vor ihm in den Boden, so nah, dass dieser erschrocken einen Satz nach hinten machte.

Dann verließ er mit allen Gauklern den Pferch.

Kapitel 25

Der nächste Tag brachte kühleres Wetter. In Verlauf der Nacht hatte es zu regnen begonnen, nachdem zuvor starker Wind aufgekommen war. Er hatte Äste und Laub von den Bäumen gezaust und die meisten der bunten Tücher, mit denen die Wagen verhängt waren, von den Planen gezerrt. Einige waren wer weiß wohin geweht worden, andere hingen tropfnass und schlapp im Geäst der Bäume und Sträucher, die, solcherart verkleidet, einen bizarren Anblick boten.

Auch den Verschlag, der als Sichtschutz um den Käfigkarren herum errichtet worden war, hatte der Wind komplett zerlegt. Einsam und verlassen stand er inmitten der kreuz und quer am Boden liegenden Bretter, die von den starken Böen wüst durcheinandergewirbelt worden waren. Ein Sinnbild der Leere, die den inneren Zustand aller spiegelte, die schweigend das Gelände nach vom Wind fortgewehten und zerstreuten Gegenständen absuchten.

Vor dem Karren, auf einem der Bretter, saß Brida und schluchzte haltlos. Am Morgen, gleich nachdem sie wach geworden war, hatte ihre Mutter sie darüber unterrichtet, was in der vergangenen Nacht geschehen war.

»Weine nicht, kleine Brida.«

Das Mädchen hob das tränennasse Gesicht und sah Elias an, der über sie gebeugt stand und ihr Haar streichelte.

»Warum, Elias?«, schluchzte sie. »Warum nur musste er sterben?«

Elias schwieg. Wie auch hätte er der Zehnjährigen erklären

sollen, warum der Dorfschulze das Fell des Bären eingefordert hatte und Meister Jörg nichts anderes übrig geblieben war, als Rollo zu töten.

»Hans ist schuld! Hätte er nicht vergessen, ihn anzuketten, wäre Rollo noch am Leben. Ich hasse ihn«, stieß sie auf einmal hervor.

Auch diesmal verzichtete Elias auf eine Antwort. Brida hatte recht. Noch gestern Nacht, nachdem sie zum Lager zurückgekehrt waren, hatte Jörgelin mit seinem Neffen heftig gestritten. Hatte Letzterer doch behauptet, er habe Rollo ordnungsgemäß versorgt und ihn sehr wohl im Käfig angekettet. Jemand anderer müsse dafür verantwortlich sein, jemand, der nach ihm den Käfig betreten habe. Das aber hatte ihm niemand abgenommen, sein Oheim am allerwenigsten.

Elias beschloss, das Mädchen von seinem Schmerz abzulenken.

»Ich werde nachher wieder üben. Magst du mir helfen?«

»Du willst Seillaufen üben?«

Elias nickte. Wohin sie auch kamen: Er hatte es sich zur Gewohnheit gemacht, jeden Tag zwei- bis dreimal das Gehen auf dem Seil zu üben, eine Kunst, die ihn faszinierte und die er mit jedem Übungstag vervollkommnete.

Brida sprang auf und wischte sich mit dem Handrücken die Tränen aus dem Gesicht.

»Gut! Ich bin dabei.«

Elias lächelte. Sein Angebot hatte die Kleine aufgemuntert.

»Darf ich schon mal das Seil und all die anderen Sachen aus deinem Verschlag holen?«, fragte Brida ihn.

»Machen wir gemeinsam. Ich brauche heute das längere Seil und ein paar andere Requisiten.«

Sie liefen zu dem Verschlag, der Elias als Behausung diente. Unterwegs begegneten sie Hans. Wortlos gingen sie aneinander vorbei. Doch in dem Blick, mit dem Hans Elias musterte, brodelte unversöhnlicher Hass. Und auf einmal wusste Elias, dass das Verhältnis zwischen ihnen stets feindschaftlich bestimmt sein würde. Das Gespräch zwischen Neffe und Oheim hatte offenbar nichts gebracht.

In seinem Verschlag angekommen, bückte sich Elias zu der alten Truhe hinunter, in denen er seine Habseligkeiten aufbewahrte. Dann zog er einen verrosteten Schlüssel aus seiner Gürteltasche, um das Vorhängeschloss zu öffnen. Er hatte die Truhe, kurz nachdem er bei der Truppe gelandet war, am Fuß eines Berges entdeckt, an dem sie vorbeigezogen waren. Auf der Kuppe qualmten die rauchenden Trümmer einer kleinen Burg vor sich hin. Vielleicht war sie dem Fraß eines durch Unachtsamkeit verursachten Brandes zum Opfer gefallen, vielleicht auch einer feindlichen Attacke. In manchen Gegenden, die sie durchzogen, befehdeten sich streitsüchtige Nachbarn bis aufs Blut: Burgmannen und Lehnsmänner, Ritterbürtige von niederem Adel oder auch Edelfreie, die nicht gerade zimperlich miteinander umsprangen. Wie auch immer es gewesen sein mochte, Elias hatte die alte Truhe leer, in geöffnetem Zustand und mit dem Schlüssel im Schloss vorgefunden und von Jörg Jörgelin die Erlaubnis erhalten, sie mitzunehmen.

»Nanu!«, murmelte er. Irgendetwas war mit dem Schloss, es ließ sich heute nur schwer öffnen. Er musste den Schlüssel mit aller Kraft drehen, vielleicht war die Mechanik beim letzten Öffnen oder Schließen verbogen worden.

»Hier, nimm!« Elias reichte Brida ein Paar leichter Schuhe mit einer biegsamen Sohle aus aufgerautem, weichem Leder. Er hatte sie selbst angefertigt, extra für seine Leidenschaft.

»Und das hier? Brauchst du das nicht auch?« Brida entnahm der Truhe eine Schärpe.

»Nein, heute nicht. Hier, nimm lieber den Schellengürtel.«

Er reichte dem Mädchen einen Gürtel, an dem über ein Dutzend kleiner Glöckchen befestigt war, und nahm ein sauber aufgerolltes Seil heraus. Als er den Deckel schon fast wieder zugeklappt hatte, stutzte er. Er beugte sich nah über das eiserne Schloss, um es sich genauer anzusehen. Kratzer auf der rostigen Oberfläche! Frische Kratzer! Kein Zweifel, irgendjemand hatte sich an seiner Truhe zu schaffen gemacht. Jetzt wurde ihm klar, weshalb er das Schloss nur schwer aufgebracht hatte. Aber was hatte dieser Jemand vorgehabt?

Hastig klappte Elias den Deckel noch einmal zurück und räumte aufgeregt alles aus, was die Truhe enthielt. Um schließlich festzustellen, dass alles noch da war. Aber was hatte der verdammte Schnüffler denn gesucht? Was dessen Identität anging, war er sich fast sicher: Hans, der Neffe Jörg Jörgelins.

Elias sah nachdenklich vor sich hin; sollte er Meister Jörg von seinem Verdacht in Kenntnis setzen?

Er beschloss, es vorerst nicht zu tun, klappte den Deckel wieder zu und verschloss die Truhe.

»Können wir jetzt gehen?«, fragte Brida.

»Können wir.« Elias nickte.

Sie gingen in Richtung Donauufer.

»Du wirst das Seil zwischen der Weide und der Birke spannen, stimmt's?«, wollte Brida wissen.

»Stimmt! Wir probieren heute die längere Strecke.«

Brida kannte sich schon aus. Die kürzere Strecke beinhaltete die Entfernung zwischen zwei Birken nahe dem Flussufer. Sie standen näher beisammen als die Weide und die Birke, zwischen die Elias heute das Seil spannen wollte.

»Hier, nimm!« Elias, er stand neben der Weide, reichte dem Mädchen das eine Ende des Seils, das er locker zusammengerollt in beiden Händen hielt.

Brida ging zu der Birke, während Elias das Seil im Auge behielt, das durch seine Hände glitt und abspulte. Bunte Fähnchen in Dreiecksform, die an dem Seil festgemacht und um dasselbe gewickelt waren, entfalteten sich.

»In welche Kerbe?«, rief das Mädchen, nachdem es die Birke erreicht hatte.

»In die über deinem Kopf«, rief Elias zurück.

»So hoch?«

»Ja. Ich versuche es heute etwas höher als sonst.«

Brida schlang das Seilende um den Stamm der Birke, knüpfte eine Schlinge, ließ sie in die Kerbe über ihrem Kopf gleiten und zog sie zu. Gleich nachdem sie hier ankommen waren, hatte Elias sich die Bäume ausgesucht, die er zum Üben benötigte. Jedem hatte er drei Kerben in jeweils unterschiedlicher Höhe in den Stamm geschlagen.

»Ist erledigt. Und es hält!«, rief Brida, nachdem sie mehrere Male kräftig an dem Seil gezogen hatte.

Elias nickte, schob das andere Ende des Seils in die entsprechende Kerbe am Stamm der Weide und zurrte es fest. Es hing leicht durch, und das musste es auch, galt es doch die Schwingungen, die sich aus dem Betreten des Seils ergaben, aufzufangen und auszubalancieren.

Er legte den Gürtel mit den Schellen um, schlüpfte in die Schuhe mit den dünnen, biegsamen Sohlen, schnürte sie über dem Knöchel fest und stieg ins Geäst der Weide hinauf. Als seine Füße auf Höhe des Seils angekommen waren, legte er die linke Hand um einen starken Ast knapp über seinem Kopf und setzte vorsichtig seinen rechten Fuß in Längsrichtung auf das Seil. Kurz wartete er, hob zügig den linken Fuß, setzte ihn quer vor den rechten, ließ den Ast los – und stand.

Das Seil geriet in Schwingung und pendelte leicht hin und her. Elias versuchte mit seitlich ausgestreckten Armen und gespreizten Fingern, vor allem aber mit der Hüfte die Schwingungen abzufangen, was ihm recht gut gelang.

Er ließ einen Jauchzer hören, Brida klatschte begeistert in die Hände.

»Weiter, Elias, geh weiter!«, rief sie.

Und Elias ging weiter. Sicherer und immer sicherer werdend. Schon als er vor Wochen mit dem Üben begonnen hatte, war ihm bewusst geworden, dass es darauf ankam, den eigenen Körper zu verstehen, mehr noch: ihn zu besiegen. Zu verstehen, wie dieser Körper auf den Versuch, festen Boden mit einem dünnen Seil vertauschen zu wollen, reagierte. Die Knie, die Hüften, die Schultern, die Beine, die Füße davon zu überzeugen, dass das unmöglich Scheinende gelingen konnte. Und – ganz wichtig – der Kopf. Ihn vor allem galt es zu besiegen! Der Kopf, der einem sagte: Bist du verrückt, auf einem Seil gehen zu wollen? Der den Füßen befahl, sich zu sträuben, den Hüften, den Knien und den Schultern, sich zu versteifen. Und genau das war es, was es zu vermeiden galt. Nachgeben hieß die Devise, nicht steif werden. Biegsam bleiben. Sich dem Schweregriff der Erde entziehen, wenn die nach einem greifen und einen zu Fall bringen wollte. Sie zu überlisten. Ihren Krallen zu entkommen, indem man einfach weiterlief. Vor ihr floh, indem man, den Körper leicht hin und her wiegend, gewissermaßen tänzelnd, das Gleichgewicht bewahrte. Irgendwann würde Mutter Erde es müde werden, ihn mit hartem Griff vom Seil zerren zu wollen, und das Interesse an ihm verlieren. Und dann, das spürte Elias, würde er in der Lage sein, weitere Kunststücke auf dem Seil zu vollbringen, würde eines Tages auf ihm laufen und stehen können wie auf festem Boden, würde hüpfen und tanzen, sich vorwärts und rückwärts bewegen, mit Gegenständen jonglieren und vielleicht sogar einen Kopfstand machen. Und so die Leichtigkeit des Seins erfahren, die nur dem Wagemutigen beschieden war.

Einen Schritt vor den anderen setzend, hatte Elias die Hälfte der Seilstrecke geschafft, als das Seil plötzlich riss. Er fiel wie ein Stein zu Boden, Brida schrie erschrocken auf. Glücklicherweise dämpften dichte Brennnesselbüsche und niedriges Strauchwerk den Aufprall. Dennoch verzog Elias schmerzhaft das Gesicht. Als er sich erhob, humpelte er, er hatte sich den linken Fuß verknackst. Das Schlimmste aber war das Brennen und Jucken an Armen, Beinen und im Gesicht. Die unbedeckten Hautstellen, die mit den Brennnesseln in Kontakt geraten waren, nahmen ihm die Eskapade, die er seinem Körper zugemutet hatte, gewaltig übel.

»Verdammter Mist!«, fluchte er. Er war mit einem Mal überall krebsrot. Quaddeln hatten sich auf seiner Haut gebildet, sie brannte und juckte, dass es schier nicht mehr zum Aushalten war.

»Schnell runter zum Fluss! Du musst die Haut kühlen und abwaschen!«, rief Brida.

So schnell sein verstauchter Fuß es gestattete, humpelte Elias zum Flussufer. Ungeachtet der Kühle, die herrschte – immerhin war in der Nacht das Wetter umgeschlagen –, riss er sich die Kleidung bis auf die Bruche vom Leib und warf sich in die Fluten. Tauchte wiederholt unter, kam prustend wieder hoch und versuchte sich die Brennnesselhärchen von der Haut zu reiben.

Als er nach einer guten Weile aus dem Wasser stieg, bibberte er zwar vor Kälte, doch das Brennen und Jucken war fast verschwunden. Nass, wie er war, schlüpfte er in seine Kleider, dann gingen sie zurück zum Übungsplatz, auf dem das in zwei Teile gerissene Seil am Boden lag. Die daran befestigten bunten Fähnchen leuchteten im Gras. Elias hatte sie so angebracht, dass die Spitze der dreieckigen Tücher nach unten wies. Es hatte ihn Geduld und Mühe gekostet, die breite Seite jedes einzelnen Fähnchens um das Seil zu wickeln und mittels Nadel und Zwirn mit demselben zu verbinden.

»Wie konnte es nur reißen?«, fragte Brida.

Elias hob die beiden gerissenen Seilenden auf und sah sie sich genau an. Der Riss befand sich an einer Stelle, um die eines der Fähnchen gewickelt gewesen war. Es hing lose an einem Faden.

»Verdammter Hurensohn!«, entfuhr es ihm.

»Was ist? Warum fluchst du so?«

»Sieh her!«, forderte er sie auf und hielt ihr die beiden gerissenen Seilenden hin. »Siehst du diesen Einschnitt? Bis zur Hälfte der Seildicke sind die beiden Trennflächen völlig glatt. Jemand hat das Fähnchen an dieser Stelle entfernt, einen Einschnitt vorgenommen und das Fähnchen wieder über dem Einschnitt befestigt. Weißt du, was das heißt?«

Brida zog die Stirn kraus und dachte nach.

»Du meinst … jemand wollte …« Brida schüttelte ungläubig den Kopf.

»Richtig! Jemand wollte, dass das Seil an dieser Stelle reißt, sobald es unter Belastung steht«, stieß er zornig hervor.

»Aber … Aber das ist ja gemein. Du glaubst, *er* war es?«

»Natürlich! Wer denn sonst? Dieser verdammte Schweinehund, ich schlag ihn zu Brei.« Elias spürte, wie wieder einmal die Wut in ihm hochzusteigen drohte.

»Das wirst du nicht! Denk dran, was Meister Jörg zu dir gesagt hat.«

»Ach! Woher willst du wissen, was er zu mir gesagt hat? Hast du etwa gelauscht?«

Brida wurde rot. »Nicht absichtlich«, gestand sie, »ich … Ich war am Flussufer hinter einem Gebüsch. Es war Zufall.«

Elias schwieg. Seine Kiefer mahlten. Brida hatte recht. Diesmal musste er sich beherrschen. Zumindest musste er es versuchen.

»Du musst es Meister Jörg sagen«, meinte das Mädchen.

Elias nickte. »Das werde ich. Und zwar jetzt gleich.«

Wortlos band er die beiden Seilhälften von den Stämmen los und wickelte sie über seinem Arm auf. Knüpfte die leinenen Laufschuhe zusammen und hängte sie sich um den Hals. Brida gab er den Schellengürtel.

Im Lager herrschte Aufbruchstimmung. Die Truppe war damit beschäftigt, zusammenzupacken, die Verschläge abzubauen und die Planwagen zu beladen. Meister Jörg stand mit Rufus, Paul und Siebert zusammen. Sie sprachen darüber, was mit dem Käfig und dem einrädrigen Karren geschehen sollte, jetzt, da der Bär nicht mehr da war.

»Was sollen wir uns mit dem leeren Käfig abmühen? Lassen wir ihn einfach stehen, sollen die Dörfler sich doch damit rumschlagen. Den Karren nehmen wir natürlich mit«, hatte Rufus gerade vorgeschlagen.

»Richtig! Einen Teil der Ladung bringen wir auf dem Karren unter, damit entlasten wir die Wagen«, meinte Siebert.

Elias hatte den letzten Teil der Unterhaltung mitbekommen und trat an die Gruppe heran.

»Und was, wenn wir einen neuen Bären bekommen? Kasimir wäre bestimmt dafür, den Käfig mitzunehmen«, wandte er ein.

Jörgelin schüttelte den Kopf. »Einen neuen Tanzbären? Woher soll der kommen? Als Kasimir damals zu uns stieß, hatte er Rollo mitgebracht. Es ist alles andere als einfach, einen Bären einzufangen und zu dressieren.«

Das stimmte. Elias schwieg. Kasimir hatte ihm einmal erzählt, wie schwierig es war, einen Bären zu zähmen und ihn an eine menschliche Bezugsperson zu gewöhnen. Überhaupt hatten sich die Tiere im Gegensatz zu früher in das Dunkel der dichten Wälder zurückgezogen, es kam nicht gerade oft vor, dass man einem Exemplar begegnete.

»Wir lassen den Käfig hier. Rufus hat recht: Sollen die verdammten Dörfler damit machen, was sie wollen«, entschied Jörgelin. »Ich sehe, du hast wieder geübt?«, wandte er sich an Elias. Er lächelte.

Elias nickte. Jörgelin legte ihm die Hand auf die Schulter.

»Wie weit bist du diesmal auf dem Seil gekommen?«

»Bis fast zur Hälfte. Eigentlich dachte ich, die Strecke heute komplett schaffen zu können, aber dann riss das Seil.«

»Es riss? Wie das?«

Elias streckte ihm die beiden Seilenden entgegen.

»Wenn Ihr das einmal prüfen würdet?«

Jörgelin nahm ihm die Enden aus der Hand und musterte sie. »Jemand hat das Seil eingeschnitten«, murmelte er und sah auf.

Elias nickte nur.

»Erzähl!«, knurrte Jörgelin und gab die beiden Strickenden Elias zurück. In seiner Stimme klang verhaltener Grimm an, offenbar hatte er einen Verdacht.

Elias berichtete ihm von den Kratzern am Vorhängeschloss und dass es sich nur schwer hatte öffnen lassen.

Jörgelin schwieg und sah finster vor sich hin.

»Verstehe«, sagte er schließlich. »Gib mir das Seil und komm mit!«

Elias reichte ihm die aufgerollten Seilhälften, die sich Jörgelin über den linken Arm streifte. Sie gingen zu dem einräd-rigen Käfigkarren. Hans war dort und gerade damit beschäf-tigt, die Deichsel mit Pech zu schmieren. Den Käfig hatte er auf Anweisung Jörgelins und mithilfe Rufus' bereits abge-laden.

Jörgelin kam unmittelbar zur Sache.

»Erklär mir das!«, forderte er seinen Neffen barsch und ohne viel Federlesens zu machen auf und hielt ihm die beiden gerissenen Seilenden vor die Nase.

»Aber Oheim, Ihr glaubt doch nicht etwa, dass ich das ge-wesen bin?«, versuchte er sich spontan zu verteidigen, ohne überhaupt richtig hingeschaut zu haben.

»Was willst du nicht gewesen sein?«

»Nun, der … der … ähm … ich … Ich wollte sagen …«

Hans begriff, dass er soeben eine Riesenfehler begangen hatte.

»Was willst du nicht gewesen sein? Sag schon!«, blaffte Jörgelin seinen Neffen an.

Hans schwieg mit zusammengepressten Lippen. Der hasserfüllte Blick, den er auf Elias schleuderte, sprach allerdings Bände.

»Ohne das Seil genau anzusehen, behauptest du, es nicht gewesen zu sein?«, schrie Jörgelin los. »Du warst es, gib es zu! Du hast das Seil eingeschnitten, du verfluchter Bastard. Ständig säst du Unfrieden. Nicht genug, dass wir den Bären durch deinen bodenlosen Leichtsinn verloren haben, jetzt willst du auch noch, dass sich einer der Besten aus unserer Truppe sämtliche Knochen bricht, du … du …« Jörgelin unterbrach sich und fasste sich an die Brust. Er rang nach Luft, sein Atem wurde pfeifend. In letzter Zeit häuften sich derlei Attacken.

Dann aber fing er sich wieder.

»Für dich ist kein Platz mehr in der Truppe.« Der Satz kam ruhig und sachlich, aber mit schneidender Schärfe. »Zumindest für die nächsten zwölf Monde. Pack deine Sachen und verschwinde. Im nächsten Herbst mache ich einen neuen Versuch mit dir, vorausgesetzt, das Jahr, das vergehen wird, hat dich geläutert. Und jetzt geh mir aus den Augen!«

Mit weit aufgerissenen Augen und zuckender Miene hatte Hans zugehört. So, als könnte er nicht glauben, was er da gerade vernommen hatte.

»A…aber … Oheim, … das … Das könnt Ihr nicht machen. Ich … Ich gebe zu, ich war's. Aber ich … Ich wollte nur einen Spaß machen … es … Es war keine böse Absicht dahinter, wie Ihr sie mir unterstellen wollt. Ich bitte euch, was soll ich denn … was soll ich denn … Was soll aus mir werden?« Tränen schossen aus seinen Augen, er fing an zu flennen wie ein kleiner Junge, den man beim Diebstahl eines Apfels erwischt hatte. Nicht genug damit, fiel er vor Jörgelin auf die Knie und machte Anstalten, ihm die Stiefel zu küssen.

Jörgelin trat empört zwei Schritte zurück. Abscheu lag in seiner Miene.

»Lass das! Geh endlich, du widerst mich an.«

Wahrscheinlich war es diese kategorische, unverblümte Ablehnung, die keinen Widerspruch duldete, die in der Folge die heftige Reaktion des Neffen hervorrief. Die Erkenntnis, dass kein wie auch immer geartetes Argument die Meinung seines Oheims würde ändern können.

Mit einem federnden Satz sprang er aus seiner knienden Stellung hoch, Wut kochte in seinem Blick.

»Ich widere Euch an? Nun gut, Ihr mich auch!«, schrie er. »Seid sicher: Ich werde nicht zurückkehren, weder in einem Jahr noch sonst wann. Dennoch: Ihr werdet von mir hören!«

Er spuckte vor Jörgelin aus und sah wild um sich.

»Ihr alle werdet von mir hören! Ihr alle! Vor allem du, du verdammter Arschkriecher«, zischte er, während ein Sprühnebel aus Speicheltröpfchen auf die Umstehenden niederging. Die letzten Worte hatten Elias gegolten, der, wie die anderen Dabeistehenden, die plötzliche Wandlung des Neffen völlig fassungslos registrierte. Dann drehte Hans sich um und rannte wie von Furien gehetzt zu dem Verschlag, in dem seine Siebensachen untergebracht waren. Gleich darauf sah man ihn, wie er, ein Bündel auf dem Rücken, davoneilte.

Nachdenklich blickte Elias seinem Widersacher hinterher, bis er hinter einem Hügel verschwunden war. Was bei ihm zurückblieb, war ein nagendes Gefühl der Unsicherheit. Einerseits froh, Hans losgeworden zu sein, fragte er sich andererseits, ob Meister Jörg den Rauswurf nicht eines Tages noch bereuen könnte.

Kapitel 26

Über dem silbergrauen Meer spannte sich ein diffuser, bleierner Himmel.

Der Blick, den Ranghild von den Hängen des Monte Bonadies über die verschwommenen Konturen der Stadt auf den Golf von Salerno hinausschickte, blieb an den Regenschleppen hängen, die sich wie ein Vorhang vor den Horizont geschoben hatten; die Linie, an der Himmel und Meer aufeinandertrafen, schien wie ausradiert. Sie hatte sich am Fuß einer der unzähligen Pinien niedergelassen, die sich zusammen mit Korkeichen und Walnussbäumen sowie den Büschen und Sträuchern der Macchia die steilen Hänge hinaufzogen. Durchdringende Nässe hing in der Luft und ließ sie fröstein, dennoch genoss sie es, auf die sichelförmige Küste hinunterzuschauen und die Gedanken schweifen zu lassen.

Schon früh am Morgen, noch bevor ihre Kommilitonen und Kommilitoninnen sich vom Lager erhoben hatten, hatte sie sich aufgemacht, um sich an diesem Ort der Stille einzufinden und sich der Meditation hinzugeben. Es hätte keinen besseren dafür geben können.

Ihr Blick glitt hinauf zur Kuppe des Monte Bonadies. Hoch über ihr thronte, stolz und mächtig, das Castello di Arechi. Benannt nach dem lombardischen Herzog Arechi II. von Benevent, der vor unendlich langer Zeit die schon damals existierenden Mauern zu einer uneinnehmbaren Festung ausgebaut hatte. Über Jahrhunderte hinweg hatte die Burg ganze Generationen Salernitanos und Salernitanas kommen und gehen sehen; nach wie vor wachte sie unverdrossen und zuverlässig über die Stadt und die Bucht.

Vielleicht auch über sie, Ranghild, Studiosa der Medizin an der berühmten *scuola medica salernitana*? Der Gedanke amüsierte Ranghild und entlockte ihr ein Lächeln.

Sie dachte zurück an den Tag, an dem ihr Schicksal völlig unverhofft die Wendung genommen hatte, der sie dieses Privileg verdankte. Der Tag, in dessen Verlauf zwei bis dahin unbekannte Menschen in ihr Leben getreten waren und es von Grund auf umgekrempelt hatten.

An Orlando di Lombrosso, der einem Überfall durch Wegelagerer zum Opfer gefallen, schwer verwundet und von ihr verarztet worden war. Und an Magistra Abella von Salerno, die sich nur Stunden später am Ort des Geschehens eingefunden hatte. Beeindruckt von ihren Fähigkeiten und der Tatsache, dass sie lesen und schreiben konnte, hatte sie ihr angeboten, sie nach Salerno zu begleiten.

Schon wenige Monate später – die Magistra hatte inzwischen ihr herausragendes Potenzial erkannt und sie vollends unter ihre Fittiche genommen – durfte sie ein Studium der *artes liberales* beginnen, das sie schließlich befähigen sollte, eine weiterführende Ausbildung an der *scuola medica salernitana* aufzunehmen: das Studium der Medizin.

Seitdem war die Zeit wie im Flug vergangen. Sowohl das Jahr an der Schola als auch die zweieinhalb Jahre davor, die sie dem Studium der *artes liberales* gewidmet hatte.

Eigentlich wären es drei Jahre gewesen, doch da man ihr eine außergewöhnliche Begabung bescheinigt hatte, wurde sie zur Abschlussprüfung ein halbes Jahr früher zugelassen. Was fast einen Skandal an der *scuola* ausgelöst hatte. Auch wenn Frauen in Salerno ausdrücklich zum Studium zugelassen waren, ja sogar bestimmte Lehrämter innehatten – ein Weib, das sich mit den scharfen Waffen des Geistes beschäftigte und dann auch noch ihre männlichen Studienkollegen überflügelte, war als suspekt anzusehen. Und so war es ein seltsames Konglomerat aus Duldung, Verachtung, Respekt und Pragmatismus, das in den Köpfen vieler jener Männer Raum gegriffen hatte, die über die Prüfungsergebnisse Ranghilds mit zu befinden hatten. Das Examen bildete nun mal die Voraussetzung, um sich an der *scuola medica* immatrikulieren zu lassen. Vor vielen Jahrzehnten schon hatte der Stauferspross Friedrich II., König von Sizilien und Kaiser des römisch-deutschen Reiches, bestimmt, dass, wer Arzt werden wollte, sich zuerst mit Logik beschäftigen müsse. Daran hatte sich nichts geändert. Das Studium der sieben freien Künste, das sich in Trivium und Quadrivium gliederte, war und blieb ein Muss für jeden angehenden Arzt. Egal ob er an der medizinischen Schule in Salerno, den Universitäten Bologna, Neapel oder anderswo studieren wollte.

Fast vier Jahre Salerno – wie schnell sie doch vergangen waren …

»Oh, die angehende Magistra vertieft in Gedanken?«

Ranghild schrak auf. Sie kannte die vor Spott triefende Stimme nur allzu gut.

»Sieh an, Philipp der Weise beehrt mich mit seiner Gegenwart, welche Gnade!«, erwiderte sie ironisch und fügte hinzu: »Wo kommst du denn her?«

Ranghild konnte den ein Jahr jüngeren Philipp de Argoís nicht ausstehen. Er studierte an der *scuola* – an der außer Medizin auch noch andere Fächer gelehrt wurden – Theologie. Wie man hörte, war er schon während des Studiums der sieben freien Künste bestenfalls ein mittelmäßig begabter Studiosus gewesen. Was ihn nicht daran hinderte, sich einzubilden, ein

Ausbund an Intelligenz und Mittelpunkt der Welt zu sein. Aus seiner ausgesprochen misogynen Einstellung machte er kein Hehl; Frauen ständen tief unter dem Manne und hätten eigentlich kein Recht darauf, zum Studium der Medizin oder anderer Disziplinen, die Geist erforderten, zugelassen zu werden, tönte er immer wieder herum. Leider stand er mit dieser Meinung nicht allein da. Viele aus dem Studienjahrgang, dem Ranghild angehörte, fragten sich allerdings, wie er die Abschlussprüfung hatte schaffen können. Hinter vorgehaltener Hand wurde gemunkelt, dass dies nicht seinen Leistungen zuzuschreiben war, sondern allein seinem adligen Stand, dem Reichtum seines Vaters und dessen engen Beziehungen zum Haus Anjou. Immerhin entstammte auch König Robert, der derzeitige Herrscher des festländischen Königreichs Sizilien, auch Königreich Neapel genannt – er residierte in der nicht weit entfernten Stadt gleichen Namens –, dem angevinischen Adel. Philipp wohnte auch nicht wie die meisten seiner Kommilitonen in der zur *scuola* gehörenden Unterkunft; sein Vater hatte ihn bei der Familie Guarna eingemietet, die einen Palazzo in der Stadt ihr Eigen nannte.

»Schön, dass du dir der Gnade bewusst bist. Demut dem Manne gegenüber und das Eingeständnis, dass die Natur dem Verstand des weiblichen Geschlechts Grenzen gesetzt hat, das es nie wird überwinden können, sind die Zierde eines Weibes«, meinte Philipp mit überheblichem Lächeln.

Stumpfsinniger Hohlkopf, dachte Ranghild bei sich und spürte, wie Zorn in ihr aufstieg.

»Wie kommt's, dass die *scuola* dann Frauen beschäftigt, die Männer die Kunst der Medizin lehren? Wenn sie doch geistig so tief unter ihnen stehen?«, fragte sie ihn.

»Die Frau ist nicht weise, sie kann es nicht sein, sie verfügt lediglich über eine gewisse Schlauheit, das ist ein Unterschied. Auch die Schlange, die einst Eva verführte, war schlau. Echter

Geist, wahre Weisheit und Einsicht, wie sie dem Mann zu eigen sind, sind einer Frau unbekannt. Was eure Medizinerinnen wissen, wissen sie von Männern, die ihre Erkenntnisse verschriftlichten. Wenn Frauen glauben zu lehren, sprechen sie das nach, was diese Männer niederschrieben. Wie ein Papagei. Oder würdest du behaupten wollen, Galen, Hippokrates, Avicenna oder Rhazes seien Frauen gewesen?« Philipp stellte eine Miene zur Schau, die weise und überlegen wirken sollte, ein jämmerlicher Versuch, der das Gegenteil zur Folge hatte. Mit seinen Schweinsäuglein, dem feisten Gesicht, der stumpfen Nase und den nach unten gezogenen Mundwinkeln glich er in Wahrheit eher einem einfältigen Bauern als einem halbwegs intelligenten Studiosus.

»Was ist mit der Ärztin Trotula, die vor zweihundert Jahren den Ruhm Salernos mit begründete?«, konterte Ranghild. »Ihre Erkenntnisse und Empfehlungen, was die Heilkunde, insbesondere die der Frauen, angeht, sind bis heute unübertroffen und werden an den medizinischen Fakultäten in Bologna, Neapel, Montpellier und anderswo gelehrt. Unsere Magistra Abella hat Wesentliches zu den Erkenntnissen über die schwarze Galle und zur Natur des menschlichen Samens beigetragen. *De atra bile libros duos* und *De natura seminis hominis* – sagen dir diese Werke denn nichts?«

»Pah! Einflüsterungen des Teufels, der auf diese Weise die Schöpfung Gottes verunglimpfen will. Er geht umher wie ein Engel des Lichts und ist ein Meister der Täuschung. So steht es in den Schriften.«

»Ich fordere dich auf, diese ungeheuerliche Behauptung zu beweisen!«

»Nichts leichter als das. Die Theologie lehrt, dass eine Frau in einer Versammlung schweigen soll. Und sie beruft sich dabei auf die Schriften des heiligen Paulus, der einer Frau nicht gestattet zu lehren. Gibt es eine größere Autorität? Zum Lehren gehört auch das Verfassen von Schriften. Kannst du mir ein einziges Buch innerhalb der Heiligen Schrift nennen, das von einer Frau geschrieben wurde?«

Überrascht von dieser haarspalterischen Auslegung schwieg Ranghild.

Ein triumphierendes Funkeln trat in Philipps Blick.

»Du kannst es nicht! Du siehst also: Es läuft an der *scuola* einiges schief, das berichtigt werden müsste.«

»Ach, tatsächlich? Du maßt dir an zu behaupten, dass die Regeln, die für das Studium der Theologie gelten, auch auf andere Disziplinen übertragen werden müssten?«

»Die Theologie, wie die Kirche sie lehrt, ist die Königin der Wissenschaften. An ihr haben sich alle anderen Wissenschaften zu orientieren.«

Es war genug. Ranghild sprang auf und schlug den Weg hinunter zur Stadt ein. Dieser obskure Vertreter der »Königin der Wissenschaften« ging ihr gehörig auf den Geist.

»Du ergreifst die Flucht, angehende Magistra? Gehen dir, im Gegensatz zu mir, die Argumente aus?«, spottete Philipp ihr laut hinterher.

Sie blieb stehen und wandte sich um.

»Argumente nennst du dein Gefasel? Du musst verrückt sein, du größenwahnsinniger ›König der Wissenschaften‹!«, rief sie ihm zu.

Sie wollte weitergehen, als ein erneuter Ruf sie nochmals innehalten ließ.

»Beantworte mir eine Frage, Ranghild: Wenn Gott gewollt hätte, dass das Weib über Weisheit verfügte, warum hat er sie dann aus einer Rippe des Mannes erschaffen und nicht aus einem Stückchen Hirn?«

»Du glaubst, die Weisheit mit Löffeln gefressen zu haben, und kennst nicht die Antwort auf diese einfache Frage?«

»Erleuchte mich, o weise Magistra!«, höhnte er.

»Im Buch Genesis steht zwar, dass Gott dem Mann eine Rippe entfernt hat, aber das hat er aus Mitleid mit dem Mann hineinschreiben lassen. In Wirklichkeit nahm er zur Erschaffung der Frau nicht eine Rippe, sondern das Gehirn des Mannes her. Er wusste, dass Frauen besser damit umgehen. Willst du den Beweis hören?«

Den Mund geöffnet, stand Philipp wie erstarrt ob dieser blasphemischen Behauptung.

»Dann lass dich erleuchten, du König der Wissenschaften«, fuhr Ranghild fort. »Zähl doch mal deine Rippen. Wie viele sind es pro Seite?«

»Natürlich sieben. Was soll die blöde Frage?« Philipp wirkte leicht derangiert.

»Na, da ist er doch, der Beweis: Du hast noch alle Rippen. Denk mal drüber nach.« Sprach's und ließ ihn einfach stehen.

Erst als sie sich schon ein gutes Stück weit entfernt hatte, hörte sie ihn schimpfen und fluchen.

Sie wandte sich um und legte die Hände trichterförmig an den Mund.

»Männer mit vierzehn Rippen brauchen ziemlich lange, bis sie endlich begreifen!«, rief sie nach oben und sprang lachend den Hang hinunter.

Kapitel 27

Salerno erwachte. Schon von Weitem, noch bevor sie den Festungsring erreichte, der die Stadt umschloss, drangen die Geräusche des Salernoer Alltags an Ranghilds Ohr. Wie immer, wenn sie um diese Zeit von den Hängen des Monte Bonadies zurückkehrte und durch das Stadttor trat, ließ das bunte Treiben und Lärmen auf den Straßen und Gassen ihr Herz höherschlagen. Ein Ambiente, das ihr im Verlauf der letzten drei Jahre immer vertrauter geworden war. Sie liebte es, Menschen geschäftig zu Fuß durch die Straßen eilen zu sehen. Sie mochte das Hufgeklapper der Pferde, die ihre Reiter durch die Stadt bergauf und bergab trugen. Das Knirschen eisenbereifter Räder auf dem Pflaster, verursacht von den Esels- und Maultierfuhrwerken, die, teils aus dem Umland, teils vom Hafen kommend, Waren zum Markt karrten. Händler, die hofften, gute Verkäufe zu tätigen, und laut schreiend ihre Waren anpriesen. Das Rufen der Wirte, die ihre Tavernen öffneten. Das Bellen durch die Straßen streunender Hunde, die nach Fressbarem suchten, das Meckern frei laufender Ziegen und das Läuten der Glöckchen, die sie um den Hals trugen. Das heisere Krächzen der Stare, wenn sie, von den Berghängen kommend, in Schwärmen über die Stadt hinwegflogen und dabei fast mit den Möwen kollidierten, die vom Meer hereinkamen und ihrem Ärger mit gutturalen Rufen Luft machten. Und nicht zuletzt das Plätschern der Brunnen und das Gurgeln in den Zisternen und wasserführenden Gräben, die nach einem ergiebigen Regen von dem noch aus römischer Zeit stammenden Aquädukt gespeist wurden.

All das und noch viel mehr war Salerno. Eine weltoffene Stadt, in der das Leben pulsierte und Menschen aus aller Herren Länder sich ein Stelldichein gaben, was vor allem dem regen Handel geschuldet war, den die Salernitanos sowohl mit der mediterranen als auch mit der Welt nördlich der Alpen verband. Entließen die im Hafen ankommenden Schiffe doch Araber, Levantiner, Griechen, Sarazenen und Byzantiner ebenso wie Dunkelhäutige von den Küsten Nordafrikas und Hellhäutige aus dem fernen Norden in die Gassen und Straßen. Muselmanen ebenso wie Christen und Juden. Dem bunten Völkergemisch, das sich in die Stadt ergoss, entsprach auch das babylonische Sprachengewirr, das von den Straßen und Plätzen widerhallte. Besonders laut brodelte es an den Tagen, an denen mehrere Schiffe gleichzeitig im Hafen festmachten, ihre Ladung löschten und neue Waren an Bord nahmen.

Seit damals, als sie mit Lombrosso und Abella in Salerno eintraf, hatte der Ort nichts von seiner Faszination eingebüßt. Obwohl sie bereits seit fast vier Jahren hier lebte, empfand Ranghild ihren Aufenthalt in der Stadt jeden Tag aufs Neue als Bereicherung. Als etwas, was den Horizont weitete. Sowohl den des Verstandes als auch den des Herzens. Was nicht nur der Vielfalt der Eindrücke geschuldet war; es war vor allem der einzigartige Duft der Freiheit, der ihr in Salerno belebend frisch entgegenwehte, ein Duft, den sie tief in sich einsog, weil er Brust und Kopf frei und die Gedanken klar machte. Selbst Dunst und Nässe, die die Stadt einhüllten, und der zugezogene bleigraue Himmel, der sich an diesem Morgen über die Amalfitana spannte, konnte dem befreienden Gefühl der Weite, das sie spürte, nichts anhaben.

Doch auch in Salerno war nicht alles Gold, was glänzte.

Trotz ihrer Weltoffenheit war die Stadt von teils heftigen Auseinandersetzungen zwischen Angehörigen zweier sich feindlich gesinnter Parteien geprägt, bei der es um die Kontrolle der öffentlichen Ämter und um die Aufteilung der Steuerlast ging. Auseinandersetzungen, die nicht selten derart blutig verliefen, dass königliche Truppen aus Neapel zu Hilfe gerufen werden mussten.

Auch an der *scuola* herrschte zeitweise alles andere als Friede und Eintracht. Was sich unter anderem in Rangeleien um die einflussreichsten Posten manifestierte. Die wurden zwar nicht mit Fausthieben und dem Schwert, sondern mit den Mitteln der Rhetorik und durch das Einfädeln von Intrigen ausgetragen, aber nichtsdestotrotz mit der gleichen Schärfe. Und es gab noch andere Probleme. Damals, als Ranghild nach Salerno gekommen war, hatte noch eitel Sonnenschein in ihrem Herzen geherrscht; die Aussicht, einmal als richtige Ärztin praktizieren zu dürfen, hatte sie geradezu auf Wolken schweben lassen. Allerdings war sie schon bald mit der harten Wirklichkeit konfrontiert worden. Mit der ernüchternden Erkenntnis nämlich, dass sich auch in Salerno Frauen schwer damit taten, sich gegen eine Welt zu behaupten, in der Männer sich auf das angeblich in der Natur und in der Heiligen Schrift verankerte Prinzip männlicher Überlegenheit beriefen. Es war Abella, die sie im Laufe der Jahre gelehrt hatte, dass Leistung und die intellektuelle Schärfe einer Frau es durchaus vermochten, diese Vorstellung zu erschüttern. Die Erfolge der Frauen an der *scuola* seien der lebendige, unwiderlegbare Beweis dafür …

All das ging Ranghild durch den Kopf, als sie über die vor Nässe glänzenden Straßen und Gässchen in Richtung Dom eilte. Mittlerweile hatte der Nieselregen aufgehört, der Himmel klarte allmählich auf, der graue Vorhang über dem Meer wich einem lichtgelben, durchsichtigen Flor.

Als sie bei einem der Märkte vorbeikam, widerstand sie dem Drang, sich unter die Besucher zu mischen und sich die Auslagen und Waren der Händler anzusehen. Sie musste sich sputen. Die *scuola*, die an das bei der Kathedrale San Matteo gelegene Benediktinerkloster anschloss, war noch ein gutes Stück entfernt. Vom Glockenturm schlug die achte Stunde. Bald würde die Vorlesung beginnen, und sie musste noch ihre völlig durchnässte Kleidung wechseln.

Während sie über den mit Pfützen übersäten Domplatz eilte, hörte sie plötzlich, wie jemand ihren Namen rief. Sie wandte sich um. Amina, eine ihrer Kommilitoninnen, mit der sie eine enge Freundschaft verband, kam auf sie zugelaufen. Ziemlich aufgelöst, wie ihr vorkam.

»Hast du schon gehört?«, stieß Amina atemlos hervor, als sie sie erreicht hatte.

»Gehört? Was sollte ich gehört haben?«

»Na, Ursulina. Sie ist entführt worden.«

»Ursulina? Um Gottes willen! Wann?«

»Heute Nacht.«

Ranghild schlug bestürzt die Hand vor den Mund. Ursulina Bosco, Amina de la Genovese und sie selbst bildeten ein schier unzertrennliches Trio an der *scuola*. Ursulina war eine aufgeschlossene, immer freundliche und hilfsbereite Kameradin, die mit einem durch dick und dünn ging und auf deren Loyalität man stets zählen konnte. Sie war die Tochter von Emilia und Roberto Bosco. Die Boscos waren stolz, ihrer Tochter das Studium an der *scuola* ermöglicht zu haben. Sie gehörten zu den angesehensten Handelsfamilien von Salerno; Roberto hatte es als Tuch- und Pelzhändler zu hohem Ansehen und einem beachtlichen Vermögen gebracht. Er gehörte der *arti maggiori* seines Berufsstandes und damit dem Teil der Städter an, die den *popolo* bildeten, jene Zunftelite, die schon seit Längerem über die Macht in der Stadt verfügte. Zusammen mit Angehörigen anderer Berufsstände, die sich in Korporationen zusammengeschlossen hatten und über die Geschicke Salernos bestimmten, galt sein Interesse zurzeit nur einem Ziel: die aufmüpfigen Magnaten und Adligen in die Schranken zu weisen, die sich des Stadtregiments und der damit verbundenen Ämter zu bemächtigen versuchten.

»Wer sind die Entführer?«

»Na, wer wohl?«, fragte Amina, als ob sich die Frage erübrigte.

Ranghild nickte verstehend.

»Vincenzo de la Rocca«, murmelte sie vor sich hin. »Dieser rabiate Dreckshund«, fügte sie hinzu.

»Na ja, er gehört zwar zu den Magnaten der Stadt, aber ob er sich so sehr von denen unterscheidet, die zum *popolo* gehören, wage ich zu bezweifeln«, versetzte Amina finster.

Sie hatte recht. Der Streit zwischen den beiden verfeindeten Gruppen, von der jede das Sagen in der Stadt für sich reklamierte, eskalierte immer mehr. Und das lag nicht nur an einer der beiden Parteien. Zwar hatten die Magnaten, die sich aus den Nachkommen des alteingesessenen Feudaladels und anderen zu unglaublichem Reichtum gelangten Kaufmannsfamilien zusammensetzten, in der Vergangenheit rücksichtslos ihre Pfründe vermehrt. Doch auch der *popolo*, der sich mehrheitlich aus Angehörigen der *arti maggiori*, den Zünften der »edlen Berufe«, zusammensetzte, in dessen Händen die kommunale Verwaltung lag und der die Stadtpolitik bestimmte, war dabei, den Bogen zu überspannen. Auch er bestand aus Familien, die nicht gerade arm zu nennen waren. Und auch er hielt an gewissen Privilegien zum Nachteil anderer fest. Was sich darin zeigte, dass Angehörigen der *arti minori*, den Zünften der »niederen Berufe«, der Zutritt zu den Schlüsselgremien der Stadt verwehrt blieb.

»Sie wurde nachts entführt? Sie wohnt doch zu Hause, wie konnte das geschehen?«, wollte Ranghild wissen.

»Sie war noch spätabends im elterlichen Garten. Die Entführer kamen über die Gartenmauer. Ein geradezu tollkühnes Unternehmen. Sie haben eine Nachricht hinterlassen.«

»Eine Nachricht?«

»Ja, adressiert an den Vater. Er soll ein Lösegeld zahlen, das der Höhe des Betrags entspricht, den de la Rocca als Sondersteuer an die Kommune entrichten soll. Und er will ein Dokument, in dem bescheinigt wird, dass die Popolaren aufhören, gegen ihn und seinesgleichen vorzugehen.«

»Er will mehr Rechte? Damit stellt er sich noch stärker gegen den *popolo*, als er es bisher getan hat. Das bedeutet doch das Ende für ihn und seinesgleichen. Die *popolares* werden ihn vernichten. Sie werden den Magnaten noch stärker die Daumenschrauben anziehen, wie es in den Städten im Norden schon längst geschehen ist.«

»Diese Vorstellung lässt ihn offensichtlich kalt. Er setzt auf seine entfernte Verwandtschaft mit dem Haus Anjou.«

»Die besteht nur über mehrere Ecken und wird ihm nichts nützen. Die Städte sind auch im Süden zunehmend autonomer geworden, der König wird sich hüten, ihre Privilegien zu beschneiden.«

»De la Rocca will es offensichtlich auf die Spitze treiben.«

»Richtig. Und das, obwohl er weiß, dass die Gesetze, die der *popolo* demnächst erlassen will, noch verschärft werden sollen. Man munkelt sogar von Enteignung, wie sie in anderen Städten schon Gesetz ist, dort, wo die *popolares* schon seit Langem regieren. Sogar von Verbannung ist die Rede.«

»Warten wir's ab. De la Rocca hat sich auf seinen festungsartigen Landsitz in die Contado außerhalb Salernos zurückgezogen. Man wird ihm dort schwer beikommen können. Und er hat eine Geisel.«

Die beiden Frauen waren inzwischen bei der *scuola* angekommen, wo sie von dem weißhaarigen Umberto Scotto, dem Bedellus der Schule, der schon seit mehr als dreißig Jahren seinen Dienst verrichtete, aufgehalten wurden.

»Die Anatomievorlesung von Magister Donatus ist aufgehoben. Stattdessen unterrichtet Magister Silvaticus im Giardino di Minerva Pflanzenkunde«, informierte er die beiden Studiosae in der ihm eigenen würdevollen Art.

»Wann beginnt Magister Silvaticus mit dem Unterricht?«, fragte Ranghild.

»Um die neunte Stunde. Ihr habt also noch etwas Zeit«, lächelte Scotto.

»Na, dann auf zum Giardino«, meinte Amina vergnügt.

»Geh schon mal vor. Ich komme nach. Ich will mich frisch machen und mich umziehen«, beschied ihr Ranghild.

»In Ordnung, dann bis gleich«, rief Amina. Sie wandte sich um und lief zurück in die Richtung, aus der sie gekommen war.

Schnell hatten sich andere Studiosi eingefunden, die sich vor dem Portal der *scuola* drängten und von Umberto Scotto in Kenntnis gesetzt wurden, dass die geplante Anatomievorlesung von Magister Donatus abgesagt worden war.

»Abgesagt?« – »Warum?« – »Wir sollten doch heute Sektionsunterricht bekommen.« – »Richtig! Bei Magister Donatus, dem Chirurgus.« – »Genau! Er wollte ein Schwein sezieren«, hallte es enttäuscht durcheinander.

Vorlesungen, die mit der Sektion eines Schweins verknüpft waren, waren bei den Studiosi besonders beliebt. Naturgemäß herrschte an solchen Vorlesungstagen immer großer Andrang. Immerhin entsprach die Anatomie eines Schweins in etwa der des Menschen. Sie zu studieren und an praktischen Sektionsübungen teilzunehmen, sollte fester Bestandteil der ärztlichen Ausbildung sein. So hatte Kaiser Friedrich II. es vor vielen Jahrzehnten verfügt und in den Statuten der Schola festlegen lassen. Einmal während der Studienzeit war sogar die Teilnahme an der Sektion einer menschlichen Leiche vorgeschrieben …

»Vielleicht hat das Schwein das gerochen und Reißaus genommen. Schweine haben einen Rüssel, mit dem sie verdammt gut riechen können«, rief Janis Karaopulos, ein Grieche aus Thessaloniki, der für seine derben Witze bekannt war.

Sein Kommentar löste brüllendes Gelächter aus.

»Wie wär's, wenn wir das Schwein ersetzten – durch das Schwein de la Rocca, der Ursulina entführt hat?«, brüllte Fausto Fillipino. Seine Familie gehörte der Zunft der Gold- und Silberschmiede an und war ebenfalls im *popolo* vertreten.

Hatte Janis' Kommentar noch Gelächter ausgelöst, schlug die Stimmung augenblicklich um.

»Das Schwein bist doch du, du verdammter *popolano*. Dich und deinesgleichen sollte man abschlachten und den Schweinen zum Fraß vorwerfen!«

Die sich vor Wut überschlagende Stimme gehörte Rochus de la Frontera, der bereits im vierten Jahr an der *scuola* studierte. Seine Familie gehörte zu denen, die vom *popolo* auf einer Liste als Magnaten geführt wurden; die de la Fronteras und die de la Roccas waren außerdem miteinander verschwägert.

Kaum dass sein Kommentar verklungen war, sprang Rochus Fausto auch schon ins Kreuz, warf ihn zu Boden und hämmerte mit beiden Fäusten auf ihn ein.

»Halt! Wirst du wohl aufhören, du Wahnsinniger!«, schrie Umberto Scotto und versuchte Rochus von dem am Boden liegenden Fausto zu trennen. Zwei andere Studenten, Emilio und Giovanni, die mit Fausto befreundet waren, eilten ihm zu Hilfe, was wiederum von Rugero, Battista und Pietro, die es mit Rochus hielten, als Aufforderung verstanden wurde, ihrem Freund Beistand zu leisten. Im Nu waren alle in eine blutige Keilerei verwickelt. Der Bedellus verfügte trotz seines Alters zwar über Bärenkräfte, doch der eskalierenden Schlägerei war er nicht gewachsen. Mit heftig blutender Nase und einer Platzwunde am Kopf, die nicht minder heftig blutete, war es ihm mit Müh und Not gelungen, sich aus dem Knäuel der fluchend und schreiend aufeinander einschlagenden Studenten zu befreien, doch er wankte und musste sich auf einer steinernen Bank niederlassen, die vor dem Eingang zur *scuola* stand.

Ranghild, die sofort erkannte, dass der Mann Hilfe benötigte, rannte zu ihm.

Scotto war wachsweiß im Gesicht, kalter Schweiß stand ihm auf der Stirn, er zitterte, seine Lippen bebten.

»Signor, was ist mit Euch?«, sprach Ranghild ihn an.

»Mir … Mir ist … auf einmal schwindlig«, flüsterte der Bedellus.

»Lasst sehen«, wandte sich Ranghild mit beruhigender Stimme an ihn. Sie tastete vorsichtig seine Stirnwunde und den Nasenrücken ab und fühlte seinen Puls. »Ihr scheint keine ernsthafte Verletzung erlitten zu haben, aber Euer Herz schlägt unregelmäßig und schwach. – Schnell, eine Trage!«, rief sie einigen umstehenden Kommilitonen zu, die sich inzwischen ebenfalls bei der Bank eingefunden hatten. Luigi Buscolini und Cosimo del Garbo reagierten sofort und waren gleich darauf mit einer Trage zur Stelle. Die Schlägerei um sie herum eskalierte unterdessen weiter. Sie mussten zusehen, den Mann und sich selbst rasch in Sicherheit zu bringen.

»Wohin mit ihm?«, fragte Buscolini, während er und del Garbo den Bedellus auf die Trage betteten.

»In den Entbindungsraum«, wies Ranghild sie an.

»Wie, in den Entbindungsraum! Du willst einen Mann in dem Raum behandeln, in dem ihr die Weiber untersucht und wo sie ihre Kinder gebären?«, empörte sich Cosimo.

»Na und, hast du etwa eine bessere Idee?«, fuhr Ranghild ihn scharf an. »Es ist der nächstgelegene Raum, wo wir ihn verarzten können. Die anderen Behandlungszimmer sind zu weit entfernt. Also beeilt euch gefälligst!« Dass del Garbo in dieser Situation glaubte, auf Mannesehre achten zu müssen, machte sie wütend.

Das Zimmer war frei und sauber hergerichtet, ein ihr vertrauter Anblick. Ranghild sah sich hastig um. Ihr Blick heftete sich auf einen gepolsterten Tisch mitten im Raum und dann auf ein Regal, das sich über die ganze Längsseite des Raumes erstreckte und über mehrere Dutzend Fächer und zahlreiche Schubladen verfügte. Das, was sie gleich tun würde, hatte sie nicht nur an der *scuola*, sondern auch bei der alten Gret gelernt. Es war höchste Zeit, sich um Scotto zu kümmern, sein Zustand verschlechterte sich zusehends.

»Legt ihn auf den Tisch und lagert seine Beine hoch. Nehmt den Keil, der dort liegt.«

Sie betteten ihn in Seitenlage auf den Tisch.

»Nicht in Seitenlage. Die Beine hochlagern, sagte ich. Das geht nur, wenn er auf dem Rücken liegt. Dort drüben auf dem kleinen Tisch liegt ein Keil.«

»Wieso auf den Rücken? In diesem Zustand muss er seitlich gelagert werde, sonst …«

»Nein, nicht seitlings. Nicht in seinem Zustand«, unterbrach ihn Ranghild. »Das Herz dieses Mannes schlägt unregelmäßig und schwach. Das Blut ist aus den oberen Körperregionen in die unteren gewichen. Es muss zurück in die oberen.«

»Das ist ja ganz was Neues! Woher willst du das wissen? Der Magister, bei dem wir eine Vorlesung über …«

»Sei einfach still!«, fuhr sie ihrem Kommilitonen barsch über den Mund. Weshalb sollte sie ihm auf die Nase binden, dass sie das, was sie tat, von einer Heilerin, die einst in den

Wäldern lebte, gelernt hatte? Sie hätten sie nur verspottet. Sie ging zu Scotto und drehte ihn vorsichtig auf den Rücken. Er hatte die Augen geschlossen und atmete flach und schnell. Sein Gesicht war immer noch weiß wie eine gekalkte Wand.

»Sollten wir uns nicht erst um seine Wunden kümmern?«, fragte Buscolini.

»Das sind keine ernsthaften Verletzungen. Sie gefährden nicht sein Leben. Seine Herzflattern schon. Außerdem haben die Blutungen aufgehört.«

»Ja, aber …«

»Kein Aber. Macht endlich voran. Wir müssen seine Beine hochlagern. Schnell, den Keil«, wiederholte sie energisch.

Sie trat an das Regal, entnahm ihm einen trockenen Schwamm sowie ein kleines Fläschchen mit erst wenige Tage altem frisch gepressten Lavendelöl und eines, das schwarzes, grob gekörntes Pulver enthielt. Dann tauchte sie den Schwamm ins Wasser, presste ihn aus, gab einige Tropfen Lavendelöl sowie ein wenig von dem schwarzen Pulver darauf und rieb es vorsichtig in den Schwamm ein. Ein intensiver Geruch breitete sich im Raum aus und ließ Buscolini und del Garbo misstrauisch schnuppern. Sie hatten Ranghilds selbstbewusstes Auftreten mit Interesse, aber auch mit Skepsis verfolgt und wollten ihrer Kommilitonin nicht recht trauen. Obwohl Ranghild schon länger als sie an der *scuola* studierte und ihnen, was den Studienstoff anging, voraus war.

»Was tust du da?«, fragte Buscolini.

»Ich präpariere einen Herzschwamm. Er animiert über den Geruch das Herz und festigt seinen Schlag«, sagte sie und presste den Schwamm mehrere Male sanft auf das Gesicht Scottos, sodass Geruch und Nässe in Mund und Nase des Patienten drangen.

»In dem Fläschchen hier ist Lavendelöl«, verkündete del Garbo und hielt eines der beiden Fläschchen hoch, die er in die Hand genommen hatte. Dann roch er an dem Fläschchen mit dem schwarzen Pulver. »Riecht verdammt streng, irgendwie animalisch, aber auch penetrant süß«, fügte er hinzu, verzog das Gesicht und ließ Buscolini an dem Fläschchen schnuppern.

»Pfui Teufel, ich finde, es stinkt verdammt nach Pisse«, meinte der und zog eine Grimasse.

»Der typische Geruch von Moschus«, antworte Ranghild.

»Moschus? Dieses Zeug, das vom Hirsch gewonnen wird?«

»Ja, oder von anderen Moschustieren. Moschus stärkt das Herz, hilft bei Schwindel und Schweißausbrüchen und wirkt krampflösend.«

»Und wie kommt man an diesen … Moschus heran? Ich meine, wenn er doch vom Hirsch stammt?«

»Die Drüse eines frisch erlegten Tiers wird herausgeschnitten und getrocknet. Es entsteht eine bröckelige, dunkelbraune Masse, die man zerstößt. Magister Zingarelli hielt vor zwei Wochen eine Vorlesung über das Thema ›Tierische Animalia‹, daher weiß ich das. Zu dieser Vorlesung waren übrigens alle Studierenden geladen. Kann es sein, dass die beiden Signori da nicht zugegen waren?«

»Nun ja … ähm …« Del Garbo kratzte sich verlegen am Kopf und warf seinem Kommilitonen einen verständnisinnigen Blick zu. Sie genossen aufgrund ihres fröhlichen Wesens zwar viele Sympathien, waren aber auch dafür bekannt, dass sie die eine oder andere Unterrichtsstunde lieber dem Dolce Vita opferten, anstatt sich um ihre Ausbildung zu kümmern.

»Steht nicht so nutzlos rum: Ihr könntet einen Kräutersud zubereiten«, wandte sich Ranghild an die beiden. »In dem Arzneiregal dort drüben an der Wand findet ihr getrocknetes Herzgespannkraut. In einem der Kästchen in der dritten Schublade von oben, wenn ich mich recht erinnere, sie sind beschriftet. Setzt eine *mezzetta* Wasser auf. Ihr könnt den

Herd im Labor nebenan benutzen. Wenn es kocht, gebt fünf *oncia* von dem getrockneten Kraut hinein und lasst es drei Vaterunser lang ziehen. Dann bringt mir den Sud.«

Während der gesamten Unterhaltung ruhte Ranghilds Blick aufmerksam auf Scotto. Die ganze Zeit über hatte sie immer wieder sein Gesicht vorsichtig mit dem Herzschwamm benetzt. Jetzt ging eine Veränderung mit dem Bedellus vor. Seine Brust hob und senkte sich im gleichmäßigen Rhythmus; statt wie bisher flach und schnell atmete er ruhiger und langsamer. Allmählich nahm er auch wieder Farbe an. Er öffnete die Augen und wollte sich aufsetzen, was Ranghild jedoch sanft verhinderte.

»Bitte bleibt noch liegen, Signor Scotto. Ich bereite einen Kräutertrank, der Euer Herz stärken und Eure Atmung weiter festigen wird. Ihr solltet ihn in kleinen Schlucken trinken. Ich werde jetzt noch Eure Wunden verarzten. Bleibt aber noch eine Weile hier, bevor Ihr Euch nach Hause begebt. Am besten, Ihr nehmt den hinteren Ausgang. Das scheint mir sicherer. Und achtet heute den Tag über auf Ruhe.«

Als Ranghild mit Buscolini und del Garbo wieder auf den Domplatz hinaustrat, erschrak sie. Im Gebäude der *scuola*, insbesondere im Entbindungsraum, war von dem Tumult, der hier draußen herrschte, nichts zu hören gewesen. Die Situation hatte sich verschärft, die Atmosphäre sich weiter aufgeheizt. Hatten sich vorhin nur ein paar wild gewordene Studiosi vor dem Eingang zur *scuola* geprügelt, schien nun die halbe Stadt in Aufruhr begriffen, der insbesondere am anderen Ende des Domplatzes tobte. Immer mehr Sympathisanten beider Parteien stürzten sich ins Getümmel und schlugen erbittert aufeinander ein, und das längst nicht mehr nur mit den Fäusten. Ranghild erblickte Latten, Stöcke, Schwerter, ja sogar die eine oder andere Hellebarde in den Händen der

Streithähne, in deren Gesichtern Hass und Fanatismus loderten. Schmerzensschreie, heiseres Brüllen und Fluchen sowie das dumpfe Geräusch von auf Körper treffenden Schlägen vereinigten sich zu einem anarchischen Getöse, von dem der Platz widerhallte. An einigen Stellen auf dem Pflaster hatten sich Blutlachen gebildet. So, wie es aussah, war ein regelrechter Aufstand ausgebrochen.

»Heda, Luigi, Cosimo! Was steht ihr herum und glotzt, anstatt es den verdammten *magnates* zu zeigen. Ihr seid doch auch *popolares*? Wir müssen zusammenhalten gegen diese verfluchte Magnatenbrut. Auf in den Kampf!«, brüllte ein dunkler Bass.

Ein muskelbepackter Kerl mit langem schwarzem Haar, das fettig glänzte, war plötzlich aufgetaucht und hatte sich vor Cosimo und Luigi aufgebaut. Drohend fuchtelte er mit einem Kurzschwert herum. Ranghild erkannte ihn sofort: Arnoldo, der Spross der Tuchmacherfamilie Sacchieri, ein stadtbekannter Raufbold, dessen Familie ebenfalls zum *popolo* zählte.

»Richtig, Arnoldo, zeig's den beiden. Nieder mit dem Magnatenpack!«, schrie ein Hänfling mit dünner Stimme, der neben seinem Gesinnungsgenossen wie ein Zwerg wirkte. Er schwang einen Knüppel. In beider Augen sprühte fanatischer Hass.

»Komm, lass uns besser verschwinden«, raunte Buscolini del Garbo leise ins Ohr. Anscheinend nicht leise genug, Arnoldo Sacchieri trat drohend einen Schritt auf ihn zu.

»Was habe ich da eben gehört? Ihr wollt türmen, ihr Feiglinge?«, rief er erbost und hob sein Kurzschwert.

Plötzlich tauchten weitere *popolares* vor dem Portal auf, im Nu waren del Garbo und Buscolini umringt.

»Auf in den Kampf. Wir brauchen jeden Mann. Bewaffnet euch gefälligst, oder fehlt euch der Mumm?«, röhrte einer von ihnen.

»Steht zu vermuten«, sekundierte ihm ein anderer höhnisch. »Schaut sie euch doch an, die Angsthasen, die scheißen sich die Hosen voll. Das sind Studiosi; statt Muckis haben sie Hirsepampe in den Armen!«

»Lasst uns in Ruhe, ihr Idioten. Besser Hirsepampe in den Armen als Stroh im Kopf!«, schrie Luigi erbost.

Was er besser unterlassen hätte.

»Na, dann wollen wir doch mal sehen, wer besser im Kampf zurechtkommt. Die mit Hirsepampe in den Armen und Latein im Kopf oder die mit Stroh im Kopf und Muckis in den Armen.«

Gelächter ringsum.

»Greift sie euch! Zeigen wir ihnen, wo's lang geht. Schleift sie ins Getümmel. Sie sollen ihrer verdammten Pflicht als *popolares* nachkommen.«

Mehrere starke Hände griffen nach den beiden. Spätestens jetzt begriffen Luigi und Cosimo, was die Stunde geschlagen hatte. Ihr vergeblicher Versuch, sich zu wehren, und ihr Zetern gingen im Gebrüll der aufgeheizten Rotte unter.

Ranghild hatte sich inzwischen unbemerkt in den offenen Durchgang neben dem Portal der *scuola* zurückgezogen. Hinter einer mannshohen Amphore versteckt, beobachtete sie den Aufruhr auf dem Domplatz mit bangem Blick.

Dann aber kippte die Lage. Bewaffnete Reiter tauchten plötzlich auf, trieben ihre Pferde mitten ins Getümmel und schlugen aus dem Sattel heraus mit Knüppeln oder dem stumpfen Ende ihrer Lanzen auf die Aufrührer ein.

»Die Königlichen!« – »Achtung, die Königlichen!« –»Verdammt, die Garde des Königs!« – »Scheiß Neapolitaner!«, schallte es hundertfach über den Platz.

In einem Nu drehte sich das Geschehen. Ranghild atmete auf. Endlich! Die Angehörigen der Garde würden dafür sorgen, dass wieder Ruhe einkehrte. Ihre Uniformen wiesen sie als Soldaten des Königreiches Neapel aus. Auf ihren Röcken prangte das Wappen der Anjou: goldene Lilien auf samtblauem Grund und der rote Turnierkragen. Ranghild wusste, dass Neapel vor Monaten eine kleinere Einheit Besoldeter zur Aufrechterhaltung von Recht und Ordnung nach Salerno geschickt hatte. Dass die Truppe auch tatsächlich eingreifen würde, hätte den Aufrührern eigentlich klar sein müssen; in letzter Zeit hatte die angespannte Situation immer wieder zu blutigen Auseinandersetzungen geführt, die das Eingreifen des Königtums erforderten. Aber so war es fast immer: Wenn Hass und aufgestaute Wut sich Bahn brachen, blieb der Verstand meist auf der Strecke.

Auch die *popolares*, die Luigi und Cosimo in die Mangel genommen hatten, hatten das Auftauchen der berittenen Garde mit Schrecken zur Kenntnis genommen.

»Nichts wie weg!«, schrie Arnoldo und rannte mit den anderen davon.

Zu spät. Vier Bewaffnete waren auf die Rotte aufmerksam geworden und preschten den Fliehenden hinterher. Die Hufe ihrer Pferde donnerten über das Pflaster. Vor den Flüchtenden brachten sie die Pferde scharf zum Stehen. Die Tiere wieherten aufgeregt und stiegen mit den Vorderbeinen hoch. Arnoldo duckte sich und kreuzte instinktiv die Arme über dem Kopf, um sich vor den wirbelnden Hufen zu schützen.

Einer der Berittenen sprang aus dem Sattel und zog sein Schwert, offenbar der Wortführer.

»Halt! Stehen geblieben!«, brüllte er.

Auch die anderen Berittenen saßen ab. Sie griffen nach den Stricken, die sie am Sattelknauf hängen hatten, und noch ehe Arnoldo und seine Mitgenossen sichs versahen, waren ihnen die Hände gebunden.

»Was fällt euch ein?«, begehrte Arnoldo auf. »Wir sind *popolares*. Wir haben das Sagen in dieser Stadt, nicht diese verdammten *magnates*. Wir haben das Recht, uns gegen ihre Übernahmeversuche zu wehren.«

»Du hältst erst mal dein großes Maul, Freundchen. Im Namen des Königs: Ihr seid festgenommen wegen Störung der öffentlichen Ordnung. Ein paar Tage Festungshaft werden euer Mütchen kühlen. Im Übrigen: Erstens gehört Salerno immer noch zum Königreich Neapel. Zweitens: König Robert sieht das, was eure popolaren Wirrköpfe hier veranstalten, anders, als man es in den Städten des Nordens gemeinhin tut. Ein gewisses Maß an Autonomie: ja; Aufruhr: nein, so lautet seine Devise. Das weiß auch der Magistrat in dieser Stadt. Gemäß dieser Order handeln wir. Was du ›wehren‹ nennst, ist nichts anderes als Aufruhr. Drittens: Die andere Partei bekommt von uns keine Sonderbehandlung; wir nehmen sie ebenfalls fest, wenn sie sich nicht an die Regeln halten. Hast du das kapiert, geht das in deinen widerborstigen Popolarenschädel?«

»Schon gut, schon gut, ich habe verstanden.« Arnoldo war unter den Worten des Offiziers sichtlich eingeknickt.

Der wandte sich an seine Leute.

»Und jetzt ab mit ihnen in den Arrest. Der vom Magistrat eingesetzte Richter soll entscheiden, was mit ihnen weiter geschieht.«

Luigi und Cosimo hatten die Verhaftung der vier aus der Entfernung mitbekommen.

»Das Dreckspack sind wir los«, meinte Cosimo schadenfroh; sein Blick folgte dem Berittenen, der die vier Aufwiegler an Stricken hinter sich herführte.

»Freu dich nicht zu früh. Sieh mal, da vorne!«, antwortete Luigi finster.

Immer mehr Königliche tauchten auf. Sie schlugen aus dem Sattel herunter auf den Mob ein, wobei sie auch völlig

Unbeteiligte trafen, die sich lediglich als neugierige Gaffer eingefunden hatten.

»Komm, lass uns verschwinden, die Garde prügelt auf alles ein, was sich bewegt, die macht keinen Unterschied«, rief Cosimo.

»Du hast recht, wir hauen ab, lass uns den Hinterausgang nehmen, und dann nichts wie zum Hafen runter. Da dürfte es sicherer sein. Und Dimitrios hat bestimmt schon seine Taverne geöffnet«, stimmte Luigi ihm bei.

»Ihr wollt zum Hafen? Zu Dimitrios? Nehmt ihr mich mit?« Ranghild war aus dem Schatten des Durchgangs auf den Vorplatz hinausgetreten.

»Wolltest du nicht zur Vorlesung von Magister Silvanus im Giardino di Minerva?«

»Du glaubt doch wohl selbst nicht, dass die heute noch stattfindet. Was euch eigentlich recht sein kann, oder täusche ich mich da?«

»In diesem Fall nicht«, Cosimo schmunzelte. »Oder sehe ich das falsch?«, wandte er sich an Luigi.

»Ich gebe dir recht, sie täuscht sich nicht«, stimmte Luigi zu.

»Wusste ich's doch«, meinte Ranghild schelmisch.

Sie hakte sich rechts bei Luigi und links bei Cosimo unter.

»Dann nichts wie runter zum Hafen, *signores*. Ich habe Hunger. Dimitrios dürfte schon den ersten Fang verarbeiten.«

Kapitel 28

Stadt Nördlingen, Herzogtum Oberbayern
Juni Anno Domini 1331

Kurz vor Pfingsten Anno Domini 1331, am Tag der heiligen Petronella, lagerte die Truppe um Jörg Jörgelin erneut
am Ufer eines Flusses. Diesmal an der Wörnitz, nahe eines
Dorfes zwischen den Städten Schwäbischwerd und Nördlingen. Jörgelin beabsichtigte, sich in Ruhe auf die Vorstellung
vorzubereiten, die sie anlässlich der Messe, die in Nördlingen
stattfand, geben würden.

Gestern am frühen Abend waren sie angekommen. Und
auch diesmal hatte Elias es vorgezogen, die Stille eines abgelegenen Plätzchens am Flussufer aufzusuchen, um ein
Weilchen allein zu sein und sich seinen Gedanken hinzugeben. Natürlich erst, nachdem das Lager aufgeschlagen und
der Rest der Truppe dazu übergegangen war, zum Klang der
Schalmei und zum Schlagen der Laute das eine oder andere
Lied zum Besten zu geben. Leise und entfernt klangen die
Melodien an Elias' Ohr.

Hätte er auch nur geahnt, dass er schon seit geraumer
Zeit von zwei Männern beobachtet wurde, die sich ein Stück
weit entfernt im dichten Uferdickicht verborgen hielten – die
entspannte Ruhe, die er genoss, wäre dahin gewesen. Insbesondere wenn er gewusst hätte, wem die beiden Augen-
paare gehörten, die sich voller Häme und Hass auf ihn
richteten.

Noch aber war er arglos. Erst der nächste Tag sollte ihn daran erinnern, dass die Schatten, die er längst losgeworden zu sein glaubte, sich erneut an seine Fersen geheftet hatten.

»Aufstehen!«, schallte Jörg Jörgelins Bass am darauffolgenden Morgen über den Lagerplatz.

Es war noch früh, im Osten blitzten die ersten vorwitzigen Sonnenstrahlen über einem bewaldeten Hügelrücken und ließen die Tautropfen auf den davor gelagerten Wiesen glitzern. Trotz der Aufforderung Jörgelins erwachte das Leben im Lager nur zögernd. Bald würde das Feuer brennen, auf dem Luna das Morgenmahl zubereitete, einen mit Kräutern gewürzten Hirsebrei. Dann würden die Männer ihre Werkzeuge schultern und ins Dorf hinübergehen, um einen Tag lang dabei mitzuhelfen, die Zehntscheuer instand zu setzen, die nach einem Blitzschlag teilweise abgebrannt war. Der Dorfvorsteher hatte dies zur Bedingung gemacht, als Jörgelin ihn darum gebeten hatte, auf dem Grund, der zum Dorf gehörte, für vier Tage Quartier beziehen zu dürfen. Auch wenn man Fahrenden mit Skepsis begegnete: Ging es um den eigenen Vorteil, war man schnell bereit, Kompromisse zu schließen und die Distanz, die man ihnen gegenüber wahrte, aufzugeben.

»An die Arbeit, Männer!«, mahnte Jörgelin zum Aufbruch.

Sie zogen los.

Die Arbeiten an der teilweise abgebrannten Zehntscheune gingen zügig vonstatten. Die Dörfler waren über die unerwartete Unterstützung, die sie von Jörgelin und seinen Männern erfuhren, sichtlich froh.

Dann aber, die Sonne stand bereits im Mittag, ließen verzweifelte Hilferufe die Männer in ihrer Arbeit innehalten.

Völlig aufgelöst rannte Brida, die Tochter Bettlins und

Sieberts, auf ihren Vater zu, in einem fort weinend und schluchzend.

»Zwei … zwei böse Männer. Mit – mit einem Tuch vor dem Gesicht. Sie … Sie wollten Mutter wehtun. Reto wollte sie aufhalten, aber sie haben … Sie haben ihn einfach niedergeschlagen … Schnell, Vater, komm!«

Nicht nur Siebert, auch Jörgelin und die anderen ließen augenblicklich ihre Werkzeuge fallen und rannten zurück zum Lagerplatz.

Schon von Weitem sahen sie, wie zwei Maskierte hinter einem der Planwagen hervorsprangen und sich aus dem Staub machten. Sie hielten auf ein nahes Wäldchen zu.

»Elias, Paul, setzt ihnen hinterher, ihr seid die schnellsten«, brüllte Jörgelin, während er mit den anderen in Richtung der Planwagen rannte.

Elias und Paul bogen unverzüglich in Richtung der Flüchtenden ab. Doch die Chance, sie einzuholen, schmolz mit jedem Schritt, zu groß war der Vorsprung, den sie besaßen.

Noch waren sie mindestens fünfzig Schritt entfernt, als die Fliehenden auch schon in den Schutz der Bäume eintauchten.

Paul hielt inne, bückte sich nach vorne und stützte die Arme auf den Knien ab.

»Die … Die sind weg, die … Die kriegen wir nicht mehr«, keuchte er mit schmerzhaft verzogener Miene.

»Wohl wahr. Lass uns umkehren, mal sehen, was die Hurensöhne im Lager zu suchen hatten«, stimmte Elias ihm zu, auch er keuchte vor Anstrengung.

Sie waren noch keine zwanzig Schritte gegangen, als Elias plötzlich stutzte, sich bückte und ein ledernes Säckchen aus dem Gras fischte. Es war leer. Das Lederband, mit dem es am Gürtel dessen befestigt gewesen war, der es verloren hatte, war gerissen.

»Verdammt, gehört das nicht Hans?«, fragte er verblüfft und hielt Paul seinen Fund hin.

Paul war nicht weniger verblüfft. »Du hast recht, der Beutel gehört ihm. Eindeutig. Der schwarze Flicken ist unverkennbar.«

Tatsächlich wies der braune Beutel einen schwarzen Flicken auf. Hans war damit vor Jahren an einem Dornengestrüpp hängen geblieben und hatte dabei ein Loch in den Beutel gerissen. Luna hatte ihn seinerzeit mit einem schwarzen Lederstück in Form eines Halbmonds geflickt.

»Das Band ist gerissen. Offensichtlich hat er nicht bemerkt, dass er den Beutel verloren hat.«

Elias nickte. »Seit ihn sein Oheim vor zwei Jahren davongejagt hat, haben wir ihn weder gesehen noch von ihm gehört.«

»Erinnerst du dich, wie er herumgeschrien hat, wir würden ihn noch kennenlernen? Was der Schweinehund nur wollte? Und wer war der andere?«

Wer war der andere? Ein fürchterlicher Verdacht schien in Elias auf.

»Werden wir gleich wissen. Schnell, komm!«

Sie liefen zum Lager zurück, wo sich die Truppe um die Feuerstelle versammelt hatte, an der gekocht wurde. Isa und die anderen Frauen waren in Tränen aufgelöst. Sie hatten sich ein gutes Stück weit entfernt am Flussufer aufgehalten, um Wäsche zu waschen, als die maskierten Eindringlinge gekommen waren, hatten sie aber zunächst nicht bemerkt. Offenbar glaubten die beiden Galgenvögel, die Abwesenheit der Frauen nutzen zu können, um ihr wie auch immer geartetes Vorhaben auszuführen. Dann aber waren sie von Isa überrascht worden, die zusammen mit Brida zurückgekehrt war, um ein weiteres Wäschebündel zu holen. Isa hatte sie dabei erwischt, wie sie sich in Elias' Verschlag an dessen Truhe zu schaffen gemacht hatten. Einer der beiden hatte sich auf Isa gestürzt, die sofort gellend zu schreien begann, woraufhin Reto aufgetaucht war und sich trotz seines verletzten Fußes mit ihnen angelegt hatte. Leider hatte er den Kürzeren gezogen. Brida war geistesgegenwärtig davongerannt, um Hilfe zu holen.

»Dieser verfluchte Bastard! Er hat seine Drohung wahrgemacht«, entfuhr es Elias wütend.

»Wie – du kennst die Strolche?«, hakte Jörgelin verblüfft nach.

»Zumindest einen von ihnen. Wir alle kennen ihn«, entgegnete er und sah finster in die Runde.

Überraschte Rufe wurden laut.

»Wer ist es?«, wollte Jörgelin wissen.

Statt einer Antwort zog Elias den Lederbeutel, den er gefunden hatte, hervor und hielt ihn hoch.

»Mein Gott, Hans? Er war einer der beiden? Der Beutel gehört doch ihm!«, rief Luna. Aufgeregt riss sie Elias das Leder aus der Hand, um es genauer zu betrachten.

Dann nickte sie heftig mit dem Kopf. »Kein Zweifel, er ist es. Das ist sein Beutel. Ich kenne ihn genau, ich habe ihn seinerzeit geflickt. Woher hast du ihn?«

»Gefunden. Auf der Wiese, da hinten«, Elias deutete mit dem Kopf in Richtung Flussufer. »Er hat ihn verloren, ohne es zu bemerken.«

»Dieser verfluchte Hurensohn!«, polterte Jörgelin los. »Was könnte er in deiner Truhe gesucht haben?«, wandte er sich an Elias.

»Vielleicht mein Medaillon?« Kaum war die Antwort heraus, bereute Elias sie auch schon.

»Was will er damit? Er kann doch nichts damit anfangen.«

»Es … Es gefällt ihm. Er bat mich schon einmal darum, es ihm zu geben.« Das war eine Lüge, aber Elias wollte den Verdacht, den er hegte, nicht preisgeben.

»Aber das trägst du doch immer um den Hals?«

»Normalerweise schon. Aber einmal hatte ich es vorübergehend für einige Tage in meine Truhe gesteckt. Das Band war brüchig geworden, ich musste es ersetzen. Bis ich ein neues geflochten hatte, wollte ich es in der Truhe aufbewahren. Hans wusste offenbar davon, er war es ja, der sie aufgebrochen und das Seil eingeschnitten hatte, Ihr erinnert Euch sicher, Meister. Da muss er es gesehen haben.«

»Wenn er das Medaillon haben wollte, wieso hat er es dann damals nicht an sich genommen?«

»Vielleicht kam ihm etwas dazwischen, bevor er es sich nehmen konnte? Er könnte gestört worden sein.«

»Und jetzt soll er nur deshalb wieder zurück sein? Und dann auch nicht allein? Wer war überhaupt der andere? Kennst du den auch?«

Elias glaubte, ein gewisses Misstrauen aus Jörgelins Frage herauszuhören. Die Lippen zusammengepresst, schwieg er. Da hatte er sich in eine ordentliche Zwickmühle hineingeredet. Sollte er vor versammelter Mannschaft doch noch seinen Verdacht äußern? Dass das Narbengesicht oder einer seiner Helfershelfer, die ihm vor Jahren in Freiburg aufgelauert hatten, sich Hans' Komplizenschaft versichert haben könnten? Wie auch immer sie an ihn herangekommen waren? Zugeben, dass landesschädliche Leute hinter ihm her waren? Gesindel, das nicht nur ihm, sondern der ganzen Truppe gefährlich werden konnte?

Als er sich Jörgelin damals angeschlossen und dieser ihn nach seiner Vergangenheit befragt hatte, hatte er ihm bei Weitem nicht alles erzählt. Weder über den Vorfall in Freiburg noch was er mit Utz Herrlinger gemacht hatte, hatte er ihm berichtet. Beide Ereignisse hätten nicht unbedingt das beste Licht auf ihn geworfen. Jörgelin achtete peinlich darauf, dass man den Angehörigen seiner Truppe nichts nachsagen konnte, was sie in die Nähe von Gewalttätern und Gesetzes-brechern rückte. Hatten sie doch schon genug mit der *macula infamiae* zu tun.

Was das Medaillon anging, wusste Jörgelin nur, dass es mit Elias' ungeklärter Herkunft in Verbindung stand. Näher hatte er sich nie dafür interessiert ...

»Nun gut, es spielt auch keine Rolle mehr, lassen wir das«, schloss Jörgelin das Thema ab, als er die Verlegenheit in Elias' Miene sah. »Die beiden Galgenvögel werden sich hoffentlich nie wieder blicken lassen.«

Elias atmete auf. Allerdings war ihm der scharfe Blick Jör-gelins nicht entgangen. Auch wenn er diesmal gerade noch um eine Antwort herumgekommen war, Jörgelin würde zu ge-gebener Zeit sicherlich erneut auf die Sache zurückkommen.

Die folgenden beiden Tage verbrachte Elias mit Übungen auf dem Seil. Die Fortschritte, die er mittlerweile erzielt hatte, waren beeindruckend. Längst schon hatte Jörgelin eine Seil-tanznummer Elias' in das Repertoire der Truppe eingebaut. Mittlerweile ging er auf dem schwankenden Seil so trittsicher, als bewegte er sich auf festem Grund. Und das in etwa zehn Fuß Höhe. Bald würde er sogar ein, zwei Sprünge in seine Darbietung einbauen. Den Nördlingern würden die Augen aus dem Kopf fallen, wenn sie ihn auf dem Seil erlebten.

Kapitel 29

Drei Tage später, am frühen Vormittag, sahen sie die Türme der von der Eger durchflossenen Stadt in den Himmel ragen. Jörgelin befahl, das Lager eine gute halbe Wegstunde von der Stadtmauer entfernt aufzuschlagen. Die Genehmigung dafür hatte er bereits vor Jahren von Albrecht Hohenberger, einem Mitglied des zweiunddreißigköpfigen Rates, der der Stadt vorstand, erhalten. Er kannte Hohenberger. Vor vielen Jahren hatte er ihm aus einer argen Verlegenheit geholfen, die um ein Haar einen handfesten Skandal ausgelöst und Hohenberger fast seine Ehre gekostet hätte. Seit dieser Zeit führte Jörgelin ein Dokument mit sich, ausgefertigt von Hohenberger, der ihm darin das Privileg zusicherte, immer wenn er sich mit seiner Truppe in der Nähe der Stadt aufhielt, auf deren Gebiet lagern zu dürfen. Darüber hinaus würde er ein Grundgeld für seine Darbietungen bekommen. Jörgelin durfte sich die Hände reiben; das Grundgeld zusammen mit dem Bettel würde ihm satte Einnahmen bescheren.

Das letzte Mal war die Truppe vor vielen Jahren hier gewesen. Diesmal jedoch war der Anblick, den die Stadt bot, ein anderer. Schon von Weitem konnte man sehen, dass die Stadtmauer eingerüstet war. Sowohl innerhalb als auch außerhalb der Mauer ragten Kräne empor. Auch die überdimensionalen Treträder, mittels derer sie betrieben wurden, waren deutlich zu erkennen. Dass hier emsig gebaut wurde, war offenkundig.

Für Elias ein ungewohnter Anblick.

»Ich würde mich gern in der Stadt umsehen, Meister Jörg. Sobald wir das Lager aufgebaut haben.«

»Ich habe nichts dagegen, Junge. Sieh nur zu, dass du die Stadt verlässt, bevor die Tore schließen.«

Elias nickte. Als ob er nicht wüsste, dass Fahrende noch vor Torschluss die Stadt zu verlassen hatten.

Die Sonne hatte ihren Zenit längst überschritten, als er durch das südöstlich gelegene Reimlinger Tor trat. Über dem Torbogen prangte der ungekrönte Adler, das Wappen Nördlingens wie auch einer Reihe anderer Städte im Reich. Trug der Adler eine Krone, war dies das Zeichen, dass die Stadt das Privileg der Reichsunmittelbarkeit erlangt hatte, nur dem Kaiser unterstand und sich selbst verwalten durfte. Auch wenn Nördlingen dieser Status bisher versagt geblieben war: Der Bedeutung der Stadt und dem Selbstbewusstsein seiner Bürger tat dies keinen Abbruch.

Wie immer, wenn er allein eine der Städte erkundete, die sie während ihrer Reisen besuchten, bemächtigte sich Elias' ein eigenartig prickelndes Gefühl von Freiheit und Ungebundenheit.

»Wohin des Wegs, Junker Loch-im-Gewand?«

Der Angehörige der Torwache, der sich Elias mit vorgehaltener Hellebarde in den Weg stellte, grinste spöttisch. Die ironische Anrede galt dem Riss in Elias' Cotte, er war unübersehbar. Allerdings konnte dies nicht der Grund sein, weshalb die Wache ausgerechnet ihn aufhielt.

Elias beschloss, den ironischen Ton des Mannes aufzugreifen.

»Nun, ich möchte gern Eure schöne Stadt kennenlernen, Meister der Hellebarde«, entgegnete er gut gelaunt, machte eine übertriebene Verbeugung und lupfte mit schwungvoller Geste einen imaginären Hut.

»Würdet Ihr mir verraten, was Euch veranlasst, ausgerechnet mich zu inspizieren?«, fuhr er fort. »Schließlich gibt es eine Menge anderer, die in Eure Stadt strömen, und die sehen auch nicht aus, als würden sie gerade aus einer Schneiderwerkstatt kommen.«

Der Torwächter lachte, die Antwort gefiel ihm anscheinend.

»Du bist groß und kräftig. Und du siehst mir aus wie einer der Tagelöhner, die Arbeit suchen. Von denen kommen zur Zeit der Mess 'ne ganze Menge in die Stadt. Schätze mal, dass du ein paar Heller gut gebrauchen könntest, stimmt's?«

»Ihr habt ein paar Heller für mich? Na, dann nichts wie her damit!«, frotzelte Elias im Gegenzug und hielt dem Torwächter die offene Hand hin.

»Die musst du dir schon verdienen. Siehst du den kleinen Tretradkran da hinten?« Der Mann wies hinter sich auf eine Stelle an der eingerüsteten Stadtmauer, wo offenbar emsiger Betrieb herrschte. Dort ragte ein Kran über die Mauer, deutlich kleiner als ein anderer, der weiter entfernt stand. »Der Parlier, der für diesen Abschnitt der Mauer zuständig ist, sagte mir, ich solle nach einem jungen, kräftigen Kerl Ausschau halten, der bis zum Angelusläuten das Rad tritt. Melde dich bei ihm.«

»Hier wird wohl viel gebaut?«, fragte Elias.

»Wir errichten eine neue Stadtmauer auf Anweisung Kaiser Ludwigs, unseres Herrn. Vor vier Jahren gab er höchstselbst den Befehl dazu. Die Stadt darf seitdem das Umgeld erheben.«

»Umgeld?«

»Ja, eine Getränkesteuer. Mit jedem Humpen, den du säufst, finanzierst du die Stadtmauer mit.«

»Na, dann werde ich wohl heute auch mein Scherflein zum Bau der Mauer leisten. Aber jetzt will ich erst mal ein paar Heller verdienen.«

Elias bedankte sich für die Auskunft und lief zur Baustelle.

»Den Parlier willst du sprechen? Der ist gerade beschäftigt. Warte!«, wies ihn einer der Arbeiter mürrisch an, wahrscheinlich ein Maurer, dem Eimer Mörtel nach zu urteilen, den er gerade zum Gerüst schleppte.

Elias nutzte die Wartezeit, um den Tretradkran zu inspizieren, der momentan stillstand. Der Torwächter hatte ihn als »kleinen Kran« bezeichnet. Wir groß mochte das Rad an einem großen Kran wohl sein?, fragte er sich. Beeindruckte ihn doch schon die Größe dieses Rades, es maß gute fünf Ellen im Durchmesser. Die zum Kranmast hin verlängerte Achse lagerte in einer stabilen quadratischen Holzkonstruktion und diente als Windenkörper für das darauf aufgewickelte Seil, das über den Kranmast mit dem Ausleger verbunden war. Das Rad selbst, das einem Mühlrad ähnelte, war so konstruiert, dass die Windenknechte, auch Radläufer genannt, darin laufen und es in Bewegung setzen konnten. Indem sie auf den zwischen den beiden Radinnenseiten befestigten Trittleisten gingen, konnten sie, je nachdem, in welche Richtung sie sich bewegten, die am Ausleger des Krans befestigten Lasten heben oder senken.

»Wer bist du? Was willst du?«, fragte eine raue Stimme in seinem Rücken.

Elias wandte sich um. Ein bärtiges Muskelpaket, Wams und Hose weiß vom Kalkstaub und voller Mörtelspritzer, stand vor ihm. Offenbar der Parlier. Er war der Weisungsberechtigte auf der Baustelle und beaufsichtigte die Arbeiter.

»Ihr seid bestimmt der Parlier. Ich soll mich bei Euch melden. Ich kann das Tretrad bedienen.«

Der Mann musterte ihn ausgiebig von oben bis unten.

»Soso, du willst ans Tretrad. Stark genug scheinst du ja zu sein. Hast du denn schon mal als Windenknecht gearbeitet?«

»Nein! Aber ich lerne schnell. Und einer von der Stadtwache sagte, Ihr bräuchtet kurzfristig dringend Ersatz.«

»Nur heute bis zum Angelusläuten. Morgen musst du dich nach was anderem umsehen. Aber ich bezahle gut.«

»Was versteht Ihr unter guter Bezahlung?«

»Sechs Heller«, knurrte der Parlier.

Sechs Heller. Das war nicht schlecht. Zusammen mit den vier, die er im Gürtel stecken hatte, ergab das zehn Heller, ein guter Tageslohn für einen Handlanger. Dafür würde er ein ordentliches Mahl und einen gut gefüllten Krug Bier in einer der vielen Schenken bekommen und noch etwas übrig behalten.

Keine vier Vaterunser später stand Elias im Rad und trat, was das Zeug hielt.

Der Klang des Angelusläutens schwebte über der Stadt, als er sich rechtschaffen müde und schwitzend, aber um sechs Heller reicher, auf einem Mauerstück neben einem der Kasarmen niederließ, in denen die Stadtsoldaten wohnten. Mit dem Treten des Rades war er um eine Erfahrung reicher geworden. Nach einer Weile erhob er sich und beschloss, zum Marktplatz zu gehen und von dort aus einen Erkundungsgang zu unternehmen. Die Stadt war schon jetzt vom Messefieber ergriffen, obgleich bis zur Eröffnung noch über eine Woche ins Land gehen würde. Es war bereits früher Abend, dennoch hallten die Straßen wider von geschäftigem Lärmen. Mannigfaltige Sprachen und Dialekte drangen an sein Ohr, was nicht verwunderte, waren doch Hunderte unterschiedlichster Kaufleute aus allen Himmelsrichtungen samt ihren Begleitern in die Stadt geströmt. Immerhin pflegten Nördlinger Kaufleute und Händler Beziehungen in die Niederlande, nach Flandern und Brabant, aber auch nach Venedig und Genua. Das Rattern der Fuhrwerke, deren eisenbereifte Räder auf dem Pflaster der Gassen und Plätze knirschten, das Hämmern und Sägen der Stand- und Budenbauer sowie das geschäftige Lärmen unzähliger anderer Handwerker und Tagelöhner – in Elias' Ohren klang es wie Musik. Er malte sich aus, welches Gewimmel erst während der vierzehn Tage nach Pfingsten hier herrschen würde, wenn der Messebetrieb voll im Gang war. Wenn hier Korn aus dem Ries, Salz aus Bayern, Wein aus Württemberg, Eisen aus der Oberpfalz, Glaswaren aus dem Schwarzwald und Gewürze aus aller Herren Länder umgeschlagen wurden. Wenn Kürschner, Gerber und Weber um das Rohmaterial feilschten, das sie für ihre Waren benötigten, während sie selbst ihre fertigen Produkte anboten.

Über der Vielzahl an neuen Eindrücken hatte Elias nicht auf die Zeit geachtet. Die Sonne glühte tief im Westen und legte einen feurig schönen Schimmer auf den abendlichen Himmel. Nicht mehr lange, und der Tag würde zur Neige gehen; es würde dunkler werden auf den Plätzen und Straßen, wie auch in den schmalen Gässchen und Durchgängen, die sich zwischen den eng beieinanderstehenden Häuserzeilen wanden. Ihn hungerte, und die Vorstellung, einen kühlen Krug in den Händen zu halten, von dem der Schaum eines frisch gezapften Bieres tropfte, ließ ihm das Wasser im Mund zusammenlaufen. Es war Zeit, sich auf die Suche nach einer Schenke zu machen. Gewiss, da gab es die vornehmen Gasthäuser am und um den Marktplatz herum, aus deren Eingängen verführerische Gerüche drangen, aber was sollte er dort? Zum einen waren sie nicht für seinen Geldbeutel geschneidert, zum anderen wollte er nicht das Risiko eingehen, als Unehrlicher enttarnt zu werden, wenn er sein Bier bestellte. Er könnte zwar seinen Stand verschweigen, verheimlichen, dass er ein Fahrender war, doch wenn ein Büttel ihn dabei erwischte, setzte es eine empfindliche Strafe.

Die Frage war nur, wo, zum Henker, er ein Plätzchen für sich finden würde. Die Zeit verstrich, sein Magen knurrte, und je tiefer er in das Gewirr der vom Zwielicht der Abenddämmerung erfüllten Gassen eindrang, desto mehr zweifelte er daran, noch rechtzeitig auf eine Kneipe zu stoßen, die sowohl seinem Stand als auch seinem Geldbeutel entsprach. Die Zeit drängte, nicht mehr lange, und die Stadttore würden schließen.

Er war gerade dabei, sich durch einen dunklen, kaum schulterbreiten Durchgang zwischen zwei hoch aufragenden Häusern zu zwängen, als eine heisere Stimme in seinem Rücken ihn zusammenzucken ließ.

»Wohin des Wegs, junger Freund?«

Elias fuhr herum. Ich werde verfolgt, war der erste Gedanke, der ihm durch den Kopf schoss, als er den Mann wahrnahm, der vor ihm stand. Angesichts der Lichtverhältnisse im Durchgang konnte er nur eine Silhouette erkennen.

»Du suchst eine Schenke, stimmt's?«, fuhr der Fremde fort, noch bevor Elias antworten konnte. »Nach der anstrengenden Arbeit im Tretrad und dem Bummel durch die Stadt musst du hungrig sein.«

Er ist mir tatsächlich gefolgt!, schlussfolgerte Elias und beschloss, vorsichtig zu sein. »Wer seid Ihr?«, wollte er wissen.

»Komm mit!«, forderte ihn der Mann auf, ohne auf seine Frage einzugehen.

»Warum sollte ich?«

»Sagtest du nicht, du hast Hunger?«

»Das habt Ihr gesagt, nicht ich.«

»Also keinen Hunger? Keinen Durst?«

Elias schwieg.

»Nun komm schon. Ich kenne eine Schenke, nicht weit von hier«, drängte der Fremde. »Da kriegst du nicht nur was

Ordentliches zwischen die Zähne und zu saufen, dort kannst du auch deine Heller verzehnfachen.«

Elias zögerte. Wollte der Mann ihn zum Würfelspiel überreden? Warum sagst du nicht einfach Nein!, schalt er sich im Stillen. Dass der Fremde ihm dieses Angebot nicht aus reiner Menschenfreundlichkeit machte, konnte er sich denken. Und dass er ihm schon eine Weile gefolgt sein musste, war sonnenklar. Allerdings wusste er, dass in den Städten manchmal Lockvögel die Runde drehten, um den einen oder anderen, von dem sie glaubten, dass er als Opfer taugte, in eine der Spelunken abzuschleppen, wo man dem Spiel frönte. Die meisten wurden gehörig abgezockt, andere wenige wiederum schafften es tatsächlich, ihr Geld zu vermehren.

Andere wenige wiederum … Sollte er es riskieren? …

»Und wo ist diese … Schenke?«

»Ich sagte doch, nicht weit von hier. Komm schon! Du wirst es nicht bereuen, glaub mir.«

»Na gut. *Ein* Spielchen will ich wagen, nicht mehr.« Elias war unversehens ins »Du« gerutscht.

Der Fremde legte ihm kumpelhaft die Hand auf die Schulter und drängte ihn sanft weiterzugehen. Sie verließen den Durchgang und traten auf die Gasse hinaus, auf der es deutlich heller war. Jetzt erst vermochte Elias das Gesicht des Fremden zu erkennen. Auffallend war sein kurz geschorener leuchtend roter Haarschopf, der ihm zusammen mit der spitz zulaufenden Nase, der fliehenden Stirn und dem fliehenden Kinn das Aussehen eines Fuchses verlieh. Ein Fuchs auf zwei Beinen, dachte Elias und gab unversehens einen Gluckslaut von sich.

»Du freust dich schon aufs Spiel?«, fragte der Fremde, der das Glucksen seines Begleiters völlig falsch interpretierte.

»Na ja, eher auf ein Bier und ein ordentliches Geselchtes«, antwortete Elias geistesgegenwärtig.

Etwa vier Vaterunser später und zwei Gässchen weiter standen sie vor dem niedrigen Eingang eines Hauses, der unter einem weit nach vorn kragenden Dachgeschoss ein finsteres Dasein fristete. Das magere Licht der Pechpfanne, die neben der Tür vor sich hin stank und einen dünnen Streifen ölig schwarzen Rauchs in die Dämmerung entließ, vermochte ihn kaum zu erhellen.

»Das hier soll die Schenke sein?« Elias war mit einem Mal misstrauisch geworden.

Der Rotfuchs wies mit der Hand über seinen Kopf. Jetzt erst fiel Elias das Wirtshausschild ins Auge, das an zwei rostigen Ketten schief unter dem vorspringenden Dach hing. »Zur schwarzen Henne« stand auf einem in die Jahre gekommenen Holzbrett, dessen Form entfernt an die Silhouette eines Huhns erinnerte.

Der Fremde betätigte den Türklopfer: ein an einem Draht befestigter, viereckiger Stein von der Größe einer Faust. Zweimal kurz, dreimal lang, zweimal kurz, dreimal lang schlug der Stein gegen das Holz.

Elias' Misstrauen verstärkte sich. Wer vor einer verschlossenen Tür stand und mit einem Klopfzeichen Einlass begehrte, gehörte im Allgemeinen zu einem ausgewählten Personenkreis. Andere wurden erst gar nicht hereingelassen. Das hier war keine normale Schenke, die für jedermann offenstand. Das Haus war dunkel und schweigsam, das Gegenteil einer öffentlichen Schenke, in der es feuchtfröhlich und lärmend zuging.

Ihn beschlich das Gefühl einer unmittelbaren Bedrohung, Gänsehautschauer jagte seinen Rücken hinunter. Warum, verdammt, hatte er sich bloß auf das Ansinnen des Mannes eingelassen? Sieh zu, dass du sofort wegkommst!, rief eine innere Stimme ihm zu.

Zu spät. Knarrend öffnete sich die Tür, der Geruch nach gekochtem Fisch und Knoblauch schlug ihm entgegen. Feu-

erschein drang nach draußen, wahrscheinlich einem Herdfeuer geschuldet, auf dem gekocht wurde. Der Rotfuchs
packte ihn beim rechten Oberarm und schob ihn ins Haus,
vorbei an einer schwarz gekleideten Frau, die im Türrahmen
stand. Das rötliche Flackern, das sich auf ihrem schlohweißen Haar spiegelte und ihre Silhouette umwaberte, verlieh ihr
etwas von einem flammenumlohten Dämon. So stellte sich
Elias die Schergen des Teufels vor, die den Eingang zur Hölle
bewachten.

»Unten, wie immer«, krächzte die Alte und trat zur Seite,
um die beiden Ankömmlinge hereinzulassen. Als er über die
Schwelle trat, verhielt Elias kurz den Schritt und wandte den
Kopf, um sie anzusehen. Jetzt, da der Feuerschein ihr Profil
erfasste, sah er, dass ihr Gesicht von unzähligen Furchen und
Fältchen durchzogen war. Der Meißel des Alters hatte an ihr
ganze Arbeit geleistet. Was auffiel, war der große weiße Fleck
im rechten Auge, das vom Star getrübt war. Dafür war das gesunde mit einem stechenden Blick ausgestattet, in dem Elias
unverhohlene Neugier zu entdecken glaubte.

Der Fuchs schob ihn weiter in Richtung einer Stiege, die
nach unten in einen Kellerraum führte. Elias war, als klängen
entfernt dumpfe Geräusche nach oben: Lachen, Gemurmel,
Flüche.

»Hier geht's runter. Geh ruhig voran, ich folge dir«, forderte er Elias auf.

Elias warf einen kurzen Blick zum Herd hin, über dem ein
dampfender Kessel hing, dem der intensive Fischgeruch ent-
strömte. War dieser stinkende Kochfisch etwa alles, was diese
sogenannten Schenke zu bieten hatte? Er bedauerte zutiefst,
dass er sich nicht an einem der Essensstände auf dem Marktplatz eine frisch gebratene Wurst geholt hatte.

»Nun mach schon voran!«, drängte ihn der Fuchs, dessen
Stimme schon weniger freundlich klang.

Von ihm gefolgt, stieg Elias eine steile, aus Holz gefertigte Wendeltreppe hinunter, die sich in zwei Absätzen nach unten wand. Je weiter er hinunterstieg, desto lauter wurden die Stimmen, die an sein Ohr drangen. Anscheinend hatte sich dort eine launige Runde eingefunden. Unten angekommen, sah er, dass der Raum mehr war als nur ein Keller. Ein riesiges unterirdisches Gewölbe tat sich vor ihm auf. Der Boden bestand aus hartem, gestampftem Lehm. An den Wänden brannten Unschlittlichter in flachen eisernen Behältern. Auf der linken Seite des Raums reihten sich entlang der Wand und beidseitig flankiert von Sitzbänken mehrere in Längsrichtung hintereinander angeordnete Tische, die bis auf den hintersten unbesetzt waren. Auf jedem von ihnen standen mehrere Würfelbecher. Was Elias bereits vermutet hatte, verdichtete sich zur Gewissheit: Das hier war eine jener Spelunken, in denen, den Blicken der Obrigkeit entzogen, dem Würfelspiel gehuldigt wurde. Wer sich hier blicken ließ, riskierte eine empfindliche Strafe, wenn er erwischt wurde. Elias bereute schon jetzt, dass er sich durch seine ungezügelte Neugier zu einem riskanten Abenteuer hatte hinreißen lassen. Die drei Männer, die am hintersten der Tische saßen, obskure Gestalten, sahen lauernd auf, als sie seiner gewahr wurden.

Auf der anderen Seite des Raums, dem Tisch gegenüber, an dem die Männer saßen, loderte ebenfalls ein Herdfeuer. Dezenter Bratenduft durchzog den Raum und vermischte sich mit dem ranzigen Geruch der Unschlittlampen; über dem Feuer brieten an einem riesigen Spieß zwei Hähnchen, die ein finster dreinblickender Geselle mit langer, blonder Mähne im Auge behielt. Dass Elias den Bratenduft nicht schon vorhin gerochen hatte, war dem Umstand geschuldet, dass es über der Feuerstelle eine Öffnung in der Gewölbedecke gab, die als Abzug diente. Gleich neben dem Herd erblickte er einen aus rohen Brettern grob zusammengehauenen Tresen, links davon drei große Fässer, auf dem Tresen selbst zwei kleinere nebst drei irdenen Krügen. Dahinter, unmittelbar vor der Wand, ragte ein Regal in die Höhe, das eine weitere Anzahl Krüge enthielt.

Ein spindeldürrer Mensch mit einem speckigen Lederschurz um die Hüften, offensichtlich der Wirt, stand am Tresen und warf Elias einen kurzen neugierigen Blick zu. Das höhnische Zucken, das um seine Lippen spielte, als er sich wieder abwandte, konnte Elias nicht sehen.

Auf dem Tisch, an dem die drei Männer saßen, stapelten sich mehrere zur Seite geschobene hölzerne Teller mit Essensresten. Außerdem drei halb volle Krüge, ein Würfelbecher samt drei Würfeln sowie ein Wachstäfelchen und ein langer spitzer Nagel.

»Hier, der vierte Spieler«, knurrte der Fuchs, nachdem er Elias zum Tisch bugsiert hatte. Er packte ihn beim Arm und nötigte ihn unsanft, den Männern gegenüber Platz zu nehmen.

»Ist das der Einzige, den du auftreiben konntest?«, fragte einer der drei mürrisch, ein Mensch mit Hakennase und dichten Brauen, unter denen die tief in den Höhlen liegenden Augen fast verschwanden.

»Es kommen noch vier weitere, denen ich das Maul wässrig machen konnte, aber erst später«, knurrte er und begab sich zum Tresen, wo ihm der Wirt unaufgefordert einen Krug einschenkte.

Elias begriff augenblicklich. Der Mann, der ihn hierher geschleppt hatte, war tatsächlich ein Lockvogel, ein Aufreißer, dessen Aufgabe darin bestand, spielfreudige Naturen anzuschleppen und sie zum Spiel zu animieren. Und er machte den Spitznamen, den Elias ihm verpasst hatte, alle Ehre. Es war ein Riesenfehler gewesen, sich mit dem verdammten Fuchsgesicht einzulassen.

Einer der drei am Tisch Sitzenden, ein gedrungener, ungeschlachter Glatzkopf mit einer Hasenscharte, erhob sich von der Bank, ging langsam um den Tisch herum und baute sich neben Elias auf.

»Na, haben wir denn auch genügend Geld dabei?«, wandte er sich nuschelnd an Elias.

Jetzt erst traute sich Elias zu sagen, was er eigentlich schon längst hatte sagen wollen. »Ich hab's mir anders überlegt. Ich spiele nicht. Ich will was zwischen die Zähne, und wenn ich ein Bier dazu kriegen kann, umso besser. Dafür reicht mein Geld allemal.«

Der Mann sah ihn verblüfft an.

»Ach, er will nicht? Der junge Herr verschmäht es, mit uns zu spielen?« Vorwurfsvoll wandte er sich an das Fuchsgesicht. »Wen hast du uns denn da angeschleppt?«

Der Fuchs, er hatte mittlerweile den Krug geleert, verließ seinen Platz am Tresen und trat an den Tisch heran. Im schummrig flackernden Licht der Unschlittlampen sah Elias, dass sich sein spitzes Gesicht zu einer wütenden Fratze verzerrt hatte.

»Vorhin hast du gesagt, du wolltest ein Spielchen wagen, und jetzt willst du auf einmal kneifen?«, blaffte er ihn an und versetzte ihm einen Faustschlag gegen den linken Oberarm.

Mit einem Satz sprang Elias vom Stuhl hoch.

»Fass mich nicht an, du verdammtes Fuchsgesicht«, zischte er. »Ich sagte doch, ich hab's mir anders überlegt.«

Sofort spürte er, wie die Hand des Glatzkopfes mit der Hasenscharte seinen rechten Oberarm umschloss. Sie fühlte sich an wie die Zwinge eines Schraubstocks. Gleichzeitig erhoben sie die beiden anderen, gingen um den Tisch herum und traten drohend näher.

»Willst du immer noch nicht mit uns spielen?«, nuschelte

die Hasenscharte höhnisch und drückte noch fester zu; Elias stöhnte auf vor Schmerz.

»Und jetzt zeig uns, wie viel du bei dir hast!«, forderte er ihn auf.

Elias merkte, wie die Wut nach ihm griff. Doch in dieser Situation blieb ihm nichts anderes übrig, als gute Miene zum bösen Spiel zu machen, und das im wahrsten Sinne des Wortes. Seine linke Hand griff zum Lederbeutel, den er vom Gürtel nestelte und auf dem Tisch umstülpte. Wehmütig sah er, wie seine sauer verdienten Heller klirrend auf die Tischplatte purzelten.

»Na, wer sagt's denn: sechs Heller. Ein ganzer Tageslohn für unsereins«, stellte die Hasenscharte hämisch lachend fest. »Ein hübsches Sümmchen, mit dem sich ein nettes Spielchen machen lässt. Vielleicht gewinnst du sogar. Also sperr dich nicht länger.«

Mit einem Mal drangen lautes Lachen sowie das stakkatoartige Geräusch schneller Schritte nach unten; jemand eilte die Treppe herab. Gleich darauf tauchten zwei Männer auf – und hielten verblüfft inne, als sie der Gruppe ansichtig wurden, die beim Tisch stand.

»Sieh mal einer an. Wen haben wir denn da?«, rief einer der beiden höhnisch und trat näher.

»Ich werd verrückt. Den hat der Himmel hierhergeführt«, meinte der andere und ließ ein wieherndes Lachen hören.

Elias stand wie versteinert.

»Wer seid ihr denn?«, fragte die Hasenscharte misstrauisch.

»Das sind zwei von denen, die später kommen wollten«, kam der Fuchs der Antwort der beiden zuvor.

»Und ihr kennt diesen Burschen?«, hakte die Hasenscharte erstaunt bei den Neuankömmlingen nach.

»Und wie wir ihn kennen. Fast so gut wie uns selbst, stimmt's, Hans?«

»Du sagst es, Giso.«

Elias' Gedanken überschlugen sich wie Steinbrocken bei einem Felssturz. Hans, der Neffe Jörgelins, und Giso, der ihm vor Jahren zusammen mit Flori und dem Narbengesicht in Freiburg aufgelauert hatte! Giso war es gewesen, der vor wenigen Tagen mit Hans ins Lager eingedrungen war. Elias hatte mit seiner Vermutung richtiggelegen.

Die beiden traten nah an die Gruppe heran.

»Ich nehme an, ihr habt ihn gefilzt?«, fragte Giso in die Runde und deutete auf die Münzen, die auf dem Tisch lagen.

»Haben wir. Das ist sein Spielgeld. Wer seid ihr überhaupt? Was habt ihr mit ihm zu schaffen? Wenn ihr spielen wollt, setzt euch an einen der Tische. Es kommen noch zwei. Wenn sie da sind, reden wir über die Einsätze, dann fangen wir an«, knurrte die Hasenscharte, er war offenbar der Wortführer.

»Außer den Münzen habt ihr nichts bei ihm gefunden?«

»Nein. Was soll die Frage?«

Giso trat einen Schritt nach vorn und packte Elias beim Halsausschnitt seines hochgeschlossenen Hemdes.

»Du hast es doch sicher dabei, nicht wahr?«, zischte er. »In deiner Truhe war es jedenfalls nicht. Heinrich wird sich freuen, wenn ich es ihm bringe. Er sucht noch immer nach dir. Schade, dass Flori nicht hier sein kann. Er ist krank und muss sich auskurieren. Aber wir haben Verstärkung bekommen, wie du siehst«, er deutete mit dem Kopf auf Hans.

Zweifelsohne war der narbengesichtige Schweinehund, der sich Heinrich nannte, immer noch hinter ihm und seinem Medaillon her. Nach wie vor trug er es um den Hals. An einem besonders starken geflochtenen Lederband. Panik kroch in Elias hoch. War heute der Tag, an dem er es einer dummen zufälligen Begegnung wegen verlieren würde? Auch wenn Hans und Giso erst gestern ins Lager eingedrungen waren, um seine Truhe zu durchsuchen – dass er ihnen ausgerechnet in dieser Spelunke begegnete, war sicher dem Zufall geschuldet. Aber wie, um alles in der Welt, war die Verbindung zwischen ihm, Flori und Hans zustande gekommen? Die Antwort war nicht schwer: Wahrscheinlich hatte das Glücksspiel die drei zusammengebracht. Verbunden durch die unselige Leidenschaft, der sie frönten, mochten sie sich irgendwann in einer Spelunke wie dieser begegnet sein.

»Vielleicht sollte ich mal nachsehen, was meinst du?«, höhnte Giso, dessen Rechte sich noch immer in seinem Hemd festgekrallt hatte. Er stand so nah vor ihm, dass sich ihre Gesichter fast berührten; Elias roch seinen fauligen Atem. Jetzt trat auch noch Hans an Gisos Seite. Seine Augen sprühten vor Hohn und Genugtuung.

In Elias' Kopf schwirrten die Gedanken wie ein wild gewordener Hornissenschwarm durcheinander. Mit jedem Wimpernschlag wurde ihm die prekäre Lage, in die er sich gebracht hatte, bewusster. Er musste etwas tun, aber was?

Die obskuren Gestalten, die im Halbkreis um ihn und die beiden Neuankömmlinge herumstanden, schienen die neue Situation verdutzt und abwartend zur Kenntnis zu nehmen.

»Sehe ich das richtig, ihr habt ein Hühnchen mit ihm zu rupfen?«, wandte sich die Hasenscharte an Giso.

»Das siehst du richtig, mein Freund. Und wer uns beim Rupfen hilft, wird es nicht bereuen, wenn du verstehst, was ich meine.«

»Tue ich nicht. Wie wär's, wenn du dich etwas klarer ausdrückst?«

»Der Bursche trägt etwas bei sich, was eine Menge wert ist. Außerdem gibt es jemanden, der mir viel Geld dafür bezahlen würde, wenn ich ihn zu fassen bekäme und an ihn ausliefern würde. Bisher konnte er mir immer entkommen.«

»Na, das dürfte ihm diesmal schwerfallen. Hier kommt er nicht raus. Es sei denn, wir ließen ihn gehen.«

»Richtig.«

»Womit dir nicht gedient wäre.«

»Richtig.«

»Mit anderen Worten: Wir helfen dir beim Rupfen, indem wir ihn hierbehalten?«

»Richtig. Ihr habt hier doch bestimmt einen Raum, den so schnell niemand findet, ich meine ein heimliches Gelass, in dem man verschwindet, sollte Gefahr drohen?«

Die Hasenscharte kniff argwöhnisch die Augen zusammen.

»Was für ein … Gelass?«, blaffte er Giso an.

»Mach mir nichts vor«, blaffte der zurück. »In Wirtshäusern wie diesen gibt es immer einen solchen Raum. Ein Versteck, das man aufsucht, sollte die Obrigkeit plötzlich auftauchen. Denn dass die mit dem, was hier unten getrieben wird, nicht unbedingt einverstanden ist, wissen wir doch alle, nicht wahr?«

Die Hasenscharte beschloss, die Frage zu ignorieren und erst mal nichts zu sagen. Er hatte den linken Zeigefinger in den Mund gesteckt und biss schweigend darauf herum. Speichel lief den Finger entlang und tropfte auf den Boden.

Inzwischen war auch der Wirt zu der Gruppe getreten.

»Wer bist du, Fremder? Ich meine, wer bist du in Wirklichkeit?«

Ein mokantes Lächeln glitt über Gisos Gesicht.

»Keine Angst. Kein Spitzel der Obrigkeit. Vielmehr jemand, der es gut mit euch meint. Mit euch allen hier. Ich will auch gar nicht wissen, *wo* dieser bestimmte … Raum ist. Ich will nur wissen, ob ihr euch vorstellen könntet, dieses Bürschchen hier«, er schüttelte Elias beim Hemdkragen, »dort so lange festzuhalten, bis mein Auftraggeber kommt, um ihn sich anzusehen.«

»Er will ihn sich … ansehen?«

»Ja. Und er will, dass er ihm ein paar Fragen beantwortet. Dieser Raum hier«, erneut ließ er seinen Blick durch das Gewölbe schweifen, »scheint mir dafür sehr geeignet zu sein. Abgelegen. Still. Nichts dringt nach außen. Solange sich mein Auftraggeber mit ihm beschäftigt, muss der Betrieb hier allerdings ruhen, das verstehst du doch sicher, nicht wahr? Er wird dich fürstlich dafür entschädigen. Und die anderen mit.«

Die Hasenscharte und der Wirt wechselten einen verständnisinnigen Blick.

»Wir müssen uns beratschlagen. Warte kurz!«, wies ihn der Wirt an und trat mit der Hasenscharte einige Schritte zur Seite.

Elias war den Worten Gisos mit Entsetzen gefolgt. Es ging ihm nicht nur um das Stück Kupfer, das er um den Hals trug. Es ging um mehr. Aber um was? Was wollte dieser narbengesichtige Heinrich von ihm wissen?

Aus den Augenwinkeln heraus musterte er seine Umgebung. Seine Blicke huschten hektisch hin und her. Erfassten die Männer, die um ihn herumstanden, und den Tisch, von dem ihn etwa zwei Armlängen trennten. Fielen auf die halb vollen tönernen Krüge …

»In Ordnung, wir kommen ins Geschäft. Nenne uns deine Bedingungen«, wandte sich der Wirt an Giso; zusammen mit der Hasenscharte war er wieder an die Gruppe herangetreten.

Giso nickte zufrieden. Ohne es zu merken, hatte er den Griff um Elias' Hemdkragen gelockert. Ein fataler Fehler, Elias reagierte augenblicklich …

Er ließ seine Hände blitzartig nach vorne schnellen, packte Giso fest bei den Ohren, riss seinen Kopf zu sich und stieß ihm den oberen Teil seiner Stirn hart gegen das Nasenbein. Mit einem Aufschrei ließ Giso ihn fahren, schlug die Hände vors Gesicht und ging zu Boden. Blut rann zwischen seinen Fingern hervor. Ein einziger Satz brachte Elias zum Tisch, ein weiterer beförderte ihn auf die Tischplatte. Federnd ging er in die Knie, ergriff einen der Krüge und schmetterte ihn gegen die Tischkante, sodass er mit einem dumpfen Geräusch zerbarst. Scherben klirrten, der Inhalt ergoss sich über Tisch und Boden, Elias hielt nur noch den Griff in der Rechten, an dem ein scharfzackiger Scherben saß.

Wütende Schreie, Flüche! Fast gleichzeitig sprangen sowohl Hans als auch die Hasenscharte und das Fuchsgesicht auf den Tisch zu. Elias war aus seiner hockenden Position hochgeschnellt und gerade im Begriff, in Richtung des Treppenaufgangs auf den nächsten Tisch zu springen, als es dem Fuchs gelang, ihn bei seinem rechten Bein zu packen und zu Fall zu bringen. Fluchend stürzte Elias auf die Tischplatte zurück. Weitere Hände wollten nach ihm greifen, doch Elias hieb mit dem gezackten Scherben mehrere Male um sich. Mit dem Ergebnis, dass der Fuchs und die Hasenscharte empfindlich getroffen und vor Schmerzen brüllend von ihm abließen und die anderen zurückwichen. Elias schnellte erneut hoch und sprang über die eng beieinanderstehenden Tische in Richtung Ausgang. Noch hatte er den letzten Tisch nicht erreicht, als er schon die nächste Hürde wahrnahm – der Wirt und der langmähnige Blonde, der beim Herdfeuer gestanden hatte, versperrten den Aufgang zur Stiege. Der Wirt schwang einen Schürhaken, der Blonde eine Eisenkette. Elias sandte ein Stoßgebet zum Himmel, dankte Gott für die Jahre bei Jörgelin, die seinen Körper gestählt und aus ihm einen wendigen Jokulator gemacht hatten – und sprang. Über die Köpfe der beiden völlig verdutzten Männer hinwegsetzend, landete er auf der Stiege und jagte, mehrere Stufen auf einmal nehmend, zum Erdgeschoss hinauf. Nur Augenblicke später fiel die Tür der *Schwarzen Henne* hinter ihm ins Schloss.

Der Abend war inzwischen weit fortgeschritten. In den Gassen lauerte bereits das Dunkel, das die Nacht ankündigte. Die Vorstellung, dass Hans und Giso ihn verfolgen könnten, jagte kalte Schauer über Elias' Rücken und trieb ihn voran. Erneut querte er verschiedene Gassen und Gässchen, quetschte sich durch enge Spalten und Durchgänge, die sich zwischen den Häusern auftaten, und musste auf einmal erschrocken zur Kenntnis nehmen, dass er völlig die Orientierung verloren hatte. Verdammt, er hätte sich auf dem Weg zur Schenke ein paar örtliche Bezugspunkte besser einprägen sollen! Nach Atem ringend, hielt er in einem mit abendlicher Schwärze ausgegossenen Hauseingang inne, und noch während er überlegte, was er tun sollte, drang ein eigenartiger Singsang an sein Ohr, der sich stetig näherte. Es war der Nachtwächter, der seine Runde drehte und die zehnte Stunde ausrief.

Die zehnte Stunde? Elias erschrak: Um diese Zeit wurden die Tore geschlossen. Er hatte das Zeitmaß völlig aus den Augen verloren. Da hatten ihn seine verdammte Neugier und sein Leichtsinn in eine äußerst prekäre Lage gebracht. Wie sollte er jetzt noch aus der Stadt herauskommen, ohne aufzufallen und von den Torwächtern als verdächtig eingestuft zu werden?

Ein Lichtschein näherte sich. Er schob die bizarre Silhouette des Nachtwächters vor sich her, die mit dem Schattenriss der Hellebarde und des Schlapphuts zu einer gespenstisch anmutenden Erscheinung verschmolz. Elias drückte sich noch enger in das Dunkel des Portals, um sich seinen Blicken zu entziehen. Gleich darauf ging der Mann ganz nah an ihm vorbei, er hätte ihn berühren können. Er wartete, bis sich sein Singsang ein gutes Stück entfernt hatte, trat aus dem Eingang und sah zum Himmel empor. Versuchte, den im Norden stehenden Polarstern auszumachen, um sich zu orientieren. Sein Ziel war das in südöstlicher Richtung gelegene Reimlinger Tor, durch das er die Stadt betreten hatte. Er ging zügig, wobei er darauf achtete, nicht den Eindruck eines Flüchtenden zu vermitteln, falls ihm jemand begegnete.

Endlich bemerkte er den Torturm. Nicht weit entfernt, am Ende der Gasse, in die er soeben eingebogen war, ragte er hinter einer Häuserzeile in den mittlerweile nachtdunklen Himmel. Durch den Anblick angespornt, lief er zügig weiter und wunderte sich über die Geräuschkulisse, die an sein Ohr drang. Zunächst entfernt, dann immer stärker. Gleich darauf hatte er das Ende der Gasse erreicht. Sie mündete in die Straße, die die Stadt teilte und sie von Südosten nach Nordwesten durchschnitt. Rechter Hand erblickte er die Toranlage; die mächtigen Torflügel im Durchgang des Turms waren geschlossen. Zwei riesige Pechpfannen rechts und links neben der Durchfahrt sowie mehrere Fackeln, die in eisernen, aus dem Mauerwerk ragenden Hülsen steckten, schickten einen breiten Lichtschein in das Dunkel. Zwei Torwächter mit Hellebarden patrouillierten hin und her. Ein weiterer versah seinen Dienst im angebauten Torhaus, durch dessen Fenster ebenfalls gelbliches Licht nach draußen fiel. Zwei gesattelte Pferde standen angepflockt neben dem kleinen, geduckt wirkenden Gebäude.

Eng in den Schatten des Hauses gedrückt, das die Ecke zwischen Gasse und Straße markierte, ließ Elias seinen Blick die Straße hinauf- und hinunterwandern. Jetzt konnte er auch die Ursache des Lärms ausmachen, der an sein Ohr gedrungen war: Trotz fortgeschrittener Stunde gab es noch Verkehr auf den Straße, vereinzelt waren Personen und sogar ganze Grüppchen unterwegs. Ein Fuhrwerk ratterte in Richtung Tor, die eisenbereiften Räder knirschten auf dem Pflaster. Außer einigen Zechern, die mehr oder weniger schwankend und grölend auf dem Nachhauseweg waren, herrschte gewöhnlich um diese Zeit so gut wie kein Betrieb. Elias vermutete, dass die spätabendliche Geschäftigkeit den Messevorbereitungen geschuldet war.

Im Schutz der Schatten der Häuserzeile lief er weiter in Richtung Tor. Noch hatte er keine Vorstellung davon, wie er die Torwache bewegen sollte, ihn aus der Stadt zu lassen. Vielleicht durch den kleinen Durchlass neben dem Torturm? Fieberhaft überlegte er, welchen Grund er angeben könnte, ohne zu verraten, dass er ein Fahrender war.

Mittlerweile hatte das Fuhrwerk – ein langes, von zwei Ochsen gezogenes Gefährt mit hoher, unter grobem Sackleinen verborgener Ladung – das Tor erreicht. Die Fuhrknechte sprangen vom Kutschbock, ihre Rufe hallten über den davor befindlichen Platz.

»Wir haben eine Sondererlaubnis des Rates. Wir dürfen passieren, ihr müsst uns durchlassen. Unsere Lieferung muss morgen vor Sonnenaufgang in Schwäbischwerd sein. Wie ich sehe, ist unsere Begleitung schon da«, hörte Elias einen der beiden wichtigtuerisch rufen. Er schwenkte ein Pergament in der Rechten, wahrscheinlich ein Dokument, das seine Behauptung bestätigte.

Wie ich sehe, ist unsere Begleitung schon da. Offenbar bezogen sich die Worte des Fuhrmanns auf eine bewaffnete Eskorte. Wahrscheinlich Soldaten der Stadtwache, die zum Schutz des Transports abgestellt waren und sich gerade im Torhaus aufhielten. Vermutlich gehörten die beiden gesattelten Pferde zu ihnen.

Die Torwache trat zu den Fuhrleuten. Eine kurze, in normaler Lautstärke geführte Unterhaltung folgte. Dann verschwanden alle vier im Torhaus, wahrscheinlich mussten ein paar Formalitäten erledigt und die Dokumente geprüft werden.

Eine günstigere Gelegenheit würde sich nicht bieten. Rasch wechselte Elias die Straßenseite, rannte in Richtung Toranlage und lief, hoffend, dass ihn niemand bemerkte, zu dem Fuhrwerk. Warf sich auf den Boden und robbte unter den

Karren. Die angeschirrten Ochsen ignorierten ihn, abgesehen von einem Schnauben standen sie in stoischer Ruhe da.

Mit fliegendem Atem prüfte Elias den Unterbau des Gefährts: die mächtige Deichsel, die Langwied – das Rundholz, das vorderes und hinteres Fahrgestell miteinander verband –, die Bohlen, die den Boden bildeten, sowie den Abstand der Räder zueinander. Dann schlang er, den Blick nach oben gerichtet und den Hinterkopf der Deichsel und den Zugochsen zugewandt, die Arme um die Langwied, schloss die Hände, indem er die Finger fest ineinander verhakte, stieß sich vom Boden ab, schlang auch die Beine um das Rundholz und kreuzte die Füße. Jetzt hing er unter dem Wagen wie ein Affe, hoffte, dass niemand auf die Idee verfiele, unter den Karren zu sehen, und wartete drauf, dass die Fuhrleute endlich aus dem Torhaus kämen. In diesem Moment schiss einer der beiden Ochsen, die angeschirrt vor dem Wagen standen, einen dampfenden Haufen aufs Pflaster, der andere entließ einen kräftigen Harnstrahl in die Nacht, dass es nur so spritzte.

Unter dem Wagen hängend, unfähig, die Kot- und Pissespritzer, die ihn getroffen hatten, von Hinterkopf und Schultern zu wischen, fluchte Elias still vor sich hin. Da hörte er, wie sich mehrere Personen näherten. Gelächter und Stimmen drangen an sein Ohr. Stählernes Klirren, Wiehern, das Stampfen von Hufen, das Klacken von Stiefelabsätzen auf dem Pflaster.

Endlich!

»Na, dann gute Fahrt. Und haltet Augen und Ohren offen. Zur Zeit der Mess treibt sich allerlei Gelichter auf den Straßen herum, in der Hoffnung auf fette Beute.«

»Sagt das den beiden Waffenknechten. Wozu reisen wir in ihrem Schutz?«

Die Fuhrknechte stiegen auf den Kutschbock. Der Karren ächzte und neigte sich unter ihrem Gewicht, ein Peitschenschlag zischte durch die Luft, und das Gefährt fuhr ruckelnd an. Knarrend und quietschend öffneten sich die beiden Torflügel, der Wagen rumpelte durch das nördliche Tor. Zur Seite blickend, sah Elias die Hufe der Pferde, die von den Waffenknechten geritten wurden, einer ritt zur Rechten, der andere zur Linken des Gefährts. Nach einer Weile galoppierte der rechte Reiter nach vorn, um die Spitze zu übernehmen, der linke ließ sich nach hinten fallen und bildete die Nachhut. Siedend heiß durchzuckte Elias die Erkenntnis, dass es bei dieser Konstellation kaum möglich sein dürfte, seinen Plan zu verwirklichen: sich einfach fallen zu lassen und, sobald die Räder an ihm vorbeigerollt wären, hochzuschnellen und sich seitlich unerkannt in die Büsche zu schlagen.

Er blickte auf den Straßenboden, der unter ihm vorbeiglitt, er wurde zunehmend buckliger und steiniger. Sie erreichten eine Stelle, an der die Strecke unebener wurde. Das Schürfen und Knirschen der eisenbereiften Räder wurde lauter, das Holpern und Ruckeln stärker. Hin und wieder spritzten ihm von den Rädern aufwirbelte Steinchen in Kreuz und Nacken, die wie spitze Geschosse wirkten und ihn die Zähne zusammenbeißen ließen. Er hatte zunehmend Mühe, sich an der Langwied festzuhalten. Spürte, wie die ineinander verschränkten Finger anfingen zu krampfen, lange würde er nicht mehr durchhalten. *Herrgott im Himmel, was für eine Tortur.* Panisch fuhr sein Blick hin und her. Linker Hand wurde die Straße von einem Feld gesäumt, auf dem Getreide heranwuchs, zur Rechten erblickte er Kleingehölz und Buschwerk, gefolgt von dicht an dicht stehenden Stämmen: Sie fuhren an einem Waldstück vorbei.

Elias sandte einen Blick in Richtung Heck auf den hinter dem Wagen reitenden Waffenknecht. Besser gesagt auf die Hufe seines Pferdes. Sollte er, sollte er nicht? Es waren die heftigen Krämpfe in den Fingern, die ihm die Entscheidung abnahmen. Unter einem schmerzvollen Stöhnen ließ er die Langwied fahren, löste auch seine Beine von dem Rundholz und plumpste mit dem Rücken auf die steinige Straße, wobei er versuchte, den Hinterkopf vor dem Aufschlagen zu bewahren. Ein dumpfer Schmerz durchfuhr ihn, trotzdem blieb er, die Arme eng an sich gepresst, liegen, wartete, bis die Räder an ihm vorbeigerollt waren, griff sich einen Stein und schleuderte ihn mit aller Kraft auf das Pferd des Waffenknechtes, der dem Fuhrwerk in kurzem Abstand folgte. Sein Plan ging auf. Das Tier blieb abrupt stehen, scheute erschrocken, wieherte, stieg mit den Vorderläufen hoch und warf seinen Reiter ab. Elias entkam den wirbelnden Hufen, indem er zur Seite wegrollte, aufsprang und mit langen Sätzen im angrenzenden Wald verschwand.

Hinter einem dicken Stamm hielt er keuchend inne.

Gedämpft klangen Schreie und Flüche zu ihm herüber, aber er war in Sicherheit. Dass sich die beiden Waffenknechte auf die Suche nach ihm machen würden, ergab keinen Sinn. Er wartete, bis das Fluchen und Schreien aufhörte und leises Rumpeln verriet, dass sich das Fuhrwerk wieder in Richtung Schwäbischwerd in Bewegung gesetzt hatte.

Dann schlug er sich zur Straße zurück. Das Mondlicht erleichterte ihm die Orientierung. Eine knappe halbe Wegstunde später hatte er die Stelle erreicht, wo die Truppe lagerte. Bis auf einige regelmäßige Schnarchlaute, die aus den Wagen drangen, herrschte Stille.

Leise schlich er zu seinem Verschlag, kroch hinein, zog sich aus und warf sich erschöpft aufs Lager. Obwohl er sich wie gerädert fühlte, tat er sich schwer einzuschlafen. Zu sehr rumorte das Erlebte in seinem Kopf herum. Giso und Hans – ob sie sich weiter im Auftrag dieses mysteriösen Heinrich an seine Fersen heften würden? Davon war auszugehen. Aber gut, sollten sie, er würde es mit ihnen aufnehmen. Irgend-

wann, da war er sicher, würden sie ihn aus den Augen verlieren. Und irgendwann, auch davon war er überzeugt, würde
er hinter das Geheimnis seiner Identität kommen. Es war
sein letzter Gedanke, bevor ihn tiefer, traumloser Schlaf umfing.

Kapitel 30

Salerno, Königreich Neapel
September Anno Domini 1333

Der Weg hinauf zum Giardino di Minerva führte durch schmale ansteigende Gässchen und über unzählige Treppen und Stufen. Ranghild liebte diese Strecke, vorbei an den eng beieinander stehenden Häusern, durch deren offen stehende Portale man einen Blick auf die lichtdurchfluteten Gärten in den Hinterhöfen werfen konnte. In ihrer einzigartigen Farbenpracht boten sie einen Vorgeschmack dessen, was einen oben im Giardino erwartete.

Gleich nach dem Morgenmahl im Refektorium der Schola hatte sie sich zusammen mit Abella aufgemacht, um pünktlich zum Beginn der Vorlesung zugegen zu sein, die die Magistra zusammen mit Magister Silvaticus vor Ort halten würde. Ranghild sollte ihnen assistieren.

Sie kamen an einem knorrigen Olivenbaum vorbei, dessen Blätter im Licht der Morgensonne silbrig schimmerten. Daneben lud eine steinerne Sitzbank zum Verweilen ein. Von hier erschloss sich dem Auge ein bezaubernder Blick auf den Golf.

Ranghild blieb stehen.

»Einer von Ursulinas Lieblingsplätzchen«, merkte sie an.

Die Magistra nickte. »Ja, eigenartig, das mit ihrem Verschwinden. Zwei Jahre sind vergangen, und sie ist immer noch nicht aufgetaucht.«

»Ja, seltsam, das mit dieser Entführung; angeblich soll es ja gar keine gewesen sein.«

»Noch seltsamer ist, dass der Sohn de la Roccas, Girolamo, um die gleiche Zeit verschwand. Er habe seine Familie verlassen, hieß es. Aber lass uns nicht den Kopf darüber zerbrechen. Ich finde, das sollten …«

»Magistra! Magistra!«

Ein aufgeregtes Rufen in ihrem Rücken unterbrach Abella. Sie wandten sich um. Scotto, der Bedellus der Schola, war ihnen gefolgt und hetzte den Weg hoch.

»Was gibt es, Scotto?«

»Eine … eine dringliche Botschaft«, stieß er atemlos hervor. »Sie ist … Sie ist vertraulich.«

Abella trat mit ihm zur Seite. Während der im Flüsterton geführten Unterhaltung wechselte der Gesichtsausdruck der Magistra von zunächst ungläubig zu sehr ernst.

»Sag Magister Silvaticus Bescheid, dass wir nicht kommen«, bat sie ihn und wandte sich an Ranghild. »Wir müssen umkehren, Studiosa, ich werde beim Hafen erwartet. Ein Notfall. Ich möchte, dass du mit mir kommst.«

»Was ist, Magistra? Ihr scheint überrascht.«

Ranghild hatte Mühe, den weit ausgreifenden Schritten ihrer Dozentin zu folgen, die in Richtung Hafen ging.

»Das bin ich auch. Sagt dir der Name Maria d'Aquino etwas?«

»Maria d'Aquino? Ist das nicht die Geliebte dieses Dichters, der seit Kurzem am Hof König Roberts von sich reden macht? Man munkelt, sie sei die uneheliche Tochter des Königs. Sie soll aus dem Kloster geflohen sein, in das er sie gesteckt hat.«

Abella nickte. »Richtig. Die Geliebte des Giovanni Boccaccio. Dass sie die illegitime Tochter Roberts ist, pfeifen die Spatzen von den Dächern. König Robert ist nicht der Erste, der seine Wonnen außerhalb des Ehebettes gesucht und dabei einen Bastard gezeugt hat, den er ins Kloster schickte. Ich hoffe nur, dass das für mich nicht zum Problem wird. Maria d'Aquino ist hier in Salerno und ersucht um meine Hilfe. Sie ist schwanger, anscheinend gibt es Komplikationen. Am Hafen wartet jemand, der mich zu ihr bringen soll.«

Starr vor Erstaunen blieb Ranghild stehen.

»Mein Gott! Sie ist hier in Salerno und schwanger? Und wo genau liegt das Problem für Euch?«

»Nun überleg doch«, auch Abella war stehen geblieben. »Erstens: Sie ist die illegitime Tochter unseres derzeitigen Königs. Zweitens: Sie ist die Geliebte eines Mannes, der sie vielleicht geschwängert hat. Drittens: Dieser Mann geht am Hof ein und aus. Ihrem Vater kann das nicht entgangen sein. Wie reagiert er? Weiß er überhaupt, dass sie schwanger ist? Dass sie hier in Salerno ist? Du weißt, wie es ausgehen kann, wenn Gerüchte bei Hofe brodeln und Intrigen gesponnen werden. Man kann völlig unbeteiligt sein und dennoch unversehens in den Sog gefährlicher Ereignisse geraten; es mag schon genügen, wenn man nur in der Nähe ist.«

»Verstehe«, meinte Ranghild, während sie weiter Richtung Hafen gingen. »Aber was wollt Ihr tun? Ihr die nötige Hilfe verweigern?«

»Nein. Ich habe schließlich einen Eid geschworen.«

»Wie kommt es, dass sie in Salerno ist?«

»Keine Ahnung. Wir werden es sogleich erfahren. Sie ist mit Boccaccio hier. Er hat nach mir schicken lassen.«

»Wo genau hält sie sich auf?«

»Auch das weiß ich nicht. Am Hafen empfängt uns eine Vertrauensperson, sollte Scotto mir ausrichten. Sie wird uns zu ihnen bringen. Wir sollen bei einer Dhau warten, die gestern Abend festgemacht hat.«

»Bei einer Dhau? Wer hat Scotto die Botschaft überbracht?«

»Ein Bote, der behauptete, im Dienst eines gewissen Chalid al-Mustansir zu stehen. Er betonte, dass es dringend sei.«

Am Hafen herrschte rege Betriebsamkeit. Vom Meer her wehte eine leichte Brise. Die Luft war erfüllt vom Gekreisch der Möwen und dem salzigen Duft des Meeres, in das sich der Geruch nach Fisch, vermoderndem Tang und Schwefel sowie dem Dung frei herumlaufender Tiere mischte. Auf dem Areal vor dem Kai dann der gewohnte Anblick: zum Trocknen ausgebreitete Fischernetze, ganze Mauern gestapelter Kisten, Ballen und Fässer, herumliegendes Tauwerk, Balken und Bretter. Karren und Wagen, gezogen vom Mulis und Ochsen oder bewegt von Menschenhand. Dazwischen frei laufende Ziegen, kläffende Hunde, gurrende Tauben. Und natürlich Menschen aus aller Herren Länder jeglicher Stände und Profession: Reisende, Seeleute, Kaufherren, Händler, Lastenträger, Fischer und Tagelöhner. Hier und da berittene Soldaten aus Neapel, gekleidet in den Rock der Königlichen. Zusammen mit besoldeten Waffenknechten des städtischen Rates sorgten sie für Ordnung.

Die beiden Frauen hatten für das bunte Treiben kein Auge. Vorbei an unterschiedlichsten Booten und Schiffen mit ihren hoch aufstrebenden Takelagen, eilten sie den Kai entlang. Es war nicht schwer, die Dhau auszumachen, sie hob sich deutlich von den anderen Seglern ab und mochte von der afrikanischen Küste oder aus der Levante stammen; die Besatzung jedenfalls war gemischt und bestand aus Schwarzen und Arabern. Es handelte sich um ein größeres Frachtschiff, Boum genannt, dessen Ladung gerade gelöscht und auf zwei bereitstehende Ochsenfuhrwerke verteilt wurde. Der breite Steg, der die Dhau mit der Kaimauer verband, bog sich federnd unter dem Gewicht der hin und her eilenden Lastenträger, die gekonnt und routiniert mit Ballen, Kisten, Amphoren und Körben darüber hinwegbalancierten. Mehrere Maultiere, die Packsättel hoch beladen, warteten auf ihre Treiber. Diese stammten aus den Bergdörfern der näheren Umgebung, standen einige Schritte entfernt am Kai und schwatzten lautstark und gestenreich. Unmittelbar neben dem Steg, der auf die Dhau führte, standen weitere Mulis angeleint an Pollern, die meisten davon mit Reitsätteln versehen.

»Müsste der Mann denn nicht schon längst hier sein? Ich meine, wenn die Frau schwanger ist und es Komplikationen gibt, ist höchste Eile angesagt«, gab Ranghild zu bedenken.

»Ja, das irritiert mich auch«, stimmte die Magistra ihr stirnrunzelnd zu.

Ein dumpfes Poltern, gefolgt von einem auf Arabisch gezischten Fluch, ließ die Frauen zusammenfahren. Einer der Lastenträger, tiefschwarz, mit nacktem Oberkörper, unter dessen ölig glänzender Haut sich Muskel- und Sehnenstränge wie die Wurzeln eines Baumes abzeichneten, war ins Straucheln geraten. Das Fass, das er auf der Schulter trug, war ihm entglitten und polternd auf die Kante der steinernen Kaimauer gekracht. Der Deckel sprang ab, und eine Flut gepökelter Heringe ergoss sich teils auf die Straße, teils ins Wasser, das träge an die Kaimauern klatschte. Im Sturzflug schoss eine Schar Möwen vom Himmel, schwirrte beängstigend nah über die Köpfe Abellas und Ranghilds hinweg und stürzte sich mit gierigem Kreischen auf die unverhoffte Delikatesse. Beide Frauen zogen unwillkürlich die Köpfe ein und rissen die Arme nach oben.

»Magistra Abella?«

Überrascht wandten sie sich um. Der Mann, der sie ansprach, hatte eine angenehme Stimme und ausdrucksstarke, vornehme Gesichtszüge, die wie fein gemeißelt wirkten und von einem gepflegten schwarzen Bart gerahmt wurden. Seine Haut war von tiefer samtiger Bräune, seine maghrebinische Herkunft unverkennbar. Er war von Kopf bis Fuß in teures Tuch gekleidet und mochte nicht älter als dreißig sein.

Ranghild vermutete, dass allein der kunstvoll mit Goldfäden durchwirkte Tarbusch, der einen kostbaren Smaragd trug, ein Vermögen gekostet haben musste.

»Ihr seid der Beauftragte Signore Boccaccios?«, wollte Abella wissen, ohne direkt auf seine Frage einzugehen.

Der Mann antwortete mit einer tiefen Verbeugung. »Abd er Rahman ibn Chalid ibn Ishaq al-Mustansir. Kaufherr aus Tunis. Nennt mich einfach Chalid, Freunde nennen mich bei diesem Namen. Ich selbst bin ein enger Freund von Signor Boccaccio. Die Dhau gehört mir«, antwortete er in makellosem Italienisch und warf einen fragenden Blick auf Ranghild.

»Das ist Studiosa Ranghild, sie assistiert mir«, stellte die Magistra sie vor.

»Wenn Ihr Euch mir anvertrauen wolltet? Wir werden reiten«, bat al-Mustansir höflich. Er sagte etwas zu zwei dunkelhäutigen Männern – wahre Hünen –, worauf diese fünf der mit Reitsätteln versehenen Mulis losmachten. »Meine Leibwache, sie sorgt für meine und Eure Sicherheit«, fügte er, an Ranghild und Abella gewandt, hinzu.

Der Maghrebiner ritt voraus, ihm folgten die Frauen, gefolgt von den beiden Leibwächtern.

»Wie kommt es, dass dieser Mann uns zu Boccaccio und seiner Geliebten begleitet? Findet Ihr das nicht eigenartig?«, wisperte Ranghild der Magistra zu.

»Ich werde ihn einfach fragen. Bleib dicht hinter mir.«

Abella trieb ihr Muli an, sodass sie an die Seite al-Mustansirs zu reiten kam.

»Verzeiht, Signor Chalid, wenn ich danach frage. Wie kommt es, dass Signor Boccaccio ausgerechnet nach mir schicken lässt? Ich kenne weder ihn noch Donna Maria d'Aquino. Und – verzeiht auch diese Frage – warum bedient er sich Eurer, um mich zu ihr zu bringen?«

Ein feines Lächeln huschte über die Züge des Maghrebiners.

»Ihr wisst, dass Ihr weit über Salerno hinaus einen exzellenten Ruf als Ärztin genießt, Magistra Abella. Grund genug für meinem Freund Giovanni, Euch zu konsultieren. Was meine Wenigkeit betrifft, erlaubt, dass ich etwas aushole, um Eure Frage zu beantworten. Ich genieße das Privileg, hin und wieder Gast am Hofe König Roberts zu sein. Boccaccio und ich begegneten uns vor zwei Jahren anlässlich eines Festes, das der König zu Ehren einiger Künstler gab. Aufgrund seines außerordentlichen Talents ist Giovanni ein gern gesehener Gast bei Hofe, der trotz seiner Jugend in hohem Maße die Gunst des Königs genießt.«

»Er besitzt die Gunst des Königs, obwohl er mit seiner Tochter ein Verhältnis hat?«

Erneut umflorte ein feines Lächeln die Lippen al-Mustansirs.

»Mit seiner illegitimen Tochter, wohlgemerkt. Ein Bastard genießt weder das Ansehen noch die Privilegien, wie sie ein legitimer Spross besitzt, die ihn verpflichten würden, auf eine standesgemäße Verbindung zu achten. Insofern kann es dem König egal sein, was seine Tochter tut. Zumal eine Verbindung zwischen zwei Partnern unterschiedlichen Standes nicht gerade selten ist, wenn es um die Liebe geht.«

»Ist es dem König auch egal, wenn sie schwanger ist?«

Al-Mustansir nickte nachdrücklich. »Auch wenn sie schwanger ist. Glaubt mir, ich kenne den König.«

»Erzählt weiter. Wie kam es dazu, dass Signor Boccaccio und Ihr enge Freunde wurdet?«

»Wie gesagt, wir begegneten uns auf einem Fest bei Hofe. Als ich die Gedichte Giacomos hörte, berührten mich diese zutiefst. Ich bin selbst ein glühender Verehrer jeder Art von Poesie. Wir kamen ins Gespräch, tauschten uns aus, auch über die klassischen Poeten und Autoren vergangener Zeiten. Ich brachte ihm arabische und persische Autoren näher, und von da an verband uns eine tiefe Freundschaft, die uns vieles füreinander tun lässt, praktische Dinge nicht ausgeschlossen.«

Praktische Dinge nicht ausgeschlossen! »Verstehe! Und zu diesen … praktischen Dingen gehörte auch, dass er Euch bat, nach mir zu schicken?«

»Ihr sagt es.«

»Diese Anfälle, die Donna Maria heimsuchen: Welcher Art sind sie?«

»Es sind vor allem Erstickungs- und Krampfanfälle, unter denen sie leidet. Krampfhafte Zuckungen der Arme und Beine. Ein starrer Blick, sie verdreht die Augen. Aber Giovanni und der Arzt, die bei ihr sind, werden Euch Genaueres sagen können.«

»Ein Arzt ist zugegen? Trotzdem habt Ihr nach mir rufen lassen?«

»Ja. Magister Leonidas. Er praktiziert längst nicht mehr. Er wohnt in der Nähe meines Hauses, genießt allerdings keinen sonderlich guten Ruf. Wir haben ihn geholt, weil wir dachten, es könnte die Gefahr bestehen, dass die Donna eine Fehlgeburt erleidet. Besser ein weniger guter als kein Arzt, wenn Ihr versteht, was ich meine.«

»Verstehe durchaus«, murmelte die Magistra.

Sie waren mittlerweile in einem Stadtviertel angekommen, in dem vorwiegend die Ärmeren unter den Salernitanos zu Hause waren. Al-Mustansir lotste sie durch ein Gewirr von Gassen, das geradezu labyrinthartig wirkte. Ranghild verstand, weshalb er sie zum Liegeplatz der Dhau bestellt hatte. Nicht nur, weil er der Besitzer war: In diesem verwinkelten, von buntem Treiben und Lärmen erfüllten Wirrwarr einen Treffpunkt ausmachen zu wollen, wäre ein schwieriges Unterfangen gewesen. Seltsam allerdings mutete der Gedanke an, dass eine Adlige, in deren Adern königliches Blut floss, hier wohnen sollte, auch wenn sie als illegitime Tochter König Roberts galt und sich nur vorübergehend hier aufhalten mochte.

Eine Mauer kam in Sicht. Mehrere hohe Bäume, darunter zwei Dattelpalmen sowie das Flachdach eines Hauses ragten dahinter hervor. Offenbar verbarg sich hier ein Anwesen, das so gar nicht zu der Reihe geduckter Häuser passen wollte, die sich, dicht aneinandergedrängt, die Gasse entlangzogen.

Vor einem breiten, von zwei Torflügeln verschlossenen Portal hielten sie an. Chalid und die Leibwächter sprangen aus dem Sattel.

»Ihr könnt absitzen, wir sind am Ziel«, verkündete der Maghrebiner. Er begab sich zum Tor und betätigte den Türklopfer, eine schwere gusseiserne Löwentatze, die an einer Kette neben dem Schloss hing. Hunde bellten hinter der Mauer, gleich darauf glitten die beiden Torflügel knarrend zur Seite, und ein weißbärtiger Mann mit einem von der Sonne gebräunten und von unzähligen Runzeln und Fältchen durchzogenen Gesicht erschien im Torbogen. Trotz seines unbestreitbar hohen Alters machte der in eine weiße Dschellaba gekleidete Mann, offenbar der Hausdiener, einen rüstigen Eindruck.

»*Alsalam ealaykum yarba. Arju an yakun allah qad wahabak altariq alsaalihu.* – Friede sei mit dir, o Herr. Ich hoffe, Allah hat dir einen guten Weg geschenkt«, begrüßte er al-Mustansir mit einer tiefen Verbeugung.

»*Aleikum salam*, Idris. Ja, Allah hat meinen Weg überwacht«, antwortete dieser auf Italienisch und fuhr fort: »Die Höflichkeit gegenüber unseren Gästen gebietet, dass wir uns der hiesigen Sprache bedienen.«

Abermals verbeugte sich der Diener. »Wie Ihr wünscht, Don Chalid.«

»Ist Signor Boccaccio anwesend?«

»Ja, Don Chalid. Er ist bei Donna d'Aquino. Sie schläft noch. Auch der Arzt ist bei ihr.«

»Sie schläft, das ist sehr gut. Schließ das Tor hinter uns und sag dem Signore Bescheid, dass die Ärztin und ihre Gehilfin da sind.«

»Sehr wohl, Don Chalid.«

Al-Mustansir bat die beiden Frauen näher zu treten. Der Diener schloss das Tor und verschwand über einen gekiesten Weg, der zu einem Haus führte, das man getrost als Villa bezeichnen konnte. Zwei Windhunde sprangen bellend auf die Gruppe zu, zogen sich aber auf einen scharfen Zuruf al-Mustansirs hin sofort wieder zurück. Das Grundstück, in dessen Mitte das Gebäude lag, war äußerst gepflegt und überraschte die beiden Frauen mit fantasievoll angelegten Pflanzenrabatten und Blumenbeeten, exotisch anmutenden Sträuchern und mehreren hohen Bäumen, die ihnen bereits aufgefallen waren, als sie sich dem Anwesen genähert hatten. Der orientalische Einschlag war unverkennbar. Inmitten des sorgfältig gekiesten Platzes erblickten sie einen Brunnen, der die Form eines Hexagons hatte. Die hüfthohe Mauer war mit glänzenden tiefblauen und türkisgrünen Kacheln bestückt und teils mit Koransprüchen, teils mit kunstvollen Arabesken verziert.

Kaum dass sie in das Vestibül des Hauses getreten waren, kam ihnen ein Mann mittlerer Statur entgegen. Trotz seines pausbäckigen, bartlosen Antlitzes, das seinem jugendlichen Alter geschuldet war, wirkte er abgeklärt und reif. Die Blässe, die sein Gesicht überzog, und dunkle Ringe unter den Augen verrieten sowohl Sorge als auch eine gewisse Unrast.

»Giovanni Boccaccio – Magistra Abella und Studiosa Ranghild, ihre Assistentin«, stellte al-Mustansir sie einander vor.

Boccaccio verbeugte sich.

»Ich bin Euch sehr dankbar für Euer rasches Erscheinen, Magistra. Ihr seid mir wärmstens empfohlen worden. Wenn Ihr bitte mitkommen würdet?«

Gefolgt von den beiden Frauen ging er einen langen Korridor entlang, während al-Mustansir mit einem »Wir sehen uns später« in einem der an das Vestibül angrenzenden Räume verschwand.

Das Zimmer, in das Boccaccio die beiden Frauen führte, war karg möbliert: ein breiter Diwan, rechts und links flankiert von zwei niedrigen Tischchen und zwei kunstvoll geschmiedeten Leuchtern sowie mehrere niedrige Lederhocker, auf denen mit Brokat überzogene, reichlich mit Stickereien verzierte Sitzkissen lagen, das war alles. Die erlesenen Teppiche, die Wände und Boden schmückten, glichen die Kargheit des Raumes allerdings mehr als aus. Warmes Sonnenlicht fiel durch eine breite, zum Garten gelegene Fensteröffnung, die mit einem kunstvoll geschmiedeten Gitter gesichert war.

Auf dem Diwan lag eine junge Frau, eingewickelt in feines Leinenzeug. Ihr regelmäßiger Atem verriet, dass sie tief und fest schlief, das Gesicht war grau, die Stirn mit Schweißperlen benetzt.

Neben ihr, am Kopfende, auf einem Lederhocker saß, in eine graue Tunika gekleidet, der Arzt, ein hohlwangiger alter Mann mit weißem Bart, in den Händen ein Tuch, mit dem er gerade die Stirn der Kranken abgetupft hatte. Daneben auf einem Tischchen eine Schüssel mit Wasser, Tiegel mit Salben, Döschen und ein Becher, in dem eine Flüssigkeit von unklarer Farbe vor sich hin dampfte.

Als er die Eintretenden bemerkte, erhob er sich und ging auf sie zu.

»Magister Leonidas – Magistra Abella von der Schola und ihre Assistentin«, stellte Boccaccio die Anwesenden einander vor.

»Wie geht es ihr, Collega? Sie hatte einen Anfall, wurde mir gesagt?«, wandte sich Abella mit leiser Stimme an den Arzt.

»Ja, gestern am späten Abend. Danach ist sie weggedämmert. Seitdem schläft sie.«

»Welcher Art war der Anfall, Signor Boccaccio? Kam er plötzlich?«

»Ja, Magistra. Wie ein Blitz aus heiterem Himmel. Allerdings begannen die Probleme bereits am Morgen des vorgestrigen Tages, da befanden wir uns noch in Neapel. Fiametta fühlte sich nicht wohl. Sie …«

»Fiametta?«

Boccaccio wurde rot im Gesicht. »Verzeiht, ein Kosename.«

Abella schmunzelte. »Gut, weiter.«

»Ja … ähm … Donna Maria klagte über eine gewisse Unrast, die sie ergriffen hätte, etwas, was sich anfühle wie Angst, eine Angst, deren Ursache sie sich nicht erklären könne. Sie behauptete, Dinge zu sehen, die in Wirklichkeit nicht da waren. Dann aber ging es ihr wieder besser, und wir beschlossen, zu Chalid an Bord der Dhau zu gehen und unseren Plan, nach Malta zu segeln, umzusetzen.«

»Und irgendwann ging es ihr wieder schlechter, richtig?«

»Richtig. Gegen Abend kehrte ihr Unwohlsein wieder. Wir hatten mittlerweile in Salerno angelegt, Chalid schlug uns vor, Quartier in seinem Haus zu nehmen. Wir nahmen sein Angebot an.«

»Wie ging es dann weiter?«, wollte die Magistra wissen.

»Um Mitternacht kam dann der Anfall. Völlig unerwartet. Sie bekam Atemschwierigkeiten, warf das Haupt hin und her, die Sprache versagte, sie konnte nur die Lippen bewegen, ohne ein Wort hervorzubringen. Der ganze Körper geriet in Zuckungen. Es war offensichtlich, dass sie in Panik verfiel. Plötzlich wurde sie gänzlich starr, und Schaum trat vor den Mund, ein beängstigender Anblick. Wir dachten schon, sie müsste sterben. Aber dann drehte sie den Kopf zur Seite, ihr Körper erschlaffte, und sie fiel in einen tiefen Schlaf. Wir beschlossen, noch am selben Abend Magister Leonidas hinzuzuziehen, aus Angst, es könnte Komplikationen geben.«

»Ihr sagtet, sie sei schwanger. Zu sehen ist davon nichts, zumindest oberflächlich betrachtet.«

»Sie … Sie ist tatsächlich schwanger. Ihr … Ihr Monatsfluss ist seit Längerem ausgeblieben. Ein untrügliches Zeichen für eine Schwangerschaft, wie Ihr zugeben werdet.«

»Ist Eure Freundin der gleichen Meinung?«

»Aber ja. Fiametta ist nicht gerade glücklich darüber.«

Abella zog verwundert die Brauen nach oben. Das freimütige Geständnis des jungen Mannes überraschte sie.

»Ist sie schwanger, müsste sie in der Regel eigentlich weitere Anzeichen an sich beobachtet haben«, fuhr sie fort. »Hat sie über morgendliche Übelkeit geklagt, über ein Ziehen im Unterbauch? Über ein verändertes Gefühl in den Brüsten? Hat sie mehr Appetit, oder empfindet sie im Gegensatz zu früher plötzliche Abneigung gegen bestimmte Speisen?«

Boccaccio schüttelte energisch den Kopf. »Nein, nichts dergleichen.«

»Hm!« Abella ging zum Diwan, legte vorsichtig ihre linke Hand auf die Stirn der Patientin und fühlte mit der rechten den Puls an ihrem Handgelenk.

»Der Puls ist unregelmäßig, die Stirn fühlt sich kalt an. Sie hat sich von dem Anfall noch nicht gänzlich erholt. Meines Erachtens ist eure Freundin nicht schwanger. Das Ausbleiben der Regel muss nicht immer einer Schwangerschaft geschuldet sein.« Abella wandte sich an Ranghild. »Was denkst du, Studiosa?«

Ranghild war darauf vorbereitet, befragt zu werden. Es war nicht das erste Mal, dass die Magistra sie während eines Krankenbesuchs examinierte.

»Wenn sie nicht schwanger ist, könnte sie, würde ich sagen, an der Krankheit leiden, die man Erstickung durch die Gebärmutter nennt, ausgelöst durch die Zurückstauung des Monatsflusses. Die Symptome, die während des Anfalls auftraten, sind typisch für eine bestimmte Form der Hysterie, mit der diese Krankheit in Verbindung gebracht wird.«

»Ich denke das nicht«, widersprach der Arzt in arrogantem Ton. »Die Krankheit, von der Ihr sprecht, verehrte Studiosa, wird nicht durch den Rückstau des Monatsflusses ausgelöst, sondern durch die Erstickung des verdorbenen weiblichen Samens«, dozierte er. »Dies wiederum ist laut Hippokrates eine Folge der Enthaltsamkeit, die eine Austrocknung des Uterus zur Folge hat. Findet über einen längeren Zeitraum der Beischlaf nicht statt, erzürnt sich der Uterus. Bedingt durch den Brodem, den Dampf, der durch den verdorbenen weiblichen Samen entsteht, bläht er sich auf, verändert seine Lage, beginnt zu wandern und presst die Lunge zusammen, die Frau gerät nahe ans Ersticken. Ich wiederhole: Die Erstickung der Gebärmutter ist letztlich die Folge der Enthaltsamkeit. Von Enthaltsamkeit jedoch«, Magister Leonidas musterte Boccaccio mit süffisantem Blick, »kann hier wohl nicht die Rede sein, nicht wahr, Signore?«

Boccaccio fühlte sich sichtlich unwohl. »Nun … ähm …«, meinte er nur und zuckte hilflos mit den Schultern.

»Ergo«, fuhr der Arzt triumphierend fort, »können wir es hier nicht mit einer Erstickung durch die Gebärmutter zu tun haben.«

»Was sagst du zu diesem Einwand, Studiosa?«, wandte sich Abella an Ranghild, ohne selbst auf die Ausführungen ihres Kollegen einzugehen.

»Enthaltsamkeit kann in der Tat eine der Ursachen für diese Krankheit sein«, führte Ranghild aus. »Aber es gibt noch eine andere: der Rückstau des Monatsflusses. Damit haben wir es offensichtlich hier zu tun.«

»Ach, und das wisst Ihr so genau?«, brauste der Arzt auf, der sich durch die Ausführungen einer Studiosa offenbar in seiner Eitelkeit gekränkt fühlte. »Ich wiederhole: Hippokrates nennt als Ursache dieser Krankheit eindeutig geschlechtliche Abstinenz und die damit verbundene Austrocknung des Uterus. Platon argumentiert ähnlich. ›Die Gebärmutter‹, sagt er, ›ist ein Tier, das glühend nach Kindern verlangt. Bleibt dasselbe nach der Geburt lange unfruchtbar, erzürnt es sich, durchzieht den ganzen Körper, verstopft die Luftwege, hemmt die Atmung und drängt auf diese Weise den Körper in große Gefahren und erzeugt allerlei Krankheiten.‹ Wollt Ihr diese beiden herausragenden Autoritäten etwa leugnen, Studiosa?«

Ranghild fühlte, wie Wut in ihr aufstieg.

»Das tue ich mitnichten. Mir scheint aber, dass Ihr es tut. Lest nach bei Trota, lest nach bei Constantinus Africanus, lest im *Curae* von Johannes Platearius: Alle diese Autoritäten bezeugen, dass dieses Leiden nicht nur durch die von Euch genannte Abstinenz verursacht werden kann, sondern auch durch den Rückstau des Monatsflusses. Demgegenüber …«

»Still, Weib!« Der Arzt sprang erregt auf. »Du wagst es, mir zu widersprechen? Mir, der ich den Arztberuf schon ausübte, als du noch gar nicht geboren warst? Ich …«

»Halt! Kein Streit hier vor der Patientin«, wies Abella die beiden Streithähne scharf zurecht. Und an Boccaccio gewandt: »Verzeiht, Signore, aber wenn es um das Wohl des Patienten geht, kocht die ärztliche Leidenschaft manchmal über.«

»Was die Symptome angeht«, wandte sie sich an die beiden Kontrahenten, »sollten wir uns an die Erkenntnisse halten, wie sie uns zuverlässig überliefert sind. Dabei gilt zu berücksichtigen, dass die Erstickung durch die Gebärmutter prinzipiell tatsächlich durch zwei Ursachen hervorgerufen werden kann: durch den Rückstau des Monatsflusses, wie Studiosa Ranghild es ausgeführt hat, wie auch, wie von Euch angesprochen, Collega Leonidas, durch geschlechtliche Abstinenz. Letzteres trifft im vorliegenden Fall nicht zu, wie uns allen klar ist. Aber auch die Zurückstauung des Monatsflusses kann nicht als Argument herangezogen werden. Weil wir es hier definitiv nicht mit jenem Leiden zu tun haben, das wir gemeinhin als Erstickung durch die Gebärmutter bezeichnen.«

»Sagte ich das nicht?« In die Miene des Arztes grub sich ein hochmütiges Lächeln.

Ranghild ließ kaum eine Regung erkennen. Einzig Abella wusste, wie sehr sie sich darüber ärgern musste, dass ihre Diagnose falsch war.

»Und weshalb nicht, Magistra?«, fragte das Mädchen beherrscht.

»Die Art, wie der Anfall ablief, sagt uns dies. Bei einer Erstickung durch die Gebärmutter erfolgt er nicht überraschend, sondern ist durch Zwischenunterbrechungen gekennzeichnet. Bei Donna Maria hingegen war dies nicht der Fall. Der Anfall kam plötzlich, wie aus heiterem Himmel, wenn auch nach einer kurzen Ankündigung, begleitet von einer Aura. Was nahelegt, dass sie an der Fallsucht leidet, an der *epilepsia*. Wofür auch die Tatsache spricht, dass sie Schaum vor dem Mund hatte, sowie der Umstand, dass sie bald danach vor Erschöpfung in tiefen Schlaf fiel.«

»Die Fallsucht? Um Gottes willen, meine Fiametta leidet an der heiligen Krankheit?«, rief Boccaccio fassungslos.

Abella legte mitfühlend ihre Hand auf seinen Arm.

»Ich vermute es stark. Es tut mir leid, aber in diesem wie auch in anderen Fällen schwerer Krankheit ist es vernünftig, den Tatsachen ins Auge zu sehen, Signore. Zumal, wenn euch dies tröstet, diese Krankheit nicht unbedingt zum Tod führen muss. Donna Maria kann damit alt werden, wenn sie einige Vorsichtsmaßnahmen bezüglich ihres Lebensstils befolgt.«

»Vorsichtsmaßnahmen? Ich ... Ich soll ... meinen Lebensstil ändern? Was ... Was meint Ihr damit? Muss ich ... Muss ich etwa ins Kloster zurück? Bin ich ... vom Teufel besessen?«

Abella fuhr herum. Auch die anderen im Raum Anwesenden sahen überrascht zum Diwan hin. Donna Maria war aufgewacht. Ihre Stimme klang noch schwach, im Kopf aber war sie klar, den letzten Teil der Unterhaltung hatte sie komplett mitbekommen.

Mit einem verzweifelten »Fiametta, oh, Fiametta!« fiel Boccaccio vor dem Diwan auf die Knie, umfasste seine Geliebte mit beiden Armen und legte schluchzend seinen Kopf auf ihre Brust.

»Giovanni«, flüsterte die junge Frau unter Tränen.

Die Magistra griff sich einen Hocker und setzte sich an die Seite der Kranken.

»Sorgt Euch nicht, Ihr müsst nicht ins Kloster zurück, Donna Maria. Und Ihr seid weder vom Teufel besessen, noch suchen Euch Dämonen heim. Das wollen uns einige Kleriker weismachen, die glauben, mit Anrufung der Heiligen und Exorzismen die Fallsucht in den Griff zu bekommen. Die alten Weisen waren da vernünftiger. Ich empfehle Euch das, was auch der große Hippokrates und Constantinus Africanus empfehlen würden. Beide erkannten, dass es sich bei der Fallsucht, sprich: *epilepsia*, um eine Krankheit des Gehirns handelt. Wir in Salerno unterscheiden zwei Arten: die *epilepsia major* und die *epilepsia minor*. In eurem Fall gehe ich von der ersten Variante aus. Gemäß der Säftelehre erkrankt das Gehirn, wenn es zu viel Feuchtigkeit, sprich: *phlegma*, enthält. Auch die Galle könnte schuld sein, da sie zur Erwärmung des Gehirns beiträgt. Eine ausgewogene Ernährung, nicht zu viel Fleisch, viel Gemüse, ausreichend Schlaf sowie eine ausgeglichene Ansicht über das, was ihr körperlich und geistig zu leisten vermögt, sollte künftig Euer Leben bestimmen. So lehrte uns schon Hippokrates. Und so empfehlen wir von der *scuola medica salernitana* es noch heute.«

»Und davon soll sie genesen?« In Boccaccios Frage klang Skepsis an, er hatte sich inzwischen wieder aufgerichtet und hielt die Hände seiner Geliebten in den seinen.

»Nicht von heute auf morgen, Signore. Heilung oder auch Linderung sind manchmal längere Prozesse. Es bedarf Zeit und Disziplin, den Körper davon zu überzeugen, was gut für ihn ist, und die Säfte zur Ordnung zu rufen.«

»Aber gibt es denn keine Arznei, die das beschleunigen könnte?«

»Beschleunigen nicht, unterstützen schon. Ich werde euch eine Arznei mischen, bestehend aus Beifuß, Bilsenkraut, Baldrian und Stechapfel. Lasst sie heute gegen Abend abholen, sie wird in der Schola für Euch bereitgehalten. Zusammen mit einer Notiz, wie sie einzunehmen ist.«

»Zu meiner Zeit pflegte man bei einem akuten Anfall von Fallsucht einer äußerst hilfreichen Empfehlung des Vaters von Johannes Platearius zu folgen, verehrte Collega«, mischte sich Leonidas wichtigtuerisch ins Gespräch. »Mich wundert, dass Ihr daran nicht gedacht habt, zumal Platearius von Euch bereits einige Male zitiert wurde.«

»Ach, und das wäre?«

»Man reicht am Ende des Anfalls drei Skrupel vom Blut eines Kleinkinds, das man über einen Hauteinschnitt aus den Schulterblättern zieht, zusammen mit dem Ei eines Raben.«

»Igitt! Das soll helfen?« Boccaccio schüttelte sich.

»*Testis supra studeo* – Probieren geht über Studieren«, meinte der Arzt. »Versucht es zunächst mit der Empfehlung der Magistra. Hilft es nicht, was ich vermute, haltet Euch an dieses bewährte Rezept.«

Ranghild bemerkte, wie schwer es Abella fiel, auf einen Kommentar zu verzichten. Sie wusste auch, dass die Magistra nichts davon hielt, Dispute über das Für und Wider bestimmter Therapien vor den anwesenden Patienten auszutragen. Ihre Erfahrung hatte sie gelehrt, nicht alles, was in den Lehrbüchern stand, für bare Münze zu nehmen. Sie kannte die Empfehlung Johannes Platearius des Älteren, doch für sie war dies purer Aberglaube. Sie gehörte innerhalb des Collegiums an der Schola zu den wenigen Personen, die dem sogenannten »Zauberwissen der Alten«, wie es auch hin und wieder in den hochgeschätzten Schriften der großen Salernoer Lehrmeister aufblitzte, nichts abgewinnen konnten und allem entgegentraten, was nach Aberglauben roch. Es schade der exakten medizinischen Wissenschaft in hohem Maße, so der Tenor ihrer Argumentation. Eine Sicht der Dinge, die sich auch Ranghild zu eigen gemacht hatte, obwohl die meisten Kolleginnen und Kollegen an der *scuola* dieser vehement widersprachen. Gravierender noch: Wer in diesen Kategorien dachte, begab sich in Gefahr, in Konflikt mit der Kirche zu geraten. Nicht wenige Kleriker glaubten, dass Krankheiten wie die Fallsucht keine natürlichen Ursachen hätten und dem Treiben des Teufels geschuldet seien. Eine, wie auch Ranghild fand, zutiefst abergläubische Vorstellung …

»Das Blut eines Kindes? Ein Rabenei? Wie ekelhaft!«

Donna Maria hatte sich mit einem energischen Ruck aufgesetzt. Farbe war in ihr Gesicht zurückgekehrt, ihre Augen blitzten. Es schien, als ob der Rat des Arztes mit einem Schlag ihre Lebensgeister hätte zurückkehren lassen.

»Schick den Arzt fort, Giovanni!«, befahl sie mit fester Stimme.

»Aber Fiametta, er will nur dein Bestes. Er …«

»Schick ihn weg. Bitte! Gib ihm sein Honorar, dann soll er verschwinden. Ich werde den Rat der Magistra befolgen. Er scheint mir vernünftiger.«

Noch hatte sie nicht ausgesprochen, drehte sich Leonidas brüsk um und schlurfte mit einem unfreundlichen Murmeln gruß los davon. Getreu dem Wahlspruch vieler Salernoer Ärzte: *Exige dum dolor est* – fordere, so lange der Schmerz besteht, hatte er sein Honorar bereits vor der Visitation der Kranken eingefordert und erhalten. Ohne dass er sich noch einmal umgewandt hätte, fiel die Tür hinter ihm mit lautem Krachen ins Schloss.

»Dieser Arzt, dieser Leonidas, kennt Ihr ihn, Magistra?«

Ranghild war noch immer erbost über den Disput, den der Arzt provoziert hatte. Sie und Abella waren mittlerweile wieder in Begleitung der beiden Leibwächter al-Mustansirs auf dem Rückweg. Inzwischen war es Mittag geworden. Chalid hatte ihnen, bevor sie den Heimweg antraten, noch ein opulentes Mahl servieren lassen, während Boccaccio sich, was das Honorar anging, äußerst großzügig gezeigt hatte. Beim Hafen angekommen, beschlossen sie, den Weg in die Stadt hinauf zur Schola zu Fuß zurückzulegen, und entließen ihre Begleitung.

»Bis jetzt kannte ich Leonidas nicht persönlich, ich habe von ihm gehört«, beantwortete Abella die Frage Ranghilds. »Er soll vor Jahrzehnten selbst an der Schola gelehrt haben.«

»Dieser Scharlatan! Das Blut eines Kleinkindes und das Ei eines Raben! Welch eine Verhöhnung der ärztlichen Kunst!«

»Verurteile ihn nicht, Ranghild! Immerhin bezog er diese Weisheit aus dem *Curae* des Johannes Platearius. Auch wenn diese Schrift vor über zweihundert Jahren entstand, gehört sie nach wie vor zu den Grundlagen unseres ärztlichen Wirkens, wie du weißt.«

»Dennoch, Magistra, dieser Rat ist doch abstrus!«

»Ich finde seine Empfehlung ja auch abstrus. Aber wir müssen akzeptieren lernen, dass verschiedene Meinungen nebeneinander existieren. Existieren müssen! Denn ist es nicht dieser Wettstreit der Meinungen, der uns zu neuen Erkenntnissen bringt? Der mit Leidenschaft geführte Disput über Wahr und Falsch drängt uns, unsere Sicht der Dinge mittels der Logik, des Experimentes und der daraus resultierenden Erfahrung beweisen zu wollen. Nur auf diese Weise entsteht Neues. Und nur so erfahren wir, was als gut oder schlecht anzusehen ist. Das ist es, was die Schule von Salerno groß gemacht hat.«

Sie waren inzwischen bei der Schola angekommen. Vor dem Portal warteten bereits einige frisch gebackene Studiosi, die erst vor Kurzem ihr Studium angetreten hatten. Sie grüßten die Magistra ehrfurchtsvoll. Voller Erwartung fieberten sie ihrer ersten mittäglichen Visite entgegen, zu der sie Abella in dem an die Schola angeschlossenen Spital begleiten durften.

»Ich weiß, du hättest jetzt eigentlich frei«, wandte sich die Magistra an Ranghild. »Magst du mir trotzdem assistieren? Ich visitiere heute die einfacheren Fälle. Ich lade dich dafür heute Abend in die Taverne von Dimitrios zum Essen ein.«

»Ich hätte Euch auch ohne die Einladung assistiert«, meinte Ranghild. »Aber nachdem Ihr sie nun schon mal ausgesprochen habt – umso lieber«, fügte sie schelmisch hinzu.

Mit atemberaubender Glut verabschiedete sich die Sonne über dem Meer. In Vorfreude auf die fangfrische Languste, die sie heute Abend genießen würde und die Dimitrios äußerst trefflich zuzubereiten verstand, hatte sich Ranghild beschwingt zu seiner in der Nähe des Hafens liegenden Taverne aufgemacht. Dort würde sie Abella treffen. Sie hatte bereits die Hälfte des Wegs zurückgelegt, als sie eines Gegenstandes ansichtig wurde, der am Rand der Straße im Schmutz lag. Jemand mochte ihn verloren oder achtlos weggeworfen haben. Kaum dass sie ihn wahrgenommen hatte, löste der Anblick eine seltsame Erregung in ihr aus. Unwillkürlich verhielt sie ihren Schritt und ging in die Hocke, um ihn sich genauer anzusehen.

Keine Frage, was da völlig verdreckt vor ihr lag, war ein allerliebstes Holzspielzeug, eine Schnitzerei, ein Reiter auf einem Pferd. Von plumpem Aussehen und doch ausdrucksstark und voller Liebreiz. Sie hob die Figur auf, reinigte sie mit den Fingern – und spürte, wie einer jener selten gewordenen Momente der Erinnerung zurückkehrte, die sie über die Jahre hinweg immer wieder zu verdrängen gesucht hatte. Erinnerungen an ihn, den Gefährten ihrer Kindheit. Diese zauberhafte, offenbar von ungelenker Kinderhand geschnitzte Figur, die sie in Händen hielt, hätte von ihm stammen können. Sie spürte ihr Herz bis zum Hals klopfen, Wasser schoss ihr in die Augen. Wie sehr ein einfacher Gegenstand doch Bilder in einem wachrufen konnte, dachte sie. Bilder an längst Vergangenes, Impressionen voll schmerzhafter Süße, aber auch unvorstellbaren Grauens. Und erneut stellte sie sich die Frage, die sie sich schon unzählige Male gestellt hatte, aber wohl nie beantwortet bekäme: Was war mit ihm geschehen?

»Das gehört mir. Ich hab's geschnitzt.«

Sie sah auf. Die Stimme, die sie aus ihren Gedanken gerissen hatte, gehörte einem etwa zehnjährigen Buben mit dunkler, sonnenverbrannter Haut. Eines jener verwahrlosten Straßenkinder, von denen es in den Gassen Salernos nur so wimmelte.

»Ich hab's verloren. Gib es mir!«, verlangte der Junge mit finsterer Miene und streckte Ranghild fordernd die Hand entgegen.

»Du hast das geschnitzt? Das ist sehr schön«, sagte sie unter Tränen lächelnd.

Der Bub nickte stolz.

Ranghild zog eine Münze aus ihrer Gürteltasche und überreichte sie ihm zusammen mit der Figur.

»Hier, für dich.«

Der Junge sah sie erstaunt an. Das Finstere in seinem Gesicht war einem hellen Strahlen gewichen.

»Danke!«, rief er und rannte jauchzend davon.

Ranghild sah ihm schmunzelnd hinterher und spürte, wie die Beschwingtheit von vorhin zurückkehrte. Froh darüber, dass die Gegenwart wieder einmal über die Vergangenheit triumphiert hatte, schritt sie zügig weiter.

Kapitel 31

Erwartungsvoll sah die lärmende Menge nach oben. In gut dreißig Ellen Höhe spannte sich zwischen dem Perlachturm im Zentrum Augsburgs und einer hoch aufstrebenden Linde auf dem Platz davor ein Seil. Das turmseitige Ende war an der Mittelsäule eines Fensters des Glockenraums befestigt, während das andere im Laubwerk der etwa hundert Fuß entfernten Linde verschwand.

Auf dem Platz vor dem Turm standen zwei mit bunten Tüchern behängte Planwagen nebeneinander, denen man unschwer ansah, dass sie zu einer Gauklertruppe gehörten. Auf Höhe der Ladefläche waren sie mit einem länglichen Bretterkasten verbunden, der eine Art Brücke zwischen ihnen bildete. Was im Innern der Wagen und des mit Tüchern verhängten Kastens vor sich ging, blieb neugierigen Blicken verborgen. Damit war gewährleistet, dass die Angehörigen der Truppe sich ungestört auf die Vorstellung vorbereiten konnten, die in Bälde stattfinden würde. Neben einem der Wagen war, ebenfalls auf Höhe der Ladefläche, ein Podest errichtet worden, das sich schnell auf- und abbauen ließ und als Bühne fungierte.

Zahlreiches Volk hatte sich an diesem Tag beim Perlachturm im Zentrum Augsburgs eingefunden. Schließlich handelte es sich um die Gauklertruppe des Jörg Jörgelin, die anlässlich der Michaelidult, des Augsburger Herbstjahrmarkts, ihre Vorstellung gab. Und die wollte man auf keinen Fall versäumen. Die Truppe war auch auf dem Jahrmarkt in Augsburg bekannt und beliebt. Verfügte sie doch über eine Reihe außergewöhnlicher Attraktionen, mit denen sie Alt und Jung begeisterte. Aus diesem Grund hatte der Rat der Stadt die Erlaubnis erteilt, heute auch den Perlachturm in die Vorstellung der Gauklertruppe mit einbeziehen zu lassen.

Menschen jeden Alters, Groß und Klein, Angehörige der verschiedensten Stände und Geschlechter sowohl aus der Stadt selbst, aber auch viel Volk, das von außerhalb nach Augsburg gekommen war, warteten darauf, dass die Vorstellung endlich anfing. Geplapper, Rufen, Gebrüll, Lachen und Flüche sowie diverse andere Geräusche wogten wild durcheinander.

»Man nennt ihn nicht umsonst den Herrn der Lüfte. Er läuft so sicher über das Seil, als hätte er festen Boden unter den Füßen«, tönte einer aus der Menge, der sich direkt vor der Bühne aufhielt.

»Über dieses Seil da oben will er laufen? Er muss verrückt sein!«, röhrte eine heisere Stimme. Sie gehörte einem etwa fünfzigjährigen Mann mit zerfurchtem, ledrigem Gesicht, auf dem ein unansehnlicher Bart sprießte.

»Sag ich doch, Frieder, sag ich doch. Verrückt muss er sein, völlig blöde. Sollte ihm das gelingen, muss er mit dem Teufel im Bund stehen«, kreischte eine beleibte Alte, die neben ihm stand. Aussehen und Geruch legten eine gewisse Verwandtschaft zu ihm nahe.

»Deine Schwester hat recht, Frieder. Wie man hört, soll der Bursche tatsächlich über das Seil laufen, als wäre es die Straße nach Ulm. Wenn das stimmt, geht es nicht mit rechten Dingen zu«, teilte ein anderer die Meinung der Alten, woraufhin andere aus der Menge sich ebenfalls bewogen fühlten, Kommentare loszulassen, um die Existenz des Teufels zu bestätigen.

»Humbug!« – »Blendwerk des Satans!« – »Über dieses dünne Seil will er laufen? Unsinn!« – »Warum denn nicht? Wer mit dem Teufel im Bund steht, dem gelingt vieles.« – »Richtig! Der Teufel hält seine schützende Hand über ihn, wenn ihm das gelingt.« – »Der Teufel hat keine Hand, du Schwätzer. Er verfügt über Hufe«, schallte es durcheinander.

Ein junger Spund um die zwanzig schaltete sich ein.

»Ihr habt doch keine Ahnung, was alles möglich ist. Ich bin weit genug in der Welt herumgekommen, um zu wissen, dass es eine Menge Dinge zwischen Himmel und Erde gibt, die man sich nicht erklären kann. Aber deswegen muss man nicht immer gleich den Teufel bemühen«, belehrte er seine Umgebung. Die Kleidung – eine Kappe mit bunten Federn, grüne Beinkleider, rotes Wams – sowie die Laute, die er umhängen hatte, ließen auf einen fahrenden Sänger schließen. Allerdings auf einen, der mit seiner Kunst nicht unbedingt bei Hofe vorstellig war. Dazu war die Kleidung zu abgestoßen, von der Laute hing eine gerissene Saite.

Die Schwester Frieders musterte ihn kritisch von oben bis unten.

»Wer bist du denn?«, fragte sie ihn geringschätzig.

»Gestattet, dass ich mich vorstelle. Wolfram zu Wolfenstein, Troubadour von Welt und Meister der Minne«, warf sich der Sänger in die Brust und versuchte sich an einer galanten Verbeugung.

»Ein Meister der Minne willst du sein? Ich hätte dich eher für den Meister der gerissenen Saite gehalten«, spottete Frieder, sein Begleiter lachte.

»Wo willst du angeberischer Jungspund denn schon überall herumgekommen sein?«, wollte ein anderer wissen.

»Die halbe Welt habe ich gesehen. Das ganze Reich habe

ich bereits durchquert«, versuchte der Troubadour von Welt aufzutrumpfen. »Von Syrakus auf Sizilien bis Nidernes im Norden bin ich gekommen.«

Bruder Maurus, ein greiser Mönch vom Kloster der Karmeliter, sah sich gezwungen, einzuschreiten und seine fachkundigen Kenntnisse anzubringen.

»Du behauptest also, es gebe keinen Teufel, mein Sohn?«, fragte er den Sänger mit seiner Fistelstimme.

»Wenn Ihr mich so fragt, ehrwürdiger Vater, begegnet bin ich ihm noch nicht.«

Der Mönch hob die Hand. »Höre denn, Ungläubiger, weißt du nicht, was der heilige Paulus in seinem Brief an die Epheser über den Teufel sagt? Er sei der Herrscher der Lüfte.«

Der Mönch hatte voll ins Schwarze getroffen. Der Teufel, Herrscher der Lüfte? Den Umstehenden entfuhr ein Laut des Schreckens, was den Mönch sichtlich freute. Die Blicke aller richteten sich wieder auf das Seil, das sich zwischen dem Turm und der Linde spannte.

»Urteilt selbst, ihr Leute«, wandte sich der Mönch an die Umstehenden, »Das, was ihr dort seht«, er wies in Richtung des Seils, »was, würdet ihr sagen, ist das?«

»Teufelswerk!«, pflichteten ihm einige der Umstehenden bei, von denen sich manche bekreuzigten. Andere schüttelten den Kopf und lachten oder machten ihrem Ärger über den Mönch Luft.

»Teufel? Dass ich nicht lache. Pfaffengeschwätz!«, schrie ein junger Bursche, dem man den Patrizier schon von Weitem ansah. »Lasst euch nicht einlullen, Leute. Wir lassen uns den Spaß nicht verderben.«

»Der Rehlinger hat recht«, stimmte ein anderer zu. »Jedermann weiß, dass Bruder Maurus nicht ganz richtig im Kopf ist. Er sieht Teufel, schwarze Katzen und böse Fliegen, wo keine sind. Hat sein Prior selbst gesagt.«

»Richtig! Der Mönch frisst im Kloster das Gnadenbrot. Nicht mal vorlesen darf er seit Neuestem. Er ist seines Geistes nicht mehr mächtig. Und ihm sollen wir glauben?«

Bruder Maurus versuchte gar nicht erst, sich zu verteidigen.

»Gottloses Gezücht, der Herr wird euch strafen!«, schrie er mit vor Zorn hochrotem Kopf. Einen deftigen Fluch in seinen Bart murmelnd, suchte er das Weite.

Hoch oben auf dem Turm, im Dunkel des Glockenraums, stand Elias und sah lächelnd auf die Menge hinunter. Gleich würde sein Part beginnen. Eine Eröffnungsszene, die Appetit auf mehr machen sollte, mehr nicht. Die beiden eigentlichen Auftritte würden erst später folgen. Für jeden von ihnen hatte er sich eine spezielle Maskerade zugelegt.

In den sieben Jahren seines Gauklerdaseins hatte Elias es zu hohem Können in der Kunst der Akrobatik gebracht. Das Jonglieren mit Gegenständen, aber vor allem die Kunst des Seiltanzes in großer Höhe hatten es ihm besonders angetan. Er sei ein wahres Naturtalent, hatte Jörg Jörgelin begeistert geschwärmt. Das jahrelange tägliche Üben seitens Elias' hatte sich bezahlt gemacht; vor einem Jahr hatte Meister Jörg eine neue Attraktion mit einem zugkräftigen Namen in sein Programm aufgenommen: »Ikarus – der Herr der Lüfte«.

Ein Trommelwirbel riss Elias aus seinen Gedanken. Er sah zum Turm hinunter. Jörg Jörgelin, verkleidet als »Herold«, und Paul der Trommler waren durch einen Schlitz in der Wagenplane auf die Bühne getreten. Elias' Part stand bevor, gleich würde er mit seinem ersten Auftritt an der Reihe sein …

Zu Füßen des Turms war schlagartig Ruhe eingekehrt. Neugierig musterte die Menge den schwarzbärtigen Herold und den Spielmann, die soeben erschienen waren. Der Herold trug eine aus bunten Flicken zusammengesetzte Tunika, darüber einen schwarzen Tappert mit der Abbildung eines Totenschädels auf der Brust. Der Totenschädel streckte die Zunge heraus und trug eine Narrenkappe. Als Kopfbedeckung diente dem Herold ein Barett, das sich, wie auch seine Tunika, aus farbigen Flicken zusammensetzte. Der Spielmann – rotes Wams, grellgrüne Beinkleider, knallgelbe Gugel – trug eine riesige Trommel vor sich her, die er mit zwei Schlägeln hingebungsvoll bearbeitete, als gälte es nicht nur Augsburg, sondern den gesamten Süden des Reiches auf sich aufmerksam zu machen.

Der Herold hob die Hand, der Trommelwirbel verklang.

»Willkommen, Groß und Klein, Leute aller Stände, Männer und Frauen, Freie und Knechte!«, rief er mit seiner Bassstimme, die laut über die Köpfe seine Zuhörer hinwegrollte. »Jörg Jörgelin …«, er verbeugte sich und legte die Rechte aufs Herz, offensichtlich meinte er sich selbst, »… beehrt sich, mit seiner Truppe zum Gaudium des anwesenden Augsburger Publikums ein Repertoire an Kunststücken zu zeigen sowie zur Erbauung die ach so schreckliche und das Herz anrührende Moritat von der schönen Gislinde und ihrem Herzallerliebsten, dem Mönch Raimundus, zur Aufführung zu bringen. Im zweiten Teil folgt der dramatische, spektakuläre, weltweit einzigartige Höhepunkt unserer Vorstellung. Ikarus, der Herr der Lüfte, wird euch sein Können zeigen. Vorher jedoch, ihr Leute, erlebt einen kleinen Vorgeschmack dessen, was ihr heute Grandioses erleben werdet.«

Er setzte eine Pause, durch die Menge wogte ein Raunen. Jörgelins rechte Hand beschrieb eine schwungvolle Geste und wies nach oben in Richtung Turmfenster, wo das Seil festgemacht war.

»Seht her und gebt acht!«, forderte er sein Publikum auf. Der Spielmann rührte erneut die Trommel; erst leise und langsam, dann immer lauter und schneller klangen die Wirbel.

Jetzt tauchte im Fenster eine rot gekleidete, männliche Person auf, die mit dem linken Arm eine grün gekleidete Frau umfasst hielt, deren langes blondes Haar im Wind wehte. Ein lautes »Ah!« und »Oh!« lief durch die Menge. Sich mit der Rechten an der Fenstersäule festhaltend, trat der Rote, die Frau im Arm, mit beiden Füßen aus dem Fenster hinaus auf das Seil. Plötzlich ein Schrei, der Rote wankte, rutschte mit einem Bein ab, die Frau entglitt seinem Arm und fiel, sich überschlagend, mit gespreizten Armen und Beinen nach unten, wo sie mit einem dumpfen Geräusch aufs Pflaster klatschte.

Ein kollektiver Aufschrei aus Hunderten von Kehlen. Die Menschen standen wie erfroren. Noch starrten sie ungläubig und entsetzt auf die Frau mit dem grünen Gewand, die mit dem Gesicht nach unten auf dem Pflaster lag, als sich in dem Holzverschlag unter der Bühne eine kleine Tür öffnete, durch die zwei als Narren verkleidete Kleinwüchsige auf den Platz hinaussprangen. Jauchzend, springend und Rad schlagend bewegten sie sich auf den leblosen Körper zu, hoben ihn auf, warfen ihn sich gegenseitig zu und ließen ihn wiederholte Male durch die Luft wirbeln.

Verblüffung auf den Gesichtern. Raunen und Gelächter in der Menge.

»Eine Puppe!« – »Es ist nur eine Puppe!« – »Eine Illusion!« – »Eine Täuschung!«, hallte es über den Platz.

Andere, die sich um eine blutrünstige Sensation gebracht sahen, reagierten unwillig.

»Betrüger!« – »Lügner!« – »Der Kerl hat uns verscheißert!« – »Jagt den Schwindler aus der Stadt!«

Jetzt hob der Herold aufs Neue seine Stimme.

»So ist es, verehrtes Publikum, es handelt sich nur um eine Puppe!«, donnerte sein Bass über die Köpfe hinweg. »Aber stellt euch vor, ein echter Mensch stürzte aus dieser Höhe, ein Leichtfuß, ein Wahnsinniger, der die Gefahr ignoriert und glaubt, sich mit Ikarus, dem Herrn der Lüfte, messen zu können. Stellt euch vor, wie das Blut aus seinem Kopf quillt. Wie seine qualvoll aufgerissenen Augen ein letztes Mal in diesem Leben den blauen Himmel und die strahlende Sonne sehen. Spürt ihr seinen Schmerz darüber, unsere schöne Welt verlassen zu müssen? Hört ihr, wie er vor Schmerzen stöhnt? Ein verzweifeltes Flackern in seinem Blick, ein letztes Aufbäumen des Körpers, der sich gegen das nahende Ende wehrt. Er denkt ein letztes Mal an seine Lieben. Ach, wie weh wird ihm ums Herz. Dann bricht sein Blick, und mit knöchernen Händen greift der Tod nach ihm. Warum nur, Bruder Leichtfuß, bist du auf den Turm gestiegen? Warum nur fordertest du das Schicksal heraus? Du, der du Herr der Lüfte sein wolltest? Du, der du Gott auf die Probe stellen und den festen Boden, auf den dich der Herr gestellt, verlassen wolltest? Es ward dir nicht gegeben!«

Der Herold schwieg. Erneut lief ein Raunen durch die Menge, die atemlos an seinen Lippen gehangen hatte. Die Beschreibung des Sterbenden, der Gott auf die Probe stellt und aus großer Höhe abstürzt, konnte einem wirklich einen kalten Schauer über den Rücken jagen.

Elias, der oben auf dem Turm stand, hatte die »Predigt« Jörg Jörgelins mit einem wissenden Schmunzeln zur Kenntnis genommen. Er kannte sie mittlerweile auswendig. Wie sehr Menschen doch durch gut gesetzte Worte zu beeinflussen sind, dachte er. Natürlich wusste er auch, was gleich folgen würde.

Leicht nach vorne gebeugt, schritt der Herold mit gesenktem Kopf und auf dem Rücken verschränkten Armen hin und her, als dächte er intensiv nach. Plötzlich blieb er stehen, ließ seinen rechten Arm nach vorne schnellen und wies mit ausgestreckter Hand auf einen Mann aus dem Publikum, unmittelbar vor der Bühne.

»Ist es dir gegeben?«, donnerte er ihn an. »Oder dir? – Oder etwa dir?« Seine Hand wies nacheinander auf weitere Personen aus dem Publikum, die allesamt erschrocken zurückwichen. »Glaubt jemand von euch, dass er berufen ist, sich auf dem Seil dort oben zu bewegen, auf ihm hin und her zu gehen oder gar darauf zu tanzen?«, rief er mit seinem dröhnenden Bass.

»Nein!« – »Niemals!«, tönte es vielstimmig aus dem Publikum.

»Ihr habt recht. Ihr seid nicht dazu berufen. Würdet ihr es tun, würdet ihr sterben wie jener Bruder Leichtfuß, von dem ich euch erzählt habe, der sich anmaßte, den Herrn auf die Probe stellen zu wollen. Und doch gibt es jemanden, der dazu befähigt ist; der einzige Mensch auf Gottes Erdboden, dem der Allmächtige die Gabe verliehen hat, es zu tun: Ikarus, der Herr der Lüfte. Wollt ihr ihn kennenlernen?«

»Ja!«, schrie die Menge begeistert.

»Ihr meint doch nicht etwa diesen rot gekleideten Tollpatsch, der die Puppe fallen ließ?«, schrie einer empört. »Der, der abgerutscht ist und fast selbst vom Seil gestürzt wäre? Das soll der Herr der Lüfte sein? Den wollen wir nicht sehen. Jagt ihn aus der Stadt!«

Der Mann stammte aus dem Publikum; Jörgelin hatte ihn noch vor der Vorstellung bewegen können, gegen einen kleinen Obolus den Zwischenrufer zu geben. Sein Widerspruch war Teil des Programms, sollte die Spannung erhöhen und das Publikum noch stärker in die Vorstellung mit einbinden. Die Rechnung ging tatsächlich auf; weitere Rufe wurden laut.

»Nichtsnutz!« – »Scharlatan!« – »Tollpatsch!« – »Aus der Stadt mit ihm!«

Dann aber schallte ein weiterer Kommentar über den Platz: »Hätte der Rote nur mal meine Alte mit hinaufgenommen, dann wäre sie jetzt in der Hölle und ich im Himmel!«

Brüllendes Gelächter. Alles johlte und feixte, dass es eine Freude war. Jörg Jörgelin sah vergnügt in die Menge, es lief perfekt, ein herrliches Publikum. Der Mann hatte ihm ein wunderbares Stichwort geliefert.

Er hob die Hand.

»Ja, das wünschte sich mancher unter euch, ich weiß!«, rief er. »Leider hat der Rote, dieser Tollpatsch, bereits das Weite gesucht. Sollte ich seiner habhaft werden, werde ich ihn zurückbringen. Dann kann jeder von euch gegen einen kleinen Unkostenbeitrag sein Weib mit ihm aufs Seil schicken. Was von ihm erwartet wird, besorgt er zuverlässig und sehr geschickt, wie ihr gesehen habt.«

Erneut ausgelassenes Gelächter.

»Geht es auch umgekehrt? Ich zahle das Doppelte, wenn er meinen Mann mit hinaufnimmt«, schrie eine Frau, eine regelrechte Walküre, unterstützt vom Gejohle ihrer umstehenden Geschlechtsgenossinnen. Sie hatte ihren Arm um ein ausgemergeltes Männchen gelegt, offenbar ihr Gatte, der einen ganzen Kopf kleiner war als sie und ängstlich dreinblickte.

Auch diesen Spaß nahm der Herold dankbar auf. »Nun, Gevatterin, das käme drauf an. Ihr sagtet, das Doppelte? Für diesen Hänfling, um den Ihr Euren Arm gelegt habt? Ich denke, hier genügt das Anderthalbfache.«

Diesmal kam das aufbrandende Gelächter vor allem aus Dutzenden von Frauenkehlen.

»Haltet keine Maulaffen feil. Wir wollen endlich Ikarus sehen! Extra seinetwegen habe ich mich mit Weib und Kindern von Günzburg her auf den Weg gemacht«, tönte es ärgerlich zu Jörgelin herauf. Ein breitschultriger Mann, der Kleidung nach ein Zimmermann, stand inmitten einer Kinderschar mit seinem Eheweib unmittelbar vor der Bühne.

»Geduld, Gevatter, Geduld, Ihr werdet voll auf Eure Kosten kommen«, beruhigte Jörgelin ihn. Und an die Menge gewandt: »Wollt ihr ihn sehen? Soll ich ihn für euch rufen? Ikarus, den wahren Herrn der Lüfte?«

»Rufen! Rufen! Rufen!«, skandierte das Publikum johlend. Mit Befriedigung nahm Jörgelin zur Kenntnis, dass es gelungen war, die Leute in ausgezeichnete Stimmung zu versetzen. Ein Umstand, der die Beutel, die er gleich herumreichen ließe, ordentlich zum Klingen bringen würde.

Durch das Turmfenster sehend, konzentrierte sich Elias auf seinen zweiten Auftritt. Mittlerweile hatte er das rote Gewand ab- und ein neues angelegt: weiße Beinlinge, ein weißes kurzes Wams und ein weißes Barett mit buntem Federbusch. Um die Hüfte trug er eine blaue Schärpe. Bei seinem dritten Auftritt – dem eigentlichen Höhepunkt seiner Darbietung – würde er als Narr verkleidet auftreten.

Eine Melodie ertönte. Unter den Klängen einer Schalmei und einer Laute, die aus einem der Planwagen drangen, trat tänzelnd und kokett die Hüften schwingend ein junges Mädchen auf das Podest. Im Rhythmus der Melodie schwenkte es eine weiße Fahne in der Linken, warf sie in die Luft, drehte sich zweimal geschwind um seine Achse und fing sie mit der Rechten wieder auf. Unter dem Beifall des Publikums wiederholte es dieses Kunststück noch einige Male und übergab dann die Fahne mit einem eleganten Knicks dem Herold.

Jörgelin schwenkte die Fahne in Richtung des Turmfensters.

»Ikarus, der Herr der Lüfte!«, rollte sein Bass über den Platz.

Hunderte Blicke flogen zum Turm hinauf.

Mit einem einzigen Satz schwang sich eine ganz in Weiß gekleidete Person durchs Fenster hinaus aufs Seil und stand, als hätte sie ein Brett unter den Füßen.

Jubel brandete auf. Mit elegantem Schwung lupfte »Ikarus« das weiße Barett mit dem bunten Federbusch, verbeugte sich galant und ging, die Arme seitlich ausgestreckt und die Kopfbedeckung in der Rechten, auf dem Seil entlang, als bewegte er sich auf festem Boden. Nach etwa zehn Schritten blieb er stehen, warf das Barett in die Luft, fing es wieder auf und ging zurück zum Fenster. Gleich darauf war er im Glockenraum des Turms verschwunden.

Das Publikum war hingerissen. Der Auftritt hatte dem »Ikarus« zahllose begeisterte Rufe eingebracht. Angesichts der Kürze der Darbietung machte sich jedoch auch Enttäuschung breit, die sich vereinzelt in Schmährufen entlud …

Jörgelin hob erneut die Rechte, die die Fahne hielt.

»Ich weiß, ich weiß, ihr wollt mehr sehen. Ikarus hat euch soeben nur einen kleinen Teil seiner Kunst gezeigt. Noch heute wird er euch sein ganzes einzigartiges Können präsentieren. Bis dahin bleibt und seht, was wir sonst noch an Attraktionen mitgebracht haben. Erlebt, wie unser Zwerg Alberich und seine Zwergenfrau Alberina mit der Kunst des Jonglierens die Kräfte der Natur überlisten, lasst euch zum Lachen bringen durch ihre Possen. Zunächst aber Bühne frei für unser Spiel um die schöne Gislinde und ihren Herzallerliebsten, den Mönch Raimundus.«

Jörgelin verbeugte sich nach allen Seiten und verschwand wieder im Wagen. Unterdessen sprangen eine Frau und zwei Männer auf die Bühne und verbeugten sich ihrerseits: die Darsteller des Spiels, das gleich aufgeführt würde. Zwei weitere Frauen folgten, eine schlug die Laute, die andere blies auf einer Schalmei. Eine gleichermaßen anrührende wie dunkle Weise erklang, zu der Paul der Trommler im Takt seine Schläge setzte. Das Publikum fieberte förmlich mit und folgte der Darbietung mit den unterschiedlichsten Gefühlsregungen. Lange Strecken ergriffenen Schweigens ob des Schmerzes der schönen Gislinde wechselten sich ab mit Äußerungen des Unmuts über das Verhalten Merlins, dieses finsteren Gesellen, um dann wieder in schadenfrohes Gelächter auszubrechen ob dessen Unvermögen, sich nach einer durchzechten Nacht auf den Beinen zu halten.

Auf einmal erschien auch das Ungeheuer auf der Bühne. Es verfügte über drei hässliche Köpfe, dargestellt von drei schrecklich maskierten Personen, die bis zum Hals in einem riesigen rot gefärbten Sack steckten, an dessen Ende ein ellenlanges Tuch den Schwanz des Ungeheuers ahnen ließ. Dann aber gelang es Raimundus, dem liebestollen Mönch, sein Gelübde von sich zu werfen wie ein durchlöchertes Wams und sich dem Ungeheuer zu stellen. Mit drei gewaltigen Streichen seines riesigen Schwertes hieb er ihm die Köpfe ab – die Darsteller stülpten einfach das umgeschlagene Ende des Riesensacks über ihre Häupter, was ungeheuer echt wirkte und die Zuschauer beindruckt aufschreien ließ. Gleich darauf schlug auch für Merlin, diesen verbrecherischen Schurken, das letzte Stündchen, und Gislinde und ihr tapferer Recke Raimundus verbrachten den Rest ihres Lebens glücklich vereint auf einer schönen Burg.

Das Publikum applaudierte begeistert, die Darsteller kamen auf die Bühne, hielten sich an den Händen und vorbeugten sich.

Zeit für den »Herold«, auf die Bühne zurückzukehren und das weitere Programm anzukündigen.

»Habt Dank, ihr Leute, ihr seid ein großartiges Publikum. Lasst euch nun begeistern von Alberich und Alberina. Applaus für unser Zwergenpaar hoch aus dem Norden. Sie beherrschen die Kunst des …«

Jörgelin wurde jäh unterbrochen. Das Klappern von Pferdehufen hallte über den Platz. Mehrere Reiter, Angehörige der Stadtwache, waren aufgetaucht und bahnten sich ihren Weg durch die Masse, die erschrocken zur Seite drängte.

»Aus dem Weg, Platz für den Stadtvogt!« Die befehlsgewohnte Stimme gehörte dem Hauptmann der Stadtwache. An seiner Seite ritt ein hochmütig dreinblickender Mittvierziger mit wallendem blondem Haar, das unter einer kostbaren Gugel hervorquoll. Gekleidet war er in einen nicht weniger kostbaren pelzverbrämten Tappert, von seiner Seite baumelte ein Schwert, in der Linken hielt er die Zügel, in der Rechten eine Gerte.

Die Reiter umstellten die Planwagen und die Bühne. Der Stadtvogt stellte sich in den Steigbügeln auf.

»Die Vorstellung wird unterbrochen!«, hallte seine Stimme über die Köpfe der Menschen hinweg.

Empörtes Murren lief durch die Menge. Äußerungen des Unmuts wurden laut.

»Euer Seiltänzer, dieser Ikarus, wie Ihr ihn nennt, wo ist er?«, wandte sich der Stadtvogt an Jörgelin.

»Was wollt Ihr von ihm?«

»Beantworte meine Frage nicht mit einer Gegenfrage, Kerl! Sagt mir gefälligst, wo er ist.«

»Habt Ihr ihn denn nicht gesehen? Er hatte vorhin seinen zweiten Auftritt. Er ist dort oben.«

Der Blick des Stadtvogts folgte Jörgelins ausgestrecktem Arm. »Er ist auf dem Turm?«

»Ja, Herr Stadtvogt. Er wird gleich wieder auftreten. Aber habt die Güte, und sagt mir, was Ihr von ihm wollt.«

Statt einer Antwort wandte sich der Vogt an den ihn begleitenden Hauptmann.

»Lasst den Turm umstellen und schickt zwei Mann hoch, Hilpert. Sie sollen ihn runterholen.«

Der Hauptmann salutierte. »Zu Befehl, Euer Gnaden! –
Matthis, Jockel, Peter, Hinz, ihr habt's gehört!«, brüllte er.
»Zwei Mann vor den Eingang, die anderen umstellen den
Turm. Heinrich, Adelbert, ihr geht hoch und holt ihn runter.«

Jetzt erst wandte sich der Vogt an Jörgelin. »Ihr wollt wissen, was mit ihm ist? Das kann ich Euch sagen: Euer Ikarus
wird beschuldigt, in das Lager des Kaufmanns Rüdiger Langenmantel von Westheim … sagen wir … *eingeflogen* zu sein
und einen kostbaren Hermelin entwendet zu haben.«

Entsetzt starrte Jörgelin ihn an. »Er soll … was getan haben?«

»Euer Ikarus ist ein Dieb, er hat einen kostbaren Hermelin
gestohlen. Aus dem Lager des Edlen Rüdiger Langenmantel
von Westheim. Nachdem wir einen anonymen Hinweis erhalten hatten, haben wir vor einer Stunde Euren Lagerplatz in
den Lechauen inspiziert. Wir haben in Gegenwart des Mannes, der ihn bewacht, die Truhe geöffnet, die diesem Bastard,
den Ihr Ikarus nennt, gehört. Und wir sind fündig geworden.
Hier!«

Der Vogt öffnete seine Satteltasche, zog einen weißen Pelz
hervor und hielt ihn wie ein Trophäe in die Höhe.

»Aber das kann … Das kann nicht sein. Er ist … er ist …«
Jörgelin versagte die Stimme.

»Das kann nicht sein, behauptet Ihr? Dann ist der Hermelin wohl von selbst dorthin geflogen?«

Hinter der Stirn Jörgelins stoben die Gedanken durcheinander wie verschreckte Hühner auf der Flucht von einem
Marder. Wie kam der Vogt dazu, eine solche Behauptung
aufzustellen? Einen anonymen Hinweis wollte er erhalten
haben? Dass der Hermelin in Elias' Truhe gefunden worden
war, konnte sicher nicht bestritten werden. Jemand musste
ihn dort versteckt haben; dass Elias es gewesen war, schloss er
aus. Aber wem war eine solche Hinterhältigkeit zuzutrauen?

In die sich überschlagenden Überlegungen Jörgelins drängte sich mit Macht ein Name: Hans. Sein Neffe! Hatte er mit jemandem, den Elias seit Langem kannte, gemeinsame Sache gemacht, um ihm zu schaden? Es war die einzige Erklärung! Ob Rufus etwas Klärendes zur Situation beitragen konnte? Immerhin war er es, der stets, wenn die Truppe ihre Vorstellungen gab, das außerhalb der Stadt gelegene Lager bewachte. Er hätte mitbekommen, wenn sich jemand genähert hätte. Laut Aussage des Vogtes war er zugegen gewesen, als seine Mannen das Lager durchsucht hatten.

»Ihr erhieltet einen anonymen Hinweis? Habt Ihr Euch nicht gefragt, wie dieser … Anonymus … davon wissen konnte?«, versuchte sich Jörgelin in Verteidigungsposition zu bringen.

»Nun, er könnte sich zufällig auf dem Grundstück aufgehalten und mitbekommen haben, wie jemand dort einbrach.«

Eine dürftige Erklärung. Wie naiv musste man sein, um sich mit einer solchen Annahme zufrieden zu geben?

»Ach ja? Zufällig!«, stieß Jörgelin spöttisch hervor. Wahrscheinlich zu spöttisch, der Vogt jedenfalls fühlte sich ungebührlich angegangen und in seiner Ehre verletzt.

»Hast du denn nicht zugehört, Kerl?«, brüllte er plötzlich unbeherrscht los und verpasste Jörgelin einen Hieb mit der Gerte. »Der Hermelin wurde in der Truhe eines Mitglieds deiner Truppe gefunden. Das ist Beweis genug. Wie kannst du es wagen, du dahergelaufener Jokulator, das Wort und die Entscheidung des Augsburger Stadtvogtes infrage zu stellen?«

Jörgelin hatte sich unwillkürlich geduckt und die Hände schützend vor das Gesicht gerissen.

»Verzeiht, Euer Gnaden, ich … Ich wollte keinesfalls ungebührlich erscheinen«, entgegnete er mit bebender Stimme. »Ich kann mir nur nicht vorstellen, dass Elias, das ist der

Name des Burschen, um den es hier geht, ein solches Verbrechen begangen haben könnte.«

»Du kannst dir das nicht vorstellen? Ich mir schon. Aber um deinem Einwand Genüge zu tun – wir werden diesen Elias befragen, die Wahrheit wird ans Licht kommen. Keiner wird in meiner Stadt verurteilt, ohne vorher angehört worden zu sein.«

»Danke, Euer Gnaden. Ich weiß, Ihr werdet gerecht urteilen«, sagte er devot, obwohl er vom Gegenteil überzeugt war. Fahrende und andere von unehrlichem Stand genossen keinerlei Rechte. Und es gab niemand, der sich dafür eingesetzt hätte, dass sie welche bekamen. Was blieb ihm anderes übrig, als sich unterwürfig zu zeigen, auch wenn in ihm pure Verzweiflung brodelte? Wut stieg in ihm hoch. Wut auf den Stadtvogt, Wut auf die Büttel und Wut auf Elias. Was war nur los mit dem Jungen, der mitsamt seinem verdammten Medaillon das Unglück anzog wie das Licht die Motten? Welcher Fluch lastete auf seiner Herkunft? Sollte sein Schicksal weiterhin auch das der Truppe bestimmen? Inzwischen bereute er, dass er ihn, was seine Vergangenheit betraf, nicht längst gezwungen hatte, sich endlich zu offenbaren …

»Ach ja, und was Eure Vorstellung in der Stadt angeht«, wandte sich der Vogt erneut an Jörgelin, »ich werde …«

Schreie, Flüche, Verwünschungen! Sämtliche Blicke schossen in Richtung Perlachturm. Die Waffenknechte, die sich um den Turm herum postiert hatten, brüllten, fuchtelten mit ihren Kurzschwertern herum und wiesen aufgebracht in die Höhe. Die Büttel, die der Hauptmann nach oben geschickt hatte, lehnten sich ungläubig und fassungslos aus dem Fenster, von dem aus das Seil zur Linde gespannt war. »Ikarus« stand gut zehn Fuß von ihnen entfernt auf dem Seil und vollführte einen ebenso bizarren wie atemberaubenden Tanz. Auf dem Kopf eine Narrenkappe, das Gesicht grellweiß gepudert, die

Lippen knallrot geschminkt, hopste und sprang er auf und ab, als habe er nicht einen dünnen Strick, sondern festen Boden unter den Füßen. Dabei jonglierte er mit drei Bällen, lachte höhnisch und schrie den Bütteln Schmähworte zu.

Für die Dauer einiger Wimpernschläge kehrte fassungsloses Schweigen auf dem Platz ein. Magisch angezogen vom Anblick des sich wild auf dem Seil gebärdenden Narren, der es wagte, die Obrigkeit zu verhöhnen, blickte die Menge nach oben, während Jörgelin und seine Gauklertruppe entgeistert auf die makabre Szene starrten und Stadtvogt und Hauptmann mit ihren Pferden wie angewurzelt dastanden.

Dann aber brandete frenetischer Beifall auf, die Menge skandierte Hochrufe.

»Verflucht, Hilpert, wollt Ihr diesem aufrührerischen Treiben nicht endlich ein Ende bereiten? Holt diesen tanzenden Teufel vom Seil«, schrie der Vogt.

»Zu Befehl, Euer Gnaden!«, brüllte der Hauptmann, rammte dem Pferd die Sporen in die Seiten und preschte auf den Turm zu. Fluchend folgte ihm der Vogt …

Kapitel 32

Elias – er hatte sich inzwischen für den dritten und wichtigsten Teil der Vorstellung hergerichtet – hatte das Auftreten des Vogtes und seiner bewaffneten Begleitung von Turm aus beobachtet. Er wusste nicht, um was es ging, doch dass zwischen Jörgelin und dem Stadtvogt ein erregter Disput stattfand, war unübersehbar. Insbesondere den Hieb mit der Gerte hatte er fassungslos zur Kenntnis genommen. Aber spätestens als die Büttel herbeieilten und er zwei von ihnen im Turmeingang verschwinden sah, war ihm klar geworden, dass das Erscheinen des Vogtes und seiner bewaffneten Begleitung ihm galt.

Heillose Angst stieg in ihm hoch. Was, zum Teufel, wollten sie von ihm?

»Verfluchter Dieb, beweg deinen Arsch gefälligst nach unten, oder sollen wir kommen und dich aus dem Fenster werfen, du Hurensohn?«, hörte er einen der Büttel rufen, während sie schweren Schrittes die Stufen hinaufpolterten.

Verfluchter Dieb! Das also war es. Er wurde des Diebstahls bezichtigt. Aber von wem? Und weshalb?

Das Poltern kam näher. Sein Herz raste. Gleich würden sie die Falltür aufstoßen, die die im Boden befindliche Luke verschloss. Was sollte er tun? Sich etwa auf die Falltür stellen? Unsinn!

Hastig sah er sich um. Dabei fiel sein Blick durch die Fensteröffnung hinaus aufs Seil. Die Entscheidung fiel innerhalb eines Wimpernschlags. Hastig band er sich das Säckchen mit den drei Jonglierbällen um den Hals, prüfte den Sitz des

Knüppels, den er im Gürtel stecken hatte, und setzte sich die Kappe auf. Zog den kleinen Spiegel aus dem Gürtel, den er stets bei sich trug, um sich für seine Auftritte herrichten zu können, und besah sich darin: das Gesicht weiß gepudert, der Mund grellrot geschminkt, auf dem Kopf die dreizipfelige Narrenkappe – sein letzter Auftritt als Ikarus?

Tränen liefen ihm die Wangen hinunter und hinterließen eine dunkle Spur in seinem weiß gepuderten Gesicht.

Ein Donnern! Krachend flog die Falltür auf, zuerst erblickte Elias das rote, pickelige Gesicht, dann die Schulter eines der Waffenknechte.

»Verfluchter Hund! Mach dich auf was gefasst!«, schrie er heiser.

Es galt!

Mit einem einzigen Satz flog Elias zum Fenster hinaus, kam leicht schwankend und mit federnden Knien auf dem hin- und herpendelnden Seil zu stehen, balancierte aus, lief weiter bis zur Mitte des Seils und begann ein letztes Mal seine Jokulatorenkunst zu zeigen.

Mit elegantem Schwung wirbelten die Bälle durch die Luft, präzise Bahnen beschreibend, während Elias mit sicherem Schritt hin und her tanzte, sich drehte, lachte und die Büttel beschimpfte: die, die ihm vom Boden aus zusahen, und die beiden, die sich mit vor Staunen offenen Mündern aus dem Fenster des Glockenraums lehnten. Er sah, wie der Vogt mit seinem Hauptmann heranpreschte, sah, wie beide fassungslos zu ihm hinaufstarrten, hörte sie schreien, fluchen, zetern …

Da stach ihn der Hafer. Er riss den Knüppel aus dem Gürtel, warf ihn ebenfalls in die Luft und ließ ihn zusammen mit den Bällen mehrere Male kreisen. Dann, als er ihn wieder einfangen wollte, geschah es – er griff daneben. Der Knüppel fiel nach unten, dem Pferd des Stadtvogtes auf die empfindlichen Nüstern. Empört bäumte sich das Tier auf und beförderte seinen Reiter schwungvoll aus dem Sattel, während die drei Jonglierbälle neben ihm auf den Boden schlugen ...

Elias war, als durchstieße eine eisige Hand seine Brust und presste ihm das Herz zusammen. Entsetzt über sein Missgeschick, hätte er fast die Kontrolle über seinen Körper verloren; um ein Haar wäre er vom Seil gestürzt.

Ihm war augenblicklich klar, dass es für die Menge so aussehen musste, als ob Ikarus den Knüppel absichtlich auf das Pferd geschleudert hätte. Erneut hörte er, wie brausender Jubel die Luft erfüllte. Hektisch sah er nach unten, um sich einen Überblick zu verschaffen. Der Stadtvogt lag am Boden und versuchte mithilfe einiger Büttel unter dem Gelächter der Umstehenden aufzustehen. Sein Fluchen und Stöhnen drang bis zu ihm auf den Turm hinauf. Schäumend vor Wut bot er ein beredtes Beispiel dafür, dass, wer den Schaden hatte, für den Spott nicht zu sorgen brauchte. Elias konnte nicht umhin, laut aufzulachen. Dabei war er sich durchaus bewusst, welche Konsequenz sein heutiger Auftritt haben würde. Eine Rückkehr in Meister Jörgs Truppe war nunmehr ausgeschlossen. Doch er verdrängte den Gedanken daran, momentan hatte er alle Hände voll zu tun, seine Haut zu retten.

Das Chaos unter ihm ausnutzend, lief er die restliche Strecke bis zur Linde über das Seil und verschwand in der Baumkrone. Da er schon tags zuvor sämtliche Vorbereitungen für seinen Auftritt getroffen hatte, wusste er, dass das Astwerk des Baumes bis fast an das dahinter stehende Gebäude reichte. Flink hangelte er sich einen Ast entlang, der knapp vor der Fassade endete. Sich daran festhaltend, schwang er mehrere Male hin und her, ließ ihn fahren und flog mit Schwung auf eine der Fensteröffnungen zu, die sich in der Mauer auftaten. Mit den Füßen voran durchbrach er das mit einer Schweinshaut bespannte Fenster und landete polternd auf einem Dielenboden. Er sah sich um und stellte fest, dass er in einem

Schlafzimmer aufgeschlagen war. Auf der Bettstatt lag, ordentlich zusammengelegt, die Kleidung eines Mannes. Er sprang durch den Raum, riss die Tür auf, stürzte die schmale Treppe zum Erdgeschoss hinunter und wunderte sich, dass er auf keine Bewohner traf; offensichtlich waren sie ausgeflogen, ein Umstand, für den er dem Himmel danken konnte. Unten im Hausgang angekommen, versuchte er sich zu orientieren. An beiden Gangenden führte eine Tür ins Freie. Die eine tat sich in der zum Perlachplatz liegenden Fassade auf und war geschlossen, die auf der Rückseite gelegene stand einen Spalt weit auf und erlaubte einen schmalen Blick nach draußen. Vorsichtig spähte Elias hindurch, schob die Tür weiter auf und trat in einen Hinterhof. Kein Mensch zu sehen. Entfernt drangen die Geräusche vom Platz zu ihm herüber.

Der Hinterhof nahm die gesamte Breitseite des Hauses ein und war auf drei Seiten von einer hohen Mauer umschlossen. In der rechten saß ein mit einer Brettertür verschlossener Durchgang – der einzige, über den man den Hof verlassen konnte, offenbar führte er in eine Seitengasse. Unmittelbar hinter der Mauer erhob sich eine Hauswand, was nahelegte, dass es sich um eine recht schmale Gasse handelte. Die Brettertür verfügte über kein Schloss, dafür über einen Riegel, der von innen vorgelegt war, sodass das Grundstück von der Gasse her nicht betreten werden konnte. Unrat lag herum, ein Abfallhaufen verbreitete üblen Gestank. In der Mitte des Grundstücks ein gemauerter Brunnen, daneben ein Ledereimer. Links neben der Haustür ein mächtiges, mit Regenwasser gefülltes Fass, dem ein jaucheartiger Gestank entstieg; im Wasser schwammen Laub, Gartenabfälle und Holzreste. Neben dem Fass, an die Hauswand gelehnt, mehrere Bretter und ein Bündel Schilfrohre.

Von der Seitengasse drang aufgeregtes Geschrei über die Mauer.

»Sucht weiter, verdammt, er kann sich nicht in Luft aufgelöst haben! Der Vogt macht uns einen Kopf kürzer, wenn wir ihn nicht finden.«

Die Waffenknechte! Es war klar, dass sie hier nach ihm suchen würden. Sie hatten mitbekommen, wie er im Geäst der Linde verschwunden war, es brauchte nicht viel Fantasie, um zu erraten, wo er sich aufhielt.

Das Rufen kam näher.

»Er muss im Haus sein.«

»Wie soll er denn reingekommen sein? Die Tür zum Perlachplatz ist verschlossen, ich hab nachgesehen.«

»Na, durch eines der Fenster, die zum Platz hin liegen, du Blödmann.«

»Wer wohnt eigentlich hier?«

»Die alte Weinmuth, die hört fast nichts. Da muss man schon ordentlich gegen die Tür bumsen.«

»Hab ich, hat sich trotzdem nichts gerührt.«

»Vielleicht sollten wir hier nachsehen, im Hinterhof?«

Jemand machte sich an der Brettertür zu schaffen.

»Wie soll er hier reingekommen sein? Die Alte hat von innen einen Riegel vorgelegt.«

»Halt keine Maulaffen feil, schlag einfach die Tür ein! Wozu hast du 'ne Axt im Gürtel stecken?«

Panisch sah sich Elias um. Schon vernahm er die ersten Axtschläge. Zu allem Unglück drang aus dem Haus jetzt auch noch das Schimpfen und Gekreische einer Frau, offenbar war doch jemand zu Hause. Was tun?

Da fiel ihm der Bottich ins Auge. Und das Bündel hohler Schilfrohre. Ohne lange zu überlegen, zog er eines davon aus dem Bündel, überwand sich und stieg in den randvoll mit Wasser gefüllten Behälter. Nahm ein Ende des Rohrs, über das er Luft ziehen würde, in den Mund, hielt sich die Nase zu und tauchte in das Fass, bis das trübe Wasser über seinem

Kopf zusammenschlug, während das andere Ende des Schilf-
stängels knapp über die Wasserfläche ragte. Ihn schauderte
vor Ekel und Kälte, aber er versuchte sich zusammenzurei-
ßen. Er konnte jetzt nur noch eines tun: sich in der modri-
gen Brühe möglichst nicht bewegen und beten. Beten, dass
der in Aufruhr geratene Wasserspiegel über ihm sich schnell
beruhigte und ihn nicht verriet. Die Gefahr, dass jemand auf
die Idee käme, in den Bottich zu sehen, und ihn entdecken
könnte, schätzte er als gering ein; das Wasser war trüb, der auf
der Oberfläche treibende Unrat bot zusätzlichen Sichtschutz.

Mit seinem Eintauchen ins Fass waren sämtliche Geräusche erstorben. Er hoffte, nicht lange in dieser Lage ausharren
zu müssen, aber ihm war klar, dass er sein nasses Versteck
nicht zu früh verlassen durfte, die Büttel würden erst abziehen, wenn sie Haus und Hof gründlich durchsucht hatten.

Um annähernd ein Zeitmaß zu erhalten, beschloss er,
zwanzigmal abwechselnd ein Ave-Maria und ein Vaterunser
aufzusagen. Aber ob zwanzigmal reichen würde? Er hatte
noch keine zehn geschafft, als er merkte, wie ihm das Atmen durch das Rohr zunehmend schwerer fiel, die stinkende
Brühe sickerte durch seine Mundwinkel, ihm wurde speiübel.
Vielleicht erbarmte sich Maria seiner und erlöste ihn, indem
sie dafür sorgte, dass die verdammten Büttel abzogen, bevor
die zwanzig voll waren?

Plötzlich vernahm er ein dumpfes Poltern. Es musste von
einem Schlag gegen das Fass herrühren, gleich darauf traf ihn
etwas hart am Kopf. In Panik schoss er nach oben, prustete,
spuckte und spie um sich – und löste damit einen marker-
schütternden Schrei aus. Eine alte Frau hatte ihn von sich gegeben. Sie geriet vor Schreck ins Taumeln, stürzte rücklings
zu Boden und kam vor dem Fass auf dem Hintern zu sitzen.
Neben ihr lag ein umgestürztes hölzernes Gefäß, vermutlich
hatte sie gerade Wasser aus der Regentonne schöpfen wollen.

»Heilige Mutter Gottes, hilf! Der Teufel!«, kreischte sie mit krächzender Stimme.

Vor Nässe triefend, bedeckt mit schleimig grünen Schlieren, wuchtete sich Elias vollends aus dem Fass, stürzte sich auf die Alte und hielt ihr den Mund zu.

»Um Himmels willen, seid still, ich will Euch nichts Böses«, zischte er.

Angststarr sah die Frau ihn aus schreckgeweiteten Augen an.

»Ich nehme jetzt die Hand aus Eurem Gesicht, aber Ihr müsst versprechen, nicht zu schreien, habt Ihr mich verstanden?«, raunte er ihr ins Ohr.

Die Alte versuchte zu nicken.

»Gut.« Er nahm die Hand von ihrem Mund. »Die Büttel, sind sie weg?«, fragte er sie.

Die Alte zeigte auf das rechte Ohr und zuckte mit der Schulter. Offenbar hörte sie nicht gut.

Erneut beugte er sich nahe an ihr Ohr und wiederholte die Frage, lauter diesmal.

Diesmal nickte die Alte.

»Haben sie was gesagt?« Er hoffte, etwas über den Grund erfahren zu können, weshalb der Stadtrichter hinter ihm her war.

Sie schüttelte den Kopf.

Dann eben nicht. Er merkte, wie die Alte die Nase rümpfte; die Brühe hatte ihm merkbar zugesetzt, er musste stinken wie ein Iltis. Er sah sich um. Sein Blick streifte den Brunnen.

»Dieser Brunnen dort, ich gehe davon aus, dass er Wasser führt?«

Erneut nickte die Alte. Elias fragte sich, ob Kopfschütteln und Nicken die einzige Art war, in der sie sich mit ihm zu unterhalten gedachte.

»Hört zu, wie Ihr seht, muss ich mich waschen und die

Kleidung reinigen. Ich will es nicht hier im Hof tun, sondern im Haus. Wenn Ihr mir helft, soll es nicht Euer Schaden sein, versteht Ihr?«

Wieder nickte die Frau. »Es gibt einen Zuber in der Küche«, sagte sie verschüchtert.

»Sehr gut! Wie lautet Euer Name?«

»Bertl.«

»Ich heiße Elias. Sagt, Bertl, oben im Schlafzimmer liegen ein paar Kleider, sie gehören einem Mann. Würdet Ihr sie mir überlassen? Ich kaufe sie Euch ab.«

Er öffnete den Beutel, den er zusammen mit dem Medaillon um den Hals hängen hatte, und entnahm ihm fünf Weißpfennige. Vor einigen Tagen hatte Meister Jörg die Mitglieder der Truppe bezahlt, nachdem sie in den Wochen zuvor eine Reihe gut besuchter Vorstellungen gegeben hatten.

»Hier, echtes, gutes Silbergeld, wie Ihr seht. Keine Schwarzpfennige.«

Elias bemerkte, wie die Augen der Alten auf einmal feucht glitzerten. »Die Kleider gehörten meinem Kasper. Er ist vor vier Wochen von mir gegangen. Ihr könnt sie haben. Ich schenke sie Euch. Ich bin froh, wenn sie weg sind und sie mich nicht mehr an ihn erinnern.«

Elias war ehrlich erschüttert. »Das tut mir leid, Bertl«, sagte er und legte seine Hand auf ihren Arm. »Ich danke Euch. Trotzdem – nehmt das Geld«, fügte er leise hinzu.

Um die zehnte Tagesstunde verließ Elias das Haus der alten Bertl über den Hinterhof. Die Frau hatte ihn gebeten, noch ein Weilchen zu bleiben, und Elias hatte sich bereit erklärt, als Gegenleistung für ihr Entgegenkommen den kaputten Herd in der Küche instand zu setzen.

Bertl hatte ihm nicht nur das Gewand ihres verstorbenen Gatten überlassen; über Joppe und Beinkleidern trug Elias die geflickte Kutte eines Benediktinermönchs. Ein naher Verwandter Bertls, ein Mitglied des Konvents zu Ottobeuren, der als Rotelbote unterwegs gewesen war, hatte das Gewand vor Jahren während eines Besuchs bei ihr zurückgelassen, nachdem er es durch eine Ungeschicklichkeit zerrissen hatte. Auch eine abgenutzte Reisetasche hatte Bertl ihm überlassen. Elias trug sie an einem Riemen um die Schulter. Die Alte hatte ihm ein großes Stück Käse, einen Kanten Brot sowie ein Stück Speck hineingetan und ihm darüber hinaus das Messer ihres Mannes mitgegeben.

Die Kapuze tief in die Stirn gezogen, machte sich Elias auf den Weg. Er fühlte sich verdammt unwohl in seiner Haut. Angesichts dessen, was er sich heute geleistet hatte, war damit zu rechnen, dass Büttel durch die Stadt patrouillierten, die argwöhnisch jeden begutachteten, der ihnen verdächtig vorkam, während die Torwächter ein besonders scharfes Auge auf die werfen würden, die die Stadt verließen. Elias' Ziel war das östlich gelegene Lechhauser Tor, bis dahin hatte er noch ein gutes Stück Weges vor sich. Was, wenn die Torwache ihn bereits erwartete? Die Vorstellung ließ ihn schaudern.

Aber dann kam ihm wieder einmal sein Improvisationstalent zu Hilfe. Er bemerkte unter den Leuten, die in Richtung Tor unterwegs waren, einen alten Bauern, der schimpfend und fluchend einen mit Kohlköpfen voll beladenen Handkarren hinter sich herzog. Und wusste augenblicklich, was er zu tun hatte.

»Aber, aber Gevatter, wer wird denn fluchen, das hört der Himmel gar nicht gern«, tadelte er ihn, während er an seine Seite eilte.

Der Bauer musterte ihn verdrießlich.

»Dann soll der Himmel weghören oder mir jemanden schicken, der mir beim Ziehen hilft, verflucht!«

»Ersteres tut er sicher nicht, Letzteres hat er bereits getan.«

»Wie? Was redest du da, Kuttenscheißer?!« Der Bauer war stehen geblieben.

Elias blickte verzückt zum Himmel, faltete die Hände und säuselte mit salbungsvoller Stimme: »Vergib diesem Sünder, o Herr, er weiß nicht, was er redet. Gewähre ihm die Gnade zu erkennen, wie ihm durch mich und deine allmächtige Hand Hilfe zuteilwird.«

Er drängte den Alten sacht zur Seite und packte den linken Griff der Deichsel.

»Der Himmel will, dass Ihr Euch helfen lasst. Den ›Kuttenscheißer‹ verzeiht er Euch. Ich ebenso. Aber nur einmal, verstanden? Und nun los, voran! Ihr zieht am rechten Griff, ich am linken.«

Ohne eine Erwiderung abzuwarten, zog Elias kräftig an, dem verblüfften Alten blieb nichts übrig, als der Aufforderung zu folgen.

»Wollt Ihr mir nicht ein wenig von Euch erzählen?«, suchte Elias den Bauer ins Gespräch zu ziehen, während sie sich den Torwachen näherten. Hinter einem Mönch, der mit einem alten Bauern plauderte und ihm beim Karrenziehen half, konnte sich nichts Böses verbergen. Eigentlich eine perfekte Tarnung. Tatsächlich hatte Runkl, so der Spitzname des Bauern, wie Elias erfuhr, schnell Vertrauen gefasst und plapperte sich die Seele aus dem Leib. Elias hörte nur mit halbem Ohr zu, er spürte, wie seine Anspannung stieg, während sie zügig weitergingen. Schon ließen sich die Gesichter der Torwächter voneinander unterscheiden. Obwohl reger Verkehr beim Tor herrschte, fühlte es sich für Elias an, als ob sich ihre Aufmerksamkeit einzig und allein auf ihn richtete. Pure Einbildung, wie er wusste, aber schon der Gedanke, was mit ihm geschehen würde, wenn man ihn erkannte, trieb seinen Puls in die Höhe …

Einer der Büttel, die das Tor kontrollierten, stellte sich ihnen mit der Hellebarde in den Weg.

»Na, Runkl, wieder mal wenig verkauft, auf dem Markt heute, was? Deine Kohlköpfe will wohl keiner haben«, stichelte er amüsiert. Anscheinend kannte er den Bauern. Umso besser, dachte Elias.

»Pah! Die Leute wissen nicht, was sie versäumen, wenn sie meinen Kohl verschmähen, sonst würden sie ihn mir aus den Händen reißen«, entgegnete ihm Runkl.

Ein zweiter Bewaffneter trat herzu.

»Sie wüssten nicht, was sie versäumten, sagst du? Nun, ich denke schon, dass sie es wissen, Runkl.«

Der Bauer runzelte die Stirn. »Ach ja?«

Der Büttel sah seinen Kameraden vielsagend an und zwinkerte ihm zu.

»Dein Kohl, Runkl«, wandte er sich wieder an den Bauern, »lässt einen furzen, dass es eine wahre Freude ist. Vor dem Gestank flieht sogar der Teufel.«

Beide Büttel lachten schallend, Runkl stimmte zaghaft mit ein, allerdings eher gezwungen, wie Elias vermutete.

»Was sagst du dazu, Bruder?«, wandte sich der Büttel gut gelaunt an den »Mönch«. »Du möchtest wohl auch in den Genuss von Runkls Kohl kommen, stimmt's?«

Elias zog die Kapuze tiefer in die Stirn. Er merkte, wie ihm der Mund trocken wurde.

»Wie kommt Ihr darauf?«

»Nun, um Gotteslohn bist du ihm bestimmt nicht beim Karrenziehen behilflich, oder sehe ich das falsch? Der Lohn ist … Lass mich raten: zwei Kohlköpfe, stimmt's?«

»Zwei Kohlköpfe? Mindestens zehn! Unser junger Mönch will bestimmt auch seine Mitbrüder versorgen«, mischte sich der andere lachend ins Gespräch.

»O Gott, glaubst du wirklich? Das wäre ja furchtbar.« Der Büttel sah seinen Kollegen mit einem Ausdruck gespielten Entsetzens an.

»Furchtbar? Wieso das denn?«

»Na, stell dir doch mal vor, wie es …«, der Büttel lachte prustend, »… wie es in dem Kloster stinken muss!«

Unter schallendem Gelächter winkten die Büttel die beiden durch.

Nur wenig später lagen die Mauern Augsburgs hinter ihnen, und Elias atmete auf. Hastig verabschiedete er sich von Runkl und sah zu, dass er weiterkam. Er mochte gerade mal zwei Meilen hinter sich gebracht haben, als ein innerer Impuls ihn stehen bleiben und umsehen ließ. Als er die von bläulichem Dunst umflorten Mauern und Türme der Stadt sah, erfasste ihn eine Woge tiefster Verzweiflung. Geschuldet nicht nur dem Bewusstsein, dass dies der Ort war, an dem er vor wenigen Stunden seine letzte Vorstellung als Jokulator gegeben hatte; es war etwas weitaus Gewichtigeres, das ihm die Brust zuschnürte: die bittere Erkenntnis, mit dem heutigen Tag die Geborgenheit der Truppe, die für ihn wie eine Familie gewesen war, verloren und die Menschen, die er im Lauf der Zeit schätzen und lieben gelernt hatte, enttäuscht zu haben. Nicht im Entferntesten hätte er sich vorstellen können, das Leben als Fahrender einmal aufzugeben. Was in den Gefährten, mit denen er über Jahre hinweg Freud und Leid geteilt hatte, jetzt wohl vorging? Was Meister Jörg wohl von ihm dachte?

Aber es war nun einmal so, wie es war. Was half es da zu lamentieren? Mit tränenverhangenem Blick drehte sich Elias um und ging weiter in Richtung Süden, flussaufwärts, den Lech entlang.

Noch ohne Ziel, aber fest entschlossen, ein neues zu finden.

Kapitel 33

Es dunkelte. Das letzte Licht des Tages nutzend, drang Elias in einen schmalen Waldstreifen ein, der sich zwischen Straße und Flusslauf erstreckte. Es war höchste Zeit, sich einen Unterschlupf zu besorgen. Er würde versuchen zu schlafen, würde sich am darauffolgenden Tag noch vor Sonnenaufgang vom heiseren Ruf der Stare wecken lassen und sich wieder auf den Weg machen.

Er war gestern und heute gut vorangekommen. Morgen Vormittag würde er Landsberg erreichen. Die Straße, die er benutzte – von den Römern einst *Via Imperii* genannt, wie er unterwegs mitbekommen hatte –, war stark befahren. Wie zu erwarten war, handelte es sich doch um eine Fernhandels-verbindung, die Augsburg mit den Städten des Südens bis hin nach Florenz und Rom verband. Rechtschaffen müde und hungrig, wie er war, sehnte er sich nach einem trockenen Platz, der ihm auch ein wenig Wärme schenken könnte und abgeschieden genug lag, um ihn vor unliebsamen Besuchern, egal ob Mensch oder Tier, zu schützen. Er fand ihn auf einer hügeligen Erhebung am anderen Ende des Wäldchens, das zu den Flussauen hin gelegen war, in einer Mulde zwischen zwei mächtigen Buchen. Nachdem er die Vertiefung mit Farn, Laub und Rispengras zu einem bequemen Nachtlager aus-gepolstert hatte, brauchte er seinen knurrenden Magen nicht mehr länger zu ignorieren. Er ließ sich die letzten Reste an Brot, Käse und Speck, die Bertl ihm in die Tasche gepackt hatte, schmecken, ohne lange darüber nachzudenken, was er wohl morgen zwischen die Zähne bekäme. Bald darauf war er erschöpft eingeschlafen.

Verdammt, was war das?

Erschrocken fuhr er aus dem Schlaf. Er hätte nicht sagen können, was genau ihn geweckt hatte. Nur dass es ein Geräusch gewesen sein musste. Allerdings keines, das er mit den natürlichen Stimmen des Waldes in Zusammenhang gebracht hätte. Das Rascheln von Blättern auf dem Waldboden, das trockene Knacken der Zweige im Unterholz, der Ruf eines Käuzchens oder der Flügelschlag eines Uhus waren ihm vertraut, vor ihnen brauchte er sich nicht zu fürchten.

Es war etwas anderes. Aber was, zum Henker …

Ein grauenhafter Schrei beantwortete seine Frage, noch bevor er sie in Gedanken ganz ausformuliert hatte. Entfernt zwar, aber von einer Intensität, wie ihn nur jemand von sich geben konnte, der sich in höchster Gefahr oder Todesangst wähnte: qualvoll und verzweifelt.

Dann ein lang gezogenes Rufen: »Hilfeee! Hilfeee!«

Elias war, als gefröre das Blut in seinen Adern. Unwillkürlich fühlte er sich an die Schreie aus seinen immer wiederkehrenden Albträumen erinnert.

Reglos, mit angehaltenem Atem, lauschte er in das Dunkel, während in unregelmäßigen Abständen weitere Hilferufe an sein Ohr drangen. Wie paralysiert starrte er in das Blätterdach über sich. Durch die Löcher in den Baumkronen fiel die Andeutung eines Schimmers. Zögernd wich die Nacht der heraufziehenden Dämmerung. Noch stand unscharf und bleich der Mond am Himmel; ein diffuser, milchiger Fleck vor einem verwaschenen, bläulich schimmernden Hintergrund …

Verflucht, sieh nach, du musst nachsehen! Mit jagendem Puls richtete Elias sich auf, spähte über den Rand der Senke und ließ seinen Blick über die vor dem Wäldchen gelegene Auenlandschaft wandern. Taubenetzte Wiesen, die im schummrigen Licht der heraufziehenden Morgendämmerung wie magisch glitzerten. Etwas weiter hinten: die Konturen eines Schilfgürtels und anderer flussnaher Gewächse. Der Flusslauf selbst glänzte matt; von seiner Oberfläche stiegen durchsichtige Schleier auf. Bald würde Morgennebel die Auenlandschaft einhüllen.

Ein Bild des Friedens – wäre dieses flehentliche Rufen um Hilfe nicht gewesen.

»Hilfeee! Zu Hilfeee!«

Fieberhaft ließ Elias seinen Blick über das Gelände vor sich wandern. Dann sah er ihn. Ein sich bewegender Schatten. In unmittelbarer Nähe des Ufers, unweit einer Trauerweide. Je länger sein Auge darauf verweilte, desto mehr schärfte sich sein Blick, und er konnte die Silhouette eines menschlichen Körpers ausmachen. Dort am Ufer wälzte sich jemand hin und her, wahrscheinlich vor Schmerzen. Dahinter schälte sich ein weiterer Schatten aus der Dämmerung, größer, massiger als der am Boden: die Silhouette eines Pferdes.

Elias sprang aus seinem Versteck und rannte, das Wäldchen hinter sich lassend, über das taunasse Gras in Richtung Lech. Die Schreie und Hilferufe wurden lauter. Gleich darauf sank er in Ufernähe neben einer sich vor Schmerz hin und her windenden Gestalt zu Boden. Es handelte sich um einen Mann mit kurzem grauem Bart und längerem Haar, dessen Äußeres eigentlich sehr gepflegt wirkte. Er war nicht unbedingt kostbar, aber durchaus gediegen gekleidet. Kalter Schweiß perlte auf seiner Stirn, er hatte die Augen geschlossen, stöhnte und wimmerte. »O Gott!«, murmelte Elias, als er sah, was geschehen war. Der Ärmste war mit dem rechten Fuß in ein Fangeisen geraten, eine Bärenfalle. Die gezahnten Eisenbügel waren über dem Fuß zusammengeschlagen und hatten sich durch den Stiefel hindurch in die Wade gegraben. Das hervorquellende Blut und die Tatsache, dass die Zähne der Bügel dort, wo sie in den Stiefel gedrungen waren, kaum mehr sichtbar waren, zeugte von der Gewalt, mit der die stählerne Feder die Falle hatte zuschnappen lassen. Der Mann musste irrsinnige Schmerzen leiden. Dass er mittlerweile nur noch stöhnte, war sicherlich der Tatsache geschuldet, dass ihm allmählich die Kräfte ausgingen.

»Ich versuche Euch zu helfen, Herr!«, rief Elias ihm ins Ohr.

Der Mann riss erschrocken die Augen auf, er hatte Elias nicht kommen hören. Im Schein des Feuers glänzten sie fiebrig.

»Mein Gott … Wer seid … Wer seid Ihr?«

»Elias, nennt mich einfach Elias, Herr. Und jetzt lasst sehen.« Elias beugte sich über den verletzten Fuß. Noch immer quoll Blut aus der Wunde, das im Sand versickerte, doch zumindest war die Beinschlagader nicht verletzt, der Blutverlust wäre sonst größer gewesen. Die Kenntnisse, die Elias in seiner Jugend bei Utz Herrlinger in Sachen Anatomie und Wundbehandlung erworben hatte, hatten sich in den vergangenen Jahren immer wieder mal als nützlich erwiesen. Das ganze Ausmaß der Verletzung würde sich aber erst beurteilen lassen, wenn er dem Mann die Stiefel ausgezogen hätte. Doch zunächst galt es, den Fuß aus der Falle zu befreien. Elias suchte nach dem am Fangeisen angebrachten Spannhebel, um die zahnbewehrten Backeneisen zu lösen.

»Ich … Ich habe schon versucht den Hebel umzulegen, es … Es ging nicht, ich … Ich bin nicht an ihn herangekommen, mir fehlt die Kraft«, stöhnte der Mann, der offenbar erkannte, was Elias vorhatte.

»Das werden wir gleich haben, Herr«, entgegnete Elias.
Eine Aussage, die sich sogleich als Irrtum herausstellte.

»Der Hebel bewegt sich kein bisschen, Herr. Wir müssen es anders versuchen«, keuchte Elias vor Anstrengung.

Er sah sich um, er brauchte einen schweren Gegenstand, um damit auf den Hebel einzuschlagen. Sein Auge fiel auf einen Steinbrocken im Ufersand, den er herbeischleppte.

»Ich werde es jetzt damit versuchen, erschreckt nicht.«

»Wenn Ihr nur nicht mein Bein damit trefft«, stöhnte der Mann ängstlich.

»Keine Sorge, ich gebe acht.«

Elias hob den Stein, zielte und ließ ihn mit Wucht auf den Hebel krachen. Mit einem metallischen Klacken lösten sich die Backeneisen und gaben den Fuß frei. Elias packte den Mann unter den Achseln und zog ihn rasch aus der Gefahrenzone.

Erneut stöhnte der Mann, diesmal lag Erleichterung darin.

»Ich werde Euch nun den Stiefel ausziehen, Herr, wir müssen uns um die Wunde kümmern.«

»Tut das«, nickte der Mann. »Dort drüben … steht mein Pferd. In den … In den Satteltaschen findet Ihr saubere Tücher zum Verbinden.«

Jetzt erst nahm Elias das Pferd, einen Braunen mit schwarzer Mähne und ebensolchem Schweif, genauer in Augenschein. Er stand nur ein paar Schritte entfernt in stoischer Ruhe da und zupfte mit dem Maul Blätter von einem Strauch. Rasch lief er zu dem Tier, holte die Tücher aus der Satteltasche und legte sie auf sein Wams, das er inzwischen neben dem Verletzten ausgebreitet hatte.

»Verfügt Ihr über ein scharfes Messer, Herr?«

»In meinem Gürtel.«

Elias zog das Messer aus dem Gürtel und legte es zu den Tüchern.

»Es gilt, Herr. Ich ziehe Euch jetzt den Stiefel aus. Es wird wehtun«, sagte er.

Obwohl er sehr behutsam vorging, schrie der Mann auf. Schon jetzt war ersichtlich, dass das Bein schweren Schaden genommen hatte. Als Elias den blutdurchtränkten Beinling aufschnitt, zeigte sich das ganze Ausmaß der Verletzung. Die eisernen Zähne hatten Fleisch, Sehnen und Muskeln bis auf das Wadenbein durchschlagen. Der Knochen leuchtete weiß in dem zerstörten Gewebe, doch er war anscheinend nicht in Mitleidenschaft gezogen worden.

»Ihr dürftet Glück im Unglück gehabt haben, Herr. Der Knochen scheint mir unverletzt. Die große Ader im Bein ebenso. Aber Ihr benötigt dringend ärztliche Hilfe.«

»Landsberg«, sagte der Mann mit schwacher Stimme. Er stöhnte schon weniger. Mit der Befreiung aus dem Fangeisen hatten offenbar auch die Schmerzen nachgelassen.

»Landsberg?«, wiederholte Elias fragend.

Der Mann nickte.

»Ihr … müsst Hilfe holen, Elias … in Landsberg.«

»Ich?«

Wieder nickte der Mann heftig und ergriff ihn beim Arm.

»Reitet … nach Landsberg. Ihr … Ihr könnt mein Pferd nehmen. Reitet zu … zu dem Salzhändler Arnim Halterer, bittet … Bittet ihn, mir zu Hilfe zu kommen. Sagt, Eberhard von Escher sendet Euch. Er könnte einen Wagen schicken … Ihr … Ihr könntet Euch als Führer betätigen. Es soll Euer Schaden nicht sein. Und sagt Halterer, er soll … einen Chirurgus mitbringen. Ich … Ich warte hier. Beeilt euch. Landsberg ist nur eine halbe Wegstunde von hier entfernt.« Der Mann hatte immer flüssiger gesprochen, er wurde zunehmend Herr seiner Schmerzen.

Elias nickte. »Wie Ihr meint, Herr, aber jetzt müssen wir erst Eure Wunde versorgen.«

Während er die Wunde reinigte und verband, entspann sich eine Unterhaltung zwischen ihnen, in dessen Verlauf sich der

Mann vorstellte. Eberhard von Escher sei sein Name, er sei Fernhandelskaufherr, gehöre dem Rat zu Regensburg an und habe eine Mission in Augsburg und Landsberg wahrzunehmen. Er sei vor wenigen Tagen von Regensburg nach Landsberg gereist, um Arnim Halterer, den Salzhändler, aufzusuchen. Vor knapp einer Stunde, noch vor Morgengrauen, sei er nach Augsburg aufgebrochen.

»Verzeiht meine Frage, Herr von Escher, aber weshalb reist Ihr allein? Ist das nicht zu gefährlich für einen Mann Eures Standes? Und wie kommt es, dass Ihr Euch hier am Ufer aufhaltet? Die Straße nach Augsburg liegt jenseits dieses Wäldchens.« Elias deutete mit dem Kinn in Richtung des Waldstücks, in dem er die Nacht verbracht hatte.

Der Mann hob überrascht die Brauen, noch immer litt er Schmerzen, dennoch glitt der Anflug eines feinen Lächelns über sein Gesicht.

»Ihr seid nicht auf den Kopf gefallen, junger Freund, das erkenne ich an Euren Fragen. Aber ich will Euch gerne antworten. Ich liebe das Wasser. Ich wollte ein Stück direkt am Lechufer entlangreiten. Als ich mich erleichtern wollte und aus dem Sattel stieg, bin ich in dieses verdammte Fangeisen getreten. Was den zweiten Teil Eurer Frage angeht: Es gibt Gründe, weshalb jemand wie ich es vorzieht, allein zu reisen. Insbesondere wenn man in besonderer Mission unterwegs ist.«

»Ihr seid inkognito unterwegs?«

Erneut lächelte der Mann, trotz seiner vom Schmerz gezeichneten Miene wirkte er amüsiert. »Inkognito! Sieh an, Euch ist der Ausdruck bekannt? Aber wollt Ihr mir denn nicht mehr über Euch verraten? Wer seid Ihr?«

Ein Schatten glitt über Elias' Gesicht, was dem Mann, der ihn scharf musterte, nicht entging.

»Tut das denn etwas zur Sache, Herr? Ich habe Euch geholfen, können wir es nicht dabei belassen? Wer ich bin, sagte ich Euch schon. Ich heiße Elias, nennt mich einfach Elias. Seit ich denken kann, heiße ich so.«

»Woher kommt Ihr?«

»Von überall und nirgends.« Die Antwort klang patzig.

Der Mann nickte vielsagend, er hatte verstanden.

»Würdet Ihr mir wenigstens Euer Alter verraten, junger Freund?«

»Ich bin …«, Elias zögerte, wie sollte er darauf nur antworten, »zwanzig.«

»Ich will nicht weiter in Euch drängen, Elias. Ihr könnt Euch nicht vorstellen, wie dankbar ich Euch bin. Ich wollte nur Näheres über den erfahren, der mir das Leben gerettet hat. Sollte ich das hier überleben, dann dank Euch. Aber nun reitet nach Landsberg, zu Arnim Halterer.«

Elias runzelte nachdenklich die Brauen.

»Was, wenn man mir nicht glaubt?«

Von Escher zog einen Ring vom Finger und überreichte ihn ihm.

»Zeigt ihm meinen Siegelring. Es wird ihn davon überzeugen, dass Ihr die Wahrheit sagt und ich Euch geschickt habe. Außerdem wird er mein Pferd erkennen. Und nun reitet.«

Elias hob überrascht die Brauen.

»Ihr überlasst mir Euren Ring, Herr? Einfach so? Fürchtet Ihr denn nicht, dass ich damit auf Nimmerwiedersehen verschwinde?«

Der Kaufherr lächelte matt. »Nein, ich überlasse Euch den Ring nicht einfach so. Glaubt mir, ich kenne die Menschen. Etwas in Eurem Gesicht und Eurem Verhalten sagt mir, dass ich Euch vertrauen kann.«

Elias lächelte. »Das könnt Ihr, Herr. Ich schwöre es!«

»Nun, dann reitet endlich und verliert keine Zeit«, erwiderte von Escher und lächelte zurück.

Kapitel 34

Der Abend war kühl, zu kühl für diese Jahreszeit. Im Kamin des extra für Eberhard von Escher hergerichteten Gemachs brannte ein Feuer. Die Kälte, die aus der Mauer kroch, erzeugte einen Luftstrom und ließ die Flammen unruhig flackern. Auch von den Fenstern her zog es, obwohl die mit Pergament bespannten Rahmen, die in den Maueröffnungen saßen, mit Mooszöpfen abgedichtet waren. Von Escher selbst lag, sorgfältig zugedeckt, auf einer breiten Bettstatt. Er hatte das Bein angewinkelt; der verletzte Fuß ruhte leicht erhöht auf einem mit weißem Linnen überzogenen Strohsack.

Auf einem kleinen Tisch neben dem Bett standen ein Tiegel mit Salbe, diverse Arzneifläschchen sowie zwei Becher und zwei gläserne Karaffen. In der einen war Wein, in der anderen Wasser. Daneben lag ein Stapel sauberer Tücher.

»Nehmt Platz, Elias!«

Eberhard von Escher wies mit der Rechten auf ein Faldistorium, das neben seinem Lager stand: ein Faltstuhl mit geschweiften, schön geschnitzten Scherenhölzern und einer kalbsledernen Sitzfläche.

Elias setzte sich. »Geht es Euch besser, Herr?«, fragte er.

»Es geht mir den Umständen entsprechend gut. Der Chirurgus und der Stadtmedicus haben, denke ich, ihr Bestes gegeben, nun gilt es abzuwarten. Aber ich bin zuversichtlich.«

»Das freut mich, Herr.«

»Ich habe Euch hergebeten, weil ich mit Euch über Eure Zukunft sprechen möchte, Elias.«

»Über meine … Zukunft?«

Von Escher lächelte wissend. »Lasst uns ehrlich miteinander sprechen. Ihr kennt weder Eure Herkunft, noch wisst Ihr, wer Ihr wirklich seid, habe ich recht? Und Ihr habt kein Ziel. Und wer kein Ziel kennt, läuft blind ins Ungewisse. Davor möchte ich Euch bewahren.«

»Wie … Wie kommt Ihr darauf, Herr?«

»Es ist die Art, wie Ihr mir heute, als ich Euch nach Eurer Herkunft befragte, geantwortet habt. ›Ich heiße Elias. Seit ich denken kann, heiße ich so‹, sagtet Ihr. Und Ihr würdet von überall und nirgends herkommen. So spricht nur jemand, der seine Herkunft nicht kennt und ohne Ziel hierhin und dorthin schweift. Als ich Euch nach Eurem Alter fragte, habt Ihr mit der Antwort ebenfalls gezögert. Als ob Ihr nicht wüsstet, was Ihr sagen solltet.«

Elias schwieg. Der Mann bewies Scharfsinn.

»Warum wollt Ihr Euch mir nicht anvertrauen, Elias? Ihr seid mir ein Rätsel. Vor was lauft Ihr davon? Was treibt Euch um? Ihr seid jung und intelligent, vor Euch liegt ein Leben, aus dem Ihr viel machen könnt. Aber Ihr müsst wollen. Ihr könnt sogar lesen und schreiben, wie mir mitgeteilt wurde. Arnim Halterer hat Euch dabei beobachtet, wie Ihr in seinem Kontor interessiert die Aufschriften auf den Regalen gemustert habt. Auf eine Weise, wie es nur jemand tut, der lesen und schreiben kann.«

Das stimmte. Nachdem er mit Halterer und einigen Helfern von der Bergung von Eschers zurückgekehrt war, durfte er sich auf dem weitläufigen Anwesen des Salzhändlers nach Herzenslust umsehen. Die Lagerräume und das Kontor hatten es ihm besonders angetan …

Von Escher wies mit einer Geste auf das Tischchen.

»Schenkt Euch und mir ein wenig Wein ein. Und dann erzählt mir von Euch. Ihr dürft offen sprechen, wie zu einem guten Freund. Glaubt mir, Elias, ich will Euer Bestes.«

Elias starrte eine ganze Weile nachdenklich auf das Tischchen. Vor drei Tagen erst war er überstürzt von Augsburg aufgebrochen, ohne eine klare Vorstellung davon zu besitzen, wie er sein Leben weiter gestalten sollte. Und jetzt die Aufforderung des Mannes, den er heute morgen aus einer lebensbedrohlichen Zwangslage befreit hatte, sich ihm zu offenbaren, mit dem Hinweis, er wolle sein Bestes. Er spürte, wie ihm leicht schwindlig wurde; war das alles nur ein schöner Traum?

Mitnichten! Entschlossen griff er nach der Karaffe, deren Inhalt im flackernden Licht des Kaminfeuers rot leuchtete, und goss die beiden Becher voll. Reichte einen davon dem Mann auf dem Lager, nahm selbst einen kräftigen Schluck und begann ausführlich über sein Leben zu berichten. Diesmal ließ er nichts aus …

Drei Tage später verließ ein Kobelwagen das Anwesen des Salzhändlers Arnim Halterer in Richtung Regensburg. Drei Bewaffnete bildeten den Geleitschutz.

Im Wagen selbst saßen Eberhard von Escher – der Kaufmann hatte sich überraschend schnell erholt – und Elias, welchen er in seine Obhut zu nehmen beschlossen hatte: Er würde ihn zu seinem Adlatus ausbilden lassen. Üblicherweise waren Reisen in dem mit einem Tuchverdeck überdachten Kobelwagen den Damen vorbehalten, doch da Eberhard von Escher nach wie vor der Schonung bedurfte, hatte der Landsberger Stadtmedicus ihm empfohlen, diese Art des Reisens zu wählen. Die spezielle Aufhängung des Kastens, der die Fahrgäste aufnahm, dämpfte die Erschütterungen während der Fahrt. Es hatte außerdem den Vorteil, dass sich der Kaufmann während der Reise gelegentlich der Lektüre geschäftlicher Dokumente widmen konnte.

Elias, der entgegen der Fahrtrichtung auf dem Sitzbrett saß, konnte sein Glück immer noch nicht fassen. Aber als er sah, wie sie die Landschaft Meile um Meile hinter sich ließen, begriff er, dass das Schicksal bereit war, ihm einen neuen Anfang zu gewähren.

Sechs Tage dauerte die Reise. Gegen Mittag des sechsten Tages grüßten schon von Weitem die Türme und Zinnen der freien Stadt Regensburg. Als das Gefährt rumpelnd über die Steinerne Brücke rollte, wurde Elias bewusst, dass er endgültig in seiner neuen Heimat angekommen war.

Und in einem neuen Leben.

Kapitel 35

»Magistra, Magistra, schnell, wacht auf!«

Die Stimme der alten Mechthild, der Dienstmagd Abellas, vibrierte vor Aufregung. Die Kerze in ihrer Hand warf einen flackernden Schein auf den mit weißem Linnen zugedeckten Körper, über den sie gebeugt stand.

Mit einem unwirschen Murmeln drehte sich Ranghild auf die andere Seite.

»Magistra Abellita, aufwachen! Es ist dringend!«

Ranghild wickelte sich in das Linnen, boxte sich ihr Kopfkissen zurecht und legte es sich mit einem unwilligen Stöhnen über den Kopf.

»Magistra Abellita, um aller Heiligen, wacht endlich auf!«, rief Mechthild und rüttelte die junge Frau energisch an der Schulter.

Gleichermaßen verschlafen wie ärgerlich fuhr Ranghild vom Lager hoch. Sie tat sich immer noch schwer, wenn jemand sie bei ihrem neuen Namen rief. Abellita Montini, so nannte sie sich seit einem Jahr. Abella hatte sie zu sich genommen, nachdem sich in den letzten beiden Jahren mehr und mehr ein inniges Mutter-Tochter-Verhältnis zwischen ihnen gebildet hatte.

»Was gibt es denn, Mechthild?«

»Ihr werdet zu einer Schwangeren gerufen, Magistra. Sie ist eigentlich über der Zeit. Seit Stunden liegt sie in den Wehen, das Kind will nicht kommen. Eine Hebamme ist bei ihr. Unten wartet jemand auf Euch, der Euch zu ihr bringen soll.«

Zögerlich wickelte sich Ranghild aus dem Leinentuch und setzte sich, die Hände auf die Knie gestützt, erst einmal auf die Bettkante. Die Magd entzündete zwei Öllichter, die auf dem Tischchen neben der Liegestatt standen, ging zum Fenster und öffnete die Läden. Obwohl der Tag heraufdämmerte, war es stockfinster, was der tief hängenden Wolkendecke geschuldet war, die drohend über dem Golf hing. Schwüle Luft drang ins Zimmer, fernes Grollen kündigte ein Gewitter an.

Gähnend erhob sich Ranghild und tappte zum Waschtisch.

»Um wen handelt es sich?«, fragte sie und klatschte sich mehrere Hände voll Wasser ins Gesicht.

»Ich weiß es nicht, ich soll Euch diese Nachricht übergeben. Der Bote, der unten wartet, gab sie mir.«

»Eine Nachricht?«, murmelte Ranghild, während sie ihr Gesicht abtrocknete. Skeptisch betrachtete sie die schmale Pergamentrolle, die Mechthild aus ihrer Schürzentasche gezogen hatte. Sie war mit einer Schnur umwickelt und notdürftig mit Wachs versiegelt. Ranghild runzelte die Stirn. Wer schickte schon eine schriftliche Nachricht, wenn eine Frau in den Wehen lag und um ärztliche Hilfe bat? Noch dazu versiegelt …

»Merkwürdig. Lass sehen!« Sie nahm der Magd das Pergament aus der Hand, streifte die Schnur ab, brach das Siegel und entrollte es.

Kaum dass sie es gelesen hatte, starrte sie völlig entgeistert abwechselnd auf das Schriftstück und in das Gesicht der Magd.

»Was ist, Magistra?«

Ranghild schüttelte den Kopf. »Das darf ich dir nicht sagen, Mechthild. Schnell, bring mir meinen Instrumentenkoffer und die Tasche mit den Arzneien.«

Mit fliegenden Händen kleidete sie sich an, prüfte Instrumentenkoffer und Arzneitasche auf Vollständigkeit und lief zusammen mit der Magd die Stiege hinunter, die ins Parterre des Hauses führte, das sie zusammen mit Abella bewohnte. Vor über einem Jahr hatte sie ihr Studium beendet. Wenige Wochen nachdem sie ihre Prüfung abgelegt hatte und ihr der Titel einer *magistra medicinae* zuerkannt worden war, war sie in Magistra Abellas privaten Haushalt eingezogen. Eine Entscheidung, die angesichts der engen Zusammenarbeit der beiden Frauen vor allem praktischer Natur war.

Sie traten nach draußen und querten das von einer Mauer umschlossene Grundstück. Vor dem halb geöffneten Gittertor in der Einfahrt stand ein zweirädriger, mit einer Lederplane bedachter Karren, vor den zwei Mulis gespannt waren. Daneben wartete ein bäuerlich gekleideter Mann: der Bote, der die Nachricht überbracht hatte und Ranghild zu der Schwangeren bringen sollte.

»Ist es weit?«, fragte Ranghild ihn.

»Etwa zwei Wegstunden, Magistra. Vorausgesetzt, das Wetter macht keine Schwierigkeiten. Unser Ziel liegt nördlich von hier am Fuß der Berge.«

»Und wer seid Ihr?«

»Ich heiße Salvo, Magistra.«

»In welcher Beziehung steht Ihr zu der Schwangeren?«

»Ich bin ein Nachbar. Giro hat mich geschickt, ihr Mann. Unsere Höfe liegen nah beieinander.«

»Und dieser Giro, was ist mit ihm?«

»Er ist natürlich bei seiner Frau. Zusammen mit Giovanna, der Wehmutter. Sie weiß aber selbst nicht mehr weiter.«

»Verstehe.«

Ein heftiger Windstoß fuhr heran und wirbelte Laub und Äste durch die Luft. In den Wipfeln der Kastanienbäume neben der Einfahrt rauschte es, die schlanken Zypressen im angrenzenden Garten schwankten. Ranghild band das lange weizenblonde, vom Wind gezauste Haar zu einem Knoten im Nacken zusammen, schlang ein Tuch um den Kopf und trat an die Mauer, die das Grundstück nach Westen hin begrenzte. Mit gemischten Gefühlen blickte sie über die steinerne Balustrade auf den Golf hinaus, der seine blau schimmernde Unschuld an weiß schäumende Wellenberge verloren hatte. Das Donnergrollen kam näher, am Horizont über dem Golf zuckten Blitze, erste schwere Tropfen fielen. Die Schwüle war empfindlich kühler Luft gewichen.

Mechthild trat zu ihr an die Brüstung und reichte ihr einen ledernen Regenumhang mit Kapuze.

»Ihr habt den Umhang vergessen, Magistra Abellita. Ihr werdet ihn brauchen. So wie der Himmel aussieht, dürfte das Unwetter ziemlich heftig werden.«

Ranghild nickte geistesabwesend.

»Verzeiht, Magistra, aber kann ich irgendetwas für Euch tun?«, setzte Mechthild nach. »Wollt Ihr Euch mir nicht anvertrauen? Ich mache mir Sorgen. Jetzt, da Magistra Abella nicht da ist und erst in einer Woche wiederkommt, denke ich, dass …«

»Das ist lieb von dir, Mechthild«, unterbrach Ranghild die Magd und legte ihr die Hand auf den Arm. »Aber es ist gut, alles ist gut, mach dir keine Sorgen.«

Entschlossen wandte sie sich um.

»In Gottes Namen, Salvo, machen wir uns auf den Weg.«

Kapitel 36

Wenig später ließen sie die Mauern Salernos hinter sich und schlugen einen Pfad ein, der Richtung Norden auf die Berge zuführte. Mittlerweile hatte strömender Regen eingesetzt; neben der heftig vom Himmel dreschenden Nässe erschwerten starke Böen das Vorwärtskommen. Die lederne Plane, mit der das Gefährt ausgerüstet war und die als Regenschutz dienen sollte, erfüllte ihre Aufgabe nur unvollkommen. Salvo hatte sie zwar auf beiden Seiten heruntergelassen und festgezurrt, aber der Wind blähte sie wie eine Haube und trieb den Regen in das Innere des Wagens. Die Unbill des Wetters ließ Ranghild gleichgültig über sich ergehen, ihr Geist war noch immer fassungslos und ihre Seele zutiefst aufgewühlt.

Ihr Weg führte zunächst durch hügeliges, mit dem Gehölz der Macchia bewachsenes und mit Kalksteinbrocken übersätes Gelände. Dann tauchte der Pfad in einen von Steineichen, Kastanien und Buchen dominierten Mischwald ein. In der Ferne türmten sich die regenverhangenen, verwaschenen Konturen eines Berges auf.

»Wie weit noch?«, rief Ranghild Salvo zu, der, in einen weiten Umhang gehüllt und die Kapuze tief in die Stirn gezogen, auf dem Kutschbock saß. Er wirkte stoisch wie seine Mulis, die wacker über den schlammigen Weg stapften.

»Etwa eine Meile, Magistra, dann müssen wir zu Fuß weiter.«

»Zu Fuß? Bei diesem Wetter?«

»Keine Sorge, es ist dann nicht mehr weit, und Ihr reitet auf einem der Mulis.«

Sie kamen an mehreren bestellten Feldern vorbei, die davon zeugten, dass hier Bauern ein karges Einkommen erwirtschafteten. Das letzte Stück des Weges ging es steil bergauf. Die Strecke war steinig geworden, der Karren holperte und hüpfte mehr, als dass er fuhr.

Dann aber hielt Salvo.

Hinter der Plane hervorschauend, sah Ranghild auf ein mit Gras und Sträuchern kümmerlich bewachsenes Plateau hinaus, das an drei Seiten von steilen felsigen, teils baumbestandenen Hängen begrenzt wurde. Am Horizont ragten die regenverhangenen Gipfel der Monte Picentini in den Himmel. Sie waren in den Ausläufern des Gebirges angekommen.

Klatschnass erschien Salvo auf der Rückseite des Karrens. Wasser rann ihm übers Gesicht, Rotz lief ihm aus der roten Nase.

»Wir sind da, Magistra. Die restliche Strecke reiten wir.«

Kaum dass Ranghild ausgestiegen war, drosch der Regen auf sie ein. Die vom Boden aufspritzende Nässe hatte im Nu den unteren Teil ihrer Tunika verdreckt.

Sie zog die Kapuze fester und sah sich um.

Im peitschenden Nass präsentierte sich ihr ein bescheidenes bäuerliches Anwesen, bestehend aus einem aus Feldsteinen errichteten Wohnhaus, an das ein Stall anschloss, sowie zwei kleineren Hütten. Ein paar frei laufende Ziegen und Hühner hatten in einem niedrigen Unterstand vor dem Unwetter Zuflucht gesucht. In das Meckern und Gackern mischte sich das Grunzen eines Schweins, das sich in irgendeinem Koben befinden mochte, und das Blöken einer Kuh, die, angeleint an einem Erdbeerbaum, vor sich hin graste.

»Wir reiten? Wohin?« Ranghild musste schreien, um das Lärmen des Wetters zu übertönen.

»Dort den Steig hinauf, Magistra!«, schrie Salvo zurück. Er wies auf einen schmalen Pfad, der sich steil eine Anhöhe entlangwand.

»Dort hinauf? Das heißt, die Schwangere befindet sich irgendwo dort oben in den Bergen?«

»Ja, aber keine Sorge, Magistra. Rosanna und Lisa sind äußerst trittsicher. Es sind Saumtiere, die schwierige Pfade gewohnt sind.«

Wunderbar, jetzt wusste sie wenigstens, wie die Mulis hießen. Der Kerl begann sie zu ärgern.

»Erklärt Euch näher, Salvo, und lasst Euch nicht jedes Wort aus der Nase ziehen, verdammt! Was ich wissen will, ist: Was macht die Schwangere dort oben, wenn sie doch hier auf dem Anwesen zu Hause ist?«

»Dort oben gibt es eine kleine Alm und eine Hütte, in der sie und ihr Mann Ziegenkäse herstellen. Vor zwei Tagen sind sie hinauf, um nach dem Rechten zu sehen. Dann wurde sie von ersten Wehen überfallen. Es sah danach aus, als ob das Kind käme, es kam aber doch nicht, die Wehen hörten wieder auf. Natürlich traute sie sich in diesem Zustand nicht nach unten. Seitdem kamen die Wehen immer wieder mal, aber in großen Abständen. Ihr Mann beschloss, Giovanna hinzuzuziehen.«

»Die Wehmutter?«

»Ja.«

»Und wo hat er sie so schnell auftreiben können?«

»Nun, Giovanna ist meine Frau.«

Ranghild verdrehte die Augen. Salvo war alles andere als ein Plappermaul.

»Und sie ist tatsächlich eine Wehmutter, also eine Hebamme?«

»Nicht direkt. Aber sie kennt sich aus mit Geburten. Einmal, müsst Ihr wissen, kalbte unsere Kuh, und da …«

»Schon gut, Salvo, schon gut. Sagt mir lieber, wie es dazu kam, dass man ausgerechnet mich rufen ließ.«

»Urla bat ihren Mann darum, nach Euch …«

»Wie nanntet Ihr sie gerade?«, unterbrach Ranghild ihn.

»Urla. Aber das müsst Ihr doch wissen.«

»Jaja, erzählt weiter. Ihr sagtet, Urla habe ihren Mann gebeten, nach mir zu schicken?«

»Ja, sie würde Euch von früher kennen, Ihr würdet sicher zustimmen, meinte sie. Er zögerte zuerst, aber dann entschloss er sich doch dazu und schickte mich, Euch zu holen. Er gab mir ein Schreiben mit, das Urla verfasst hatte.«

»Dann lasst uns nicht länger warten. Seht zu, dass Ihr mein Gepäck auf das Tragetier ladet, wir brechen auf.«

Salvo holte einen Pack- und einen Reitsattel aus einem der Schuppen und schnallte sie auf die Mulis. Offenbar kannte er sich auf dem Anwesen gut aus. Mit flinker Hand verstaute er Instrumentenkoffer und Ledertasche auf dem Packsattel des Lasttiers und half anschließend Ranghild auf das andere Muli. Er selbst würde zu Fuß gehen.

»Eja!«, rief er und schnalzte mit der Zunge. Das Packtier am Zügel nehmend, stieg er, gefolgt von Ranghild, den Pfad hinauf, der, je höher sie kamen, umso steiler wurde.

An einer Stelle angekommen, an der er eine enge Kehre beschrieb, blieb Salvo stehen und wandte sich um.

»Es wird jetzt besonders eng, Magistra!«, rief er Ranghild zu. »Vertraut auf das Muli, dann kann Euch nichts geschehen.«

Der Mann hatte gut reden. Was die Wege und Straßen um Salerno herum anging, war Ranghild nicht zimperlich, aber was jetzt an Zuversicht und Abgebrühtheit von ihr gefordert wurde, überstieg das, was sie gewohnt war, bei Weitem. Dazu noch dieser Regen, der ihnen um die Füße spritzte und den Felssteig tückisch glänzen ließ. Bisher war das Muli der

Glätte gewachsen. Ob das auch auf den Pfadabschnitt zu-
treffen würde, der vor ihnen lag? Was geschähe, wenn das
Tier abrutschte? Die Vorstellung entsetzte sie und jagte einen
Schauer über ihren Rücken.

Der Pfad verengte sich auf die Breite von vielleicht anderthalb Ellen, links der brüchigen Kante stürzte der Abgrund jäh
in die Tiefe. Aus der nackten Felswand zur Rechten ragten
vereinzelt Krüppelkiefern, die auf bizarre Weise ihre krum-
men Wurzeln in den Fels gekrallt hatten. Durch den strömen-
den Regen bedingt, schossen unzählige Rinnsale den Fels hinunter. Doch anscheinend kannte das Maultier diese Stelle,
Ranghild hatte den Eindruck, es würde sich besonders vorsichtig an der Felswand entlangbewegen. Trotzdem schloss
sie die Augen und öffnete sie erst wieder, als sie am Tritt des
Maultiers fühlte, dass sie sich über weichen Boden bewegten.

Sie waren in einem von hohen Felsbarrieren umschlossenen Talkessel angekommen. Wäre nicht die tief hängenden Wolkendecke gewesen, die düster und schwer auf der
Landschaft lastete – der Anblick des Tals mit seinen sanften
begrünten Hügeln, dem Bachlauf und dem lichten Buchenwäldchen hätte sie für die Strapazen des Weges durchaus entschädigen können.

Salvo strebte dem westlichen Ende des Tals zu. Dort erhob
sich ein niedriges, mit einem Flachdach gedecktes Gebäude,
das teils aus Feldsteinen, teils aus Holz errichtet war. Mehrere Bottiche standen neben dem Hauseingang, ein Unterstand barg diverse bäuerliche Gerätschaften, ein anderer bot
einer Anzahl Ziegen vor der Unbill des Wetters Schutz. In
einem aus Feldsteinen und Lehm errichteten kuppelartigen
Bau, der nach vorne hin offen war, erblickte Ranghild eine
offene Feuerstelle.

Ein junger Mann mit langem schwarzem Haar und dich-
tem Bart stürzte völlig aufgelöst aus dem Hauseingang.

»Dem Himmel sei Dank, endlich seid Ihr da, Magistra!« Er lief auf Ranghild zu und half ihr beim Absitzen.

»Ihr seid der Ehmann, nehme ich an?« In Ranghilds Frage lag eine Mischung aus distanzierter Freundlichkeit und Neugier.

»Ja, Girolamo de la Rocca ist mein Name.«

Ranghild erstarrte. Der Sohn des einflussreichen Magnaten aus Salerno, der fälschlicherweise beschuldigt worden war, Ursulina entführt zu haben; Girolamo, der damals fast gleichzeitig mit Ursulina Bosco verschwunden war. Plötzlich dämmerte es ihr. Ursulina hatte sich in der Botschaft, die sie an sie geschickt hatte, zwar als Verfasserin bekannt, aber mit keinem Wort erwähnt, dass der verschwundene Sohn eines der einflussreichsten Magnaten Salernos mit ihr eine Liebesbeziehung eingegangen war. Offensichtlich der Grund, weshalb sie in ihrer Nachricht darum gebeten hatte, Ranghild möge niemandem erzählen, wer sie gerufen hatte.

Girolamo sah offenbar, wie es in ihr arbeitete.

»Ich weiß, was Ihr Euch jetzt fragt, Magistra; erlaubt, dass ich Euch später alles erkläre. Seht um aller Heiligen willen erst nach meiner Gemahlin. Bitte kommt!«, drängte er sie und verschwand im Haus.

Ein lang gezogener Schrei drang ins Freie und riss Ranghild aus ihrem Grübeln.

»Salvo, den Instrumentenkoffer und die Arzneitasche, schnell!«, rief sie und eilte dem Mann hinterher.

Sie trat in einen Raum mit lehmgestampftem Boden. Roh behauene Feldsteine und grob gezimmerte Holzbohlen bildeten die Wände, in denen zwei unverschlossene Fensteröffnungen saßen, durch die der Wind die Nässe hereintrieb. Die Einrichtung, karg und zweckgebunden: mehrere Zuber, ein lederner Eimer, eine tönerne Amphore, an einer Wand ein Bretterregal, auf dem die Werkzeuge zur Käseherstellung lagerten, zwei Schemel. Das Dach war an mehreren Stellen undicht; auf dem Lehmboden hatten sich Pfützen gebildet. Ein erbärmlicher Ort zum Gebären.

Ursulina del Bosco lag, die Augen geschlossen, leise wimmernd und den Oberkörper halb aufgerichtet, mit gespreizten Beinen auf einem breiten Tisch, der wohl gewöhnlich als Arbeitsfläche genutzt wurde. Kalter Schweiß bedeckte die bleiche Stirn. Eine Polsterunterlage, bestehend aus zusammengebundenen Büscheln Stroh, abgedeckt mit Tüchern, darüber ein Linnen, bildete das Lager. Daneben stand ein zweiter Tisch, auf dem sich ein Zuber mit Wasser sowie ein Stoß sauberer Tücher befand. Auf einem Hocker am Kopfende des Lagers saß eine Frau mittleren Alters: Giovanna, Salvos Eheweib. Zwar war Ursulinas Leib zugedeckt, doch die extreme Wölbung des Bauches fiel Ranghild sofort ins Auge.

Girolamo beugte sich über das Haupt seiner Frau. Ranghild trat neben ihn.

»Urla, Liebes, die Magistra ist da«, sagte Girolamo mit leiser Stimme.

Die Frau öffnete unter Stöhnen die Augen, ihr Blick flackerte.

Als sie die frühere Freundin erkannte, huschte die Andeutung eines Lächelns über ihre Miene, das jedoch sofort wieder erstarb. Ranghild trat nah an sie heran.

»Ursulina«, sagte sie leise und legte ihr sanft die Hand auf die Stirn.

»Rang…hild«, flüsterte sie kaum hörbar. »Bitte … hilf mir. Dieses Kind in mir … Es bringt mich um.«

»Ich werde mein Bestes tun, Ursulina. Wir bringen dein Kind zusammen zur Welt, ich verspreche es.«

Entschlossen streifte sie den vor Nässe triefenden Regenumhang ab und reichte ihn Salvo, der ihn neben dem Eingang zum Trocknen aufhängte.

»Bringt mir zwei Zuber mit sehr heißem Wasser, eine flache irdene Schüssel und einen Krug«, bat sie Giro und krempelte die Ärmel ihrer Tunika hoch.

»Aber ja doch, Magistra, sofort. Komm, Salvo, hilf mir.« Beide verschwanden nach draußen.

»Wie steht es mit Euch, Giovanna, könnt Ihr mir zur Hand gehen?«, fragte Ranghild die Frau am Kopfende des Lagers.

Sie nickte schüchtern. »Gerne, Magistra. Verfügt über mich.«

»Erzähl mir von dir, Ursulina«, wandte sie sich mit ruhiger Stimme an die Schwangere. »Du glaubst, du bist über der Zeit? Wie viel in etwa?«

Ursulina nickte. »Vielleicht ... eine Woche?«

»Wie steht es mit den Wehen? Salvo berichtete mir, dass sie kommen und gehen, ohne dass etwas vorangeht?«

»Ja. Sie ... Sie begannen gestern Nachmittag, gleich nachdem das Fruchtwasser abging. Dann wurden sie schwächer und ... und hörten schließlich ganz auf«, berichtete sie mit matter Stimme. »Heute Nacht ... kamen sie wieder ... stark ... wie nie ...«, ein lang gezogenes Stöhnen unterbrach ihre Schilderung. »Irgendetwas stimmt nicht, Ranghild, ich fühle es«, fuhr sie schließlich fort. »Ich ... Ich habe Angst. Ich ... Ich kenne mich ein bisschen aus, ich war damals ja auch auf der *scuola*, und ich weiß, dass Komplikationen ...«, die junge Frau stockte mit tränenverhangenem Blick.

Erneut legte Ranghild die Hand auf ihre Stirn.

»Ruhig, bleib ruhig, Ursulina, beruhige dich. Es wird alles gut.«

»Magistra, das Wasser.« Girolamo und Salvo schleppten die mit heißem Wasser gefüllten Zuber an, Dampf erfüllte den Raum. »Können wir sonst noch etwas tun?«

Ranghild schüttelte den Kopf.

»Ihr, Salvo, verlasst jetzt besser den Raum. Macht noch einen Zuber Wasser heiß. Ihr, Girolamo, bleibt.« Und an die Freundin gewandt: »Ich möchte dich jetzt untersuchen, Ursulina.«

Ranghild öffnete die Arzneitasche, dem sie ein Döschen mit dem Abrieb der Seifenkrautwurzel entnahm, schüttete etwas davon in die irdene Schüssel, goss heißes Wasser hinein, wusch sich die Hände und trocknete sie mit einem Tuch.

Als sie vorsichtig das Leinen zurückschlug, das die Schwangere bedeckte, erschrak sie. Ihr geübter Blick erkannte augenblicklich, dass das Kind quer lag. Das Aussehen des extrem aufgetriebenen Leibes ließ keinen anderen Schluss zu. Es erklärte die Qualen, die Ursulina litt: Der Zerreißungsschmerz musste extreme Angst in ihr auslösen. Das Kind musste gedreht werden.

Ursulina begann wieder zu hecheln, eine neue Wehe kündigte sich an. Als wollte sie Ranghilds Befund bestätigen, warf sie den Kopf in den Nacken und ließ abermals ein durchdringendes Kreischen hören. »Ich sterbe, ich sterbe!«, schrie sie, ihr Leib bog sich unter dem heftig aufwallenden Schmerz.

Kalkweiß im Gesicht stand Giro, ihr Mann, am Kopfende des Lagers und hielt mit zittrigen Händen die Schultern seiner Frau umfasst.

»Tut etwas, Magistra! Um Himmels willen, tut etwas«, stieß er hervor. Giovanna hatte die Hände gefaltet und den Blick nach oben gerichtet, ihre Lippen bewegten sich im lautlosen Gebet.

Ranghild antwortete nicht. Stattdessen öffnete sie ihren Instrumentenkoffer und entnahm ihm einen eigenartig geformten metallenen Gegenstand, ein Spekulum, das sie in den Zuber mit heißem Wasser tauchte und mit einem frischen Tuch polierte.

Ursulina riss voller Angst die Augen auf, sie wusste, was ihr bevorstand.

»Du willst … du musst …«, stotterte sie und starrte voller Entsetzen auf das Instrument.

»Ja, das Kind liegt quer, Ursulina, ich muss es drehen. Vertrau mir«, bat sie, im Stillen hoffend, dass ihr das gelingen möge. Auch wenn sie bereits viel Erfahrung im Umgang mit Situationen wie dieser gesammelt hatte: Es blieb ein nicht unerhebliches Risiko, dass der Eingriff misslang. Ein Risiko, das zudem mit einem anderen einherging – einer Steißgeburt.

Abermals ließ eine Wehe die Schwangere verzweifelt aufstöhnen.

Ranghild entnahm der Arzneitasche ein Fläschchen mit geschrotetem Leinsamen sowie eines mit Leinsamenöl und reichte beides Giovanna. Ursulina wimmerte.

»Gebt warmes Wasser in eine Schale und bereitet mit dem Leinsamen einen Sud zu, Giovanna. Gebt einen guten Schuss von dem Öl hinein, schlagt die Flüssigkeit, bis sich beides zu einer sämigen Masse verbindet.«

Erneut bäumte sich Ursulina unter gellenden Schreien auf. Die Wehen kamen jetzt in kürzeren Abständen und wurden heftiger.

»Es ist bald vorbei, Ursulina, halte durch.«

Ranghild wies Giro an, ein Feuer im Herd zu entfachen. Vielleicht würde sie später ein Stück glühende Holzkohle benötigen.

Giovanna reichte ihr die Schale mit dem Leinsamensud. Ranghild tauchte die Hand in die ölig schlüpfrige Flüssigkeit und schmierte das Instrument sorgfältig damit ein.

»Es gilt, Ursulina. Ich werde jetzt das Spekulum einführen, um zu schauen, ob ich den Ausgang der Gebärmutter sehen kann.«

Die junge Frau wimmerte, diesmal vor Angst.

Ranghild ließ äußerste Vorsicht walten, dennoch schrie Ursulina angesichts der extrem schmerzhaften Prozedur laut auf. Gleich darauf entfernte die Ärztin das Spekulum wieder und führte ihre Hand in die Gebärende ein, erneut bäumte sich Ursulina vor Schmerzen auf. Ranghild geriet ins Schwitzen, äußerst behutsam tastete sie sich voran. Zwar hatte sie den winzigen Körper bald erspürt, dann aber ging nichts mehr voran, sie hatte ihre Grenzen erreicht: Das Kind wollte sich einfach nicht drehen lassen. Die Schwangere wimmerte, stöhnte und warf verzweifelt den Kopf hin und her.

In Ranghild wuchsen Unruhe und Zweifel. Dennoch versuchte sie sich ihre innerliche Angespanntheit nicht anmerken zu lassen. Als sie es dank ihrer schmalen, feingliedrigen Hand und der gleitfähigen Eigenschaft des Leinsamensuds endlich geschafft hatte, den Körper zu drehen, kündigte sich eine weitere Komplikation an: Das Kind war in Steißlage geraten. Hinzu kam, dass Ursulina, wie Ranghild festgestellt hatte, ziemlich schmal war.

»Ich habe das Kind drehen können, Ursulina. Den Rest müssen wir der Natur überlassen. Ich will dir nicht verhehlen, dass es schwierig wird, wir werden dein Kind aus Steißlage heraus zur Welt bringen müssen.«

Ursulina nickte matt. Ranghild wusste, dass es an der Zeit war, dass die Eröffnungswehen stärker wurden, doch dies geschah nur langsam. Zu langsam! Eigentlich mussten bald die Presswehen einsetzen, war dies nicht der Fall, war davon auszugehen, dass der Muttermund noch nicht genügend weit geöffnet war. Vielleicht sollte sie es mit Kassia versuchen?

»Holt ein Stück glühende Kohle aus dem Herdfeuer, Giro. Ich will den Schoß Eurer Frau beräuchern, sollte sich der Muttermund nicht bald weiter öffnen«, wies Ranghild den Mann an. »Giovanna, dort auf dem Regal stehen irdene Teller. Holt einen, gebt die Kohle darauf und haltet sie am Glühen.«

Beide taten wie geheißen, während Ranghild einen Tiegel öffnete, den sie der Arzneitasche entnommen hatte. Er enthielt Kassiapulver – fein zerstoßene Zimtstangen –, das sie Giovanna mit der Bitte reichte, es auf die glühende Kohle zu geben. Bald darauf breitete sich ein intensiver Duft im Raum aus.

»Zimt? Damit wollt Ihr den Schoß meiner Frau beräuchern? Und das soll helfen?«, fragte Giro skeptisch.

»Wir sollten es wenigstens versuchen. Nur wenn der Muttermund genügend weit offen steht, werden die Presswehen einsetzen und den kleinen Körper hinausbefördern«, entgegnete Ranghild und stellte den rauchenden Teller zwischen die Beine der Schwangeren.

»Lass sie, Liebster. Sie weiß, was sie tut. Es … Es ist ein Mittel, das schon Dioskurides empfahl«, bat ihn seine Frau mit schwacher Stimme.

Ranghild betrachtete sie schmunzelnd.

»Sieh an. Dir scheint noch einiges an Wissen präsent zu sein, das du an der *scuola* erworben hast.«

Ein Lächeln huschte über das Gesicht der Schwangeren.

»Durchaus – wenn auch nicht viel.«

»Gebt acht, dass sie dem Teller nicht zu nahe kommt und sich verbrennt«, wies Ranghild Giro an. »Am besten, Ihr haltet ihr die Knie.«

»Kann ich denn nichts weiter tun?«, fragte Giro ungeduldig und leicht aufgebracht.

»Doch! Euch in der Tugend der Geduld üben«, entgegnete Ranghild ungerührt.

Die Hälfte einer Stunde mochte vergangen sein, als die Eröffnungswehen sich endlich verstärkten. Ranghild hatte zwischenzeitlich damit begonnen, möglichst unauffällig weitere Instrumente herzurichten: zwei Skalpelle, eine seltsam geformte Zange, Pinzette sowie Nadel und Seidenfaden. Außerdem hatte sie eine Flasche mit einer durchsichtigen Flüssigkeit bereitgestellt: Brennwein, auch Branntwein genannt. Vor dreihundert Jahren hatte ein Mitglied des Lehrerkollegiums an der *scuola salernitana*, Magister Salernus genannt, das Verfahren der Destillation entwickelt, um aus Wein eine glasklare Flüssigkeit zu gewinnen. *Aqua ardens* hatte er sie genannt. Auf offene Wunden aufgebracht, brannte sie zwar höllisch, war aber in der Lage, die schädlichen Miasmen, die sich darin tummelten, zu vernichten und den Körper vor Entzündung oder sogar vor tödlichem Wundbrand zu schützen. Wunden, die damit behandelt wurden, heilten, unterstützt von diversen Kräuteressenzen, schneller und gründlicher ab. Auch wenn der Einsatz von Branntwein zur Wundbehandlung noch lange nicht Standard der ärztlichen Wundbehandlung war – Abella, Ranghilds Lehrmeisterin, hatte ausgezeichnete Erfahrungen damit gemacht und ihr Wissen an sie weitergegeben.

Auch Giovanna war nicht untätig geblieben: Sie hatte auf Anweisung Ranghilds den prallen Leib der Schwangeren sanft mit Hibiskusblütenöl eingerieben, um die extrem gespannte Haut elastisch zu halten und das Platzen weiterer Äderchen zu verhindern.

Das Stöhnen Ursulinas wurde lauter, panisch rollte sie die Augen. Die Presswehen hatten eingesetzt, die entscheidende Phase der Geburt stand bevor. Ihr Blick suchte zuerst den ihres Mannes, dann den der Ärztin.

»Ich glaube, es ist so weit«, meinte Giovanna. Das Beten hatte inzwischen Giro übernommen, der am Kopfende des Lagers auf die Knie gesunken war und ein Ave-Maria nach dem anderen herunterleierte.

Ranghild führte ihre Hand erneut in den Leib der Schwangeren ein.

»Ja, das denke ich auch, der Muttermund dürfte weit genug geöffnet sein«, murmelte sie.

Die Wehen kamen jetzt in immer kürzeren Abständen.

In dem Maße, wie die Intensität der Schmerzen wuchs, nahm auch Ursulinas Stöhnen zu. Den Blick konzentriert auf den Schoß der Gebärenden gerichtet, hatte Ranghild vorsorglich ihre linke Hand schützend auf den Damm gelegt. Ein kurzer Blick zum Skalpell – sollte sie schneiden? Plötzlich bäumte sich Ursulina unter einem schrillen Kreischen auf – der Steiß des Kindes drängte mit Macht nach außen, gleichzeitig spürte Ranghild, wie das Gewebe, das sie schützend umfasst hielt, nachgab und der Damm unter einem dumpfen Geräusch riss.

Ranghild verfluchte ihr Zögern, warum nur hatte sie nicht gleich geschnitten?

Unter dem panischen Kreischen Ursulinas, die spürte, wie das Blut an ihren Schenkeln entlanglief, packte Ranghild beherzt zu. Wenige Augenblicke später beförderte sie das winzige Wesen ans Licht und durchtrennte die Nabelschnur, während Giovanna gleich darauf die Nachgeburt entsorgte. Das Stöhnen der Mutter erstarb in dem Augenblick, als Ranghild ihr das Kind mit den Worten »Es ist ein Junge!« auf den Bauch legte. Den Moment, als es das Köpfchen hob und den Blickkontakt zur Mutter suchte, würde Ursulina nie vergessen.

Giro, von Glück und Entsetzen gleichermaßen überwältigt, stand am Kopfende des Lagers, streichelte das Haar seiner Frau und starrte abwechseln auf den Kleinen und das der Wunde entströmende Blut.

»M…mein Gott. Sie wird … Sie wird doch nicht etwa sterben?«, stammelte er.

»Es sieht schlimmer aus, als es ist«, versuchte sie ihn zu beruhigen, während sie Giovanna bat, Tücher auf die Wunde zu pressen, um die Blutung zu stillen. Sie würde sie gleich mit wenigen Stichen nähen. Sie entnahm ihrer Arzttasche einen mit den Bestandteilen des schwarzsamigen Schlafmohns sowie den Auszügen von Alraune, Bilsenkraut und Schierling getränkten Schlafschwamm, der an der Sonne getrocknet worden war. Diesen tauchte sie in heißes Wasser, drückte ihn leicht aus und legte ihn der Schwangeren vorsichtig auf das Gesicht. Etwas Flüssigkeit rann ihr in den leicht geöffneten Mund. Die austretenden Dämpfe würden sie betäuben und sie den Schmerz, so Gott wollte, nicht spüren lassen.

»Verzeiht, Magistra – aber durch solch einen Schlafschwamm ist vor Jahren mein Oheim verstorben, er wachte nicht mehr auf«, meinte Giro skeptisch.

»Ich verstehe Eure Sorge. Sie ist nicht ganz unbegründet. Insbesondere wenn die Dämpfe zu stark sind. Aber ich pflege sehr dosiert mit den Ingredienzien meiner Schwämme umzugehen. Unter meinen Händen ist noch niemand daran gestorben. Für den Fall, dass der Schlaf zu lange dauert, verfüge ich über Weckschwämme. Das sind mit Essig und Fenchelsaft getränkte Baumwollzapfen, die man den Patienten in die Nase schiebt und von denen sie wieder erwachen.«

Giro schwieg, doch in seinem Blick lag unverhohlene Besorgnis. Ranghild bat Ursulina, den Kleinen ihrem Mann zu überlassen, sie würde ihr jetzt den Schlafschwamm auflegen und mit dem Nähen des Dammrisses beginnen.

»Gib … Gib gut auf ihn acht, Liebster«, flüsterte Ursulina unter Qualen, als Giro ihr das Neugeborene behutsam aus den Armen nahm.

Gleich darauf entfaltete der Schlafschwamm seine Wirkung, und Ursulina dämmerte weg. Ranghild bat Giovanna, den gesamten Unterkörper der Mutter einschließlich der verletzten Scham mit warmem, abgekochtem Wasser vorsichtig zu reinigen. Wenige routiniert gesetzte Stiche genügten ihr, um die Wunde mittels Nadel und Seidenfaden zu verschließen. Anschließend nahm sie ein Tuch, tränkte es ausgiebig mit dem Branntwein und tupfte Naht und Umgebung der Wunde sorgfältig ab. Über das Gesicht der jungen Mutter glitt ein schmerzhaftes Zucken, ihre Lider flatterten, wahrscheinlich war es das Brennen, das sie erwachen ließ.

»Es ist gleich vorbei, Ursulina«, kam Ranghild ihr zuvor. »Sieh das Brennen als Zeichen der Heilung. Es verhindert, dass sich die Wunde entzündet. Ich werde sie jetzt noch mit einer Mischung aus Beinwell-, Aloe- und Arnikapulver behandeln. Das Schlimmste hast du überstanden. Den Rest überlassen wir Gott und der Natur.« Und an ihren Mann gewandt: »Gebt ihr den Kleinen wieder, Giro.«

Ein glückliches Lächeln huschte über Ursulinas Miene. Befreit von ihren ärgsten Qualen, nahm sie das Kind an ihre Brust.

Es war gegen Abend, als Ranghild wieder in Salerno ankam.

Sie hatte der Freundin noch einige Stunden der Nachsorge gewidmet. Im Verlauf der Gespräche hatten Ursulina und ihr Mann ihr den wirklichen Grund ihres damaligen Verschwindens genannt.

Ursulina und Girolamo hatten sich, Monate bevor sie sich abgesetzt hatten, kennengelernt und eine heimliche Liebschaft gepflegt. Da ihre verfeindeten Familien einer Verbindung zwischen ihnen niemals zugestimmt hätten, beschlossen sie, Salerno den Rücken zu kehren und sich an einem Ort fernab der Stadt ein neues Leben aufzubauen. Den politischen Streit der Parteien innerhalb der Stadt ausnutzend, täuschten sie eine Entführung durch den Vater Girolamos vor, ungeachtet der Tatsache, dass Giro sein Elternhaus damit in eine fatale Lage brachte. Doch sein Hass auf den Vater, der die Familie ständig tyrannisierte, sowie auf dessen ungehemmte Streitsucht und Machtgier war so groß, dass Giro keinerlei Skrupel besaß, das gemeinsame Vorhaben auf Gedeih und Verderb durchzuziehen.

Bei Nacht und Nebel waren sie schließlich aus der Stadt geflohen und hatten sich in einer schwer zugänglichen Gegend des Picentini-Gebirges niedergelassen.

»Wir leben ein einfaches, aber glückliches Leben. Ohne Zwänge und Druck von außen. Wir bauen Gemüse und Obst an und stellen Ziegenkäse her, den man uns aus der Hand reißt. Giro verkauft ihn regelmäßig auf den Märkten der Umgebung. Seit Kurzem ist er sogar einmal im Monat in Salerno.«

»In Salerno? Er geht in die Höhle des Löwen?«, hakte Ranghild erstaunt nach.

»Niemand erkennt ihn. Mein Giro hat sich einen Bart und die Haare lang wachsen lassen. Sogar einige aus unseren Familien haben schon bei ihm eingekauft, ohne ihn erkannt zu haben.«

»Fürchtet ihr denn nicht, trotzdem irgendwann aufgespürt zu werden?«

Ursulina schüttelte den Kopf.

»Und wenn schon. Weder die Buscolinis noch die de la Roccas können ein Interesse daran haben, dass unsere Verbindung bekannt wird. Noch weniger jetzt, da wir ein Kind haben. Sie würden von beiden Parteien in der Stadt nicht mehr ernst genommen werden. Insbesondere Giros Vater würde an Autorität einbüßen. Außerdem – wer sollte ihnen erzählen, dass wir uns hier in den Picentini-Bergen verborgen halten?«

Ursulina hatte die Frage gestellt, nicht ohne Ranghild einen herausfordernden Blick zuzuwerfen.

Ranghild lächelte und streichelte ihr sanft übers Haar.

»Keine Sorge. Ich schweige wie ein Grab, das schwöre ich.«

Am Nachtmittag hatte sich Salvo mit ihr auf den Rückweg gemacht, Giro hatte sie ein Stück weit begleitet. Als sie aus der Ferne die Mauern und Türme Salernos vor dem in der Abendsonne blinkenden Golf liegen sahen, verabschiedete er sich.

»Ich danke dir von Herzen, Ranghild«, sagte er; sie waren inzwischen beim Du angekommen. Seine Stimme schwankte. »Nimm das als kleinen Dank und lass es dir schmecken.«

Er zog ein sorgfältig verschnürtes, in sauberes Tuch gewickeltes Paket aus der Satteltasche und überreichte es ihr.

»Der beste Ziegenkäse weit und breit. Versprich, dass du an uns denkst, wenn du ihn genießt.«

Ranghild lächelte.

»Das werde ich, Giro. Versprochen.«

Kapitel 37

Velburg, zwischen Regensburg und Nürnberg
Februar Anno Domini 1337

Hauptmann Hans von Elmau sah nach oben. Hoch über ihm spannte sich weit, klar und eisblau der winterliche Februarhimmel. Die Farbe passte zu der schneidenden Kälte, die in seine Nase stach und ihm in Stirn und Lungen kroch. Sein Atem verwandelte sich an der kalten Luft in weiße Wölkchen. An seinem mächtigen Schnauzbart klebten gefrorene Tröpfchen wie winzige Glasperlen. Schon seit gut einer Stunde kauerte der kampferprobte, in die Jahre gekommene Haudrauf mit seinen Männern unter einem Felsvorsprung, den der Berg an dieser Stelle des Wegs ausgebildet hatte. Zwei hochgewachsene mit Raureif überzogene Tannen, die rechts des Vorsprungs ihre Wipfel in den Himmel reckten, schützten sie vor den Blicken der Karawane, die, aus Regensburg kommend, hier bald vorbeiziehen würde. Acht Bewaffnete zählte von Elmaus Trupp. Männer im einfachen Lederharnisch, mit Kurzschwertern, Lanzen und Armbrüsten ausgestattet. Wie er selbst standen sie allesamt bei Friedrich Auer zu Brennberg im Sold, dem ehemaligen Bürgermeister und einst mächtigsten Patrizier der Stadt Regensburg.

Vor wenigen Augenblicken hatte von Elmau den Männern befohlen, ihre eisernen Topfhelme abzulegen und sie mit ihren Umhängen zu bedecken. Gleich würde die Sonne hinter dem gegenüberliegenden Burgberg hervorkommen. Auch wenn ihr die Kraft fehlte, den eisigen Atem dieses Februartages zu vertreiben – ihre Strahlen könnten den metallenen Glanz der Helme spiegeln und die Gegenwart der Männer verraten. Sie würden sie erst wieder aufsetzen, wenn die Karawane an ihnen vorübergezogen und in dem weiter vorn liegenden Waldstück angekommen wäre. Dann erst wäre der Zeitpunkt gekommen, sie von hinten anzugreifen. Im Wald selbst würde Otto Steinberger mit acht Mann aus dem Unterholz brechen und sich dem Kaufmannszug in den Weg stellen. Solcherart in die Zange genommen, würde den Regensburgern keine andere Wahl bleiben, als sich zu ergeben.

Das zumindest war der Plan …

»Diese verdammte Kälte. Wir warten jetzt schon 'ne halbe Ewigkeit. Der Alte hätte doch später aufbrechen können, dann müssten wir uns jetzt nicht den Arsch abfrieren«, raunte Willibert seinem Kameraden Ortolf leise ins Ohr und rieb sich die klammen Hände. Er und Ortolf waren die jüngsten im Trupp.

Von Elmau, ein Ritterbürtiger, der einst Burg und Heimat verloren hatte, sich seitdem als Söldner verdingte und schon seit vielen Jahren im Waffendienst stand, wandte den Kopf und funkelte ihn böse an. Trotz seines fortgeschrittenen Alters verfügte er noch immer über scharfe Augen und ein ausgezeichnetes Gehör.

»Wirst du wohl aufhören rumzuzicken, du Missgeburt! Wenn dir schon das bisschen Kälte zu schaffen macht, geh nach Hause zu Mutter und häng dich an ihren Rockzipfel. In deinem Alter friert man sich nicht den Arsch ab, da hat man noch genügend Feuer im Hintern. Was soll denn ich sagen? Oder die anderen? Noch ein Widerwort gegen deinen Hauptmann, und du verlierst Anstellung und Sold, verstanden?!«, wies ihn von Elmau scharf zurecht.

»Schon gut. Verzeiht, Hauptmann, ich hab's nicht so gemeint«, knurrte Willibert eingeschüchtert, offenbar hatte er das Gehör seines Anführers gewaltig unterschätzt. Die anderen aus dem Trupp grinsten.

Gestern Abend erst hatte Hans von Elmau Befehl erhalten, sich an dieser Stelle der Straße auf die Lauer zu legen. Eine Karawane des Fernhandelskaufmanns Eberhard von Escher aus Regensburg, so war dem Auer gemeldet worden, habe sich auf den Weg Richtung Nürnberg gemacht und werde die unterhalb der Velburg gelegene Straße in den Morgenstunden passieren. Friedrich Auer zu Brennberg höchstpersönlich – ihm und einigen anderen Angehörigen der Familie gehörte die Burg – hatte den Befehl dazu erteilt. Dem Auer ging es dabei weder um die Ware noch ums Geld; von Letzterem hatte er mehr als genug. Der Grund war ein anderer.

Vor zwei Jahren waren der Bürgermeister Friedrich Auer zu Brennberg sowie Friedrich Auer von Adelburg, seines Zeichens Probstrichter, von den Regensburger Bürgern samt ihrem Anhang gewaltsam aus der Stadt gejagt worden. Letztgenannte hatten von der diktatorischen Auerherrschaft die Nase gestrichen voll. Die Auer waren nämlich glühende Anhänger Kaiser Ludwigs, und der wiederum lag mit der freien Stadt Regensburg gehörig über Kreuz. Was nicht verwunderte angesichts seiner ständigen Bemühungen, sie in seine Gewalt zwingen zu wollen. Insbesondere Friedrich Auer zu Brennberg, ein Liebling Ludwigs, der diesen in seinen Bemühungen unterstützte, hatte den Regensburgern voller Wut den Fehdehandschuh hingeworfen. Seine Burgen als Stützpunkt nutzend, setzte er der Stadt zu, wo er nur konnte. Bald war kein Transport vor den in seinem Sold stehenden Wegelagerern mehr sicher. Es sei denn, es handelte sich um Kaufleute und Angehörige des Patriziats, die ihm gewogen waren; nach wie vor gab es nämlich nicht wenige, die ihm innerhalb der Stadt die Stange hielten. Manche taten dies offen, manche insgeheim.

Hans von Elmau hatte ihn nach der Vertreibung aus der Stadt loyal unterstützt. Bereits Jahre zuvor war er als einer der sogenannten Muntmannen, einer Art Leibgarde, im Dienst des Auers beschäftigt gewesen. An seiner Loyalität ihm gegenüber hatte sich bis zum heutigen Tag nichts geändert.

Gedankenverloren richtete der Hauptmann seinen Blick auf den Burgberg, der sich in einiger Entfernung hinter bewaldeten Hügeln auf der anderen Seite des Weges erhob. Die Silhouette der Velburg mit ihren Mauern und dem Burgfried hob sich stolz gegen den eisblauen Himmel ab. Gestern Nachmittag war er nach dort oben bestellt worden, um den Befehl des Auers entgegenzunehmen, der sich seit einigen Tagen auf der Burg aufhielt.

Ein entferntes Geräusch unterbrach seinen Gedankengang und ließ ihn plötzlich aufmerken. Seine Rechte zuckte in die Höhe, das Zeichen für die anderen achtzugeben. Konzentriert lauschte er in die kalte Luft. Pferdeschnauben, Rufe. Das Knirschen von Rädern auf dem gefrorenen Weg. Achsen quietschten, ein Zugochse brüllte …

»Es gilt, Männer, aufgepasst! Sie nähern sich!«

Kapitel 38

»Und Ihr glaubt tatsächlich, dass der Kaiser den Auer weiter unterstützen wird? Jetzt, da das Schwein immer mehr dazu übergeht, seiner Rache zu frönen, indem er Stadt und Rat mit seinen Wegelagereien das Leben schwer macht?«

Wütend schlug Elias auf den Sattelknauf. Er sollte den Warentransport ein Stück weit begleiten. Vier Wagen beladen mit Tuchen, Seide, seltenen Gewürzen und Wein. Die Karawane war im Auftrag Eberhard von Eschers nach Prag unterwegs. Außer den acht Fuhrknechten reisten noch zehn Bewaffnete zu Pferd mit, die den Begleitschutz stellten. Von Escher hatte sie gegen guten Sold angeworben. Fünf von ihnen bildeten die Nachhut, sie ritten unmittelbar hinter Elias und seinem Gesprächspartner, die anderen fünf führten den Zug an. Elias – er galt als Neffe Eberhard von Eschers und hatte es inzwischen im Haus des Fernhandelskaufmanns weit gebracht – würde sich in Nürnberg vom Tross trennen und in der Stadt mit einem langjährigen Geschäftspartner von Eschers einen wichtigen Vertrag verhandeln.

»Nun ja, Ihr wisst, Elias, dass es durchaus im Interesse des Kaisers liegt, der Stadt das Leben schwer zu machen«, antwortete ihm Bodo Gangkofer. Der in Geschäftsdingen und der Politik erfahrene und in seinen Entscheidungen weitsichtige Mann mit dem eisgrauen Bart führte einen großen Teil der Geschäfte im Haus des Kaufmanns. Von Escher hatte ihn Elias in den vergangenen Jahren als Lehrer an die Seite gestellt, und dieser hatte viel von dem besonnenen, intelligenten Mann gelernt.

»Ludwig strebt nach größerer Machtfülle«, fuhr Gangkofer fort. »Er will mehr Einfluss auf die Stadt nehmen können. Und auf deren Pfründe natürlich. Regensburg ist wie eine Insel; die Stadt ist in ein Umfeld gebettet, das vom Kaiser dominiert wird. Er liegt schon länger auf der Lauer und umkreist sie wie der Fuchs den Hühnerstall. Er ist ja nicht nur deutscher König und römischer Kaiser, sondern auch Herzog von Oberbayern. Schon von daher wäre es ihm am liebsten, wenn er die Stadt seinem Territorium einverleiben könnte. Seine Taktik ist es, die Verhältnisse innerhalb der Mauern zu destabilisieren. Er möchte Rat und Bürger mürbe machen. Wie sonst sollte seine Zusammenarbeit mit dem Verband der äußeren Bürger zu erklären sein?«

»In dem diese verdammte Auersippe den einflussreichsten Teil darstellt, diese elende Brut«, ergänzte Elias finster.

»Ja, ich fürchte, von dieser Seite wird noch einiges auf uns zukommen.«

Elias teilte Gangkofers Befürchtungen. Im Verlauf der mehr als drei Jahre, die er bereits im Dienst von Eschers zugebracht hatte, hatte er mitbekommen, welchen Einfluss der vom Kaiser protegierte äußere Bürgerverband hatte und wie effizient er gegen die Interessen der Stadt arbeitete. Unterstützt von vielen Sympathisanten innerhalb der Mauern, die zu den Auern und anderen hielten, die die Stadt mit ihnen verlassen und sich auf ihren Gütern im Umfeld der Stadt niedergelassen hatten, besaß der Verband eine erhebliche Macht. Hinzu kam, dass die Auer in der benachbarten, am Nordende der steinernen Brücke gelegenen Siedlung Stadtamhof ständig präsent waren, gewissermaßen in Sichtweite. Eine geradezu groteske Situation, die dem Rat der Stadt tagtäglich bewusst machte, wie nah die Gefahr war. Es lag auf der Hand, dass diese unmittelbare Nachbarschaft für die Auerpartei einen großen Vorteil darstellte, barg sie doch ein erhebliches Potenzial für feindselige Aktivitäten. Dazu musste die Stadt, physisch gesehen, nicht unbedingt selbst im Fokus stehen. Kenntnisse über bevorstehende Warentransporte zum Beispiel waren schnell und zuverlässig zu erlangen. Vergebens trachtete der Rat danach, die Auer von dort zu vertreiben, markierte das nördliche Ende der Brücke doch zugleich den Beginn des Herrschaftsgebiets des Herzogtums Oberbayern und damit Kaiser Ludwigs …

»Ich verstehe die Haltung des Kaisers nicht«, insistierte Elias weiter, nachdem sie eine Weile stumm nebeneinanderher geritten waren. »Immerhin ist Ludwig als Vermittler zwischen dem Rat und den Auern tätig geworden. Sowohl im vergangenen Jahr und noch mal vor wenigen Monaten. Und da soll er mit ihnen zusammenarbeiten?«

»Das ist richtig. Er hat sich seine Vermittlerdienste bezahlen lassen. Dreihundert Pfund Pfennige hat er dafür kassiert. Allerdings hat er auf Dauer keine Änderung bewirkt, zweimal ein kurzer Waffenstillstand, das war alles. Ich denke, mehr lag auch nicht in seiner Absicht. Er arbeitet nach wie vor mit den Auern und dem äußeren Bürgerverband zusammen, er braucht sie für seine politischen Ziele.«

»Politik! Welch schmutziges Geschäft!«, entgegnete Elias voller Abscheu.

»Und doch bestimmt sie die Welt, wir alle können nur …«

Ein sirrendes Geräusch schnitt ihm das Wort ab, mehrere gefiederte Armbrustbolzen flogen dicht über die Köpfe der beiden Männer durch die kalte Luft und durchschlugen mit dumpfem Aufschlagsgeräusch die Abdeckplane des vor ihnen fahrenden Planwagens. Chaos unmittelbar hinter ihnen: Rufe, Geschrei, Flüche. Hufe stampften, Pferde wieherten.

Elias und Bodo rissen entsetzt die Gäule herum. Zwei der

fünf Waffenknechte, die die Nachhut bildeten, waren vom Pferd gestürzt. Einer lag reglos am Boden, der andere saß auf dem Hintern und starrte, vor Schmerz schreiend, auf den gefiederten Bolzen, der in seinem linken Oberarm steckte. Die reiterlosen Pferde tänzelten verstört im Kreis herum. Die anderen drei Bewaffneten versuchten sich vom Pferderücken herunter mit gezückter Lanze den Wegelagerern entgegenzustellen, die wie aus dem Nichts aufgetaucht waren und mit drohendem Gebrüll und gezogenen Schwertern auf sie zurannten.

»Durchhalten, Kameraden, haltet durch, wir sind zur Stelle!«, hallte eine kräftige Stimme durch die kalte Luft. Sie gehörte Bruno, der an der Spitze der Männer, die die Vorhut bildeten, angaloppiert kam. Der Lärm am Ende des Zugs hatte ihn zusammen mit den anderen vier nach hinten preschen lassen.

Die Lanzen im Anschlag, die Kurzschwerter schwingend, galoppierten er und seine Männer auf die Wegelagerer zu. In das Brüllen und Fluchen der aufeinanderprallenden Parteien mischte sich das metallische Klirren aufeinander einschlagender Schwerter und Lanzen.

»Es gilt, Elias, kommt, zeigt, was Ihr gelernt habt!«, brüllte Bodo Gangkofer und zog ebenfalls sein Schwert. Elias wusste, was er meinte. Gangkofer hatte im Auftrag von Eschers nicht nur für seine Ausbildung in geschäftlichen Dingen gesorgt, sondern ihn auch an den Waffen und in der Reitkunst ausbilden lassen.

Er riss sein Schwert aus der Scheide. Blickte um sich und bemerkte, wie zwei Wegelager sich von hinten an Bruno heranmachen wollten, um ihn vom Pferd zu reißen. Mit einem wütenden Knurren preschte er auf die beiden zu …

Plötzlich fühlte er sich von einem der Angreifer selbst am rechten Bein gepackt, ein anderer riss an seinem Steigbügel.

Elias gab seinem Rappen die Fersen, versuchte davonzusprengen. Vergeblich, die beiden Männer klammerten sich eisern an ihn, ließen sich sogar einige Schritte weit mitschleifen.

Jetzt erst bemerkte er voller Schrecken, dass sich ein halbes Dutzend weiterer Schnapphähne auf dem Kampfplatz tummelte. Sie mussten von der Spitze des Zuges gekommen sein. Schlagartig begriff er, dass man dem Tross eine Falle gestellt und ihn in die Zange genommen hatte. Nicht ahnend, dass sich ein zweiter gegnerischer Trupp vorne im Wald versteckt hielt, war die Vorhut nach hinten geeilt, um den Kameraden der Nachhut beizustehen.

Sein Pferd bäumte sich steil auf, er stürzte aus dem Sattel. Mehrere Hände zerrten ihn vom Boden hoch und bogen ihm die Arme nach hinten, um ihn zu fesseln.

Mittlerweile hatten sich auch die Fuhrknechte ins Getümmel gestürzt. Sie hielten sich recht wacker, waren aber ohne jede Chance. Einer von ihnen lag in seinem Blut, ihm war der Schädel zertrümmert worden. Elias sah, wie zwei Mann Bodo Gangkofer – auch er war wohl aus dem Sattel gezerrt worden – fesselten und ihn an seine Seite schleiften. Einer der Wegelagerer kam auf sie zugelaufen: Hans von Elmau, der Anführer. Elias war ihm noch nie zuvor begegnet, er erkannte den berüchtigten Hauptmann aber an dem mächtigen Schnauzbart, der ihm weit über die Lippen nach unten hing und den Mund dahinter nur erahnen ließ. Darüber hinaus war er besser gekleidet und bewaffnet als der Rest seines Trupps.

Während jeweils zwei der Schnapphähne Elias und Gangkofer hart an den Armen gepackt hielten, eilte von Elmau an die Seite Elias' und legte ihm die Schwertklinge an den Hals. Der Kampf hatte sich inzwischen zum Vorteil der Angehörigen des Geleitschutzes entwickelt.

»Ergebt euch, Männer! Oder die beiden hier sterben!«, brüllte der Hauptmann. Und barsch an Gangkofer gewandt:

»Befehlt Euren Männern, die Waffen niederzulegen, oder, bei Gott, der Jüngling hier und Ihr tut gleich Euren letzten Atemzug!«

»Legt die Waffen nieder!«, rief Gangkofer den Männern des Geleitschutzes zu.

Solcherart aus dem Kampfgeschehen herausgerissen, das sich immer deutlicher zu ihren Gunsten wendete, gehorchten sie nur widerwillig. Klirrend landeten Schwerter, Messer und Lanzen auf dem gefrorenen Boden.

Noch immer schwebte die Klinge von Elmaus am Hals Elias'.

»Nehmt die Waffen und verstaut sie auf den Wagen!«, befahl der Hauptmann seinen Leuten. »Fesselt einen an den anderen, dann ab im Gänsemarsch zur Burg.«

Jetzt erst ließ er sein Schwert sinken und trat mit maliziösem Lächeln direkt vor seine Gefangenen hin.

»Ihr werdet jetzt mit uns kommen. Herr von Auer gewährt Euch die Ehre einer Audienz«, sagte er und vollführte eine ironische Verbeugung.

»Dein Sarkasmus wird dir noch vergehen, du Hurensohn, du dahergelaufener! Einen Handelszug Eberhard von Eschers überfällt man nicht ungestraft«, schoss es Elias unbeherrscht über die Lippen, während er wütend an seinen Fesseln zerrte.

In die grauen Augen des Hauptmanns trat ein gefährliches Flackern. Er stellte sich nah vor Elias hin und packte ihn fest beim Kinn.

»Dahergelaufen? Ich bin dahergelaufen?«, zischte er ihm wütend ins Gesicht. »Hüte deine Zunge, junger Mann. Bist nicht vielmehr *du* ein Dahergelaufener? Wird nicht gemunkelt, dass du ein ehemals Fahrender bist, ein Unehrlicher?«

Elias erschrak. Wie konnte der Mann davon wissen?, fragte er sich. Andererseits wusste er, wie schnell ein sorgsam gehütetes Geheimnis, das man sicher unter Verschluss wähnte, ans

Licht der Öffentlichkeit gelangen konnte. Ehe man sichs versah, pfiffen die Spatzen es von den Dächern. Doch er schwieg. Nur das Wetterleuchten in seiner Miene verriet, wie sehr es in ihm arbeitete ...

Der Hauptmann ließ von ihm ab und wandte sich wieder seinen Leuten zu.

»Fertig machen, Männer! Wir brechen auf.«

Kapitel 39

Sie passierten das Burgtor um die Mittagszeit. Hans von Elmau wurde auf der Burg wie ein siegreicher Feldherr empfangen. Der Überfall hatte drei Männer das Leben gekostet: zwei der im Sold Eberhard von Eschers stehenden Angehörigen des Begleitschutzes sowie einen aus dem Trupp Hans von Elmaus. Ein knappes Dutzend anderer war verwundet worden, zwei davon schwer. Die Waren, die der Transport mitgeführt hatte, hatte man in einem geräumigen unterirdischen Gewölbe untergebracht.

Sämtliche Begleiter des Handelszuges, Fuhrleute wie Waffenknechte, hieß man, ungeachtet der beißenden Kälte und der teils erheblichen Blessuren, die einige davongetragen hatten, sich im Burghof auf dem Boden niederzulassen. Hier hatte man sie an zwei langen, auf schweren Holzböcken ruhenden Stangen festgebunden. Da ging es den beschlagnahmten Pferden noch besser, sie waren wenigstens im warmen Stall der Burg untergekommen. Zwar würden die Männer spätestens morgen wieder freikommen, bis dahin aber würden sie in dieser unbequemen Lage ausharren müssen.

In seinen pelzgefütterten Umhang gehüllt, stand Elias im obersten Geschoss des Wohnturms am Fenster des Dachgemaches, in das man ihn gesperrt hatte, und dachte nach. Außer einer Magd hatte sich bisher niemand bei ihm blicken lassen. Wie es aussah, würde er die Nacht auf der Velburg verbringen. Die Magd hatte Feuer im Kamin entzündet und eine Schüssel

Wasser nebst Seifenkugeln und frischen Tüchern auf dem Tisch neben der Bettstatt abgestellt – offensichtlich betrachtete ihn der Auer als privilegierten Gefangenen. Aber was, zum Teufel, hatte er mit ihm vor? Und was war mit Gangkofer? Seit Stunden beschäftigte ihn die Frage. Gedankenverloren ließ er seinen Blick in die Weite schweifen. In der kalten Februarsonne des Spätnachmittags präsentierte sich die reifglitzernde Landschaft seinem Auge in seltener Klarheit und Schärfe. Bald würde es dämmern, die Schatten würden länger werden und sich im Dunkel der Nacht auflösen.

Elias fror. Trotz des Umhangs rieselte ein Kälteschauer über seinen Rücken. Er nahm den mit Pergament bespannten Rahmen, der unter dem Fenster an der Wand lehnte, hängte ihn an den dafür vorgesehenen Haken in die Öffnung und schloss die Läden. Dann zog er den zweiteiligen, aus Fellen genähten Vorhang, der rechts und links des Fensters von der Decke hing, zu. Auch wenn es nun dunkel im Raum war: Wenigstens der Kälte war Einhalt geboten. Zumindest soweit sie nicht aus der Mauer kroch.

Elias ging zum Kamin und ließ sich auf den Fellen nieder, die in sicherer Entfernung von dem offenen Feuer auf dem Bohlenboden lagen. Er spürte, wie ihm die Lider schwer wurden. Das Dunkel im Raum, das beruhigende Flackern des Feuers und die davon ausgehende Wärme, nicht zuletzt die Strapazen der vergangenen Stunden ließen ihn im Nu wegdämmern.

Jemand rüttelte an seiner Schulter. Erschrocken fuhr Elias vom Lager hoch.

»Herr van der Heyden, Seine Gnaden erwartet Euch. Ich soll Euch zu ihm bringen.«

Der Mann, der ihn geweckt hatte, ein älterer Bediensteter, stand mit einem silbernen Öllicht vor ihm. »Herr van der Heyden« hatte er ihn genannt. Elias hatte sich immer noch nicht an den Namen gewöhnt, unter dem Eberhard von Escher, sein Mentor, ihn in die Regensburger Gesellschaft eingeführt hatte. Er sei der Sohn seines Bruders, hatte er behauptet, dieser habe ihn gebeten, ihn unter seine Fittiche zu nehmen. Das war eine Lüge, aber zugleich eine Aussage, die sich nicht verifizieren ließ; Eschers Bruder – nur so viel war allgemein bekannt – hatte sich vor Jahrzehnten irgendwo in Flandern niedergelassen und seinen Namen in van der Heyden geändert. Dass sein Bruder völlig verarmt gestorben war, hatte Eberhard niemandem auf die Nase gebunden. Außer Elias wusste niemand davon, selbst Gangkofer nicht. So war es verhältnismäßig einfach gewesen, Elias zu einer neuen Identität zu verhelfen.

»Seine Gnaden?«, fragte Elias nach und rieb sich die Augen.

»Friedrich von Auer zu Brennberg, junger Herr. Er gewährt Euch die Ehre, mit ihm zu Abend zu speisen.«

Elias sprang vom Boden hoch, fuhr kurz mit den Fingern durch seinen Haarschopf und sah den Mann mit einem mokanten Lächeln an.

»Friedrich von Auer zu Brennberg erwartet mich zum Abendessen, sieh an«, entgegnete er ironisch. »Und das soll eine Ehre sein? Wie nanntest du ihn gerade? ›Seine Gnaden‹?«

Der Mann nickte und sah ihn fest an. »So nannte ich ihn. Und ich empfehle Euch, ihn ebenso anzureden. Er entstammt einem alten Geschlecht. Es ist edler und älter als das Eure. In Regensburg hasst man ihn zwar, aber man fürchtet ihn auch. Und das zu Recht, wie Ihr wohl wisst.«

Der Mann hatte ruhig und beherrscht gesprochen. Aber in seiner Art lag etwas Drohendes, was Elias veranlasste, sich die despektierliche Bemerkung, die ihm auf der Zunge lag, zu verkneifen.

Nachdenklich kaute er auf seiner Unterlippe herum.

»Und Bodo Gangkofer? Wird er dabei sein?«

»Soviel ich weiß, nicht.«

»Was ist mit ihm?«

Wieder sah ihm der Mann fest in die Augen.

»Seine Gnaden wird es Euch mitteilen, wenn es beliebt. Und nun kommt!«

Sie gingen die Wendeltreppe hinunter ins erste Turmgeschoss. Der Bedienstete öffnete eine Tür, durch die sie in einen behaglich eingerichteten Raum traten, dessen Wände und Decke holzgetäfelt waren. Auch hier brannte in einem offenen Kamin ein Feuer. Friedrich von Auer stand mit dem Rücken zur Tür an einem Schreibpult; darauf ausgebreitet mehrere Pergamentbögen und Schreibutensilien. Was Elias erstaunte, waren die beiden bleiverglasten Fenster: Hier hatte jemand keine Kosten gescheut, um zumindest einen Teil der Räume mit einem gewissen Luxus auszustatten.

»Herr van der Heyden, Euer Gnaden«, sagte der Diener mit einer Verbeugung.

Hinter Elias fiel die Tür mit leisem Klacken ins Schloss, der Diener hatte den Raum verlassen. Von Auer wandte sich um. Elias erblickte einen Mann, dessen von grauen Strähnen durchzogenes schwarzes Haar in Wellen bis auf die Schultern fiel. Eine kostbare pelzverbrämte Stola lag um seinen Hals, er trug einen weißen Hausmantel aus feinem Leinen, der fast bis zu den Knöcheln reichte und an der Hüfte von einem goldbestickten Gürtel zusammengerafft wurde. Seine Füße steckten in goldbestickten Schnabelschuhen. In dem bartlosen Gesicht mit der hohen Stirn, der Hakennase und den schmalen Lippen vermeinte Elias Hochmut, aber auch eine gewisse Neugierde zu erkennen. Für ihn war es die erste direkte Begegnung mit dem machtbesessenen Patrizier, der Regensburg vor zwei Jahren mitsamt seinem Vetter, dem Probstrichter, und dem restlichen verwandtschaftlichen Anhang sowie weiteren Getreuen hatte verlassen müssen.

»Setzt Euch, Herr van der Heyden. Ihr seid mein Gast«, forderte ihn der Auer mit sonorer Stimme auf und wies auf einen der Stühle seitlich des Tisches. Er selbst ließ sich an der Stirnseite nieder und betätigte ein silbernes Glöckchen, das neben dem Leuchter stand.

Eine Magd klopfte an die Tür und betrat den Raum mit einer tiefen Verbeugung.

»Du kannst servieren, Tilda«, wies von Auer sie an. Er stellte einen Zinnpokal vor Elias, einen anderen vor sich hin, griff zur Weinkaraffe und schenkte ein.

»Kein gewöhnlicher Bayernwein, ein vollmundiger Trebbiano aus Florenz, ein wirklich edler Tropfen. Aber wem sage ich das. Ihr kennt die Güte italienischer Weine, Ihr handelt schließlich damit. Auf Euer Wohl!«, prostete er Elias zu.

Der machte keinerlei Anstalten, den Pokal auch nur anzurühren. Stattdessen lehnte er sich im Stuhl zurück und verschränkte die Arme vor der Brust.

Von Auer hielt inne. »Ihr mögt keinen Wein?«, fragte er irritiert.

»Wein, an dem Blut klebt, schmeckt mir nicht«, entgegnete Elias.

Der Auer verzog die Lippen zu einem dünnen Lächeln.

»Nun, da kann ich Euch beruhigen. Dieser Wein stammt nicht aus irgendeiner von mir beschlagnahmten Warenlieferung. Ich habe ihn regulär eingekauft.«

»Verstehe! Ihr deklariert Eure verbrecherischen Raubzüge als ›Beschlagnahmung‹, um ihnen den Anstrich der Legalität zu verleihen?«

Der spöttische Ausdruck in der Miene des Auers verschwand augenblicklich. Er beugte sich über den Tisch und zischte erbost: »Ihr müsst noch viel lernen, junger Herr. Man hat mich widerrechtlich aus meiner Stadt vertrieben. Ich habe das Recht, mich dafür an denen, die dies verschuldet haben, schadlos zu halten. Eine gerechte Politik der Vergeltung.«

Doch so schnell, wie die Wut aus ihm herausgebrochen war, so schnell hatte er sich auch wieder in der Gewalt. Er lehnte sich lässig in seinen Stuhl zurück, nahm einen Schluck Wein und stellte den Pokal betont sachte auf dem Tisch ab.

»Lasst uns über Geschäftliches reden«, fuhr er in ruhigem Ton fort. »Ich habe Euch – besser gesagt, dem, den Ihr vertretet – ein Angebot zu machen.«

»Ein Angebot? Ihr lasst einen Transport aus dem Hause Escher überfallen, Eure verdammten Wegelagerer töten zwei unserer Leute, Ihr verschleppt Bodo Gangkofer und mich in Euer räuberisches Felsennest und sprecht von einem Angebot, das Ihr Eberhard von Escher machen wollt?«

»Wie wäre es, wenn Ihr erst einmal zuhören und Eure unbeherrschte Zunge zügeln würdet? Ich weiß, Ihr habt in den drei Jahren, in denen Ihr in Regensburg seid, eine vorzügliche Ausbildung genossen. Geduld und die Fähigkeit zuzuhören, bevor man sich ein Urteil bildet, hat man Euch aber anscheinend nicht beigebracht. Das Angebot, von dem ich spreche, könnte die Unannehmlichkeiten, die Ihr und Euer Oheim heute erlitten habt, mehr als wettmachen.«

Mehr als wettmachen …

»Nun, dann nennt mir Euer … Angebot«, knurrte Elias widerwillig. »Aber vorher sagt mir gefälligst, was Ihr mit Bodo Gangkofer gemacht habt. Wo ist er? Warum ist er nicht hier?«

»Er befindet sich an einem sicheren Ort, und es geht ihm gut. Sobald ich gewiss sein kann, dass Eberhard von Escher auf mein Angebot eingeht, kommt er frei.«

»Ihr wollt meinen Oheim erpressen? Das nennt Ihr ein Angebot machen?«, zischte er und schlug mit der Faust auf den Tisch.

Von Auer scherte es nicht, er war die Ruhe selbst.

»Beruhigt Euch, junger Heißsporn. Es ehrt Euch, wenn Ihr Euch für Euren Oheim und für Bodo Gangkofer einsetzt, aber begreift endlich, dass Ihr nicht in der Position seid, Bedingungen stellen zu können. Ihr werdet gleich erfahren, dass es außerordentlich lohnend ist, auf mein Angebot einzugehen.«

Friedrich von Auer erhob sich und fing an, mit auf dem Rücken gekreuzten Armen im Raum hin und her zu gehen.

»Ihr wisst, dass Euer Oheim sich schon seit Längerem um das Amt des Hansgrafen bemüht. Bisher ist er grandios damit gescheitert. Ihr wisst auch, welche Vorteile es für das Haus Escher hätte, würde Eberhard das Amt bekommen. Richtig?«

Elias schwieg, aber er merkte auf. Was der Auer sagte, war richtig. Eberhard hatte immer wieder seine diesbezüglichen Ambitionen bekundet. Der derzeitige Hansgraf würde aufgrund von Alter und Krankheit seine Aufgaben nicht mehr lange wahrnehmen können, die Chancen Eberhards standen aber alles andere als gut, um nicht zu sagen: denkbar schlecht. Für die Nachfolge des bisherigen Amtsinhabers wurden andere gehandelt. Das Amt des Hansgrafen war eine der mächtigsten Positionen, die innerhalb Regensburgs zu vergeben waren. War der Hansgraf, sprich der Vorsteher des Rates der Hanse, doch zugleich der Vorstand des Verbundes der Fernhandelskaufleute und parallel dazu auch Richter in Innungsangelegenheiten. Sein Einfluss war erheblich, sein Wort hatte Gewicht …

»Um die Sache kurz zu machen«, fuhr von Auer fort, »ich verwende mich für Eberhard, was das Hansgrafenamt angeht, und Eberhard, wenn er denn Hansgraf ist, erklärt sich bereit …«

»Ach, Ihr wollt Euch für meinen Oheim als Hansgraf verwenden?«, unterbrach ihn Elias erregt. »Ihr, die Ihr mit der Hanse immer in Fehde lagt? Sie unter Euren Einfluss zu bringen getrachtet habt, was letztlich gescheitert ist? Dass ich nicht lache!«

»In der Tat, die Hanse war über viele Jahre eine treibende Kraft, wenn es darum ging, uns Auern zu schaden. Doch es gab durchaus Zeiten, da sich eine ganze Reihe Mitglieder des Hansrates uns gewogen fühlte. Sogar nachdem wir die Stadt verlassen hatten. Und glaubt mir, die Zahl unserer Freunde ist nicht kleiner geworden. Selbst innerhalb der Stadtmauern. Ihr tätet gut daran, darüber nachzudenken, bevor Ihr von ›Scheitern‹ sprecht.«

Er hat leider recht, dachte Elias zähneknirschend.

Dennoch …

»Ihr glaubt tatsächlich, Euer Einfluss innerhalb der Hanse reicht weit genug, um Eure wie auch immer gearteten Pläne durchzusetzen? Zumal man Euch ja vor zwei Jahren aus der Stadt regelrecht hinausgeworfen hat«, merkte Elias an.

Um Friederich von Auers Mund spielte ein überlegenes Lächeln, die Frage amüsierte ihn.

»Ich sehe Euch die Frage nach. Was die politische Realität angeht, müsst Ihr noch viel lernen, junger Herr. Ich sagte es doch bereits: Die Zahl unserer Freunde ist nicht kleiner geworden. Im Gegenteil. Aber kommen wir zur Sache. Ich sorge, wie erwähnt, dafür, dass der neue Hansgraf Eberhard von Escher heißt. Im Gegenzug vermietet mir Euer Oheim für die Dauer eines Jahres einen Teil seines bei der burggräflichen Gerichtsstätte am Sankt-Gilgen-Platz gelegenen Warenlagers. Aus Prag kommend, wird demnächst eine von mir geordete Warenlieferung eintreffen, die im kommenden Frühjahr nach Florenz gehen wird. Ich benötige genügend Platz, um die Waren zu lagern. Den habe ich außerhalb der Stadt nicht. Von der fehlenden Sicherheit will ich gar nicht reden.«

»Und was sind das für … Waren?«

»Metalle. Silber, Kupfer, Zinn. Alles in Barren und Stangen. Und eine Ladung kostbarer Felle. Verteilt auf vier Wagen.«

»Und wie stellt Ihr Euch die Details dieses … Geschäftes vor?«

»In den Transportdokumenten wird das Handelshaus Escher als Empfänger benannt, als Versender der Ware firmiert das Prager Fernhandelshaus Pavel Olbramovic. Ich selbst bleibe außen vor. Mein Geschäftspartner in Florenz ist die Handelsgesellschaft von Pietro di Antinori. Die Begleichung des Mietzinses erfolgt über das Kontor Eures Oheims beim Fondaco Tedeschi in Venedig. Die Bankgesellschaft Compagnia dei Bardi in Florenz wird die Transaktion im Auftrag Antinoris jeweils am Ersten eines Monats vollziehen. Niemand in Regensburg wird auch nur ahnen, dass das Haus Escher und die Auer Geschäftspartner sind. Woran Eberhard sehr gelegen sein dürfte. Wir werden einen Kontrakt aufsetzen, in dem sämtliche Einzelheiten und Bedingungen geregelt sind. Natürlich inklusive der für beide Seiten notwendigen Sicherheiten. Sobald der Kontrakt gezeichnet und gesiegelt ist, kommt Bodo Gangkofer frei. Darüber hinaus erhält Euer Oheim die heute von mir beschlagnahmte Ware in vollem Umfang zurück. Außerdem kann sich Eberhard, wie gesagt, auf die Übernahme des Hansgrafenamtes vorbereiten. Ein großzügiges Angebot, findet Ihr nicht?«

Der Auer, Angehöriger des Ritteradels und ehemaliger Patrizier zu Regensburg, Ministerialer des Bischofs, Parteigänger Kaiser Ludwigs, Besitzer ungezählter Güter und Inhaber bedeutender Pfandrechte – ein Förderer der Interessen des Fernhandelspatriziers Eberhard von Escher? Eines Mannes, der für seine oppositionelle Haltung zu den Auern bekannt war?

»Nennt mir den Haken!«, forderte Elias Friedrich auf.

Ein ärgerlicher Lacher kam über die Lippen des Auers. Er stützte die Hände auf die Tischplatte und beugte sich weit nach vorne, in den Augen ein tückisches Glitzern.

»Es gibt keinen Haken. Es sei denn, Ihr meint den Haken, an dem Bodo Gangkofer enden wird, sollte Euer Oheim nicht einwilligen.«

»Bodo? Ihr würdet ihn tatsächlich ...« Angesichts der ungeheuerlichen Drohung blieb Elias das Wort im Hals stecken.

»Ihr vergesst, dass sich Regensburg mit uns Auern und anderen Angehörigen edler Geschlechter im Krieg befindet«, entgegnete der Auer ungerührt. »Wie heißt es so schön? Im Krieg und in der Liebe ist alles erlaubt. Kaiser Ludwig, der auf unserer Seite steht, sieht das übrigens genauso. Ihr wisst, wie er über die störrische Haltung des inneren Rates und der Bürgerschaft denkt.«

Es klopfte an der Tür. Die Magd von vorhin betrat den Raum in Begleitung zweier weiterer Mägde. Sie trugen hölzerne Tabletts mit dampfenden Schüsseln, Platten und Tellern und stellten sie auf dem Tisch ab. Auf einer silbernen Platte thronte ein knusprig braun gebratener Fasan. Ein verführerischer Duft stieg in Elias' Nase.

»Und nun lasst uns zugreifen, Herr van der Heyden!«

Der Auer wies mit einer Geste auf den Tisch und nahm mit sichtlichem Vergnügen Messer und Löffel zur Hand. »Stärkt Euch. Morgen früh werdet Ihr Eberhard meine Botschaft überbringen. Je schneller er in meinem Sinne antwortet, desto schneller kommt Bodo Gangkofer frei. Und desto schneller kann ich dafür sorgen, dass der nächste Hansgraf Eberhard von Escher heißt.«

»Ich werde nicht reiten, ohne vorher Bodo Gangkofer gesehen und mit ihm gesprochen zu haben.«

Von Auer hob unwirsch die Brauen.

»Ihr wollt ein Lebenszeichen von ihm?«, brummte er. »Nun gut, das sollt Ihr haben. Ihn sehen und mit ihm sprechen könnt Ihr allerdings nicht. Ich werde ihn eine kurze Nachricht schreiben lassen, die Ihr übermorgen früh, bevor Ihr aufbrecht, in Händen halten werdet.«

»Ich sagte, ich will ihn sprechen!«, insistierte Elias erneut.

In den Blick des Auers trat wieder das gefährliche Glitzern.

»Treibt es nicht zu weit mit Eurer Sturheit«, knurrte er. »Ihr seid nicht in der Position, Forderungen zu stellen. Eine schriftliche Nachricht von ihm muss Euch genügen, und damit basta. Und nun greift zu, oder wollt Ihr mit knurrendem Magen schlafen gehen?« Erneut wies er auf den reich gedeckten Tisch.

Elias schwieg. Eigentlich beabsichtigte er, sich dem gemeinsamen Mahl zu verweigern. Doch der appetitliche Geruch, der von den Schüsseln aufstieg und seinen Magen knurren ließ, überzeugte ihn davon, dass es gut wäre, der Einladung des Auers Folge zu leisten. Wer weiß, wann er wieder etwas zwischen die Zähne bekäme.

Kapitel 40

Er erwachte von einem dumpfen Poltern im Kamin. Erschrocken fuhr er hoch. Ein im Verglühen begriffenes Holzscheit war in sich zusammengestürzt und hatte kurz vor dem endgültigen Verlöschen noch zischend einen Funkenregen aufstieben lassen. Schlaftrunken tappte Elias zum Fenster, zog den Fellvorhang zur Seite, nahm den pergamentbespannten Rahmen aus der Öffnung und öffnete den Laden. Er genoss die kalte, frische Luft, die gleich darauf in seine Lunge strömte und seinen Atem in weiße Dampfwölkchen verwandelte. Sein Blick glitt über den Hof und über die Vorburg hinweg in die Ferne. Am nachtklaren Himmel, der sich über der von Raureif bedeckten Landschaft spannte, wirkten die Sterne und der Mond wie festgefroren.

Die hereinströmende Kälte hatte ihn vollends wach werden lassen. Gedankenversonnen ließ er die Ereignisse der letzten Stunden in seinem Sinn Revue passieren. Er wusste nicht, wie lange er so am Fenster gestanden hatte, als ein Geräusch ihn in die Gegenwart zurückholte. Eine in einen dunklen Umhang gekleidete Person mit tief in die Stirn gezogener Kapuze, die ein Pferd am Zügel führte, schritt über den Burghof direkt auf den Wohnturm zu. Instinktiv glitt Elias vom Fenster weg hinter die Laibung und presste einen Zipfel seines Umhangs vors Gesicht, um zu verhindern, dass sein Atem ihn verriet. Als er wieder vorsichtig hinausspähte, waren Mann und Pferd in den Schatten des Vordachs eingetaucht, das den Eingangsbereich zum Wohnturm überwölbte. Das Tier gebärdete sich nervös; Elias hörte, wie es schnaubte und mit den Hufen wiederholt auf dem gefrorenen Boden scharrte.

»Schon gut, mein Mädchen, ruhig, gib endlich Ruhe«, versuchte der Mann dem Pferd gut zuzureden. Offenbar wartete er, dass irgendwer erschien.

Gleich darauf knarrte die Eingangstür, jemand trat nach draußen und ließ die Tür hinter sich wieder ins Schloss fallen.

»Na endlich! Ich stehe mir schon seit Ewigkeiten die Füße in den Bauch«, empfing ihn der, der gewartet hatte, mürrisch.

»Psst! Redet gefälligst leiser! Es muss ja nicht jeder gleich wissen, dass wir uns hier treffen«, bekam er unwirsch zur Antwort.

Die beiden dämpften ihre Lautstärke zu einem dumpfen Murmeln. Die folgende Unterhaltung bekam Elias nur bruchstückhaft mit. Zu einem Großteil bestand sie aus Fragen und Antworten, wie er an den Tonlagen der Stimmen zu erkennen glaubte.

»… Plan steht … Tag … im Mai zuschlagen …«

»… alle Männer beisammen …«

»… wie viel? …«

»… zwölf kräftige Hände …«

»… Aushub … Lehm … Erde … Gewölbe …«

»… Ludwig bereit … wartet … Signal …«

»… nicht problematisch? …«

»… keineswegs … ist eine Sache der …«

»… muss jetzt aufbrechen … Morgengrauen zurück sein …«

»… hier die Liste, hütet sie wie Euren Augapfel …«

»Dann … wohl!«

»Lebt wohl!«

Elias sah, wie der Mann mit dem Pferd aus dem Turmschatten trat, sich in den Sattel schwang und in Richtung Toranlage davontrabte, während sich die Eingangstür zum Burgfried erneut öffnete und laut knarrend wieder schloss. Im selben Augenblick bemerkte er, dass die linke Schulterpartie des Pferdes eine eigentümliche Narbe aufwies – eine gezackte helle Linie im braunen Fell, gut drei Handbreit lang, die fahl im Mondlicht schimmerte. Vorhin, als der Mann gekommen war, war ihm dieser Umstand zwangsläufig entgangen, da das Tier ihm die rechte Seite zugewandt hatte.

Elias stockte das Blut in den Adern, er kannte das Pferd. Kein Zweifel – der Mann, der da über den Burghof trabte, ritt die Fuchsstute Bodo Gangkofers! Gangkofer höchstselbst? Auch wenn Kleidung und Kapuze Gestalt und Gesicht verbargen: Der Figur nach hätte er es durchaus sein können.

Gangkofer ein Verschwörer? Ein Verräter?

Die Vorstellung schoss mit solcher Wucht in seinen Kopf, dass ihm schwindelte.

Aber wie war denn dann der Überfall zu deuten? Als geschickte Inszenierung? Als bewusste Täuschung?

Nein! Er verwarf den Gedanken sofort wieder, er schämte sich seiner geradezu. Wie hatte er das auch nur denken können! Es musste eine andere Erklärung geben. Bodo Gangkofer war kein Verschwörer. Keiner, der einem konspirativen Handel die Hand geliehen hätte. Und dass es sich bei dem Gegenstand der Unterhaltung, die er belauscht hatte, um einen solchen handelte, war so sicher wie das Amen in der Kirche.

Jemand hatte sich, warum auch immer, Gangkofers Stute bemächtigt!

Tausenderlei Gedanken wirbelten Elias durch den Kopf, während sein Blick dem Reiter folgte, der mittlerweile die Toranlage der kleinen Vorburg erreicht hatte. Die Wache musste ihn schon erwartet haben, kaum war er dort angekommen, schwang einer der Torflügel auf, gleich darauf war er verschwunden.

Wer war der Reiter? Und wer der, der aus dem Turm getreten war, um sich mit ihm vor dem Eingang zu treffen?

Ihre Stimmen hatten zu gedämpft geklungen, als dass er eine davon dem Auer hätte zuordnen können.

Aber, zum Teufel, wer außer Friedrich und einigen Bediensteten hielt sich in dieser Nacht sonst noch im Wohnturm auf? Ihm fiel ein, dass Velburg im Besitz eines Konsortiums mehrerer Angehöriger der Auerfamilie war, von deren Gegenwart er allerdings bis jetzt nichts mitbekommen hatte. Der eigentliche Sitz Friedrich Auers zu Brennberg seit seiner Vertreibung aus der Stadt hingegen war die Burg gleichen Namens, einen halben Tagesritt von Regensburg entfernt. Offensichtlich hatte Friedrich sich zur Velburg aufgemacht, um den von ihm initiierten Überfall koordinieren und den Handel mit Eberhard von Escher einfädeln zu können.

Ein Schauer glitt über seinen Rücken. Er fror, er hatte zu lange am offenen Fenster gestanden, und die düsteren Beobachtungen taten den Rest.

Kapitel 41

Am späten Nachmittag des übernächsten Tages ritt Elias über die Steinerne Brücke in Richtung des Tores, das den nördlichen Zugang nach Regensburg kontrollierte. Ein Schwarm Krähen flog laut krächzend über seinen Kopf Richtung Westen und lenkte seinen Blick unwillkürlich donauaufwärts. Ein mächtiges Floß, beladen mit Bauholz, Kalk, Schilfrohr und behauenen Steinen, pflügte die Fluten stromabwärts und steuerte auf die Donaulände zu, auf der rege Betriebsamkeit herrschte. Die Last drückte die Bohlen unter die Wasseroberfläche, sodass sie komplett von den schmutzig braunen Wellen überspült wurden. Die Besatzung war gerade damit beschäftigt, die Auffangzille mit dem Hafttau zu Wasser zu lassen: ein leichtes Boot, das zur Anlegestelle gerudert wurde, um das Anländen des Floßes zu ermöglichen. Die beiden Männer, die die Zille ruderten, würden gleich das Tau um den Ländpfahl wickeln, um mit seiner Hilfe das Floß Fuß um Fuß auszubremsen.

Kaum war Elias innerhalb der Mauern angekommen, bemerkte er mal größere, mal kleinere Gruppen, die in Hauseingängen und an Straßenecken zusammenstanden und erregt diskutierten. Gegenstand der Unterhaltung war der Überfall auf den Escher-Transport. Gestern spätabends – so sollte Elias später erfahren – waren die freigelassenen Fuhrleute und Bewaffneten erschöpft vor den Mauern angekommen. In Windeseile hatte sich die Nachricht vom Überfall verbreitet und war zum alles beherrschenden Gesprächsthema in

Regensburg geworden. In der Stadt brodelte es. Die Stimmung war aufgeheizt, die Nerven lagen blank.

Elias ritt beim Salzohm vorbei, dem Areal, auf dem die Salzfässer geeicht und gewogen wurden. Auch vor dem Ohmturm hatte sich ein beträchtlicher Auflauf gebildet.

»Mein Gott! Der junge van der Heyden, da kommt er!«, schrie jemand.

Einige Männer, mehrheitlich Kaufleute und Krämer, die nicht mit dem Fernhandel, sondern in der Stadt ihre Geschäfte machten, lösten sich aus dem Pulk und stellten sich ihm in den Weg.

»Herr van der Heyden, Gott sei's gedankt, Ihr kehrt zurück!« – »Wie seid Ihr dem Auerschwein entkommen?« – »Findet Ihr nicht, dass es Zeit ist, dieser Brut mal richtig einzuheizen?« – »Genau! Schleift ihre Burgen. Räuchert das Pack aus!«, hallte es ihm aufgebracht entgegen. Was nicht verwunderte, hatten doch viele der Bürger Angehörige, die den Konflikt zwischen den Auern und der Stadt mit ihrem Blut und sogar mit dem Leben bezahlt hatten.

»Sieh an, sieh an! Welchem Privileg verdankst du es, dass der Auer dich hat gehen lassen, van der Heyden?«

Rutger Wolfsberger, Sohn des Fernhandelspatriziers Karl Wolfsberger, war an Elias herangetreten. In seiner Frage lag unverhohlene Süffisanz. Auch die Wolfsberger waren Gegner der Auer. Karl Wolfsberger, der mit Salz und Eisen handelte, war aber auch ein Konkurrent Eberhard von Eschers und meldete wie dieser Ambitionen auf das Amt des Hansgrafen an. Die beiden konnten sich nicht ausstehen. Rutger und Elias ebenso wenig.

Elias beherrschte sich. »Das kann ich dir sagen, Wolfsberger. Bodo Gangkofer befindet sich in der Gewalt des Auers. Er will ein Lösegeld für ihn. Ich habe die traurige Pflicht, die Forderung meinem Oheim zu überbringen.«

Erneut brandeten empörte Rufe auf, der Auflauf hatte sich inzwischen vergrößert.

»Ich sag's doch, bringen wir den Rat endlich dazu, die Burg dieses verdammten Wegelagerers zu schleifen«, übertönte die Bassstimme Otto Lofers den Lärm. Lofer betrieb zwei lukrative Ausschänke, einen am Haid- und einen am Rathausplatz. Er hatte bereits eine ganze Anzahl Fässer, deren Lieferung er im Voraus bezahlt hatte, durch die Raubzüge der Auer verloren.

Elias wollte nur eines: endlich nach Hause. Obwohl er keinerlei Lust dazu verspürte, war es unumgänglich, sich den Männern zu stellen.

»Ihr habt recht, Leute. Es muss etwas geschehen, allerdings sollte mit Augenmaß vorgegangen werden. Ihr könnt darauf zählen, dass Eberhard von Escher eine Dringlichkeitssitzung des inneren Rates einberufen wird, um entsprechende Maßnahmen zu beraten. Aber nun lasst mich bitte durch.«

Er hoffte, sich mit dieser Aussage nicht zu weit aus dem Fenster gelehnt zu haben. Doch er war sicher, dass nicht nur sein Oheim, sondern auch andere Mitglieder des inneren Rates sich angesichts der neuesten Provokation dazu genötigt sehen würden.

Elias gab dem Rappen die Fersen und sah zu, dass er schnell weiterkam, er verspürte keine Lust, ein weiteres Mal in eine Unterhaltung verwickelt zu werden.

Keine hundert Schritt trennten ihn noch vom Rathausplatz, an dem das Haus des Escher lag, als er zwei etwa achtzehnjährige Mädchen ausmachte, die die Straße entlanggingen. O Gott! Ihm schwante, was ihn erwartete.

»Herr von der Heyden, Euch geht es gut, den Heiligen sei Dank!«

Jule Mäller, die achtzehnjährige Tochter von Karl Mäller, ein dralles Mädchen mit blonden Zöpfen, das mit einem Korb in der Armbeuge die Straße entlangging, eilte freudestrahlend auf ihn zu. Jules Vater war erst vor zwei Jahren in den inneren Rat aufgestiegen, besaß einen eigenen Weinberg und hatte mit dem Handel und Ausschank von Wein ein Vermögen gemacht.

»O Herr von der Heyden, wie sehr wir Euch vermisst haben.« Auch Gislinde Lautwin, im selben Alter wie Jule Mäller, kam mit wehendem Umhang angerannt. Gislindes Vater, Berthold Lautwin, bekleidete das Amt eines Genannten und war als Fernhändler großen Stils auch Mitglied der Hanse.

Elias rollte die Augen, die beiden Mädchen gingen ihm gehörig auf die Nerven. Auch wenn er gewohnt war, dass er die Frauen anzog wie das Licht die Motten – immerhin sah er gut aus und galt als gute Partie –, diese beiden hatten einen besonderen Narren an ihm gefressen.

»Ihr müsst mir unbedingt erzählen, wie Ihr dem Unhold entkommen seid. Ich habe mir solche Sorgen um Euch gemacht«, schmachtete Jule ihn an und warf ihrer Konkurrentin einen giftigen Blick zu. Zwei ältere Frauen, die gerade vorbeigingen und die Mädchen kannten, kicherten süffisant.

»Ihr habt Euch doch sicher gewehrt, stark wie Ihr seid, nicht wahr?«, gurrte Gislinde lasziv. Immer wenn sie ihm begegnete, sah sie ihn an, als wollte sie ihm mit ihren Blicken das Wams vom Leib reißen.

»Ja, habe ich«, entgegnete er unwillig. »Und jetzt lasst mich durch, ich bin in Eile, wie Ihr Euch vorstellen könnt.« Er ließ das Pferd steigen, dass die Mädchen erschrocken zur Seite sprangen, und ritt einfach weiter.

»Und du hast keinen Schimmer, wo dieser Bastard Bodo festhält?«

Eberhard von Escher stand mit auf dem Rücken verschränkten Armen vor einem der bleiverglasten Fenster in seinem Schreibzimmer. Ein Fensterflügel war geöffnet; der

Patrizier sah auf den vom milchigen Licht des Winters erfüllten Platz hinaus, der sich zwischen dem Escher'schen Anwesen und dem Rathaus erstreckte und auf dem emsiges Treiben herrschte. Fuhrwerke ratterten vorüber, Bürgerinnen und Bürger, Knechte und Mägde, Kaufleute und Händler, Angehörige des Klerus, aber auch Patrizier und Patrizierinnen eilten über den Platz. Vor den Buden und Ständen der Händler, Bauern und Marktkaufleute, die Lebensmittel und Waren des täglichen Bedarfs feilboten, hatten sich teils lange Schlangen gebildet. Sie würden bald dichtmachen; wer noch etwas zu besorgen und einzuholen hatte, musste sich sputen. Mittlerweile hatte es moderat zu schneien begonnen, ein dünner weißer Teppich legte sich auf den Platz. Einzig die Kinder begeisterte die winterliche Pracht. Sie rannten und tobten umher, jauchzten und formten die ersten Schneebälle.

»Nein, Oheim«, antwortete Elias bedrückt. Die Anrede kam mittlerweile völlig ungezwungen über seine Lippen. Er hatte sich auf einem Stuhl niedergelassen, die Beine übereinandergeschlagen und zupfte nervös an seinen Fingerspitzen. »Ich dachte zuerst, er sei mit mir auf dem Turm eingesperrt, aber das dürfte ein Irrtum gewesen sein«, fuhr er fort.

»Den Gedanken, dass es sich bei einem der beiden, deren Gespräch du belauscht hast, um Bodo handeln könnte, hast du verworfen?«

Elias hob erstaunt die Brauen. »Aber ja, Oheim. Bodo würde keiner wie auch immer gearteten Verschwörung gegen die Stadt die Hand reichen. Und gegen Euch schon gar nicht.«

Von Escher nickte müde. »Eigentlich kann ich mir das auch nicht vorstellen. Andererseits …«

»Andererseits?«

Noch immer die Arme hinter dem Rücken verschränkt, drehte sich von Escher langsam um. Tiefe Sorge lag in dem Blick, mit dem er Elias ansah.

»Andererseits gelingt es den Auern immer wieder, neue Sympathisanten zu gewinnen, die sie mit lukrativen Angeboten anwerben. Und darüber sogar ganze Familien entzweien. Andere wurden gezwungen, dem Bündnis der Auer beizutreten, wie etwa die Zants, die eigentlich nichts mit ihnen am Hut hatten.«

Elias nickte. In den über drei Jahren seines Aufenthalts in Regensburg hatte er mitbekommen, wie verworren und komplex die Beziehungen der Patrizierfamilien unter- und zueinander waren. Über Jahre hinweg hatten vor allem zwei Familien innerhalb des Regensburger Patriziats den Ton angegeben, die dem alten städtischen Adel angehörten. Die der Auer, ursprünglich ein Geschlecht bischöflicher Ministerialer, und die der Gumprecht, Inhaber der Pfandrechte des herzoglichen Münzregals. Sie bildeten eine der beiden Fraktionen innerhalb des Patriziats, die Fernhandelskaufleute die andere. Beide Parteien standen sich unversöhnlich gegenüber.

Vor mehr als sechs Jahren war die Situation eskaliert: als es den Auern gelungen war, handstreichartig einen Aufstand zu organisieren, in dessen Verlauf sie die komplette Kontrolle über die Stadt erlangt und von da an ihr Regiment mit diktatorischer Härte geführt hatten. Was vor zweieinhalb Jahren wiederum zu einem Aufstand der Bürger gegen die Auer und – obwohl sich diese mit den Handwerkszünften verbündet hatten – zu deren Vertreibung aus der Stadt geführt hatte. Elias hatte die Ereignisse seinerzeit hautnah mitbekommen. Obwohl insbesondere die Auer nach ihrer Verbannung mit den Regensburgern in harter Fehde lagen, konnten sie nach wie vor auf Getreue innerhalb der Mauern bauen. Zudem verfügten sie in der Person des Kaisers über einen überaus mächtigen Verbündeten …

»Heißt das, Ihr haltet es für möglich, dass sich auch Bodo von den Auern umgarnen lässt?«, griff Elias die Bemerkung Eberhards auf.

»Einerseits mag ich es mir nicht vorstellen, andererseits hat mich das Leben gelehrt, nichts als unmöglich anzusehen.«

»Ihr überrascht mich, Oheim, Ihr misstraut ihm«, stellte Elias bestürzt fest.

»Dieser Reiter, der Bodos Stute ritt – der Figur nach hätte er es durchaus selbst sein können. Sagtest du das nicht?«

»Schon. Aber allein darauf einen solch schweren Verdacht gründen? Ich weiß nicht. Vielleicht gibt es noch eine andere Erklärung.«

»Ich hoffe es. Ich möchte kein Lösegeld für einen Verräter bezahlen müssen.«

»Lösegeld?«

»Wie sonst sollte ich das sogenannte *Angebot*, das mir der Auer macht, verstehen?«

»Heißt das, dass Ihr auf den Handel eingehen und ihm einen Teil unserer Lagerräume vermieten werdet?«

Eberhard nickte. »Natürlich werde ich das tun. Ich will, dass Gangkofer freikommt. Wir werden ihn beobachten, ohne dass er Verdacht schöpft. Es sei denn, er gibt eine schlüssige Erklärung ab, was das Pferd angeht, die ihn entlasten würde. Eines werde ich allerdings nicht tun.«

Elias sah ihn fragend an.

»Den Vorschlag des Auers akzeptieren, sich für mich zu verwenden, wenn es um die Wahl des Hansgrafen geht. Den werde ich ausschlagen.«

Elias begriff.

»Ihr wollt nicht in Abhängigkeit zu ihm geraten. Ein Hansgraf von Auers Gnaden ist das Letzte, was Ihr wollt. Die Hanse muss ihre Eigenständigkeit wahren, darf sich nicht erpressbar machen.«

Zum ersten Mal glitt die Andeutung eines Lächelns über die Miene von Eschers.

»Ich sehe, du hast verstanden. Er ist ein schlauer Fuchs,

dieser Auer zu Brennberg, vielleicht der Schlaueste in seiner Sippe. Dass er verbannt wurde, hindert ihn nicht daran, wie ein Krake seine Tentakel weiter nach der Stadt auszustrecken. Aber, bei Gott, wir werden sie ihm abhacken!«

Am folgenden Tag setzte heftiger Schneefall ein, der die nächsten drei Tage unvermindert anhalten sollte. Erst am vierten Tag hatte der Himmel ein Einsehen, es hörte auf zu schneien, dafür wurde es kälter, ein Eishauch überzog die dicke Schneedecke, die auf Straßen und Plätzen lastete, und ließ sie hart und harsch werden. Mit Macht war der Winter gekommen und hielt Stadt und Umland mit eisernem Griff umklammert.

Am späten Nachmittag des fünften Tages nach Elias' Heimkehr trabte ein Reiter in den Hof des Escher'schen Anwesens. Bodo Gangkofer war zurückgekehrt. Auf einem Schecken! In den vergangenen Tagen war ein berittener Bote zwischen der Velburg und Regensburg hin- und hergependelt und hatte den Austausch der Dokumente besorgt, die den geheimen Kontrakt zwischen dem Handelshaus Escher und Friedrich von Auer besiegelten. Im Zuge dessen hatte von Escher auch erfahren, dass Gangkofer auf der Velburg im Kerker eines der beiden Zwiebeltürme der Vorburg festgehalten wurde. Und dass Friedrich Auer zu Brennberg ihn über den Handel zwischen ihm und von Escher unterrichtet hatte.

Gangkofer sprang aus dem Sattel und übergab das Pferd einem herbeieilenden Stallknecht. Der harsche Schnee knirschte unter seinen Stiefeln, als er steif vor Kälte über den Hof zum Eingang schritt, wo er von Elias und Eberhard bereits erwartet wurde.

Escher wirkte angespannt.

»Seid willkommen, Bodo. Ich hoffe, es geht Euch gut?«

»Die verdammte Kälte macht mir zu schaffen. Meine Lunge schmerzt etwas. Das Fieber hat mich erwischt.«

»Kommt ins Haus. Ich werde Euch eine Arznei zubereiten lassen. Ich sehe, Ihr seid auf einem Schecken gekommen, wo habt Ihr Eure Fuchsstute gelassen?«

»Ich musste ihr den Fangstoß geben«, berichtete Gangkofer finster, während sie über die Schwelle traten und einen langen Gang querten. »Irgendein Misthund hat sie zuschanden geritten, während ich im Turm einsaß.«

Elias und von Escher wechselten einen schnellen Blick. Da war sie, die Erklärung.

»Ihr musstet sie jemandem überlassen?«

»Ich habe sie ihm nicht überlassen; dieser verdammte Jemand hat sie sich einfach genommen. Nachdem ich heute Morgen freigekommen war und mein Pferd verlangte, ließ man mir ausrichten, dass es sich den rechten Vorderlauf gebrochen habe. Ich musste mit einem Schecken aus dem Stall der Burg vorliebnehmen. Als ich nach der Stute sah und bemerkte, wie sie sich quälte, gab ich ihr den Gnadenstoß. Diese Bastarde hatten es nicht für nötig befunden, das arme Tier zu erlösen«, knirschte er wütend.

Eberhard von Escher wirkte sichtlich erleichtert, Elias bemerkte, wie sich seine Züge entspannten.

»Stärkt Euch, Bodo, und ruht erst einmal aus. Ich habe ein heißes Bad für Euch herrichten lassen. Anschließend lasst uns speisen und über alles reden. Wir treffen uns im kleinen Saal.«

»Ich danke Euch. Erlaubt mir noch eine Frage, Herr. Ich gehe davon aus, dass Ihr auf die Bedingungen dieses Schurken eingegangen seid?«

»Ihr seid frei, Bodo! Wäre ich nicht darauf eingegangen, säßet Ihr noch im Turm.«

Gangkofer nickte. »Dafür bin ich Euch außerordentlich dankbar. Der Auer hat mir von dem Handel erzählt. Wenn ich es richtig verstanden habe, wird er die Waren, die er erwartet, gegen den ausgemachten Mietzins in unserem Lager am Sankt-Gilgen-Platz unterbringen, während Ihr davon ausgehen könnt, das Amt des Hansgrafen zu besetzen?«

»Was Letzteres angeht: nein! Ich vermiete ihm lediglich einen Teil unserer Lagerräume für die Dauer eines Jahres. Aber ich bin nicht erpicht darauf, mithilfe dieses verfluchten Wegelagerers an das Hansgrafenamt zu gelangen. Eher wird ein anderer Hansgraf. Vorerst allerdings werde ich ihn in dem Glauben lassen, dass ich auf seine Unterstützung setze. Aus taktischen Gründen.«

»Oh!«, entfuhr es Gangkofer unvermittelt. Er schien erstaunt – oder entsetzt? Elias war sich nicht sicher, wie er den Ausdruck in seiner Miene deuten sollte. Von Escher war er offenbar entgangen. Er hatte soeben der Großmagd, die ihnen entgegenkam, Order erteilt, den Tisch im kleinen Saal herzurichten, an dem man tafeln würde.

Ein ungutes Gefühl beschlich Elias, das er in den kommenden Wochen und Monaten nicht mehr loswerden sollte.

Kapitel 42

Salerno, Königreich Neapel
April Anno Domini 1337

Zu den Verpflichtungen, die die *scuola* im Dienst der öffentlichen Gesundheit zu erbringen hatte, gehörte die in regelmäßigen Abständen stattfindende Leprosenschau.

Auch an diesem Tag hatten sich unter den wachsamen Augen bewaffneter Stadtknechte etwa drei Dutzend Personen auf einem weiträumig abgesperrten Areal, das zur *scuola* gehörte, eingefunden, um begutachtet zu werden.

Sie waren beim Priester oder der Obrigkeit angezeigt worden und standen im Verdacht, leprös zu sein. Die Beschau, *examen leprosorum* genannt, würde ans Licht bringen, ob dies zutraf oder nicht.

So unterschiedlich die Zusammensetzung der Personen war, die darauf warteten, untersucht zu werden, so eindeutig würde das Ergebnis sein, das jede einzelne von ihnen präsentiert bekäme. Drei Ärzte, eine städtische Amtsperson und der Leprosenmeister des Siechenhauses würden die Prüfung vornehmen. »*Mundus*« oder »*immundus et leprosus*« – entweder »rein« oder »unrein und leprakrank« würde das Urteil lauten, zu dem die Kommission kommen würde. Dazwischen gab es nichts. Im ersten Fall würde der betreffenden Person ein Schriftstück, der Schaubrief, ausgehändigt werden, der bestätigte, dass sie nicht leprös war. Traf Letzteres zu, würde auch dies im Schaubrief vermerkt werden, und die betreffende Person würde den Wachen und dem Priester, der bei der Siechenschau ebenfalls anwesend war, übergeben werden. Später würde sie, zusammen mit anderen, die das gleiche Schicksal ereilt hatte, in der am Stadtrand gelegenen Lazaruskapelle auf eine Bahre gelegt und mit einem schwarzen Tuch bedeckt werden, um Augen- und Ohrenzeuge ihrer eigenen Totenmesse zu werden. In Gegenwart der Gemeinde würde der Priester ein feierliches Requiem für sie lesen, um sie anschließend als Ausgestoßene in das nahe Siechenhaus überführen zu lassen. Dort würde sie fortan in Gemeinschaft anderer Leidensgenossen den Rest ihrer Tage als *tamquam mortuus*, als lebende Tote, verbringen.

Zusammen mit Abella gehörte Ranghild zu den wenigen an der *scuola*, die dieser Verfahrensweise kritisch gegenüberstanden. Dass bei einer positiven Diagnose eine Quarantäne der betroffenen Person unabdingbar war, wurde von niemandem bestritten. Aber machte denn eine solche Zeremonie das Leid der Betroffenen nicht umso größer? Musste es ihnen doch das Gefühl geben, dass sie nicht nur von den Menschen, sondern auch von Gott verstoßen worden waren. Immer wenn ihr diese Überlegung durch den Kopf ging, spürte Ranghild, wie heißer Zorn in ihr hochkroch. Doch es half nichts. Es war nun einmal so, wie es war. Wenn auch die Gedanken frei waren – ihnen lautstark Ausdruck zu verleihen, war nicht immer ratsam. Wachte doch die Kirche mit Argusaugen über ihre Deutungshoheit in Fragen des Glaubens und verfolgte jeden, der es wagte, dagegen aufzubegehren …

»Oh, Ihr seid schon da, Magistra Abellita? Ich bin aber noch gar nicht so weit«, sagte Scotto, der Bedellus der *scuola*, verlegen. Soeben war Ranghild durch einen Damastvorhang aus einem Trakt des Schulgebäudes, in dem Vorlesungen stattfanden, auf die davor befindliche Terrasse getreten, auf der die Leprosen- oder Siechenschau stattfinden würde. Wie immer war Scotto derjenige, der am Tag der Siechenschau darauf achtete, dass alles ordnungsgemäß hergerichtet war und die benötigten Instrumente und Utensilien bereitlagen. Außerdem stand er dem städtischen Beamten zur Seite, der akribisch darauf zu achten hatte, dass sämtliche vorgeschriebenen Regularien, die nach einer festgesetzten Reihenfolge abliefen, eingehalten wurden.

Ranghild lächelte.

»Alles gut, Signor Scotto. Wir beginnen erst, wenn alle da sind. Als Vertreter der Stadt wird heute Signor Ambrosiano anwesend sein, er ist dafür bekannt, dass er regelmäßig zu spät kommt. Magistra Abella ist noch bei der Visite im Spital, und Pater Bernardo liest noch eine Messe, auch er dürfte sich verspäten. Piero, der Siechenmeister, hat ausrichten lassen, dass auch er später kommt. Ihr könnt Euch getrost Zeit lassen.«

Ranghild sah nach oben und unterzog den Himmel einem prüfenden Blick.

»Keine Sorge, Magistra, wir werden den ganzen Tag über Sonne haben«, meinte Scotto, der den Blick der Magistra richtig interpretierte. Während einer Siechenschau war klares, helles Tageslicht zwingend vorgeschrieben.

»Wer ist heute der verantwortliche Prüfmeister?«, wollte er wissen.

»Meine Wenigkeit.«

»Eure ›Wenigkeit‹? Seid nicht zu bescheiden, Magistra!«

»Danke, Signor Scotto. Das werte ich als Kompliment.«

»Das dürft Ihr guten Gewissens. Stimmt es, dass heute einige Studiosi anwesend sein werden?«

»Ja. Allerdings nur als Zuschauer. Seid Ihr denn nicht darüber informiert worden?«

»Bedauerlicherweise nicht. Es wurde mal wieder vergessen, mir rechtzeitig Bescheid zu geben.« Scotto wirkte verschnupft.

Ranghild schmunzelte. Der gute alte Scotto. Ein hilfsbereiter, immer freundlicher, stets äußerst zuverlässiger Mensch, der nur eine Schwäche hatte: Er war schnell beleidigt.

»Nun, ich werde es wiedergutmachen. Lasst Euch heute Abend in Dimitrios Taverne auf meine Kosten verwöhnen. Ich lasse einen Tisch für Euch reservieren.«

Scotto strahlte. »Ich danke Euch, Magistra. – Oh, bevor ich es vergesse: Tretet Ihr nicht in vier Tagen Eure Reise nach Würzburg an, zu diesem Bischof … Wie heißt er doch gleich?«

»Fürstbischof Otto von Wolfskeel. Und die Karawane, der wir uns anschließen werden, bricht nicht in vier, sondern bereits in drei Tagen auf. Warum fragt Ihr?«

»Magister Silvaticus bat mich, Euch zu erinnern, ihm ein Exemplar des Arzneibuches Ortolfs von Baierland mitzubringen, solltet Ihr in Würzburg eines auftreiben können.«

»Ich werde es nicht vergessen, Scotto. Die *scuola* hat bereits beim Würzburger Fürstbischof einen Wechsel hinterlegen lassen, um das Buch bezahlen zu können.«

»Beabsichtigt der Fürstbischof tatsächlich, eine *scuola* nach dem Vorbild der unsrigen in seiner Stadt zu errichten, Magistra?«

»Sagen wir: Er spielt ernsthaft mit dem Gedanken. Ihm schwebt für Würzburg eine Universität mit einer medizinischen Fakultät nach dem Vorbild Salernos vor, an der auch Frauen studieren dürfen. In diesem Zusammenhang wird er auch Abgesandte der Universitäten Montpellier und Bologna empfangen, zu denen wir aus Salerno in Konkurrenz stehen. Es gibt allerdings etliche, die glauben, in Würzburg sei die Zeit dafür noch nicht reif. Dennoch scheint der Fürstbischof weder Kosten noch Aufwand für sein Projekt zu scheuen. Er finanziert zu einem erheblichen Teil unsere Reise.«

»Wie lange werdet Ihr fort sein, Magistra?«

»Etwa ein halbes Jahr, denke ich. Es wird eine sehr ausgedehnte Reise; nicht nur Würzburg steht auf unserem Programm. Ich beabsichtige, auch das eine oder andere private Reiseziel anzusteuern. Auch Magistra Abella plant den einen oder anderen Abstecher zu Verwandten.«

»Sagt, wenn Ihr noch was für die Reise benötigt. Ich stehe Euch gern zu Diensten.«

»Danke, Scotto!«

Ranghild inspizierte den langen, mit einem sauberen Leinentuch abgedeckten Tisch, auf dem sich, akkurat geordnet, die Instrumente für die Siechenschau reihten: Nasenspreizer, Glaskolben, diverse dünne Nadeln, ein Nadelkissen, aus dem mehrere eng beieinanderstehende spitze Stifte hervorstanden, sowie verschieden geformte Spatel. Außerdem eine Griffzange, Gläser zum Auffangen diverser Körperflüssigkeiten, ein Stapel sauberer Tücher sowie am Fußende des Tischs zwei dicke Marmorplatten.

Die Magistra ging zum Schreibpult. Auch hier war alles bestens hergerichtet. Ein Stoß Pergamente, Tinte und Feder, Siegel, Wachs sowie ein Petschaft erwarteten den Schreiber, der die Siechenschau protokollieren und die Schaubriefe ausstellen und siegeln würde.

Ranghild begab sich zur Westseite der weiträumigen Terrasse und stützte die Hände auf die Balustrade. Von dem unmittelbar unter ihr gelegenen Platz, auf dem sich die zu begutachtenden Personen eingefunden hatten, drang Lärm nach oben. Noch waren die Türen verschlossen. Unten am Aufgang zur Terrasse achteten Bewaffnete der Stadtwache darauf, dass niemand vor der Zeit nach oben ging und kein Gerangel um die Reihenfolge entstand. Zuerst würde der Siechenmeister, der zum Untersuchungsgremium gehörte, die Treppe hinaufsteigen und um Einlass bitten. Erst nach ihm würden auch die zu prüfenden Personen nacheinander auf die Terrasse gelassen werden, um untersucht zu werden.

Gedankenversonnen glitt Ranghilds Blick über die Menge. Wie meistens, wenn eine Leprosenschau anstand, warteten Männer und Frauen aller Altersklassen und unterschiedlichster Stände im Hof, unter ihnen sogar Kinder und Halbwüchsige. Von ausgezehrten und in Lumpen gehüllten Bettlern bis hin zu in kostbares Tuch gekleideten Angehörigen des Stadtadels war alles vertreten. Und es gab etwas, was alle einte: das bange Warten auf das Urteil des Gremiums, das sie prüfen und das entweder ihre Reinheit oder ihre Unreinheit bestätigen und damit über ihr zukünftiges Leben entscheiden würde. Und vor diesem Gremium waren alle gleich. Bei Weitem nicht alle würden das Stigma der Ausgestoßenen aufgedrückt bekommen, die Mehrheit würde erleichtert mit einem Schaubrief, der sie entlastete, nach Hause gehen können.

Ranghild erinnerte sich, wie es war, als sie zum ersten Mal an einem Siechenhaus vorbeigekommen und den *tamquam mortuus*, den lebenden Toten, begegnet war. Sechs ausgemergelte, furchtbar entstellte Gestalten waren im Gänsemarsch die Straße entlanggewankt. Opfer einer Bestie namens Lepra, die sich raubtiergleich über ihre Körper hergemacht hatte und sie Stück für Stück auffraß. Damals hatte sie das empfunden, was alle empfanden, die diesen Ärmsten der Armen zum ersten Mal begegneten: eine seltsame Mischung aus Furcht, Abscheu und Mitleid. Schon aufgrund ihres Aussehens und des süßlichen Gestanks nach Verwesung und Tod, der von ihnen ausging, lösten sie überall, wohin sie kamen, Angst, Schrecken und Ekel aus. Groß war aber auch die Sorge, dass die Bestie auf andere überspringen könnte. Weshalb man die Bedauernswerten schon zu ihren Lebzeiten für tot erklärte und sie mitsamt dem Raubtier, das sich in ihnen verbissen hatte, in den Käfig des Ausgestoßenendaseins sperrte.

Ein spezielles Gewand, ein breitkrempiger Hut – grau wie das Dasein, das sie erwartete –, ein Stab mit einer daran befestigten Büchse, um Almosen zu sammeln, und eine hölzerne Klapper, mit der sie jedem, dem sie begegneten, auf ihre unheilvolle Nähe aufmerksam machen mussten, war alles, was ihnen blieb.

Ein Dasein, aus dem sie nur der erlösen konnte, der sich am Ende ihrer Tage als ihr einziger Freund erweisen würde – der echte Tod …

»Guten Tag, Magistra.«

Erschrocken fuhr Ranghild herum. Die Stimme, die sie aus ihren Gedanken gerissen hatte, gehörte Signor Ambrosiano, einem älteren, ziemlich beleibten, aber distinguiert aussehenden Mann, der in Begleitung eines deutlich jüngeren auf die Terrasse getreten war. Der verkniffene Gesichtsausdruck und die beiden mit einer Niete verbundenen, in einen kreisrunden Holzrahmen gefassten Gläser, die an einer Kette um seinen Hals baumelten – eine Sehhilfe –, ließen auf jemanden schließen, der gewohnt war, täglich Bücher zu wälzen und Akten zu bearbeiten. Unter den Arm hatte er eine schwarze Mappe geklemmt.

Ranghild kannte ihn, mochte ihn aber nicht sonderlich. Ambrosiano war jemand, der sein Fähnchen stets nach dem Wind drehte, und ein Schleimer durch und durch. Entsprechend kühl fiel ihre Begrüßung aus.

»Ah, Signor Ambrosiano. Ihr seid in Begleitung?«

»Der Schreiber, Magistra. Signor Luparello. Er vertritt meinen Vetter Orlando, der krank geworden ist.«

»Ah ja. Willkommen, Signor Luparello«, wandte sich die Magistra an den Jüngeren. Er versuchte sich an einer galanten Verbeugung, die allerdings recht linkisch ausfiel.

»Gu…gu…guten Tag, Ma…Magistra.«

»Er kann zwar schlecht sprechen, dafür ist er ein begnadeter Schreiber. Er schreibt sicher, schnell und dazu noch schön.«

Eine tiefe Verlegenheitsröte überzog die Wangen des jungen Mannes.

»Nun denn, Signor Luparello, wollt Ihr schon mal Euren Arbeitsplatz inspizieren? Sagt Bescheid, wenn Ihr noch etwas braucht«, Ranghild wies auf das Schreibpult.

»D…Danke, M…Magistra.«

Aus dem hinter dem Vorhang gelegenen Untersuchungsraum drangen Stimmen. Der Damast wurde beiseitegeschoben, und Magistra Abella und der Priester, Pater Bernardo, betraten die Terrasse. Ihnen folgten mehrere Studiosi, darunter zwei etwa achtzehnjährige Männer, die erst seit einem halben Jahr an der *scuola* waren. Ranghild runzelte die Brauen, als sie in einem der beiden Männer Michelangelo de la Rocca erkannte, den jüngsten Spross der einflussreichen Rocca-Familie, stadtbekannt als Raufbold und Unruhestifter. Wo Michelangelo auftauchte, war der Händel nicht fern. Der andere, Silvester Silvestri, war eine Art Gefolgsmann von ihm.

Ranghild warf Abella einen konsternierten Blick zu, dem diese mit einem resignierten Schulterzucken begegnete; *ich kann nichts dafür*, schien sie sagen zu wollen.

Abella legte die Hände ineinander und sah in die Runde.

»Ich sehe, wir sind fast vollzählig«, bemerkte sie nach einer kurzen Begrüßung. »Ich weiß allerdings nicht, wer der dritte Arzt ist, der angekündigt wurde. Ich hoffe, er wird bald da sein?«, wandte sie sich an Ambrosiano, dem die Organisation der Leprosenschau oblag.

Der Beamte zuckte mit der Schulter.

»Magister Villanova war vorgesehen, er ist aber verhindert. Der Rat bestimmte kurzfristig Magister Leonidas als Vertretung. Er lehrte vor vielen Jahren selbst an der *scuola*.«

Ranghild und Abella wechselten einen überraschten Blick.

Leonidas! Der greise, vor Arroganz strotzende ignorante Arzt, dessen Bekanntschaft sie vor Jahren gemacht hatten, als Giovanni Boccaccio sie hatte rufen lassen!

»Nun, dann warten wir eben, bis er …«

»Ich bitte um Vergebung für mein spätes Erscheinen, *signores*. Eine äußerst wichtige Angelegenheit, die keinen Aufschub duldete!«

Noch bevor der Vorhang zur Seite glitt, war der weißbärtige Greis zu hören gewesen, der soeben auf die Terrasse trat. Seine Stimme klang noch dünner, als Ranghild sie in Erinnerung hatte, die Aura der Arroganz, die er verbreitete, war hingegen die gleiche geblieben. Er hatte sich lediglich bei den Männern entschuldigt, die Anwesenheit der Frauen ignorierte er ostentativ.

Abella zwinkerte Ranghild spöttisch zu; sie zwinkerte verständnisinnig zurück.

»Aber lieber Magister Leonidas, ich bitte Euch, nun seid Ihr ja da, allein darauf kommt es an. Eure Erfahrung wird uns von großem Nutzen sein«, entgegnete ihm der Beamte in säuselndem Ton.

Widerlicher Schleimer, dachte Ranghild.

»Können wir beginnen?«, wandte sich Abella an ihn.

Ambrosiano nickte. »Wer von den beiden Magistrae ist heute der Prüfmeister?«, erkundigte er sich bei Abella.

»Magistra Abellita wurde vom Rat bestimmt, und ich denke, sie wird …«

»Ich stelle mich gerne zur Verfügung«, warf Leonidas schnell ein. »Meine langjährige Erfahrung und mein Alter prädestinieren mich dafür.«

»Ich sagte, Magistra Abellita wurde vom Rat bestimmt. Daran halten wir uns.«

»Nun, ich denke, hätte der Rat von Anfang an gewusst, dass ich heute dem Gremium angehören würde, hätte …«

»Hätte er mit Sicherheit genauso entschieden. Nehmt das zur Kenntnis, Collega!«, unterbrach ihn Abella in scharfem Ton. »Und nun, Ihr Herren, lasst uns unsere Arbeit erledigen. Signor Scotto, würdet Ihr bitte die Glocke läuten? Der Siechenmeister wartet sicher schon.«

Leonidas kniff die Lippen zusammen und schwieg. Seiner Miene nach kochte er innerlich vor Wut.

Ambrosiano bimmelte mit der Glocke, öffnete die Tür und ließ Piero, den Siechenmeister, auf die Terrasse treten. Ein weißes Tuch verdeckte Nase und Mund, der breitkrempige Hut mit Kinnriemen, den er wie jeder andere Lepröse trug, hing ihm auf dem Rücken. Die Hände steckten in weißen Handschuhen. Die Füße waren nicht wie bei vielen seiner Leidensgenossen mit Lumpen umwickelt, sondern steckten, ordentlich und sauber bandagiert, in übergroßen Sandalen.

»Seine Majestät, der Leprosenkönig, gibt uns die Ehre«, hörte Ranghild de la Rocca, der neben ihr stand, spötteln.

»König der Stinker wäre der passendere Titel, findest du nicht?«, entgegnete Silvestri. Beide lachten. Die anderen Studiosi kicherten.

»Was war das eben? Was habt ihr gesagt?«, fuhr Ranghild sie wütend an. Ihre Augen blitzten.

Abella trat hinzu, sie hatte die Bemerkung ebenfalls gehört.

»Verschwindet! Sofort!«, befahl sie den beiden in harschem Ton und wies mit ausgestreckter Hand auf den Vorhang.

»Aber wieso? Wir haben uns doch nur ein kleines Späßchen erlaubt«, versuchte de la Rocca sich zu rechtfertigen.

»Genau! Man wird doch wohl einen Witz reißen dürfen«, pflichtete ihm Silvestri bei. »Außerdem …«

»Ich sagte: Verschwindet! Und zwar unverzüglich!«

Da trat de la Rocca nah an Abella heran und reckte ihr sein Kinn entgegen.

»Gebt acht, Magistra, ich warne Euch, Ihr wisst doch wohl,

mit wem Ihr es zu tun habt!«, zischte er. »Meine Familie wird sich die demütigende Behandlung eines ihrer Mitglieder nicht gefallen lassen. Von einem Weib schon gar nicht.«

Verblüfft über diese Unverschämtheit, geriet Abella vorübergehend aus der Fassung, fing sich aber sofort wieder.

»Das ist mir egal«, zischte sie zurück. »Wer sich ungebührlich benimmt, hat die Konsequenzen zu tragen, auch wenn ein Weib es ist, die sie ausspricht, und auch wenn der Betreffende de la Rocca heißt. Wachen!«, rief sie den Stadtknechten zu, »entfernt die beiden. Ich werde sie beim Rat wegen fehlenden Respekts und Störung der Siechenschau anzeigen.«

»Halt! Bitte wartet, Magistra!«, meldete sich Ambrosiano zu Wort. Eigentlich wäre es an ihm gewesen einzuschreiten. Schließlich war er es, der für den ordnungsgemäßen Ablauf der Siechenschau zuständig war. »Ihr wollt die beiden tatsächlich des Platzes verweisen?«

»Ja, das will ich. Und ich erwarte von Euch, dass Ihr diese Maßnahme unterstützt!«

Ambrosiano zog eine schmerzhafte Grimasse. »Nun, Magistra, weshalb denn so streng? Ignorieren wir großzügig die Eskapade der beiden, sie haben es bestimmt nicht so gemeint.« Offenbar fürchtete er Unannehmlichkeiten.

De la Rocca feixte selbstgefällig, als genösse er die Situation.

»Ich dulde nicht, dass in dieser Art und Weise vom Siechenmeister gesprochen wird, er ist ein Mitglied dieses Gremiums und verdient Respekt. Das wisst Ihr genauso gut wie ich, Signor Ambrosiano.«

Erneut verzog der städtische Beamte seine Miene, als plagten ihn Zahnschmerzen.

»Gewiss, gewiss. Dennoch: Ich finde, Ihr seid zu streng. Seht es den beiden nach, sie sind noch jung.« Er beugte sich an ihr Ohr und flüsterte: »Um Himmels willen, lasst ihn. Wir handeln uns damit nur Ärger ein. Vergesst nicht: Die de la Roccas sind wichtige Sponsoren der *scuola*.«

Abella ignorierte ihn. In ihren Augen funkelte der Zorn.

»Bringt sie weg!«, fuhr sie die beide Stadtknechte an, die unschlüssig und verlegen wirkten.

Da trat Ranghild an sie heran.

»Als leitende Prüfmeisterin habe ich das Recht, Euch Anweisungen zu erteilen. Ich befehle Euch hiermit, nehmt die Männer fest und bringt sie von hier weg!«

Das zeigte Wirkung.

»Jawohl, Magistra.«

Widerstandslos ließen sich die beiden abführen, nicht ohne den Magistrae giftige Blicke zugeworfen zu haben.

Piero hatte die ganze Zeit über mit gesenktem Kopf dagestanden. Die Auseinandersetzung um seine Person war ihm sichtlich peinlich. Der Siechenmeister war ein besonnener, ruhiger Mann. Da er die Aufsicht über das Leprosorium vor den Toren der Stadt innehatte, wurde er regelmäßig zu den Siechenschauen hinzugezogen. Er war für das Prüfgremium eine wertvolle Hilfe. Er kannte die Symptome der Lepra, wusste den Grad der Krankheit aus eigenem Erleben einzuschätzen und stand den beurteilenden Ärzten mit geübten Handgriffen geschickt zur Seite. Obwohl selbst leprös, wohnte er nicht im Leprosorium, sondern in einem vor den Toren Salernos gelegenen Haus am Meer, das ihm vom Rat zugewiesen worden war. Ein Privileg in Anerkennung seiner Leistung, die er seit vielen Jahren für die Stadt erbrachte, indem er zuverlässig für Ruhe und Ordnung unter den Insassen des Leprosoriums sorgte.

»Signor Ambrosiano, waltet Eures Amtes«, forderte Ranghild diesen auf.

Die Treppe war mittlerweile voll von Personen, die mehr oder weniger geduldig darauf warteten, zur Untersuchung zugelassen zu werden. Der Beamte öffnete die Tür, um den ersten zu Untersuchenden vorzulassen.

Es handelte sich um Ricardo Spoletti, einen Schmuckhändler und Silberschmied, dessen weitverzweigte Familie über ein beträchtliches Vermögen verfügte. Seit Jahren schwelte zwischen Ricardo und seinem Bruder Lucio ein Streit um eine beträchtliche Erbschaft. Die ganze Stadt wusste davon. Ricardo war aufgrund weißer Flecken, die sich im Gesicht und angeblich auch auf der Brust zeigten, von seinem Bruder dem Rat gemeldet worden.

Spoletti trat an die Seite Luparellos, um sich registrieren zu lassen. Zu nah, wie Luparello glaubte.

»Ha...haltet ge...gefälligst Abstand!«, schrie er aufgebracht und wich entsetzt zurück.

»Was soll das, Luparello! Er hält genügend Abstand, kein Grund zur Panik. Komm deiner Aufgabe nach!«, wies Ambrosiano ihn barsch zurecht.

»Scho...schon gut. Ich ... Ich woll...wollte ja nur sichergehen.«

Die anwesenden Studiosi, die im Halbkreis um den Untersuchungstisch herumstanden, kicherten.

Luparello hatte sich schnell wieder gefasst. Mit sicherer Hand notierte er die Personalien des Mannes sowie die Umstände, die zur Anzeige geführt hatten, und Spoletti wurde zum Untersuchungstisch geführt. Angestellte der *scuola* hatten unter der Leitung Scottos, des Bedellus, inzwischen einen mit weißem Tuch verhangenen Paravent aufgebaut. Hier konnten die zu Untersuchenden diskret ihre Urinprobe abgeben oder auch zur Ader gelassen werden. Sowohl die Harnschau als auch das Begutachten des Blutes auf seine Konsistenz hin gehörten – wenn auch nicht bei allen – zum Standard einer Leprosenschau.

Spoletti trat an den Untersuchungstisch heran.

Ranghild eröffnete die Befragung.

»Signore, Ihr seid von Eurem Bruder Lucio Spoletti ange-zeigt worden, weil ihm helle Flecken in Eurem Gesicht und auf der Brust aufgefallen seien. Mehrere aus Eurer Familie stimmen ihm bei und behaupten, Ihr würdet außerdem an einem leprösen Abszess an der großen Zehe des linken Fußes leiden. Ihr selbst bestreitet, an der Lepra erkrankt zu sein.«

»Mein Bruder Lucio ist eine Kanaille«, knurrte Spoletti. »Er will mich loswerden, um an mein Erbe heranzukommen, deswegen hat er mich denunziert. Zusammen mit dem Rest seiner Familie. Abschaum, sage ich Euch, Magistra, mensch-licher Abschaum.«

Ranghild nickte. Spoletti würde wahrscheinlich nicht der Einzige sein, der sich aufgrund einer Denunziation gezwun-gen sah, heute vor dem Gremium zu erscheinen. Immer wie-der kam es vor, dass missliebige Personen beim Priester oder direkt beim Rat der Stadt angezeigt wurden, in der Hoffnung, sie für immer loswerden zu können. Glücklicherweise kam es nur selten vor, dass die Rechnung der Denunzianten aufging.

»Würdet Ihr die Güte haben, Euren Oberkörper freizuma-chen und Euren Fuß herzuzeigen?«

Spoletti fluchte leise, entledigte sich aber eines Teils seiner Kleidung sowie seiner Stiefel.

Alle drei Ärzte nahmen die Merkmale in Augenschein. Ranghild nahm eine dünne Nadel zur Hand und stach in die gut sichtbaren Flecken, die sich an einer Wange und auf der Stirn sowie auf der linken Brustseite zeigten. Spoletti zuckte bei jedem Stich fluchend zusammen.

»Blut, kein weißlicher Ausfluss. Schmerzempfinden vor-handen. Es handelt sich um Hautflecken von nicht lepröser Natur«, bemerkte Ranghild. »Sind die Kollegen einer Mei-nung mit mir?«

Sowohl Abella als auch Leonidas nickten.

»Fahren wir fort.« Ranghild forderte Spoletti auf, sich auf die Tischkante zu setzen und den Fuß auf einen hohen Schemel zu legen. Tatsächlich wies der große Zeh eine tiefrot gerändete entzündete Beule auf, die prall mit Eiter gefüllt war.

»Ein Furunkel, mehr nicht«, wandte sie sich an die beiden Ärzte. Die nickten bestätigend.

»Ihr solltet schleunigst einen Wundarzt aufsuchen und das Furunkel öffnen lassen, Signore. Je schneller es abheilt, desto besser.«

Spoletti nickte nur.

»Ich werde mir jetzt Eure Nase ansehen, Signore. Dazu müsst ihr nach oben sehen, direkt in die Sonne. Ich werde Euch zu diesem Zweck eine schwarze Binde anlegen, die Euer Augenlicht schützen wird.«

Mit verbundenen Augen legte Spoletti den Kopf in den Nacken, und Ranghild führte vorsichtig den Spreizkolben ein. Im hellen Sonnenlicht betrachtet, offenbarten beide Nasenscheidewände keinerlei Verdachtsmomente. Ranghild bat auch Abella und Leonidas, sich die Nase anzusehen.

»Keine Geschwüre, frei von jedem entzündlichem Befall«, lautete der übereinstimmende Befund.

»Nun noch die Daumenprobe, Signor Spoletti.«

Auch diese Probe, bei der geprüft wurde, ob der Daumen kräftig und gut beweglich war, fiel negativ aus. Spoletti konnte den Daumen auch gegen Widerstand problemlos an den Zeigefinger heranführen.

»Kein Anzeichen eines Muskelschwunds. Sind die Kollegen der gleichen Meinung?«

»Kein Anzeichen von Muskelschwund«, bestätigte Abella, Leonidas nickte schweigend. Ranghild glaubte zu bemerken, dass es ihm alles andere als leichtfiel, den beiden Frauen immer wieder zustimmen zu müssen. Wahrscheinlich hätte er nur zu gern auch nur beim geringsten Anzeichen einer

Unsicherheit sein Veto eingelegt. Schon allein, um seine vermeintliche Überlegenheit zu demonstrieren.

»Eine letzte Probe, Signore. Wenn Ihr mir noch mal Euren Daumen geben wolltet«, bat Ranghild Spoletti.

Knurrend reichte der Mann ihr seinen rechten Daumen. Ranghild richtete das Nadelkissen auf einer Marmorplatte aus, fasste den Daumen des Mannes und drückte ihn fest auf die hervorstehenden Nadelspitzen, was Spoletti ein schmerzhaftes Zischen entlockte. Sofort quoll kräftig Blut aus der Daumenkuppe. Ranghild nahm seinen Daumen, hielt ihn über ein Glas mit klarem Wasser und drückte ihn mehrmals unterhalb der Nadelmale. Das herausgequetschte Blut tropfte in das Glas. Ranghild schüttelte es leicht, und das Wasser färbte sich rötlich.

»Keine Sensibilitätsstörungen, das Blut ist von normaler Konsistenz; es schwimmt nicht auf dem Wasser, sondern vermischt sich mit diesem«, stellte Ranghild fest, was auch Abella und Leonidas bezeugten.

»Und Euer Urteil, Piero?«, fragte Ranghild den Siechenmeister. Er hatte aufmerksam jede Phase der Untersuchung mitverfolgt.

»Keine Lepra, Magistra. Der Mann ist gesund.«

»*Mundus!*«, verkündete Ranghild, laut genug, dass auch der Schreiber es mitbekam. »Signor Spoletti, Ihr seid rein. Ihr könnt Euch bei Signor Luparello den Schaubrief abholen.«

Die folgenden drei untersuchten Personen, zwei Frauen und ein Mann, wurden ebenfalls als rein entlassen. Auch der Mann war denunziert worden, fluchte erbärmlich, als er seinen Schaubrief abholte, und schwor, seinem Nachbarn, dem er die Vorladung verdankte, die Gurgel durchzuschneiden.

Ambrosiano öffnete die Tür und ließ eine etwa dreißigjährige gepflegte, in kostbares Tuch gekleidete Frau auf die Terrasse, der man ihre edle Abstammung schon von Weitem ansah. Sie war in Begleitung einiger Dienerinnen sowie zweier bewaffneter Männer, die ihre Leibwache bildeten.

Maria del Campo war verwitwet und gehörte einer vornehmen Familie aus Positano an. In ihrer Miene glaubte Ranghild Hochmut, aber auch eine gehörige Portion Angst zu erkennen.

»Signora, Ihr seid aus Positano?«, fragte sie die Frau, nachdem sie sie gebeten hatte, an den Tisch vor das Gremium zu treten.

»Ja.«

»Ihr seid vom Priester der Kirche Santa Maria Assunta in Positano aufgefordert worden, heute vor dem Gremium zu erscheinen?«

»Ja. Dieser Esel glaubte, mich anzeigen zu müssen. Allein seinetwegen musste ich die beschwerliche Reise hierher unternehmen, einen ganzen Tag war ich unterwegs. Aber nur weil er Schwellungen in meinem Gesicht und Flecken an meinen Händen bemerkt hat, gibt ihm das noch lange nicht das Recht, mich als aussätzig anzusehen.«

Pater Bernardo musterte die Frau mit einem bösen Blick, enthielt sich aber einer Äußerung.

Ich fürchte, dieser Esel könnte recht haben, gute Frau, dachte Ranghild, während sie ihr Gesicht musterte. Es wies schwache, aber dennoch unverkennbare Anzeichen einer Lepra auf. Darüber hinaus nahm sie einen ätzenden Fäulnisgeruch wahr, der von ihrem Atem herrührte.

Sie warf Abella einen kurzen fragenden Blick zu, den diese mit einem Kopfnicken beantwortete. Offenbar war sie der gleichen Ansicht.

Ranghild bat den Siechenmeister, sich die Frau anzusehen, was diese mit einem vehementen »Ihr glaubt doch nicht im Ernst, dass ich mich von dem Kerl berühren und anstecken lasse!« quittierte.

»Eure Sorge ist unbegründet, Signora. Erst der Kontakt über sehr lange Zeit hinweg ist ansteckend. Das lehrt uns die Erfahrung. Außerdem trägt der Siechenmeister Handschuhe wie wir alle. Und er hat ein Tuch vor dem Mund. Ich bitte Euch, widersetzt Euch nicht.«

Der Siechenmeister trat vor die Frau und musterte ihr Gesicht. Ohne sie auch nur im Geringsten berührt zu haben, wandte er sich schließlich an die anderen *probatores*.

»Ich fürchte, sie ist erkrankt. Die äußeren Anzeichen sind eindeutig, wenn auch noch nicht voll ausgebildet.«

»Würdet Ihr uns die Anzeichen nennen?«

»Die Stirn ist geschwollen, die Augenbrauen scheinen mir etwas verdickt, sie springen vor. Die Nase ist leicht knollig. Die Augenwinkel sind tiefrot und verlieren allmählich ihre eckige Form, auch sind die Lippen recht dick und …«

»Was erzählt dieser Schwachkopf!«, kreischte die Frau plötzlich dazwischen. »Ich bin keine Aussätzige. Ihr werdet mir gefälligst einen Schaubrief ausstellen, der meine Reinheit best…« Ihre ansonsten schon raue Stimme überschlug sich, sie vermochte auf einmal nicht mehr weiterzusprechen.

»Wir werden tun, was notwendig ist, Signora. Wir sind vereidigte *probatores* und der Wahrheit verpflichtet. Wir fällen unser Urteil über einen Probanden erst nachdem wir ihn gründlich untersucht haben. Das werden wir auch mit Euch tun.« Ranghild hatte beherrscht, aber nicht ohne Schärfe gesprochen. Maria del Campo schwieg. Verzweiflung malte sich auf Ihrer Miene, von Hochmut keine Spur mehr.

Die folgende Untersuchung der Nase – diesmal unter Mitwirkung des Siechenmeisters – ergab einen überraschend negativen Befund, was die Frau wieder Hoffnung schöpfen ließ.

»Und nun, Signora, möchten wir Euch bitten, uns etwas vorzusingen. Wählt irgendein Lied, das Ihr mögt«, forderte Ranghild sie auf.

»Singen? Warum, um alles in der Welt, sollte ich singen?«

»Singt einfach.«

Die Frau gehorchte widerstrebend. Ihre Stimme klang rau und dünn zugleich, was darauf schließen ließ, dass die Krankheit, immer vorausgesetzt, dass sie davon befallen war, bereits Veränderungen an ihrem Kehlkopf verursacht haben könnte.

Die Sensibilitätsprobe mit der Nadel hingegen war negativ verlaufen. Auf die Stiche mit der Nadel reagierte sie äußerst empfindlich, sie zuckte jedes Mal mit einem Aufschrei zurück. Lediglich am Daumen verspürte sie nur leichten Schmerz, das Blut allerdings, das Ranghild in das Glas mit klarem Wasser tropfen ließ, schwamm auf der Oberfläche, anstatt sich mit dem Wasser zu vermischen – eigentlich ein eindeutiger Hinweis auf das Vorhandensein der Lepra.

»Wir werden uns kurz beraten, Signora del Campo. Wenn Ihr Euch ein wenig gedulden würdet.«

Die vier *probatores* und der Priester zogen sich hinter den Paravent zurück.

»Was meint Ihr, Piero?«, fragte Ranghild den Siechenmeister, der in gebührender Entfernung zu den anderen stand.

»Ich weiß nicht so recht. Die Symptome scheinen mir nicht eindeutig genug«, lautete die Antwort.

»Geht mir auch so«, bestätigte Abella. Leonidas nickte kaum wahrnehmbar mit dem Kopf.

»Fassen wir zusammen«, resümierte Ranghild. »Wir haben zwei negative Ergebnisse. Andere Stellen am Körper zeigen hingegen eindeutige Symptome. Aber auch wenn gewisse Testungen positiv waren, können wir die Frau nicht guten Gewissens für unrein erklären. Sie könnte auch von einer seltenen Hauterkrankung oder einem anderen Leiden befallen sein.«

»Und wenn nicht? Wenn es doch die Lepra ist? Denkt daran, dass der Teufel wie ein Engel des Lichts umherstreift und uns zu täuschen sucht«, gab Pater Bernardo zu bedenken.

»Das einzige Licht, mit dem wir es heute Morgen zu tun haben, verdanken wir der Sonne, verehrter Pater. Und die wiederum ist ein Geschenk Gottes, sie wurde von ihm erschaffen. Wenn Ihr daran zweifelt, lest nach im Buch Genesis«, entgegnete Ranghild so trocken wie verärgert.

»Belehrt mich nicht über das Buch Genesis. Die Deutung der Schrift obliegt der Kirche und ihren von Gott gesalbten Vertretern. Bleibt bei Euren Leisten, Magistra!«

»Gut. Dann bleibt Ihr bei den Euren und überlasst uns Ärzten die Deutung von Krankheitssymptomen.«

»Diese Krankheit ist eine Strafe Gottes für Geilheit und Unzucht, vergesst das nicht. Schon Hildegard von Bingen erkannte dies. Und …«

»Hört zu, Pater. Ihr seid hier, um dem Willen der Obrigkeit und dem der Kirche Genüge zu tun, und nicht um uns zu belehren. Eure Aufgabe ist es, für die von uns als leprös erkannten und bezeichneten Personen die Totenmesse zu lesen und sie ins Leprosorium zu geleiten. Unsere ist es, mit größtmöglicher Sicherheit festzustellen, ob der Betreffende in Eure Hände gehört oder nicht.«

»Die Kollegin hat recht, Pater!«, kam Abella ihr zu Hilfe. »Und um auch in diesem Fall sicherzugehen, sollten wir weitere Untersuchungen anstellen. Wie wäre es mit einer Harnschau?«, schlug sie vor und erntete allgemeine Zustimmung.

Ranghild reichte der Probandin ein tönernes Gefäß, mit dem diese sich hinter den Paravent begab. Gleich darauf kehrte sie mit dem frischen Harn zurück, den Abella in ein kolbenartiges Glasgefäß umfüllte, das sie gegen das Licht hielt.

»Bei Leprösen ist der Urin hell, von fast weißer Farbe und von dünner Beschaffenheit«, führte Abella aus. »Außerdem enthält er erdige, trockene oder körnige Bestandteile, die beim Schütteln gegen das Glas prallen und einen hellen Ton erzeugen. Nichts davon ist zu sehen ...« – sie schüttelte das Glas – »... oder zu hören. Der Harn der untersuchten Person ist von normaler Farbe und auch ansonsten völlig unauffällig.«

Alle nickten bestätigend. »Ein starker negativer Befund. Was sollen wir nun machen?«, fragte Ranghild.

»Ich für meine Teil plädiere dafür, der Frau einen vorläufigen Schaubrief auszustellen. Wir bescheinigen ihr Reinheit, begrenzt auf ein halbes Jahr. Danach soll sie sich aufs Neue vorstellen.«

Magister Leonidas hatte den Vorschlag gemacht. Wie kooperativ er auf einmal ist, wunderte sich Ranghild.

»Der Vorschlag scheint mir vernünftig. Wer stimmt zu?«

Alle hoben die Hand.

Ranghild unternahm es, den Beschluss Maria del Campo mitzuteilen. Als sie ihn vernommen hatte, fiel sie vor Erleichterung überwältigt auf die Knie und hob die Hände zum Himmel.

»*Grazie Dio! Grazie Maria! Grazie santi!*«, rief sie überglücklich. Sie sprang auf und wollte Ranghild um den Hals fallen, was die dabeistehende Wache jedoch verhinderte. Körperliche Berührungen während der Leprosenschau waren auf das absolut Notwendige zu begrenzen, lautete das Reglement.

»Danke Euch, Magistra Abellita. Mein Dank an das ganze erlauchte Gremium«, wandte sich Maria an Ranghild. »Ihr werdet sehen, wenn ich in einem halben Jahr wiederkomme, sind die Anzeichen völlig verschwunden. Ich werde als gesunde Person vor Euch stehen.«

Ranghild lächelte. »Ich wünsche es Euch, Signora. Lebt wohl.«

Maria del Campo stand im Begriff, die Terrasse zu verlassen, als Magister Leonidas ihr hinterherlief.

»Auf ein Wort noch, Signora!«

Erstaunt wandte sich die Frau um.

»Magister, was ist?«

»Ihr wollt das nächste Mal als gesunde Person vor uns erscheinen?«

»Aber ja doch. Gewiss!«

»Nun, ich hätte da einen Vorschlag zu machen. Zur sicheren Unterstützung Eurer Genesung.«

Ranghild und Abella sahen sich verblüfft an. Auch der Siechenmeister hob interessiert die Brauen.

»Einen Vorschlag zu meiner Genesung! Was muss ich tun?«

»Nun …«, Leonidas rieb sich umständlich die Hände, »… es würde allerdings bedeuten, dass Ihr Euch eine Zeit lang in meine Behandlung begebt. Ich würde Euch einen guten Preis machen.«

»Es gibt die Möglichkeit einer Behandlung? Mein Gott! Ich würde jeden Preis dafür zahlen.«

»Dann schlage ich vor, ich besuche Euch heute noch, und wir sprechen über die Therapie. Auch über den Preis können wir dann reden.«

»Tut das, Magister. Ich erwarte Euch.« Sichtlich beschwingt verließ Maria del Campo die Siechenschau.

Ranghild war zunächst wie vor den Kopf geschlagen. Dann fing es in ihr zu brodeln an. Was, um Himmels willen, war auf einmal in den Alten gefahren?

»Was tut Ihr da, Collega? Ihr versprecht der Frau Heilung von der Lepra, die wir so eindeutig noch gar nicht festgestellt haben? Welche Therapie meint Ihr?«

»Sagt, Magistra, Avicenna dürfte Euch doch ein Begriff sein, nicht wahr?« Allein der herablassende Ton, in dem der Greis die Frage gestellt hatte, ließ die Wut in Ranghild weiter hochkochen, doch sie beherrschte sich.

»Avicenna empfiehlt eine Schlangensuppe, zubereitet mit

Porree, Dill und Kichererbsen«, fuhr der greise Arzt weiter fort. »Darüber hinaus ein Arzneimittel, das aus dem Blut einer schwarzen Schlange hergestellt wird. Ich kenne die Rezeptur, sie ist aufwendig und teuer. Ich denke, ein Fall wie dieser, in dem die Krankheit noch nicht deutlich zutage tritt, rechtfertigt es, dass man zu … sagen wir … unkonventionellen Therapiemethoden greift, um ihr Voranschreiten zu verhindern. Gewiss, auch auf besondere Reinlichkeit und reines Trinkwasser zu achten, ist angebracht, dennoch … wie gesagt …«, der Greis zuckte vielsagend die Schulter.

Ranghild war entsetzt. Der positive Eindruck, den sie von Leonidas während der Siechenschau gewonnen hatte, war dahin.

»Unkonventionell, sagt Ihr? Seid Ihr studierter Arzt oder Scharlatan?«

»Ich verbitte mir diesen respektlosen Ton, Magistra«, zischte er. »Es ist ein Versuch. Avicenna und die anderen Altvorderen unserer Zunft, wie auch Galen, dürften durchaus positive Erfahrungen mit ihren Behandlungsmethoden gemacht haben, auch wenn sie in Salerno bei der einen oder anderen Magistra aus der Mode gekommen sein mögen.«

»Ihr glaubt tatsächlich, dass diese … diese abenteuerlichen Therapieempfehlungen nützen?«

»Natürlich! Weshalb sonst hätten diese Empfehlungen in die klassischen Werke der Heilliteratur Eingang gefunden? Die Leprösen verdienen in besonderer Weise unsere ärztliche Hingabe. Was könnten sie schon verlieren? Ich jedenfalls bin mir nicht zu schade, diesen Empfehlungen die Aufmerksamkeit zu widmen, die ihnen gebührt. Zum Besten dieser Ärmsten der Armen, denen ich das vermittle, was sie am dringendsten benötigen – nämlich Hoffnung.«

Vor allem zu deinem Besten, du heuchlerischer Geldschneider, du elender, dachte Ranghild grimmig. Sie wollte zu einer geharnischten Entgegnung ansetzen, besann sich aber eines Besseren. Sie wollte die gespannte Atmosphäre, die zwischen ihnen entstanden war, nicht weiter anheizen; noch hatten sie eine Menge zu tun.

Kapitel 43

Am frühen Nachmittag überbrachte ein Bote die Nachricht, dass ein lange gesuchter, ursprünglich aus den deutschen Landen stammender Verbrecher gefasst worden sei: aufgrund seines feuerroten Bartes der Rote Corrado, gelegentlich auch Il Tedesco Rosso oder kurz Il Rosso genannt. Er müsse einer Siechenschau unterzogen werden, damit entschieden werden könne, wie mit ihm weiter zu verfahren sei. Die *probatores* sollten sich bereithalten, lautete die Anweisung.

Etwa zwei Stunden vor Sonnenuntergang trabten zwölf bewaffnete Reiter der königlichen Garde unter der Führung von Capitano Basilio Maggiore auf den unterhalb der Terrasse gelegenen Warteplatz. In ihrer Mitte ein weiterer Reiter, ein Hüne von Mann, mit auf den Rücken gefesselten Händen.

Das Hufgeklapper hatte das Prüfgremium an die Balustrade treten lassen.

»Das ist der Rote Corrado, genannt Il Rosso?«, murmelte Ranghild, als sie den Hünen erblickte, der gefesselt auf dem Pferd saß. Sie war irritiert. Eigentlich hatte sie mit einem durch die Lepra völlig entstellten Menschen gerechnet, doch der Mann strotzte vor Kraft. Er trug eine Glatze, dafür wucherte ein auffallend wilder, feuerroter Bart in seinem Gesicht.

»Dieser Teufel«, zischte Scotto. »Er hat meinen Vetter Carlo auf dem Gewissen.«

»Wie das?«, fragte Ranghild.

»Er hatte sich einer Karawane nach Neapel angeschlossen. Dann brach dieser verfluchte Wegelagerer mit seiner Siechenbande plötzlich aus dem Gebüsch. Da mein Vetter und einige andere sich weigerten, klein beizugeben, wurden sie kurzerhand niedergemacht.«

»Eine wahre Landplage, dieser Deutsche«, meinte Ambrosiano.

»Er ist tatsächlich Deutscher?«, hakte Ranghild nach.

»Ja. Er soll aus einer Gegend stammen, den die Deutschen *Svarzwald* nennen.«

Ranghild schwieg. Der Schwarzwald. Ihre Heimat.

Sie verfiel in melancholisches Grübeln, aus dem Abella sie mit einem leise geflüsterten »Was vorbei ist, ist vorbei, Abellita« zurückholte. Ranghild streifte sie dafür mit einem dankbaren Blick.

»Absitzen und aufgepasst!«, hallte der Befehl des Capitano über den Platz.

Vier seiner Soldaten sprangen aus dem Sattel und umstellten den Gefangenen mit gezogenen Schwertern. Die anderen hatten damit zu tun, die wild durcheinanderschreiende Menge zurückzudrängen.

Auch der Capitano war abgesessen.

»Und jetzt du. Absitzen, das Gesicht mir zugewandt!«, wandte er sich an den Gefangenen. »Und keine Sperenzchen!«, fügte er drohend hinzu.

Il Rosso grinste frech und deutete mit dem Oberkörper eine höhnische Verbeugung an. Dann schwang er den rechten Fuß über den Sattelknauf und glitt vom Pferd.

»Und jetzt hoch mit dir. Die Treppe da.«

Mit schweren Schritten, bewacht von den Soldaten der Garde und dem Capitano, stapfte der Rote Corrado die Treppe empor. Vorbei an Ambrosiano traten die Männer auf die Terrasse.

»Wohin?«, fragte der Capitano.

»Dorthin, Capitano. Die Personalien des Probanden und

der Grund seines Erscheinens müssen festgehalten werden«, antwortete Ambrosiano devot und wies auf Luparello, der am Schreibpult stand.

Der Schreiber war kalkweiß geworden. Mit zitternder Hand notierte er, was der Capitano ihm in die Feder diktierte.

Ranghild verspürte ein Gefühl der Enge in der Brust, als Maggiore mit seinen Männern und dem Gefangenen an den Untersuchungstisch trat. Auch aus der Nähe machte der Mann einen vor Gesundheit strotzenden Eindruck; er wies weder im Gesicht noch sonst wo irgendwelche Anzeichen einer Lepra auf. Doch in seinem Auftritt lag etwas Animalisches, geradezu Diabolisches, das auf die Anwesenden eine fast paralysierende Wirkung ausübte. Obwohl an Händen und Füßen gefesselt, verbreitete er eine Aura des Schreckens. Was Ranghild aber am meisten beunruhigte – der Mann kam ihr bekannt vor …

Das Herz schlug ihr bis zum Hals, als sie vor ihn trat und zu ihm hochsah. Er überragte sie um gut zwei Haupteslängen. Er hatte bis jetzt beharrlich geschwiegen und musterte sie höhnisch.

»Ich bin Magistra Abellita Montini, die leitende Prüfmeisterin dieses Gremiums, und werde Euch nun untersuchen. – Signor Maggiore«, wandte sie sich an den Capitano, »der Mann muss seinen Oberkörper frei machen.« Dass sie ihren ganzen Mut zusammennehmen musste, um den Verbrecher anzusprechen, ärgerte sie.

»Aber sicher doch, Magistra«, knurrte Maggiore. Die vier Soldaten stellten sich um den Gefangenen auf und richteten ihre Schwertspitzen auf seinen Hals, während der Capitano den Strick löste, mit dem man ihm die Hände auf dem Rücken gefesselt hatte. Anschließend trat er vor ihn hin, zog ihm das Hemd über den Kopf und band ihm erneut die Hände zusammen, diesmal vor dem Bauch.

Ranghild und ihre Kollegen besahen sich Brust und Oberarme des Mannes. Er verfügte tatsächlich über mehrere auffällige Hautmale. Die Ärzte und der Siechenmeister brauchten jedoch nicht lange, um übereinstimmend festzustellen, dass es sich um Farbveränderungen handelte, die nicht der Lepra geschuldet waren. Um sicherzugehen, machte Ranghild die Nadelprobe und stach in die hellen Flecken, die sofort anfingen zu bluten und dem Hünen jedes Mal einen wütenden Zischlaut entlockten. Auch die folgende Daumen- und die Blutprobe verliefen negativ, ebenso die Überprüfung der unteren Extremitäten und die Untersuchung der Nasenscheidewände.

»Auf ein Wort, Capitano, ein Gespräch unter vier Augen«, bat Ranghild Maggiore, nachdem die Untersuchungen abgeschlossen waren.

Sie traten hinter den Paravent.

»Der Mann ist völlig gesund. Nicht das geringste Anzeichen einer Lepra!«, stellte die Magistra stellvertretend für das Gremium fest.

»Das hab ich mir schon gedacht«, knurrte Maggiore.

»Sagt, Capitano, wie kommt es, dass die Opfer seiner Überfälle ihn als Aussätzigen beschreiben? Was sein Aussehen angeht, sollen wahre Schauergeschichten im Umlauf sein.«

Statt einer Antwort griff Maggiore in seine Gürteltasche, zog ein zusammengefaltetes Stück Leder heraus und übergab es Ranghild, die es auseinanderfaltete.

»Eine Halbmaske!«, murmelte sie verblüfft. »Äußerst gekonnt zugeschnitten und meisterhaft bemalt. Jetzt verstehe ich.«

»Richtig. Er hatte sie aufgehabt, als wir ihn und die restliche Brut ausgehoben haben.«

»Und die anderen? Alles Lepröse?«

»Fünf von ihnen wurden getötet. Drei von ihnen waren Aussätzige, da bin ich mir sicher. Die anderen, die wir festnehmen konnten, sitzen im Keller des Siechenhauses ein. Bei zweien habe ich meine Zweifel, die anderen weisen deutliche Anzeichen der Krankheit auf. Zumindest soweit ich es beurteilen kann. Das Gremium soll sie morgen in einer Sondersiechenschau begutachten. Der Rat wird Euch noch Mitteilung machen.«

»Die Bande sitzt im Keller des Siechenhauses ein?«

»Ja, aber keine Sorge. Meine Leute bewachen das Gelände. Ich habe einen Wachkordon vor dem Haus aufziehen lassen.«

Sie traten wieder an den Untersuchungstisch. Bis auf Abella, die das Tagesprotokoll studierte, waren mittlerweile alle gegangen. Der Warteplatz unterhalb der Terrasse hatte sich weitgehend geleert, nur noch eine Handvoll besonders hartnäckige Sensationslüsterne stand herum; die Soldaten, die die Schaulustigen in Schach gehalten hatten, warteten gelangweilt.

Capitano Maggiore gab Befehl zum Aufbruch und verabschiedete sich. Als zwei seiner Männer den Gefangenen, der bis jetzt nicht ein einziges Wort von sich gegeben hatte, rechts und links beim Arm packten, um mit ihm die Terrasse zu verlassen, wandte dieser sich völlig überraschend an Ranghild.

»Seid Ihr denn schon fertig mit Eurer Untersuchung, schöne Magistra? Es gibt da noch eine Stelle, die Ihr untersuchen solltet – sie befindet sich zwischen meinen Beinen. Wollt Ihr nicht nachsehen? Ich verspreche Euch, es lohnt sich.« Der Aufforderung folgte ein dröhnendes Lachen.

Der Capitano reagierte unverzüglich. Er holte aus und drosch dem Gefangenen die Faust ins Gesicht, dass es knackte. Blut spritzte ihm aus der Nase.

»Entschuldigt, Magistra«, wandte er sich vor Empörung zitternd an Ranghild. »Ich werde das Schwein heute Nacht krummschließen lassen, dass ihm Hören und Sehen vergeht.«

Er trat von hinten an den Gefangenen heran und riss ihm die gefesselten Arme nach oben, bis es auch in seinen

Schultern knackte. In gebückter Haltung schleiften ihn die Männer über die Treppe nach unten. Sein Lachen war in wilde Flüche und wütende Schmerzensschreie übergegangen.

Ranghild stand wie vom Donner gerührt. Sie war kalkweiß geworden. Ein heftiges Zittern überfiel sie, sie wankte.

Abella eilte an ihr Seite.

»Um Himmels willen, Abellita, was ist? Hat dich das vulgäre Schwein dermaßen aus der Fassung gebracht?«

Ranghild schüttelte den Kopf.

»Das … Das ist es nicht. Es ist … die Stimme. Ich … Ich hab sie sofort wiedererkannt. Der Mann … er hatte … Er hatte damals noch sein volles Haar, und er trug keinen Bart. Aber diese Stimme … Ich bin mir sicher … Er ist … Er ist …«, sie stockte mit bebenden Lippen.

Bestürzt sah Abella sie an.

»Großer Gott! Bist du dir sicher?«, flüsterte sie fassungslos.

Ranghild nickte nur. Dann brach ein hemmungsloses Schluchzen aus ihr heraus, das sie in wildem Schmerz die Hände vors Gesicht schlagen ließ. Mit der Wucht eines Donnerschlags war die furchtbare Erinnerung an das Grauen jener mörderischen, von Blut und Brand geschwängerten Nacht in ihr Leben zurückgekehrt, in der sie alles, was ihr lieb und teuer gewesen war, verloren hatte. Die dunklen Vögel, die sich seit jenem Ereignis tief in ihrem Inneren eingenistet hatten, waren erwacht und hackten erneut mit den Schnäbeln nach ihr.

Die Frau, die ihr in all den Jahren Mentorin, Mutter und Schwester geworden war, die Freundin und Gefährtin, der sie im Laufe der Zeit Stück um Stück das Geheimnis ihrer Herkunft anvertraut hatte, schloss sie fest in die Arme und küsste sie zärtlich auf die Stirn.

»Weine, kleine Abellita, weine. Weine, bis dir leichter wird«, murmelte sie.

Am Tag der Abreise nach Würzburg war der Himmel wolkenverhangen und düster; von Osten kommend, fegten kalte Böen über die Stadt.

Mit gemischten Gefühlen stand Ranghild auf der Dachterrasse des Hauses, das sie mit Abella bewohnte, und blickte auf die Bucht hinaus, auf der ein tief hängender bleierner Himmel lastete. Das Meer präsentierte sich an diesem Morgen unruhig und in stumpfem Grau, Schaum kräuselte die Wellen. Weit draußen am Horizont blinkte ein schmaler Streifen aus lichtem Weiß, als wollte er versprechen, dass der Himmel im Verlauf der nächsten Stunden aufklarte.

Doch bis dahin würden die Mauern Salernos längst hinter ihnen liegen.

Eine Böe stob heran, wirbelte die Blätter eines Zitronenbäumchens über die gefliese Dachterrasse und ließ das weizenblonde Haar Ranghilds ungestüm flattern. Ein Kälteschauer strich über ihren Rücken, frierend schlang sie die Arme um ihren Leib.

»So früh schon auf?«, ertönte die warme Stimme Abellas in ihrem Rücken.

Ranghild wandte den Kopf. »Ja. Ich konnte einfach nicht schlafen.«

Abella legte ihr einen wollenen Umhang um die Schultern und trat an ihre Seite. »Du solltest auf dich achten, meine Liebe! Schlaf ist wichtig. Und eine Erkältung kannst du dir derzeit nicht leisten.«

Ranghild lächelte. »Du hast mich raustreten seh'n. Ergo hast du mich beobachtet. Ergo konntest auch du nicht schlafen«, stellte sie fest und lehnte dankbar den Kopf an ihre Schulter.

Versunken in den Anblick der grau verhangenen Bucht, standen sie eine Weile einfach nur da, hingen ihren Gedanken nach und schwiegen.

»Ich muss dir noch etwas sagen, Abellita«, unterbrach Abella das Schweigen, »die Anzahl der Waffenknechte, die unseren Tross begleiten werden, wurde um vier Soldaten aus den Reihen der Königlichen ergänzt.«

»Droht akute Gefahr?«

»Nun ja, wie man es nimmt. Dem Roten Corrado gelang gestern im Morgengrauen die Flucht. Ich habe es erst gestern spätabends erfahren, wollte dich aber nicht beunruhigen. Deswegen sage ich es dir erst jetzt. Wer weiß, was diesem Schurken noch alles einfällt. Er weiß, von wem auch immer, dass heute ein Tross in Richtung Norden abgeht. Und dass du und ich ihm angehören werden. Il Rosso seinerseits hat einem Mitgefangenen gesteckt, dass er furchtbar Rache nehmen werde für den Überfall auf seine Leute.«

Ranghild schwieg. Betroffenheit, Wut und Enttäuschung spiegelte sich in ihrem Gesicht. Die Panikattacke, die sie vor wenigen Tagen erlitt, als sie den Mann wiedererkannte, der vor vierzehn Jahren ihr Leben zerstört und das ihrer Familie ausgelöscht hatte, war zwar bald vorüber gewesen. Doch die Erinnerung hatte Wunden aufgerissen, die längst dabei gewesen waren zu vernarben. Auch die Frage nach dem Warum war wieder neu aufgebrochen. Und die bange Frage, was mit ihm geschehen war, dem Gefährten ihrer Kindheit. Unzertrennlich waren sie gewesen. Sie erinnerte sich an das Spiel, das sie mit ihm gespielt hatte, an jenem Abend, als er sich, vom Nachbarhof kommend, zu ihr gesellt hatte. Wenige Stunden bevor die Mordbrenner gekommen waren. Sie hatte sich das Spiel ausgedacht, er hatte die Figuren dafür geschnitzt. Ein Märchen hatte sie dazu inspiriert. Das Märchen von dem Reiter, der zur Sonne ritt. Ihrer beider Lieblingsmärchen.

All das schoss ihr jetzt durch den Kopf, während sie an Il Rosso dachte, der sich der Kerkerhaft durch Flucht entzogen hatte. Gestern noch war die Hoffnung in ihr aufgekeimt, einige der brennendsten Fragen von ihm beantwortet zu bekommen. Diese aber hatte sich nun zerschlagen.

»Wie konnte er überhaupt fliehen?«, wollte sie von Abella wissen.

»Das fragt man sich beim Rat auch. Augenscheinlich erhielt er Hilfe von außen.«

»Dann wird dieses Schwein wieder schadlos davonkommen. Es ist wie immer: Der Teufel hilft den Seinen«, zischte Ranghild finster.

Abella drückte sie. »Und Gott den Seinen, Kind. Lass uns darauf vertrauen. Wir werden eine sichere Reise haben.«

Ranghild widmete ihr einen dankbaren Blick.

»Das werden wir. Jetzt erst recht!«

DRITTES BUCH

DES BLUTES STUMMER SCHREI

1337

Kapitel 44

Regensburg
10. April Anno Domini 1337

In dieser Nacht geizte der Mond mit seinem Licht wie eine verschleierte Jungfrau mit ihren Reizen.

Als kaum wahrnehmbarer Schemen glitt ein Nachen auf der Donau flussabwärts. Die beiden in dunkle Gewänder gehüllten Männer, die in ihm saßen – sie waren Brüder –, wirkten recht wortkarg. Der Größere und Kräftigere ruderte, was das Zeug hielt, der Kleinere, Schmächtigere saß, die Kapuze tief in die Stirn gezogen und die Arme vor der Brust verschränkt, zusammengekauert auf der Sitzbank.

»Wie lange noch?«, brach er das Schweigen. Er klang missgelaunt.

»Würdest du nicht immerzu nach unten starren, Jaro, würdest du sehen, dass wir bald da sind. Heb deine Rübe und sieh einfach mal nach vorn!«, gab sein Bruder Milan ärgerlich zur Antwort. Jaroslav, von seinem Bruder kurz Jaro genannt, hob den Kopf und sah in Fahrtrichtung.

Soeben hatten sie eine Flussbiegung passiert. Vor dem wolkenverhangenen Nachthimmel, an dem hin und wieder ein diffuser, fahler Fleck den Mond erahnen ließ, präsentierte sich ihnen schemenhaft, aber unverkennbar die dunkle Silhouette der Stadt Regensburg mit ihren Zinnen und Türmen. Bald würden sie sie erreicht haben.

Vor weit über einer Stunde waren sie aufgebrochen. Ihr Gepäck, mit dem sie aus Prag angereist waren, hatten sie in einer am Fluss gelegenen Herberge, deren Wirt sie gut kannten, zurückgelassen. Morgen, sobald sie in Regensburg einquartiert waren, würden sie es nachholen lassen. Sie hatten beschlossen, in Ufernähe flussabwärts zu fahren, um den natürlichen Sichtschutz zu nutzen, den die Ufervegetation ihnen gewährte.

Der Anblick der Stadt, die mit jedem Ruderschlag näher rückte, beflügelte den Ruderer geradezu. Seine Schläge wurden ausholender und kräftiger, der Rhythmus, mit dem die Ruderblätter in die Fluten eintauchten, schneller. Das Boot pflügte regelrecht durch die schwarzen Fluten, rechts und links des Bugs spritzte Gischt die Seitenwände hoch.

»Nicht so schnell, Milan! Ich werd noch ganz nass von den verdammten Spritzern«, murrte Jaro. Sein Bruder beachtete ihn nicht weiter.

Nach einer Weile verlangsamte er das Tempo. Vorsichtig steuerte er auf das Areal einer der westlich der Steinernen Brücke gelegenen Länden zu, die im Schatten der mächtigen Stadtmauer in fast undurchdringlichem Dunkel lagen.

Je näher sie ihrem Ziel kamen, desto penetranter wurde der Geruch nach Algen, Fisch und Fäkalien, der die Luft schwängerte. Der stinkende Brodem entstieg den Fluten der Donau, die ab hier den Unrat der Stadt aufnahm, um träge Richtung Osten weiterzufließen.

»Pfui Teufel, hier stinkt's!«, knurrte Jaro und schnupperte angewidert.

Auch Milan rümpfte die Nase, enthielt sich aber eines Kommentars.

Sie näherten sich den Anlegestellen. Angesichts der mächtigen Leiber der Boote, Lastkähne und Flöße, die an den Molen festgemacht hatten und manchmal wie unförmige Festungen im Wasser lagen, wirkte der Nachen der beiden Männer wie ein Zwerg unter Riesen.

Milan hatte die Geschwindigkeit inzwischen weiter reduziert. Aufmerksam inspizierte er das Areal der Lände. Angestrengt versuchte er mit seinen Augen die Dunkelheit zu durchdringen, um die dunklen Konturen, die sich dort erhoben, voneinander abgrenzen und unterscheiden zu können: die Lager- und Geräteschuppen, die auf- und nebeneinandergestapelten Kisten und Tonnen, die Fässer und Säcke, die Stapel von Holz und Ziegeln sowie mehrere kegelförmig aufgeschüttete Haufen Sand und Kies.

Er steuerte den Nachen zwischen zwei riesige, hoch beladene Lastkähne. Sie würden morgen gelöscht werden. Ein idealer Platz, um anzulegen. Im Schutz der Schatten, die die mächtigen Schiffskörper warfen, war die Gefahr, von den Wachen, die die Lände kontrollierten, entdeckt zu werden, am geringsten.

Milan erhob sich von der Sitzbank, nahm einen Strick zur Hand, griff nach den Bohlen des Stegs zu seiner Linken und zog sich und das Boot an den Steg heran. Der Nachen begann heftig zu krängen, Wasser schwappte über die Bordwand.

»Verdammt, willst du uns zum Kentern bringen?«, fluchte Jaro erschrocken.

»Leise! Halts Maul, Bruder. Wir können nicht vorsichtig genug sein«, zischte er. »Außerdem, so schnell ersäuft man nicht, du Memme. Es sei denn, man kann nicht schwimmen. Du kannst doch schwimmen, oder?« Obwohl er nur flüsterte, war die Häme, die in seiner Stimme lag, nicht zu überhören. Er wusste, dass es mit Schwimmen bei seinem Bruder nicht weit her war. Als Kind wäre Jaro einmal beinahe ersoffen, seitdem mied er größere Gewässer wie der Teufel das Weihwasser. Es sei denn, es war unumgänglich. Wie jetzt.

Jaro murmelte etwas, was Milan nicht verstehen konnte – dass es keine Schmeichelei war, konnte er sich denken, aber das war ihm egal.

Er formte das Seil zu einer Schlinge, legte sie um den Pfosten, der neben dem Steg aus dem Wasser ragte, und zog sie fest. Knarzend schabte das Boot an den fauligen Bohlen des Stegs, die dunklen Fluten der gemächlich vorbeiströmenden Donau klatschten gegen die Planken und ließen es sanft schaukeln.

»Und jetzt mir nach, aber vorsichtig! Vergiss nicht die verdammte Rolle mit den Aufzeichnungen.«

Der Aufforderung hätte es nicht bedurft; Jaro hatte die wasserdichte, mit einem Trageriemen versehene Lederhülse, in denen Pläne und Aufzeichnungen steckten, bereits umgeschnallt.

Milan sprang als Erster auf den Steg und fluchte unterdrückt, als er auf den schmierigen Bohlen unversehens ausrutschte und um ein Haar gestürzt wäre. Es gelang ihm gerade noch, sich zu fangen. Gefolgt von Jaro, lief er weiter. Die beiden riesigen Kähne zur Rechten und zur Linken gewährten ihnen Deckung. Dort wo der Steg in den mit Steinen befestigten Ländeplatz überging, hielt er kurz inne, um sich zu orientieren. Obwohl die Finsternis fast greifbar war, konnte er sich einigermaßen verorten und rannte auf eine Reihe mannshoch gestapelter Kisten zu, hinter der sie abermals Deckung suchten.

»Die Gegend ist menschenleer. Weshalb so vorsichtig?«, wisperte Jaro, etwas außer Puste gekommen.

»Welche von der Stadtwache könnten unterwegs sein«, wisperte Milan zurück. »Manchmal sieht auch der Wachtmeister der Donauwacht nach dem Rechten und inspiziert die Lände. Komm!«

Milan lief weiter in Richtung Osten, vorbei an der Holz- und an der Weinlände, und nutzte dabei die Deckung, die ihm Lagerschuppen, Kisten- und Holzstapel sowie Fässer und einige Sand- und Kieshaufen boten.

Sein Ziel war das Ohmtürlein, ein schmaler Durchgang in

der Stadtmauer. Er befand sich ein gutes Stück weiter ost-wärts, nahe der Steinernen Brücke in der Nähe des Wiedfangs, wo ein von der Donau abgeleiteter Kanal einen kleinen Hafen bildete, der den Zugang zu einem geräumigen Holzlagerplatz gewährte. Noch bevor die Nachtwächter die zwölfte Stunde ausriefen, mussten sie beim Ohmtürlein sein.

Sie hatten die Weinlände erreicht. Wieder liefen sie ein Stück weiter, als Milan plötzlich seinen Lauf bremste und, gefolgt von seinem Bruder, erneut in Deckung ging. Diesmal hinter einem Stapel leerer Fässer. Milan hatte nicht nur gute Augen, sondern auch ein verdammt scharfes Gehör. Hatte er nicht gerade ein Geräusch vernommen? Witternd sah er sich um. Offenbar hatte er sich getäuscht, keine Gefahr. Gerade schickte er sich an, die Deckung zu verlassen, als er abrupt innehielt, Jaro beim Arm packte und erneut hinter den Stapel zog.

»Was ist?«, flüsterte Jaro.

Milan beschwor ihn, still zu sein, indem er ihm mit der lin-ken Hand den Mund zuhielt und den Zeigefinger der rechten auf seine Lippen legte. Der Grund waren zwei Lichtflecke, die hinter einem der Lagerschuppen auftauchten und sich auf sie zubewegten. Zwei Männer mit Laternen in den Händen, Wachtknechte der Donauwacht, die lange Schatten hinter sich herzogen. Mit geschulterten Hellebarden patrouillierten sie die Lände entlang. Schon konnten sie das Gemurmel ihrer Stimmen vernehmen, eine helle, piepsige und eine tiefe, hei-sere, die, je näher die beiden kamen, immer lauter wurden.

»… ist die Gauklerin auf den Hauptmann zugegangen und hat ihn einfach angesprochen. Wer der Mann sei, hat sie von ihm wissen wollen. Sie würde ihn kennen, hat sie behauptet, sie sei früher mit ihm jahrelang zusammen gewesen. Kannst du dir das vorstellen: Der Junge von der Heyden hat es mit einer Gauklerdirne getrieben!«

»Sieh an, es stimmt also doch, was man sich über ihn erzählt. Wenn auch hinter vorgehaltener Hand.«

»Was denn?«

»Na, dass er nicht der ist, der er zu sein vorgibt. In Wirk-
lichkeit sei er ein Anrüchiger, ein ehemaliger Spielmann und
Seiltänzer, den der Escher aufgenommen hätte, weil er keinen
Erben hat.«

»Dass ich nicht lache. Der Escher wird so blöd sein und
einen Anrüchigen bei sich aufnehmen. Glaubst du den
Quatsch etwa?«

»Na ja, ich mein ja nur. Könnte doch sein, dass …«

Das Ende des Satzes verhallte in der Nacht. Die weitere
Unterhaltung bekamen Jaro und Milan nicht mehr mit. Die
Stadtknechte waren vorübergegangen und entfernten sich in
Richtung Westen.

»Los, komm! Wir müssen weiter, ehe sie zurückkommen«,
mahnte Milan flüsternd.

Gefolgt von Jaro, lief er los, wobei er nach wie vor jede
Möglichkeit zur Deckung nutzte, die sich ihnen bot.

Das letzte Stück der Strecke bewegten sie sich eng im
Schatten der Stadtmauer, die sich zu ihrer Rechten in den
nächtlichen Himmel schob.

»Wir sind da«, flüsterte er und blieb vor einem mit einer
schweren Bohlentür verschlossenen Durchgang in der Mauer
stehen. Sie hatten das Ohmtürlein erreicht. Hinter der Stadtmauer hörten sie entfernt einen der Nachtwächter die zwölfte
Stunde ausrufen. Sie waren pünktlich.

Milan sah sich kurz um, als wollte er sich vergewissern,
dass niemand sie bemerkte, dann zog er ein Messer aus dem
Gürtel und klopfte mit dem eisernen Knauf mehrmals rhythmisch gegen die Bohlen.

Zweimal. Dreimal. Zweimal.

Sie warteten.

Nichts rührte sich.

Sie warteten weiter.

»Was ist? Warum machen die nicht auf?«, wisperte Jaro aufgeregt.

Statt einer Antwort klopfte Milan nochmals im selben Rhythmus gegen die Bohlen.

Zweimal. Dreimal. Zweimal.

Stille. Keine Reaktion.

»Verdammt!«, fluchte Milan leise. Nervös sah er sich um und ließ seinen Blick angespannt die Lände hinauf und hinunter schweifen.

Da sah er den Schein der beiden Laternen! Noch weit weg, aber sich stetig nähernd. Die Wachtknechte kehrten zurück. Hektisch suchte Milan die Umgebung nach einem Versteck ab. Wenn weiter niemand öffnete, würden sie eines brauchen. Doch hier gab es nichts, wo sie sich verbergen konnten. Im Gegensatz zu dort, wo sie hergekommen waren, war die Lände an dieser Stelle wie leer gefegt.

»Die müssen doch endlich öffnen. Was machen wir jetzt? Da hinten kommt die Stadtwache. Sie werden uns gleich bemerken. Wehe uns, wenn sie den Plan bei uns entdecken!« Jaros Stimme überschlug sich vor Angst.

»Das weiß ich selbst. Aber wenn wir in Panik geraten, wird es nicht besser, also halt endlich die Klappe!«, zischte Milan ihn wütend an und probierte es ein drittes Mal mit Klopfen.

Zweimal. Dreimal. Zweimal.

Ein Knirschen im Schloss. Ein Knarzen und Quietschen. Langsam ging die Bohlentür auf. Allerdings nur einen Spalt weit. Der Spalt war schwarz, wie mit Pech ausgefüllt. Offenbar war es hinter der Tür noch dunkler als hier, auf der der Donau zugewandten Seite der Stadtmauer.

»Wie lautet die Losung?«, knurrte eine Stimme, dunkel wie der schmale Spalt, der sich geöffnet hatte.

»Mein Blut für Kaiser, Stadt und Recht«, wisperte Milan.

»Eure Namen?«

»Milan und Jaroslav Mikusch.«

»Kommt!«, forderte der Unbekannte sie auf und öffnete den Spalt gerade so weit, dass sie sich nacheinander hindurchquetschen konnten.

»Mir nach!«, forderte er sie auf, nachdem er die Tür wieder geschlossen hatte. Er trug eine abgedeckte Blendlaterne und schien nicht gerade der Redseligste zu sein.

»Ich bin übrigens Valentin«, stellte er sich dann doch noch vor.

Sie folgten Valentin und passierten gleich darauf einen schmalen Durchgang zwischen zwei eng beieinanderstehenden Häusern, in dem es erbärmlich nach Kot, Pisse und vergammelten Essensresten stank. Das Waten durch knöcheltiefen Dreck und Unrat hatte erst ein Ende, als sie auf eine Gasse stießen, auf der sie etwa zwanzig Schritte weitergingen und vor einem niedrigen Hauseingang innehielten.

Valentin trat ein, ohne anzuklopfen. Ein dunkler Flur empfing sie. Er wurde nur von zwei verrußten Öllichtern an der Wand erleuchtet, die das Wort »Licht« eigentlich nicht verdienten. Es waren eher zwei zum Scheitern verurteilte Funzeln, die im Finstern ein klägliches Dasein fristeten. Allerdings erfüllten sie ihren Zweck insoweit, als sie wenigstens schemenhaft erkennen ließen, wo der Zugang zu der Treppe lag, die nach unten führte und auf die der Mann, der sie führte, nun wies.

»Da hinunter«, sagte er und stieg, die Blendlaterne in der Rechten, voran.

Sie betraten ein Kellergewölbe, in dessen hinterem Teil man durch eine Tür in einen unterirdischen Gang gelangte. Der gestampfte Lehmboden war feucht und schmierig, die

Wände bestanden teils aus purem Lehm, teils war auch altes Mauerwerk sichtbar; die verrotteten Ziegel waren mit schleimigen Schlieren bedeckt, von der Decke tropfte Wasser, das unzählige Pfützen bildete. Die Brüder stolperten über Tonscherben und Ziegelbruchstücke, an manchen Stellen lag haufenweise morsches Holz herum, über das sie hinwegsteigen mussten. Zudem mussten sie achtgeben, auf dem schmierigen Boden nicht auszurutschen.

Ein Quietschen ließ sie plötzlich innehalten, ein riesiger Schatten huschte zwischen Jaros Beinen hindurch, der erschrocken aufschrie.

»Is doch nur eine Ratte, du Memme«, sagte Milan und schüttelte verständnislos den Kopf. »Müsstest du doch gewohnt sein. In dem ungarischen Bergwerk, wo wir gearbeitet haben, gab's unter Tage mehr als genug von den Viechern.«

»Im Gegensatz zu dir habe ich meistens *über* und nicht *unter* Tage gearbeitet.«

»Fängst du schon wieder damit an? Ich weiß, du dünkst dich besser als ich, weil du mehr mit Schreibkram, Plänen und dergleichen Scheiß umgehen musst. Aber was würdet ihr Markscheider und Bergmeister denn ohne unsereinen machen, hä? Wer holt denn das Erz aus dem Gestein, wenn nicht wir Steiger, Hauer und Knechte!«

»Ha! Was würdest du und deinesgleichen denn machen ohne mich und unsereinen. Wir Markscheider machen die Berechnungen und die Pläne für die Gruben und Stollen, ohne die ihr aufgeschmissen wärt. Ohne uns könntet ihr nicht mal 'nen Furz lassen«, ereiferte sich Jaro.

Der Streit der beiden Brüder bereitete dem Mann, der sie durch den Gang führte, offensichtlich Vergnügen; er drehte sich um und zwinkerte belustigt mit dem rechten Auge.

»He ihr, man hat euch *beide* geholt, vergesst das nicht. Jeder von euch wird gebraucht. Also hört auf zu streiten.«

Sie wussten nicht, wie lange sie gegangen waren – irgendwie war ihnen jegliches Zeitgefühl abhandengekommen –, als sie auf eine Ziegelmauer stießen, in der eine stabile, aus massiven Eichenbohlen gezimmerte Tür saß. Hier endete der Gang abrupt.

»Wir sind da«, verkündete Valentin.

»Das heißt, wir befinden uns jetzt unter dem Sankt-Gilgen-Platz?«, vergewisserte sich Milan.

»Richtig. Wir sind direkt unter dem burggräflichen Gerichtshaus, das dem bayrischen Herzog gehört. Und da der zugleich Kaiser ist, könnte man sagen, von hier aus ließe sich's dem Kaiser bequem unter den Rock schauen«, lästerte Valentin, der auf einmal aufzutauen schien.

»Nur schade, dass wir keine Kaiserin haben«, meinte Milan, was Valentin mit einem brüllenden Lacher quittierte.

Er ballte die Hand zur Faust und pochte mit den Fingerknöcheln kräftig gegen die Bohlen.

Zweimal. Dreimal. Zweimal.

Jemand öffnete einen Spalt weit die Tür.

»Die Losung?«

»Mein Blut für Kaiser, Stadt und Recht.«

Die Tür ging weiter auf, und die drei Männer betraten ein Gewölbe, in dem zur Verwunderung Jaros und Milans über ein Dutzend weitere Männer versammelt waren. Sie lümmelten um einen provisorisch errichteten Tisch herum – eine einfache Holzplatte, die auf zwei Böcken ruhte und auf der ein großer tönerner Krug sowie mehrere Zinnbecher standen – und unterhielten sich rege. Viele von ihnen einfache Leute, dem Aussehen nach Knechte und Tagelöhner, aber auch Handwerker, der eine oder andere Kaufmann und sogar einige Patrizier, wie sich an der Kleidung der Männer ablesen ließ. Eine eigentümliche Mischung aus Personen unterschiedlichster Stände und Ränge, die eigentlich gar nicht zusammenpassten. Überrascht nahm Milan, der sich schon des Öfteren in Regensburg aufgehalten hatte, zur Kenntnis, dass er einen der Patrizier vom Sehen her kannte.

»Milan und Jaroslav Mikusch, die Bergleute aus Böhmen«, stellte Valentin die beiden der Versammlung vor.

Die Männer musterten die Neuankömmlinge mit unverhohlener Neugier.

»Danke, Valentin«, sagte der Patrizier, den Milan kannte, und trat an die beiden heran.

»Mein Name ist Konrad Frumolt«, stellte er sich höflich vor. »Wer von Euch ist Jaroslav Mikusch?« Seine Stimme verfügte über ein dunkles Timbre und klang angenehm.

Jaro trat einen Schritt vor.

»Das bin ich, Herr.«

»Ihr habt bereits einige Berechnungen angestellt, nehme ich an?« Frumolt deutete auf die Rolle, die Jaro um die Schultern hängen hatte.

»Ja, Herr. Wie vereinbart.«

»Und Ihr, Milan Mikusch? Ich hörte, Ihr verfügt über großes Geschick auf dem Gebiet der Grubenzimmerung?«

Milan nickte und trat ebenfalls vor.

»Ihr sagt es, Herr. Wir leisten gute Arbeit. Ihr könnt Euch auf uns verlassen.«

Der Patrizier nickte zufrieden. Bis jetzt lief alles wie am Schnürchen. Es hatte ihn Zeit und eine Stange Geld gekostet, Jaro Mikusch und seinen Bruder zu gewinnen. Die Mikusch-Brüder waren Spezialisten, die die Gruppe für ihr geheimes Vorhaben dringend benötigte. Sie waren bis vor einem Jahr in einer ungarischen Kupfermine beschäftigt gewesen.

Frumolt war durch einen glücklichen Zufall an die beiden geraten. Er hatte über Ott Graner, einen seiner beiden Schwiegersöhne, der über gute Kontakte nach Prag verfügte, erfahren, dass sie ihre Arbeit in Ungarn wegen eines Grubenunglücks verloren hatten. Sie waren in ihre Heimatstadt Prag zurückgekehrt und suchten dringend Arbeit.

Schon die erste Kontaktaufnahme durch einen Vertrauten Frumolts, der extra zu diesem Zweck nach Prag gereist war, war positiv verlaufen. Der Abgesandte des Patriziers war äußerst vorsichtig zu Werke gegangen. Erst nach und nach hatte er ihnen offenbart, um was es ging und welche Rolle ihnen zugedacht war. Hatte ihnen unzählige Fragen gestellt und sie auf Herz und Nieren geprüft. Erst als er sicher war, den beiden vertrauen zu können, war er mit der ganzen Wahrheit herausgerückt. Da hatten sie schon angebissen, was nicht verwunderte angesichts des Lohnes, der winkte. Die riesige Geldsumme hatte sie nicht zögern lassen, sie hatten sofort zugesagt.

Einen Teil der Summe hatten sie bereits erhalten. Als Vorschuss gewissermaßen, für den sie allerdings einen Revers unterschreiben mussten, in dem sie sich verpflichteten, Schweigen zu bewahren. Ein Bruch der Schweigevereinbarung oder ein plötzlicher Rückzieher würden ihnen als Verrat ausgelegt werden. Was das bedeutete, hatte man ihnen schon während des ersten Treffens eindringlich vor Augen geführt: Man werde sie finden, und wenn sie sich ans Ende der Welt verkröchen, die Macht des Kaisers reiche weit. Und seine Rache wäre fürchterlich …

Konrad Frumolt räusperte sich laut und bat um Ruhe.

»Nun, da wir vollzählig sind, würde ich sagen, lasst uns beginnen. Zunächst aber wollen wir gemeinsam anstoßen auf das Gelingen unseres großen Plans, der Regensburg wieder zu Ruhm und Ehre unter den Städten des Reiches verhelfen wird. Und den Bürgern, gleich welchen Standes, wieder zu Gerechtigkeit und Freiheit.«

Unter den versammelten Männern hob Beifall an.

Auch Jaro und Milan waren inzwischen an den Tisch herangetreten. Jetzt erst bemerkten sie, dass die Zinnbecher randvoll mit Wein gefüllt waren.

Frumolt hob seinen Becher, die Männer folgten seinem Beispiel.

»Auf unsre wunderbare Stadt, unseren erlauchten Kaiser und alle Bürger Regensburgs!«, rief der Patrizier pathetisch in die Runde und schloss seinen Trinkspruch mit dem Schwur ab, den alle kannten und den sie sich unauslöschlich eingeprägt hatten: »Mein Blut für Kaiser, Stadt und Recht!«

»Mein Blut für Kaiser, Stadt und Recht!«, brüllte die Runde.

Jaro und sein Bruder wechselten einen betretenen Blick. Auch sie hatten in den Trinkspruch mit eingestimmt, allerdings mit bedeutend weniger Überzeugung als der Rest der Männer. Vielleicht weil sie keine Regensburger waren?

Jedenfalls spürten beide mit einem Mal eine seltsame Verzagtheit in sich aufsteigen, ein ungutes Gefühl beschlich sie.

Jaro brachte auf den Punkt, was sie empfanden.

»Die scheinen richtig besessen von ihrer Idee, Bruder. Richtige Fanatiker sind das. Ich krieg langsam das dumme Gefühl, dass das Ganze hier 'ne Nummer zu groß für uns is'«, flüsterte er ihm ins Ohr, während er so tat, als würde er Frumolt, der gerade wieder eine pathetische Rede schwang, interessiert zuhören.

»Mag sein, Bruder, aber ich fürchte, unsere Einsicht kommt zu spät«, wisperte Milan. »Wir müssen die Scheiße durchziehen. Was anderes bleibt uns nicht übrig. Denk an das Geld und an das, was die mit uns machen, wenn wir kneifen. Die Rache des Kaisers – du weißt schon.«

»Wahrscheinlich hast du recht.«

»Und nun an die Arbeit, Männer«, mahnte Frumolt. »Wir gehen zuerst den Zeitplan durch, danach besprechen wir die weiteren Schritte.«

Kapitel 45

Regensburg
12./13. April Anno Domini 1337

Der Wind peitschte Regen- und Graupelschauer über die Dächer der Stadt; den ganzen Tag über war es empfindlich kalt gewesen. Der April machte seinem Namen alle Ehre. Noch gestern war ein leiser Hauch von Frühling durch die Straßen und Gassen geweht, der Mensch und Natur in frohe Erwartung versetzt hatte. Doch seit den frühen Morgenstunden sah es ganz danach aus, als ob der Winter zu einem letzten kalten Hieb ausholen wollte.

Es mochte bereits um Mitternacht sein. Entferntes Glockengeläut klang durch die Nacht und rief die Mönche des im äußersten Süden der Stadt gelegenen Benediktinerklosters Sankt Emmeram zur Matutin.

Elias stand an einem der Schreibpulte im Kontor des Obergeschosses des Escher'schen Lagerhauses am Sankt-Gilgen-Platz über einen Stapel Pergamente gebeugt. Konzentriert ging er die Lieferlisten des gestern eingetroffenen Warentransports durch. Die drei dicken Kerzen, die ihm leuchteten, waren schon fast heruntergebrannt, das unruhige Flackern der Flammen und der aufsteigende Qualm mahnten ihn, bald zum Ende zu kommen.

Ein Kälteschauer rann ihm über den Rücken, er fror. Nach wie vor trommelten Regen und Graupel gegen die geschlossenen Läden der zum Sankt-Gilgen-Platz gelegenen Fensterreihe; die Böen trieben die Feuchtigkeit durch sämtliche Ritzen, aus dem Mauerwerk kroch die Kälte. In das Heulen des Windes hinein quietschte und klapperte ein Fensterladen, den man vergessen hatte zu schließen.

Elias fühlte sich auf einmal furchtbar müde und beschloss, es für heute gut sein zu lassen. Er schloss die Lieferlisten in eine Schublade des Schreibpults ein, entzündete die Blendlaterne, die an einem Haken an der Wand hing, löschte die Kerzen und verließ das Kontor.

Gerade stand er im Begriff, die hölzerne Wendeltreppe zum Erdgeschoss hinunterzusteigen, als ihn ein lauter, dumpfer Schlag erschreckt innehalten ließ. Irgendwo hatte der Wind einen Laden gegen die Wand geknallt. Elias schüttelte ärgerlich den Kopf; eigentlich hatten die Läden des Nachts geschlossen zu sein. Er würde den Lagerknecht, dem die Aufsicht über das Gebäude oblag, ordentlich zusammenstauchen; in letzter Zeit war es des Öfteren vorgekommen, dass er es versäumt hatte, seiner Pflicht nachzukommen.

Er wollte gerade weitergehen, als er erneut ein Geräusch vernahm: ein rhythmisches Hämmern. Abermals verhielt er seinen Schritt und lauschte angespannt. Dann wieder ein dumpfer Knall, lauter noch als vorhin. Sogar die hölzerne Stiege erzitterte davon. Das war kein im Wind auf- und zuschlagender Fensterladen! Das Geräusch ließ sich genau lokalisieren, es kam von nebenan, aus dem Bereich des Gebäudes, den sein Oheim an den Auer vermietet hatte.

Was, zum Henker, war dort los?

Er beschloss, nach draußen zu gehen und nach dem Rechten zu sehen. Der Zugang zu den an den Auer vermieteten Lagerräumen saß auf der anderen Seite des Gebäudes. Aber wenn er Pech hatte, kam er gar nicht hinein. Der Vertrag über den Mietzins enthielt die Klausel, dass ab Mietbeginn der Auer das alleinige Recht zum Betreten der Räume hatte und dass ihm sämtliche Schlüssel auszuhändigen seien.

Da fiel Elias ein, dass es noch einen anderen Zugang gab. Statt die Treppe hinunter ins Erdgeschoss zu nehmen, eilte er die Stiege ins dritte Obergeschoss hinauf. Er zwängte sich zwischen Kisten, Ballen und Fässern hindurch, bis er zu einer Stelle kam, an der ein Strick von der Decke hing, mittels dessen er eine Falltür öffnete, die auf den Dachboden führte. Die Scharniere quietschten fürchterlich, als sie aufging. Elias nahm sich eine Leiter, die am Boden lag, lehnte sie gegen die Kante der Öffnung und stieg mit der Blendlaterne ins Dachgeschoss hinauf.

Verdammt kalt und feucht war es hier oben, es roch nach Moder und Schimmel. Der ätzende Gestank nach Mäuse- und Rattenkot stach ihm in die Nase und ließ ihn angewidert das Gesicht verziehen. Da der Dachboden nur als Abstellraum genutzt wurde, war er schon ewig nicht mehr hier gewesen. Das an- und abschwellende Heulen des Windes und das stakkatoartige Geräusch, mit dem Regen und Graupel gegen die Dachziegel trommelten, war um ein Vielfaches lauter als in den unteren Räumen. Durch die Ritzen und Spalten zog es erbärmlich, das Dachgebälk knarrte und ächzte in einem fort.

Elias lief zu der hinteren, aus Ziegeln gemauerten Stirnwand, die das Lagerhaus in zwei Hälften teilte. Von seinem letzten Aufenthalt hier oben wusste er, dass die Wand nur auf den ersten Blick durchgehend gemauert wirkte. Im Schein der Blendlaterne suchte er nach der feinen, dunklen Trennlinie im Mauerwerk, die eine rechteckige Fläche umschloss. Nur dem Eingeweihten verriet sie, dass sich hier eine in der Mauer verborgene Öffnung auftat. Gleich darauf hatte er auch den winzigen Schlitz in einem der Ziegel ausgemacht. Er zog sein Messer aus dem Gürtel und schob die Klingenspitze in den Schlitz. Ein leises Klacken ertönte. Wie von Geisterhand bewegt, drehte sich das von der Trennlinie umfasste Stück Mauer leise knirschend um die eigene Achse und gab eine

Öffnung frei. Ein diebisches Lächeln stahl sich in Elias' Züge, als er daran dachte, dass der Auer keine Ahnung von der Geheimtür hatte.

Er bückte sich und schlüpfte durch die Öffnung auf die andere Seite. Etwas weiter hinten sickerten schmale Lichtfäden durch die Ritzen und Spalten im Fehlboden und spannen ein Gewebe fahlen Schimmers über die Bretter. Gedämpftes Stimmengemurmel drang an sein Ohr. Es musste aus dem Raum direkt unter ihm kommen.

Was, zum Teufel, veranlasste eine Handvoll Männer, sich zu dieser unchristlichen Zeit in einer der Lagerhallen zu versammeln, die Eberhard von Escher an den Auer vermietet hatte? Und wer waren sie?

Trotz des Knarrens, den seine Schritte auf dem Fehlboden verursachten, schlich er, vorsichtig einen Schritt vor den anderen setzend, weiter. Das Geräusch fiel angesichts des Lärms, den der Sturm verursachte, nicht weiter auf. Vielleicht würde er mehr erfahren, wenn er sich direkt über der Lagerhalle befände, aus der das Licht und die Stimmen drangen. Er kannte die Räumlichkeiten und wusste, dass die Halle sehr geräumig war.

Er war schon fast in der Mitte angekommen, als er unversehens auf das Ende eines losen Brettes im Fehlboden trat; es schnellte durch die Luft und schlug mit einem lauten Knall wieder auf dem Holzboden auf.

Das Stimmengemurmel unter ihm erstarb schlagartig. Erstarrt hielt er inne. Gänsehaut kroch seinen Rücken hinauf, ihm war, als setzte sich das frostige Gefühl bis in die Haarspitzen fort. Bei dem Gedanken, dass sich gleich eine Falltür im Boden öffnen und sich der Kopf eines der Männer durch die Luke schieben würde, wurde ihm heiß und kalt. Elias sah sich hektisch nach einem Versteck um. Ein Stück weiter hinten erhob sich ein massiver, hölzerner Stützpfeiler. Hastig huschte er hinter den Balken, löschte das Licht der Laterne, damit ihn der Schein nicht verriete, und wartete mit angehaltenem Atem.

Dann hörte er es auch schon knarren; an der Stelle, wo er soeben noch gestanden hatte, öffnete sich eine Falltür im Boden. Eine breite Lichtsäule drang durch die Öffnung, der Raum darunter war anscheinend hell erleuchtet.

Ein kahlköpfiger Mann zwängte sich bis zur Hüfte durch die Öffnung. In seiner Rechten hielt er eine Fackel, deren unruhig flackernder Schein die Stelle um die Falltür herum ausleuchtete und gespenstische Schatten warf. Sein kantiges, bartloses Gesicht, in dem eine scharf gebogene Nase saß, glich einem Raubvogel, Elias hatte ihn noch nie gesehen.

»Und?«, tönte eine dunkle Stimme herauf.

»Nichts! Hier oben is niemand«, antwortete der Kahlkopf mit heiserer Stimme.

»Da muss jemand sein. Das Geräusch kommt nicht von ungefähr«, meinte ein anderer, dessen Stimme sehr hell klang. Er musste noch jünger sein.

»Es war der Sturm. Hört ihr nicht, wie's hier oben knarrt und ächzt? Das fühlt sich an, als ob gleich das ganze verdammte Dach einstürzt.«

»Trotzdem! Steig ganz rauf und lass dich nich bitten wie 'ne scheue Jungfer, der man die Hochzeitsnacht erklären muss, verdammt!«, befahl ein anderer.

»Jobst hat recht, Bartl. Wir müssen sichergehen. Der Alte muss gleich da sein. Er macht uns einen Kopf kürzer, wenn wir jetzt leichtsinnig werden. Also schau da oben richtig nach«, forderte ihn eine vierte Stimme auf.

Der Alte muss gleich da sein …

Reglos, mit angehaltenem Atem, verharrte Elias hinter dem Balken und fragte sich, wen die Männer denn noch erwarteten.

Momentan ergab es keinen Sinn, sich darüber den Kopf zu zerbrechen. Er musste zusehen, dass er den Hals aus der Schlinge bekam. Bloß wie? Es war nur eine Frage der Zeit, bis der Kahlkopf ihn entdecken würde. Was dann? Aufgrund der Stimmen, die er gehört hatte, ging er davon aus, es mit vier Männern zu tun zu haben. Was sie mit ihm machen würden, wenn sie ihn entdeckten, mochte er sich lieber nicht vorstellen.

Es war der Zufall, der ihm mal wieder zu Hilfe eilte. Diesmal in Gestalt einer Ratte. Mit lautem Quietschen stob sie hinter einem Haufen Ziegelsteinen hervor und fegte an der Luke vorbei in den hinteren Bereich des Dachbodens. Ihr Quietschen und das stakkatoartige Tappen ihrer Tritte waren noch zu hören, als sie schon längst im Dunkel verschwunden war.

»Sagte ich's doch. Hier is niemand. War nur 'ne verdammte Ratte«, maulte der Kahlkopf.

»Dann schließ die Luke und lass uns weitermachen«, wies der mit der dunklen Stimme ihn an.

Die Falltür fiel zu, allerdings ohne einzurasten, was die Männer aber anscheinend nicht bemerkten. Durch einen schmalen Spalt zwischen Falltür und Fehlboden fiel ein etwa zwei Finger breiter Lichtstreifen und verstärkte den Schimmer, der durch die Ritzen sickerte.

Elias überlegte nicht länger. Ungeachtet der Kothaufen, die überall herumlagen, legte er sich kurzerhand neben der Falltür auf den Boden und spähte durch den Spalt.

Unter ihm tat sich die größte der an den Auer vermieteten Lagerhallen auf. Er erblickte mehrere Männer, die um zwei Kisten herumstanden. Einer mit schwarzem Bart und Haar, er mochte um die dreißig sein, ein junger Bursche, wahrscheinlich noch keine zwanzig, ein Älterer mit verfilztem grauem Haar, das ihm bis auf die Schultern fiel, sowie der Kahlkopf mit dem Raubvogelgesicht, den einer seiner Kumpane Bartl genannt hatte.

Auf eine der Kisten war ein Deckel genagelt. Auch die andere verfügte über einen Deckel. Allerdings lag er, etwas verschoben, nur lose auf. Auf dem Boden konnte Elias einen kleinen Behälter mit Nägeln und mehrere Hämmer ausmachen, die herumlagen.

Die Männer unterhielten sich; dank dem Spalt zwischen Falltür und Fehlboden konnte er gut verstehen, was sie sagten.

»Will der Alte, dass wir das Zeug noch heute Nacht ins Versteck schaffen?«, hörte er das Raubvogelgesicht mit der heiseren Stimme fragen.

»Blöde Frage, natürlich nicht!«, antwortete der Schwarzbärtige. »Das wäre viel zu riskant. Angenommen, jemand bemerkt es. Was glaubst du, wie es aussieht, wenn mitten in der Nacht klammheimlich Kisten ins Haus der Herzöge geschafft werden. Wir liefern die Kisten morgen Vormittag ganz offiziell an und schaffen sie dann in das Kellerversteck. Sie sind als Ware deklariert, die der Hausverwalter im Auftrag des Schultheißen bestellt hat.«

»Im Auftrag des Schultheißen? Aber der Zandt ist doch gar nicht da. Er soll für Wochen verreist sein.«

»Mein Gott, is doch scheißegal, ob der Schultheiß vor Ort is oder nich«, mischte sich der Grauhaarige ins Gespräch. »Wir machen es jedenfalls so, wie der Alte es will. Er weiß schon, wie er die Dinge zu deichseln hat – und jetzt lasst uns die verdammte Kiste öffnen!«

Die Frage des Kahlkopfs hallte in Elias' Ohr nach. Er hatte von einem Versteck gesprochen. Ein Versteck im Haus der bayerischen Herzöge?

Was hatten die Männer vor? Welche Rolle spielte das burggräfliche Anwesen, das dem Herzog gehörte, bei ihrem Vorhaben? Es lag gleich nebenan, direkt an der Stadtmauer. In dem Gebäude war das Schultheißengericht untergebracht. Die Rechte daran gehörten dem oberbayerischen Herzog, der gegenwärtig auch der Kaiser war. Allerdings hatten schon seit Jahrzehnten einflussreiche Stadtadelige das Pfandrecht an dem Amt inne. Seit einigen Jahren hieß der Schultheiß, der eine besonders herausgehobene Position in der Stadt genoss, Albrecht Zandt.

Kräftige Hammerschläge hallten durch den unter ihm befindlichen Raum. Gleich drauf ertönte ein Poltern, der Grauhaarige und der Kahlköpfige hatten den auf die Kiste genagelten Deckel gelöst und zur Seite geschoben, dass er krachend auf den Boden fiel. Es waren dieselben Geräusche, die Elias veranlasst hatten, nach dem Rechten zu sehen. Offenbar hatten die Männer schon vorher eine oder mehrere Kisten geöffnet.

Elias identifizierte die Kiste unzweideutig als zu der Lieferung gehörend, die Friedrich von Auer zu Brennberg aus Prag erhalten hatte. Er war bei der Anlieferung der Ware, für die der Auer angeblich keinen Lagerraum hatte, dabei gewesen.

»Müssen wir die andere Kiste jetzt auch noch auspacken?«, fragte der Glatzkopf

»Blöde Frage, wann sollten wir sie denn sonst auspacken? Die Waffen müssen morgen an Ort und Stelle sein«, antwortete der Schwarzbärtige schlecht gelaunt.

»Alle?«

»Natürlich alle.«

»Wieso eigentlich morgen schon? Wo es doch erst in drei Wochen losgeht.«

»Wieso, wieso … Fängst du schon wieder an mit deinen dämlichen Fragen? So lautet nun mal die Anweisung.«

»Ingo hat recht, du Schafsschädel«, mischte sich der Grauhaarige ins Gespräch. »Halt einfach die Klappe und mach deine Arbeit. Du wirst schließlich nicht schlecht dafür bezahlt.«

»Is ja schon gut. Man wird doch wohl fragen dürfen«, maulte der Glatzkopf beleidigt.

Elias hatte dem Disput der dreien mit wachsender Fassungslosigkeit zugehört. Von welchen Waffen war die Rede? Und *was* sollte in drei Wochen losgehen?

Die Unterhaltung verstummte. Die Männer gingen daran, den Inhalt der Kiste komplett auszupacken und auf den Boden zu legen: zwei Stapel kostbarer Felle sowie eine Anzahl Silber, Kupfer- und Zinnbarren, außerdem einige kleine Säcke mit Gewürzen und drei Ballen Tuche. Die Ladung entsprach der Ware, wie sie auf den Lieferdokumenten verzeichnet war.

Jetzt, als die Kiste fast ausgeräumt war, kamen mehrere Lagen Sackleinen zum Vorschein. Dass sie nicht nur als schützende Unterlage für die soeben ausgepackten Waren dienten, verrieten die Konturen, die sich darunter abzeichneten.

Elias verschlug es den Atem, als der Schwarzbart das Sackleinen entfernte und er gewahr wurde, was sich darunter verbarg. Jetzt verstand er auch, worum es in der Unterhaltung gegangen war, die er gerade mitbekommen hatte.

Eng aneinandergestapelt, kamen die unterschiedlichsten Waffen zum Vorschein: Kurzschwerter, Dolche, Schlägel, Glefen und andere Schlag- und Hiebklingen die man an den Stangen befestigen konnte, sowie seltsame kleine Armbrüste, wie er sie noch nie zuvor gesehen hatte. Die Schlussfolgerung, die sich daraus ergab, war so einfach wie bestürzend: Die in den Lieferdokumenten aufgeführten Waren dienten einzig und allein der Tarnung! Der eigentliche Zweck der Lieferung – für die der Auer vorgab, auf Lagerkapazitäten Eberhard von Eschers angewiesen zu sein – war der Schmuggel von Waffen direkt ins Herz der Stadt!

Elias spürte, wie ihm der Mund vor Aufregung trocken

wurde. Maßloses Entsetzen und kalte Wut stiegen in ihm hoch. Mit diesen Waffen ließ sich eine kleine Privatarmee ausrüsten. Wie hatten sie dem Auer derartig auf den Leim gehen können? Dass er ein perfides Spiel mit ihnen trieb, hätte ihnen von Anfang an klar sein müssen.

Schlagartig schossen ihm die beiden Männer in den Sinn, deren Unterhaltung er in jener Dezembernacht, die er als Gefangener auf der Velburg verbringen musste, mitbekommen hatte. Damals – davon war er nach wie vor fest überzeugt – war er Zeuge eines verschwörerischen Gesprächs geworden. Auch wenn er keine Ahnung hatte, um was konkret es dabei gegangen war, und sich seither auch nichts ereignet hatte, was seine Theorie bestätigt hätte. Fand das, wovon er damals Zeuge geworden war, hier und heute seine Fortsetzung?

Beabsichtigte der Auer einen neuerlichen Aufstand? Bei dem auch Kleinstwaffen zum Einsatz kamen, die auf kurze Distanz eine verheerende Wirkung erzielten? Wie beispielsweise diese verdammten Miniaturarmbrüste? Er kannte dieses Teufelszeug aus der Beschreibung eines Italienfahrers, dem er einmal in Nürnberg begegnet war. Ein Armbruster in einem Bergdorf in den Apenninen stelle diese Balestrino genannten Waffen her, hatte er behauptet. Sie seien Spezialanfertigungen und stellten das ideale Werkzeug eines Attentäters dar. Schnell und lautlos wie eine Viper seien sie. Ein Balestrino ließe sich unbemerkt unter einem Mantel oder Wams verborgen transportieren und sei blitzschnell einsatzbereit. Für größere Distanzen sei eine solche Waffe zwar ungeeignet, aber komme man bis auf zehn Schritte an das Zielobjekt heran, könne man es mit einem kleinen Pfeil – dieser könne auch mit Gift präpariert sein – vom Leben zum Tode befördern.

Ein kalter Schauer lief Elias über den Rücken, während er die kleinen, tückischen, fast wie Spielzeug aussehenden Waffen musterte. Im Licht der Öllampen glänzte das Holz ihrer Schäfte und blitzten die metallenen Bögen auf geradezu perfide Weise.

»Und jetzt raus mit den Waffen; umpacken in die andere Kiste, wie gehabt. Wir müssen uns beeilen, der Alte wird bald hier sein«, befahl der Schwarzbart.

Der Kahlkopf wandte sich der anderen Kiste zu und schob den Deckel, der lose auf ihr lag, zur Seite; polternd fiel er auf den Boden.

Die Kiste war bereits halb mit Waffen gefüllt. Elias begriff: Die Männer packten die Waffen, die in verschiedenen Kisten zusammen mit der Tarnware angeliefert worden waren, in Kisten um, die nur die Waffen enthalten sollten.

»Wohin mit der Tarnware? Die Regale an der hinteren Wand sind schon voll«, fragte der jüngste der vier Männer.

»Stapelt das Zeug vorerst neben den Regalen auf dem Boden«, wies der Schwarzbart ihn an.

Die Männer arbeiteten konzentriert weiter. Gerade waren sie mit Umpacken fertig geworden, der jüngste wollte gerade den Deckel auf die Kiste nageln, als plötzlich knarzend eine Tür ging. Jemand näherte sich mit schnellen, harten Schritten.

»Der Alte! Er ist schon da«, murmelte der Schwarzbart. Die Männer hielten mit ihrer Arbeit inne.

»Ihr seid noch nicht fertig, wie ich sehe?«, sagte der Neuankömmling und trat nah an die Gruppe der vier Männer heran. Seine dunkle Stimme klang harsch, als wäre er schlecht gelaunt. Bemerkenswert an ihm waren sein eisgrauer Bart und das dichte Haupthaar von ebensolcher Farbe. Wasser tropfte an ihm herunter und bildete am Boden kleine Pfützen.

Elias gefror das Blut in den Adern. Fassungslos starrte er durch den Spalt und biss sich unwillkürlich in die Faust, um seine Überraschung nicht laut hinauszuschreien.

Der Mann, der soeben in sein Blickfeld getreten war, war Bodo Gangkofer!

»Noch eine Kiste, Herr. Vier sind bereits fertig zum Transport. Sie stehen da hinten«, antwortete der Schwarzbärtige respektvoll und deutete mit dem Kinn zur hinteren Stirnwand, die außerhalb des Sichtkreises Elias' lag. »Die Tarnware befindet sich in den Regalen«, fuhr er fort. »Was nicht mehr reingepasst hat, haben wir auf dem Boden gestapelt.«

Gangkofer nickte. Er trat näher an die Männer heran. »Du, Bert, du, Jost, und du, Karl, ihr werdet gleich nachher, wenn die Glocke zu Sankt Emmeram zur Matutin läutet, die Kisten nach nebenan ins burggräfliche Gerichtshaus schaffen, zusammen mit zwei anderen aus der Gruppe, die euch beim Tor erwarten. Seid pünktlich zur Stelle. Unser Vertrauensmann kann die Pforte nicht ewig offen halten.«

»Noch heute Nacht, Herr? Aber sagtet Ihr nicht, dass das erst morgen früh geschehen solle?«

»Ich habe mich umentschieden, ich habe meine Gründe dafür. Warum – ist das ein Problem für dich?«

»Aber nein, Herr, keinesfalls.«

»Gut, dann beeilt euch.«

»Und ich, Herr, was ist mit mir?«, fragte der Kahlkopf mit dem Raubvogelgesicht. Er stand seitlich hinter ihm.

Betont langsam drehte sich Gangkofer zu ihm um.

»D-u–u-u?«, fragte er und trat dicht an ihn heran. Elias sah, wie der Kahlkopf, entsetzt ob der Eiseskälte, die in der Anrede angeklungen war, unwillkürlich zwei Schritte zurückwich.

»Vielleicht solltest du mir erst mal erklären, was du dieser geilen Hübschlerin, mit der du gestern Nacht zugange warst, alles ins Ohr geflüstert hast. Du weißt schon, der blonden vollbusigen Lola mit den Hasenzähnen, unten am Fluss, im Haus zur Freud, bei der einarmigen Hilda«, forderte der Gangkofer den Mann auf.

»I...ich soll ... Ich soll ... was?«

Gangkofer ließ seine rechte Hand noch vorne schnellen und umschloss den Hals des Kahlköpfigen mit eisernem Griff.

»Stell dich nicht blöder, als du bist, verfluchter Bastard«, zischte er ihn an. »Und vor allem verkauf mich nicht für dumm. Also, was hast du ihr verraten, hm?«

»Ich … Ich hab nichts verraten«, röchelte der Kahlkopf.

»Ach, du hast ihr nichts verraten? Wirklich nicht?«

Gangkofer drückte fester zu und zwang den Mann, in die Knie zu gehen, dann stieß er ihn mit einer kräftigen Bewegung von sich, dass er rücklings zu Boden stürzte. Noch bevor er sich wieder erheben konnte, war er über ihm und setzte ihm die Spitze seines Schwertes an den Hals.

»Hast du ihr nicht von einem großen Ding erzählt, dass bald in Regensburg steigen würde? Und dass du dann stinkreich sein würdest und mit ihr aus der Stadt wegziehen könntest? Dass ihr gemeinsam ein neues Leben beginnen würdet? Hast du ihr das nicht erzählt, du Ratte?«

Elias sah, wie der Kahlkopf am ganzen Körper zu zittern anfing. Voller Angst starrte er zu dem Mann hoch, der mit dem Schwert in der Hand über ihm stand.

»Ja schon … aber … aber … Sonst hab ich ihr … hab ich ihr nichts erzählt. Kein … kein Sterbenswörtchen, glaubt mir, Herr.«

»Das, was du ihr erzählt hast, war schon zu viel. Viel zu viel! Kein Wort über die geplante Aktion, hatten wir abgemacht, zu niemandem. Du hast es geschworen. Schon vergessen?«

»N…nein, Herr, na…natürlich nicht.«

»Weißt du, was mit Mitgliedern der Schwureinung, die unsere Sache in Gefahr bringen, geschieht? Weißt du, was wir mit Verrätern machen?«

»Aber … Aber Herr, ich bin kein Verräter«, das Krächzen des Kahlkopfs war in panisches Wimmern übergegangen.

»Lola ... Lola kann doch mit dem, was ich gesagt habe ... gar nichts anfangen.«

Gangkofer schwieg. Einige Wimpernschläge lang stand er starr wie eine Statue, dann stieß er mit einer kurzen heftigen Bewegung das Schwert in den Hals des Mannes.

Blut schoss aus dem klaffenden Spalt, ein gurgelnder Laut verließ die Kehle des Kahlköpfigen, der mit weit aufgerissenen Augen auf seinen Mörder blickte, dann brach sein Blick, der Kopf glitt zur Seite. Im Nu hatte sich eine riesige Lache um sein Haupt gebildet.

Kaltblütig nahm Gangkofer ein Stück Sackleinen, das am Boden lag, wischte die Schneide seines Schwertes damit ab und warf es in die offene Kiste.

»So ergeht es jedem, der unsere Sache in Gefahr bringt«, wandte er sich an die Männer. »Merkt es euch gut. Und nun macht voran. Wickelt seinen Leichnam ein, es liegt genügend Leinen herum, und verstaut ihn in einer der Kisten, die ihr morgen anliefert. Ich werde dafür sorgen, dass er unbemerkt entsorgt wird. Ach ja, noch etwas. Sobald ihr die Kisten weggeschafft habt, macht ihr hier sauber. Unverzüglich! Nicht das geringste Fitzelchen darf darauf hindeuten, dass hier Waffen gelagert wurden, habt ihr verstanden?«

Die Männer nickten, zum Sprechen war offenbar keinem von ihnen zumute. Gangkofer wandte sich abrupt um und ging. Elias hörte ihn durch den Raum stapfen und eine Tür aufreißen, die gleich darauf wieder krachend ins Schloss fiel.

Die drei Männer wirkten sichtlich erschüttert.

»Dieses Dreckschwein!«, stieß der Grauhaarige mit der langen Mähne hervor.

Der junge Bursche hatte sich auf den Boden fallen lassen und fassungslos zu schluchzen begonnen.

Der Schwarzbart starrte auf das blutige Stück Sackleinen, das Gangkofer in die Kiste geworfen hatte, und schwieg.

Elias hatte die Szene mit ungläubigem Entsetzen verfolgt. Sein Herz pochte wild, als wollte es ihm aus dem Leib springen. War das der Mann, mit dem ihn über all die Jahre hinweg ein enges Vertrauensverhältnis verbunden hatte? Die rechte Hand seines Oheims Eberhard von Escher? Auf einmal fiel ihm die seltsame Reaktion wieder ein, die Gangkofer an jenem Nachmittag gezeigt hatte, als er aus der Gefangenschaft auf der Velburg zurückgekehrt war. Sein erstaunter Blick, als Eberhard von Escher ihm eröffnete, er werde die Vermittlungsbemühungen des Auers hinsichtlich des Hansgrafenamtes ausschlagen. Gangkofer steckte mit dem Auer unter einer Decke, so viel war klar. Die Auersippe plante offenbar eine neue Verschwörung gegen die Stadt. Bodo war ein Teil von ihr und offenbarte sich als wahrer Teufel.

Ein dumpf ziehender Schmerz schoss in Elias' linke Schulter, ein Krampf, verursacht durch die unbequeme Position, in der er sich neben der Falltür niedergelassen hatte. Langsam, Fingerbreit um Fingerbreit, um ja kein verdächtiges Geräusch zu verursachen, richtete er sich auf. Er beschloss, den Dachboden zu verlassen, er hatte genug gehört und gesehen.

Seine Augen hatten sich inzwischen an die Dunkelheit gewöhnt. Der Lichtschimmer, der über dem Fehlboden lag, genügte, um ihm die notwendige Orientierung zu bieten. Das Ächzen und Knacken im Gebälk, das den Windböen geschuldet war, die noch immer um das Gebäude tobten, tarnte das Knarren, das er verursachte, als er zur Geheimtür lief und durch die Öffnung auf die andere Seite schlüpfte. Mit einem schürfenden Geräusch glitt das bewegliche Mauerstück wieder in seine ursprüngliche Position zurück, wenig später verließ er das Gebäude und schloss die Tür hinter sich ab.

Der Wind pfiff ihm um die Ohren, Regen peitschte sein Gesicht, als er am unmittelbar an die Stadtmauer grenzenden burggräflichen Gerichtsgebäude vorbei über den Sankt-

Gilgen-Platz lief und in die Straße Vor den Predigern einbog. Der Regen hatte die Straßen und Gassen in Morast verwandelt, es stank nach Unrat und Fäkalien. Einsam und verlassen lag die Stadt da, schwarz stachen die Silhouetten der Gebäude und Türme in den wolkenverhangenen Himmel. Seine im Matsch der Straße klatschenden Schritte hallten gespenstisch zwischen den Häuserzeilen. Da er sich in diesem Teil der Stadt wie in seiner Wamstasche auskannte, wusste er wenigstens die Straßeneinmündungen und Gassen, die sich wie finstere Gänge vor ihm auftaten, gut voneinander zu unterscheiden. Eigentlich machte sich, wer um diese Zeit unterwegs war, verdächtig; wenn einen der Nachtwächter erwischte, konnte es leicht geschehen, dass man festgenommen wurde. Wer keinen dringenden Grund für seinen nächtlichen Ausflug vorweisen konnte, dem drohte eine saftige Strafe. Glücklicherweise besaß Elias eine Sondererlaubnis des Rates, die sein Oheim für ihn erwirkt hatte und die es ihm erlaubte, im Falle dringender Geschäftstätigkeiten auch des Nachts unterwegs zu sein.

Er war gerade dabei, nach rechts in die Schererstraße einzubiegen, als er mit einem Mal den Eindruck gewann, als ob seine klatschenden Schritte doppelt hallten.

Wie konnte das sein? Täuschte ihn sein Gehör? Spielten ihm die Windböen, die durch die Gassen fegten, einen Streich? Elias hielt den Atem an, blieb stehen und sah sich argwöhnisch um. Doch da war niemand. Rechts und links der Schererstraße wuchsen die Häuser in die Höhe, dunkel und ohne jegliches Anzeichen von Leben. Das Stadtviertel lag in tiefstem Schlaf.

Rasch ging er weiter. Weiter vorne blakte in einem von einem Vordach überwölbten schmalen Portal eine Fackel und verbreitete diffuses Licht. Elias kannte das Haus: die Herberge *Zum Schwarzen Lamm*, wie auch das hölzerne Schild verriet, das in den Böen quietschend hin- und herschaukelte.

Da, wieder dieses Geräusch in seinem Rücken. Diesmal in eine Phase des Abflauens hinein, die der Wind eingelegt hatte. Das Tappen im Morast klatschender Schritte.

Jemand folgte ihm!

Elias beschloss, seinen Verfolger zu täuschen. Er tat so, als ob er seine Schritte weiter beschleunigte, blieb dann aber abrupt stehen und wandte sich mit einem Ruck um.

Ein Schatten. Etwa zwanzig Schritte von ihm entfernt. Mitten auf der Straße.

Offenbar überrascht vom plötzlichen Innehalten des Mannes, den er verfolgte, verharrte der Schatten kurz auf der Stelle, bevor er hastig in das Portal eines Hauseingangs huschte.

Elias schlug das Herz bis zum Hals. Wer verfolgte ihn? Etwa einer der Verschwörer? Vielleicht gar Bodo Gangkofer selbst? Ein Eisschauer rann über seinen Rücken, als er daran dachte. Erneut stob eine Bö durch die Straße, wirbelte Morast und Schmutz auf. Irgendwo kläffte einsam ein Köter.

In Gedanken versunken, merkte Elias nicht, dass er immer noch dastand und auf die Stelle starrte, an der sich soeben noch sein Verfolger befunden hatte. *Nimm die Beine in die Hand und sieh zu, dass du endlich nach Hause kommst, verdammter Narr*, trat er sich in den Hintern.

Er drehte sich wieder um und hastete, von Furcht und einer neuerlichen Bö angetrieben, einfach weiter. Dann aber, auf Höhe der Herberge *Zum Schwarzen Lamm* angekommen, vermeinte er, einen unterdrückten Ruf zu hören. Ohne sich umzudrehen, hielt er inne und lauschte. Da – tatsächlich! In das Heulen des Windes und Prasseln des Regens hinein rief jemand einen Namen.

Seinen Namen!

»Elias!«

Er widerstand dem Impuls, einfach weiterzulaufen, und wandte sich langsam um.

Gekleidet in eine schwarze Kutte, die Kapuze tief in der Stirn und die Arme unter einem Umhang verborgen, kam eine Gestalt auf ihn zu.

Ein Mönch!

Elias wartete. Tausend Gedanken schwirrten wie ein Mückenschwarm in seinem Kopf herum. Seine Hand tastete nach dem Griff des Kurzschwertes, das in seinem Gürtel steckte. Nur noch wenige Schritte, und der Mönch würde sich ihm bis auf eine Armlänge genähert haben.

Elias riss das Schwert aus dem Gürtel.

»Halt! Keinen Schritt weiter!«, zischte er.

Der Mönch blieb stehen. Er war inzwischen auf Höhe des Portals angekommen, in dessen Mauerleibung der eiserne Halter mit der blakenden Fackel steckte. Der flackernde Schein zeichnete seine Silhouette als bizarren Schatten in den Morast der Straße.

»Elias«, flüsterte der Mönch erneut. Die weit in die Stirn gezogene Kapuze verdunkelte sein Gesicht. Er zog langsam die Arme aus dem Umhang, hob die Hände vor die Brust und faltete sie wie zum Gebet.

»Soll ich mich freuen, dich zu sehen, Elias? Oder sollte ich dich besser verfluchen?«, flüsterte er.

Verwirrt und völlig entgeistert angesichts dieser Bemerkung starrte Elias abwechselnd auf das schwarze, von der Kapuze verhüllte Haupt des Mönchs und auf seine gefalteten Hände. Als er begriff, dass diese schmalen Hände mit den feingliedrigen Fingern niemals einem Mann gehören konnten, schlug die schwarze Gestalt auch schon die Kapuze zurück, und Elias blickte in das madonnenhaft anmutende Antlitz einer jungen Frau. Ihr weißblondes, gelocktes Haar, das unter der Kapuze hervorquoll, schimmerte im Schein der Fackel wie Gold. Eine Bö fuhr heran und ließ es flattern, was die junge Frau bewog, sich die Kapuze wieder hastig überzustülpen, allerdings so, dass das Gesicht frei blieb. Ein Gesicht, das Elias auf seltsame Weise vertraut vorkam.

»Wer … Wer, zum Teufel, seid ihr?«, murmelte er.

»Erkennst du mich wirklich nicht, Elias? Ich bin Brida.«

Die junge Frau hatte den Flüsterton aufgegeben. Ihre Stimme hatte eine dunkle Färbung, die Antwort klang hart.

Elias stand wie vom Donner gerührt. Brida! Brida, die Tochter Bettlins und Sieberts, die zusammen mit ihren Eltern der Gauklertruppe Jörg Jörgelins angehört hatte. Brida, die wie eine kleine Schwester für ihn gewesen war und mit der er sich immer bestens verstanden hatte. Fast vier Jahre lag es zurück, dass er die Truppe verlassen hatte, damals war Brida fünfzehn gewesen. Vier Jahre, in denen das Mädchen zu einer jungen Frau gereift war, deren Anmut und Liebreiz sogar dieser hässlichen, von Regen und Wind gebeutelten Nacht einen gewissen Zauber abzuringen vermochte.

»Mein Gott, Brida«, flüsterte Elias. Für die Dauer eines Wimpernschlags fühlte er sich hilflos. Dann aber machte er einen Schritt auf sie zu und nahm sie fest in die Arme. Da fühlte er, wie ihr Leib bebte und sie leise an seiner Schulter zu weinen anfing.

»Brida«, flüsterte er, »meine kleine Brida. Wie kommt es, dass du um dieses Zeit hier bist? Du musst vorsichtig sein. Du bist eine Fahrende. Wenn dich die Stadtwache …«

Mit einer Heftigkeit, die ihn völlig überraschte, wand sich die junge Frau aus seinen Armen und versetzte ihm einen harten Schlag gegen die Brust, der ihn zurücktaumeln ließ.

»Ich bin also eine Fahrende! Und wer bist du?«, stieß sie wütend hervor, während Tränen über ihr Gesicht kullerten. »Mein Gott, Elias, einen wunderbaren Augenblick lang dachte ich, dass unsere Herzen im Gleichklang schlügen. Doch das tun sie nicht, sie tun es einfach nicht. Es war ein Irrtum. Jetzt weiß ich, dass du nie wieder zu uns zurückkehren wirst, Elias.

Du bist ein verdammter Lügner und Verräter, Elias. Damals, als du fortgingst, hast du nicht nur die Truppe verraten, sondern auch mich. Ich hasse dich dafür, Elias. So wie man von ganzem Herzen liebt, so hasse ich dich von ganzem Herzen. Hörst du? Ich hasse dich, Elias, ich hasse dich.«

Mit diesen in höchster Erregung hervorgestoßenen Worten, mit denen sich ein tiefer innerer Schmerz Bahn brach, drehte sie sich um und rannte laut aufschluchzend davon. Gleich darauf schluckte sie die Dunkelheit.

Elias wusste nicht, wie ihm geschah. Völlig konsterniert stand er da. Er wollte ihr nachsetzen, sie zur Rede stellen, wollte wissen, wie sie ihn gefunden hatte, wie sie dazu gekommen war, ihm ausgerechnet in dieser Nacht aufzulauern, wollte ihr tausend andere Fragen stellen – und wusste im selben Moment, dass sie sie ihm nie beantworten würde.

Er fühlte sich erbärmlich. Aufgewühlt und zutiefst resigniert machte er sich auf den Heimweg.

Was für eine verdammte Nacht!

Kapitel 46

»Das heißt, wir müssen davon ausgehen, dass die verdammte Auersippe einen bewaffneten Aufstand plant?«

Eberhard von Escher war sichtlich bleich, seine Stimme klang müde und gereizt. Er hatte kein Auge mehr zugemacht, seit Elias ihn mitten in der Nacht hatte wecken lassen, um seine bestürzenden Beobachtungen mitzuteilen. Lediglich die Begegnung mit Brida hatte er dem Ziehonkel verschwiegen. Zwar wusste Eberhard von seiner Vergangenheit, doch er wollte den Oheim nicht noch zusätzlich mit einer Sache belasten, die eigentlich nur ihn etwas anging.

Wie meistens frühmorgens stand der Patrizier in seinem Arbeitszimmer am geöffneten Fenster. Gedankenversunken wanderte sein Blick über den Platz vor dem Rathaus, der sich allmählich mit Leben füllte. Er hatte die Hände auf dem Rücken verschränkt; Elias sah, wie seine Finger nervös zuckten. Er selbst war gerade dabei, den großen Besprechungstisch für die Verhandlung mit Albin Pertschacher herzurichten. Der aus Wien stammende Kaufmann, ein wichtiger Geschäftspartner von Eschers, würde irgendwann am Mittag in Regensburg eintreffen.

»Ja, das müssen wir wohl, Oheim. Aber wisst Ihr, was ich mich frage?«, schloss Elias an den Kommentar seines Oheims an.

Von Escher drehte sich um.

»Was denn? Sprich, mein Junge!«

»Wenn die Waffen in einem Versteck des burggräflichen Gerichtshauses, also im Haus des bayrischen Herzogs lagern, dann ist doch wohl anzunehmen, dass die Verschwörer dieses Versteck als sehr sicher einstufen.«

Von Escher hob die Brauen. »Das sollte man annehmen. Warum fragst du?«

»Ich kann mir nicht vorstellen, dass eine solche Verschwörung ohne das Wissen Ludwigs stattfindet, er ist ja nicht nur Kaiser, sondern auch bayrischer Herzog. Im Grunde ist er der Hausherr, auch wenn er die Rechte am Schultheißengericht und am Kammergericht, die ja dort installiert sind, derzeit verpfändet hat.«

Von Escher nickte grimmig.

»Es wäre nicht das erste Mal, dass Seine intrigante Majestät sich an einer gegen die Stadt gerichteten Initiative beteiligt. Aber einem Waffengang gegen die Stadt seinen Segen zu erteilen, mit Waffen, die dann auch noch auf dem Areal gelagert werden, dessen Eigentümer er ist – ich weiß nicht.«

»Sei's, wie es will. Ob der Kaiser Kenntnis hat oder nicht: Wir müssen davon ausgehen, dass die Waffen aus diesem Versteck heraus aus an diejenigen verteilt werden, die für die Verschwörer in den Kampf ziehen sollen. Das heißt, die Verschwörung nimmt vom Haus des bayerischen Herzogs ihren Ausgang. Nicht umsonst wollte der Auer um jeden Preis unsere Lagerstätte beim Sankt-Gilgen-Platz anmieten. Schließlich sind wir unmittelbare Nachbarn. Ich denke, wir sollten die Gegend scharf im Auge behalten.«

Von Escher trat vom Fenster zurück und setzte sich mit entschlossener Miene zu Elias an den Tisch.

»Du hast recht. Nicht nur die Gegend werden wir im Auge behalten; auch Gangkofer. Natürlich so, dass er keinen Verdacht schöpft. Was bedeutet, dass wir uns vorerst völlig ahnungslos geben.«

»Das dürfte mir schwerfallen, Oheim«, bemerkte Elias finster.

»Nicht nur dir, mein Junge. Dennoch: Es ist unumgänglich, wenn wir mehr über diese schändliche Unternehmung herausbekommen und diesen Bastard zu fassen bekommen wollen. Also werden wir uns wohl oder übel zusammenreißen müssen.«

»Natürlich, Oheim. Wollte Bodo nicht an der Besprechung mit dem Österreicher teilnehmen?«

»Ja. Unsere erste Bewährungsprobe, wenn du so willst. Um Mittag herum wird die Delegation aus Wien eintreffen.«

Elias nickte. »Glaubt Ihr nicht, es wäre hilfreich, jemanden vom inneren Rat in die Sache einzuweihen? Jemand, dem Ihr vertrauen könnt?«

Von Escher schüttelte den Kopf. »Nein. Die Verhältnisse im Rat sind mir derzeit zu unübersichtlich. Ich weiß nicht, wem ich trauen kann. Die Auer haben nach wir vor ihre heimlichen Unterstützer in der Stadt. Einige davon sitzen leider auch im Rat. Und wie schnell es der Auersippe gelingt, jemanden in ihre Fänge zu bekommen und ihn willfährig zu machen, siehst du am Beispiel dieses verdammten Gangkofer.«

»Wie steht es mit dem Bürgermeister – ist er denn nicht vertrauenswürdig?«

»Hadamar von Laaber? Er ist der Stadt gegenüber sicher loyal. Dennoch: Vorerst halte ich es für besser, unser Wissen mit niemand anderem zu teilen. Wie gesagt: vorerst. Später, wenn wir mehr wissen und die Faktenlage klarer ist, sehen wir weiter.«

Elias nickte. »Ihr habt sicher recht, Oheim. Dann hoffen wir, dass …«

Ein Klopfen an der Tür unterbrach ihn. Ein Bediensteter trat ein.

»Verzeiht, edler Herr«, wandte er sich an von Escher. »Die Delegation aus Wien ist angekommen.«

Von Escher warf seinem Neffen einen erstaunten Blick zu. Er hatte mit Albin Pertschachers Eintreffen erst ab Mittag gerechnet.

»Führe die Herrschaften in den kleinen blauen Saal. Sie mögen sich gedulden, ich bin gleich bei ihnen. Und lass heißen Würzwein servieren, der tut gut bei diesem Sauwetter«, befahl er dem Diener.

»Sehr wohl, edler Herr.«

Von Escher erhob sich.

»Es liegt alles bereit?«, fragte er Elias.

»Jawohl, Oheim. Es ist alles hergerichtet.«

»Ich möchte, dass du das Protokoll führst. Und bring dich ein in die Verhandlungen«, fügte er hinzu.

»Wir beginnen gleich mit der Besprechung? Wir warten nicht auf Bodo Gangkofer?«

»Nein, wir warten nicht. Da die Herren aus Wien bereits hier sind, besteht keine Notwendigkeit, die Verhandlungen hinauszuzögern.«

Kapitel 47

Die Herren aus Wien, das waren außer Albin Pertschacher sein Partner Balint Nemes – ein gebürtiger Ungar – sowie sein Adlatus Andreas Kofler. Wortkarge Männer, die, wie sich zeigen sollte, während der Verhandlungen nur hie und da ein Wort einwarfen und sich ansonsten sehr mit Kommentaren zurückhielten. Elias fragte sich, weshalb sie überhaupt mitgekommen waren.

»Kommen wir zum nächsten Punkt. Der Preis für die Wachslieferung, den Ihr genannt habt, werter Freund, behagt mir nicht. Da müsst Ihr mir noch ein gewaltiges Stück entgegenkommen«, wandte sich Eberhard von Escher an Albin Pertschacher. Glaubte man der Kerze, die in einem Glasbehälter vor einer Skala brannte, die in eine Kupferplatte geritzt war, verhandelten sie bereits seit über zwei Stunden. Von Escher hatte es sich zur Gewohnheit gemacht, bei geschäftlichen Verhandlungen die Stundenkerze, wie er sie nannte, mitten auf dem Tisch zu platzieren. Stellte sie doch eine Mahnung dar, sich nicht in unwichtigen Details und nutzlosen Palavern zu verlieren, sondern bei der Sache zu bleiben. Bisher hatte er ausgezeichnete Erfahrungen damit gemacht.

Diverse Verhandlungen über Kupfer-, Seide- und Weinlieferungen lagen bereits hinter ihnen, die Vereinbarungen waren in Verträge gefasst und gesiegelt worden. Jetzt ging es um Wachs. Feinstes, kostbares Bienenwachs. Genauer gesagt, um drei ganze Saum davon.

Der Wiener, ein drahtiger kleiner Mann mit schwarzem Schnurrbart und blitzend weißen Zähnen, lächelte unverbindlich.

»Bedaure, aber hier kann ich Euch auf keinen Fall entgegenkommen.«

»Ach, und weshalb nicht?«

»Offensichtlich habt Ihr übersehen, werter Freund, dass es sich bei dem Wachs, das wir liefern, um exzellente Ware von höchster Reinheit handelt, wie Ihr sie nur von uns bekommen könnt. Nicht wahr?« Die Aufforderung, seine Einschätzung zu bestätigen, galt Pertschachers Begleitern.

»Natürlich, wie Ihr sagt, Herr. Von exzellenter Reinheit«, beeilte sich Balint Nemes zu versichern.

»Aber sicherlich. Von exzellenter Reinheit«, stimmte auch sein Adlatus papageienhaft zu.

Elias musste an sich halten, um nicht laut aufzulachen.

»Verzeiht, Herr Pertschacher«, mischte er sich ins Gespräch. »Aber Ihr irrt. Vor einigen Monaten lernte ich in Nürnberg einen Händler aus Böhmen kennen. Auch er handelt mit Wachs. Er verfügt über wunderbare Ware, ich konnte mich davon überzeugen. Wachs von reinster Qualität, gewonnen von Zeidlern im Böhmischen. Die tiefen Wälder dort bilden ideale Bedingungen und gewährleisten eine Qualität, die der Euren ebenbürtig sein dürfte.«

Das Lächeln in der Miene des Österreichers wich einem lauernden Blick.

»Ach, und weshalb kauft Ihr das Wachs dann nicht bei ihm?«

»Weil es dauert, bis er liefert. Wir bevorzugen eine schnelle Lieferung. Allerdings rechtfertigt dieser Wunsch keineswegs den eklatant hohen Preis, den Ihr verlangt. Ich fürchte …«, Elias zuckte bedauernd mit der Schulter und sah Eberhard von Escher an, »ich fürchte, Oheim, wir werden uns nun doch mit einer längeren Lieferfrist zufriedengeben müssen.«

Eberhard von Escher tat, als ob er scharf nachdächte, und verzog betont schmerzlich das Gesicht.

»Das fürchte ich auch«, stimmte er Elias zu.

Ein Klopfen unterbrach die Runde. Auf ein unwilliges »Herein« Eberhard von Eschers betrat ein schlaksiger, hochgeschossener Mensch mit Hakennase, schmalen Lippen und einer braunen Topffrisur den Raum. Es war Purkardt Vogelmann, der bei der Regensburger Hanse angestellte Archivar.

»Ich bringe die angeforderten Unterlagen, Herr von Escher. Wohin damit?«, fragte er mit schnarrender Stimme,

»Legt sie dort auf dem kleinen Tisch neben dem Fenster ab!«

»Sehr wohl!«

Im selben Moment traf der Blick des Archivars auf den Pertschachers. Ein kurzes waches Aufblitzen in beider Augen, das sich sofort wieder legte. Elias entging nicht, dass ein überraschter Ausdruck gegenseitigen Erkennens darin lag.

»Nun … ähm … Dann darf ich mich wieder verabschieden«, schnarrte der Archivar und entschwand durch die Tür, so plötzlich, wie er hereingeschneit war.

»Ähm … Wo waren wir stehen geblieben?«, fragte Pertschacher, der irritiert wirkte.

»Wir sprachen davon, dass wir wohl bedauerlicherweise längere Lieferfristen in Kauf nehmen müssen«, half Elias ihm auf die Sprünge. »Bei den Preisen, die ihr uns genannt habt, bleibt uns nichts anderes übrig, als die Ware von jemandem zu beziehen, der zwar nicht schnell liefern kann, dafür aber günstiger ist.«

»Hrrm«, räusperte sich Pertschacher und runzelte ärgerlich die schwarzen Brauen.

»Nun gut, sei's drum«, meinte er schließlich. »Ich will großzügig sein, einigen wir uns auf … sagen wir … zwei Pfund Pfennige pro Saum.«

»Tausendvierhundertvierzig Pfennige für drei Saum? Das nennt Ihr großzügig? Ha! Da lachen ja gleich die drei Maultiere, die die Ladung tragen! Wir zahlen Euch ein und ein Viertel Pfund Pfennige.«

»Ein und ein Dreiviertelpfund pro Saum, mein letztes Wort«, sagte Pertschacher und streckte Elias die Hand hin.

»Macht bei drei Fuder Wachs eintausendzweihundert Pfennige. Da muss noch was gehen. Tausend Pfennige, und wir sind im Geschäft«, schlug Elias vor und streckte dem Wiener die Hand hin.

Der wollte gerade einschlagen – als er plötzlich innehielt und wie gebannt auf den ihm entgegengestreckten Handrücken starrte. Er hob den Blick und musterte Elias mit offenem Mund. Ungläubiges Erkennen und sprachlose Verblüffung spiegelte sich auf seinen Zügen.

Elias war blass geworden. Ihm war sofort klar geworden, weshalb Pertschacher so maßlos verwundert wirkte – es war das sternförmige Feuermal, das den Wiener irritierte.

Erneut streckte er seine Hand aus, ein Versuch, die Situation zu entspannen, der jedoch reichlich bemüht ausfiel.

»Was ist, Herr Pertschacher? Ihr seht etwas verspannt aus, wenn Ihr mir die Bemerkung erlaubt. Seid Ihr denn nicht zufrieden mit unserem Handel? Wollt Ihr denn nicht einschlagen, wie es guter alter Brauch ist?«, lächelte er ihn an und wusste im selben Moment, dass sein Lächeln maskenhaft und aufgesetzt wirkte.

»Hrrm«, räusperte sich Pertschacher mit verkniffener Miene. »Aber natürlich … verzeiht … Es ist nur … ich … ich … Ach, lassen wir das. Ich freue mich, dass wir zu einer Einigung gelangt sind. Hier meine Hand.«

Er schlug ein.

»Nun, das sehen wir genauso, nicht wahr, Oheim?«, wandte sich Elias an von Escher, der mit einem unverbindlich gelächelten »Gewiss« antwortete. Elias bemerkte sehr wohl, dass auch ihm die Irritation Pertschachers nicht entgangen war.

Ein weiteres Klopfen ließ die versammelte Runde zur Tür blicken. Bodo Gangkofer trat ein, Verwunderung spiegelte sich in seiner Miene, als er an den Tisch trat.

Von Escher erhob sich und stellte die Männer einander vor.

»Ich sehe, ich bin zu spät«, merkte Gangkofer mit Blick auf die frisch gesiegelten Dokumente an.

»Die Herrschaften sind schon sehr früh eingetroffen und baten, die Besprechung früher zu beginnen. Elias wird Euch später über die Ergebnisse informieren.«

O Gott, dachte Elias. Die Vorstellung, eine Konversation mit Gangkofer führen zu müssen, als wäre nichts geschehen, bereitete ihm Bauchschmerzen. Aber es half nichts. Noch durften sie sich nichts anmerken lassen.

Von Escher sah zur Stundenkerze hinüber. Knappe drei Stunden waren seit dem Beginn der Besprechung vergangen.

»Ich denke, es ist an der Zeit, uns zu stärken«, verkündete er. »Wenn mir die Herren folgen wollen, ich habe ein Mahl herrichten lassen. Eine kleine Belohnung für unseren erfolgreichen Geschäftsabschluss. Bodo, Ihr leistet uns doch sicher Gesellschaft.«

»Sehr gerne«, murmelte Gangkofer.

Obwohl die Gerichte, die Eberhard von Escher auftischen, und der Wein, den er reichen ließ, wirklich vom Feinsten waren, musste sich Elias zum Essen regelrecht zwingen; er verspürte keinerlei Appetit. Die belanglose Konversation, die bei Tisch geführt wurde, plätscherte wie ein behäbig dahinfließendes Bächlein an seinem Ohr vorbei. Die Ereignisse der vergangenen Nacht forderten ihren Tribut. Sie hatten ihm den Schlaf geraubt und ihn sich auf seiner Liegestatt unruhig hin und her werfen lassen. Die Erkenntnis über einen offenbar kurz bevorstehenden Aufstand und darüber, wer Bodo Gangkofer wirklich war, der kaltblütige Mord an dem Kahlkopf mit dem Raubvogelgesicht, dessen Zeuge er geworden war, und schließlich die völlig überraschende und zutiefst deprimierende Begegnung mit Brida rumorten noch immer in ihm. Dann die anstrengenden Verhandlungen mit Pertschacher, das stundenlange Tauziehen um Liefermengen und Preise. Was ihm schließlich den Rest gegeben hatte, war die Reaktion, die der Wiener angesichts des Feuermals auf seinem rechten Handrücken gezeigt hatte. Wie eine Welle, die über eine Klippe hinwegschwappt, war die Erkenntnis über ihm zusammengeschlagen, dass Pertschacher mit dem Feuermal etwas ganz Konkretes verband. Etwas, was mit seiner, Elias', Vergangenheit zusammenhängen musste. Die Schlussfolgerung, die sich daraus ergab, war so einfach wie bestürzend: Pertschacher wusste etwas über ihn, was er selbst nicht wusste! Bei dem Gedanken daran spürte Elias, wie ihm heiß und kalt zugleich wurde.

Kapitel 48

Die Häscher kamen mit dem Floß nach Regensburg.

Im Licht der frühen Morgensonne näherte es sich den Donauländen und legte bald darauf an einer der zahlreichen Molen an, an denen bereits eine Menge anderer Wasserfahrzeuge festgemacht hatte. Ihre mächtigen Leiber dümpelten in den behäbig dahinströmenden Fluten der Donau, die in der Sonne glitzerten, träge auf und ab. Einige von ihnen warteten darauf, dass die Ladung gelöscht würde, andere würden neue Ladung aufnehmen und dann den nächsten Zielhafen flussabwärts ansteuern. Das konnte Passau, aber auch Wien oder gar Budapest sein.

Die Jäger waren die Ersten, die mit ihren Pferden das Floß verließen. Drei Männer, die ein Kommando bildeten, das im Auftrag Herzog Albrechts II. von Österreich in geheimer Mission unterwegs war. Ihr vorläufiges Ziel war die Herberge *Zum Fischerwirt*, wo sie beabsichtigten, für die nächsten Tage Quartier zu beziehen.

Den Hinweis, sich beim Fischerwirt nach einer Bleibe umzusehen, hatten sie noch in Wien von einem ehemaligen Söldner erhalten, der aus Regensburg stammte und bis vor Kurzem die Transporte eines Regensburger Fernhändlers begleitet hatte.

Die Herberge lag östlich der Steinernen Brücke innerhalb der Donauwacht in unmittelbarer Nähe zur Stadtmauer. Sie war eine der wenigen Adressen, wo man unterkommen konnte, ohne lästige Fragen vonseiten der Büttel gestellt zu bekommen, die die Wacht kontrollierten. Ein Aufenthalt dort war nicht billig, was seinen Grund hatte. Ottheinrich, der Wirt, von den meisten Ottl genannt, verstand sich mit einigen zur Donauwacht gehörenden Bütteln nämlich recht gut. Was dem großzügigen Obolus geschuldet war, den er an sie entrichtete. Damit konnte Ottl seinen Gästen gewährleisten, nicht allzu genau in Augenschein genommen zu werden. Die Kosten dafür gab er selbstredend an sie weiter.

Vor neun Tagen waren die drei Männer in Wien aufgebrochen. Gestern Abend waren sie in Kehlheim angekommen. Nach einer im Freien verbrachten Nacht hatten sie heute frühmorgens nach einer Mitfahrgelegenheit Ausschau gehalten, um auf der Donau flussabwärts nach Regensburg zu gelangen. Ein Floßmeister, der nebst Kalk, Ziegeln und Fässern mit gepökeltem Hering auch einen fetten Ochsen auf seinem sperrigen Gefährt mit sich führte, hatte sich ihrer schließlich angenommen. Natürlich gegen einen ordentlichen Batzen Fährgeld.

Die drei Männer ritten den Donaukanal entlang, vorbei an einem vor der Strömung geschützten Hafenbecken und einem Areal, das als Umschlagplatz für Holz genutzt wurde. Neugierig begafft von den Knechten, die hier ihrer Arbeit nachgingen, bogen sie in das hinter der Stadtmauer gelegene Wiedfanggässchen ein, das parallel zum Donauufer verlief.

»Wir lassen uns Zeit«, sagte der älteste von ihnen, ein graubärtiger Söldner, dessen wettergegerbtes, vernarbtes Gesicht davon zeugte, dass er in seinem Leben nicht nur eine Schlacht geschlagen hatte. »Wir werden zuerst unseren Verbindungsmann kontaktieren, vielleicht hat der ja schon erste Hinweise. Dann werden wir unser Zielobjekt ins Auge fassen, warten den günstigsten Zeitpunkt ab und schlagen zu.«

Skepsis spiegelte sich in der Miene des Burschen, der neben ihm ritt, ein drahtiger junger Kerl mit flinken Augen und von sehniger Statur. Der dritte, ein stiernackiger Mensch, dem das linke Augenlid herunterhing, ritt dicht hinter den beiden.

»Ich glaube, du siehst das Ganze zu locker, Vinz«, widersprach der kleine Drahtige dem Graubart. »Das Zielobjekt ins Auge fassen, den günstigsten Zeitpunkt abwarten und dann zuschlagen? Das hört sich alles recht stimmig an. Ich frage mich allerdings, ob es das auch wirklich ist. Der Kerl ist Mitglied einer der edelsten Patrizierfamilien in der Stadt. An den ranzukommen, dürfte alles andere als einfach sein, und außerdem …«

»Wir sind zu dritt, Ferdl, vergiss das nicht!«, unterbrach ihn Vinz.

»Ja, schon, aber angenommen …«

»Was heißt ›angenommen‹?«, unterbrach ihn der stiernackige Gerold, der hinter ihnen ritt. »Annehmen können wir noch gar nichts. Hör endlich auf, über ungelegten Eiern zu brüten, du Jungspund. Vinz hat recht. Wir kontaktieren unseren Verbindungsmann, hören uns an, was er zu sagen hat, schauen uns den Burschen an, klären die Lage, danach sehen wir weiter.«

Ferdl zuckte beleidigt die Schultern. Das Gespräch verstummte. Bald darauf hatten sie die Herberge erreicht.

Der Jäger, der die Häscher jagte, kam nur wenig später an diesem Tag nach Regensburg. Allerdings nicht mit einem sperrigen Floß, sondern einem wurmstichigen Kahn. Er hatte ihn von einem alten Fischer erworben, der froh war, ihn gegen wenige Heller losgeworden zu sein. Das kurze Stück von Kehlheim bis Regensburg werde der Kahn schon halten, er werde schon nicht absaufen, hatte der Fischer ihm versichert. Worauf der Jäger dem Fischer versichert hatte, wenn er doch absaufen sollte, werde er ans Ufer schwimmen, wiederkommen, sich die Heller zurückholen und dem Alten den Hals aufschlitzen.

Sein Pferd hatte der Jäger bei einem wortkargen Schäfer außerhalb der Mauern Kehlheims gegen gutes Geld in Obhut gegeben. In Regensburg würde er ohne Pferd unabhängiger sein. Er konnte davon ausgehen, dass der bevorstehende Strauß, den es auszufechten galt, innerhalb der Mauern ausgetragen wurde. Sollte die Situation es erfordern, sich außerhalb der Stadt bewegen zu müssen, würde er schnell eine Lösung finden: Für das Geld, das er, in sein Wams eingenäht, mit sich führte, konnte er sich fünf Pferde leisten. Mindestens.

Natürlich würden die Männer, die auf der Jagd nach ihrem Opfer waren, nicht damit rechnen, selbst Gejagte zu sein. Wie sollten sie auch. Wie sie wohl reagierten, wüssten sie, dass sich, schon als sie von Wien aufgebrochen waren, jemand an ihre Fersen geheftet hatte? Jemand, der dasselbe Ziel im Auge hatte wie sie?

Über das von Narben zerklüftete Gesicht des Jägers huschte ein düsteres Lächeln, als er daran dachte.

Er machte den Kahn ein gutes Stück oberhalb der Stelle, wo die befestigte Floßlände begann, an einem Gestrüpp fest.

Dann schulterte er seine lederne Umhängetasche und das zu einer Rolle verschnürte Kleiderbündel, nahm seinen Eibenholzstock, prüfte den Sitz seines Kurzschwerts und machte sich auf zur Herberge *Zum Fischerwirt*.

Kapitel 49

Donaustauf
13. Mai Anno Domini 1337

Das Licht der untergehenden Sonne verlieh der bizarren Wolkenformation, die über der Feste Donaustauf hing, ein intensives rosafarbenes Glühen.

Ranghild rann ein leiser Schauer über den Rücken, als sie der bischöflichen Burg gewahr wurde, die hoch über dem Fluss thronte. In seiner schrecklichen Schönheit erinnerte sie der Anblick des Himmels an eine Szene aus Dantes Inferno.

Sie ritt zusammen mit Abella und drei Soldaten der königlichen Garde aus Neapel, die zum Schutz der Frauen abgestellt waren, von Westen kommend am Ufer der Donau entlang. Wie geplant hatten sie sich ab Neapel zunächst einem Kaufmannszug angeschlossen, dessen Ziele Frankfurt und Köln waren. Kurz hinter Innsbruck hatten sie sich von der Karawane getrennt, um nach Benediktbeuern und dann in Richtung Regensburg weiterzureisen.

»Sieh an, die Gäste aus Salerno«, murmelte Ulrich von Abensberg, der im Auftrag des Regensburger Fürstbischofs Nikolaus von Ybbs die Pflegschaft über die Burg innehatte. Er stand an einem der Fenster in der obersten Etage des Palas und sah auf die kleine, aus fünf Reitern und einem Lasttier bestehende Reisegesellschaft hinunter, die sich der Burg näherte.

»Wenn nur die Bischöfe schon da wären«, seufzte er.

Er wollte sich gerade umwenden und nach unten eilen, um die Gäste aus Salerno zu empfangen, als er fünf weitere Reiter bemerkte, die der ersten Gruppe in einem Abstand von etwa tausend Fuß folgten.

»Verdammt! Die haben mir gerade noch gefehlt. Die Abordnung der Regensburger, die hätte ich fast vergessen.«

Er wandte sich weg vom Fenster und eilte die Treppe zum Erdgeschoss hinunter.

»Im Namen ihrer fürstbischöflichen Eminenzen Nikolaus von Ybbs, Fürstbischof zu Regensburg, und Otto von Wolfskeel, Fürstbischof zu Würzburg, heiße ich die beiden Magistrae auf Burg Donaustauf herzlich willkommen«, begrüßte Ulrich von Abensberg Abella und Abellita Montini förmlich und vollzog eine elegante Verbeugung. Die Begleiter der beiden Frauen, drei hoch aufgeschossene, kampferprobte und erfahrene Soldaten, die die Uniform der königlichen Garde zu Neapel trugen und zu ihrem Schutz mitreisten, verharrten respektvoll hinter ihnen.

Die Frauen stiegen vom Pferd und verbeugten sich ihrerseits.

Ranghild übernahm die Antwort.

»Auch wir freuen uns außerordentlich, auf Donaustauf Gast sein zu dürfen, Herr von Abensberg. Ich hoffe, wir werden gleich Gelegenheit haben, unseren Dank den Eminenzen gegenüber zum Ausdruck zu bringen.«

Der Abensberger hob die Hände zu einer bedauerlichen Geste.

»Leider sind die Eminenzen nicht anwesend. Wir erwarten sie entgegen der ursprünglichen Planung erst in einigen Tagen aus Aich zurück. Die Verhandlungen mit seiner Kaiserlichen Majestät dauern doch länger als zunächst angenommen.«

»Verhandlungen mit dem Kaiser? Oh, das verstehen wir natürlich«, meinte Ranghild.

Dann würden sie eben auch diese Änderung ihrer Reisepläne hinnehmen müssen. Ursprünglich war vorgesehen gewesen, direkt nach Würzburg zu reisen, ohne den Umweg über Donaustauf zu nehmen. Die Bitte des Fürstbischofs, in Donaustauf Station zu machen, hatte sie erst vor vier Tagen im Kloster zu Benediktbeuern in Form einer schriftlichen Mitteilung erreicht.

Er habe einer Einladung seines »Bruders in Christo«, Nikolaus von Ybbs, Bischof zu Regensburg, entsprochen, der ihn zu einem Jagdausflug eingeladen habe, hatte er als Grund seiner Bitte geäußert. Er freue sich, die Magistrae in Donaustauf begrüßen zu dürfen; man werde dann gemeinsam nach Würzburg reisen.

Zwei Tage hatten sie sich in Benediktbeuern aufgehalten. Das Kloster war bekannt für seine Heilkräutergärten sowie die botanischen Forschungen seiner Mönche. Mithin war es fast unausweichlich, dass Ranghild und Abella schon im Vorfeld der Reise beschlossen, für den Aufenthalt in der Benediktinerabtei zwei ganze Tage einzuplanen. Da Otto von Wolfskeel über die Route Bescheid wusste, die die Gäste aus Salerno nehmen würden, war gewährleistet, dass sie seine Nachricht rechtzeitig erhalten würden. Von einer Audienz beim Kaiser war in dem Schreiben allerdings nicht die Rede gewesen, sie war offenbar kurzfristig zustande gekommen. In Benediktbeuern hatten sie auch davon gehört, dass die Beziehungen zwischen den beiden Fürstbischöfen und dem Kaiser recht kompliziert waren …

»Die Eminenzen geruhen Euch ausrichten zu lassen, Ihr mögt die Zeit bis zu ihrer Rückkehr zu eurer Erholung nutzen«, fuhr der Pfleger fort. »Ihr seid weit gereist und freut Euch sicher, ausruhen zu können. Was mich angeht, ich stehe gern zu Euren Diensten.«

Ranghild wechselte mit Abella einen schnellen Blick. Die

Magistra, die des Deutschen ebenfalls mächtig war, nickte zustimmend.

»Das ist sehr liebenswürdig, Herr von Abensberg. Wir nehmen Euer Angebot gerne an«, wandte sich Ranghild an den Pfleger.

Der Abensberger verbeugte sich erneut. Unverkennbar ein Mann von ausgesuchter Höflichkeit.

»Dann erlaubt, dass ich Euch zunächst Eure Kemenaten zuweisen lasse. Dort könnt ihr Euch erfrischen und etwas ausruhen. Amina, unsere Großmagd, steht Euch zur Verfügung. Sie spricht im Übrigen Eure Sprache.« Der Abensberger wies auf eine etwa fünfzigjährige Frau von kräftiger Statur mit rosiger Gesichtsfarbe, die freundlich lächelte und vor den beiden Magistrae knickste. Ihre Gesichtszüge und ihr tiefschwarzes Haar verrieten ihre südliche Abstammung.

»*Se volete, per favore, seguitemi nobili dame.* – Wenn Ihr mir bitte folgen wolltet, edle Damen«, sagte sie verschmitzt und lächelte. Ranghild empfand sofort Sympathie für die Großmagd.

Auch die drei Soldaten bekamen ihre Räume zugewiesen.

Der Saal, in dem die Regensburger Delegation auf das Erscheinen Ulrich von Abensbergs wartete, wirkte düster und entsprach durchaus der Stimmung, die sich ihrer bemächtigt hatte. Das schwindende Licht der untergehenden Sonne, das durch die Rundbogenfenster drang – das leuchtende Rot hatte sich in ein fahles Rosa verwandelt –, war alles andere als geeignet, sie zu heben. Die eisenbeschlagenen Truhen aus dunklem, fast schwarzem Holz – außer dem Tisch und den Stühlen das einzige Mobiliar im Saal – verliehen dem Raum zusätzliche Schwere. Daran konnte auch der kostbare Teppich an der Stirnwand nichts ändern, dessen Farben stumpf und leblos wirkten. Auf dem Tisch verbreitete ein achtarmiger Kerzenleuchter schummriges Licht, das sich in den grünen Trinkgläsern spiegelte, die neben dem Leuchter auf einem silbernen Tablett standen.

Die aus fünf Männern bestehende Delegation aus Regensburg hatte sich am unteren Ende des Tischs niedergelassen. Noch immer warteten sie auf den, der sie herbestellt hatte.

»Der gnädige Herr lässt sich verdammt viel Zeit!«, knurrte Lienhart Löbel. Das Kinn auf die Rechte gestützt, starrte er missmutig auf die stumpf glänzende eichene Tischplatte.

»Er lässt uns absichtlich warten, weil er uns mürbe machen will«, vermutete Hans Lengfelder. »Ich bin gespannt, was er zu sagen hat«, fügte er hinzu. Mit seinen neunundzwanzig Jahren war er derzeit das jüngste Ratsmitglied. Die Hände im Schoß gefaltet, die Beine von sich gestreckt, saß er leicht vornübergebeugt auf der Stuhlkante und zog ein Gesicht wie drei Tage Regenwetter.

»Vielleicht kümmert er sich erst um seine anderen Gäste; um die Frauen aus Salerno, die kurz vor uns angekommen sind«, meinte Elias. Er erhob sich und trat an eines der Rundbogenfenster, die den Blick auf die Donau freigaben, die nicht weit entfernt vorbeifloss.

»Du meinst die, die vor uns her geritten sind? Eskortiert von den drei Bewaffneten in den komischen Uniformen?«, fragte Lengfelder.

»Genau die.«

»Woher weißt du, dass sie aus Salerno sind?«, wollte Lengfelder wissen.

»Ich hab 'ne Bemerkung zwischen zwei Mägden aufgeschnappt, vorhin, als wir den Flur entlanggegangen sind.«

Eberhard von Escher und Rüdiger Schwarz, die ältesten unter den fünf Männern, starrten finster schweigend vor sich hin. Auch sie bewegte die Frage, was den Pfleger bewogen haben mochte, den Rat aufzufordern, eine Delegation zu ihm zu schicken. Ihnen schwante nichts Gutes.

Elias war der Einzige, der nicht dem Rat angehörte. Sein Oheim hatte ihn als Protokollanten mitgenommen; er war ein geschickter, schneller und sicherer Schreiber und sollte den Inhalt der Unterredung festhalten.

Eine Tür ging quietschend, ein Luftzug wehte durch den Raum und ließ die Kerzen unruhig flackern. Ulrich von Abensberg trat ein. Elias ging zum Tisch und setzte sich. Vor ihm ausgebreitet lagen Pergamente und Schreibzeug.

»Seid gegrüßt, Ihr Herren. Ich bitte um Vergebung, aber es gab noch ein Problem, dem ich mich widmen musste, deswegen meine Verspätung«, entschuldigte sich der Abensberger kühl und steuerte auf die Stirnseite des Tisches zu.

Die demonstrative Distanz, die er damit signalisierte, war offensichtlich.

»Ich will es kurz machen«, sagte er, während er den Stuhl zurechtrückte und sich setzte.

»Ihr Herren wisst, dass ich vor wenigen Tagen vom Hof des Kaisers zurückgekehrt bin. Ihr wisst auch, dass Ludwig schon des Öfteren Grund hatte, sich über eine Verletzung seiner Rechte durch die Stadt zu beklagen. Vor einigen Monaten wurde ein Abkommen zwischen Seiner Majestät und der Stadt Regensburg geschlossen, das von regensburgischer Seite jedoch nicht eingehalten wurde. Dies ist für den Kaiser nicht mehr hinnehmbar. Ludwig lässt Euch durch mich ausrichten, dass er sich nunmehr gezwungen sieht, drastische Schritte zu unternehmen, um seine Rechte zu wahren. Darum …«

»Halt, Herr Pfleger«, unterbrach Schwarz den Abensberger. »Welcher Rechte sieht Seine Majestät sich denn beraubt? Geht es etwa wieder um diese leidigen Abgaben, die er von den Handwerkern einfordert, von denen er behauptet, dass sie ihm zustünden?«

»Leidig nennt Ihr den Vorgang? Ihr wisst sehr wohl, dass die Fleischhacker und andere Zünfte die Abgaben an das

Kammeramt, die dem Kaiser zustehen, verweigert haben. Das ist dokumentiert. Der Rat hat es geflissentlich versäumt, die Schuldner auf ihre Verpflichtung aufmerksam zu machen. Das ist ein Skandal!«

»Was sagt Ihr da? Ein Skandal?«, rief Lienhart Löbel erbost dazwischen. »Ein Skandal ist es, wie Ludwig sich des Hochstiftes bedient, um seine Machtgelüste zu befriedigen. Ihr als Pfleger von Donaustauf und der Bischof habt Euch zu willfährigen Hofschranzen Ludwigs degradieren lassen! Damit kollaboriert Ihr mit dieser verdammten Auersippe. Die hat dasselbe Ziel: der Stadt Regensburg und ihren Bürgern Schaden zuzufügen – *das* ist ein Skandal!«

»Sehr richtig! Speichellecker und Arschkriecher, das seid ihr!« Der junge Lengfelder, stadtbekannter Heißsporn, war aufgesprungen und schüttelte drohend die Faust.

Ein lauter Knall hallte durch den Raum. Der Abensberger war emporgeschnellt und hatte mit der flachen Hand wütend auf den Tisch geschlagen. Die Kerzen in den Leuchtern auf dem Tisch flackerten, die Gläser auf dem Tablett klirrten.

»Was nehmt Ihr Euch heraus?«, brüllte er los. »Ihr beleidigt Seine Majestät und Seine Eminenz? Ich wiederhole es: Der Kaiser hat ein Recht auf die genannten Abgaben. Der Rat will sie ihm nicht zugestehen, folglich sieht er sich gezwungen, zu anderen Mitteln zu greifen.«

Eberhard von Escher stand auf und hob die Hände zu einer beschwichtigenden Geste.

»Meine Herren, lasst uns Ruhe bewahren!«, rief er in die Runde. »Mit beleidigenden Äußerungen ist keinem geholfen. Nehmt vor allem Ihr das zur Kenntnis, Löbel!«, wies er das jüngste Ratsmitglied scharf zurecht. »Diese sogenannten anderen Mittel – was haben wir darunter zu verstehen?«, wandte er sich an den Abensberger, der wieder Platz genommen hatte.

»Es wird so lange keinen freien Handel geben, bis seine Forderungen erfüllt sind und die Verletzung seiner Rechte aufhört. Der Kaiser hat als ersten Schritt beschlossen, die Schifffahrt bei Donaustauf zu stören. Und er hat mir freigestellt, diese Aufgabe zu übernehmen. Sollte ich mich weigern, werde er seine Amtsleute zum Handeln auffordern müssen. Die Maßnahme habe, unmittelbar nachdem der Rat informiert wurde, in Kraft zu treten, lautet seine Anweisung.«

Die Worte von Abensbergs lösten einen Sturm der Entrüstung unter den Männern aus. Eberhard von Escher schaltete sich erneut ein. Diesmal deutlich empört.

»Hört, Abensberg, das könnt selbst Ihr nicht wollen. Wenn die Stadt geschädigt wird, ist es durchaus möglich, dass es auch das Bistum trifft. Das muss Euch und Bischof Nikolaus doch klar sein. Diese unseligen Repressalien seitens des Kaisers müssen ein Ende haben. Wir hatten eine Vereinbarung mit Ludwig, das ist richtig. Aber er legt sie offenbar anders aus als der Rat. Dann müssen wir eben noch mal mit ihm verhandeln. Wir bitten Euch, sprecht mit dem Kaiser. Es liegt weder in seinem Interesse noch des Bischofs und des Domkapitels, Regensburg die Gurgel zuzudrücken.«

»Glaubt mir, Escher. Bischof und Kaiser wissen sehr wohl, was in ihrem Interesse liegt. Ich war am Hof des Kaisers, ich komme gerade erst von ihm, wie ich bereits sagte.«

»Aber …«

»Kein Aber! Ludwigs Beschluss ist klar und eindeutig: Es wird Sanktionen gegen die Stadt geben. Seine Majestät hat beschlossen, die Schifffahrt bei Donaustauf zu stören. Er will die Regensburger Bürger im gesamten Bistum irren, so seine Formulierung. Aber es gäbe eine Möglichkeit, die Maßnahme etwas abzumildern, indem ich den Vollzug übernehme, was ich Euch zuliebe bereit bin zu tun.«

Löbel und Lengfelder ließen ein sarkastisches Lachen hören.

»Lächerlich, absolut lächerlich!«, rief Schwarz.

Auch von Escher lachte bitter auf. »Ach, wirklich? Wir haben letztlich nur die Wahl zwischen Pest und Cholera, und das soll für uns von Vorteil sein? Wo ist denn da der verdammte Unterschied?«

»Übernähme ich den Vollzug, könnte ich Euch im Voraus über die Einsätze meiner Leute informieren, Ihr Eurerseits könntet die Bürger im Voraus warnen. Mithin käme kein Mensch an Leib oder Leben zu Schaden, auch müsste kein Kaufherr den direkten Verlust seiner Ware fürchten.«

»Der Handel bliebe dennoch empfindlich gestört. Wir könnten weder Ware liefern noch welche empfangen. Es wird Verluste geben, die uns Kaufleute in den Ruin treiben können«, insistierte von Escher weiter. »Erlaubt wenigstens, dass unsere Weintransporte von den Sanktionen unberührt bleiben.«

»Nein!«

»Dann bestehen wir darauf, mit dem Bischof zu sprechen!«

»Er wird Euch auch nichts anderes sagen können. Außerdem kommt er erst übermorgen von einem Gespräch mit dem Kaiser zurück.«

Von Escher zeigte sich hartnäckig. »Ich sagte, wir bestehen auf ein Gespräch mit dem Bischof! Wenn er zurück ist.«

Der Abensberger erhob sich, stützte die Arme auf dem Tisch ab und beugte sich weit nach vorne.

»Und ich sagte, er wird Euch keinen anderen Bescheid geben können«, zischte er von Escher an. »Hört endlich auf, Euch wie ein trotziges Kind zu gebärden, und lasst den Bischof aus dem Spiel. Ansonsten überlege ich mir noch einmal, ob ich mich anstelle der Amtsleute des Kaisers um die Sanktionen kümmern soll. Seht Ihr denn nicht, dass ich ein gewisses Risiko auf mich nehme, indem ich Ludwigs Befehle nicht so konsequent umsetze, wie er sich das vorstellt? Von heute an gerechnet in zwei Tagen werde ich dem Kaiser Bescheid geben müssen, ob ich mich um die Umsetzung der Sanktionen kümmere oder ob seine Leute das machen sollen. Was Letzteres bedeutet, habe ich Euch eben versucht klarzumachen. Ihr werdet morgen den Rat informieren und mir spätestens übermorgen Bescheid geben. Und jetzt: genug! Unsere Unterredung ist beendet!«

Der Abensberger griff sich ein Glöckchen, das auf dem Tisch stand, und läutete.

Ein Diener erschien im Türrahmen und verbeugte sich.

»Die Herren belieben zu gehen. Begleite sie hinaus!«

»Ach ja, noch etwas, Escher«, rief der Abensberger dem Patrizier hinterher.

Von Escher blieb stehen und wandte sich um.

»Kümmert Euch darum, dass die verdammten Handwerker endlich ihre Schulden beim Kammeramt begleichen.«

Von Escher drehte sich wortlos um und folgte den anderen.

Dämmerung hatte sich auf die Feste gesenkt, als die Regensburger in gedrückter Stimmung über die Zugbrücke trabten.

»*Ich muss mich um die Gäste Ihrer Eminenzen kümmern*«, äffte Hans Lengfelder den Abensberger grimmig nach, als er an der Seite Elias' und Lienhart Löbels den Burgberg hinunterritt. »Dieser verfluchte Speichellecker. Zur Hölle mit ihm und seinem Bischof.«

»Es hilft alles nichts, er sitzt am längeren Hebel«, meinte Löbel finster.

Von Escher – er ritt mit Schwarz voraus – drehte sich im Sattel um.

»Leider«, bemerkte er. »Deswegen ergibt es keinen Sinn, ihn mit beleidigenden Bemerkungen noch mehr gegen uns aufzubringen.«

»Schon gut, ich hab verstanden«, versetzte Lengfelder unwirsch. »Aber eines garantiere ich Euch, Escher«, fuhr er trotzig fort. »Das letzte Wort ist in dieser Sache noch nicht gesprochen. Es wird Zeit, diesem arroganten Bastard und seinem verdammten Bischof zu verstehen zu geben, dass wir uns nicht alles gefallen lassen.«

»Ach, und wie wollt Ihr ihnen das zu verstehen geben?«

»Er lässt unsere Leute überfallen, wir überfallen die seinen. Oder die, die ihm wichtig sind. Seine Freunde sind unsere Feinde!«

»Ihr seid wahnsinnig, Lengfelder. Wir werden immer den Kürzeren ziehen. Schlagt Euch das aus dem Kopf.«

»Also ich finde, man sollte zumindest darüber nachdenken«, warf Löbel ein.

Das Gespräch verstummte, ohne dass Schwarz und Elias sich eingemischt hätten. Den Rest der Strecke legten die Männer schweigend zurück.

Kapitel 50

Donaustauf
15. Mai Anno Domini 1337

Für einen Wonnemonat, der angenehm mild zu sein hatte, war der Tag ungewöhnlich heiß. Gerade war die Sonne über den Zenit geschritten. Elias hatte die Mauern der Feste Donaustauf hinter sich gelassen und befand sich auf dem Heimritt. Die Hitze trieb ihm den Schweiß aus allen Poren, immer wieder wischte er sich mit dem linken Handrücken über die Stirn. Die Schecke, die er über dem Wams trug, hatte er ausgezogen und vor sich quer über den Sattel gelegt. Ärgerlich musterte er seine rechte Hand, die einen frischen Verband trug. Sie schmerzte leicht und brannte. Als er auf der Burg ankam, war er ungeschickt gestürzt und hatte sich an einem spitzen Stein, der aus dem Boden ragte, die Handinnenfläche aufgerissen und den Handrücken aufgeschürft. Eine kundige Magd hatte ihn verarztet und ihm einen Verband angelegt. Zu Hause würde er eine spezielle Salbe anmischen und sie auf die Wunde auftragen, damit sie schneller heilte.

Zwei Tage waren vergangen, seit Ulrich von Abensberg der Delegation aus Regensburg mitgeteilt hatte, dass er im Auftrag des Kaisers die Bürger der Stadt »irren« werde. Heute hatte Elias dem Abensberger das gewünschte Dokument überbracht, in dem der innere Rat bestätigte, die Sanktionen zur Kenntnis genommen zu haben. Allerdings enthielt das Schreiben auch eine an den Bischof gerichtete geharnischte

Beschwerde, in der dieser aufgefordert wurde, die Anweisung des Kaisers zu ignorieren und die Aktionen des Pflegers zu unterbinden.

Der Heimweg führte ihn an Wiesen und Feldern vorbei in ein dichtes Buchenwäldchen unweit der Feste. Ein dicker Laubteppich bedeckte den Pfad, der sich zwischen den Stämmen hindurchschlängelte. Den Kopf nach unten gerichtet, ritt er gedankenverloren vor sich hin, als er plötzlich hinter einer engen Schleife ein aufgeregtes Wiehern vernahm. Um die Kehre biegend, erblickte er am Wegrand eine junge Frau, die einen Schimmel am Zügel hielt, der hin und her tänzelte, die Augen rollte und panisch wieherte. Sie hatte sichtlich Mühe, das Tier zu beruhigen. Offenbar war sie abgeworfen worden, Laub und Erde hafteten an ihrer Kleidung und im Haar.

Elias sprang aus dem Sattel. Laub raschelte unter seinen Stiefeln, als er auf das Pferd und die Reiterin zuschritt. Sogleich erkannte er, dass er eine der beiden Frauen vor sich hatte, die als Gäste auf Donaustauf weilten.

Obwohl sie ihn aus dem Augenwinkel heraus wahrgenommen haben musste, blieb die Frau ganz dem Schimmel zugewandt, versuchte beruhigend auf ihn einzureden, streichelte ihm die Nüstern und klopfte ihm liebevoll den Hals.

»*Calmati, mia cara. Calmati. Va tutto bene* – ruhig, mein Bester. Bleib ruhig. Es ist alles gut«, flüsterte sie dem Tier ins Ohr.

Elias räusperte sich. »Kann ich Euch helfen?«

»Danke, sehr liebenswürdig, aber ich komme schon zurecht, etwas muss ihn erschreckt haben«, sagte sie, ohne ihn anzusehen.

»Habt Ihr Euch wehgetan? Ich nehme an, Ihr seid abgeworfen worden?«, fragte er weiter.

Jetzt erst wandte Ranghild sich ihm zu.

Für die Dauer einer kleinen Ewigkeit standen beide starr und sahen sich nur an.

Sie wussten später nicht mehr zu sagen, was es war, das sie am jeweils andern gleichermaßen fasziniert und irritiert hatte. Der Klang der Stimme? Die Farbe der Augen? Die Art zu sprechen? Die Gesichtszüge?

Oder dieses unsichtbare, fast greifbare Etwas, was zwischen ihnen präsent war, ohne dass sie es hätten näher benennen können.

Rascheln und ein lautes Zischen katapultierte sie in die Wirklichkeit zurück. Knapp entfernt zu Füßen der Frau hatte sich eine Kreuzotter steil aus dem Laub aufgerichtet, den Rachen mit den gebogenen Giftzähnen weit aufgerissen. Der Schimmel wieherte erneut und stieg in Panik hoch. Die Frau ließ erschrocken den Zügel fahren, während das Pferd mit einem Sprung über die Schlange hinwegsetzte. Aus einer Entfernung von etwa zwölf Fuß schoss ein zweites Exemplar züngelnd heran, direkt auf die Frau zu. Elias riss sein Schwert aus der Scheide und schlug der drohend aufgerichteten Viper, die ihm am nächsten war, den Kopf ab. Dann packte er die Frau am Arm, riss sie zurück, stellte sich vor sie und hieb auf die zweite Schlange ein, deren Leib er in zwei Teile spaltete.

»Euer Schimmel witterte die Gefahr, noch ehe Ihr ihrer gewahr wurdet, deswegen seine panische Reaktion«, sagte Elias. Er war durch den Vorfall etwas außer Atem. Sein Blick suchte das Pferd. Als wenn nichts gewesen wäre, stand es ein Stück weit entfernt und zupfte frisches Grün von einem Strauch am Wegrand.

»Ja, da habt Ihr wohl recht«, murmelte die Frau und klopfte sich Erde und Laub von den Kleidern. »Ach ja, um auf Eure Frage zu antworten, ich habe mir nichts getan. Habt herzlichen Dank, ich stehe in Eurer Schuld.« Sie sah ihn gänzlich unbefangen an und lächelte.

Elias lächelte zurück. »Ich bitte Euch, Ihr schuldet mir nichts. Erlaubt, dass ich mich vorstelle. Elias van der Heyden. Ich bin im Handelshaus meines Oheims Eberhard von Escher in Regensburg angestellt.«

Als er seinen Namen nannte, glaubte er zu bemerken, wie ein kurzes überraschtes Zucken über ihre feinen, ebenmäßigen Gesichtszüge glitt. Ein außergewöhnlich schönes Gesicht, wie er im Nachhinein feststellte.

»Magistra Abellita Montini, Ärztin aus Salerno«, stellte sich Ranghild ihrerseits vor. »Unterwegs mit Magistra Abella Montini. Wir sind seit zwei Tagen Gast des Bischofs auf Donaustauf.«

Elias nickte. »Ich weiß. Ihr seid kurz vor uns auf der Feste empfangen worden. Wir ritten ein gutes Stück hinter Euch.«

Die Magistra hob fragend die Brauen.

»Ich gehöre einer Delegation Regensburger Kaufleute an, die vor zwei Tagen Verhandlungen mit dem Pfleger von Donaustauf zu führen hatte«, ergänzte er. »Ihr seid auf dem Weg zurück zur Feste, nehme ich an?«

»Ja, ich hatte einen Ausritt unternommen, ich wollte die Gegend ein wenig kennenlernen.«

»Möchtet Ihr, dass ich Euch zurückbegleite? Ich meine …« Er deutete mit seinem Schwert auf die getöteten Schlangen zu ihren Füßen.

Ranghild lachte. »Danke, sehr liebenswürdig von Euch, aber das ist nicht nötig. Ich denke nicht, dass ich es mit weiteren dieser Biester zu tun bekommen werde.«

Sie steckte zwei Finger in den Mund und ließ einen scharfen Pfiff hören. Sofort kam der Schimmel angetrottet.

Sie schwang sich in den Sattel. »Dann lebt wohl. Und nochmals vielen Dank – Herr van der Heyden.«

»Lebt wohl – Magistra Montini.«

Er blickte ihr kurz nach, während sie in Richtung Feste weiterritt. Gerade wollte auch er wieder aufsitzen, als er sah, wie der Schimmel stehen blieb und die Magistra sich im Sattel umwandte.

Sie winkte ihm zu.

Er winkte zurück.

Mit einem Mal überfiel ihn wieder das Gefühl von vorhin. Das eigenartige Empfinden, dass da etwas zwischen ihm und ihr war, was er sich nicht zu erklären vermochte. Was, verdammt, ist nur in dich gefahren?, schalt er sich.

Erst als die junge Frau weitergeritten und hinter der Wegbiegung verschwunden war, schwang auch er sich in den Sattel.

Brütende Hitze lastete auf der Stadt, als er, von der Steinernen Brücke kommend, das nördliche Stadttor und bald darauf die Einfahrt zum Escher'schen Anwesen passierte.

Kapitel 51

Wie ein verborgenes Kleinod lag der Teich vor ihr. Umgeben von einem dichten Schilfgürtel sowie Gehölzen und Ufergräsern, zwischen denen Blüten in unterschiedlichsten Farben leuchteten und einen betörenden Duft verströmten. Die Wasserfläche gleißte in den Strahlen der späten Nachmittagssonne wie ein Spiegel. Libellen, deren zylindrische Körper in magischen Grün- und Blautönen funkelten, schwirrten wie lebende Edelsteine über der Wasseroberfläche. Bienen summten, Grillen zirpten, hier und da quakte im Uferschlamm ein Frosch.

Ranghild – sie hatte sich heute zu Fuß aufgemacht – war auf das in unmittelbarer Nähe zur Donau gelegene stehende Gewässer eher durch Zufall gestoßen und genoss die friedliche Atmosphäre, die von dem Plätzchen ausging. Der Teich mochte einst aus einem verlandeten Seitenarm der Donau entstanden sein.

Sie war auf der Suche nach dem Kraut des Baldrians. Die Frau des Abensbergers litt unter Schlafstörungen und Unruhezuständen, hatte sie von Ulrich erfahren. Ranghild hatte versprochen, ihr einen Baldrianaufguss zuzubereiten, der ihr helfen werde. Sie war schnell fündig geworden und zusätzlich auf eine Reihe anderer Kräuter gestoßen, ihr Korb war mittlerweile schon fast voll.

Den Blick zu Boden gerichtet, in der Linken den Korb, in der Rechten ein kleines Messer, durchstreifte sie das Ufergras auf der Suche nach weiteren Arzneipflanzen.

Sie war gerade in die Hocke gegangen, um die Stängel einer Bachbunge aus dem hohen Gras zu schneiden, als ein entferntes Schnauben sie plötzlich innehalten ließ.

Ein Reiter? An dieser einsamen Stelle?

Ohne dass sie einen Grund hätte benennen können, überfiel sie das Gefühl einer nahenden Gefahr. Sie schnellte aus der Hocke hoch und sah sich um.

Eisiger Schrecken durchzuckte sie, als sie durch einige locker beieinanderstehende Schilfstängel in Richtung Donau spähte. Unter der weit ausladenden Krone einer Buche, die etwa hundert Schritt entfernt am Flussufer stand, erblickte sie zwei maskierte Reiter, die wie angegossen neben dem Stamm verharrten. Ein drittes Pferd war vor einen zweirädrigen Karren geschirrt. Obwohl die Gesichter der Männer hinter den Masken verborgen waren, vermittelten sie den Eindruck, als ob sie direkt zu ihr herüberstarrten.

Panik stieg in ihr hoch. Unvermittelt schoss ihr ein bizarrer Gedanke durch den Kopf. *Il Rosso!* Hatte der aus der Salernoer Haft entflohene Verbrecher, dem sie vor einigen Wochen während der Leprosenschau gegenübergestanden hatte, sich an ihre Fersen geheftet? Hatte er sie erkannt, so wie sie ihn erkannt hatte?

Unsinn, hör auf, werd jetzt bloß nicht hysterisch, maßregelte sie sich.

Sie sah sich um. Zu ihrer Rechten ging der Uferbewuchs in einen schmalen Wiesenstreifen über. Unmittelbar dahinter schloss ein dichter Wald an. Ohne lange zu überlegen, lief sie darauf zu – und hielt zu Tode erschrocken inne, als ein weiterer maskierter Reiter zwischen den Stämmen auftauchte und über die Wiese auf sie zuritt. In einer Entfernung von etwa zehn Fuß gebot er dem Pferd Halt und stellte sich ihr in den Weg.

»Was … Was wollt Ihr?«, stieß Ranghild hervor. Sie hatte den Korb mit den gesammelten Kräutern fallen lassen, das Messer verschwand in der eingenähten Tasche ihres Überwurfs.

Statt zu antworten, stieg der Maskierte vom Pferd und schritt langsam näher.

»Was wollt Ihr?«, fuhr sie den Mann erneut an.

»Nichts, vor dem Ihr Euch fürchten müsstet«, antwortete eine dumpfe Stimme hinter der Maske.

»Das ist keine Antwort auf meine Frage. Also, was …«

Ein Geräusch hinter ihr ließ sie herumfahren.

Einer der beiden Reiter, die bei der Buche am Flussufer gestanden hatten, kam an dem Weiher vorbeigeritten und bewegte sich direkt auf sie zu. Er führte ein gesatteltes Pferd hinter sich her. Offenbar das Tier, das vor den Karren gespannt gewesen war.

»Ihr werdet jetzt mit uns kommen, dann geschieht Euch nichts«, sagte der Mann vor ihr.

Sie wandte sich wieder um.

»Warum sollte ich? Ich bin Gast des Bischofs auf Donaustauf«, antwortete sie mit zitternder Stimme.

»Eben deswegen«, antwortete der Maskierte höhnisch.

»Eben deswegen? Wie soll ich das verstehen?«

»Nun, das erklären wir Euch, sobald Ihr in Eurer neuen Unterkunft angekommen seid.« Die Stimme gehörte dem Reiter, der sich ihr von hinten genähert hatte. Er war abgesessen und an ihre Seite getreten.

Wut brandete in Ranghild hoch. Da hatten sie die lange Reise von Salerno bis nach Donaustauf ohne nennenswerte Zwischenfälle hinter sich gebracht, und ausgerechnet hier sollte sie das Opfer von Wegelagerern werden?

»Ich sagte es bereits, ich benötige keine neue Unterkunft. Ich bin Gast auf Donaustauf.«

»Das sehen wir anders«, meinte der, der aus dem Wald aufgetaucht war. »Ab sofort seid Ihr unser Gast. Und wir empfehlen Euch, Euch nicht zu widersetzen. Das macht es für alle einfacher. Sobald wir unser Ziel erreicht haben, kommt Ihr wieder frei.«

»Ach, und was ist Euer … Ziel?«

»Ich sagte es bereits: Das erfahrt Ihr, wenn Ihr in Eurer neuen Unterkunft angekommen seid. Ihr steigt jetzt auf das Pferd, das ich Euch mitgebracht habe. Dann reiten wir zum Ufer, wo unser Karren steht.«

»Ihr wollt tatsächlich einen Gast des Bischofs entführen? Er wird Euch die Hölle heiß machen!«

»Man wird ihm und seinem Pfleger die Hölle heiß machen, glaubt mir. Und nun Schluss mit dem Hin-und-Her-Gerede. Hoch mit Euch in den Sattel!«

Der Mann wollte ihre Taille umfassen, um sie in den Sattel zu hieven, aber sie holte mit der Rechten aus und verpasste ihm eine schallende Ohrfeige.

»Kein Mann fasst mich ungebührlich an, merkt Euch das!«, fauchte sie ihm ins Gesicht. »Ich komme auch ohne Eure Hilfe zurecht.«

Der Geohrfeigte ließ einen Fluch vom Stapel. Schon zuckte seine Hand, um zurückzuschlagen, da fiel ihm sein Komplize in den Arm.

»Lass sie, verdammt! Wir sollen sie unverletzt abliefern, hast du das vergessen?«, zischte er ihn an und fuhr, an Ranghild gewandt, fort: »Verzeiht, es lag nicht in seiner Absicht, Euch ungebührlich zu berühren. Er wollte Euch lediglich aufs Pferd helfen. Und nun steigt endlich in den Sattel und hört, verdammt noch mal, auf, weiter Ärger zu machen!«

Zähneknirschend schwang sich Ranghild auf das Pferd,

eine Stute. Die Männer – sie ritten Wallache – nahmen sie zwischen sich und ritten mit ihr die kurze Strecke bis zum Ufer, wo der dritte Maskierte bei der Buche wartete. Er war dabei, sich an dem Karren zu schaffen zu machen. Im Näherkommen bemerkte Ranghild, wie er einen Stapel alter Decken und Sackleinen sowie mehrere Stricke sortierte und einen mit Heu gefüllten Sack ausleerte. Den Inhalt verteilte er auf der Ladefläche.

Ranghild stockte der Atem vor Angst. Ihr war augenblicklich klar, was die Männer mit ihr vorhatten. Aus dem Augenwinkel sah sie, wie die beiden, die sie gezwungen hatten mitzukommen, absaßen. Ihr Körper straffte sich. Ihr blieb nur eine Wahl. Sie zog die Zügel an und schlug dem Pferd die Haken in die Seite. Die Stute machte einen Satz nach vorn, dann preschte sie mit ihrer Reiterin dem Flusslauf folgend in Richtung Osten davon.

Die Männer fluchten.

»Verfluchte Metze!« – »Satansbraut!« – »Dreckstück!«

Völlig außer Atem vor Anstrengung und halb wahnsinnig vor Angst wandte sich Ranghild im Sattel um. Zwei der Männer folgten ihr in nur geringem Abstand. Sie hatten verdammt schnell reagiert und besaßen im Gegensatz zu ihr die besseren Pferde. Ihre Stute würde es mit den Wallachen der beiden auf Dauer nicht aufnehmen können.

Ranghild hörte am Klang der Hufe, die dumpf auf den federnden Boden schlugen, wie ihre Verfolger stetig aufholten, während sie selbst an Geschwindigkeit verlor.

Gleich darauf preschte der Erste rechts an ihr vorbei. Wenige Augenblicke später der Zweite zu ihrer Linken. Gut fünfzig Schritt vor Ranghild kamen sie zum Stehen, rissen die Tiere herum und stoppten die Stute, die mit zitternden Flanken stehen blieb.

Ranghild sprang aus dem Sattel.

Auch ihre beiden Verfolger saßen ab. Betont langsam gingen sie auf sie zu.

»Ihr seid eine verflucht gute Reiterin, das muss man Euch lassen. Aber diese kleine Episode hätten wir uns sparen können, findet Ihr nicht?«, sagte der, der vorhin aus dem Wald auf sie zugekommen war, spöttisch.

Er deutete auf die Stute.

»Aufsitzen!«, befahl er. »Wir reiten zurück.«

Wieder blieb ihr nichts anderes übrig, als zähneknirschend zu gehorchen.

Der dritte Maskierte, der bei dem Karren zurückgeblieben war, erwartete sie schon. Die Augen hinter der Maske konnten die perfide Befriedigung, die er empfand, nicht verbergen.

»Ich denke, wir werden Euch jetzt ein wenig präparieren müssen, damit Ihr Ruhe gebt«, meinte er spöttisch. Die anderen beiden lachten rau.

Wenig später lag sie geknebelt und verschnürt wie ein Ballen Tuch auf dem Karren. Die Männer hatten mehrere zerschlissene Wolldecken über sie gebreitet, die sie während der Fahrt vor neugierigen Blicken verbergen würden. Um sie herum war es dunkel. Lediglich durch die Ritzen zwischen den Bohlen, die den Karrenboden bildeten, drang Licht. Das Holz stank nach Fäkalien und Aas, offenbar war der Karren zum Transport von Mist und Tierkadavern benutzt worden. Sie presste ihre Nase in eine breite Ritze im Wagenboden, um wenigstens etwas frische Luft atmen zu können. Tränen rannen über ihr Gesicht, während der Karren hart vor sich hin rumpelte. Die Auflage aus Heu, auf der sie lag, konnte die Stöße und Rempler, die das ungefederte Fahrwerk an ihren Körper weitergab, nicht verhindern. Wenn dies hier zu Ende war, würde sie überall blaue Flecken haben. Doch mehr als der körperliche Schmerz machte ihr die Ungewissheit ihrer Lage zu schaffen. Was hatten die Entführer vor? Wohin brachten sie sie? Wer hatte sie geschickt? Dass es einen Auftraggeber geben musste, schloss sie aus der Bemerkung, die der eine von ihnen gemacht hatte, als der andere sie schlagen wollte: *Wir sollen sie unverletzt abliefern, hast du das vergessen?*

Unterdessen war ihr jegliches Zeitgefühl abhandengekommen; sie hatte keinen Schimmer, wie lange sie unterwegs waren. Jedenfalls lange genug, dass sich ihre Ohren an das stereotype Rumpeln hatten gewöhnen können.

Die schlagartige Ruhe, die einsetzte, als es plötzlich verstummte, kam ihr fast unheimlich vor.

Dumpfe Stimmen drangen an ihr Ohr, die sich gleich darauf entfernten. Dann wurde es wieder still.

Ob sie am Ziel waren? Würde endlich jemand kommen und sie von diesem verdammten Karren herunterholen?

Die Zeit verging, die Stille blieb.

Plötzlich überfiel sie die schreckliche Vorstellung, wie es wäre, wenn niemand käme. Was, wenn die Männer den Karren irgendwo weit abseits jeder menschlichen Behausung in einer Art Niemandsland abgestellt hatten? Eine Welle siedend heißer Angst breitete sich in ihr aus. Sie versuchte zu schreien, doch das Stoffknäuel, das ihr im Mund steckte, dämpfte jeden Laut zu einem gutturalen Stöhnen.

Mit einem Mal wurde ihr bewusst, wie durstig sie war. Der Knebel hatte Mund und Rachen zusätzlich ausgetrocknet. Das letzte Mal hatte sie etwas auf der Feste getrunken, kurz bevor sie zu ihrer Kräutersuche aufgebrochen war, die sie an den kleinen Weiher geführt hatte. Das war spätnachmittags gewesen, jetzt mochte es Abend sein. Das Licht, das während der Fahrt durch die Ritzen im Wagenboden fiel, war immer schwächer, die Schatten, die unter dem Karren vorbeizogen, immer länger geworden. Inzwischen drang nur noch ein karger Rest von Tageslicht durch die Ritzen, bald würde es gänzlich versiegen …

Gelbliches Flackern sickerte durch die Ritzen im Bohlenboden. Das Geräusch von Schritten und dumpfes Stimmengemurmel drangen an ihr Ohr. Ranghild erschrak. Sie hatte
nicht mitbekommen, dass sich jemand näherte. Offensichtlich war sie vor Erschöpfung eingenickt. Sie hob den Kopf
und hielt den Atem an. Auf einmal fing der Karren an zu
ruckeln und zu ächzen, die Ladefläche knarrte. Jemand war
zu ihr auf den Wagen gestiegen, um die Decken und das Sacktuch, unter denen sie lag, zur Seite zu räumen. Das Dunkel
um sie herum wich hellem Fackelschein, über ihr am Himmel
glänzten die Sterne. Ein maskierter Mann beugte sich über sie.
Der Schein der Fackel in seiner Linken warf harte, unruhig
zuckende Schatten über seine Gestalt. Obwohl auch er mas-
kiert war, erkannte sie sofort, dass er nicht zu denen gehörte,
die sie entführt hatten. Flackerndes Licht in der unmittelbaren Umgebung des Karrens verriet, dass sich noch weitere
Personen bei dem Karren eingefunden hatten. Sie konnte sie
nicht sehen, weil die hohen Seitenwände ihr die Sicht versperrten.

»Ich muss Euch jetzt die Augen verbinden. Wenn Ihr versprecht, Euch ruhig zu verhalten, kann ich wenigstens den
Knebel und die Fesseln entfernen«, sagte der Mann.

Ranghild nickte matt. Der Maskierte klemmte die Fackel
in ein Rohr, das innen an der Karrenwand befestigt war, zog
ein schwarzes Tuch aus seinem Wams und verband ihr die
Augen. Anschließend schnitt er die Fesseln durch und zog
das zusammengeknüllte Stoffknäuel aus ihrem Mund. Sofort
machte sich ein penetranter Geschmack im Mund- und Ra-
chenraum bemerkbar, sie konnte den unangenehmen Atem,
den sie verströmte, selbst riechen. Ihr wurde übel, sie musste
an sich halten, sich nicht zu erbrechen.

»Wasser, bitte gebt mir Wasser!«, flüsterte sie. Ihre Stimme
war nur ein Hauch.

»Geduldet Euch«, knurrte der Maskierte. »Ihr werdet gleich zu trinken bekommen.«

»Was … habt Ihr mit mir vor?«

»Das erfahrt Ihr, wenn es an der Zeit ist.«

»Wenn es an der Zeit ist?«

»Ja. Und nun hört auf, Fragen zu stellen, Ihr verschwendet nur Eure Kraft. Versucht Euch zu erheben, ich helfe Euch. Kommt!« Der Mann reichte ihr beide Hände.

Es gelang ihr nur mühsam, sich aufzurichten, sie stöhnte vor Schmerz. Das stundenlange starre Liegen in gefesseltem Zustand, ohne die Position wechseln zu können, hatte ihre Glieder steif werden lassen. Auch die Stöße und Püffe, die sie während der Fahrt abbekommen hatte, machten sich bemerkbar. Die kleinste Bewegung bereitete ihr Schmerzen. Schwäche übermannte sie, sie wankte. Obwohl es ihr widerstrebte, sah sie sich gezwungen, sich an den Mann anzulehnen.

»Helft mir, sie herunterzubekommen, sie kann kaum stehen«, rief er nach unten.

Diesmal wehrte sie sich nicht, als der Mann ihre Taille umfasste und sie vorsichtig über das Gatter hob. Sie spürte, wie mehrere Hände nach ihr griffen und sie vorsichtig neben dem Karren absetzten.

Gleich darauf gab ihr jemand einen Becher in die Hand.

»Trinkt!«, forderte eine heisere Stimme sie auf.

Noch nie war ihr der Geschmack von Wasser so köstlich vorgekommen.

Eine Hand schob sich unter ihre rechte Achsel.

»Kommt, erhebt Euch!«, forderte sie der Mann, der ihr gerade zu trinken gegeben hatte, auf.

Geführt von ihm, schritt sie weiter. Da sie nichts sehen konnte, versuchte sie sich anhand von Geräuschen und Gerüchen zu orientieren. Offensichtlich waren sie an einem Gewässer angekommen. Verhaltenes Plätschern drang an ihr

Ohr, es roch nach Schlamm und Algen. Eine Ente schnatterte, in der Ferne schrie ein Käuzchen. Ein kühler Hauch kam auf, trockenes Rascheln drang an ihr Ohr: Irgendwo bewegten sich Schilfbüschel im Wind.

Es sollte ihre letzte Sinneswahrnehmung an diesem Abend gewesen sein. Der Mann, der sie führte, verhielt plötzlich seinen Schritt. Sie hörte jemand hinter sich flüstern, ein Arm wurde von hinten um ihren Hals gelegt und etwas Feuchtes auf ihr Gesicht gepresst. Dann stürzte sie in bodenloses Dunkel.

Kapitel 52

Regensburg
18. Mai Anno Domini 1337

Das empörte Geschrei der Ratsherren hallte durch den Sitzungssaal und drang durch das offene Fenster auf den Rathausplatz. Dort hatten sich rund zwei Dutzend neugieriger Bürger versammelt, die versuchten, die hitzig geführte Debatte zu verfolgten, auch wenn sie sie nur teilweise mitbekamen. Fast alle vermittelten einen aufgewühlten und wütenden Eindruck. Immer mehr Menschen versammelten sich auf dem Platz. Immer mehr aufgeregte Stimmen wurden laut.

Auch Elias hatte sich vor dem Rathaus eingefunden, in dem heute der innere und der äußere Rat tagten. Weitgehend unbemerkt von der Menge, hielt er sich neben einer der ständigen Krämerbuden auf, die auf dem Platz standen.

In seiner Nähe diskutierte der Zunftmeister der Fleischhauer, Eugen Balder, mit Peter Kummer, dem Zunftmeister der Zimmerer.

»Dieses verdammte Auerpack. Sie geben keine Ruhe! Eine Unverfrorenheit, den Rat zu bezichtigen, er habe die Frau entführen lassen!«, wandte sich Balder an seinen Freund Kummer. Sie gehörten zu den Ersten, die, angelockt von den aufgebrachten Stimmen, die aus dem offenem Fenster des Sitzungssaales drangen, herbeigeeilt waren.

Kummer nickte. »Eine Ungeheuerlichkeit. Du sagst es.«
Hans Wiesner, der Silberschmied, trat zu den beiden.

»Was behauptet ihr da? Eine Frau wurde entführt?«, hakte er nach.

»Sag bloß, du hast noch nichts davon gehört. Die Spatzen pfeifen's seit gestern von Dächern«, brummte Balder.

»Hab ich nich, ich war zwei Tage in Nürnberg. Hab meinen Schwager und meine Schwester besucht. Um was genau geht's denn? So wie die da drinnen rumbrüllen, könnte man fast meinen, der Weltuntergang steht bevor.«

»Eine Frau wurde entführt. Eine Ärztin aus Salerno. Sie ist Gast des Bischofs auf Donaustauf. Seit zwei Tagen ist sie verschwunden. Und nun behaupten der Donaustaufer Pfleger und Friedrich von Auer, der Rat habe sie in seine Gewalt gebracht, um ein Druckmittel in der Hand zu haben. Stell dir das vor. Dieses Schwein!«

»Ein Druckmittel? Gegen wen?«

»Na, gegen den Pfleger des Bischofs.«

»Gegen Ulrich von Abensberg? Wozu?«

»Um ihn dazu zu bringen, die Störung des Schiffsverkehrs auf der Donau einzustellen. Ein Befehl des Kaisers, den er seit gestern umsetzt.«

»Versteh ich das richtig? Der Auer behauptet, der Rat würde den Abensberger erpressen wollen? Indem er eine Frau entführen lässt, die als Gast bei ihm auf Donaustauf weilt?«

»Das verstehst du richtig!«

Wiesner schüttelte fassungslos den Kopf. »Was für ein perfider Vorwurf.«

»Und haltlos dazu. Dieser intrigante Auer will offensichtlich den Zwist zwischen den Regensburgern und dem Kaiser weiter eskalieren lassen. Ihn noch mehr auf die Spitze treiben, indem er Rat und Diözese noch mehr gegeneinander aufbringt. Bekanntlich ist ja auch der Bischof auf Ludwigs Seite. Man sollte den Auer mitsamt seiner Sippschaft aufknüpfen!«, knirschte er.

»Du sagst es«, knurrte Balder. »Und mit denen haben wir vor ein paar Jahren noch kooperiert. Ich schäme mich heute noch dafür, dass ich dieser verdammten Auereinung beigetreten bin. Nur weil die meisten von uns unterzeichnet hatten, konnten sie sich ihre spätere Macht verschaffen.«

»Sie haben uns mehr oder weniger dazu gezwungen. Was hätten wir denn machen sollen als kleine Handwerker?«, meinte Wiesner.

»Richtig. Und nicht nur uns einfachen Handwerkern ham sie Feuer unterm Arsch gemacht«, mischte sich Ottmar Senkblei ein. Der zweite Zunftmeister der Lederer stand zusammen mit Herbert Grantner einige Schritte entfernt. Beide hatten die Diskussion mitbekommen und waren ebenfalls an die Gruppe herangetreten.

»Immerhin hat er noch andere seines Standes gezwungen, der Einung beizutreten, denkt an die Zandt, die Löbel und die anderen Patrizier«, sagte Grantner.

»Diese Zeiten sind vorbei, Gott sei's gedankt! Schließlich ham wir Friedrich und seinen Vetter, den Probst, damals aus der Stadt gejagt. Mitsamt ihrem Anhang«, meinte Wiesner.

»Du hat recht, *diese* Zeiten sind vorbei. Dafür ham wir jetzt *andere* Zeiten. Ich frag mich nur, ob es die besseren sind«, knurrte Grantner. Er nannte mehrere Krambuden auf dem Markt beim Rathaus und dem Haidplatz sowie zwei Schenken in der Donauwacht sein Eigen. »Diese verdammten Überfälle! Der Warenverkehr auf der Donau bei Donaustauf ist seit gestern fast völlig zum Erliegen gekommen. Jetzt führen nicht nur die Auer Krieg gegen uns. Sondern auch der verdammte Bischof und sein Pfleger. Und das angeblich im Namen Seiner verfluchten Majestät, des Kaisers. Selbst die Weintransporte sind nicht mehr sicher. Wie soll ich jetzt meine Vorräte auffüllen? Ich kann bald nichts mehr ausschenken.«

Elias konnte dem nur beipflichten. Auch im Hause Escher war man überrascht gewesen, wie schnell und konsequent der Abensberger seine Drohung umgesetzt hatte. Bereits gestern hatten erste Nachrichten über eine Störung der Schifffahrt bei Donaustauf Regensburg erreicht. Zwar hatte der Rat Gerold Lechner, einen der Regensburger Fernhandelskaufleute, der mit Wein handelte, davor gewarnt, einen Transport auf der Donau wie geplant durchzuführen, doch die Warnung war auf taube Ohren gestoßen. Mit der Folge, dass die Leute des Abensbergers seine gesamte Ladung gekapert hatten.

Auch die Nachricht vom plötzlichen Verschwinden der Magistra hatte Elias gestern zur Kenntnis genommen. Sein Oheim hatte ihn davon unterrichtet. Seitdem trieb ihn die bange Frage um, was mit der jungen Frau, der er vorgestern zum ersten Mal begegnet war, geschehen sein mochte. War sie wirklich das Opfer einer Entführung geworden, wie der Abensberger und Friedrich von Auer zu Brennberg behaupteten?

Mittlerweile hatte sich die Anzahl der Neugierigen unterhalb des Fensters des Sitzungssaales vervielfacht. Ein regelrechter Auflauf war entstanden.

»Verdammt! Der Abensberger rückt an. Seht doch!«, schrie plötzlich jemand und wies mit der Rechten in Richtung des Marktturms. Schlagartig kehrte Ruhe in die Menge ein.

Hoch zu Ross trabte ein Ritter, vom Marktturm her kommend, über den Platz. Sein Harnisch gleißte in der Sonne, dass es in den Augen schmerzte, wenn man hinsah. Mehr als ein Dutzend Bewaffneter der bischöflichen Garde folgten ihm zu Fuß im Marschschritt. Ja, das war er. Ulrich von Abensberg in beeindruckender blank polierter Rüstung, mit aufgesetztem Helm und heruntergelassenem Visier. Sein Auftritt: eine einzige imposante Machtdemonstration.

Elias war wütend. Und erstaunt: Was maßte sich der Pfleger bloß an? Was wollte er? War er verrückt geworden? Einfach mir nichts, dir nichts mit einer bewaffneten Entourage innerhalb der Mauern der Stadt zu erscheinen, der er den Kampf angesagt hatte – dazu gehörte ein Gutteil krankhafte Selbstüberschätzung!

Inzwischen beim Rathaus angekommen, sprang der Abensberger aus dem Sattel und schritt mit vier seiner bewaffneten Begleiter auf das Portal zu, vor dem zwei Angehörige der Stadtwache Position bezogen hatten. Ihre Aufgabe: den Zutritt zum Gebäude zu überwachen; die Sitzung war nichtöffentlich, nur Angehörige des inneren und äußeren Rates waren zugelassen. Umso mehr verwunderte es, dass die Fenster des Sitzungssaales sperrangelweit aufstanden.

Die beiden Wachen vor dem Portal kreuzten die Hellebarden.

»Im Namen des Rates: halt!«

Die Stimme des Büttels, der das Wort führte, zitterte leicht angesichts der respektheischenden Erscheinung des Ritters.

Der Abensberger klappte das Visier hoch.

»Geh zur Seite, Mensch. Du weißt wohl nicht, mit wem du es zu tun hast!«, blaffte er ihn an.

»Verzeiht, Euer Gnaden, aber wir haben Order, niemanden durchzulassen, die Sitzung ist nichtöffentlich.«

Ulrich von Abensberg trat einen Schritt auf ihn zu.

»Im Namen seiner Eminenz, des Fürstbischofs, gib auf der Stelle den Weg frei, du Wurm. Was nimmst du dir heraus, dich dem Pfleger der Feste Donaustauf in den Weg zu stellen!«, brüllte er den Stadtbüttel an.

»Wir erfüllen lediglich unseren Auftrag, Euer Gnaden«, sprang der andere der beiden Wachsoldaten seinem Waffenkameraden bei. »Und der lautet, Unbefugten den Zutritt zum Ratssaal zu verweigern. Und sei es Seine Eminenz höchstpersönlich. Die uns übrigens einen Scheißdreck angeht, wir sind Bürger der Stadt Regensburg und pfeifen auf den Pfaffenarsch, in dessen Dienst Ihr steht.« Breitbeinig stellte er sich zusammen mit seinem Waffengenossen vor das Portal, beide kreuzten demonstrativ ihre Hellebarden.

Jubel brandete auf. Höhnisches Gelächter und beifällige Rufe hallten über den Platz.

»Gib's ihm, Jörgl! Gut so!«, schrie jemand.

»Gut so! Gut so! Gut so!«, skandierte die Menge übermütig.

Verblüfft über den Mann, der es wagte, so mit ihm zu sprechen, stand der Abensberger für die Dauer eines Wimpernschlags wie erstarrt. Doch es bedurfte nur eines kurzen Winks von ihm, der seine vier Soldaten blitzartig nach vorne stürzen ließ. Sie warfen sich auf die beiden Wachen, wanden ihnen die Hellebarden aus der Hand und schlugen sie in die Flucht. Beide Flügel des Portals aufreißend, drang der Pfleger mit seinen Männern in das Gebäude ein, während der Rest seines Trupps sich vor dem Eingang in Position brachte.

Tumult brach aus. Mit einem kollektiven Aufschrei der Empörung stürzte die mittlerweile auf gut hundert Personen angewachsene Menge auf das knappe Dutzend bischöflicher Waffenknechte zu, das vor dem Rathausportal Aufstellung genommen hatte. Ihrerseits verblüfft von der Wut der versammelten Bürgerschaft, zückten die Bischöflichen die Waffen.

Plötzlich hallte das dumpfe Geräusch im Laufschritt stampfender Schritte über den Platz. Auf Befehl Peter Sittauers, des Wachtmeisters der Donauwacht, hatten sich zwei Dutzend seiner bewaffneten Büttel zum Rathaus aufgemacht. Sittauer war vorbereitet gewesen; er hatte geahnt, dass es Ärger geben würde, und schon in aller Frühe die Torwachen instruiert, ihn zu verständigen, sollte der Abensberger sich der Stadt nähern. Jetzt preschte der Wachtmeister höchstpersönlich zu Pferd heran, direkt auf das Portal des Rathauses zu, vor dem die Bischöflichen Stellung bezogen hatten. Die Menge spritzte auseinander.

»Was geht hier vor?«, donnerte seine Stimme über den Tumult hinweg.

Jörgl, einer der beiden Soldaten, die der Abensberger von ihrem Wachposten vertrieben hatte, trat hinzu.

»Mit Verlaub, Wachtmeister. Der Abensberger hat gerade das Gebäude betreten. Gegen unseren Widerstand. Er will wohl die Ratssitzung stören.«

»Dieser Hundsfott! Und ihr, was macht ihr hier?«, brüllte der Wachtmeister die Bischöflichen an, die vor dem Eingang Stellung bezogen hatten. »Verzieht euch! Raus aus der Stadt!«

»Raus! Raus! Raus!«, skandierte die Menge. Drohend bewegte sie sich auf die Bischöflichen zu und versuchte sie vom Eingang wegzudrängen. Vor dem Rathausportal wimmelte es auf einmal von Menschen.

Sittauer riss seinen Arm in die Höhe.

»Zurücktreten, Leute!«, dröhnte seine Stimme erneut über den Platz. »Tretet gefälligst zurück. Das hier ist unsere Sache. Ich dulde hier keinen Auflauf. Am besten, ihr geht nach Hause.«

Er wandte sich an seine Männer.

»Schafft die Bischöflichen aus der Stadt! Müller, du übernimmst das Kommando! Egolfinger, Rother, Wiesner, Steiner, wir gehen rein! – Sandmaier, Loderer, Reisinger, ihr bewacht das Portal! Sorgt dafür, dass niemand das Gebäude betritt!«

Der Wachtmeister sprang von seinem Pferd und verschwand mit seinen Leuten im Eingang. Die Büttel, die das Portal im Auge behalten sollten, schlossen die beiden Türflügel, die mit lautem Knall ins Schloss fielen.

Bereits als die Menge, ermutigt durch das Auftauchen der Stadtsoldaten, die Bischöflichen abzudrängen begann, hatte

Elias seine Chance erkannt. Er wollte unbedingt wissen, welche Entscheidungen der Rat treffen würde, um seinem Oheim davon berichten zu können. Eberhard von Escher hatte nicht an der Sitzung teilnehmen können, weil ihn mitten in der Nacht bohrende Kopfschmerzen und Fieber überfallen hatten und er das Bett hüten musste. Und so war Elias, den Tumult nutzend, unbemerkt durch das offen stehende Portal in die Vorhalle eingedrungen. Von hier aus gelangte man in den im hinteren Bereich des Gebäudes gelegenen mehrschiffigen Versammlungs- und Sitzungssaal. Jenseits der geschlossenen Tür ließen dumpfe aufgeregte Stimmen auf eine hitzige Debatte schließen.

Hinter einer Säule versteckt, sah Elias, wie der Hauptmann und seine Leute auf den Eingang zum Ratssaal zuhielten und die zweiflügelige Tür aufrissen. Die wild durcheinanderschreienden Stimmen wurden schlagartig lauter, verebbten jedoch, als der Wachtmeister und seine Männer in den Saal stürzten und gleich darauf innehielten. Offenbar sondierten sie die Lage. Durch die sperrangelweit aufgerissene Tür sah Elias den Abensberger mit seinen Männern neben einem der Fenster stehen. Anscheinend hatte er sich gerade an die Ratsherren gewandt und damit einen Tumult ausgelöst.

Sittauer zog seine Waffe und eilte auf ihn zu.

»Euer Gnaden, im Namen des Rates der freien Stadt Regensburg fordere ich Euch auf, mit Euren Männern den Saal zu verlassen!«, bellte er den Pfleger an. »Wenn Ihr nicht unverzüglich abzieht, lasse ich Euch verhaften. Eure Leute draußen werden bereits von meinen Männern aus der Stadt eskortiert.«

»Haltet ein, Sittauer!«, gebot eine kräftige Stimme. Sie gehörte Hadamar von Laaber, dem Bürgermeister. »Gott sei's gedankt, dass Ihr da seid, so fühlen wir uns sicherer«, fuhr er fort. »Aber bevor Ihr diese Männer, die gegen Recht und

Gesetz diese Sitzung stören, aus der Stadt bringt, gilt es, die ungeheuerliche Beschuldigung auszudiskutieren, die soeben mündlich vorgebracht wurde. Schriftlich haben wir sie ja schon gestern zur Kenntnis genommen.«

Hadamar von Laaber stand am Kopfende des langen Tisches in der Mitte des Saals, der schon unzählige Sitzungen gesehen hatte.

»Ausdiskutieren? Sagtest du ausdiskutieren, Bürgermeister? Ich sage, es gibt nichts mehr auszudiskutieren! Lass den Sittauer endlich seine Pflicht tun!«, schrie Ulrich Krazer, Mitglied des inneren Rates und ein enger Freund des Bürgermeisters. Seine Worte heizten die Stimmung im Saal noch mehr an. Einige Ratsherren sprangen von ihren Plätzen auf, riefen, wie schon zuvor, aufgebracht durcheinander und gestikulierten drohend mit den Fäusten. Andere, sie waren in der Minderzahl, blieben sitzen und verhielten sich auffallend ruhig, als ob sie sich scheuten, Partei zu ergreifen. Sie bekamen augenblicklich die Wut der Vertreter der Mehrheit zu spüren.

»Was ist mir dir?«, schrie Hans Lengfelder Konrad Frumolt an, der zu den reichsten Patriziern der Stadt zählte. »Du sitzt da, als ob dich die Sache nichts anginge!«

»Ich will den Abensberger erst mal zu Ende anhören. Dann bilde ich mir ein Urteil«, antwortete Frumolt in aller Ruhe.

»Zu Ende anhören? Du willst dir dieses unverschämte Geschwafel zu Ende anhören? Um dir dann ein Urteil zu bilden? Du hältst es also nicht nur mit den Auern, sondern auch mit diesem verdammten Bischof und seiner Kreatur, dem Pfleger?«, giftete Lengfelder ihn an.

»Ist doch kein Wunder, Lengfelder, die stehen alle auf der Seite des Kaisers. Außerdem ist er nicht der Einzige, sieh dir doch die anderen an«, stellte der junge Löbel fest und wies mit dem Finger nacheinander auf einige Patrizier, die ebenfalls scheinbar unbeteiligt am Ratstisch saßen. »Der Engelmar, der Graner, der Tundorfer. Sitzen da wie die Ölgötzen. Wir wissen doch alle, dass sie auf der Gegenseite stehen. Ich frage mich, weshalb wir sie hier noch dulden. Lasst sie uns ersetzen und …«

»Ruhe! Gebt, verdammt noch mal, Ruhe, ihr beiden!«, brüllte Hadamar von Laaber dazwischen. »Was du hier vorbringst, Löbel, steht nicht zur Debatte. Halte dich gefälligst zurück!«

An die Adresse des Abensbergers gewandt, fuhr er fort: »Ihr habt uns zwar gestern ein Schreiben geschickt, aber keine Beweise für Eure Unterstellungen vorgelegt.«

»Das habe ich sehr wohl. In dem Schreiben ist von Augenzeugen die Rede, die gesehen haben, wie die Magistra von Bütteln der Stadtwache entführt wurde. Friedrich von Auer, von dem wir diese Informationen haben, kennt sie, sie sind vertrauenswürdig«, konterte Ulrich von Abensberg wütend.

Höhnisches Gelächter antwortete ihm. »Hört, hört! Hat er Augenzeugen gesagt?« – »Er hat sich versprochen. *Gedungene* Zeugen wollte er sagen!« – »Richtig. Die für ein paar Heller ihre Großmutter verkaufen würden!« – »So ist er, dieser Auer! Er lügt, noch bevor er das Maul aufmacht.«

Hadamar von Laaber hieb mit dem Knauf seines Gehstocks kräftig auf den Tisch.

»Gebt endlich Ruhe! Wahrt den Respekt vor der Würde des Rates!«, donnerte seine Stimme in den Aufruhr hinein, der sich nur langsam wieder legte.

»Der Bürgermeister hat wohlgesprochen. Lasst uns die Würde unseres Amtes wahren«, ertönte eine dunkle Stimme.

Ein hochgewachsener Patrizier hatte sich erhoben. Er saß zur Rechten Hadamar von Laabers und hatte sich bis jetzt in vornehmer Zurückhaltung geübt. Zwar waren sämtliche der anwesenden Ratsherren in standesgemäßer Kleidung erschienen, doch in seiner schwarzen Robe mit dem Hermelinkragen und der raffiniert gebundenen, mit Gold- und Silberstickereien besetzten Gugel machte Leutwin Hiltprand einen besonders eleganten Eindruck. Hiltprand, der als Stadtkämmerer das bedeutendste der Ratsämter innehatte, war für seine extravagante Art, sich zu kleiden, stadtbekannt.

Er wandte sich an den Abensberger.

»Dann soll der Auer die Zeugen benennen. Mit Namen! Die stehen nämlich nicht in dem Schreiben.«

»Damit Ihr sie dann in die Mangel nehmt? Sie müssten um ihr Leben fürchten! Den Teufel wird er tun, Euch ihre Namen zu verraten!«

»Nun, dann werden wir den Teufel tun und Euch diese Schmierenkomödie abnehmen. So einfach ist das.«

Ein dumpfer Knall ertönte. Ulrich Krazer hatte seinen Stiefel ausgezogen und damit auf den Tisch geschlagen.

»Schluss jetzt! Wie lange wollen wir dieses unwürdige Spielchen denn noch mitmachen? Lassen wir den Sittauer und seine Männer endlich ihre Pflicht tun!«, schrie er erbost.

»Ulrich hat recht, Ratskollegen. Lasst den Sittauer seine Pflicht tun. Es gibt nichts, was wir mit dem Speichellecker des Kaisers zu besprechen hätten. Aus der Stadt mit ihm!«, rief der junge Löbel aufgebracht.

»Du sagst es, Lienhart! Schluss mit dem Spuk! Der saubere Herr Pfleger hat sich zusammen mit seinem Bischof zu einem billigen Vollzugsgehilfen der Auersippe und des Kaisers gemacht. Mit Arschkriechern, die lügenhaften Nachrichten Glauben schenken, verhandeln wir nicht!«, pflichtete Hans Lengfelder ihm lautstark bei.

»Seh ich auch so, Hadamar! Der Sittauer soll ihn aus der Stadt jagen!«, schrie Guntram Hochrainer. Er gehörte zu den ältesten Mitgliedern des inneren Rates und war mit dem Bürgermeister über mehrere Ecken verwandt.

Ulrich von Abensberg zitterte vor Wut. Sein Gesicht war dunkelrot angelaufen. Ungeachtet der aufgeladenen Stimmung um ihn herum, machte er einen Schritt nach vorn und schüttelte drohend die Faust.

»Ich wiederhole es: Im Namen Seiner Majestät, des Kaisers, und seiner Eminenz, des Fürstbischofs, appelliere ich an diejenigen unter euch, die für diese Entführung verantwortlich sind – ich weiß sehr wohl, dass das nicht alle sind –: Lasst Magistra Abellita Montini, Gast seiner Eminenz auf der bischöflichen Feste Donaustauf, unverzüglich frei. Beendet diesen Affront oder, bei Gott, Ihr werdet einen hohen Preis bezahlen!«

Das war auch für Hadamar von Laaber zu viel. Er sprang auf und ließ den Knauf seines Gehstocks auf den Tisch knallen.

»Es ist genug, Abensberger, wir haben Eure Drohungen satt. Sagt diesem intriganten Auer, er soll sich das Schreiben mit seinen Lügengespinsten in den Arsch schieben! Und jetzt hinaus mit Euch! Peter Sittauer, waltet Eures Amtes!«, rief er wutentbrannt. Der Respekt vor der Würde des Rates, auf dem er soeben noch bestanden hatte, war ihm anscheinend völlig abhandengekommen.

Der Abensberger und seine Männer zogen blank, noch bevor der Wachtmeister und seine Leute sich ihnen weiter nähern konnten.

»Wage es nicht, mich anzufassen, Kerl. Wir finden allein aus deiner verdammten Stadt hinaus!«, zischte er.

Der Wachtmeister feixte anzüglich. »Nichts liegt mir ferner, als Euch anzufassen«, meinte er höhnisch. »Die Donau führt nicht annähernd so viel Wasser, wie es bräuchte, um meine Hände von dem intriganten Schmutz zu befreien, der ihnen anhaftete, würde ich Euch berühren.«

Dem Abensberger traten die Augen aus den Höhlen. Brüllendes Gelächter auf Seiten der Ratsmitglieder über den verbalen Schlagabtausch.

Mit hochrotem Kopf und vor Wut zitternd, drehte sich der Pfleger um und verließ mit seinen Männern den Saal.

Elias duckte sich hinter die Säule und beobachtete, wie Sittauer, gefolgt von seinen Männern, den Abensberger samt dessen Begleitern mit schnellen Schritten aus dem Gebäude eskortierte. Der Aufseher der Donauwacht würde den Rest besorgen und ihn unverzüglich zur Stadt hinauskomplimentieren. Auch Elias musste zusehen, dass er aus dem Gebäude kam. Bald würden sich die Türen des Sitzungssaals öffnen, und die Ratsherren würden in die Vorhalle und nach draußen strömen. Kurz wartete Elias, dann begab er sich zum Eingang, öffnete, als wäre es das Natürlichste der Welt, einen der beiden Flügel des Portals und trat betont gleichgültig ins Freie.

Die Büttel, die im Auftrag Sittauers noch immer den Eingang bewachten, staunten nicht schlecht, als sie den jungen van der Heyden aus dem Gebäude treten sahen. Bevor sie ihn mit misstrauischen Fragen löchern konnten, beschloss Elias, in die Offensive zu gehen.

»Mein Oheim konnte an der Sitzung nicht teilnehmen, er hat mich geschickt, um dem Bürgermeister eine Nachricht zu überbringen«, log er ungeniert drauflos.

»Und, habt Ihr sie ihm überbringen können? Ich meine, nach dem, was gerade da drin los war …«

»Es ist alles bestens. Sie haben dem verdammten Abensberger gehörig den Marsch geblasen.«

Der Büttel griente hämisch. »So ist's recht«, meinte er.

Während er dem Escher'schen Anwesen auf der gegenüberliegenden Seite des Platzes zustrebte, kehrten seine Gedanken immer wieder zu der Magistra zurück, die den Gegenstand des erbitterten Disputs zwischen dem Abensberger und dem

Rat gebildet hatte. Und zu den Fragen, die in Verbindung mit der jungen Frau immer wieder in seinem Kopf aufschienen.

Wohin war sie verschleppt worden? Und was an ihr war es, das sein Denken und Fühlen so sehr beherrschte, dass er seit drei Tagen an nichts anderes mehr denken konnte?

Kapitel 53

Elias knurrte der Magen. Außerdem schmerzte ihm der Rücken. Seit über zwei Stunden stand er gebeugt an einem der Schreibpulte im Hauptkontor des Escher'schen Anwesens, damit beschäftigt, ewig lange Listen von Warenein- und -ausgängen zu kontrollieren, Vermerke anzubringen und einzelne Posten auf ihre Vollständigkeit hin zu überprüfen. Ihm fiel auf, dass einige der Dokumente, die Bodo Gangkofer schon einmal durchgesehen und für in Ordnung befunden hatte, nur oberflächlich geprüft worden waren. In eine ganze Reihe von ihnen hatten sich Flüchtigkeitsfehler eingeschlichen, was den Verdacht nährte, dass er mit dem Kopf nicht bei der Sache gewesen war. Das deckte sich mit dem Eindruck, den Gangkofer schon seit Wochen vermittelte. Er wirkte des Öfteren abwesend, in sich gekehrt und hin und wieder sogar finster.

Bisher war es Elias gelungen, die Abscheu zu verbergen, die er Gangkofer gegenüber empfand. Auch wenn es ihm immer schwerer fiel, den Arglosen zu spielen. Eberhard von Escher ging es genauso. Seit jener Nacht vor sechs Wochen, als Elias auf Gangkofers perfide Machenschaften gestoßen war, die seinen diabolischen Charakter offenbarten, hatten sich keine weiteren Anhaltspunkte für ein verdecktes, gegen die Stadt gerichtetes Vorgehen ergeben. Nichts, was es erlaubt hätte, ihn wegen verschwörerischer Umtriebe anzuklagen. Die von Friedrich von Auer angemieteten Lagerräume waren auf Anweisung Gangkofers noch in derselben Nacht gereinigt worden. Nicht ein Fitzelchen, aus dem man auf die Anwesenheit von Waffen hätte schließen können, dürfe übrig bleiben, hatte Gangkofer befohlen. Außer der Zeugenaussage Elias' gab es keine hieb- und stichfesten Indizien, die ihn belastet hätten. Würde Elias seine Beobachtungen vor dem Rat zu Protokoll geben, stünde sein Wort gegen das Gangkofers. Er würde alles leugnen und Elias' Behauptung als Produkt eines kranken Hirnes abtun. Gangkofer, der Auer und seine Helfershelfer wären gewarnt. Selbst wenn es gelänge, Gangkofer zu umgehen und den Rat insgeheim von der Wahrhaftigkeit seiner Aussage zu überzeugen – das Waffenversteck auf dem Areal des burggräflichen Gerichtshauses finden zu wollen, bedingte eine groß angelegte Suchaktion. Sie in die Wege zu leiten, würde Aufsehen erregen und Zeit beanspruchen. Zeit, in der Angehörige des Rates, die mit den Verschwörern heimlich kollaborierten, diese warnen konnten. Friedrich von Auer würde man nichts nachweisen können, davon waren Elias und Eberhard überzeugt. Er war ein Meister der Intrige und gerissen genug, um sich ein Konzept für den Fall der Fälle zurechtzulegen, das es ihm erlaubte, aus dem konspirativen Sumpf, in dem er steckte, unschuldig wie ein Lamm hervorzugehen.

In der Folge konnten sie nur eines tun: geduldig warten, Augen und Ohren offen halten und Gangkofer, so gut es ging, weiter beschatten, ohne dabei seinen Argwohn zu wecken. Immer darauf hoffend, dass er irgendwann einen Fehler beging, der ihn verriet. In eine Grube fiel, die er sich selbst gegraben hatte. So tief, dass er nicht mehr herauskam.

Elias gähnte. Er trat vom Schreibpult zurück und dehnte seine verspannten Glieder. Sein Magen knurrte inzwischen noch nachdrücklicher. Ob Agnes, die Köchin, sich seiner erbarmen würde? Er beschloss es zu versuchen.

Der späte Abend spannte sein dunkelblaues Zelt über die Stadt. Der abnehmende Dreiviertelmond warf mildes Licht auf den Innenhof, als Elias zum Flügel des Gebäudes hinüberging, das den Wirtschaftstrakt beherbergte.

Er hatte Glück, in der geräumigen Küche flackerte noch Licht, Rauch zog durch die Fensteröffnung. Er wusste, dass der flackernde Schein den beiden wuchtigen Feuerschalen geschuldet war, die rechts und links des Fensters brannten, sowie einer dicken Unschlittkerze auf dem Tisch. Manchmal saß Agnes um die Zeit, wenn das Herdfeuer erloschen und die Arbeit des Tages vollbracht war, am Tisch und widmete sich der Kunst des Stickens. Metallenes Scheppern drang an sein Ohr, die Tür stand weit offen. Als er in die Küche blickte, sah er die Magd damit beschäftigt, einige Pfannen und Töpfe an ihren Platz zu räumen.

Elias lächelte spitzbübisch. Gebückt, mit leisen, federnden Schritten schlich er sich hinter die Magd, streckte die Arme aus und legte die Hände an ihre breite Taille.

Mit einem spitzen Aufschrei fuhr sie herum.

»Mein Gott, Ihr junger Herr! Was habt Ihr mich erschreckt«, sagte sie und drohte scherzhaft mit dem Finger.

Elias lachte. Er mochte die grauhaarige beleibte Obermagd mit dem gütigen rosigen Gesicht, auf dem stets der Ausdruck eines freundlichen Lächelns lag. Sie war zwar schon an Jahren fortgeschritten, doch sie konnte immer noch zulangen wie eine der jungen Mägde.

»Agnes, hast du noch etwas zu beißen für einen hungrigen Wolf wie mich?«

Die Magd lächelte ihn schelmisch an.

»Für Euch doch immer, junger Herr«, meinte sie und zwinkerte ihm verschwörerisch zu. »Setzt Euch an den Tisch, ich hole Euch etwas von unten.«

Sie watschelte in den Gang. Elias hörte, wie sie die Treppe zum Gewölbekeller hinunterstieg. Er setzte sich auf die Bank am Tisch gegenüber dem Fenster und ließ in Vorfreude auf das, was ihm die Magd gleich servieren würde, seinen Blick durch die vom flackernden Lichtschein erfüllte Küche schweifen.

Dann aber stutzte er. Auf einer niedrigen, mit Scheitholz gefüllten Kiste neben dem Herd ruhte ein mit Lehm und Erde verschmutztes Kleiderbündel, daneben stand ein Paar lehmverkrusteter Stiefel. Elias kannte sie. Sie gehörten Bodo Gangkofer. Die Kleidung ebenfalls, wie der Gürtel bewies, der auf dem Bündel lag …

Elias hörte, wie Agnes schnaufend die Kellertreppe herauf-stapfte. Gleich darauf trat sie wieder in die Küche.

»Hier, junger Herr.« Sie stellte einen gefüllten Krug und einen mit einem sauberem Tuch abgedeckten Holzteller vor Elias auf den Tisch.

»Geräucherter Schinken und ein Krug Most, schön kühl, wie Ihr es mögt. Brot habe ich natürlich auch. Einen Becher bringe ich Euch gleich.«

Sie ging zu einer Truhe und entnahm ihr einen mit weißem Leinen umwickelten Gegenstand.

»Heute erst gebacken«, sagte sie und wickelte einen Laib Brot aus dem Linnen.

Elias schmunzelte und rieb sich die Hände. Herzhafter Duft stieg ihm in die Nase und ließ ihm das Wasser im Mund zusammenlaufen. Agnes ging zu einem Regal und holte ei-nen hölzernen Becher und einen irdenen Topf mit gesäuertem Kraut herunter, von dem sie Elias eine große Portion auf den Teller lud. Sie nahm den Krug und füllte den Becher. Gluck-send ergoss sich der goldgelbe Most in das Gefäß.

»Du bist ein Schatz, Agnes«, sagte Elias und zog sein Mes-ser aus dem Gürtel. Er schnitt vom Brot und vom Schinken je ein großes Stück ab und schob sich die Bissen in den Mund.

»Sag, die Kleider dort in der Kiste und die Stiefel, gehören die nicht Bodo Gangkofer?«, fragte er kauend.

»Ja, er hat sie mir vor einer Stunde gebracht. Bevor er zur Auburg aufbrach. Ich soll bis morgen die Kleider waschen und die Stiefel reinigen. In letzter Zeit hat er mir alle paar Tage lehmverkrustete Kleider zum Waschen gegeben. Ich hab extra eine Kiste dafür bereitgestellt.«

Elias hielt mit Kauen inne und zog die Brauen zusammen.

»Tatsächlich?«, fragte er mit vollem Mund.

»Ja. Warum fragt Ihr?«

»Nur so«, wiegelte er ab.

Er aß weiter. Immer wieder wanderte sein Blick zu dem Kleiderbündel und den Stiefeln, etwas daran irritierte ihn. Plötzlich wurde ihm klar, was es war. Gangkofer war dafür bekannt, dass er Arbeiten, bei denen man schmutzig wurde, mied wie der Teufel das Weihwasser. Das überließ er in aller Regel anderen. Körperlich schwer zu arbeiten und in Erde und Lehm herumzuwühlen, war nicht seine Sache. Schmutzige Kleider und lehmverdreckte Stiefel passten einfach nicht zu ihm.

Lehm! Aushub! Gewölbe!

Elias hielt unvermittelt mit Kauen inne. Schlagartig war ihm die Unterhaltung der beiden Männer in den Sinn geschossen, die er seinerzeit auf der Velburg belauscht hatte. Die Worte »Lehm«, »Aushub« und »Gewölbe« waren gefallen. Und in unmittelbarem Zusammenhang damit war auch davon die Rede gewesen, dass »Ludwig vor den Mauern« – offenbar war der Kaiser gemeint – auf ein »Signal« warte …

Erneut glitt sein Blick zu den Stiefeln und dem Kleiderbündel …

»Sag, Agnes, hast du nicht noch ein wenig von deinen köstlichen Honigbirnen übrig? Du weißt schon, die besten eingemachten Birnen weit und breit«, fragte er die Magd augenzwinkernd. Sie war gerade dabei, Holzscheite aufein-anderzuschichten, die sie morgen früh als Feuerholz für den Herd benötigen würde.

Agnes schmunzelte geschmeichelt.

»Ich hole Euch eine Portion, junger Herr.« Erneut wat-schelte sie aus der Küche.

Kaum dass ihre Schritte auf dem Weg in den Keller leiser wurden, sprang Elias auf und hastete zu der Kiste neben dem Herd.

Das Kleiderbündel starrte regelrecht vor Schmutz, der noch feucht war; Lehm und Dreck hatten es teilweise zusam-menklumpen lassen. Mit fliegenden Fingern löste er die ein-zelnen Stücke voneinander, durchsuchte Wams- und Hemd-taschen, nahm sich auch den Gürtel vor, untersuchte alles auf doppelt genähte Lagen, zwischen denen sich etwas verstecken ließe – und fand nichts. Das letzte Stück war ein schwarzer, lehmverdreckter Umhang ganz zuunterst in der Kiste. Als er ihn hochhob, stutzte er. Er war auf einen Gegenstand gesto-ßen, den er vorsichtig aus der Kiste hob. Es handelte sich um eine kreisrunde, flache Tonschale, an deren einem Ende eine Grifftülle saß, während das gegenüberliegende Ende in eine Art schmale Nase auslief. Gefüllt war die Schale mit einer festen Talgmasse; dort, wo die Nase saß, ragte ein dicker Flachsdocht aus der Masse. Verblüfft identifizierte Elias die Schale als eine jener tönernen Grubenlampen, wie sie von Bergmännern unter Tage benutzt wurden, auch »Frosch« ge-nannt. Vor einem Jahr hatte er mit seinem Oheim ein Silber-bergwerk in Freiberg in der Mark Meißen besucht. Bei dieser Gelegenheit hatte er einen Einblick in die Arbeit unter Tage bekommen und dabei auch Gerätschaften der Bergleute ken-nengelernt.

Und noch während er ratlos auf die Lampe starrte, fiel es ihm wie Schuppen von den Augen; Fassungslosigkeit breitete sich in ihm aus. Lehm. Aushub. Gewölbe. Ludwig, der vor den Mauern auf ein Signal warte. Und nun der Fund der Grubenlampe. Auf einmal ergab alles einen Sinn: das Verhalten Gangkofers, der Inhalt des Gesprächs, das er auf der Velburg belauscht, und das, was er in jener stürmischen Nacht auf dem Dachboden mitbekommen hatte. Das Ansinnen Friedrich von Auers, einen Teil des Escher'schen Lagerhauses anmieten zu wollen. Die Waffen, die er dorthin hatte schmuggeln lassen. Und die Tatsache, dass sich das Geschehen rund um die Verschwörung auf das im Besitz des Kaisers befindliche Haus der bayerischen Herzöge, das das burggräfliche Gericht beherbergte, konzentrierte.

Damit fügten sich sämtliche Erkenntnisse zu einer einzigen, alles umfassenden Schlussfolgerung: Offensichtlich wurde auf dem Areal des burggräflichen Gerichtshauses am Sankt-Gilgen-Platz unter der Stadtmauer hindurch ein Gang gegraben, der es dem Kaiser erlauben sollte, die Stadt im Handstreich zu nehmen!

Eine Welle heißen Entsetzens schwappte in Elias hoch. Rasch stellte er die Grubenlampe wieder in die Kiste zurück und warf die verschmutzten Kleider hinterher. Dann aber ließ ihn ein helles Klimpern innehalten. Eine Münze war auf den hart gestampften Lehmboden gefallen; offenbar hatte sie sich in einem der Kleidungsstücke befunden. Elias hob sie auf. Verblüfft registrierte er, dass er einen *gigliato* in Händen hielt, ein Geldstück, das im Königreich Neapel geprägt wurde. Er erinnerte sich an einen Geschäftspartner, einen italienischen Kaufherrn, der vor über einem Jahr in Regensburg eingetroffen war, um Tuche einzukaufen. Sein Oheim hatte ihm gewährt, einen Teil der Ware mit diesen Silbermünzen zu bezahlen. Die Münze zeigte auf der einen Seite das Bildnis König Roberts von Anjou, des Königs von Neapel, auf der anderen Seite das Gilgenkreuz.

Elias spürte, wie ihm der Mund trocken wurde. Die Schlussfolgerung, die sich aus dem Fund ergab, jagte einen Schauer über seinen Rücken. Er war auf eine heiße Spur, die verschwundene Magistra betreffend, gestoßen. Otto Gangkofer war in die Entführung der jungen Frau verwickelt, davon war er überzeugt. Von wem sollte die neapolitanische Münze, die er in Händen hielt, denn sonst stammen, wenn nicht von der Magistra? Eine unsagbare Wut kochte in Elias hoch. Er würde Gangkofer, dieses Schwein, zur Rede stellen und, wenn es sein musste, den Aufenthaltsort Abellita Montinis aus ihm herausprügeln.

Doch zunächst musste er sich um etwas anderes kümmern. Der Stadt drohte Gefahr. Eberhard von Escher würde keine andere Wahl bleiben, als sofort zu handeln.

Er *musste* handeln! Bevor es zu spät war!

Kapitel 54

Eiligen Schrittes bewegte sich der Trupp der Männer in süd-
westlicher Richtung durch die Stadt. Angeführt von Hadamar von Laaber, dem Bürgermeister, höchstpersönlich. An
seiner Seite die Wachtmeister der Donau-, der Westner- und
der Wildwercherwacht: Peter Sittauer, Konrad Sterner und
Heinrich Winzerer. Ihnen folgte jeweils ein halbes Dutzend
Bürgersoldaten der drei Stadtwachten, die in aller Eile zusam-
mengetrommelt worden waren. Den Schluss bildeten Leutwin Hiltprand, der Stadtkämmerer, Konrad Dürnstetter, der
Hansgraf, sowie Eberhard von Escher und Elias. Das Ziel des
Trupps war das Haus der bayerischen Herzöge, das direkt an
der Stadtmauer gelegene burggräfliche Gerichtshaus.

Sofort nachdem Elias den Oheim über seinen Verdacht unterrichtet hatte, waren beide aufgebrochen und hatten nacheinander den Bürgermeister, den Stadtkämmerer und den
Hansgrafen aus dem Bett geholt. Fassungslos, anfangs noch
ungläubig, hatten die drei Amtsträger den Bericht Elias' zur
Kenntnis genommen. Doch seine Beobachtungen und das,
was er herausgefunden hatte, sprachen eine eindeutige Sprache, es gab keinen vernünftigen Grund, an seiner Darstellung
zu zweifeln. Sein Ziehonkel bürgte für die Wahrhaftigkeit
seiner Aussagen. Der Bürgermeister hatte Boten losgeschickt
und die Vorsteher der drei Wachten zu sich ins Haus befohlen. Um die Vorsteher der anderen Wachten zu informieren,
fehlte schlicht die Zeit. Ohnehin verging mehr als eine Stunde,
bis die Wachtmeister ihre Männer beim Rathaus versammelt

hatten und der Trupp geschlossen aufbrechen konnte. Die Nachtwächter der Stadt waren durch Boten, die man ihnen hinterhergeschickt hatte, angewiesen worden, auf ihren Routen diesmal besonders akribisch auf mögliche Spätheimkehrer zu achten und sie in Gewahrsam zu nehmen.

Während sie über den Marktplatz liefen, warf Elias einen Blick auf die Uhr am Marktturm: keine Stunde mehr bis Mitternacht. Obwohl die Büttel Order hatten, sich möglichst leise vorwärtszubewegen, war das Klirren der metallbesetzten Lederrüstungen und das Stapfen der Stiefel nicht zu vermeiden. Das Geräusch hallte zwischen den Häuserzeilen und ließ den einen oder anderen Fensterladen aufgehen.

Einige der Büttel trugen zusammengerollte Strickleitern mit Wurfhaken über der Schulter. Im Gürtel eingehängt, führten sie Fackeln mit sich; sie zu entzünden, war nicht erforderlich. Die Nacht war sternenklar, sie brauchten kein künstliches Licht. Ihr Schein hätte nur unnötig Aufmerksamkeit auf den Trupp gelenkt, und aufzufallen war das Letzte, das sie jetzt gebrauchen konnten.

Sich eng im Schatten der Häuser haltend, bogen die Männer in die Schererstraße und gleich darauf in die Straße Vor den Predigern ein, die in die Waffnerstraße mündete. Vor dem Portal in der Mauer, die das Areal des burggräflichen Gerichtshauses umgab, hielt der Trupp inne. Jetzt musste alles schnell gehen.

Wie nicht anders zu erwarten, war das zweiflügelige Tor, das den Zutritt zum Innenhof gewährte, geschlossen. Es war auf der Rückseite mit einem schweren Balken verriegelt.

Sittauer beriet sich mit dem Bürgermeister und den Wachtmeistern der Westner- und der Wildwercherwacht. Der Wachtmeister der Donauwacht galt als der Erfahrenste unter den Vorstehern der acht Wachten. Nicht umsonst hatte der Bürgermeister ihm den Befehl über den nächtlichen Einsatz übertragen.

»Steiner«, wandte sich Sittauer an einen der Büttel, die Strickleitern mit sich führten, »steig auf die Mauer und sondiere die Lage! Wenn alles in Ordnung ist, gib ein Zeichen. Lass dich dann auf der anderen Seite hinab. Wenn der Balken nicht gesichert ist, kannst du ihn vielleicht zur Seite schieben und das Tor öffnen. An alle anderen: Zündet Eure Fackeln an.«

Wenig später verriet ein schürfendes Geräusch, dass der Büttel den Balken zur Seite schob; leise knarrend schwang ein Flügel des Tores auf …

Das Erste, was auffiel, als sie im Schein der Fackeln auf das Areal vordrangen, war ein mächtiger, kegelförmiger Haufen Erde und Geröll, der im Innenhof, dort, wo dieser an die Stadtmauer grenzte, aufgeschüttet worden war. Ansonsten lag der Hof wie ausgestorben vor ihnen.

Sittauer teilte die Männer in drei Trupps auf. »Wir suchen alles ab! Jede Ecke«, befahl er.

Während er sich mit den Männern auf dem Gelände verteilte, trat, gefolgt von Elias und den drei Ratsherren, der Bürgermeister an den Erdhaufen heran.

»Ihr hattet recht, van der Heyden, hier wurde gegraben«, wandte er sich an Elias. Die anderen starrten in düsterem Schweigen auf den Aushub.

Elias nahm einen Brocken Lehm in die Hand und zerbröselte ihn zwischen den Fingern.

»Der Aushub ist noch frisch. Er kann noch nicht lange hier lagern, höchstens ein paar Stunden«, merkte er an.

»Verflucht, es muss doch irgendjemandem aufgefallen sein, dass es hier auf dem Hof nicht mit rechten Dingen zugeht. Man hätte Verdacht schöpfen müssen. Und den Rat informieren sollen!«, rief Leutwin Hiltprand, der Stadtkämmerer, aufgebracht.

»Wer kommt schon auf die Idee, dass hier ein geheimer

Tunnel gegraben werden soll«, wandte von Escher ein. »Es könnten ja irgendwelche Umbaumaßnahmen im Gange sein, die im Gebäude vorgenommen werden.«

»Richtig«, stimmte Dürnstetter ihm zu. »Außerdem: Wir sind hier auf burggräflichem Gelände, vergiss das nicht. Grundstück und Gebäude sind dem oberbayrischen Herzog zu eigen. Der heißt Ludwig und ist derzeit auch der Kaiser. Er ist hier der Hausherr. Wer also sollte Grund haben, den Rat über irgendwelche Dreckhaufen zu informieren, die auf dem Grundstück des Kaisers herumliegen?«

»Ich bitte dich«, widersprach ihm Hiltprand. »Zumindest Albrecht Zandt hätte wissen müssen, was hier vorgeht. Er hat doch Augen im Kopf. Warum haben wir von ihm nichts gehört? Die Antwort liegt doch auf der Hand.«

»Du glaubst, dass auch der Schultheiß zu den Verschwörern zählt?«

»Gegenfrage: Hier wird gegraben, und er soll nichts davon mitbekommen?«

»Der Schultheiß, verstrickt in eine Verschwörung gegen die Stadt? Niemals!« Dürnstetter schüttelte nachdrücklich den Kopf.

Hiltprand ließ nicht locker. »Was macht dich so sicher? Wer weiß, was Ludwig ihm versprochen hat. Als Inhaber des Schultheißenamtes ist der Zandt in erster Linie dem Kaiser verpflichtet und nicht dem Rat. Er hat schon immer Abstand zur Bürgerschaft gewahrt.«

»Das haben die Schultheißen vor ihm auch getan, das bringt das Amt mit sich. Sich an einer Konspiration dieser Größenordnung zu beteiligen, wäre jedoch etwas völlig anderes.«

»Das sehe ich nicht so. Vielleicht hätten wir auch ihn aus dem Bett holen sollen. Ihn auffordern, mitzukommen und sich die Schweinerei anzusehen. Dann hätten wir schnell herausgefunden, ob und was er weiß.«

»Was für ein absurder Gedanke!«, protestierte von Escher. »Damit er dem Kaiser zwitschert, dass wir auf den Tunnel gestoßen sind, der es ihm ermöglichen soll, seine Truppen unbemerkt in die Stadt zu schleusen?«

»Die Diskussion erübrigt sich, Ratskollegen«, beschwichtige Hadamar von Laaber. »Der Schultheiß ist seit gestern ohnehin nicht in Regensburg. Und noch haben wir keinen Tunnel entdeckt.«

Wie zur Bestätigung dieser Aussage trat Sittauer an die Gruppe heran.

»Bisher haben wir nichts gefunden, Bürgermeister. Keinen Zugang von außen zu irgendeinem Tunnel. Wir müssen ins Gebäude rein. In den Keller. Vielleicht haben sie von dort aus gegraben. Aber wir könnten Schwierigkeiten mit dem Zandt bekommen.«

»Das nehme ich auf meine Kappe«, meinte Hadamar von Laaber. »Wir gehen rein. Es müsste mit dem Teufel zugehen, wenn wir nicht auf Hinweise stießen!«

»Das sehe ich auch so«, pflichtete von Escher ihm bei.

Ein unterdrücktes Rufen beanspruchte die Aufmerksamkeit der Männer. Es kam aus Richtung einiger Kastanienbäume, die den Innenhof zur Stadtmauer hin begrenzten. Dort stand Konrad Sterner, der Wachtmeister der Westnerwacht, und schwenkte aufgeregt seine Fackel. Drei seiner Büttel waren mit etwas beschäftigt, was am Boden lag.

Sittauer und die anderen eilten zu ihnen.

»Was gibt's, Sterner? Was gefunden?«, fragte er.

»Ja, vielleicht einen Zugang.« Sterner wies auf eine viereckige Holzplatte, die zwischen den Bäumen in die Erde eingelassen war. Sie maß etwa vier Ellen im Quadrat.

Es war reiner Zufall, dass sie sie entdeckt hatten. Einer der Büttel hatte sich mit dem Stiefel im Gestrüpp verfangen und war aufs Knie gestürzt. Der hohle Klang, den er dabei verursachte, hatte ihn auf die Platte aufmerksam werden lassen. Sie war raffiniert getarnt. Man hatte das Gestrüpp hergenommen, das zwischen den Bäumen wuchs, und es an der Platte befestigt, die in etwa die gleiche erdige Farbe hatte wie der Boden um sie herum.

»Macht voran. Seht nach!«, befahl Sittauer.

Mit einem schabenden Geräusch schoben die Büttel die Platte zur Seite. Sie war nicht schwer, ein Mann hätte genügt, um sie zu bewegen. Sie verfügte auf der Unterseite über zwei Griffhölzer.

Überraschung malte sich in den Gesichtern der Männer, als sie sahen, was sich ihnen im Schein der Fackeln offenbarte. Sie blickten in einen viereckigen, mit Holzlatten verschalten Schacht. In eine der Wände waren in regelmäßigen Abständen eiserne Bügel eingeschlagen, offensichtlich dienten sie als Steighilfen. Der Bürgermeister nahm einem der Büttel die Fackel ab, bückte sich und leuchtete in den Schacht. Ihr Schein reichte bis in eine Tiefe von vielleicht fünf oder sechs Ellen und verlor sich dann in der Schwärze.

»Na also«, knurrte der Bürgermeister. Und an den Wachtmeister gewandt: »Was schlagt Ihr vor, Sittauer?«

»Ich geh mit Reisinger, Steiner und Obrecht runter und sondiere die Lage. Vorher muss ich wissen, wie weit es hinuntergeht. Reisinger, einen Strick!«, wandte er sich an einen der Bürgersoldaten. Er nahm eine Blendlaterne zur Hand, die er in den Gürtel eingeklinkt hatte, entzündete sie an einer Fackel und ließ sie auf den Grund des Schachtes hinab. Den Strick warf er hinterher.

Wenig später leuchtete die Laterne einen gewölbeartigen Raum aus. In einer Tiefe von fünfzehn Ellen, was Sittauer an der Länge des Stricks festmachte, an dem er die Lampe auf den Grund hinuntergelassen hatte. Der Schein war schwach, doch er genügte, um die hölzerne Konstruktion erkennen zu können, mit der Wände und Decke vor einem eventuellen Einsturz gesichert waren.

»Bemerkenswert! Dieses verräterische Schweinepack scheint sich der ausgeklügelten Technik der Bergleute zu bedienen«, sagte Heinrich Winzerer, der Wachtmeister der Wildwercherwacht. Er war mit seinen drei Bütteln inzwischen ebenfalls hinzugetreten.

»Ja, der Kopf der Verschwörer hat diesen monströsen Verrat offenbar bis ins Kleinste durchgeplant. Wer auch immer es ist«, merkte Dürnstetter zähneknirschend an.

»Wer außer den Auern könnte schon dahinterstecken. Es erschreckt mich, wenn ich sehe, über welche Seilschaften sie immer noch in der Stadt verfügen«, sagte Hiltprand.

»Und wozu sie fähig sind«, ergänzte Eberhard von Escher finster.

»Fertig machen, wir gehen runter«, wandte sich Sittauer an seine Büttel. »Winzerer, Sterner, ihr und eure Männer sichert uns mit Stricken.«

Elias trat vor.

»Ich gehe mit runter, Wachtmeister«, wandte er sich an Sittauer.

Der zog die Brauen hoch. »Ihr? Das kommt nicht infrage. Weder seid Ihr ausgerüstet, noch habt Ihr Übung für solcherlei Einsätze. Wie solltet Ihr uns von Nutzen sein?«

Es war einer der Momente, in denen Elias seine Vergangenheit als Seiltänzer und Jokulator zugutekam. Statt zu antworten, ging er mit federnden Knien neben dem Loch in die Hocke, stützte sich mit den Händen am Rand ab und schwang sich mit den Füßen voran in die Öffnung. Bevor sichs Sittauer und die anderen versahen, war er an den Steigeisen, die aus der Schachtwand ragten, hinuntergeklettert.

»Wollt Ihr nicht nachkommen?«, rief er hinauf. Er hatte die Blendlaterne an sich genommen und schwenkte sie hin und her.

Verblüffung malte sich auf den Gesichtern der Umstehenden, Eberhard von Escher musste unwillkürlich schmunzeln. Sittauer ließ einen leise gemurmelten Fluch vom Stapel, der sich jedoch eher nach einer Anerkennung anhörte.

»Nun denn, worauf warten wir noch?«, knurrte er. Augenblicke später war auch er mit seinen Männern unten angekommen.

Der Geruch nach Lehm, Erde und Holz empfing sie. Es war feucht und modrig. Fackelschein zitterte durch das Gewölbe und erzeugte bizarre Schattenfiguren, die geisterhaft die Wände entlanghuschten und sich mit dem schwarzen Rauch verbanden, der den rötlich züngelnden Flammen entstieg. Aus den dunklen Erdschichten leuchtete hin und wieder helleres Gestein, das im zuckenden Licht gespenstisch schimmerte. Von der Decke tropfte Wasser, das sich am Boden in kleinen Pfützen sammelte, an den Wänden glänzten Schlieren.

Im hinteren Teil des Gewölbes gähnte eine schwarze Öffnung: der Beginn eines Tunnels, der sich nach Westen in Richtung Stadtmauer erstreckte.

»Vermutlich haben sie sich schon ein gutes Stück unter der Stadtmauer hindurchgegraben«, bemerkte Winzerer.

Sie bewegten sich sehr vorsichtig voran, der Schein der Fackeln leuchtete nur wenige Schritte weit, dann verebbte er in diffusem Dunkel. In regelmäßigen Abständen stützten Holzkonstruktionen, bestehend aus Stempeln und Verstrebungen, Wände und Decke und sorgten für eine gewisse Stabilität.

»Ich schätze, das hier ist die Arbeit eines Grubenzimmerers«, merkte Elias an und wies auf die hölzernen Konstruktionen.

»Da mögt Ihr recht haben«, entgegnete Sittauer. »Die Verschwörer dürften weder Mühe noch Kosten gescheut haben, um ihren perfiden Plan umzusetzen. Dazu gehörte offensichtlich auch, geeignete Handwerker anzuwerben.«

»Ob Ludwig sie mit Geld unterstützt hat?«

»Wohl möglich!«

Sie waren noch nicht weit gekommen, als sie auf einen Gang stießen, der von dem Tunnel, dem sie folgten, scharf nach links abzweigte. Sie blieben stehen.

»Seltsam!«, murmelte Sittauer. Er wandte sich an zwei seiner Leute. »Steiner und Reisinger, Ihr …«

»Psst! Leise!«, unterbrach Elias ihn flüsternd und riss die Hand nach oben.

»Was ist? Habt Ihr …«

»Ruhe!«, zischte Elias. Konzentriert lauschte er in den Gang, der sich zur Linken auftat.

»Stimmen! Hört Ihr sie nicht?«, wisperte er Sittauer zu.

Der Wachtmeister schloss konzentriert die Augen und runzelte die Brauen.

»Tatsächlich! Donnerwetter, Ihr verfügt über ein verdammt gutes Gehör«, wisperte er zurück.

»Was wollt Ihr jetzt tun, Wachtmeister?«

»Wir folgen natürlich der Abzweigung. Mir nach, Leute, aber leise! Keine Unterhaltung mehr ab jetzt, achtet auf eure Schritte«, mahnte er seine Männer.

Sie liefen weiter. Auf einmal knickte der Gang scharf nach rechts ab. Noch hatten sie den Knick nicht passiert, als Sittauer den Arm hochriss und unvermittelt stehen blieb.

»Aufgepasst!«, raunte er.

Ein unruhiger rötlicher Schimmer zuckte über die ihnen gegenüberliegende Wand. Von irgendwoher drang Licht in den Tunnel.

»Löscht die Fackeln; sie könnten uns verraten. Und haltet die Waffen bereit!«, befahl Sittauer flüsternd.

Vorsichtig bogen sie um den Knick, als sich der verhaltene Schimmer in ein flackerndes Leuchten verwandelte, das über die feuchten, schmierigen Wände huschte. Vor ihnen, in einer

Entfernung zwischen zwanzig und dreißig Schritt, mündete der Gang in ein von rötlichem Fackelschein erfülltes Gewölbe. Die Schürf- und Klopfgeräusche waren lauter geworden. Die Männer, die sie verursachten, waren nicht zu sehen, hin und wieder waren ihre Stimmen zu hören.

Erneut befahl Sittauer Halt, um seine Leute zu instruieren.

»Wir sehen uns das Pack näher an«, wisperte er. »Ich muss wissen, mit wem wir es zu tun haben. Vor allem, wie viele es sind. Van der Heyden, Ihr kommt mit mir, ihr anderen wartet hier.«

Die beiden liefen los. Nur noch wenige Schritte trennten sie vom Ende des Tunnels, als in ihrem Rücken unvermittelt ein klirrendes Scheppern ertönte. Erschrocken fuhren sie herum. Reisinger war mit seiner Lederrüstung an einem aus der Wand ragenden Steinbrocken hängen geblieben. Ein Metallteil war abgerissen und klirrend auf dem Boden aufgeschlagen. Die Schürf- und Klopfgeräusche, die aus dem Gewölbe drangen, erstarben schlagartig.

Sittauer ließ einen grässlichen Fluch vom Stapel. Jetzt blieb ihnen nur die Flucht nach vorn!

»Folgt mir!«, brüllte er und rannte los.

Mit blank gezogener Waffe stürmten Elias und die Wachtknechte hinterher. Augenblicke später ließen sie den Tunnel hinter sich und drangen in das düstere, von rötlichem Flackern erhellte Gewölbe ein, das wie der Vorhof zur Hölle wirkte. Der hintere Bereich lag im Dunkeln. Sie sahen sich fünf Männern gegenüber, in deren verzerrten Gesichtern sich gleichermaßen Überraschung, Wut und Entsetzen spiegelten. Vier hielten Spitzhacken, der fünfte ein Kurzschwert in den Händen. Es war Bodo Gangkofer.

»Unser Blut für Kaiser, Stadt und Recht! Kämpft, Männer, kämpft um euer Leben!«, schrie Gangkofer und riss den Arm mit dem Schwert nach oben.

»Verfluchter Verräter!«, schrie Sittauer seinerseits und sprang mit gezücktem Schwert auf ihn zu.

Laut klirrend trafen sich ihre Klingen. Während sie erbittert aufeinander einschlugen, kümmerten sich die Büttel und Elias um die anderen vier, die sich verzweifelt mit ihren Spitzhacken zu wehren suchten. Plötzlich warfen zwei von ihnen die Hacken weg und rannten in den hinteren Bereich des Gewölbes, der im Dunklen lag. Elias wollte ihnen nachsetzen, bemerkte aber im selben Moment, wie Sittauer über einen herumliegenden Stein stolperte und längs auf den festgestampften Lehmboden aufschlug. Das Schwert entglitt seiner Hand und schlitterte mit schürfendem Geräusch über den Boden. Schon war Gangkofer über ihm und holte mit einem triumphierenden Schrei zu einem Hieb aus. Elias war zu weit entfernt, um mit dem Schwert eingreifen zu können, blitzschnell griff er zum Gürtel, zog einen Dolch hervor und schleuderte ihn in Richtung Gangkofer. Die Klinge bohrte sich in seine rechte Schulter und blieb stecken. Er brüllte vor Schmerz auf und ließ das Schwert fallen.

Sittauer hatte sich beim Sturz eine Beinverletzung zugezogen. Mit schmerzverzerrtem Gesicht robbte er über den Boden, um sich sein Schwert zu holen, als Gangkofer, ungeachtet seiner Schulterverletzung, erneut auf ihn zustürzte und ihm auf den Rücken sprang. In der Linken schwang er den Dolch, den er sich soeben aus der Schulter gezogen hatte. Plötzlich tauchte Elias neben ihm auf und trat ihm mit voller Wucht den Stiefel ins Gesicht. Mit einem Aufschrei kippte Gangkofer zur Seite weg und ließ den Dolch fallen. Stöhnend vor Schmerzen, presste er beide Hände auf die getroffene Stelle, Blut sickerte zwischen seinen Fingern hindurch. Mittlerweile waren die drei Büttel herbeigeeilt und halfen Sittauer auf die Beine. Die beiden Männer, die sich mit den Spitzhacken zur Wehr gesetzt hatten, lagen, an Händen und Füßen gebunden, am Boden.

Gerade wollte sich Elias Sittauer zuwenden, als er Gangkofer sich blitzschnell aufrichten und nach dem Dolch greifen sah, der eine halbe Armlänge von ihm entfernt am Boden lag. Der Mann musste die Natur eines Stieres besitzen. Elias hob das Schwert, um die zu erwartende Attacke abzuwehren. Dann aber erstarrte er vor Grauen.

»Ihr kriegt mich nicht, ihr verdammten Bastarde! Ich entscheide selbst, wann ich zur Hölle fahre!«, schrie Gangkofer.

Mit einem irren Laut, das sich in dem hallenden Gewölbe wie das Lachen eines Dämons anhörte, rammte er sich vor aller Augen den Dolch in den Hals. Sein Blick brach, eine Blutfontäne schoss aus der Wunde und landete, nach allen Seiten spritzend, vor den Stiefelspitzen Elias auf dem Lehmboden. Im Nu breitete sich eine riesige rote Lache um sein Haupt aus.

Fassungsloses Entsetzen in den Gesichtern der Männer.

»Auch gut, damit hat er dem Henker die Arbeit erspart«, knurrte Sittauer, nachdem er sich wieder gefangen hatte. Er deutete mit dem Kopf zu den beiden Gefangenen, die gefesselt am Boden lagen.

»Es waren doch vier. Wo sind die anderen zwei?«, fragte er.

»Geflohen, Wachtmeister«, antwortete Elias. »Ich sah sie im hinteren Teil des Gewölbes im Dunklen verschwinden. Ich konnte ihnen nicht folgen, Ihr wisst, ich war mit ihm beschäftigt«, er deutete mit dem Kopf auf die Leiche Gangkofers.

»Dann würde ich sagen, wir sehen uns dort mal um. Es gibt offensichtlich einen Fluchtweg, über den die Ratten entkommen sind. Entzündet eure Fackeln, Männer, sie leuchten heller als diese blakenden Funzeln.«

Jetzt erst, während sie dem hinteren, im Dunkeln liegenden Bereich des Gewölbes zustrebten, fanden sie Zeit, die Umgebung bewusster in Augenschein zu nehmen. Das Gewölbe war hoch, wahrscheinlich gehörte der Raum zu den weitläufigen, unter dem burggräflichen Gerichtshaus gelegenen Kellergewölben. Auf einer Seite war eine Mauer bis unter die Decke hochgezogen worden.

»Wahrscheinlich wurde der Raum irgendwann von den übrigen Kellerräumen abgetrennt. Dem Zustand der Ziegel nach zu urteilen, ist das schon vor Jahrzehnten geschehen«, vermutete Elias.

»Ideale Voraussetzungen, um den Raum für verschwörerische Umtriebe zu nutzen«, schlussfolgerte Sittauer.

Sie tauchten in den hinteren, dunkleren Bereich des Gewölbes ein.

Jetzt erst, im Schein der Fackeln, die die Büttel trugen, bemerkten sie mehrere Haufen Geröll, Erde und Steine, die längs der Gewölbewand aufgeschüttet waren.

Elias pfiff verstehend durch die Zähne.

»Sieh an, hierher haben sie den größten Teil des Aushubs geschafft. Deswegen der Quergang, der vom Hauptgang hierher abzweigt.«

»Wachtmeister!«, ertönte ein überraschter Ruf.

Sittauer wandte sich nach rechts, wo Reisinger in einiger Entfernung stand.

»Was gibt's, Reisinger?«

»Hier stehen mehrere Kisten an der Wand.«

»Das sind bestimmt die Waffen«, kommentierte Elias Reisingers Fund sofort.

Er lief zu ihm, Sittauer folgte humpelnd.

Es waren tatsächlich die Waffenkisten, Elias erkannte sie auf Anhieb. Die Deckel lagen nur lose auf. Sie hoben sie herunter. Im Licht der Fackeln glänzten das Metall der Schlag- und Hiebklingen und das polierte Holz der kleinen Armbrüste.

»Waffen für den Aufstand. Wenn das kein schlagender Beweis für die konspirativen Gelüste dieser verdammten Auer-

sippe ist.« In Sittauers Stimme schwangen Wut und Empörung.

»Ihr sagt es«, stimmte Elias ihm zu und fuhr fort: »Allmählich wird mir klar, wie das Ganze ablaufen sollte. Irgendwo
lagern die Truppen des Königs, nicht zu weit, aber auch nicht
zu nah von der Stadt entfernt. Der Tunnel, der unter der
Stadtmauer und dem Graben hindurch vor die Mauer führt,
ermöglicht es ihnen, zu einem vorher ausgemachten Zeitpunkt unbemerkt und vor allem überraschend in die Stadt
zu gelangen. Aufständische innerhalb der Stadt stehen unter
der Führung der Auer bereit und werden irgendwie hierher
auf das im Besitz des Kaisers befindliche Gelände geschleust.
Für sie liegen die Waffen bereit. Was dann folgt, vermag der
größte Dummkopf sich vorzustellen.«

Sittauer nickte voller Grimm.

»Dieses Vorhaben werden wir ihnen gehörig versalzen«,
knurrte er entschlossen. »Aber jetzt muss ich wissen, wohin die beiden anderen Ratten verschwunden sind. An welcher Stelle habt Ihr sie zuletzt gesehen?«, wollte er von Elias
wissen.

»Das kann ich Euch nicht genau sagen. Wir müssen nach
einem Ausgang suchen.«

Es war Karl Obrecht, einer der Bürgersoldaten, der die
massive Bohlentür entdeckte, hinter der sich ein weiterer un-
terirdischer Gang auftat.

»Verdammt, hat dieses Ungeziefer etwa die gesamte Stadt
unterhöhlt?«, polterte Sittauer los, als Obrecht ihn über seine
Entdeckung informierte.

»Sollen wir dem Gang folgen, Wachtmeister?«

»Nein. Wir ziehen uns vorläufig zurück. Ich will mich erst
mit dem Bürgermeister und den anderen beraten. Dann sehen
wir weiter.«

Erst weit nach Mitternacht tauchte der Trupp, ungeduldig erwartet von den anderen, wieder auf dem Innenhof des burggräflichen Anwesens auf. Sittauer, der sich das Knie verdreht hatte, hatte nur unter Schmerzen und größter Anstrengung den Rückweg geschafft.

Nach kurzer Beratung wurde einstimmig beschlossen, noch heute den Rat über die bestürzenden Erkenntnisse dieser Nacht zu informieren. Schnellstmöglich. Auch wenn es bedeutete, jeden der Herren einzeln aus dem Bett zu holen.

Am späten Vormittag wusste fast jedermann von den dunklen Wolken der Verschwörung, die sich über Regensburg zusammengebraut hatten. Wie ein Lauffeuer hatte sich die Kunde von einem eventuell bevorstehenden Übergriff des Kaisers verbreitet. In der Stadt brodelte es, und in den Köpfen und Herzen der Bürger kochte die Angst hoch.

Kapitel 55

Den Hauptmann Hans Pröller sollte die Nachricht über die Vorkommnisse auf dem Areal des burggräflichen Gerichtshauses erst später erreichen.

Gedankenversonnen vor sich hin pfeifend, die Hellebarde geschultert und den Blick auf seine Stiefelspitzen gerichtet, patrouillierte er zwischen den beiden halbrunden Türmen der mächtigen Toranlage Sankt Jakob hin und her. Pröller oblag der Wachdienst beim westlich gelegenen Stadttor, wo er auch seine Unterkunft hatte. Unterstützt wurde er von einer kleinen Mannschaft einfacher Bürgersoldaten, in der Regel Handwerker und Krämer, die ihrem von der Stadt auferlegten Waffendienst nachkamen und zur Westnerwacht gehörten. Im Gegensatz zu ihnen zählte Pröller, wie auch die anderen Hauptleute der städtischen Torwachen, zu den wenigen von der Stadt bestellten und bezahlten Soldaten. Pröller wiederum unterstand dem Wachtmeister der Westnerwacht.

Noch war er allein, bald würde die erste Schicht der Wachtknechte kommen und ihn unterstützen.

Ein Kitzeln stieg Pröller in die Nase. Er blieb stehen, hob sein Haupt und blinzelte in die aufgehende Sonne in der Hoffnung, niesen zu können. Seit zwei Tagen hatte er Schnupfen, unaufhörlich lief ihm die Nase. Das Kitzeln verschwand, wie es gekommen war; Pröller fluchte, mit dem Niesen wollte es an diesem Morgen einfach nicht klappen.

Ein rumpelndes Geräusch ließ ihn unvermittelt aufsehen. Aus Richtung Stadt kommend, bewegte sich ein von einem dürren Klepper gezogener zweirädriger Karren auf das Tor zu. Für Pröller war das Fuhrwerk mitsamt der zusammengekauerten Gestalt, die auf dem Kutschbock hockte, ein vertrauter Anblick. Der verfilzte graue Haarschopf, der in einen ebenso verfilzten grauen Bart überging, wies den Mann als den Abdecker Anton Graner, genannt Schindertoni, aus. Manche sagten auch Leichentoni zu ihm.

Obwohl die Stunde noch früh und der Morgen frisch war, hatten bereits eine Reihe anderer Fuhrwerke sowie einige Reiter die Stadt verlassen, unter anderem auch Patrizier. In der Regel kümmerte es ihn nicht, wer das Tor stadtaus- oder stadteinwärts passierte. Solange es sich nicht um dubiose Zeitgenossen wie Bettler, Fahrende oder sonstiges Geschmeiß handelte, dem man nicht über den Weg trauen konnte und für das Pröller im Laufe der Jahre einen untrüglichen Blick entwickelt hatte. Dass heute morgen mehrere Patrizier das Tor stadtauswärts passiert hatten, kam ihm allerdings seltsam vor. Zumal sie einen etwas gehetzten Eindruck machten, sogar Konrad Frumolt, der zum inneren Rat gehörte, war unter ihnen gewesen.

Der Schinderkarren war beim Tor angelangt. Das Rumpeln der Räder mündete in ein lautes »Brrr!«, das der Leichentoni seiner Schindmähre zurief. Das Pferd, in die Jahre gekommen wie sein Besitzer, verhielt seinen Schritt.

Hans Pröller trat langsam auf ihn zu.

»Na, Schindertoni, wieder mal den Karren vollgeladen mit dem Gold der Gassen? Ich hoffe, du hast gestern Abend ein ordentliches Bier und was zu beißen bekommen.«

Es waren immer die gleichen spöttischen Bemerkungen, mit denen Pröller den Schinder empfing, wenn dieser zweimal in der Woche kurz nach Sonnenaufgang die Stadt verließ, in die er am Abend zuvor gekommen war. Ihm oblag es, verendete Köter, Schweine, Ratten oder anderes Getier, das in den Gassen verreckt war, noch vor dem Morgengrauen aufzusammeln. In aller Regel kam er am Abend vorher in die Stadt und begab sich zu der in der Donauwacht gelegenen Herberge *Zum Fischerwirt*, wo er in einem Verschlag unterkam. Ottl, der Fischerwirt, hatte den Unterschlupf auf seinem Hinterhof extra für ihn und seinesgleichen hergerichtet. Wie fast überall im Reich genossen Leute unehrlichen Standes auch in Regensburg das zweifelhafte Privileg, in separaten, für sie vorgesehenen Winkeln und Ecken der Gasthäuer einen Nächtigungsplatz zu bekommen. Auch der Schindertoni bekam hier sein Bier und einen Happen zu essen. Natürlich gegen ordentliche Bezahlung. Am nächsten Tag, lange bevor der Morgen graute, tat er gewöhnlich seine Arbeit und verließ die Stadt nach dem Öffnen der Tore, um sich zu seinem außerhalb der Stadt gelegenen Schinderhof aufzumachen, wo er das »Gold der Gassen« entsorgte oder verarbeitete und damit gutes Geld machte.

Auf die Frage des Hauptmanns hin grinste der Schindertoni und entblößte ein Paar schwarzer Zahnstummel, die ahnen ließen, dass manches von dem, was er »zu beißen« bekam, unzerkaut in seinem Magen landete.

»Ihr sagt es, Hauptmann, Ihr sagt es«, krächzte er vergnügt.

»Na, um welche Fuhre handelt es sich denn diesmal?«, fragte Pröller mit Blick auf die Ladefläche, auf der sich, unter mehreren Lagen Sacktuch verborgen, das Ladegut wölbte.

»Ein Kalb, drei räudige Köter und ein paar Ratten. Dazu Schlachtabfälle, die mir Ottl mitgegeben hat, damit ich sie entsorge. Riecht man doch.«

»Ich riech nichts, ich hab Schnupfen«, brummte der Hauptmann der Torwache und ging um das Fuhrwerk herum. Auf der Rückseite des Karrens blieb er stehen und warf einen Blick über die hintere Ladewand.

»Dann wollen wir doch mal nachsehen«, fuhr er fort und

zückte seine Hellebarde, um mit der Spitze das Sackleinen anzuheben.

Dem Schinder fuhr der Schreck in sämtliche Glieder. Was war bloß in den Hauptmann gefahren? Er hatte es doch noch nie für nötig befunden, die Ladung auf seinem Karren zu inspizieren.

»Also das würd ich nich machen, Hauptmann«, sagte er und zog eine bedenkliche Miene.

Pröller sah auf und hob die Brauen.

»Ach, und warum nicht?«, fragte er misstrauisch.

Im Kopf des Schindertoni krabbelten die Gedanken durcheinander wie ein Haufen in Panik geratener Ameisen.

»Na ja … wie soll ich sagen … das Kalb … das ist … Na ja, das Kalb ist am Antoniusfeuer verreckt. Da kann man sich leicht anstecken.« Der Schinder verzog sein Gesicht zu einer verschwörerischen Miene und riss die Augen bedrohlich auf. »Diese teuflischen Miasmen … Ihr wisst schon, Hauptmann … Diese krank machenden unsichtbaren Teufel kleben noch dran. Und … na ja … was es heißt, wenn jemand das Antoniusfeuer bekommt, brauch ich Euch wohl nich zu sagen. Man wird besessen … Man verzieht das Gesicht, ohne dass man's will, man kriegt schreckliche Schmerzen und Krämpfe, versteht Ihr? So!«, der Schindertoni sprang vom Kutschbock auf, zuckte mit dem Kopf, verdrehte die Augen, verrenkte die Glieder und stöhnte und schrie zum Erbarmen.

Der Hauptmann wich unwillkürlich einige Schritte zurück.

»Schon gut, schon gut, ich weiß, was es heißt, wenn jemand das Antoniusfeuer bekommt!«, rief er entsetzt. »Warum, zum Teufel, sagst du das nicht gleich? Sieh zu, dass du weiterkommst!«

Was sich der Schindertoni nicht zweimal sagen ließ und, so schnell die alte Stute es vermochte, das Weite suchte. Erst in einem kleinen Wäldchen, als die Stadt hinter ihm lag und das

Tor nicht mehr zu sehen war, drosselte er die Geschwindigkeit und hielt schließlich an einer Stelle, an der ein schmaler Pfad aus dem Dickicht der Bäume kam und den Hauptweg kreuzte.

Der Schindertoni stieg vom Kutschbock, ging zum Karren und beugte sich über die Ladewand.

»Heda, Ihr könnt jetzt rauskommen. Schnell, beeilt euch, nich dass noch jemand vorbeikommt«, raunte er leise, als ob die Gefahr bestünde, dass jemand mithörte.

Unter dem Sackleinen regte es sich, gleich darauf krochen zwei Männer darunter hervor. Beide voller Dreck, die Kleidung getränkt von den fauligen Körpersäften der Kadaver, zwischen denen sie gelegen hatten, die bleichen Gesichter überzogen mit einer ekelhaften, schleimigen Masse, die nach Aas, Jauche und Verwesung stank.

»Mein Gott, hätten wir uns doch bloß erwischen lassen. In der Hölle kann's nicht schlimmer stinken«, jammerte Jaro Mikusch. Er erhob sich schwankend, schwang die Beine über die Ladewand und ließ sich erschöpft auf die Erde fallen.

»Was willst du eigentlich! Diese Hölle hat uns gerettet, du Esel!«, schimpfte Milan. »Wenn's sein muss, kriech ich dem Teufel in seinen stinkenden Arsch, um am Leben zu bleiben. Können noch froh sein, dass es uns nicht wie den anderen ergangen ist. Wahrscheinlich schmoren sie im Kerker.«

Statt sich erschöpft und jammernd auf die Erde fallen zu lassen, sprang Milan federnd vom Karren und streckte seine Glieder.

Der Schindertoni trat an ihn heran und streckte ihm seine knochige, schwielige Hand entgegen.

»Den Rest von dem Geld, wenn's recht ist, wie ausgemacht«, sagte er.

»Zuerst die Kleidung, die du uns versprochen hast, wenn's recht ist – wie ausgemacht.«

Der Schinder holte ein Bündel Kleider vom Kutschbock und warf es Milan vor die Füße.

»Hier!«, brummte er. »Mit 'nem schönen Gruß von der Frau vom Fischerwirt. Was siehst du mich so an? Hab ich von der Leine gepflückt, auf der sie zum Trocknen aufgehängt waren, wenn du verstehst, was ich meine.«

Milan verstand. Er kramte in seiner Gürteltasche und förderte zwölf Pfennige zutage, die er dem Schinder in die offene Hand zählte. Ein Haufen Geld für den Schindertoni. Milan erinnerte sich mit Grausen der vergangenen Nacht, als sie von den Bütteln überrascht worden waren. Zum Glück war es ihnen gelungen, rechtzeitig durch den unterirdischen Gang bis zum Wiedfanggässchen zu fliehen. Von da war es nicht mehr weit bis zu ihrer Unterkunft beim Fischerwirt. Als sie den Schinder in seinem Verschlag schnarchen hörten, war ihnen die Idee gekommen, ihn anzuheuern, um sie aus der Stadt hinauszuschmuggeln. Er hatte eingewilligt. Natürlich nur gegen einen ordentlichen Batzen Geld.

»Gibt's irgendwo einen Bach oder so was, wo wir uns waschen und das stinkende Zeugs loswerden können?«, wollte Milan von ihm wissen.

»Da hinter dem Wald«, der Schindertoni nickte in Richtung der Bäume rechts des Weges, »gibt's 'nen kleinen Weiher.« Dann stieg er auf den Kutschbock, setzte seinen Gaul mit einem »Hü!« in Bewegung und war gleich darauf hinter einer Wegkehre verschwunden. Kurz noch war das sich entfernende Rumpeln und Rattern des Wagens zu hören, dann verstummte es.

»Komm!«, knurrte Milan seinen Bruder an, der wie ein Häufchen Elend am Boden saß, und nahm das Kleiderbündel auf.

Jaro erhob sich. Missmutig vor sich hin murmelnd folgte er ihm in den Wald.

Kapitel 56

Ranghild erwachte vom lieblichen Gesang eines Rotkehlchens.

Helles Licht drang durch das hoch über ihr befindliche
Fensterloch in das gewölbeartige Verlies, in dem sie einsaß.
Das Fenster lag nach Süden, sie konnte die Sonne erkennen,
in deren Strahlen sich Milliarden von Staubteilchen zu schräg
schwebenden Säulen formierten. An ihrem Stand erkannte
sie, dass es um Mittag herum sein musste. Bedauerlicherweise
verlor das Licht umso mehr an Kraft, wie es nach unten fiel;
auf dem Grund des Gewölbes war es düster und feucht, modrig und kühl.

Es war der sechste Tag ihrer Gefangenschaft. Noch immer
wusste sie nicht, warum sie hier war und wer sie hatte entführen lassen. Das Letzte, woran sie sich erinnerte, war, dass
sie am Arm eines ihrer Entführer mit verbundenen Augen an
einem Gewässer angekommen war. Das Plätschern von ans
Ufer schlagenden Wellen, das Schnattern einer Ente, der Ruf
eines Käuzchens, das trockene Rascheln von Schilfbüscheln,
der Geruch nach Schlamm und Algen …

Dann hatte ihr jemand etwas Weiches, stark Riechendes
ins Gesicht gedrückt, es war schlagartig dunkel um sie herum geworden, und sie war erst wieder in diesem Gewölbe
erwacht …

Der silberhelle Gesang des Rotkehlchens ließ sie erneut zum Fenster hochsehen. Der perlende, fast wehmütig wirkende Klang passte einerseits zu ihrer gedrückten Stimmung, andererseits flößte er ihr Zuversicht ein. Vom ersten Tag an war ihr der kleine Vogel vor dem Fenster ein willkommener Besucher gewesen, stand er doch für die Freiheit, die jenseits des Verlieses existierte. Solange er sang, nährte er die Hoffnung in ihr, bald in jene Freiheit zurückkehren zu können …

Ein schürfendes Geräusch riss Ranghild aus ihren Gedanken. Auf der anderen Seite der eisenbeschlagenen Tür war ein Riegel zurückgeschoben worden. Sie ging einen Spalt weit auf, jemand schob ein Holzbrett in das Verlies, auf dem sich ein dampfender Teller, ein Kanten Brot und ein gefüllter Krug befanden. Wenigstens was die Mahlzeiten anging, verhielt man sich ihr gegenüber einigermaßen anständig. Die Tür fiel zu, der Riegel wurde vorgeschoben – ein Vorgang, der sich dreimal am Tag wiederholte. Zweimal, um ihr die Mahlzeiten zu bringen, und einmal spätabends, wenn der Burgvogt in das Verlies kam, um nach ihr zu sehen.

Erneut perlte der Gesang des Rotkehlchens an ihr Ohr – um sich von einem Wimpernschlag zum anderen in ein schrilles, in Todesangst hervorgestoßenes Kreischen zu verwandeln. Erschrocken sah Ranghild nach oben. Ein Schatten war vor das vergitterte Fenster gehuscht, ein Fauchen und Knurren ertönte, Federn flogen durch das Gitter und segelten nach unten, gleich darauf klatschte der leblose, blutige Körper des Vogels Ranghild vor die Füße. Das letzte Quäntchen Hoffnung – erloschen.

Erschüttert sank Ranghild auf die Knie, schlug die Hände vors Gesicht und fing haltlos zu weinen an.

Kapitel 57

Keuchend rannte Elias die Stufen hoch, die von dem in den Kellergewölben des Rathauses untergebrachten Gefängnistrakt hinauf ins Erdgeschoss führten.

Noch gellten ihm die Schreie der beiden Männer in den Ohren, die man in der Nacht festgenommen und wenige Stunden später in der Fragstatt der peinlichen Befragung unterzogen hatte: ihr Kreischen, ihr Stöhnen, ihr verzweifeltes Flehen, man möge die Tortur beenden. Die während der Folter unerbittlich wiederholten Aufforderungen der Fragherren an die Delinquenten, endlich die Mittäter zu benennen, hatten schließlich Erfolg gezeigt. Sie hatten Namen genannt und Einzelheiten preisgegeben. Unter anderem, dass Konrad Frumolt, einer der mächtigsten Patrizier Regensburgs und überzeugter Anhänger der Auerpartei, der eigentliche Kopf der Verschwörung war. Dass er das Ganze nicht ohne Wissen der Auer geplant hatte, davon war auszugehen.

Die aus Angehörigen des inneren Rates und einem Vertreter des Schultheißen bestehenden Fragherren hatten Elias aufgefordert, der Sitzung in der Fragstatt beizuwohnen. Vergeblich hatte er versucht, das Ansinnen von sich zu weisen. Die untersuchenden Ratsherren beharrten auf seiner Gegenwart mit dem Hinweis, schließlich habe er Kenntnisse, die er in die Wahrheitsfindung mit einbringen könne, Kenntnisse, die er vor Monaten auf der Velburg gewonnen habe. Infolgedessen blieb ihm gar nichts anderes übrig, als dem Drängen der Fragherren stattzugeben.

Bis zu diesem Tag kannte Elias die peinliche Befragung nur vom Hörensagen. Kaum dass er das fensterlose, von wenigen Pechfackeln erhellte Gewölbe, in dem es nach Moder und Verwesung roch, betreten hatte, wäre er am liebsten wieder umgekehrt. Hatte schon der Anblick Meister Heinrichs, des Scharfrichters, in ihm eine tiefe Abscheu ausgelöst, wuchs diese noch beim Anblick der Geräte und Werkzeuge, deren Anwendung Heinrich aufs Trefflichste beherrschte. Der Henker war ein wortkarger, stiernackiger Mensch mit langen, buschigen Augenbrauen, die an den Enden in eine zusammengezwirbelte Spitze ausliefen und aussahen wie Hörner. Seine Statur – Arme wie Baumstämme, Beine wie Säulen, Schultern wie ein Bulle – prädestinierte ihn geradezu für seine Arbeit. Die dunklen Flecken auf dem langen, bis zur Wade reichenden Lederschurz ließen ahnen, worin diese bestand. Am eindrücklichsten aber, dünkte Elias, zeugte der kalte, leblose Ausdruck in den eisgrauen Augen davon, mit welch unerbittlicher Härte er seinem grauenvollen Handwerk nachging.

Hastig stieß Elias das zum Rathausplatz gelegene Portal auf und stolperte ins Freie. Er wollte vergessen, wollte das Grauen abschütteln, das er in der Hölle der Fragstatt durchlebt hatte, seine Seele reinigen von den Miasmen der Qual und des Schreckens, die an ihr hafteten. Alles in ihm schrie nach Luft und Licht. Auch wenn er den Geruch der Gassen und Straßen, an den er sich in den vergangenen drei Jahren noch immer nicht gewöhnt hatte, alles andere als erquicklich empfand – nach dem höllischen Brodem, dem er sich in der Fragstatt ausgesetzt gesehen hatte, dem Gestank nach verbranntem Fleisch, nach Blut, Kot und Pisse sowie dem säuerlich scharfen Geruch, den der nackte, schweißbedeckte Oberkörper des Henkers abgestrahlt hatte, kam ihm der Geruch der Stadt wie ein Duft aus dem himmlischen Paradies vor.

Elias setzte sich auf einen Stein vor der Mauer des Rathauses und sog tief Luft in seine Lungen. Jetzt erst bemerkte er, wie schwül und heiß der Tag war.

Er stützte die Arme auf die Knie und den Kopf in die Hände und versuchte die sich überschlagenden Gedanken in seinem Kopf zu ordnen.

Um ein Haar wäre der Plan der Verschwörer aufgegangen. Gerade noch rechtzeitig war der Anschlag entdeckt worden; der Tunnel, der unter der Mauer und dem Stadtgraben gegraben worden war, war fast fertiggestellt. Schon in den nächsten Tagen, so hatten die beiden Männer unter der Folter gestanden, sollte der Kontakt zu den Truppen des Kaisers hergestellt werden. Sie hätten irgendwo zwischen Gebelkofen und Köfering Stellung bezogen und sollten bei Nacht in die Stadt eindringen.

Befragt nach den beiden Männern, denen die Flucht gelungen war, sagten sie aus, dass es sich bei ihnen um zwei aus dem Böhmischen stammende Bergleute gehandelt habe, die sich mit dem Graben von Tunneln und Stollen auskannten. Konrad Frumolt habe sie angeheuert.

Der Gang, durch den sie entkommen waren, entpuppte sich als ein schon vor Jahrzehnten gegrabener Fluchtweg, der das burggräfliche Gerichtshaus mit dem Norden der Stadt verband und in einer zur Donauwacht gehörenden ehemaligen Spelunke endete. Seltsamerweise war er nur einer Handvoll Leuten bekannt.

Im Verlauf der peinlichen Befragung waren noch eine ganze Reihe anderer Namen gefallen. Einiger der genannten Personen war man habhaft geworden, andere hatten noch am selben Tag gleich nach Öffnung der Tore Reißaus genommen, auch Konrad Frumolt. Irgendwie musste die Nachricht über die Vereitelung des Anschlags auf die Stadtmauer noch in der Nacht oder am frühen Morgen zu ihnen durchgesickert sein.

Elias gähnte, er fühlte sich wie erschlagen. Seit gestern früh war er auf den Beinen, ohne auch nur ein einziges Quäntchen Schlaf genossen zu haben. Hinzu kam, dass seit gestern, als die neapolitanische Münze aus dem Kleidungsstück Gangkofers herausgekullert war, die Magistra noch stärker in seinem Kopf rumorte, als es bisher schon der Fall gewesen war. Das Gefühl der Unruhe, das ihn seitdem ergriffen hatte, war zwar durch die Ereignisse der Nacht etwas in den Hintergrund gedrängt worden, doch jetzt war es umso präsenter. Wohin hatte man sie gebracht? Was hätte er darum gegeben, Gangkofer befragen zu können!

Ein Ruck ging durch seinen Kopf. Hatte nicht die Magd behauptet, dass Gangkofer auf der Auburg gewesen sei? Was, wenn nicht das festungsähnliche, von einem Wassergraben umgebene Weiherhaus, das zudem im Besitz der Auerfamilie war, eignete sich besser als Gefängnis?

Entschlossen erhob er sich. Heute noch würde er der Auburg einen Besuch abstatten. Vorher aber musste er zusehen, endlich eine Mütze voll Schlaf zu bekommen.

Kapitel 58

Kurz vor Torschluss verließ Elias die Stadt durch das Ostentor.

Die Abenddämmerung hatte sich herabgesenkt, die ersten Sterne flimmerten. Am westlichen Horizont allerdings färbte sich der Himmel dunkel ein, dort zog eine Wolkenfront herauf.

»Komm, Schwarzer, auf geht's!« Elias gab dem Rappen die Fersen und wechselte vom Trab in den Galopp. Zwei knappe Wegstunden lagen vor ihm. Er hatte sich bewusst dafür entschieden, sein Vorhaben in der Dunkelheit durchzuziehen.

Bevor er aufgebrochen war, hatte er sich mit seinem Oheim über seinen Plan unterhalten.

Eberhard von Escher hatte sich besorgt gezeigt.

»Du willst das alleine durchziehen? Nimm wenigstens zwei oder drei Büttel mit. Ich sorge dafür, dass man sie dir zur Verfügung stellt.«

Elias hatte abgelehnt. Er wisse ja nicht sicher, ob seine Vermutung zutreffe, hatte er erwidert. Doch das war nicht der eigentliche Grund; diesen verschwieg er ihm. Er wollte mit der jungen Frau allein sein. Ein Gefühl tief in seinem Innern verlangte danach, ihre intime Nähe zu suchen, ohne dass er hätte sagen können, warum. Immer wieder hatte er sich in den vergangenen Tagen gefragt, was ihn an ihr so faszinierte. Mehr noch: was ihn magisch zu ihr hinzog. Er wusste nur, dass es nicht das war, was man Verliebtheit nannte. Oder gar Leidenschaft. Es war etwas anderes.

In den vergangen drei Jahren war er zwar immer wieder mal in die eine oder andere erotische Beziehung hineingeschlittert, flüchtige Augenblicke der Leidenschaft, die jedoch nicht mehr als ein Ventil für ihn gewesen waren. Die Befriedigung hielt sich in Grenzen. Manchmal fragte er sich, woran es lag. Und kam stets zum gleichen Schluss: Was Herrlinger ihm angetan hatte, hallte noch immer in ihm nach und hatte tiefere Spuren in seiner Seele hinterlassen, als er sich eingestehen wollte.

Als er endlich sein Ziel erreichte, war es Nacht geworden.

Vor ihm stachen die Konturen der Auburg in den Nachthimmel: ein gedrungenes, festungsähnliches Anwesen mit einer quadratischen Umfassungsmauer, hinter der ein niedriger, massiger Turm aufragte. Wind kräuselte die dunkle Oberfläche des breiten Wassergrabens, der die Festung umgab. Ein Damm führte bis kurz vor das gegenüberliegende Ufer und endete dann abrupt. Die Fallbrücke, die ihn mit der Festung verband, war eingezogen.

Elias sah nach oben und registrierte besorgt, dass das Gewitter nicht mehr lange auf sich warten lassen würde.

Pechschwarze Wolkenbänke hatten sich vor den bestirnten Himmel geschoben und verstärkten die Dunkelheit. Es war zunehmend schwieriger für ihn geworden, sich zu orientieren. Wind kam auf, die Schwüle hatte sich verflüchtigt und war empfindlicher Kühle gewichen. Am Horizont glühten erste Blitze, ferner Donner war zu hören.

Elias sprang aus dem Sattel. Er machte das Pferd an einem der Haselnusssträucher am Ufer fest, zog sich Hemd und Wams aus, rollte die Kleider zusammen und befestigte die Rolle am Sattel. Die ledernen Beinlinge behielt er an. Dann löste er einen zusammengerollten Strick vom Sattelknauf, an dem ein eiserner Wurfhaken befestigt war, und schlang ihn sich um die Schulter.

Prüfend sah er sich um, dann querte er im Laufschritt den Damm und ließ sich, an seinem Ende angekommen, ins Wasser gleiten. Wenige Schwimmzüge genügten ihm, um den schmalen Uferstreifen zu erreichen, der der Festungsmauer vorgelagert war. Frierend erklomm er das Ufer und lief um die Umfassungsmauer herum. Auf der Südseite angekommen, nahm er das Seil von der Schulter und schleuderte den Wurfhaken über die mit Zinnen besetzte Mauerkrone.

Augenblicke später befand er sich im Innern der Festung, hochzufrieden, dass der erste Teil seines Plans sich problemlos hatte umsetzen lassen. Blieb zu hoffen, dass auch der zweite, die Befreiung der Magistra, gelingen würde. Immer vorausgesetzt, seine Vermutung, sie würde hier auf der Burg im Turmverlies gefangen gehalten, traf zu. Doch daran hegte er nicht den geringsten Zweifel.

Kapitel 59

Konzentriert musterte Elias seine Umgebung. Vor ihm breitete sich ein schmaler Hofstreifen aus, der ein Stück weiter vorne von einem Gebäude begrenzt wurde, das sich von der West- bis zur Ostseite der Umfassungsmauer erstreckte. Elias wusste von seinem letzten Besuch auf der Auburg, dass es den Wohn- und Wirtschaftstrakt barg. Kurz nachdem er in Regensburg angekommen war, hatte ihn sein Ziehonkel einmal zur Auburg mitgenommen, um eine Tuchlieferung entgegenzunehmen, die versehentlich dort gelandet war. Ein breites Tor in der Mitte des lang gezogenen Baus gab die Durchfahrt zum eigentlichen Burghof frei. Dort stand neben weiteren Gebäuden auch der zinnenbewehrte Turm, in dem, wie er wusste, der Kerker untergebracht war. Am nördlichen Ende des Hofes saß das Zugangstor mit der Fallbrücke.

Rasch lief Elias über den Hofstreifen, querte den Durchgang – und sprang blitzschnell wieder in seinen Schatten zurück. Er hatte einen Lichtschein über den Hof huschen sehen. Eng an die Wand des Durchgangs gedrückt, spähte er über den Hof. Schemenhaft sah er eine dunkle Gestalt in Richtung Turm schreiten. An ihrer Hüfte baumelte eine Blendlaterne, in der Rechten trug sie einen Korb. Die Statur sowie der schlurfende Gang und die gebückte Haltung ließen auf einen alten Mann schließen.

Beim Turmeingang angekommen, stellte der Mann den Korb ab, griff unter seinen Umhang und zog einen Gegenstand hervor, wahrscheinlich einen Schlüssel. Eine Tür knarrte, der Mann verschwand im Eingang, gleich darauf fiel die Tür wieder ins Schloss.

Rasch lief Elias zum Turm und postierte sich, den Rücken eng an die Mauer gedrückt, neben dem Eingang. Plötzlich vernahm er Stimmen, sie schienen von der Rückseite des Gebäudes her zu kommen. Eine davon gehörte einer Frau. Elias spürte, wie sich sein Puls beschleunigte. Er schlich um den Turm herum und stieß auf ein vergittertes Fenster, das in Hüfthöhe in der Mauer saß. Ein Blick zwischen den Gitterstäben hindurch hinunter in das Kellergewölbe bestätigte ihm, was sein erhöhter Puls ihm bereits signalisiert hatte. Der Schein einer Blendlaterne huschte über die Gesichter einer Frau und eines alten Mannes. Eine Woge aus Triumph und grimmiger Entschlossenheit brandete in ihm hoch, als er in der Frau die Magistra aus Salerno erkannte.

Das Licht verlosch. Der Alte hatte das Gewölbe verlassen und die Tür hinter sich zugezogen. Elias hörte, wie ein eiserner Riegel vorgeschoben und der Schlüssel im Schloss betätigt wurde.

Rasch bewegte er sich wieder zum Eingang. Er brauchte nicht lange zu warten, bis die Tür knarrte und der Alte heraustrat. Kaum dass er seinen Fuß über die Schwelle nach draußen gesetzt hatte, versetzte Elias ihn von hinten einen Schlag in den Rücken und stieß ihn zu Boden. Im Nu war er über ihm, drehte ihm die Arme auf den Rücken und drückte ihm das rechte Knie ins Kreuz. Der Alte schrie vor Schmerz auf, die Blendlaterne war scheppernd auf dem Boden gelandet, es grenzte fast an ein Wunder, dass die Kerze darin weiter flackerte.

»Den Schlüssel zum Kerker, du Bastard!«, zischte Elias ihm zu.

»In … in meinem Umhang«, stöhnte der Alte zu Tode erschrocken.

Elias lockerte den Druck seines Knies, sodass er in den Umhang des Mannes fassen und den Schlüssel herausziehen konnte.

Er steckte ihn in den Gürtel und erhob sich.

»Steht auf!«, befahl er.

Mühsam erhob sich der Alte.

»Wer seid Ihr?«, fragte Elias.

»Arnold Pürcher ... der Vogt. Eingesetzt von Friedrich von Auer, dem Besitzer der Auburg höchstpersönlich.«

»Oho, eingesetzt von Friedrich von Auer *höchstpersönlich*«, wiederholte Elias spöttisch. »Mithin war es das Auerschwein *höchstpersönlich*, das die Magistra hierherbringen ließ? Und Euch *höchstpersönlich* zum Kerkermeister bestimmt hat?«

Der Alte schwieg zähneknirschend und senkte den Kopf.

»Wie viele Personen sind zurzeit hier?«, wollte Elias wissen.

»Ich, mein Weib, vier Büttel und ein paar Knechte und Mägde.«

»Ich sehe, Ihr tragt ein Tuch um den Hals, gebt es mir! Dann kreuzt Eure Hände und streckt sie aus.«

Der Alte nestelte an dem Halstuch herum und reichte es Elias, der es in zwei Streifen riss und dem Mann damit die Hände fesselte.

»Und nun ab in den Turm, wir wollen die Magistra nicht länger warten lassen als nötig. Hebt die Lampe auf, Ihr geht voraus.« Elias zog den Dolch aus dem Gürtel und hielt ihm dem Vogt unter die Nase. »Und denkt nicht daran, auch nur die geringste Dummheit zu begehen.«

Ranghild sprang erschrocken vom Lager, als sich die Kerkertür erneut knarrend öffnete. Diesmal fiel der Schatten *zweier* Männer in das Gewölbe.

Ungläubiges Erstaunen spiegelte sich auf ihrem Gesicht, als sie in einem von ihnen den Mann erkannte, dem sie vor wenigen Tagen bei Donaustauf im Wald begegnet war. Unfähig, sich der Magie des intimen Moments, der plötzlich zwischen ihnen aufblitzte, zu entziehen, verschlug es beiden die Sprache – eine winzige Ewigkeit lang stand die Zeit wie still …

Nur mit großer Anstrengung gelang es Elias, sich vom Anblick der jungen Frau loszureißen.

»Hört zu, Magistra, ich bin gekommen, um Euch hier rauszuholen, aber wir müssen uns beeilen, kommt, schnell!«, bemerkte er hastig.

»Aber woher wisst Ihr, dass …«

»Das erkläre ich Euch später! Kommt!«

Auf ihrem Gesicht spiegelte sich Irritation, als sie den Blick über seinen nackten Oberkörper wandern ließ.

»Auch das erkläre ich Euch später«, sagte er trocken und drängte sie zur Kerkertüre hinaus.

»Geht Ihr voran, Magistra, die Tür oben steht offen!«, wies er sie an. Den Alten vor sich hin bugsierend, folgte er ihr die Treppen hoch.

Als sie hinaustraten, traf sie ein heftiger Windstoß, Regen peitschte ihnen ins Gesicht. Das Gewitter war nun vollends über der Festung angekommen. Blitze gleißten, Donner rollten unter der tief hängenden Wolkendecke hinweg, Böen jagten Grasbüschel, abgerissene Äste und Laub über den Hof.

Sie bewegten sich in Richtung Burgtor. Elias trieb den Vogt, der die Blendlaterne in den gefesselten Händen trug, vor sich her. Die Flamme darin flackerte bedenklich, die Kerze war heruntergebrannt, gut, dass ihnen wenigstens die unaufhörlich zuckenden Blitze leuchteten.

In der Mitte des Burghofs angekommen, ließ ein verhaltenes Wiehern Elias plötzlich innehalten. Er blickte nach rechts. Dort lagen die Stallungen …

»Ich brauche ein Pferd!«, schrie er dem Vogt zu, um den von Wind und Donner verursachten Lärm zu übertönen.

Der schüttelte empört den Kopf. Woraufhin Elias ihn beim Hals packte und zudrückte. »Ein Pferd, du elender Hund! Sag mir, wie ich in den Stall komme«, knirschte er ihn an.

»Schon gut! Folgt mir!«, röchelte der Alte.

Nur wenig später liefen sie weiter, im Schlepptau einen gesattelten Rotfalben. Am Sattel hing ein zusammengerolltes Kleiderbündel: Umhänge aus grobem Wollstoff, die irgendwelchen Stallknechten gehört haben mochten und die Elias von einem Haken genommen hatte.

Die Magistra führte den Falben. Immer wieder glitt Elias' Blick verstohlen zu der jungen Frau, deren weizenblondes Haar im Wind ungestüm flatterte.

Sich mühsam gegen Böen und Regen stemmend, kämpften sie sich Schritt um Schritt in Richtung Burgtor vor. Der Hof war morastig und glitschig geworden, Schlamm spritzte ihnen um die Beine, sie rutschten mehr, als sie liefen. Wegen des Vogtes kamen sie nur langsam vorwärts, der Alte keuchte und hustete und wurde immer langsamer.

Schon von Weitem sah Elias, dass in dem Wachhäuschen verhaltenes Licht brannte.

»Wie viele Wachen?«, fragte er den Vogt.

»Es sind … Es sind drei«, keuchte er erschöpft. »Ihr … Ihr kommt hier nicht raus. Gegen … Gegen drei kräftige Männer kommt selbst Ihr nicht an.«

»Keine Sorge, Vogt«, erwiderte Elias trocken. »Wir haben ja Euch. Mit meiner Klinge an Eurer Gurgel dürfte es nicht schwerfallen, Eure Büttel davon zu überzeugen, dass sie gut dran täten, uns keine Hindernisse in den Weg zu legen.«

Sie waren bei der Toranlage angekommen.

»Sagt den Wachen, sie sollen das Tor öffnen und die Fallbrücke herunterlassen!«, befahl Elias dem Vogt. »Und sie sollen zwei Blendlaternen und ein paar Unschlittkerzen herausrücken. Die nehmen wir mit.«

Erst auf wiederholtes Rufen ging die Tür des Wachhäuschens auf. Ein magerer Lichtstreif fiel ins Freie, maßlos verwundert stürzten die drei Büttel in die Nacht hinaus.

Elias hätte fast aufgelacht, als er sie erblickte. Selbst der Vogt wirkte überrascht, als er sie ohne Helm, Brustharnisch und bar aller Waffen dastehen sah. Regen und Wind ausgesetzt, boten sie ein Bild des Jammers. Vielleicht waren sie gerade beim Würfelspiel gestört worden.

»Ihr Nichtsnutze, so verseht Ihr Euren Wachdienst?«, schrie er sie an.

Ein dürrer Lulatsch versuchte sich an einer Rechtfertigung.

»Aber ... aber ... Vogt ... wie ... wie ... hätten wir wissen sollen, dass ...«

»Öffnet das Tor und lasst die Fallbrücke runter. Und stellt zwei Blendlaternen bereit«, unterbrach ihn der Vogt wütend. Elias hatte sich hinter ihn gestellt. Mit der einen Hand packte er ihn beim Genick, die andere hielt das Messer, das er ihm an den Hals gelegt hatte.

»Die Hellebarden, schnell!«, schrie ein kleiner untersetzter Kerl, der die Situation offenbar völlig falsch einschätzte.

»Halt, du Esel! Das Tor öffnen und die Fallbrücke herunterlassen, sagte ich. Kannst du nicht hören, verdammt?«, brüllte der Vogt, dem die Todesangst offenbar die Stimme gekräftigt hatte.

Der Büttel machte augenblicklich kehrt. Er rannte zum Tor, schob Riegel und Balken zurück, mit dem die beiden Flügel gesichert waren, und klappte sie auf. Jetzt erst kam auch in die anderen beiden Bewegung. Der eine rannte zur Winde, um die Fallbrücke herunterzulassen, der dritte ins Wachhäuschen, um die Blendlaternen zu holen.

»Weist sie an, die Tore zu schließen und die Fallbrücke einzuziehen, sobald wir auf dem Damm sind. Ihr kommt mit uns«, befahl Elias dem Vogt.

Den Protest des Alten erstickte Elias im Keim, indem er den Druck der Klinge an seinem Hals verstärkte.

So schnell die Verfassung des Vogtes es zuließ, liefen sie über den Damm und hatten bald darauf das der Festung gegenüberliegende Ufer und den Waldrand erreicht, wo Elias seinen Rappen festgemacht hatte.

Hastig zog er sich Hemd und Wams über.

Dann nahm er sich des Vogtes an. Wortlos bugsierte er ihn unter einen Baum, zwang ihn mit dem Rücken zum Stamm in sitzende Position und band ihn fest.

»Was soll das? Ihr überlasst mich diesem Unwetter?«, zeterte er panisch.

»Ihr werdet es überleben, Vogt, spätestens morgen früh wird man Euch finden.«

»Du verfluchter Hund, das wird dich teuer zu stehen kommen«, zischte er ihn giftig an.

Elias beachtete ihn nicht weiter. Sie hatten keine Zeit zu verlieren. Hastig löste er das Kleiderbündel vom Sattel des Rotfalben und reichte der Frau einen der beiden Kapuzenumhänge.

»Hier, nehmt, Magistra! Er riecht zwar penetrant nach Stall, aber er schützt zumindest ein bisschen gegen den verdammten Regen.« Er selbst warf sich den anderen Umhang über.

»Und nun lasst uns reiten.« Er saß auf.

Sie nickte und schwang sich ebenfalls in den Sattel.

»Wohin?«, wollte sie wissen.

»Zunächst nach Regensburg, es liegt näher als Donaustauf. Mein Oheim, Eberhard von Escher, freut sich, Euch in seinem Haus willkommen zu heißen. Dort werdet Ihr Euch ein wenig erholen und erfrischen können. Danach sehen wir weiter.«

Elias saß auf und gab dem Rappen die Fersen. Schlammspritzend galoppierten sie in westlicher Richtung davon.

Kapitel 60

Zwischen Auburg und Regensburg
21. Mai Anno Domini 1337

Sie waren in einer Senke angekommen, als sich der strömende Regen urplötzlich in eine mörderische Sturzflut verwandelte. Aus dem Rauschen war ein Prasseln geworden, das sogar das Krachen des Donners in den Hintergrund drängte. Im Nu drohte die Senke vollzulaufen, schon stand das Wasser den Pferden bis zu den Fesseln. Als spürten sie die Gefahr, scheuten sie und schnaubten panisch.

Nur mit Mühe gelang es ihnen, die Kontrolle über die Tiere zu behalten, während sie sich im zuckenden Licht der Blitze zu orientieren versuchten.

»Was nun?«, rief Ranghild.

»Dort, den Hügel hinauf!« Elias wies auf eine Anhöhe zu seiner Linken. Auf der Kuppe stach die Silhouette eines Baumes in den nächtlichen Himmel, unmittelbar daneben der Schattenriss eines gedrungenen Gebäudes, wahrscheinlich eine Feldscheune. Durch den dichten Regenvorhang konnten sie die Umrisse, die im Gleißen der Blitze gespenstisch aufschienen, nur verschwommen wahrnehmen.

Es kostete sie einige Anstrengung, die Pferde den steilen Hang erklimmen zu lassen. Sturzbacharting schoss das Wasser den Hügel hinab, der aufgeweichte Boden war gefährlich rutschig.

Klitschnass langten sie auf der Hügelkuppe an, regenschwer hingen die Umhänge, die sie aus dem Stall mitgenommen hatten, von ihren Schultern. Bei dem Gebäude handelte es sich tatsächlich um eine Scheune, errichtet aus Feldsteinen, Bohlen und Brettern, die den Anschein erweckte, schon seit Ewigkeiten nicht mehr genutzt worden zu sein. Eine Eiche breitete ihre ausladende Krone über das schindelgedeckte Dach wie eine Henne die Flügel über ihr Küken. Daneben erhob sich ein halb verfallener Unterstand, in dem ein in sich zusammengestürzter Holzstoß vor sich hin gammelte. Doch zumindest bot er den Pferden einen gewissen Schutz vor den vom Himmel klatschenden Fluten.

Eine morsche Bohlentür hing windschief im Eingang. Sie schoben sie auf und betraten das Innere. Das schindelgedeckte Dach war voller Löcher, durch die das Wasser rann; nur dort, wo der Baum sein Astwerk über sie breitete, war es verhältnismäßig trocken. Das Gleißen der Blitze erhellte das Innere der baufälligen Scheune und erleichterte ihnen die Orientierung.

»Nicht besonders angenehm hier drin«, meinte Elias.

»Aber deutlich besser als die nasse Hölle da draußen!«, erwiderte die Magistra.

»Da habt Ihr allerdings recht.« Sie legten ihre vor Nässe triefenden Umhänge ab, auf dem Lehmboden bildeten sich kleine Pfützen.

Bisher hatten sie nicht viel miteinander geredet, so, als traute sich keiner, den anderen anzusprechen. Doch das verlegene Schweigen vermochte nicht über die knisternde Spannung hinwegzutäuschen, die sich zwischen ihnen aufgebaut hatte. Eine eigenartige Atmosphäre lag in der Luft, die sie sich nicht erklären konnten.

Zitternd vor Kälte schlang die Frau, die Elias aus dem Kerker geholt hatte, die Arme um ihren Oberkörper.

»Mal sehen, ob ich etwas zum Feuermachen auftreiben kann«, meinte er.

Er verließ die Scheune und kehrte bald darauf mit einem Reisigbüschel und einem Stapel Holzscheite in der Armbeuge zurück sowie einem Beutel, den er in der Satteltasche mit sich führte; er enthielt Zunder, Feuerstein und Schlageisen.

Bald leckte ein erstes Flämmchen an dem Reisigbüschel. Er wartete, bis es kräftiger brannte, um dann Scheit um Scheit pyramidenartig um das Feuer zu schichten.

»Setzt Euch her, Magistra, gleich wird Euch wärmer«, forderte er Ranghild auf. Was sich die Magistra nicht zweimal sagen ließ und ihm dankbar zulächelte. Als er nach einem weiteren Scheit greifen wollte, zuckte seine Rechte plötzlich schmerzhaft zurück. »Verdammt!«, fluchte er. Ein Spleiß hatte sich durch den Verband hindurch in die Innenfläche der Hand gebohrt. Vorsichtig zog er ihn heraus.

Ranghild erschrak.

»Um Himmels willen, habt Ihr Euch wehgetan?«

»Nicht der Rede wert, nur ein dämlicher Splitter«, wiegelte er ab.

»Ihr müsst Euch schon kürzlich die Hand verletzt haben. Ich sehe es an dem Verband.«

»Vor einer Woche hab ich mir einen spitzen Stein in den Daumenballen gerammt und den Handrücken aufgeschürft.«

»Gebt mir die Hand, lasst mich nachsehen«, bat sie und streckte ihm ihre Rechte entgegen.

»Ich bitte Euch, Magistra, es ist nichts.«

»Gebt mir Eure Hand! Mit solchen Verletzungen ist nicht zu spaßen«, forderte sie ihn mit Nachdruck auf.

Etwas widerstrebend streckte er ihr die Innenfläche der verbundenen Rechten entgegen.

Vorsichtig wickelte Ranghild den schmutzig gewordenen, unangenehm riechenden Verband ab. Der Daumenballen wies eine blassrote Stelle auf, in dessen Zentrum eine teilweise verschorfte Schnittwunde saß, auf die ein übelriechender Brei aufgetragen worden war. Die Wunde war zwar in der Heilung begriffen, nässte aber noch leicht. Daneben war ein frischer Einstich zu erkennen, der von dem Holzsplitter stammte.

»Wer hat die Wunde behandelt?«

»Ich selbst. Mit einer Mixtur aus Schafdung, Käseschimmel und Honig.«

Ranghild musterte ihn überrascht.

»Woher habt Ihr das Rezept?«

Elias zögerte. Utz Herrlinger, der Schinder, hatte ihm einst beigebracht, wie man Wunden behandelte.

»Ein … ein Bader, den ich kannte, schwor darauf. Die Mixtur wirkt, glaubt mir, Magistra.«

»Das bezweifle ich auch gar nicht«, murmelte sie. »Lasst mich noch die Schürfwunde auf dem Handrücken ansehen.«

Sie drehte seine Hand – und sprang mit einem spitzen Schrei auf.

Die Augen weit aufgerissen, musterte sie ihn mit entsetzensstarrem Blick.

»Wer … Wer bist … Wer seid Ihr, Elias?«, flüsterte sie.

Elias wusste nicht, wie ihm geschah. Völlig perplex sah er abwechselnd in das Gesicht der jungen Frau und auf seinen Handrücken, auf dem das sternenförmige Feuermal im zuckenden Schein des Feuers geradezu leuchtete.

Da verstand er. Sein Puls schnellte schlagartig in die Höhe.

»Sagt *Ihr* mir, wer ich bin!«, rief er mit erstickter Stimme und sprang ebenfalls auf. »Ihr wisst es. Ich sehe es Euch an. Bitte, Magistra, um … um Jesu und aller Heiligen willen … Ich flehe Euch an, sagt es mir!«

»Ihr wisst … Ihr wisst nicht, wer Ihr seid?«, flüsterte sie erschüttert.

Elias schüttelte den Kopf.

»Nein. Ich … Ich verlor mein Gedächtnis, da … Da war ich noch ein Kind. Das … Das Einzige, was mir blieb, sind … sind schreckliche Träume und ein kupfernes Medaillon. Bitte … bitte, Magistra, sagt mir, wer ich bin. Ihr wisst es – Ihr müsst es wissen, warum auch immer«, wiederholte er verzweifelt.

»Ein kupfernes Medaillon? Mit einem eingravierten lateinischen Spruch?«, hakte sie flüsternd nach.

»*VIVAT IUSTITIA. PRETIUM MORTIS ET ESTO*«, murmelte er.

Da trat sie dicht an ihn heran und sah zu ihm auf. Ein unendlich zärtlicher Ausdruck trat in ihren Blick. Sie stellte sich auf die Zehenspitzen, nahm seinen Kopf in die Hände und küsste ihn auf die Stirn.

»Elias! *Bruder!*«, flüsterte sie leise, während sie ihren Tränen freien Lauf ließ.

Er entzog sich ihr mit einer brüsken Bewegung und schüttelte verständnislos den Kopf.

»Was … Was faselt Ihr da?«, rief er verstört.

»Ich bin's, Elias. Ranghild, deine Zwillingsschwester!«

»Mei…meine … Zwi…*Zwillingsschwester*?«, stammelte er.

Da bückte sie sich und griff nach einem schmalen Holzscheit. Und während sie mit glockenklarer Stimme ein Lied in einer fremdartig klingenden Sprache intonierte, zeichnete sie mit der spitzen Kante des Scheites einen Reiter und ein Pferd auf den staubigen Boden und vollendete die Zeichnung mit einer Sonne.

Elias stand wie vom Donner gerührt, paralysiert von der Melodie und dem Rhythmus des Liedes, das an sein Ohr drang, und magisch angezogen von dem Anblick, der sich ihm bot: die schlanke Gestalt und das ebenmäßige Gesicht der jungen Frau, das weizenblonde Haar, das nach vorne über ihre Schulter fiel – und die Zeichnung am Boden: das Pferd, der Reiter, die Sonne.

Mit einem Mal riss der dunkle Vorhang in seiner Seele von oben bis unten entzwei, und bisher nie gekannte Bilder flackerten durch seinen Kopf. Zaghaft zunächst, dann immer heller flammten die so lange verschütteten Erinnerungen an seine Kindheit auf.

Die Erinnerung an seine Mutter. An gütige Augen. An Hände, die ihn zärtlich liebkosen. An heiteres Lachen und beruhigende Worte. An den Duft von langem, schwerem, schwarzem Haar. Und an das wunderbare Lied, das sie, die Jüdin, in der Sprache ihres Volkes singt.

Aber auch Erinnerungen an den Vater, der den kleinen, nur wenige Hufe umfassenden Hof bewirtschaftet. An die neugeborenen Lämmer, die er ihm in die Arme legt. An die köstliche Ziegenmilch, die er ihm frisch gemolken in einem hölzernen Becher reicht. Erinnerungen an die Unterrichtsstunden, in denen er ihn und die Schwester in Lesen und Schreiben unterweist. Wie er ihn und sie reiten lehrt. Ihm das Schnitzen von Holzfiguren beibringt. An die Märchen, die er ihnen erzählt, wenn abends das Feuer in der Kate lodert. Wie das Märchen von dem Reiter, der zur Sonne ritt.

Immer wenn Vater dieses Märchen erzählte, hatte seine Schwester mit einem Kreidestein einen Reiter mit Pferd und eine Sonne auf den gestampften Lehmboden gezeichnet. Irgendwann schließlich hatte sie sich ein Spiel dazu ausgedacht, während er die Figuren dazu geschnitzt hatte.

Es ist das Spiel, das sie auch an jenem Abend, als er, Elias, von einem Besuch bei seinem Freund auf dem Nachbarhof zurückkehrt, spielen. Draußen vor dem Eingang zur Kate.

Dann kommen die Häscher.

Wie die Reiter der Apokalypse prescht ein halbes Dutzend Männer auf Pferden heran, Fackeln in den Händen. Rötlich zuckender Feuerschein lässt die zu diabolischen Fratzen verzerrten Gesichter glühen. Er sieht, er hört, er riecht das Grauen, das von ihnen ausgeht. Angst kriecht in ihm hoch. Schreckgeweitet auch die Augen des Vaters, in denen sich die Gewissheit spiegelt, dass gleich etwas Entsetzliches geschehen wird. »Das Medaillon, sie wollen das Medaillon!«, murmelt er vor sich hin. Zu dritt stehen sie vor dem Eingang zur Kate: er, seine Schwester, der Vater. Die Mutter liegt krank auf dem Lager, sie kann sich seit zwei Tagen nicht mehr rühren. Das ausgelassene Grölen und Johlen der Männer gellt ihm in den Ohren, das aufgeregte Wiehern der Pferde, das dumpfe Klopfen der Hufe: Geräusche wie aus der Hölle, so kommt es ihm vor, die stetig näher kommen. Verzweiflung spiegelt sich in der Miene des Vaters, als er die Kinder auffordert, sich zu verstecken. Er, Elias, soll in einer Grube unter dem Hüttenboden verschwinden, deren Öffnung von einer Truhe verdeckt wird, Ranghild, seine Schwester, im Rauchfang über dem Herd.

Durch einen Spalt zwischen Truhe und Boden sieht er, wie die Männer in die Kate stürmen und auf den Vater zustürzen, der sich schützend vor das Lager der Mutter gestellt hat. Bewaffnet nur mit dem Mut der Verzweiflung und einer bloßen Axt in den Händen. Er sieht, wie sie den Vater niederschlagen. Ihn fesseln und knebeln. Sieht, wie sie die Mutter vom Lager zerren. Sie schänden und quälen. Er hält sich die Ohren zu, um ihr gellendes Schreien nicht hören zu müssen, ihr Flehen und Betteln und das Lachen und Grölen ihrer Peiniger. Dann die Überraschung und das Fluchen der Männer, als plötzlich eine rußgeschwärzte Gestalt aus dem Rauchfang über dem Herd springt und durch die offen stehende Tür hinaus in die Nacht entschwindet: seine Schwester.

Er will ihr folgen. Aber nicht ohne das aufklappbare Medaillon, das der Vater in einer Schatulle in der Grube unter der Hütte versteckt hat. Das Medaillon, über dessen Bedeutung er sich ihnen gegenüber stets ausgeschwiegen hatte. Zitternd tasten seine Hände nach dem Behältnis, öffnen es. Ziehen das mit einem Band versehene Stück Kupfer heraus, das er sich hastig um den Hals hängt, während die Männer den Vater ins Freie schleifen und die Kate mit ihren Fackeln in Brand setzen.

Jetzt!, befiehlt er sich. Er schiebt die Truhe über seinem Kopf zurück, schwingt sich aus dem Loch und rennt und springt ungeachtet der Flammen, die um ihn herum züngeln, in die Nacht hinaus, vorbei an den Männern, die ungläubig zur Kenntnis nehmen, dass gerade eine zweite Person aus der Kate flüchtet. Er hört sie schreien und fluchen, hört, wie sie sich an seine Fersen heften, während er in den nahen Hohlweg hineinjagt, weiter in einen Wald, wo sie ihn schließlich aus dem Auge verlieren. Ziellos bewegt er sich weiter voran, stolpert über Wurzeln, kriecht durchs Unterholz. Spürt, wie ihm Äste und Gesträuch das Gesicht peitschen, spürt, wie er mit der Stirn gegen einen Ast prallt. Dann wird es dunkel um ihn.

Hämmernder Kopfschmerz, als er am nächsten Morgen erwacht. Als er sich an den Kopf fasst, stellt er erschrocken fest, dass eine tiefe Wunde in seiner Stirn klafft. Verständnislos sieht er sich um. Wer bin ich? Wo bin ich? Panische Angst, die in seine kindliche Seele kriecht, als er verstört feststellen muss, dass er weder das eine noch das andere weiß und auch nicht, was es mit dem seltsamen Medaillon auf sich hat, das um seinen Hals baumelt. Tagelang irrt er durch die Wälder, ernährt sich von Beeren, Kräutern und rohen Pilzen. Dann schließlich ein vermeintlicher Hoffnungsschimmer, als er auf den Schinder Utz Herrlinger stößt, der ihn knurrend auf den Wagen steigen lässt und ihm eröffnet, dass er bei ihm unterkommen könne.

Der Beginn seines Aufenthaltes in der Hölle …

»Neiiin!«

Elias wusste nicht, ob es der in Panik hervorgestoßene Schrei war, der ihn aus den Tiefen der Vergangenheit zurück in die Gegenwart katapultiert hatte. An allen Gliedern zitternd, fand er sich neben seiner Schwester am Feuer sitzend wieder, Tränen liefen über seine Wangen.

»Es ist vorbei, Elias, beruhige dich, es ist vorbei«, hörte er sie sagen. Ihre Hand ruhte auf seinem Arm.

»Was … Was war mit mir? Ich hatte mich doch nur erinnert«, murmelte er.

»Es war mehr als nur eine Erinnerung, Bruder. Du hast alles zum zweiten Mal durchlebt. Sich auf diese Weise zu erinnern, kann sehr schmerzhaft sein.«

Er schwieg nachdenklich.

»Es kann aber auch befreien und glücklich machen«, sagte er dann. »Vor allem, wenn man seine Schwester wiederfindet. Und ein Stück Leben ans Licht kommt, von dem man glaubte, es sei im Dunkel der Vergangenheit verschollen. Auch wenn es sehr wehtut, sich daran zu erinnern.«

Wie zur Bestätigung erhellte ein gleißender Blitz das Innere der Scheune, auf den ein hallender Donnerschlag folgte.

Ein breites Lächeln stahl sich in Elias' Gesicht. Er wischte sich die Tränen aus dem Gesicht, ergriff die Hände seiner Schwester und zog sie an sich.

Kapitel 61

Leise, um Ranghild nicht zu wecken, trat Elias in die Stille des kühlen Morgens hinaus. Abgebrochene Äste, heruntergeschlagenes Laub und lose Bretter, die der Sturm umhergewirbelt hatte, zeugten von der Wut des nächtlichen Unwetters. Noch glitzerten Myriaden von Tröpfchen um ihn herum. Der Himmel war von seltener Klarheit, der Horizont im Osten glühte, rot leuchtend ging die Sonne auf, es würde ein schöner Tag werden.

Noch in der Nacht hatten sie sich einander offenbart, sich ausgesprochen und einander zugehört. Hatten berichtet, wie ihr beider Leben verlaufen und was aus ihnen geworden war. Als Elias auf seine Zeit bei Jörg Jörgelin zu sprechen kam und damit auch auf die jüngste Begegnung mit Brida, übermannten ihn die Gefühle, seine Stimme brach, und er benötigte einige Augenblicke, um sich wieder zu fangen.

»Du hast noch eine enge Bindung zur Truppe, sie war deine Familie«, stellte Ranghild sanft fest und fuhr fort: »Irgendwann solltest du sie aufsuchen und allen Rede und Antwort stehen.«

Er nickte. »Das werde ich.«

Im weiteren Verlauf der Unterhaltung klärte er Ranghild auch über die Verhältnisse in Regensburg auf, unter anderem über die Intrige des Auers, dessen Opfer sie geworden war. Den breitesten Raum jedoch nahmen die Ereignisse jener Nacht ein, die ihrer beider Schicksal eine so furchtbare Wendung gegeben hatte. Ranghild waren sie immer präsent gewesen, auch wenn sie sie bewusst verdrängt und mit keinem darüber gesprochen hatte, außer mit Abella. Elias hingegen hatte Mühe gehabt, sich den Schreckensbildern zu stellen, die in seiner Erinnerung aufgeschienen waren. Bilder, die sich damals in sein Inneres gefressen hatten, aber von seiner kindlichen Seele in den Tiefen des Unbewussten versenkt worden waren, um von dort aus regelmäßig als rätselhafte, in blutroten Nebel gehüllte Schemen in seinen Träumen aufzuflackern.

»Du bist schon wach – *Bruder*?«

Ranghild war von hinten an ihn herangetreten und umfasste ihn mit beiden Händen.

Er wandte den Kopf und lächelte.

»Ich war nie wacher – *Schwester*.«

Sie schmiegte sich an seinen Rücken.

»Ich kann es immer noch nicht fassen«, sagte sie leise.

Er drehte sich vollends um und schloss sie in die Arme.

»Ich ebenso wenig«, murmelte er.

Ein Knacken und Zischen ließ ihn den Blick auf die Feuerstelle in der Scheune richten, an der sie die Nacht verbracht hatten. Ein paar verkohlte Scheite, die an den Rändern noch glühten, waren in sich zusammengestürzt und hatten einen Funkenregen aufstieben lassen. Nachdenklich musterte er die Glut, die im Begriff war, vollständig zu verlöschen.

So wie dieses Feuer waren vor vielen Jahren die Erinnerungen an einen Teil seines Lebens erloschen – um vor wenigen Stunden erst wieder aufzuflackern.

Doch mit dem Aufflackern waren auch Fragen aufgeflammt. Allen voran die Frage, was sich hinter dem Grauen jener Nacht verbarg. Sie waren sich einig, dass der Überfall nicht lediglich das Werk einiger mörderischer Galgenvögel war, die ihrer bestialischen Lust am Töten, Quälen und Vergewaltigen frönen wollten. Im Zentrum des Rätsels, vermuteten sie, stand vielmehr das Medaillon, das Elias schon längst nicht mehr um den Hals trug, sondern in einer gut gesicherten Truhe in seinem Gemach aufbewahrte.

»Jemand muss schon damals hinter diesem verdammten Teil her gewesen sein«, vermutete Elias.

»Dieser Heinrich, von dem du mir erzählt hast? Der immer mal wieder versucht hat, an dich ranzukommen?«

»Steht zu vermuten«, entgegnete Elias finster. »Er hätte wohl kaum nach mir gesucht, wenn er nicht sicher gewesen wäre, dass es in meinem Besitz ist. Der Mönch, von dem ich erzählt habe, muss es ihm gesteckt haben.«

»Der Mönch, den du nach der Bedeutung des Spruchs auf dem Medaillon gefragt hattest?«

»Ja, ein banaler Zufall wollte es, dass er später diesem Heinrich begegnete, dem er von mir erzählte. So kam er auf meine Spur.«

»Wohl eher ein teuflischer als ein banaler Zufall«, sinnierte Ranghild. »Übrigens: Was das Medaillon angeht, ist mir noch etwas eingefallen. Erinnerst du dich an den eigenartigen Besuch, den Vater bekam, drei oder vier Tage bevor wir überfallen wurden?«

Elias runzelte die Stirn. »Ich glaube, ja, aber nur entfernt. Warum?«

»Ein Mann. Er sprach mit ihm über das Medaillon.«

»Über das Medaillon? Wer war der Mann?«

»Das weiß ich nicht. Ich hab auch nicht alles mitbekommen. Er sah aus wie ein Mönch. Ich weiß noch, dass der Mann eine Kapuze trug, die er tief in die Stirn gezogen hatte. Sein Gesicht lag im Schatten, ich konnte es nicht erkennen. Sie sprachen ziemlich leise. Als Vater sah, dass ich in der Nähe war und lauschte, hat er mich weggeschickt. Ich hatte den Eindruck, dass sie sehr vertraut miteinander sprachen. Ich kann mich erinnern, dass er Vater fragte, ob er von der Zeichnung, die das Medaillon enthält, eine Kopie erhalten könne.«

»Was hat Vater geantwortet?«

»Auf keinen Fall. Er könne ihm lediglich einen Ort in der Nähe des Verstecks nennen, wo man sich treffen könne. Von dort würde es einen geheimen Weg geben, der zu den Dokumenten führe und den nur er kenne.«

»Vater hat die Skizze mit einem geheimen Versteck in Verbindung gebracht, an dem irgendwelche Dokumente lagern?«

»So habe ich es zumindest verstanden.«

»Was für Dokumente das sind, hat er nicht gesagt?«

»Nein.«

»Den Namen des Ortes, hat er ihm den genannt?«

»Ja, er hat von einem Weiler namens Buchöd gesprochen. Ich konnte mir den Namen gut merken. Außerdem fiel der Name eines Flusses: Wutach.«

»*Buchöd? Wutach?* Sieh an!« Elias pfiff überrascht durch die Zähne.

»Du weißt was damit anzufangen?«

»Jetzt schon. Ich weiß endlich, mit welchen Buchstaben man das Wort ergänzen muss, von dem auf der Zeichnung nur der erste und der letzte Buchstabe zu erkennen ist: nämlich ein B und ein D. Die Buchstaben dazwischen sind verwischt. Und dann ist auf der Skizze eine kurvige Linie eingezeichnet, daneben steht das Wort ›Fluss‹. Das muss die Wutach sein.«

»Gibt es noch andere Besonderheiten auf der Skizze?«

»Ja, ein schwarzer Punkt, daneben ein Haken und der Verweis auf eine Glashütte. Und an einer Stelle sind zwei Bäume eingezeichnet. Bei einem von ihnen befindet sich ein dickes Kreuz, direkt an der Linie, die den Fluss darstellt. Daneben steht der Hinweis ›windabgewandt‹ und eine Maßangabe: ›zwei Ellen tief‹. Ein Hinweis, der eindeutig mit der genauen Lage des Verstecks zu tun hat.«

»Eine Glashütte, sagtest du? Das heißt, in der Gegend wird Glas hergestellt?«

»Offensichtlich. Ein Weiler namens Buchöd, die Wutach, dann diese Glashütte – ich denke, damit lässt sich durchaus etwas anfangen. Wir werden uns die Skizze gemeinsam ansehen, sobald wir in Regensburg sind.«

Ranghild nickte nachdenklich. »Weißt du, was ich mich frage: Wer war Vater wirklich? Ich hab, als ich älter war, immer wieder darüber gegrübelt. Ein einfacher Bauer, der lesen und schreiben kann und es auch seinen Kindern beibringt! Der mit irgendwelchen Dokumenten zu tun hat! Schon sehr ungewöhnlich, findest du nicht?«

»Vielleicht wissen wir mehr, wenn wir diese Dokumente gefunden haben.«

»Das dürfte alles andere als einfach sein. Trotz der Hinweise auf die Örtlichkeiten. Denk daran, die Wutach ist ein langer Fluss. Und ein Weiler, der vielleicht gerade mal aus ein paar Höfen besteht und sich überall und nirgends befinden kann, wird schwer auszumachen sein.«

Elias zuckte die Schultern. »Ich werde das Kaff finden. Und wenn ich diesen ganzen verdammten langen Fluss von der Quelle bis zur Mündung nach ihm absuchen muss.«

»Ich sehe, es ist dir tatsächlich ernst damit.«

»Aber ja doch!«, rief er euphorisch. »Ich habe mein früheres Leben wiedergefunden. Ich habe dich gefunden. Besser gesagt: *Wir* haben *uns* gefunden, ich weiß endlich, wer ich bin. Dennoch liegt noch vieles im Dunkeln. Was Vater angeht. Was das Medaillon angeht. Denk an die Dokumente, denk an den seltsamen Spruch.«

»*VIVAT IUSTITIA. PRETIUM MORTIS ET ESTO. – ES LEBE DIE GERECHTIGKEIT. UND SEI DER TOD DER PREIS DAFÜR*«, murmelte Ranghild. Sie schwieg und biss sich nachdenklich auf die Lippen. »Wann wirst du aufbrechen?«

»Bald. Sehr bald! Es gibt nichts, was mich jetzt noch in

Regensburg halten könnte. Ich werde meinen Oheim bitten, mich eine Zeit lang freizustellen.«

»Nimm mich mit. Lass uns die letzten Geheimnisse gemeinsam lüften, Elias.«

Er lächelte. »Nichts lieber als das. Ich habe nicht gewagt, dich darum zu bitten, weil du ja nach Würzburg reisen wolltest.«

Sie lächelte zurück. »Diese Aufgabe kann Abella auch allein bewältigen. Ich denke, sie wird meinen Wunsch verstehen. Erst recht, wenn ich ihr meinen verschollenen Bruder vorstelle.«

Elias legte brüderlich den Arm um sie.

»Dann sehe ich nichts, was uns hindern könnte, uns endlich auf den Weg zu machen, Schwester.«

Kapitel 62

Die Nachricht, der junge van der Heyden habe die verschwundene Magistra aus den Fängen der Schnapphähne befreit, verbreitete sich in Windeseile in der Stadt. Am Morgen kurz nach Öffnen der Tore waren sie in ihren noch feuchtklammen wollenen Umhängen durch das Ostentor geritten, am Nachmittag pfiffen die Spatzen von den Dächern, was Elias dem Bürgermeister und Vertretern des Rates berichtet hatte: dass Friedrich von Auer hinter dem niederträchtigen Schurkenstück steckte. Der Rat sandte sofort einen Boten nach Donaustauf, um dem Abensberger die Nachricht zu überbringen. In die allgemeine Erleichterung über die Befreiung der jungen Frau mischte sich Wut über so viel infame Dreistigkeit und verband sich mit der Entschlossenheit, noch energischer gegen die Provokationen der Auersippe und deren Parteigänger vorzugehen. Vor dem Hintergrund des Anschlags auf die Stadtmauer und dem damit verbundenen Versuch Ludwigs IV., die totale Herrschaft über die Stadt zu erlangen, sowie getragen von der Sorge, ein Waffengang mit dem Kaiser könnte kurz bevorstehen, entschloss sich der Rat, eine Sondersitzung einzuberufen. Es galt darüber abzustimmen, ob man eine Anzahl kampferprobter Söldner in städtische Dienste nehmen sollte. Die Stadt würde massive Unterstützung benötigen, wenn es zum Kampf käme …

»Mir kommt gerade ein Gedanke, der uns vielleicht weiterhelfen könnte.«

Eberhard von Escher stützte den Ellenbogen auf den Tisch und das Kinn in die Hand. Mit gerunzelter Stirn sah er gedankenverloren zum Fenster, durch welches das Licht der Abendsonne fiel.

Seit etwa einer Stunde saßen sie zu dritt am Tisch, vor sich ausgebreitet ein Pergament, das eine Kopie der Skizze zeigte, wie sie auf dem zusammengefalteten Pergamentstreifen zu sehen war, den Elias dem Medaillon entnommen hatte. Er hatte die Zeichnung im vergrößerten Maßstab kopiert. Das Medaillon und das winzige Original lagen vor ihm.

Er hatte den Eindruck, als ob Eberhard noch immer Mühe hatte zu begreifen, was er ihm heute morgen unmittelbar nach seiner Rückkehr berichtet hatte. Als er ihn über die nächtliche Aktion auf der Auburg in Kenntnis gesetzt und Ranghild als seine Zwillingsschwester vorgestellt hatte …

Ungläubig und starr vor Überraschung hatte Eberhard ihm zugehört – und war anschließend kopfschüttelnd und um Fassung ringend nach draußen in einen verschwiegenen Teil des Gartens geeilt, um sich zu sammeln. Nach geraumer Weile erst war er wieder aufgetaucht. Seine erste Reaktion, als er den beiden wieder unter die Augen trat, hatte Ranghild gegolten. Er stürmte auf sie zu und schloss sie wortlos in die Arme …

Später hatte er versucht, seinen Teil zur Lösung des Rätsels um die Skizze beizutragen. Aber die bunte Karte, die er angeschleppt und auseinandergefaltet hatte, auf der Straßen und Flüsse, Handelswege und Ortschaften eingezeichnet waren, hatte sie nicht weitergebracht. Ausgestattet mit entzückenden Illustrationen und einer Farbenpracht ohnegleichen, war sie zwar wunderschön anzusehen und eine Freude für das Auge, allerdings fehlten entscheidende Details, die ihnen hätten helfen können.

»Was meint Ihr, Oheim, was könnte uns weiterhelfen?«, wollte Elias wissen.

»Ich erinnere mich, dass einige Regensburger Kaufleute vor einigen Jahren Kontakte ins Schwäbische, zu mehreren Händlern im Schwarzwald unterhielten. Auch zu solchen, die mit Glaswaren handelten. Man müsste im Archiv der Hanse nachforschen. Dort könnten sich Unterlagen dazu befinden. Dazu bräuchten wir aber die Genehmigung des Hansgrafen, Konrad Dürnstetter.«

»Können wir das nicht gleich erledigen, Oheim?«

»Nicht so hitzig, Junge.« Von Escher lächelte nachsichtig. »Ich fürchte, heute werden wir nichts mehr ausrichten. Dürnstetter befindet sich gerade im Hanszimmer im Rathaus. Er berät sich mit dem Hansrat. Es geht um die Konsequenzen, die sich für die Hanse aus dem Verhalten des Abensbergers ergeben, was die Störung des Handels bei Donaustauf angeht. Die Beratungen werden bis in die Nacht hinein dauern.«

»Dann eben gleich morgen früh«, schlug Elias vor.

Der Abend brachte eine weitere Überraschung.

Zwei Stunden vor Torschluss ritt eine herrschaftlich gekleidete, auffallend schöne Frau in Begleitung dreier bewaffneter Hünen von Stadtamhof kommend über die Steinerne Brücke in Richtung Stadttor. Ihr Waffenrock wies die Männer als Angehörige der königlichen Garde des Königreiches Neapel aus. Was die Torwächter natürlich nicht wissen konnten, da sie es noch nie mit neapolitanischen Uniformen zu tun gehabt hatten.

Ehrerbietig ließen sie die Frau und ihre Entourage passieren. Nur wenig später ritten die Neuankömmlinge durch einen breiten Torbogen auf den Hof des Escher'schen Anwesens und saßen ab.

Elias stand gerade im Begriff, über den Hof zum Wohntrakt hinüberzugehen. Als er der Besucher gewahr wurde, blieb er wie angewurzelt stehen – und begriff nur einen Wimpernschlag später, wen er da vor sich hatte.

»Herzlich willkommen im Hause von Escher, edle Dame«, begrüßte er Abella überrascht, aber formvollendet mit einer galanten Verbeugung.

Auch Abella wirkte überrascht, dann aber neigte sie graziös den Kopf und lächelte.

»Ihr müsst der junge Mann sein, der meine Ziehtochter Magistra Abellita Montini aus dem Kerker geholt hat, stimmt's?«, fragte sie ihn mit leicht italienischem Akzent.

Elias errötete leicht.

»Nun ja … Ähm … Wenn Ihr mir folgen wollt, ich bringe Euch zu ihr.«

Er rief nach einem Hausknecht, der sich um die Pferde und die Soldaten kümmern sollte, und begleitete die Magistra in die Empfangshalle. Rechts und links führte ein Treppenaufgang auf eine Galerie im ersten Stock, von der aus Türen in verschiedene Räume abgingen. Elias bat Abella, sich in der Halle auf einer mit kostbaren Brokatpolstern ausgelegten steinernen Bank niederzulassen, als sie oben eine Tür gehen hörten.

In Begleitung Eberhard von Eschers trat Ranghild auf die Galerie hinaus. Als sie über die kunstvoll geschnitzte eichene Balustrade nach unten blickte, gab es für sie kein Halten mehr. Sie rannte die Treppe hinunter und warf sich in die ausgestreckten Arme Abellas, die von der Bank aufgesprungen war. Eine lange stumme Umarmung, die, gerade weil kein einziges Wort fiel, umso intimer wirkte. Erst als sie sich mit feuchten Augen wieder voneinander lösten, brach Abella das Schweigen.

»Du hast mir bestimmt viel zu erzählen, Abellita«, flüsterte sie.

Ranghild nickte und wischte sich das tränennasse Gesicht, dann folgte ein inniger Blick zu Elias, den Abella irritiert zur Kenntnis nahm. Noch konnte sie nicht wissen, welche ungeheuerlichen Neuigkeiten sie erwartete. Elias wandte sich um und lief wortlos in den Hof hinaus.

Eberhard von Escher besaß Taktgefühl genug, um zu wissen, was die Situation nun von ihm forderte.

»Wenn mir die edlen Damen nach oben folgen wollen. In ein Gemach, in dem Ihr ungestört seid«, schlug er vor, seine Stimme klang brüchig. Er ging voraus, während er verstohlen eine Träne aus dem Augenwinkel wischte.

Kapitel 63

Helles Morgenlicht flutete durch das Fenster in den Archivraum der Regensburger Hanse und ergoss sich über den langen Tisch, auf dem sich Stöße loser Blätter, Kladden und zwischen Holzdeckeln gefasste Pergamente stapelten: Dokumente, die von der regen Tätigkeit der Regensburger Kaufleute zeugten. Die Unterlagen hatte Purkardt Vogelmann, der Vorsteher des Archivs, aus den bis unter die Decke mit Dokumenten vollgestopften Regalen herausgesucht.

Elias, Eberhard von Escher und Ranghild hatten sich am Tisch niedergelassen und prüften mit akribischer Gründlichkeit das vor ihnen liegende Material.

»Nichts Verwertbares«, resümierte Elias nach einer Weile enttäuscht. Gemäß dem Zeiger auf der Marktturmuhr hatten sie bereits gute zwei Stunden auf die Suche nach dem entscheidenden Hinweis verwendet. Bis jetzt ohne jeglichen Erfolg.

Purkardt schleppte einen neuen Stapel an, den er vor Eberhard auf den Tisch plumpsen ließ, woraufhin eine mächtige Staubwolke aufwirbelte.

Eberhard zuckte erschrocken zurück, klopfte sich den Staub vom Wams und nieste. »Verdammt, muss das sein?«, fuhr er den Archivar an. »Vielleicht solltest du dafür sorgen, dass hier mal ordentlich abgestaubt wird.«

Doch gleich das erste Blatt, das er vom Stapel nahm, ließ ihn unvermittelt aufmerken.

»Hier! Das muss es sein!«, rief er und wedelte mit dem Blatt.

Elias und Ranghild sprangen auf und stürzten an seine Seite.

Eberhard legte das Pergament auf den Tisch, die Geschwister blickten ihm gespannt über die Schulter.

Bei dem Blatt handelte es sich um eine Lieferliste, auf der fünf Kisten mit je vierzig Pfund Gewicht verzeichnet waren. Inhalt: jeweils zwanzig Becher aus grünem Glas. Die Lieferung war vor sieben Jahren an Ott Graner in Regensburg gegangen. Als Lieferant zeichnete ein gewisser Jakob Furrer, *»Glasmacher und Besitzer der Glashütte beim Weiler Buchöd, gelegen bei Lenzkirch an der Haslach«.*

»Na endlich!«

Elias klatschte triumphierend die Handflächen gegeneinander.

Eberhard runzelte fragend die Brauen.

»Lenzkirch an der Haslach? Ist auf dieser Skizze nicht von der Wutach die Rede?«

Elias nickte. »Schon, aber die Haslach trifft nicht weit von Lenzkirch auf die Wutach«, erklärte er. »Ich kenne die Gegend, ich war einmal dort, als ich noch bei der Truppe Jörg Jörgelins war«, fügte er hinzu.

Ranghild legte ihre Hand auf seinen Arm und sah ihn an; ihr Blick versprühte Entschlossenheit und Tatendrang.

»Wann brechen wir auf?«

Elias lächelte breit. »Ich sehe, du kannst es schon nicht mehr erwarten.« Dann traf sein Blick auf den des Oheims, in dem er eine gewisse Sorge zu erkennen glaubte.

»Wann wir aufbrechen? Das soll mein Oheim mitentscheiden«, sagte er.

Eberhard von Escher erhob sich ächzend vom Tisch.

»Nein«, sagte er und schüttelte den Kopf. »Das entscheidet ihr beide, und zwar allein. Ich will nicht verhehlen, dass mich eine gewisse Sorge umtreibt, ja. Aber ich weiß, wie es ist, wenn einem Fragen auf der Seele brennen. Man will den Brand schnellstmöglich löschen. Ich kann dich eine Zeit lang entbehren, Elias. Geht und sucht und findet heraus, wer ihr wirklich seid. Ich wünsche euch jedenfalls Gottes Segen zu dieser sicher nicht ganz ungefährlichen Mission. Meinen habt ihr ohnehin. Und nun lasst uns heimgehen.«

Purkardt Vogelmann wartete, bis sich die Tür hinter den Besuchern geschlossen hatte. Dann ging er hastig zu einem der Schreibpulte und nahm zwei Bögen Pergament aus der Schublade. Gleich darauf jagte seine Feder geübt und wieselflink über den ersten Bogen, ohne auch nur den geringsten Spritzer zu verursachen. Vogelmann schüttete etwas Löschsand auf das Pergament und blies vorsichtig darüber. Dann faltete er das Schriftstück und siegelte es. Er würde es noch heute dem Adressaten zukommen lassen. Es enthielt die Aufforderung, morgen, Freitag, zum Markt auf den Haidplatz zu kommen und sich beim Stand der Kräuterjule einzufinden.

Dann nahm er den anderen Bogen zur Hand, den er ebenfalls beschriftete; zu siegeln brauchte er ihn nicht. Dieses Schreiben würde er zum vereinbarten Treffpunkt mitbringen. Aushändigen würde er es aber nur im Tausch gegen den Beutel mit dem Geld, den mitzubringen der Betreffende im ersten Schreiben aufgefordert wurde.

Mit einem zufriedenen Lächeln stützte Purkardt beide Arme auf das Schreibpult und blinzelte in das Sonnenlicht. Dann beschloss er in Erwartung der Belohnung, die er für seine Hinweise kassieren würde, das erste Gasthaus der Stadt aufzusuchen und sich ein opulentes Mahl zu gönnen.

Kapitel 64

Nachdenklich glitt der Blick des Jägers über die nächtliche Stadtmauer zur Donau. So finster wie die schwarzen Fluten, die sich träge nach Osten wälzten, war seine innere Verfassung. Seit mehr als einer Woche saß er nun schon hier herum, ohne einen entscheidenden Schritt weitergekommen zu sein. Dass es seinen drei Konkurrenten nicht anders erging, war nur ein schwacher Trost. Weder ihm noch ihnen war es bis jetzt gelungen, diesen verdammten van der Heyden zu stellen. Eigentlich war seine Intention, die drei zu observieren und darauf zu hoffen, über sie an van der Heyden, besser gesagt: an sein Medaillon, heranzukommen. Es wäre einfacher gewesen, sie hätten die Drecksarbeit für ihn erledigt – ihn beseitigt, nachdem sie alles, was er wusste, aus ihm herausgeprügelt und das Kupfer in ihren Besitz gebracht hätten. Er hätte es sich dann holen können, wie man eine reife Frucht vom Baum pflückt. Während der langen Reise zurück nach Wien hätte er sich nur an ihre Fersen zu heften und eine günstige Gelegenheit abzuwarten brauchen.

Doch diese Vorstellung konnte er knicken. In der Stadt brodelte es, was der aufgeheizten, gegen den Kaiser und die Auersippe gerichteten Stimmung geschuldet war, die allenthalben hochkochte. Elias van der Heyden war plötzlich in aller Munde und genoss sämtliche Aufmerksamkeit, seit es vor zwei Tagen gelungen war, mit seiner Hilfe einen Anschlag auf die Stadtmauer zu vereiteln. Als er dann gestern mit dieser jungen Frau aufgetaucht und halb Regensburg deswegen aus dem Häuschen geraten war – angeblich hatte er sie aus den Fängen irgendwelcher Entführer befreit –, war es noch schwieriger geworden, an ihn heranzukommen.

Hinzu kam, dass sich die Lage für den Jäger grundlegend geändert hatte – die drei hatten ihm gegenüber Verdacht geschöpft. Als er gestern Abend kurz den Schankraum verlassen hatte, um den Abtritt im Hof aufzusuchen, hatte er zwei murmelnde Stimmen vernommen, die hinter ein paar aufeinandergestapelten Fässern hervorgedrungen waren. Was ihn nicht weiter gekümmert hätte, wäre plötzlich nicht sein Name gefallen. Nicht sein richtiger Name, nein. Der Name, unter dem er sich dem Herbergswirt vorgestellt hatte.

Unvermittelt war er im dunklen Schatten des Hintereingangs stehen geblieben und hatte gelauscht. Was er hörte, hatte einen Schauer über seinen Rücken gejagt.

»Was machen wir jetzt mit diesem Friedel Brenner?«

»Das Narbengesicht ist nicht koscher. Kommt am selben Tag wie wir hier an und treibt sich meist in unserer Nähe rum. Mit dem stimmt doch was nicht. Keine Ahnung, was er will. Wir müssen sichergehen. Er muss weg.«

Er muss weg!

Gedankenverloren den Blick auf die Donau gerichtet, überlegte der Jäger. Doch je mehr er überlegte, desto deutlicher stand vor ihm, was jetzt zu geschehen hatte.

Er muss weg! Letztlich war es dieser Satz, der ihm klargemacht hatte, dass er ihnen zuvorkommen musste.

Und zwar schnellstens! Am besten noch bevor der Morgen graute …

Kreszenz Ottinger, das Eheweib des Fischerwirts Ottheinrich Ottinger, erwachte von etwas, was ihr auf die Stirn getropft war. Verschlafen sah sie sich um und wischte die Nässe weg. Durch die Ritzen des hölzernen Fensterladens drang das karge Licht der Morgendämmerung.

Kreszenz stützte sich auf der Liegestatt ab, beugte sich zu ihrem Mann und rüttelte ihn an der Schulter.

»Ottl, ich glaub, da tropft schon wieder Wasser durch die Decke!«

Ottheinrich Ottinger brummte unwillig, drehte sich auf die andere Seite und schnarchte weiter.

Der nächste Tropfen traf auf eine kahle Stelle an Kreszenz' Hinterkopf; Kreszenz hatte nur noch wenig Haare. Sie sah kurz zur Decke, wischte sich über den Hinterkopf und rüttelte abermals an der Schulter ihres Mannes, kräftiger diesmal.

»Ottl, verdammt, wach auf! Es tropft von der Decke!«

»Chrrr ... Lass mich ... Ruhe!«, protestierte Ottl im Halbschlaf und schob die Hand seiner Frau unwirsch beiseite.

Da bemerkte Kreszenz einen dunklen Fleck auf dem Nachthemd ihres Gatten. An der Schulter, dort, wo sie ihn gerade wachzurütteln versucht hatte. Erschrocken musterte sie ihre Handfläche. Sie war dunkel verschmiert. Dann begriff sie. Mit einem entsetzten Schrei sprang sie von der Bettstatt, stürzte zum Fenster und stieß den Laden auf, um mehr Licht in die Kammer zu lassen. Solcherart unsanft aus dem Schlaf gerissen, fuhr auch Ottl vom Lager hoch.

»Sieh doch! Blut! Überall Blut!«, kreischte Kreszenz, ihr Blick hetzte zwischen Bett und Zimmerdecke hin und her. Offenbar sickerte Blut durch den Fehlboden im oberen Zimmer und bahnte sich durch eine Ritze in der Holzdecke Tropfen für Tropfen seinen Weg nach unten. Dort, wo die Kreszenz gelegen hatte, waren Bett und Laken blutverschmiert.

»Verdammmich!«, fluchte Ottheinrich und sprang aus dem Bett. Barfuß wie er war, bekleidet nur mit seinem Nachthemd, stürzte er ins Treppenhaus und rannte die Treppe zum zweiten Stock hinauf, wo die drei Männer aus Wien schliefen. Sie hatten es vorgezogen, zu dritt eine private Kammer anzumieten, anstatt im Gemeinschaftsraum der Herberge mit Dutzenden anderen zu übernachten. Für diesen Luxus hatten sie einen Haufen Geld bezahlt. Wie auch ein anderer Reisender, der Stunden später angekommen war und seltsamerweise den gleichen Wunsch geäußert hatte. Ihm hatte Ottheinrich die Rumpelkammer im Dachgeschoss vermietet.

Noch während der Fischerwirt die Tür zu der Kammer, in der die Wiener schliefen, aufriss, ahnte er, dass etwas Entsetzliches geschehen sein musste. Er polterte in den Raum, stolperte mit fliegendem Atem zum Fenster und stieß den Laden auf. Das erste Licht des Tages drang in die Kammer.

Auf den ersten Blick dünkte es ihn, als ob die Männer, die auf einer breiten Bettstatt lagen, friedlich schliefen. Taten sie auch, nur dass es der ewige Schlaf war, wie ein zweiter Blick ergab. Um ihren Hals zog sich ein breiter Schnitt, die gesamte Bettstatt war rot von Blut, auf dem Dielenboden hatte sich eine riesige Lache gebildet.

»O mein Gott, o mein Gott«, stöhnte Ottl, stürzte abermals zum Fenster und erbrach sich nach draußen.

Dann aber sprang er zurück, hinaus zur Tür und die Treppe zur Dachkammer hoch. Ruckartig riss er die Tür auf und stürzte in den Raum.

»Seid Ihr des Teufels?«, schrie der Jäger, der betont erschrocken vom Lager hochgefahren war.

»Ver…verzeiht, Herr, aber … Aber habt Ihr vie…vielleicht etwas Verdächtiges gehört … in der Nacht, meine ich …«

»Was faselt Ihr da? Was sollte ich denn gehört haben?«, fuhr ihn der Jäger an.

»Ähm ... schon gut, ich ... ähm ... Ich meinte nur. Verzeiht die Störung.«

Und schon war er wieder draußen und schlug die Tür hinter sich zu.

Der Jäger lächelte maliziös in sich hinein und drehte sich auf die andere Seite. Kurze Zeit später verrieten tiefe, regelmäßige Atemzüge, dass ihn der Auftritt des Wirtes nicht im Geringsten aus der Fassung gebracht hatte.

Kapitel 65

Regensburg
23. Mai Anno Domini 1337

Aus der Ferne drang dumpfer Trommelwirbel und das Lärmen einer aufgebrachten Menschenmenge an Ranghilds Ohr.

»Was ist das?«, fragte sie, als sie mit Elias durch die breite Toreinfahrt des Escher'schen Anwesens auf den Marktplatz hinausritt. An einer Leine, die mit dem Rappen Elias' verbunden war, führten sie ein Packpferd mit. Ranghild war bereits gestern, von Donaustauf kommend, in Regensburg eingetroffen, heute begann die Reise, die die Geschwister in den Schwarzwald führen würde.

»Die beiden Männer, die wir vor drei Tagen beim Graben des Tunnels erwischt haben, werden heute hingerichtet. Anscheinend werden sie gerade zur Hinrichtungsstätte geführt.«

»Zum Galgen? Aber befindet sich der nicht außerhalb der Stadt?«

Elias schüttelte den Kopf.

»Sie werden nicht am Galgen baumeln. Der Rat hat beschlossen, sie an den Mauerzinnen aufzuknüpfen. Als Abschreckung. Jeder soll sehen, wie Regensburg mit Verrätern umgeht. Am Galgen baumeln dürfte bald ein anderer, sofern man seiner habhaft wird.«

»Ein anderer?«

»Ja, ein Mörder. Heute Nacht hat er drei Männer umgebracht, Gäste des Fischerwirts. Ihnen wurde im Schlaf die

Kehle durchgeschnitten. Der Vertreter des Schultheißen und seine Büttel stehen vor einem Rätsel. Noch gibt es keine Spur von dem Teufel.«

»Euch Regensburger scheinen derzeit viele Teufel zu beschäftigen«, meinte Ranghild ironisch.

»Wo du recht hast, hast du recht«, erwiderte Elias lakonisch.

»Was ist eigentlich mit den anderen Verrätern?«, wollte Ranghild wissen. »Mit diesem Konrad Frumolt und Ott Graner, seinem Schwiegersohn? Und all den anderen, denen die Flucht gelang? Es werden ja noch weitere Namen gehandelt, die auf Seiten des Kaisers und der Auersippe stehen. Sagtest du das nicht?«

»Schon! Aber die meisten sind geflohen. Sie sind reich genug, um sich woanders ein neues Leben aufbauen zu können. Zum Beispiel in Nürnberg. Frumolt soll dorthin geflohen sein, hört man. Andere, die in der Stadt geblieben sind, des Verrats zu überführen, wird nicht einfach sein. Die Zukunft wird zeigen, wohin sich das Ganze entwickelt.«

»Dann sind es mal wieder die Kleinen, die zuerst büßen. Die vielleicht gar nicht umreißen, was sie da tun«, meinte Ranghild.

»Wie überall. Man darf vom Leben nicht zu viel erwarten. Es springt manchmal ziemlich ungerecht mit den Menschen um«, entgegnete Elias schulterzuckend.

Ranghild nickte bedrückt, schweigend ritten sie weiter.

Kapitel 66

Nebelschwaden krochen über die Felskante und waberten kniehoch über das Plateau. Tief unterhalb, auf dem Grund der Schlucht, toste die Wutach. Einige Schritte von der Stelle entfernt, an der der Fels in den Abgrund stürzte, stand Elias und richtete seinen Blick in die Ferne auf die graublauen, bewaldeten Höhenzüge, die am Horizont mit dem Glanz des beginnenden Morgens verschmolzen.

Elf Tage waren sie unterwegs gewesen, gestern hatten sie ihr Ziel erreicht. Vorbei an dem Ort Lenzkirch und der Burg Urach waren sie der Straße in östlicher Richtung gefolgt, als sie gewahr wurden, dass sie in der Gegend angekommen waren, die auf der Skizze beschrieben wurde. Die Angaben darauf hatte sich als überraschend zuverlässig erwiesen.

Den Hinweisen folgend, waren sie noch gestern am frühen Abend weitergeritten und von der Straße in einen Hohlweg eingebogen, der den Zugang zu einer Klamm bildete, durch die die Wutach schoss. An einer Ausbuchtung des schmalen Ufers hatten sie schließlich auch die beiden auf der Skizze eingezeichneten Bäume angetroffen. Eine Erle, dort, wo sich der Hohlweg zur Klamm hin öffnete, und eine Krüppelkiefer, die unmittelbar am Rand des tosend dahinschießenden Gewässers ihre Wurzeln in den Fels gekrallt hatte. Gemäß der Markierung auf der Skizze befand sich das Versteck unter der

Erle. Nahe der Krüppelkiefer am Ufer hatten sie eine geeignete Stelle gefunden, wo sie ihr Lager aufschlagen konnten. Da der Tag fortgeschritten und die Sonne im Untergehen begriffen war, widerstanden sie der Versuchung, gleich mit dem Graben zu beginnen. Am nächsten Morgen, sobald es in der Schlucht heller würde, wäre der bessere Zeitpunkt.

In aller Frühe war Elias wach geworden; neben ihm ruhte, in tiefem Schlaf begriffen, seine Schwester. Er beschloss, ein wenig die Gegend zu erkunden. Hier unten, auf dem Grund der Klamm, herrschte noch Dunkel, während oben auf der gezackten Kante der Felsmauer das zarte Licht des neuen Tages spielte und mit dem dunklen Grau kokettierte, das die Schlucht ausfüllte. Ein aus Myriaden feinster Tröpfchen bestehender Dunst waberte über die gischtend dahinschießende Wutach, Nebelschleier stiegen nach oben.

Elias hatte sich ein Stück weit am Rand des tosenden Flusses entlangbewegt und dann einen steilen, mit Felsgestein durchsetzten Waldhang erklommen. Auch jetzt kamen ihm wieder die Beweglichkeit und das Geschick zugute, die er sich einst als Seiltänzer erworben hatte. Auf dem Hang angekommen, war er aus dem Schatten der Bäume auf das Plateau hinausgetreten, auf dem der nackte Fels zutage trat.

Eine eigenartige Stimmung bemächtigte sich seiner, während er seinen Blick über das Wipfelmeer zum Horizont schweifen ließ. Viele Jahre waren vergangen, seitdem er den tiefen Wäldern, mit denen er so viele dunkle Erinnerungen verband, den Rücken gekehrt hatte und in die Freiheit aufgebrochen war. Ihm kam es vor, als wäre seitdem eine Ewigkeit verstrichen.

Lange stand er so da, versunken in die Bilder der Vergangenheit, die in seinem Kopf dahinglitten. Als sich die Sonnenscheibe allmählich über die Wipfel am Horizont schob und es heller wurde, beschloss er, wieder in die Klamm hinabzusteigen.

Etwa hundert Schritte trennten ihn noch vom Lager, als der Anblick eines rötlich flackernden Scheins ihn plötzlich innehalten ließ. Er kam vom Ufer, ungefähr von dort, wo sie ihr Lager aufgeschlagen hatten. Wegen des aufsteigenden Nebels und des Dunstes, den das schäumende Gewässer versprühte, nahm er ihn nur als diffusen Fleck wahr.

War Ranghild erwacht? Hatte sie mit dem Holz, das er noch gestern Abend gesammelt hatte, ein Feuer entzündet?

Behände bewegte er sich am Rand der ungestüm dahinschießenden Wutach den schmalen Uferstreifen entlang, wobei er achtgeben musste, auf dem glitschigen, teils mit Moos und Flechten bewachsenen Untergrund nicht auszurutschen.

Er hatte sich dem Lager bis auf etwa fünfzig Schritte genähert, als er durch den Dunstschleier die verschwommenen Konturen der Pferde wahrnahm, die sie an einem Strauch festgemacht hatten. Dann aber stutzte er. Neben den beiden Reittieren und dem Packpferd erblickte er ein viertes, einen Falben! Fast gleichzeitig wurde er der Silhouette einer am Feuer sitzenden Person gewahr: Ranghild. Aber weshalb, zum Teufel, verharrte sie in dieser unbequemen Stellung? Die Hände hinter dem Rücken an den Stamm der Krüppelkiefer gelehnt und den Kopf geneigt? Elias' Puls beschleunigte sich; nichts Gutes ahnend, eilte er näher – und verhielt, kurz bevor er sie erreicht hatte, seinen Schritt. Jemand hatte sie an den Stamm gefesselt und geknebelt: In ihrem halb offenen Mund steckte ein zusammengeknülltes Stück Stoff, während sich in ihren vor Furcht geweiteten Augen der Schein des Feuers spiegelte.

»Ranghild!«, brüllte Elias. Sein Schrei zerschellte im Tosen der Wutach. Er wollte auf seine Schwester zustürzen, doch eine plötzlich hinter dem Baumstamm hervorspringende Gestalt ließ ihn innehalten. In der rechten Hand des Angreifers blitzte die Klinge eines Dolches, die auf den Hals seiner

Schwester zielte. Er hatte sich unmittelbar neben ihr aufgebaut, ihr entsetzensstarrer Blick huschte zwischen ihm und ihrem Bruder hin und her.

»Keinen Schritt weiter!«, gebot eine dunkle Männerstimme, die Elias irgendwie bekannt vorkam. Das Gesicht des Mannes lag im Schatten eines breitkrempigen Hutes, den eine Jakobsmuschel zierte; um sein Gesicht hatte er ein schwarzes Tuch gebunden. Ein Scheinpilger? Elias wusste, dass der eine oder andere Malefizkerl sich als Jakobspilger ausgab. Die Muschel war auf jedem beliebigen Jahrmarkt zu bekommen.

»Verdammt, was soll das? Wer seid Ihr? Gebt sofort meine Schwester frei«, schrie Elias ihn an.

»Eure Schwester freigeben? Den Teufel werde ich tun. Eine falsche Bewegung Eurerseits, und Ihr könnt Eure Schwester gleich hier neben dem Fluss begraben. Sie kommt erst frei, wenn ich habe, was ich will.«

»Dann nimm ihr wenigstens den Knebel ab, verdammter Hurensohn«, brüllte Elias, außer sich vor Wut.

»Befleißigt Euch gefälligst eines höflicheren Tones – *Elias von Eschenbach!*«, sagte der Mann drohend, entfernte aber immerhin den Stoffknäuel, den er Ranghild zwischen die Zähne gesteckt hatte.

Elias sah ihn verblüfft an.

»Wie habt Ihr mich gerade genannt?«

»Bei Eurem Namen – dem echten natürlich: *Elias von Eschenbach*. Oder sollte ich Euch besser Elias Schwab nennen? So wie sich Euer Vater mit falschem Namen nannte? Oder Elias van der Heyden? Was gefällt Euch besser? Sollen wir Eure Schwester, Magistra Abellita Montini, fragen? Aber nein, ich vergaß, so heißt sie ja nicht. Ranghild Schwab wäre angebrachter. Oder vielleicht …«, der Mann setzte eine Pause, »… *Ranghild von Eschenbach?*« Der beißende Spott, der in seiner Rede anklang, war unüberhörbar.

Elias stand wie vom Donner gerührt.

»Was ... Was redet Ihr da?«, flüsterte er völlig entgeistert. Er sah kurz zu seiner Schwester, in deren Blick sich pure Fassungslosigkeit spiegelte.

»Oh, Ihr scheint tatsächlich nicht zu wissen, wer Ihr seid. Dass Euer Oheim Euch Gottes Segen wünschte auf der Suche nach Eurer Identität, vermag ich gut nachzuvollziehen. Das tat er doch, nicht wahr?«, bemerkte er in süffisantem Ton.

Elias schüttelte verstört den Kopf.

»Wer ... Wer seid Ihr? Woher ... Woher ...?«

»Woher ich das weiß? Das will ich Euch sagen.«

Er zog ein zusammengefaltetes Pergamentblatt aus seiner Wamstasche und wedelte damit herum. »Das hier ist das Schreiben eines gewissen Purkardt Vogelmann. Er übergab es mir – wenn auch nicht ganz freiwillig.« Häme klang in seiner Stimme an. »Sehr aufschlussreich, dieser Brief, das kann ich Euch versichern. Unter anderem nennt er gewisse Etappen Eurer Reise: Lenzkirch, den Weiler Buchöd, eine ehemalige Glashütte und natürlich den Zweck Eures kleinen Ausflugs: Ihr sucht nach einem Versteck, in dem Ihr hofft bestimmte Dokumente zu finden. Ich brauchte nur ein bisschen mit Purkardt ... sagen wir: zu plaudern, und den Hinweisen in diesem Schreiben zu folgen. Dazu musste ich mich nicht einmal an Eure Fersen heften. Im Gegenteil, ich war vor Euch hier, ich habe Euch erwartet. Gestern Abend sah ich Euch kommen und bin Euch das kurze Stück bis hierher gefolgt.«

Purkardt Vogelmann! Der Archivar der Regensburger Hanse. Wie hatten sie nur so einfältig sein können, in seiner Gegenwart über ihr Vorhaben zu reden, als sie im Archiv nach Dokumenten geforscht hatten. Siedend heiß fiel ihm der Blick ein, den Vogelmann Tage zuvor mit Albin Pertschacher gewechselt hatte. Dem Wiener Kaufmann, dem das Feuermal auf seinem rechtem Handrücken aufgefallen war. Die beiden kannten sich! Es musste eine wie auch immer geartete Verbindung zwischen ihnen geben.

»Sieh an, Purkardt hat Euch das alles verraten. Aber doch bestimmt nicht umsonst. Was habt Ihr ihm dafür bezahlt? Oder hat das Albin Pertschacher übernommen?«

»Ich kenne Albin Pertschacher nur dem Namen nach. Von dem Mann, dem ich das Schreiben abgenommen habe, weiß ich nur, dass er Purkardt Vogelmann heißt. Das Schreiben war ja auch nicht für mich bestimmt. Sondern für die drei Männer, die Albrecht von Österreich auf Euch angesetzt hat, um an das Medaillon zu gelangen, das in Eurem Besitz ist. Wie Ihr seht, bin ich Ihnen zuvorgekommen. Die drei können damit nichts mehr anfangen.«

Siedend heiß fielen Elias die Männer ein, die mit durchschnittener Kehle in der Herberge des Fischerwirts aufgefunden worden waren. Abgesandte des Habsburger Herzogs?

»Der Herzog von Österreich? Albrecht II.? Der soll an meinem Medaillon interessiert sein? Was faselt Ihr da! Woher wollt Ihr das alles wissen?«

»Auch das will ich Euch verraten. Ich komme selbst aus Wien. Ich bin seit zwei Jahren bei Hof als Jäger angestellt. Während einer seiner Jagdausflüge vor einigen Wochen wurde ich Zeuge eines Gesprächs, das der Herzog mit einem seiner Hauptleute führte. Da war von Euch die Rede und von Eurem Medaillon. Und von einem gewissen Pertschacher, der dem Herzog gegenüber behauptete, in Regensburg einen jungen Mann ausfindig gemacht zu haben, der ein sternförmiges Feuermal auf seinem Handrücken trage. Der Herzog wurde sofort hellhörig. Und beauftragte ein aus drei ehemaligen Söldnern bestehendes Kommando, nach Euch zu suchen. Söldner, die schon vor vielen Jahren in seinem Dienst standen und mit der Sache, um die es ging, vertraut waren. Und die um Eure wahre Identität wussten. Was der Herzog nicht wissen konnte …«, der Mann setzte erneut eine Pause, »… auch ich wurde hellhörig.«

»Sprecht nicht länger in Rätseln, sagt endlich, was Sache ist und wer Ihr seid.«

»Wahrscheinlich habt Ihr recht. Es ist Zeit, mich Euch zu erkennen zu geben.«

Der Mann nahm seinen Pilgerhut ab, warf ihn mit betont gleichmütiger Geste hinter sich in die gischtende Flut und riss sich das Tuch vom Gesicht.

Maßlos verblüfft blickte Elias in die von Häme verzerrte Fratze des narbengesichtigen Heinrich.

»Ich stelle mit Freuden fest, dass du dich noch gut an mich erinnerst. Obwohl seitdem viele Jahre vergangen sind«, konstatierte das Narbengesicht spöttisch.

»Du verdammter Hurensohn!«, schrie Elias. Er machte Anstalten, auf den Mann zuzustürzen, doch der beugte sich vor, packte Ranghild bei den Haaren und setzte ihr das Messer an die Kehle.

»Wage es nicht! Ich sagte doch schon: Eine falsche Bewegung, und du kannst deine Schwester hier begraben«, zischte er. »Du wolltest, dass ich mich vorstelle. Dazu gehört nicht nur, dass ich meinen Namen nenne. Sondern auch, dass ich dir mein Schicksal schildere. Es ist mit deinem und dem deiner Schwester untrennbar verbunden. Eigentlich müsstet ihr beide mir dankbar sein, denn so erfahrt ihr endlich, wer ihr seid. Und jetzt tritt fünf Schritte zurück und hock dich auf den Boden.«

In Elias tobte eine eigenartige Mischung aus Neugier, Wut und Angst, vor allem um seine Schwester. Zähneknirschend gehorchte er.

»So ist es schon besser«, knurrte das Narbengesicht.

»Mein Name ist Heinrich von Iberg«, hob er an zu erzählen. »Ich entstamme dem Geschlecht derer von Iberg, einer

Familie aus den habsburgischen Stammlanden. Meine Familie stellte die Dienstmannen der Freiherren von Eschenbach-Schnabelburg, diese wiederum standen im Dienst des Hauses Habsburg. Unserem Geschlecht ging es gut, bis Walter von Eschenbach IV. glaubte, sich den Verschwörern um Herzog Johann von Schwaben anschließen zu müssen, die am 1. Mai anno 1308 Albrecht I., König des Heiligen Römischen Reiches, ermordeten. Sie waren zu fünft. Der Herzog Johann von Schwaben selbst, des Weiteren die Ritter Konrad von Tegerfelden, Rudolf von der Wart, Rudolf von Balm, und Walter von Eschenbach.« Heinrich hielt kurz inne, sein Blick wanderte zwischen Ranghild und Elias hin und her. »Letzterer war Euer Vater, der sich nach seiner Flucht unerkannt im Schwarzwald eine neue Existenz aufgebaut hatte. Als einfacher Bauer und Schäfer.«

Elias sprang erregt auf. »Unser Vater, ein dreckiger Königsmörder?«, schrie er. »Niemals! Eine Lüge. Wer bist du, dass …«

»Sei still, Eschenbach! Es ist die Wahrheit. Ob es dir gefällt oder nicht«, herrschte ihn das Narbengesicht an. Erneut hatte er Ranghild am Haar gepackt und hielt ihr den Dolch an den Hals. »Setzt dich wieder, oder bei Gott …«

»Bitte, Elias, lass ihn weitererzählen!«, rief Ranghild unter Tränen.

»Du solltest auf deine Schwester hören, Eschenbach. Sie scheint vernünftiger zu sein als du.«

»Schon gut … Es ist gut … Erzähl weiter«, knirschte Elias wütend und ließ sich wieder auf dem Boden nieder.

»Wie ich schon sagte: Die Verschwörer töteten Albrecht und flohen. Sie zerstreuten sich in alle Winde. Aber das, was sie getan hatten, sollte sie fortan verfolgen und ihnen keine Ruhe lassen. Die Vergeltung des Hauses Habsburg war fürchterlich. Wie die Racheengel kamen die Witwe Albrechts und sein Sohn Leopold daher, sie ließen morden und brandschatzen. Später gesellte sich Albrecht, der Bruder Leopolds, zu ihnen. Die Burgen der Attentäter und ihrer Angehörigen wurden geschleift, ihre Besitztümer verwüstet. Aber nicht nur sie litten unter der Rache der Habsburger. Auch viele ihrer Dienstmannen büßten für die Tat ihrer Herren. Auch ihre Burgen wurden zerstört, die Besatzungen getötet, die restlichen Besitztümer dem Erdboden gleichgemacht. Meine Familie gehörte ebenfalls zu den Betroffenen. Die von Ibergs hatten immer loyal zu denen von Eschenbach und Schnabelburg gestanden und fielen dem Rachefeldzug zum Opfer, obwohl sie unschuldig waren. Zu ihnen gehörte auch ich.« Heinrich hielt schwer atmend inne, um Atem zu schöpfen.

»Ich fiel tief, sehr tief«, fuhr er schließlich fort. »Ich verlor alles, mir blieb nur noch ein winziges Vermögen. Ich streifte in der Welt umher. Lebte zeitweise von der Hand in den Mund. Aber ich schwor Rache, ich wollte Genugtuung von denen, die mir und meiner Familie das alles eingebrockt hatten. Viele Jahre später, anno 1326, erfuhr ich von einem guten Bekannten, dass ein gewisser Konrad Brugger drei Jahre zuvor, anno 1323, auf die Spur eures Vaters gestoßen war, der unerkannt als Bauer im Schwarzwald lebte. Ganze fünfzehn Jahre nach dem Attentat war das. Euer Vater hatte mittlerweile eine Familie gegründet.«

»Konrad Brugger? Wer war der Mann?«, fragte Elias.

»Ein von den Habsburgern gedungener Söldnerhauptmann, der an ihrem Rachefeldzug beteiligt war. Er war berüchtigt für seine Grausamkeit. Wegen seiner feuerroten Haare wurde er von seinen Leuten auch der rote Konrad genannt.«

Elias' Blick begegnete dem Ranghilds, die vor Entsetzen die Hand vors Gesicht schlug.

»Er stieß auf die Spur unseres Vaters? Wie kam es dazu?«

»Eurem Vater war es gelungen, nach dem Attentat auf den König unterzutauchen. Brugger hatte beschlossen, nach ihm zu suchen. Ihm war bekannt, dass das Haus Habsburg einen Preis auf den Kopf jedes der geflüchteten Verschwörer ausgesetzt hatte. Zudem wusste Brugger vom Medaillon, das einen immensen Wert für die Habsburger besaß.«

»Er wusste von dem Medaillon?«

»Ja. Ihm war bekannt, dass jeder der Verschwörer ein aufklappbares Medaillon bei sich trug; darauf eingraviert waren ein Totenschädel und ein lateinischer Spruch, der Wahlspruch der Attentäter«, fuhr Heinrich von Iberg fort. »Damit wollten sie ihrer Verbundenheit Ausdruck verleihen. Als man Rudolf von Warts, eines der Königsmörder, habhaft wurde und das Medaillon bei ihm fand, wurde er der peinlichen Befragung unterzogen. Er verriet, was es damit auf sich hatte, und behauptete, dass jeder seiner Mittäter ein solches bei sich trage. Und dass euer Vater im Besitz des einzigen Exemplars wäre, in dem sich eine Skizze befinde. Sie enthalte den Hinweis auf ein Versteck, in dem brisante Dokumente lagerten, behauptete er. Dokumente, die Informationen über die Hintermänner des Attentats enthielten. Den Söhnen des ermordeten Königs, allen voran Leopold und Albrecht, und der Witwe dürfte ohnehin klar gewesen sein, dass der Anschlag auf den König nicht nur der Rache des jungen Schwabenherzogs geschuldet war. Es steckte weit mehr dahinter. Die Nutznießer, die von der Ermordung des Königs profitierten, waren andere. Das war auch der Grund, warum das Haus Habsburg brennend daran interessiert war, an das Medaillon zu kommen. Und noch daran interessiert ist!«

Und noch daran interessiert ist! Es war dieser Satz, der Elias aufhorchen ließ und einen Schauer über seinen Rücken jagte.

»Eines verstehe ich nicht: Aus Euren Worten spricht Hass auf die Habsburger. Dennoch steht Ihr bei Herzog Albrecht im Dienst?«

»Was tut man nicht alles, um zu überleben?«

»Verstehe! Was geschah, nachdem dieser … Konrad Brugger unserem Vater auf die Spur gekommen war?«

»Nun, er besuchte ihn und gab sich als Vertrauter des Ritters von Tegerfelden aus. Dabei lernte er auch euch kennen, die Zwillinge. Und bemerkte das Feuermal auf deinem Handrücken. Euer Vater fiel auf ihn herein und offenbarte ihm, dass er im Besitz des Medaillons mit der Skizze sei. Brugger beschloss, es an sich zu bringen und es den Habsburgern zum Kauf anzubieten. Und da auf den Kopf des flüchtigen Attentäters eine stattliche Belohnung ausgesetzt war, beschloss er, auch diese zu kassieren. Also scharte er ein halbes Dutzend bluthungriger arbeitsloser Söldner um sich, wahre Höllenhunde, und versprach ihnen Geld und einen Heidenspaß, wenn sie ihm helfen würden, das Anwesen eures Vaters zu überfallen. Über das, was in jener Nacht geschah, dürftet ihr mehr wissen als ich.«

In stummem Entsetzen waren Ranghild und Elias der Schilderung des Mannes gefolgt. Der Vater, ein Königsmörder, in Acht und Bann gesetzt, ein Vogelfreier?

»Und das alles wollt Ihr von Eurem Bekannten erfahren haben? Wie gelangte er an diese Informationen?«, wollte Elias wissen.

Für die Dauer weniger Wimpernschläge schwieg der Iberger.

»Brugger hatte ihn ins Vertrauen gezogen. Er beabsichtigte, mit ihm zusammen seinen Plan durchzuziehen. Er war einer derjenigen, die bei dem Überfall dabei waren«, sagte er schließlich.

Elias sprang auf. »Sag mir seinen Namen, ich will den Namen dieses Bastards wissen, ich bringe ihn um!«, schrie er.

Im Nu saß die Dolchspitze wieder an Ranghilds Hals.

»Setz dich, bleib, wo du bist, verdammt!«, zischte das

Narbengesicht. »Du willst Rache an ihm nehmen? Dazu ist es zu spät. Er hat es mir auf dem Sterbebett erzählt.«

Zitternd vor Erregung ließ sich Elias wieder auf dem Boden nieder.

»Was … Was geschah mit unserem Vater? Was haben die Schweine mit ihm gemacht?«, fragte Ranghild.

»Brugger forderte ihn in jener Nacht auf, ihm das Medaillon zu geben. Das habe er nicht mehr, er habe es einem Vertrauten des Rudolf von Balm, einem der Mitverschwörer Johanns von Schwaben, überlassen, behauptete er. Brugger schäumte vor Wut und beschloss, ihn den Habsburgern zu übergeben, um wenigstens das Kopfgeld zu kassieren, das auf seine Ergreifung ausgesetzt war. Eurem Vater gelang es zu entwischen, doch er wurde noch am selben Tag aufgespürt und getötet. Ein Armbrustbolzen soll sein linkes Auge durchbohrt haben.«

»Was geschah mit diesem Konrad Brugger?«, wollte Elias wissen.

»Das konnte mir mein Bekannter nicht sagen. Es ging das Gerücht, dass er sich irgendwo weit in den Süden abgesetzt hätte, außerhalb des Reichs.«

Elias und Ranghild tauschten einen vielsagenden Blick.

»Irgendwann bist du dann auf mich gestoßen. Wann und wie?«

Ein maliziöses Lächeln glitt über von Ibergs Miene.

»Ein Mönch brachte mich auf deine Spur. Ich traf ihn bei einer Hinrichtung auf einer Richtstätte in der Nähe von Freiburg. Ein schauerliches Spektakel mit viel Publikum; an jenem Tag wurden zwei Wegelagerer gehenkt. Auf dem Galgenbalken stand ein Spruch; ich kannte ihn, ich wusste ja, was es mit ihm auf sich hatte, und kam mit dem Mönch darüber ins Gespräch. Da sagte er mir, dass er einem Jungen begegnet sei, der ein Medaillon um den Hals trug, auf dem …«

»… derselbe Spruch stand wie auf dem Galgenbalken, ich weiß«, unterbrach ihn Elias grimmig. »Du wurdest hellhörig, hast dich weiter erkundigt und bist über einen deiner Spießgesellen, diesen Giso, auf einen gewissen Richard gestoßen, der bei dem Wasenmeister Martin Herrlinger aus Freiburg im Dienst stand. Martin Herrlinger war der Vetter von Utz Herrlinger, bei dem wiederum ich im Dienst stand. Richard wusste von mir und dem Medaillon, weil Isidor ihm von mir erzählt hatte. Isidor stand ebenfalls bei Utz Herrlinger in Lohn und Brot. Eins ergab das andere, du konntest mich ohne Mühe ausfindig machen. Dann hast du deine dreckigen Kumpane auf mich gehetzt. Giso und Flori. Damals in der Herberge. Aber die Ratten holten sich eine blutige Nase. Der zweite Versuch, diesmal auf dem Markt in Freiburg, schlug ebenfalls fehl. Auch die folgenden Male, nachdem Giso, dieser Hund, auf Hans, den Neffen Jörg Jörgelins, gestoßen war, bist du jämmerlich gescheitert. Die beiden haben gemeinsame Sache gemacht. Natürlich in deinem Auftrag.«

Heinrich verzog spöttisch seine Miene.

»Ich sehe, du bist gut unterrichtet. Ja, das stimmt. Allerdings waren sie so dumm, sich beim verbotenen Würfelspiel erwischen zu lassen, und wanderten eine Zeit lang in den Kerker. Dennoch habe ich die Verbindung zu ihnen nicht abreißen lassen. Auch wenn sie den einen oder anderen Fehler machten, hatten sie sich immer als gute Spürhunde erwiesen. Zumal Flori erkrankt war und kurz darauf am Fieber starb. Nachdem sie freigekommen waren, setzte ich sie wieder auf deine Fährte. Sie stießen in Augsburg auf dich.«

Elias dämmerte es.

»Wo sie einen Einbruch begingen und dafür sorgten, dass man ihn mir anhängte?«

Heinrich antwortete nicht, sein schmutziges Grinsen sprach jedoch Bände.

»Warum, Heinrich? Sag es mir? Wolltest du nicht über die beiden an mein Medaillon herankommen? Wie hätte das gehen sollen, wenn ich im Kerker einsitze?«

»Mit dem Stadtvogt war ausgemacht, dass, sobald man deiner habhaft würde, man den beiden das Medaillon aushändigen würde. Gewissermaßen als Belohnung.«

Elias nickte verstehend. Ein Plan, so simpel wie perfide.

»Eines würde mich noch interessieren. Giso, Flori und schließlich Hans – was war es, das sie dazu brachte, sich dir zu verdingen?«

»Ich bezahlte sie. Von dem geringen Vermögen, das mir blieb, nachdem die Habsburger an meiner Familie Rache genommen hatten, weil wir Dienstmannen von euch Eschenbachs waren. Außerdem versprach ich ihnen eine große Summe Geldes, sobald ich dem Geheimnis des Medaillons auf die Spur gekommen und an die wertvollen Dokumente herangekommen wäre, um sie an den Habsburger Hof zu veräußern.«

»Du sagtest, dieser Flori sei verstorben. Was ist aus Giso und Hans geworden?«

»Auch sie sind tot. Sie starben, lange bevor ich mich nach Wien aufmachte, um mich bei Hofe als Jäger zu verdingen.«

»Wodurch?«

»Ein Unfall. Sie stürzten von einem Steg, der über eine Schlucht führte, in einen reißenden Gebirgsbach.«

»Woher weißt du das?«

»Ich war dabei. Wir waren im Gebirge unterwegs. Sie gingen zwanzig Schritte vor mir, als der Steg an einer morschen Stelle brach und sie mindestens fünfzig Klafter tief in die Schlucht stürzten.«

Elias schwieg nachdenklich. Alles in allem eine abenteuerliche Geschichte, die ihm der Iberger da auftischte. Elias fragte sich, inwieweit er ihm glauben konnte.

»Kommst du dir nicht als Versager vor, nachdem sämtliche deiner Anschläge gegen mich gescheitert sind – du widerliche Narbenfresse?«, fragte er ihn schließlich.

Ein Ausdruck grenzenlosen Hasses glitt über das vernarbte Gesicht Heinrichs und verzerrte es zu einer diabolischen Fratze.

»Dieses Mal werde ich gewiss nicht scheitern, glaub mir, Eschenbach. Dieses Mal ist das Schicksal auf meiner Seite. Wie du siehst, verfüge ich über ein Pfand, das ich nicht aus der Hand gebe«, stichelte er und blickte voller Häme auf Ranghild hinunter. »Nicht bevor ich im Besitz der Dokumente bin, hinter denen man am Habsburger Hof her ist wie der Teufel hinter der armen Seele. Und für die man mir ein Vermögen bezahlen wird.«

»Du musst wahnsinnig sein, wenn du glaubst, dass ich dir das Medaillon und die Skizze überlasse«, zischte Elias.

»Du wirst sie mir überlassen, Eschenbach, glaub mir. Beides, das Medaillon und die Skizze. Sie werden mir bei Hofe als Beweis dienen, dass ich dich gefunden habe. Auch die Dokumente wirst du mit überlassen, die Dokumente, die du jetzt ausgraben wirst, während deine Schwester und ich zusehen.«

»Die Dokumente? Du glaubst doch nicht etwa, dass die hier vergraben sind?«

»Doch, das glaube ich!« Er wandte sein Gesicht Ranghild zu. »Und Ihr glaubt es doch auch, nicht wahr, Magistra?«

Erneut glitt ein Ausdruck von Hass und Häme über sein Gesicht. Er griff abermals in sein Wams und zog ein Pergament heraus – die vergrößerte Kopie der Skizze, die Elias angefertigt und in der Satteltasche mitgeführt hatte.

»Ist es nicht die Esche, bei der du graben musst? Auf der windabgewandten Seite?«, rief das Narbengesicht, die Stimme triefte vor Spott. »Etwa zwei Ellen tief, so lauten doch die Angaben auf der Skizze, oder irre ich mich?«

Ein grässlicher Fluch schoss über Elias' Lippen. Er spiegelte die ganze verzweifelte Ohnmacht, der er sich gegenübersah. Der Iberger genoss die Situation weidlich, wie das schmutzige Grinsen in seiner Miene verriet.

»Genug der Faselei, Eschenbach«, sagte er schließlich. »Du gehst jetzt zu deinem Packpferd und holst Hacke und Spaten. Dann gräbst du endlich die verdammten Dokumente aus. Und denk dran: Eine falsche Bewegung, und das Blut deiner Schwester spritzt dir entgegen.«

Zähneknirschend gehorchte Elias. Das Graben auf der wetterabgewandten Seite der Esche trieb ihm trotz der morgendlichen Kühle den Schweiß auf die Stirn. Der Boden war hart und mit Gestein durchsetzt, hin und wieder musste er mit der Hacke nachhelfen. Trotz der dramatischen Umstände wuchsen Spannung und Ungeduld in ihm, je tiefer er grub. Dann endlich stieß sein Spaten auf Widerstand. Etwas Dunkles kam zum Vorschein. Die Spannung in ihm wuchs, sein Pulsschlag beschleunigte sich. Er hielt inne und legte den Spaten beiseite.

»Was ist? Fündig geworden, Eschenbach?«, drang die Stimme des Ibergers an sein Ohr.

Ohne zu antworten, ging er am Rand des Loches auf die Knie und grub vorsichtig mit den Händen weiter. Nach und nach legte er eine aus Eichenbrettern gefertigte Holzkiste frei, deren Deckel mit einem rostigen Schloss gesichert war. Die Kiste maß etwa anderthalb Ellen im Quadrat und eine halbe Elle in der Höhe. Elias nahm den Spaten zur Hand und schob das Blatt zwischen Deckel und Kiste; ein dumpfer Knall, der Deckel sprang auf – und er erblickte einen Haufen Asche. Sie war mit Erde vermischt, die im Lauf der Jahre durch die groben Ritzen zwischen den Brettern gesickert war und teilweise klumpte.

Ein ärgerlicher Ausruf entfuhr ihm. Die Spannung, die

er gerade noch empfunden hatte, war herber Enttäuschung gewichen. Hatte sich jemand einen üblen Scherz erlaubt? Er fuhr mit den Händen in den Haufen, zerbröselte die Klumpen und ließ Asche und Erdkrümel durch die Hände rieseln. Er zog einige Fetzen halb verbrannter Pergamente aus der Asche. Die Schrift war nur noch rudimentär zu erkennen und ließ sich nicht entziffern, zu groß war die Zerstörung, die Feuer, Zeit und Umgebung angerichtet hatten. Dann aber, als er nochmals tief in die Kiste griff, ertastete er einen Gegenstand, der sich, als er ihn herauszog, als eine in Wachstuch gewickelte Rolle erwies.

Hastig wischte er die erdigen Hände an seinen Beinlingen ab, entfernte das Wachstuch und hielt gleich darauf ein zusammengerolltes Pergament in den Händen. Er rollte es auf. Verblüfft nahm er zur Kenntnis, dass sie eine an den Finder gerichtete Botschaft enthielt: ›*Komm, kurz bevor der Morgen graut, zur verfallenen Dorfkirche des heiligen Blasius beim Weiler Buchöd. Hinter dem Altar findest du trockenes Reisig und Feuerholz. Schichte es auf den Altar und entzünde ein Feuer. Dann warte hinter der Kirche.*‹

Was sollte das denn? Konsterniert sah er auf das Pergament in seiner Hand.

»Was ist, Eschenbach, verdammt, bring her, was du gefunden hast!«, schrie der Iberger.

Elias ließ das Pergament sich wieder zusammenrollen.

»Hier die Dokumente, auf die man am Habsburger Hof scharf sein soll wie der Teufel auf die arme Seele. Sagtest du das nicht?«, rief er dem Narbengesicht zu und warf ihm die Rolle vor die Füße.

Dem Iberger drohten die Augen aus den Höhlen zu treten.

»Du dreimal verfluchter Hundsfott, das ist doch wohl nicht alles!«, schrie er. »Du verbirgst das Wichtigste. Hol verdammt den Rest aus dem Loch.«

»Der Rest ist Asche. Jemand hat die Dokumente verbrannt. Willst du nicht nachsehen, was auf dem Pergament steht?«, forderte Elias ihn auf. Diesmal war es *seine* Stimme, die vor Hohn triefte.

Heinrich fluchte, er war wütend und wirkte verunsichert. Noch immer stand er dicht neben seiner am Boden sitzenden Geisel. Gänzlich auf die Pergamentrolle fixiert, die etwa eine Elle entfernt am Boden lag, ließ er unbewusst den Dolch sinken, sodass sich seine Hand auf Augenhöhe Ranghilds befand. Sie erkannte unverzüglich ihre Chance. Ruckartig schnellte ihr Kopf zur Seite. Den Mund weit aufgerissen, schlug sie mit aller Kraft dem Iberger die Zähne in die Hand, dass es dumpf knirschte, und verbiss sich wie eine Schlange in seinem Daumenballen. Überrascht von der Attacke und vor Schmerzen brüllend, ließ der Mann den Dolch fallen.

Vier, fünf Sätze genügten Elias, um die Distanz zwischen ihm und dem Narbengesicht hinter sich zu bringen. Mit einem grimmigen Knurrlaut sprang er Heinrich an und stieß ihm beide Fäuste vor die Brust. Der kippte hintüber und schlug mit dem Hinterkopf hart auf dem steinigen Boden auf. Das Letzte, was er wahrgenommen haben dürfte, war der Körper seines Widersachers, der sich auf ihn warf, das Geräusch der tosenden Wutach und der Anblick des Himmels hoch über der Klamm, über den sich das rosafarbene Licht des jungen Morgens gebreitet hatte. Dann brach sein Blick.

Mühsam erhob sich Elias. Heftig atmend stand er vor dem Leichnam, um dessen Kopf sich eine stetig größer werdende Blutlache ausbreitete. Ungläubig musterte er das Gesicht des Toten, dessen starre, ins Leere gerichtete Augen ihn noch vor wenigen Augenblicken hasserfüllt angeglüht hatten.

»Es ist vorbei, Bruder, es ist vorbei«, murmelte Ranghild.

Elias drehte sich um und wandte sich ihr zu. Ein Ausdruck von Ungläubigkeit lag in ihrem Blick, als ob sie der schnellen

Wendung, die sie mit ihrer Attacke herbeigeführt hatte, nicht trauen wollte. Um den halb geöffneten Mund herum war ihr Gesicht blutverschmiert.

Elias ging an ihrer Seite in die Hocke und sah sie verblüfft an.

»Ich habe eine verdammt mutige Schwester!«, murmelte er.

»Vielleicht solltest du deine verdammt mutige Schwester von ihren verdammt lästigen Fesseln befreien«, gab sie zurück.

Wenig später starrte auch Ranghild ungläubig auf die Notiz, die Elias ausgegraben hatte.

»Das ist doch obskur«, meinte sie. »Ein Verwirrspiel. Was sollen wir jetzt tun?«

»Wir werden dem Hinweis natürlich folgen. Selbst wenn die Dokumente verbrannt sein sollten. Der, der diese Notiz vergrub, weiß, warum er dieses Verwirrspiel veranstaltet.«

»Du willst diese Kapelle aufsuchen?«

»*Wir* werden sie aufsuchen. Gleich morgen früh. Im Morgengrauen.«

»Im Morgengrauen?« Ranghilds Stimme klang amüsiert.

»Du hast die Nachricht doch selbst gelesen: *Komm, kurz bevor der Morgen graut, zur verfallenen Dorfkirche des heiligen Blasius beim Weiler Buchöd …*«

Ranghild zuckte mit den Schultern. »Wenn du meinst.«

Elias beschloss, die Kleidung des Toten zu durchsuchen. Zwei zusammengefaltete Briefe waren alles, was er zutage förderte, darunter das Schreiben, das sie bereits kannten. Beide waren von Purkardt Vogelmann aufgesetzt worden. Elias überflog sie.

Ranghild trat an seine Seite. »Und?«, fragte sie.

»Ich gehe davon aus, dass Pertschacher Vogelmann aufforderte, sich in den Dienst des Habsburgers zu stellen. Vermutlich um ihn Spitzeldienste für die Bluthunde Herzog

Albrechts leisten zu lassen. Wer weiß, vielleicht sollte er mich auch in eine Falle locken. Auf jeden Fall sollte er mich ausspionieren. Das ist diesem Bastard auch gelungen, wie diese beiden Briefe beweisen.«

»Mit diesem Schreiben«, fuhr er fort und wedelte mit dem Blatt, das er in der Linken hielt, »forderte Purkardt den Empfänger auf, zu einem Marktstand auf dem Haidplatz zu kommen und Geld mitzubringen. Im Gegenzug würde er ihm die gewünschten Informationen zukommen lassen. Die hatte er auf einem zweiten Schreiben notiert.« Elias hielt das Blatt in seiner Rechten hoch. »Es enthält fast alles, was wir an jenem Vormittag im Archiv der Hanse besprochen haben. Ich könnte mich ohrfeigen, wenn ich dran denke, wie sorglos wir waren.«

Ranghild trat an die Seite ihres Bruders.

»Das heißt, Purkardt wollte sein Wissen verkaufen? Aber wem?«

Elias zeigte ihr das Schreiben in seiner Linken, das den Treffpunkt auf dem Haidplatz benannte.

»Der Brief nennt einen gewissen Vinzenz Eisenstädter als Empfänger. Vermutlich einer der drei Schergen, die Herzog Albrecht auf mich hetzen wollte.«

»Was ist mit dem anderen Schreiben, das die Informationen enthält?«

»Das brauchte er nicht zu adressieren. Purkardt beabsichtigte, es Eisenstädter beim Treffpunkt persönlich zu übergeben, wahrscheinlich nach Entgegennahme des Geldes.«

»Ich glaube kaum, dass Purkardt das Geld erhalten hat. Denk dran, was der Iberger sagte: Purkardt habe ihm die Briefe nicht freiwillig ausgehändigt.«

Elias überlegte. Dann kam ihm ein Gedanke. Er ging zu dem Falben des Ibergers und inspizierte die Satteltaschen. Gleich darauf kehrte er mit einer prall gefüllten Geldkatze zurück. Ein sattes Klirren ertönte, als er den Lederbeutel schüttelte. Er öffnete ihn und ließ einige Münzen durch die Hand gleiten.

»Sieh an, Wiener Pfennige«, bemerkte er grimmig. »Das Blutgeld, das für Purkardt gedacht war! Er muss es den Männern abgenommen haben, nachdem er sie beseitigt hatte. Damit füllen wir unsere Reisekasse auf«, meinte er sarkastisch.

»Wenn wir zurück in Regensburg sind, knöpfen wir uns diesen Archivar vor, dann erfahren wir sicher mehr«, meinte sie.

»Sofern er noch lebt. Wenn Heinrich nicht davor zurückschreckte, die Männer über die Klinge springen zu lassen, die der Herzog auf mich hetzen wollte, wird er Purkardt kaum verschont haben«, antwortete er.

»Er hat ihn auf dem Haidplatz getroffen, auf dem Markt. Ob sich ihm da die Möglichkeit geboten hat, ihn zu beseitigen, wage ich zu bezweifeln.«

»Nichts leichter als das. Der Markt wimmelt vor Menschen. Ein Rempler, ein schneller Stich in dem ganzen Gedränge und Geschiebe – und das war's. Bis die Umstehenden mitbekommen, was geschehen ist, verliert sich die Spur des Mörders in der Menge.«

Ranghild deutete mit dem Kopf auf den leblosen Körper Heinrichs. Er lag nur wenige Schritte von der Uferkante entfernt.

»Was machen wir mit ihm?«, fragte sie.

Wortlos trat Elias an den Leichnam heran, rollte ihn mit dem Fuß bis zur Kante und beförderte ihn mit einem Fußtritt in die weiß schäumenden Fluten.

Kapitel 67

Schwarzwald, Weiler Buchöd
3. Juni Anno Domini 1337

Sie erreichten ihr Ziel, noch bevor die Sonne aufging. Es war kühl, weißer Dampf entstieg den Nüstern der Pferde, während Ranghild und Elias die mit Trümmern, Steinen und Geröll übersäte Straße entlangritten, die sich durch den ehemaligen Weiler zog.

»Buchöd! Der Ort macht seinem Namen alle Ehre«, murmelte Ranghild fröstelnd und zog den Umhang, der um ihre Schultern lag, enger.

»Ja, hierher dürfte sich kaum einer verirren«, meinte Elias.

»Du sagst es. Hier dürfte ein Geheimnis gut aufgehoben sein.«

»Du glaubst, dass wir auf ein Geheimnis stoßen?«

»Wer weiß? Das mit dem Feuer, das wir entzünden sollen, klingt mir durchaus danach.«

Im Schritt ritten sie weiter. In der aschfarbenen Dämmerung des beginnenden Morgens wirkte alles seltsam schattenlos und öde. Die wenigen Gebäude rechts und links der Straße vegetierten nur noch als Ruinen vor sich hin. Ein Brand hatte sie vor Jahrzehnten vernichtet und die Bewohner vertrieben. Efeu und andere Klettergewächse hatten Besitz von den zerborstenen Mauern ergriffen. Moose und Flechten krallten sich in die Ziegel und Feldsteine, die überall herumlagen, und wucherten selbst auf Brettern, Bohlen und Balken.

Als schwarz verkohltes Gerippe ragte ein Dachstuhl in den dämmrigen Himmel. In den Mauern saßen Fensteröffnungen wie leere Augenhöhlen in einem Totenschädel. Aus einem Steinhaufen heraus grüßte keck ein Büschel roter Mohnblumen, als wollte es dem morbiden Bild des Zerfalls, das sich ringsum bot, trotzig ein wenig Leben einhauchen.

»Da, hinter dem Wäldchen muss die Dorfkirche liegen.« Elias deutete auf ein breites, lichtes Waldstück, das sich vor ihnen auftat. Noch gestern hatten sie einen Bauern nach dem Weg gefragt. Zwar war der Weiler auf der Skizze erwähnt, der Hinweis auf die Kirche fehlte jedoch.

Sie ritten weiter und sahen bald darauf das marode Gebäude zwischen den Stämmen hindurchschimmern. Die verfallene Dorfkirche erhob sich inmitten einer weitflächigen Wiese, die am Horizont von der dunklen Mauer eines Waldes begrenzt wurde. Als schwarzes Loch gähnte ihnen das weit offen stehende Portal entgegen. Einer der Türflügel hing schief in den Angeln, der andere lag am Boden. Dem als Glockenturm ausgebildeten Dachreiter hoch über dem Portal fehlte der Abschluss, er sah aus wie geköpft.

Sie saßen ab und betraten die Kirche. Trümmer und die vielen Sakralräumen eigene Düsternis empfingen sie. Es roch nach Moder und Fäulnis, Kot und Urin; offensichtlich hatten Tiere von der Ruine Besitz ergriffen. Im vorderen Bereich war ein Teil des Daches eingebrochen, Gebälk war in den Innenraum gestürzt, lediglich der hintere Teil, der den Altarbereich überwölbte, war noch einigermaßen intakt. Geborstene, mit Erde und Dreck verunreinigte Steinfliesen bedeckten den Boden, Gras wuchs zwischen den Fugen, an manchen Stellen fehlte sie gänzlich, an anderen hatten zarte Pflänzchen die Fliesen gesprengt. Vor der rechten Wand des Kirchenschiffs hatte sich ein krummes, grünes Bäumchen einen Platz ertrotzt.

Sie gingen zum Altar, der bar jeder liturgischen Geräte und Paramente vor sich hin dämmerte. Er bestand aus Marmor und hatte die Form eines auf der Rückseite offenen Kastens. Erde, Dreck und Laub, das durch die Fenster hereingeweht worden war, bedeckte die Platte. Durch das dahinter befindliche Spitzbogenfenster fiel kaltes, graues Licht und ließ ihn wie einen verwitterten heidnischen Opferstein aussehen, auf dem ein Fluch lastete.

Elias ging zur Rückseite des Altarklotzes.

»Tatsächlich. Der gesamte Hohlraum ist mit Reisigbündeln und Holzscheiten ausgefüllt.«

»Dann lass uns an die Arbeit gehen.«

Nur wenig später schossen die Flammen auf dem Altar empor, als verzehrten sie ein Tieropfer. Der Anweisung folgend, verließen sie die Kirche und traten auf die Rückseite des Gebäudes. Der Schein des Feuers und Rauch drangen aus dem hinter ihnen befindlichen Spitzbogenfenster und vermischten sich mit dem nebligen Grau des heraufdämmernden Tages zu einem schmutzigen Rot. Ein gespenstisches, in der Dämmerung des Morgens weithin sichtbares Signal.

Vor ihnen lag eine weitläufige Wiese, am Horizont begrenzt von der dunklen Mauer des Waldes, den sie schon vorher wahrgenommen hatten. Aus dem taubenetzten Gras stiegen Nebelschwaden. Einige Hundert Schritt entfernt präsentierte sich ihnen der Anblick einer schlafenden Schafherde: Dutzende dunkler Leiber, die im bleifarbenen Licht der Dämmerung wie Steinklötze am Boden lagen, nur einige wenige Tiere standen aufrecht und hielten ruhig Wacht. Inmitten der Herde stach der Umriss eines Schäferkarrens in den jungen Morgen. Aus der Ferne drangen vereinzeltes Blöken und verhaltenes Hundegekläff an ihr Ohr.

»Sieh doch, da kommt wer«, murmelte Ranghild.

Ein auffallend hochgewachsener Mann von magerer Statur

schritt mitten durch die Herde über die tauglitzernde Wiese direkt auf sie zu. Der schwarze Umhang, der um die dürre Gestalt schlotterte, ein breitkrempiger Hut gleicher Farbe und der übermannshohe Krummstab in seiner Hand verrieten den Schäfer. Neben ihm her trottete ein schwarzer Hund.

Je näher er kam, desto mehr festigte sich der Umriss seiner Gestalt. Der Hut saß ihm tief in der Stirn. Augen- und Nasenpartie verbargen sich im Schatten der Krempe. Lediglich der dünnlippige Mund und ein verfilzter grauer Bart, der den unteren Teil des Gesichtes rahmte, waren zu erkennen.

Kurz bevor er die beiden erreicht hatte, blieb er stehen und hob den Blick …

»Mein Gott!«, murmelte Elias.

Ranghild blieb das Wort, das aus ihr herausschießen wollte, im Halse stecken, sie brachte es nur zu einem stummen Bewegen der Lippen.

Sie sahen in ein furchtbar entstelltes Gesicht, über das der rötlich zuckende Schein des Feuers huschte. Der linke Nasenflügel fehlte. Das linke Augenlid hing schlaff herunter. Der schmale Spalt zwischen den beiden Lidern wirkte wie mit Pech ausgegossen.

»Ich wusste, der Schein des Feuers würde mich eines Tages rufen«, rief der Alte mit heiserer Stimme. »Ich habe mich nicht getäuscht. Es ist geschehen.«

Er trat einen weiteren Schritt auf sie zu und musterte sie mit einem stechenden Blick des gesunden Auges. Der Hund knurrte und fletschte die Zähne, Sabber hing ihm von den Lefzen.

»Ihr seid noch jung«, knurrte der Schäfer, »das irritiert mich. Aber ich weiß, dass Ihr im Auftrag einer ganz bestimmten Macht hier seid …«, die Stimme des Alten wandelte sich zu einem verschwörerischen Flüstern, »einer bösen Macht, einer sehr bösen Macht. Die Macht, die Euch ausschickte, die Dokumente zu bergen. Ihr hofftet, sie in der Schlucht vorzufinden, stattdessen seid Ihr auf einen Haufen Asche in einer alten Kiste gestoßen. Und auf die Nachricht, die ich dort hinterließ, die Euch das Feuer auf dem Altar entzünden ließ. Nicht wahr?« Ein Kichern brach aus ihm heraus. »Welche Macht schickt Euch? Die Habsburger? Haben sie ihre Rachegelüste immer noch nicht aufgegeben? Oder die Nachfolger der ehemaligen Verschwörer, die die eigentlichen Anstifter waren. Die Angst haben, dass nach vielen Jahren die Wahrheit über ihre Vorgänger ans Licht gelangt? Die Nachfahren Heinrichs, des Luxemburgers, etwa, der uns in Acht und Bann legte, oder die der Kurfürsten, die uns damals das Blaue vom Himmel versprachen, wenn wir den König töten würden, und die sich nicht an ihr Versprechen gehalten haben? Wer ist es, der immer noch an die Dokumente heranwill? Sagt es mir!«

Ein kalter Schauer rann Elias über den Rücken. Ranghild hatte fassungslos die Hand vors Gesicht geschlagen.

Kein Zweifel. Der Alte, der, auf seinen Schäferstab gestützt, vor ihnen stand, war ihr Vater! Der Armbrustbolzen mochte ihn seinerzeit das linke Auge gekostet und ihm das Gesicht zerstört haben, getötet hatte er ihn nicht.

»Ich sehe, ich irritiere Euch?«, fuhr der Alte in seltsam vergnüglichem Ton fort. »Ihr fragt Euch, was es mit der Nachricht, auf die Ihr in dem Versteck gestoßen seid, auf sich hat? In die Ruine einer Dorfkirche einzudringen, ein Feuer auf dem Altar zu entzünden – das muss doch die Idee eines Verrückten sein! Das denkt Ihr doch, nicht wahr?« Erneut brach ein seltsames Kichern aus dem Schäfer heraus, das sich zu einem sardonischen Gelächter steigerte und Elias und Ranghild schaudern ließ.

Das Gelächter eines Wahnsinnigen!

»Ich will es Euch sagen«, fuhr der Schäfer gönnerhaft fort,

nachdem er sich wieder gefangen hatte. »Mir war klar: Sollte es nach dieser langen Zeit noch jemanden geben, der an der Sache von damals interessiert ist, würde er nichts unversucht lassen, um an die Dokumente zu gelangen.« Die Stimme des Schäfers geriet ins Zischen. »An diese gottverfluchten, mit den Siegeln von Herzögen, Erzbischöfen und Fürsten versehenen Schreiben, auf die wir damals vertrauten, die sich als wertlos erwiesen, nichts als Tod und Verderben brachten. Und er würde den kennlernen wollen, der sie vernichtete und sie zu Asche werden ließ. Den, der den Inhalt der Dokumente kennt. In der Hoffnung, vielleicht doch noch in den Besitz eines geheimen Wissens zu gelangen, das ihm Geld einbrächte. Auch um den Preis, dass damit die Welt aus den Fugen geriete. Denn das würde sie, würde das Geheimnis dieser Dokumente ans Tageslicht gezerrt, das versichere ich Euch. Aber ich habe dies verhindert, versteht Ihr? Ich, Ritter Walter von Eschenbach, habe die Welt vor dem Untergang bewahrt!« Er ballte die Rechte zur Faust und schlug sich pathetisch an die Brust. »Ich ließ sie zu Asche werden, diese verdammten Dokumente, bald nachdem es mir gelungen war, den Bastarden zu entkommen, die mich an die Habsburger ausliefern wollten. Die Flucht kostete mich eines meiner Augen. Hier, seht Ihr?«

Er trat einen weiteren Schritt näher, schob mit Daumen und Zeigefinger der linken Hand Ober- und Unterlid auseinander und ließ sie in eine grässliche schwarze Höhle blicken. Er stand ganz dicht vor ihnen, sie konnten den sauren Geruch riechen, den er verströmte, aus seinem Mund schlug ihnen fauliger Atem entgegen.

»Und jetzt sagt mir endlich, wer Ihr seid. Und in wessen Auftrag Ihr hier seid. Und wer Euch das Versteck verraten hat. Der Einzige, der davon wissen konnte …«

Er unterbrach sich. Elias hatte das Medaillon vom Hals genommen und streckte es ihm wortlos entgegen. Das Kupfer schimmerte im Schein des Feuers, der noch immer den Platz hinter der Kapelle ausleuchtete.

»Mir scheint, Ihr wisst wirklich nicht, wer wir sind«, murmelte Elias.

Dem Schäfer drohte das verbliebene Auge aus der Höhle zu treten.

»Das … das … woher … woher … zum Teufel …?«, flüsterte er heiser.

»Vater!«, schrie Ranghild mit einem Mal laut auf. Sie konnte nicht länger an sich halten und stürzte mit ausgebreiteten Armen auf den Schäfer zu.

Der sprang zurück, als würde der Teufel persönlich nach ihm greifen wollen.

»Verflucht! Bleib … Bleib mir vom Leib, Tochter des Satans«, murmelte er entsetzt.

Fassungslos verharrte Ranghild mitten in der Bewegung.

»Aber Vater! Wir sind's doch, verstehst du denn nicht?«, schluchzte sie laut auf. »Ranghild, deine Tochter! Elias, dein Sohn! Dein eigen Fleisch und Blut steht vor dir, Vater!«

»Nein! Nein, verdammt!«, fluchte er aufs Neue und reckte ihr beide Handflächen entgegen. Dann brach es aus ihm heraus. »Geht! Geht zur Hölle und kommt nie wieder!«, brüllte er. Er umfasste mit beiden Händen seinen Stock und versuchte nach Ranghild zu schlagen, die entsetzt einen Schritt zurücksprang. Elias reagierte blitzschnell. Er ließ das Medaillon fallen, packte den Stock und wand ihn dem Alten aus der Hand. Der Hund, der seinen Herrn in Gefahr sah, ließ ein kehliges Grollen vernehmen und setzte zum Sprung an. Noch bevor es dazu kam, schwang Elias den Stab und ließ ihn auf den Rüden niedersausen, der mit einem Jaulen das Weite suchte. Der Schäfer stolperte einige weitere Schritte rückwärts; ein irres Flackern trat in sein gesundes Auge, dann drehte er sich um und sprang behände dem Hund hinterher.

»Vater!«, rief Ranghild verzweifelt, erneut laut aufschluchzend. »Vater, bitte!«

Elias schlang seine Arme um sie und drückte sie fest an sich. Eine unbekannte Kälte stieg in ihm auf. Und eine nie gekannte traurige Wut. Er wusste, dass dies die letzte Begegnung mit dem Vater sein würde, der Verstand und Seele an den Wahnsinn verloren hatte.

»Lass gut sein, Ranghild«, murmelte er, während er ihr Haar streichelte. »Das, was in ihm sein sollte, ist erloschen. Es wird nicht wiederkehren.«

Sie sahen dem Schäfer nach, wie er, seinem Hund folgend, zurück zu seiner Herde und dem Karren stolperte. In dem Maß, wie er sich entfernte, verschmolz seine Gestalt mit dem aschfarbenen Grau des Morgens und verlor sich als schemenhafter Schatten im Nebel.

Epilog

»Ich verstehe es nicht, ich kann es immer noch nicht fassen«, murmelte Ranghild. Abseits der Stelle, an der der Kaufmannstross sein Lager aufgeschlagen hatte, saß sie zusammen mit ihrem Bruder, an den Stamm einer Eiche gelehnt, am Boden. Zu ihren Füßen schlugen die Wellen des Bodensees rhythmisch ans Ufer. Gedankenverloren kaute sie auf einem Grashalm herum und blickte über den See hinweg in die Ferne. Weit draußen am Horizont grüßte das blaue Band der Alpen.

Bereits gestern waren sie auf die Reisegruppe Abellas gestoßen, die sich dem Handelszug eines Florentiner Kaufherrn angeschlossen hatte, der auf dem Rückweg war.

Jetzt lagerte der Tross am Ufer des Bodensees gegenüber der Stadt Konstanz. Am Nachmittag würde man aufbrechen, am frühen Abend Konstanz erreichen und am nächsten Tag nach Sankt Gallen weiterziehen.

»Als hätte es uns nie gegeben«, spann Ranghild ihre Gedanken weiter.

Elias wusste, was sie meinte. Seine Schwester sperrte sich noch immer gegen den Gedanken, den Vater verlorengeben zu müssen, kaum dass sie ihn gefunden hatten.

»Ich weiß, Ranghild, es ist hart, aber wir müssen uns der Wirklichkeit stellen. Für ihn existieren wir nicht mehr. Er empfindet nichts mehr für die, die er einst geliebt hat. Er lebt nur noch für sich. Der Wahnsinn hat ihm den Verstand und die Seele geraubt. Darum: Lass es gut sein. Lass uns nach vorne schauen. Hätte das nicht auch die Kräutergret gesagt?«, sagte er.

Ranghild spuckte den Strohhalm aus und erhob sich mit einem entschiedenen Ruck.

»Du hast recht. Das hätte sie.« Sie streckte ihm die Rechte entgegen. Er ergriff sie, halb ließ er sich hochziehen, halb sprang er auf.

Ein Schatten näherte sich. Abella trat heran, sie lächelte.

»Na, ihr beiden, wollt ihr nicht ans Feuer kommen zum Mittagsmahl? Es gibt seefrischen Fisch.« Und an Elias gewandt: »Du willst uns bald verlassen, habe ich gehört?«

»Ja, Abella. Ich begleite euch noch bis Konstanz. Morgen früh breche ich wieder nach Regensburg auf. Man erwartet mich in einer Woche zurück.«

Abella nickte. »Dann muss es wohl so sein. Ich hoffe, du besuchst uns baldmöglichst in Salerno?«

Elias nickte. »Das werde ich.«

Ranghild blickte mit einem zärtlichen Schmunzeln zu ihm auf. »Versprich es, Bruderherz. Schwöre es.«

Er küsste sie auf die Stirn. »Ich schwöre es, Schwesterherz«, murmelte er, »ich schwöre es hoch und heilig!«

Nachwort

Wie in den meisten historischen Romanen sind auch in DIE SIEGEL DES TODES Fiktion und Realität eng miteinander verwoben.

So wie Ranghild und Elias, die Hauptprotagonisten der vorliegenden Handlung, meiner Fantasie entsprungen sind, sind auch die unterschiedlichen Situationen, denen sie sich in ihrer spätmittelalterlichen Lebenswelt gegenübersehen, Fiktion. Aber so abenteuerlich und schillernd sich die Erlebnisse der beiden lesen – ihr Schicksal könnte sich in der ersten Hälfte des 14. Jahrhunderts durchaus so zugetragen haben wie im Roman beschrieben. Denn wenn auch die im Buch geschilderten Ereignisse fiktiv sind: Der historische Hintergrund, vor dem sie ablaufen, ist real.

Im Folgenden einige Anmerkungen für den historisch näher interessierten Leser:

SCHWARZWALD

Sowohl die in den tiefen Wäldern des Schwarzwalds (und natürlich auch in anderen waldreichen Gegenden) hausenden Köhler wie auch die Wasenmeister und Schinder standen auf der sozialen Leiter jener Zeit ganz unten. Ebenso wie Schäfer, Müller, Totengräber, Türmer, Gaukler und Spielleute. Als Angehörige der sogenannten »unehrlichen Berufe« genossen sie so gut wie keine Rechte. Insofern tauscht Elias, der sich zur Truppe der Gaukler um Jörg Jörgelin gesellt, die demütigende Behandlung, die er von seinem Brotherrn Utz Herrlinger erfährt, durchaus gegen eine nie zuvor gekannte Freiheit ein. Andererseits bleibt er als »Fahrender« noch jahrelang dem Stigma der *macula infamiae* verhaftet, das die Angehörigen der »unehrlichen Berufe« zu Parias der spätmittelalterlichen Gesellschaft machte.

Kräuterfrauen hingegen – wie die Kräutergret, bei der Ranghild Zuflucht findet – bewegten sich auf der mittelalterlichen Meinungsskala zwischen zwei Extremen: Einerseits als »weise Frauen« hoch angesehen (insbesondere bei den einfachen Leuten), wurden sie andererseits verteufelt und ihre oft nicht zu leugnenden Erfolge bei der Bekämpfung von Krankheiten dem Wirken dämonischer Kräfte und der schwarzen Magie zugeschrieben.

Belegt ist auch die Herstellung von Arzneien nicht nur tierischer, sondern auch menschlicher Herkunft, *animalia* genannt. Hierbei fanden die Leichenteile hingerichteter oder durch Unfälle ums Leben gekommener, aber auch eines natürlichen Todes verstorbener Menschen Verwendung. Teilweise wurden für solche »Arzneien« (Armsünderfett, Knochenmehl, wie das aus menschlichen Köpfen gewonnene *cranium humanum*, das Blut junger »reiner« Menschen etc.) viel Geld bezahlt. Eine Vorstellung, vor der uns zu Recht graut. Unter anderem für diese Art von »Medikation« verwendet man heute die durchaus passende Bezeichnung »Dreckapotheke«.

SALERNO

Die Ärztinnen und Ärzte der im 10. Jahrhundert gegründeten Schule von Salerno waren berühmt für ihr Wissen und ihr Können und dementsprechend hochgeachtet. Obwohl der Niedergang der Schule schon im 13. Jahrhundert deutlich Fahrt aufgenommen hatte, gab es noch im 14. Jahrhundert Persönlichkeiten wie die im Roman erwähnte Ärztin Abella, die die berühmte Tradition des Forschens und Lehrens fortsetzten. Petrarca, der im 14. Jahrhundert lebende italienische Dichter und Geschichtsschreiber, sagte über die Schule von Salerno: »*Salernum medicinae fontem ac gymnasium nobilissimum … – Salerno ist der Quell der Heilkunde und eine der vornehmsten Schulen …*«

Was die Schule, an der auch Philosophie, Theologie und Jurisprudenz gelehrt wurde und die oft die »erste Universität Europas« genannt wird, auszeichnete, war die Tatsache, dass auch Frauen zum Medizinstudium zugelassen wurden, und nicht nur das: Sie durften sogar lehren. Ein für diese Zeit und noch für die nachfolgenden Jahrhunderte unerhörtes Novum in Europa. So wundert es nicht, dass der Frauenheilkunde in Salerno eine überaus wichtige Rolle zukam. Berühmte Persönlichkeiten an der Schola waren unter anderem: Trota (Trotula) von Salerno (11. oder 12. Jh.; die wahrscheinlich berühmteste unter den Frauen an der Schola), Gariopontus (11. Jh.), Mitglieder der Familie Platearius, der vermutlich auch Trota angehörte, Constantinus Africanus (11. Jh.), Rebecca de Guarna (12. Jh.) sowie Abella (14. Jh.) und andere. Fast alle von ihnen waren auch Verfasser medizinischer bzw. pharmakologischer Schriften.

Der Unterrichtsstoff an der *Schola* (an der schließlich auch die Ranghild aus meinem Roman studieren darf) gründete sowohl auf den Erkenntnissen und Schriften antiker Ärzte und Heilkundiger wie Galen, Hippokrates, Dioskurides und anderer damals als Kapazitäten anerkannter Autoren, jedoch fanden auch Begriffe und Ansichten aus arabischen, jüdischen und persischen Quellen Eingang. So waren auch Avicenna (Ibn Sina) und Rhazes hochgeachtete Autoren, deren Werke ins Lateinische übersetzt wurden.

Wenngleich die meisten Diagnosen und Therapievorschläge bei uns heute ungläubiges Kopfschütteln und ein gewisses Amüsement auslösen – wie etwa die Theorie von der sogenannten »Erstickung durch die Gebärmutter« –, dem Forschen und Schaffen der Salernoer Ärzte und Ärztinnen verdanken Anatomie, Chirurgie und Pharmazie wichtige Impulse. Und da nicht nur die Heilung, sondern auch die Prävention breiten Raum einnahm, können die Ärztinnen und Ärzte an der Schola durchaus als Wegbereiter für die empirische Methode innerhalb der medizinischen Forschung angesehen werden.

Übrigens: Wenn auch viele der Empfehlungen und Therapiemethoden für unsere Ohren recht abenteuerlich klingen – einige waren durchaus geeignet, die Leiden der Patienten zu lindern oder gar zu heilen. Dass dabei auch psychologische Faktoren wie etwa eine starke Vorstellungskraft eine Rolle gespielt haben dürften, die das Selbstheilungspotenzial aktivierten, liegt auf der Hand, tut dem Ergebnis jedoch keinen Abbruch.

REGENSBURG

Ich gestehe, dass ich vor der komplexen und komplizierten Situation, in der sich die »Freie Stadt« Regensburg im 14. Jahrhundert präsentiert, manchmal fast kapituliert hätte.

Wenngleich ich mir auch in diesem dritten Teil des Romans eine Reihe von Freiheiten genommen habe, habe ich mich bemüht, zumindest die Eckpfeiler der historischen Gegebenheiten möglichst authentisch abzubilden. Auch einige der in diesem Teil erwähnten Personen haben wirklich gelebt, die Ausschmückung der Charaktere hingegen sowie auch die Art und Weise, wie sie agieren, habe ich dem Plot der Handlung angepasst.

Prägend für die politische Situation Regensburgs während der ersten Hälfte des 14. Jahrhunderts war der Kampf um die Stadtherrschaft. Die Stadt litt einerseits unter der ständigen Konfrontation mit Ludwig IV., später auch »der Bayer« genannt, der deutscher König, Römischer Kaiser und bayerischer Herzog in Personalunion war und als Wittelsbacher danach trachtete, die Stadt völlig unter seinen Einfluss zu bringen, andererseits auch unter den innerstädtischen Machtkämpfen. Um die Vorherrschaft stritten sich hauptsächlich zwei Parteien. Dem städtischen, mit vielen Privilegien ausgestatteten Verwaltungspatriziat (Adel und Ritter), das zusammen mit den Münzern und Brauern die eine Partei bildete, standen auf der anderen Seite die Bürger und das Patriziat der Kaufleute gegenüber. Der sogenannte Aueraufstand während der Jahre 1330 bis 1334 bildete den vorläufigen Höhepunkt dieser Krise. Im Zentrum der Auseinandersetzung stand Bürgermeister Friedrich Auer zu Brennberg, der ein geradezu diktatorisches Regime errichtete und zusammen mit anderen seines Geschlechts und weiteren Unterstützern 1334 von den Bürgern und einer Mehrheit des Rates aus der Stadt vertrieben wurde. Ungeachtet dessen ging die Fehde zwischen der Stadt und den Auern sowie deren Unterstützern weiter, trachteten sie doch nach wie vor danach, ein dauerhaftes Stadtregiment ähnlich dem der Medici in Florenz zu errichten. In Ludwig IV. fanden sie einen mächtigen Unterstützer. Nach ihrem Rauswurf aus der Stadt ließen sie von ihren Burgen aus Handelszüge nach Raubrittermanier überfallen und zettelten auch sonst eine Fehde nach der anderen an. Die Situation gipfelte schließlich im sogenannten »Anschlag auf die Stadtmauer«. Am 25. Mai 1337 (»am Dienstag vor St. Urban«) wurde ein Gang entdeckt, der unter der Stadtmauer beim Ägidienplatz (früher: Sankt-Gilgen-Platz) gegraben worden war, um den Truppen des Kaisers einen Einfall zu ermöglichen und sich der Stadt zu bemächtigen. Zwei der Arbeiter, die in flagranti erwischt werden konnten, wurden festgenommen und nur wenige Tage später an den Zinnen der Stadtmauer gehängt. Als Kopf der Verschwörer wurde der Patrizier Konrad Frumolt, ein Parteigänger der Auer und des Kaisers, ausgemacht, dem es zunächst gelang zu fliehen. Später wurde er festgenommen und 1339 durch Erdrosseln hingerichtet. Noch heute erinnert eine Tafel im Hof des Altenheims St. Josef am Ägidienplatz an den Vorfall.

DER MORD AN ALBRECHT I., RÖMISCH-DEUTSCHER KÖNIG, AM 1. MAI 1308

Am 23. Juni 1298 wurde Albrecht, Graf von Habsburg und Herzog von Österreich, vom Kurfürstenkolleg der sieben Kurfürsten als Albrecht I. zum römisch-deutschen König gewählt. Die Stammburg seines Geschlechts, die Habsburg, befand sich in der Schweiz, erst von 1278 an verlagerte sich der Herrschaftssitz nach Wien.

1308 hielt sich Albrecht unweit seiner Stammburg in der Schweiz in der Nähe des Städtchen Brugg auf, wo sich auch sein Neffe, Johann von Schwaben, Herzog von Österreich und Steyer, der Sohn von Albrechts verstorbenem Bruder, befand. Johann war schon seit einiger Zeit bemüht, seinen Onkel dazu zu bewegen, ihm das ihm zustehende Erbe zu überlassen. Dieser jedoch vertröstete permanent den Neffen, was dazu führte, dass Johann den Spitznamen »Johann Ohneland« verpasst bekam. Zorn und Frust brachten den erst achtzehnjährigen Herzog dazu, sich mit vier Getreuen, den Freiherren und Rittern Rudolf von Wart, Rudolf von Balm, Walter von Eschenbach und Konrad von Tegerfelden – allesamt Rivalen des habsburgischen Königs –, gegen den Onkel zu verschwören und ihn zu töten. Das Motiv: Rache, so die Meinung der meisten Historiker. Eine Version, die einer näheren Prüfung nicht standhalte, meinen wiederum andere ernst zu nehmende Geschichtsforscher, die mehr als nur einen Racheakt vermuten und auf die Vorteile hinweisen, wie sie beispielsweise einigen der Kurfürsten und anderen Personen aus der Tat erwuchsen. Johann selbst mochte die Erwartung gehegt haben, dass die Beseitigung Albrechts die politische Lage im Reich destabilisieren und das Gefüge der habsburgischen Herrschaft erschüttern würde. Dies hätte ihm Möglichkeiten an die Hand gegeben, sein Erbe doch noch anzutreten.

Am 1. Mai 1308 beabsichtigte Albrecht, seiner Frau entgegenzureiten, die sich auf dem Weg zu ihm befand. Was an diesem Tag geschah, darüber berichten die Chronisten unterschiedlich und zum Teil widersprüchlich. Johann und seinen Mitverschwörern gelang es, den König vom Rest seiner Entourage zu trennen und mit ihm auf einer Fähre die Reuss zu überqueren. Bei dem Ort Windisch kam es dann zur Tat. Johann, der mit seinen Mitverschworenen den König tötete, erhielt später den Beinamen *Parricida* (lat. Verwandtenmörder). In meiner Schilderung des Mordes habe ich mich unterschiedlicher Quellen bedient und daraus eine für meinen Plot passende Version gemacht.

Eine der Quellen bildete für mich die Darstellung des Schweizer Historikers Johannes von Müller, der ich allerdings nicht in allen Punkten gefolgt bin. Hier ein Auszug:

»Mittwoch nachmittags, am ersten Mai, in dem zehnten Jahr seit König Adolf durch oder bei ihm erschlagen worden, ritt König Albrecht … scherzend … durch die Thalgründe an die Ueberfahrt bei Windisch; hier wurde er unter dem Schein, daß der Kahn möglichst wenig beschwert werden dürfe, durch die Verschwornen von allen übrigen getrennt. Auf dem Stammgut in dem [Habsburger] Eigen, durch das große Kornfeld unten an den Hügeln, wo Habsburg ist, in der Ebene, wo die alte Vindonissa lag, ritt König Albrecht zwischen dem von Eschenbach und Wart; Balm folgte; Johann säumte, das Schiff aufzuhalten, daß es nicht schnell mehrere herüber hole … Man kam in Gebüsche: Johann hervor: »Es ist genug«! Der von Eschenbach fiel dem König in den Zaum; Albrecht erstaunt, hielt es noch für einen Scherz. Plötzlich Herzog Johann laut: »Hier der Lohn des Unrechts!« und rannte den Speer ihm in die Gurgel. Da spaltete Balm ihm den Kopf; da schlug Eschenbach ihn durch das Antlitz. Betäubt stand Wart …«

Da Konrad von Tegerfelden in der Darstellung von Müllers fehlt, er jedoch in eine Reihe anderer Quellen Erwähnung findet, habe ich mir, wie bereits oben erwähnt, die Freiheit genommen, bei der Schilderung des Königsmordes (Prolog) meine eigene Version zu erstellen.

Nach vollbrachter Tat flohen die Mörder auf die Frohburg, dessen Besitzer ihnen jedoch die Aufnahme verweigerte. Monate später entschied sich das Schicksal der Königsmörder endgültig. Walter von Eschenbach flüchtete in den Schwarzwald, wo er viele Jahre später unerkannt als Viehhirte starb. Rudolf von Balm floh nach Basel, wo er sich bis zu seinem Lebensende im Konversenhaus verstecken musste. Rudolf von Wart wurde grausam hingerichtet: Man flocht ihn aufs Rad. Johann selbst soll wenige Jahre später in Pisa in einem Kloster gestorben sein. Über das weitere Schicksal Konrad von Tegerfeldens ist nichts bekannt ...

Verzeichnis wichtiger Quellen

P. Thommes, *Wald und Metall – eine Methode zur Rekonstruktion der Waldschädigung durch ur- und frühgeschichtliche Meiler- und Verhüttungstechnologie*, Dissertation, Universität Freiburg i. Br., Freiburg, 1997

CIBA-Zeitschrift April 1938, Nr. 56 »Die Schule von Salerno«

Konrad Goehl: *Frauengeheimnisse im Mittelalter. Die Frauen von Salerno*, Deutscher Wissenschafts-Verlag (DWV), Baden-Baden, 2010

Johannes von Müller: *Der Geschichten Schweizerischer Eidgenossenschaft. Dritter Theil. Von dem Aufblühen der ewigen Bünde. Zweites Buch. Erstes Capitel (Johannes von Müllers sämtliche Werke. Hrsg.: Joh. Georg Müller), Stuttgart/Tübingen, 1832, S. 5-17*

F. X. von Wegele: *Albrecht I. (deutscher König). In: Allgemeine Deutsche Biographie, Bd. 1 (1975), S. 227 (Internet: Wikisource)*

Franz von Krones: *Johann Parricida in: Allgemeine Deutsche Biographie, Band 14 (1881), S. 415-417, digitale Volltextausgabe in Wikisource*

Johann Schmuck: Ludwig der Bayer und die Reichsstadt Regensburg. Der Kampf um die Stadtherrschaft im späten Mittelalter (Regensburger Studien und Quellen zur Kulturgeschichte), Universitätsverlag Regensburg GmbH, 1997

Carl Theodor Gmeiner: Reichsstadt Regensburgische Chronik, 1800

Felix Zimmermann: Der Aueraufstand in Regensburg 1330-1334, Studienarbeit, 2011

Armand Baeriswyl: Stadt, Vorstadt und Stadterweiterung im Mittelalter, Teil 4: Die Erweiterungen von Freiburg i.Br. (Dissertation), Herausgeber: Schweizerischer Burgenverein, Basel, 2003

Lexikon des Mittelalters in 9 Bänden, dtv, 2003

Internet: Mittelalter-Lexikon, Kleine Enzyklopädie des deutschen Mittelalters (gegründet von Dr. Peter C. A. Schels)

Außer den hier angegebene Quellen hab ich eine Anzahl weiterer im Internet genutzt. So etwa auch eine Reihe von Beiträgen, die unter dem Link heimatforschung-regensburg.de zu finden sind. Ein herzliches Dankeschön an all die vielen Verfasser einschlägiger Artikel, denen ich wertvolle Informationen zu den unterschiedlichsten Themen verdanke.

Dank

Jeder Roman hat Geburtshelfer, die ihn das Licht der Öffentlichkeit erblicken lassen und denen großer Dank gebührt. Ein herzliches Dankeschön geht an meinen langjährigen Literaturagenten Thomas Montasser für sein umsichtiges, dabei immer auch leidenschaftliches Engagement sowie an meine Lektorin Pascalina Murrone bei HarperCollins für ihre profunde und engagierte Arbeit: ihren untrüglichen Blick fürs Wesentliche und ihre Art, konstruktive Kritik so zu verpacken, dass sie motiviert und einen voranbringt.

Danke auch an alle übrigen Mitarbeiterinnen und Mitarbeiter bei HarperCollins, die zum Erscheinen von *Die Siegel des Todes* beigetragen haben und dafür sorgen, dass er überall dort präsent ist, wo hungrige Leserinnen und Leser auf spannenden historischen Lesestoff warten. Ebenso bedanke ich mich bei den Freunden Stefan Sporrer, Uwe Vieldorf, Richard Riedlberger sowie bei meiner Schwiegertochter Jasmin fürs Probelesen und ganz besonders bei meinem langjährigen Freund Reinhold J. Romics, der aus der Sicht des Facharztes die gynäkologisch relevanten Texte gelesen und mir wertvolle Hinweise gegeben hat.

Und natürlich ein herzliches Dankeschön an alle Leserinnen und Leser, die den Roman erwerben und – hoffentlich! – spannende und kurzweilige Stunden damit verbringen werden.

Glossar

ALPIRSBACH – ehemalige Benediktinerabtei, gegründet 1095. Die Blütezeit des Klosters war im 14. Jahrhundert unter dem Abt Walter von Schenkenberg (1303-1336).

ANIMALIA – aus tierischen und menschlichen Materialien (Leichenteilen) gewonnene »Arzneien« im Mittelalter (siehe auch Nachwort: Schwarzwald).

ANTONIUSFEUER (auch »Heiliges Feuer« genannt) – im Mittelalter aufgetretene äußerst schmerzhafte Krankheit mit meist tödlichem Verlauf, die Menschen und Tiere befiel und von der man annahm, sie wäre ansteckend. Wer daran erkrankte, schrie wie von einem inneren Feuer gepeinigt. Ursache war das am Roggen vorkommende sogenannte Mutterkorn – ein hochgiftiger Pilz, der die Gefäße extrem verengte, was zum Absterben und Abfaulen der Glieder führte. Die Menschen beteten zum heiligen Antonius um Heilung. Im 13. Jahrhundert entstand der Antoniterorden mit dem Ziel, von der Krankheit befallenen Personen zu helfen.

BEDELLUS – Hausmeister

BRUCHE – mittelalterliche Unterhose

CELLERAR – Wirtschaftsleiter eines Klosters

COTTE – langärmliges Schlupfkleid, im Mittelalter von Männern und Frauen getragen. Das Material bestand aus Wolle, Leinen oder Seide.

DIALTEA – eine aus der Eibischpflanze (Blüten, Laubblätter, Wurzel) gewonnene Arznei, die bei Entzündungen, Verdauungsstörungen, Bronchitis und anderen Krankheiten eingesetzt wurde

ERSTICKUNG DURCH DIE GEBÄRMUTTER – eine für uns heute bizarr anmutende Beschreibung einer rätselhaften Frauenkrankheut, bei der angeblich die Gebärmutter im Körper umherwanderte, zu den Atmungsorganen emporstieg und dadurch Erstickungsanfälle auslöste

GAUTSCHE – Ruhelager, Bett

GIARDINO DELLA MINERVA – botanischer und Heilpflanzengarten in Salerno, angelegt bereits im 12. Jahrhundert von der Salernoer Familie Silvatico. Der im Roman erwähnte Magister Silvaticus war ein Spross der Familie und selbst Dozent an der *scuola medica salernitana*.

GRANGIE – zu einem Kloster gehörendes Agrargebäude (z. B. Getreidespeicher). Der Begriff bezeichnet manchmal auch ein komplettes landwirtschaftliches zum Kloster gehörendes Anwesen.

GUGEL – aus der Kapuze hervorgegangene variable Kopfbedeckung für Männer und Frauen, die zunächst als einfacher Wetterschutz, später auch modischen Zwecken diente

HANSE – Interessenverband bzw.Bündnis von Kaufleuten, die sich – unabhängig von den norddeutschen an der See gelegenen Städtebünden – in vielen Gegenden des Reichs in Verbünden organisierten, so auch in Regensburg

HANSGRAF – Beamter/Vorsteher der Hanse. In Regensburg war der Hansgraf Vorstand der Kaufmannsinnung und Richter in Innungsangelegenheiten und bekleidete damit eins der einflussreichsten Ämter innerhalb der Stadt.

HERBARIUS – kräuterkundiger Mönch, im Kloster zuständig für den Kräutergarten

HILLEBILLE – hölzernes Schlagbrett zum Erzeugen von Signaltönen. Bereits im frühen Mittelalter in den Wäldern von Holzfällern und Köhlern als Alarm- und Informationsinstrument genutzt. Der durchdringende helle Ton reichte etwa zwei Kilometer weit. In kürzester Zeit konnten so Nachrichten über größere Distanz verbreitet werden.

HOSPITARIUS – Vorsteher des Gästehauses

INFIRMARIUS – für die Krankenpflege im Kloster zuständiger Mönch

KOMPLET – die letzte Hore (Stundengebet), die im Kloster am Ende des Tages gebetet wird; gewissermaßen das Nachtgebet

LATWERGE – »Bonbon« des Mittelalters. Früchte und Fruchtsäfte wurden durch Kochen zu einer zähen Masse eingedickt, mit Honig und wohlschmeckenden Gewürzen abgeschmeckt, in Scheiben geschnitten und getrocknet. Sie zergingen langsam auf der Zunge. Mit entsprechenden Arzneimittelzusätzen versehen, konnten sie auch als Medikament gereicht werden.

MEILER – bedeckter, von einem Köhler in Brand gesetzter Holzstoß (Holzhaufen), um Holzkohle zu erzeugen. Bis ins Spätmittelalter wurden vor allem Grubenmeiler angelegt, doch bereits im Hochmittelalter ist vereinzelt der Standmeiler zu finden, der sich spätestens in der Neuzeit gegenüber dem Grubenmeiler durchsetzen konnte.

MESSE NÖRDLINGEN – Die Nördlinger Pfingstmesse, auch »Mess« genannt, war im Spätmittelalter eine der bedeutendsten Fernhandelsmessen im Heiligen Römischen Reich und hatte europäische Bedeutung.

MIASMA/MIASMEN – üble Gerüche, Krankheit auslösende Stoffe in der Luft oder der Erde. Mittelalterliche Ärzte glaubten, dass Krankheiten und Seuchen durch verdorbene Luft verursacht würden. Verwesende Kadaver, verdorbene Lebensmittel, üble Dämpfe aus Sümpfen und Gewässern et cetera würden Miasmen verbreiten, die, eingeatmet, die »Wärme des Herzens« zum Erlöschen brächten.

MOSCHUS – stark riechendes Sekret aus der am Bauch gelegenen Drüse des in Asien beheimateten Moschushirsches. Moschus wurde als getrocknetes Pulver gehandelt und war wegen der schwierigen Beschaffung und langen Handelswege extrem teuer. Man schrieb ihm kräftigende, belebende und nervenstärkende Wirkung zu.

PRIM – eine der sogenannten kleinen Horen im klösterlichen Stundengebet. Gebetet wird sie etwa zur ersten Stunde (circa sechs Uhr) zum Beginn eines neuen Tages.

SCHECKE – kurzer, ursprünglich aus der Tunika entwickelter Männerrock, der unterschiedliche Ärmelformen aufweisen konnte. Später wurden Schecken in ärmelloser Form auch für Frauen gefertigt und teilweise mit edlem Besatz versehen.

SCHLAFSCHWAMM – mittelalterliches »Narkoseinstrument« bei schmerzintensiven Behandlungen, die einer Betäubung des Patienten bedurften. Ein Schwamm wurde mit einer Lösung aus zerstoßenem Mohnsamen, Efeusaft, Alraune, Bilsenkraut, dem Extrakt von Schierlingsblättern und weiteren Substanzen getränkt und anschließend getrocknet. Bei Bedarf, zum Beispiel während eines Eingriffs, wurde er angefeuchtet und dem Patienten auf die Nase gedrückt, um ihn zu betäuben. Zum »Aufwecken« wurden Schwämme oder Baumwollzäpfchen genutzt, die mit frischem Fenchelsaft getränkt waren.

SCHNAPPHAHN – im Mittelalter übliche Bezeichnung für berittene Wegelagerer

SKRUPEL – Gewichtseinheit, insbesondere als Apothekergewicht gebraucht. Im Lorscher Arzneibuch (8./9. Jh.) werden 1½ Skrupel mit 1 Esslöffel gleichgesetzt.

SPEKULUM – gynäkologisches, schon in der Antike bekanntes Untersuchungsinstrument

SCHWÄBISCHWERD – Name der heutigen Stadt Donauwörth im Mittelalter

TAPPERT – Obergewand in großer Formenvielfalt, belegt seit dem 13. Jahrhundert. Ein meist knielanger rockartiger Überwurfmantel

UMGELD – mittelalterliche Steuer auf alkoholische Getränke

UNSCHLITT – festes Fett (Talg), gewonnen aus geschlachteten oder verendeten Paarhufern. Von Abdeckern (Wasenmeistern) an Lichterzieher und Seifensieder verkauft, die daraus Unschlittlampen, Kerzen und Seifen herstellten

ZILLE – unterschiedliche Arten flachbodiger Wasserfahrzeuge, die seit dem Mittelalter bis heute insbesondere im deutschen und österreichischen Donauraum anzutreffen sind und spitz zulaufende Rumpfenden besitzen